北川透　現代詩論集成 3

六〇年代詩論　危機と転生

The Essays on Contemporary Poetry of Toru Kitagawa

思潮社

北川透　現代詩論集成3
——六〇年代詩論　危機と転生

思潮社

装幀＝間村俊一

目次

六〇年代詩論

危機と転生

I

詩的断層十二、プラス一

〈六〇年代詩〉経験の解体・私論

一　範囲

六〇年代に表現を獲得した詩人たちが直面した課題とは何だったのか、当時まだ、戦後詩という呼称の方が親しかった現代詩に、それはどんな切断、跳躍の契機をもたらしたのか。詩のことばの地層が見せる裂け目や限界は、時代や社会の変容、転換にどのように組み込まれ、ねじくれて、それらを不可避にしたのか。それが現在（あるいは未来）の詩に、どういう可能性とともに不可能性を開き、意味をもっているのか、いないのか。つまり、〈六〇年代詩〉の経験は何だったのか、ということを考えてみたい。

いかなる経験も、その最中では、自らの胎内に起こっていることを知ることができない。それを解体しうるまでの時の経過が必要だ。むろん、風化や忘失という膜にも覆われるが、それにもかかわらず、〈六〇年代詩〉の経験内部に突き刺さっていた、たとえば、ことばの暴力という棘、若い詩人たちの新しい表現を求める手探りの試み、個的な契機と同人誌などの共同性との確執やずれ、時代の転換が強いた孤立、死や狂気への傾斜、盲目の越境、それら危険な断層が、時の経過とともに少しずつ露出してくる。それまで待てば……、いや、もう十分、対象化しうる時間的距離は生まれているだろう。必要なことは、〈六〇年代詩〉の経験を、郷愁や回想、美化ではなく、矮小化でもなく、未知の不安、怖れに繋がる現在のクリエーティヴな課題として、正面に引き据えることができるかどうかだ。

言うまでもなく、〈六〇年代詩〉という均質な感性、言語があるわけではない。〈六〇年代詩〉とひと括りにされていても、それぞれの詩人の感受性の傾きや癖、体験や影響の差異、思想やことばの質、固有のスタイルによって、彼らは多様な個的存在だからである。しかし、前世代や後世代の詩、あるいは同世代の詩とさえ区別される、〈六〇年代詩〉や詩人に特有な思考、話法、語り方、アトモスフィアをもっていることも確かだろう。たとえば「凶区」の同人には、同一の発想（六〇年六月）、同質の語彙（夜、闇、朝、街頭、少女、死……）、語り（言語暴力、破壊、彼方）、感受性（祝祭、欲望）、傾向（特権性、超越性）などが見られる。そういうものがなければ、そもそも〈六〇年代詩〉という概念は成り立たないはずだ。

渡辺武信の労作『移動祝祭日』は、膨大な資料に基づいて書かれた「凶区」論である。渡辺は〈六〇年代詩〉を、〈ボディ〉の概念で捉える。〈六〇年代詩〉は同一の〈身体〉、つまり、言語の質、文体をもっている、というのが前提であろう。渡辺はかつて「凶区」の主要な創立同人であった。彼には自分が所属した同人詩誌「凶区」を論ずることが、そのまま、〈六〇年代詩〉を論ずることになりうるのか、という自己認識がない。この意識せざる倨傲が、逆説的に彼の「凶区」に対する、同人としての誇り、偏愛、執着を支え、その同人間の交渉における、細部の事実性への公平な実証や証言の厳密さを生んでいる。「凶区」解散後、詩と批評の現場から、次第に遠ざかっていったことが、「凶区」の若々しい〈祝祭〉の日々、その生きて動いていた〈逸楽〉の時間の内部に、彼をいつまでも立ち止まらせた、と言えないこともない。

彼の内部で「凶区」の時間は、かつて入沢康夫が彼らの出発に先立って、期待を込めて言った《光栄と悲惨》そのままの姿で停止しているように見える。彼はそれを《そのボディがどれほど耐久性を持つものか》という問いの形によって示す。しかし、耐久性、言い換えれば、どこまで未来に耐えられるかどうかはわからない。彼は「凶区」同人十名のうち（自分と死んだ菅谷規矩雄、世代の違う金井美恵子の三人を除いた）八名（鈴木志郎康、彦坂紹夫、天沢退二郎、山本道子、秋元潔、藤田治、野沢暎、高野民雄）と、「凶区」に属さない吉増剛造、井上輝夫、会田千衣子、長田弘、清水哲男、北川透の六名の計十四名に〈六〇年代詩〉にかかわるアンケートを送ったらしい。それに対して、同人以外は全員返事をくれたのに、同人でも返事をくれない者が複数いたために、結果を公開できなかった、と言う。しかも、〈六〇年代詩〉の耐久性を認めるものが少ないばかりか、高野と北川は〈六〇年代詩〉に、自分は属さない、とまで言って寄越した。おそらく彼はがっかりしたに違いない。

しかし、わたしに言わせれば、この渡辺の発想自体がひどくずれている。そもそも「凶区」同人で、解散後も詩を書き続けてきたものが何人いるのか。天沢が回答を拒んだのは、まっとうな反応に思える。自分の所属したグループ、しかも大多数のものが詩から離脱している、その詩のボディが耐久性をもつか、と問われても応えられるわけがない。そして、この十四名に渡辺、菅谷、やはり亡くなっている岡田隆彦の三人を加えた十七名が六〇年代詩人だ、と彼は考えている。金井を同世代でないとして外すなら、高橋睦郎や三木卓や粕谷栄市、松下昇、富岡多恵子は、同世代なのに、なぜ六〇年代詩人ではないのか。地方の倉橋健一、山本哲也、永島卓……そして、沖縄の詩人清田政信は……。郷原宏、高橋秀一郎、望月昶孝らの「長帽子」の詩人たち、「ぎやあ」の八木忠栄、中上哲夫……彼らの六〇年代の詩は、「凶区」同人の詩と比べてどこが違うのか。わたしは何も網羅的に捉えたらいい、と言っているのではない。むしろ、数人の詩人が体現している、〈六〇年代詩〉の典型さえ捉まえることができれば、そこから全体が見渡される。わたしが躓くのは、彼の論理が、終始、「凶区」という枠組みの内部でしか展開しないところにある。「凶区」という枠を越えたところで、〈六〇年代詩〉とは何か、という問いが、「凶区」に向けて放たれているようには思えないのだ。「凶区」は何故に、〈六〇年代詩〉の中心として、意識されるのか。その周辺や境界線を決めているものは何なのか。そこで仮設される中心と境界は交換不可能なのか。

清水昶の「詩的一九六〇年代記」という副題のある『ぼくらの出発』は、早稲田・東大系の「凶区」、慶応系の「ドラムカン」などと区別しながら、「凶区」以外の詩誌や詩人、先の六人以外にも気を配っている（「六〇年代詩人の登場、あるいは燃える新宿」）。そこにあるのは、六〇年代末から清水もそれに属する、〈同志社大系〉の詩人が輩出することを念頭に置いた、浅ましい大学別分類だが、ただ、六〇年代の新鋭たちが、ほとんど学生詩人やそれに近い若さだったことは、そこに映し出されている。詩を書き始めたばかりの清水が羨望の眼で見ていた、「凶区」をはじめとする六〇年代詩人たち。《ウンカの如く湧きでてくる》若い詩の書き手から、彼は独特な嗅覚でスター詩人?を区別して渡りをつけていく。そんな無邪気な気分が生きている時代でもあった。だが、問題は六〇年代詩人とは誰かではなく、どんな課題を担ったために、従って時代を越える裂け目を曝したが故に、六〇年代詩人と呼ばれるのか、ということだろう。『移動祝祭日』のことではなく、自戒として言うのだが、〈六〇年代詩〉のボディの亀裂も断層も見えない、〈六〇年代詩〉論は無効である。問題は、永遠でも耐久性でも、祝祭的場所への郷愁でも、東京の大学出身者でも、スター性でも、中心でも、周辺でもなく、いわゆる〈六〇年代詩〉の何が、いまの詩の危機の先端に働きかけてくるのか、こないのか。それだけだ、と言ってよい。

二　遅れ

確かに渡辺武信に問われて、わたし自身は六〇年代詩人ではない、と答えた、と思う。誰に対しても、そう答えてきたはずだからだ。詩人たちや、研究者たちの詩史的記述や分類では、多くの場合、わたしは六〇年代詩人の枠組みに入らない。清水昶の「六〇年代詩人の登場、あるいは燃える新宿」、その他の回想にも、わたしの名前は出てこない。しかし、分類や位置づけに困るのか、少数の例では孤立的に付け足されている。そのことをいつもわたしは面白く思ってきた。わたし自身にとって、その理由は簡単で、わたしは〈六〇年代詩〉に遅れてきたからだ。年齢のことではない。鈴木志郎康と同い年、天沢や菅谷より一歳上だから、言わば〈六〇年代詩〉の上限ではあるが。

見やすい標識として詩集の刊行年で言うと、「凶区」の、あるいは六〇年代詩人の主だった詩人たちは、一九六三、四年までに一、二冊の、当時、脚光を浴びた詩集を出している。わたしが強い刺激や共感を抱いた、その時期の詩集にとりあえず限って列挙しておこう。天沢退二郎『朝の河』（一九六一年三月）、同『夜中から朝まで』（一九六三年九月）、天沢には第一詩集『道道』（一九五七年十一月）があり、これも少し後になるが、わたしは読んでいる。渡辺武信『まぶしい朝・その他の朝』（一九六一年一月）、同『熱い眠り』（一九六三年九月）。鈴木志郎康『新生都市』（一九六三年七月）。菅谷規矩雄『六月のオブセッション』（一九六三年八月）。岡田隆彦『われらのちから19』（一九六三年三月）、同『史乃命』（一九六三年十二月）。吉増剛造『出発』（一九六四年一月）。高橋睦郎『薔薇の木　にせの恋人たち』（一九六四年九月）。高橋には、第一詩集『ミノ　あたしの雄牛』（一九五九年十一月）があるが、当時、これをわたしは読んでいない。清水哲男『喝采』（一九六三年）。富岡多恵子については、『女友達』（一九六四年）を読むまで知らなかったが、それまでに『返礼』（一九五六年）をはじめ三冊の詩集がある。……他にも、この時期の詩集は「凶区」同人のものを中心に多くを読んでいるが、あまり印象に残っていない。これらを見ると、ほとんどが二十代の前半か中頃に刊行されている。六〇年代は詩がきわめて早熟な時代だった、と言える。

極端なことを言うと、〈六〇年代詩〉は一九六四年四月の「凶区」創刊頃までに終わっている。それは戦後詩のボディを担った「荒地」派が、『荒地詩集』（一九五一年版）の創刊の時点で、基本的に終わっているのと似ている。同人誌で言うと、「暴走」（一九六〇年八月創刊、六四年一月十五号で休刊）、「×（バッテン）」（一九六一年六月創刊、六三年二月終刊）、「ドラムカン」（一九六二年七月創刊）「長帽子」（一九六三年六月創刊）、「ぎやあ」（一九六三年七月創刊）など、「凶区」以前の同人誌活動が、むしろ、〈六〇年代詩〉の活気を担っている感がある。このうち「暴走」と「×（バッテン）」が活動を終えて合流し、〈「×（バッテン）」＋「暴走」グループ〉という形で、「凶区」の発行母体となったのである。むろん、「凶区」を例にするのは、ここに有力な詩人が拠っており、とりあえず〈六〇年代詩〉を考える目安となるからだが、「凶区」創刊頃までで区切ってしまうと、それが切り開いた、あるいはぶつかったテーマをすべて包括できないので、それから三、四年後まで引き延ばして、一九六六年十月「凶区」十五号の鈴木志郎康「プアプア詩特集」まで、あるいは天沢退二郎の連載評論「宮沢賢治の彼方」の最終回が掲載された、六七年六月刊の「凶区」十六号までと、ひとまず？　考えてもよい。

むろん、こうした線引きに手がかり以上の意味があるわけではないが、わたしが最初の詩集『眼の韻律』を出したのは一九六八年だから、〈六〇年代詩〉のピークからも（あるいは終焉からも）、決定的に遅れていることだけははっきりしているだろう。遅れているというのは、時間差を意味するだけでなく、言語の質がそこから外れている、ということでもある。もっとも、六六年に『詩と思想の自立』を出して以来、詩集刊行までに、毎年、評論集を出していたという事情も影響しているだろう。つまり、遅れているというのは、批評（意識）の先行ということでもあった。しかし、わたしが遅れているというのは、最初の詩集の発行時期に象徴されているにしても、それだけを意味しているわけではない。

そもそも遅れると言えば、わたしはいつも遅れる。幼い頃から、遅れるこどもだったし、成人してからも、いまもずっと遅れて到着するか、遂に間に合わない。過去において、わたしの遅れは家族や環境をいらだたせたが、その折々、それはさまざまな表情や形態を見せていた、と思う。愚鈍、怠惰、無能、非知、硬直、脆さ、弱さ、間抜け、不良、貧しさ、暴力、悪、気違い、外れ、偏向、隔たり、違犯、失墜、嘘こき、躓き、敗退、待つ、いい加減、擬き、不真面目、道化、吃音、卑俗、傍系、周辺、地方、アジア……。そのどれもがわたしには親しいが、遅れに伴うこの任意の表情は、何を語っているのか。

それはわたしを内側と外側から規制している、時代、社会、風土、生活、血縁、教育などの関係のねじれや、それらの複雑な絡まりの表現以外の何ものでもないだろう。

わたしは遅れる。しかし、遅れるわたしには、わたしを越えた理由がある。比喩的にことばを換えて言えば、それは時空入り乱れたさまざまなレベルの距離だったり、思想的に橋の架からない川や急坂、生活的な崖っぷちなどに遮られたり、外から差し込まれる魅惑的な障害物と遊んだり、楽しんだり、常に速度が歩行のペース以上に上がらず、粗悪な乗り物などの媒体に苦しんだり、劣悪な道具や底なし沼に左右されたり……数え立てていけば限りがない。わたしが遅れているのではない、わたしの生と死を可能にし、不可能にしている関係が遅れている……などと並べたてる〈わたし〉は誰なのか。しかし、とりあえず、ここではわたしの〈遅れ〉が、〈六〇年代詩〉に届かなかった、ということだが、たぶん、遅れたのはわたしだけではない。〈遅れ〉は〈六〇年代詩〉自体に潜んでいるかも知れない。もしかしたら、進んでいるものは遅れているものかも知れず、遅れているものは進んでいるのかも知れない。時間差では測れない、詩人個々の環境や関係、資質等の差異が明らかにならなければ、〈六〇年代詩〉の断層も見えてこないだろう。

さて、わたしが遅れて〈六〇年代詩〉に出会うことになる、その関係性を書簡体でスケッチした、以前のエッセイに「「凶区」の印象私記」（「現代詩手帖」一九八七年九月号）がある。そこには「暴走」や「×（バッテン）」などの詩誌に出会ったときの衝撃が書かれている。わたしと同年か、わたしより一～三年は若いはずの、まだ、学生や大学院生たちの同人誌が、一九六〇年や六一年に創刊され、そこにはこれまでの近代詩はむろんのこと、戦後詩とも異質な言語が湧出していることがショックだった。それに触れて、《わたしはまだ、この頃、地方における安保闘争とその後の政治過程の混乱や、新しい労働者運動の模索のなかにありました。むろん、これらの詩誌については何も知らなかったはずです。》とあっさり書いている。しかし、本当は、そんな綺麗事ではなかった。「暴走」や「×（バッテン）」が送られてくるようになったのは、わたしが一九六二年八月に同人誌「あんかるわ」を創刊してしばらく経った後、彼らがわたしたちの雑誌を幾らか認めるようになってからだ。それは「暴走」や「×（バッテン）」の終刊前の数号であったから、以後に連絡を取り、バックナンバーを送ってもらわなければならなかった。

わたしは学生時代も、その後の転変の数年間も、不思議なことに、詩を読むこと自体は絶やしたことがなかった。しかし、詩が書けるような状態からは遠かった、と思う。一九六〇年六月十五日は安保闘争最大の盛り上がりを見せた日で、東京では三十数万のデモ隊が国会を包囲し、国会内広場に突入した全学連主流派と警官隊の衝突の現場で、東大生の樺美智子さんが亡くなる。これが〈六〇年代詩〉に象徴的な意味をもつが、それには後で触れる。むろん、わたしは地方（愛知県豊橋市）にいて、この事件は事後にラジオで知ることになる。六月十五日は、安保改定阻止に向けた実力行動の最大の山場で、東京だけでなく、全国で五百八十万人がデモに動員された、という。わたしも名古屋の栄町のデモのなかに加わっていた。この戦後史において空前の盛り上がりを見せた大衆闘争も、六月十九日、新安保条約の国会での自然承認で次第に終息し、敗北感は学生運動やその周辺を覆い、組織も四分五裂し、がたがた崩れていった。

わたしは一九五八年に地方（愛知県岡崎市）の教育系大学を卒業し、豊橋の私立高校に職を得ていたから、六〇年前後、「凶区」の詩人たちのように、恵まれた学生生活を送っていたわけではない。しかも、職場は劣悪な労働・教育条件だった上、身分保証もなかった。そのために解雇を覚悟の上で、労働組合の結成に向け、非公然に奔走しなければならなかった。また、全学連主流系の学生運動の延長で、全国青年教師集団の結成のために動いたが、数県を組織しただけで、ほとんど実体をもてないまま崩壊した。地域の労働問題研究会に参加し、機関誌の発行や研究会での発表、工場のビラ配りにも出かけた。

しかし、職場の教育や生活に根ざした労働組合以外の組織は、次々と崩壊し、行き場を失った活動家たちは、新左翼の政治党派に強引に取り込まれるか、所在不明になっていった。愚劣で陰湿な一切の党派闘争からの孤立と訣別のなかで、わたしはもはやいかなる政治にも、党派にも、生涯、加担しないと決めていたから、彼らの誘いに乗ることはなかった。

しかし、わたしには、生活や日々の教育の実践が問われる職場があり、挫折感に甘えている境遇ではなかった。誕生したばかりのよちよち歩きの組合の運営を、どう進めていくかの責任もわたしにはかかっていた。僅かな労働・教育条件の改善一つですら、大きな壁にぶつかり、ときには連日、深夜に及ぶ理事会側との団体交渉を進めなければならなかった。安保闘争や、反スターリニズムや、その他の政治思想など、職場での目前の課題一つ一つの解決には何の関係もなかったし、クソの役にも立たなかった。組合と経営側の理事会との対立・抗争においても、一番遅れている組合員の考えや要求を起点にして闘争を組み立てていけば、先端の跳ねあがりの部分を容易に越えて、職場の力関係は動いた。わたしにとって、六〇年代の始まりはそんな日々に明け暮れていた。

そのなかでわたしが骨身に染みて感じたことは、当時のわたしが、そもそも自前の思想と呼べる程のものは、何ももっていないということだった。付け刃の政治思想ではなく、むしろ、高校時代からの読書で培われた、文学的な感性の方が、勘としてよく働くのを感じていた。それでも、普段の日は、職場から帰宅すると、かねて計画していたドストエフスキーの全作品を読むプログラムに従い、それに関連する内外の著作も含めて、毎夜読み耽っていた。一九六一年前後の一、二年間のわたしは、白昼の職場から帰った途端に、誰からも視えない人になった。ことばが通じる関係はどこにもなく、暗く狭い下宿で読書と黙考を重ねる〈地下生活者〉擬きであった。わたしは〈六〇年代詩〉に遅れたのではない。何もかもに遅れた。如何せん。もはや詩そのものを取り返す術がなかった。どれほどの〈遅れ〉を感じていたかは、先の「「凶区」の印象私記」にも明らかだ。

《「暴走」や「×（バッテン）」などの作品を読んでいると、わたしがそれまでの数年の間に失ったものは、もはや回復しえないもののように思われたのです。それを仮に言ってみると、ある若さの中だけに一回的に訪れる、言語の官能性への感覚というようなものです。それを殺すようにして生きてきた、その欠落を逆手にとるモティーフの強さによって、論理の骨格さえつくれば、まがりなりにも批評の仕事はやってゆけるかも知れませんが、もはや彼らに伍して詩を書くことは絶望的に思われたのです。》（「「凶区」の印象私記」）

三　丁字形

《六月一五日夜、国会と首相官邸の周辺は、ふたつのデモ隊の渦にまかれていた。ひとつの渦は全学連主流派と、それを支援する無名の労働者・市民たちで、その尖端は国会南門の構内で警官隊と激突していた。その後尾は国会前の路上にあふれていた。そして、頭をわられ、押しつぶされ、負傷した学生たちは、つぎつぎ後方へはこびだされて、救急車がかわるがわるやってきては、それをつれていった。／他のひとつの渦は、この渦とちょうど丁字形に国会と首相官邸のあいだの路をながれて、坂を下っていった。そして、ちょうど丁字形の交点のところで、腕に日本共産党の腕章をまいた男たちがピケを張り、この渦が国会南門構内で尖端を激突させている第一の渦に合流することを阻害していた。そこで、丁字形の交点の路上には真空が生まれた。その一方では、つい眼と鼻のさきで流血の衝突がおこり、負傷者は続出し、他方では、労働者・市民・文化組織の整然たる行列が流れてゆき、その境では日本共産党員が、ふたつの渦が合流するのをさまたげている情景があった。そのとき、わたしたちは今日のたたかいが国会にあること、指導部をのりこえて国会周辺に坐りこむことを流れてゆくデモ隊に訴えながら、このピケ隊と小衝突を演じていた。》（「擬制の終焉」）

一九六〇年六月十五日の夜の国会周辺の光景を、六〇年安保闘争の重要な分岐点として、これほど鮮明な輪郭で象徴的に描き出した例を、わたしは他に知らない。言うまでもなく筆者は吉本隆明である。そこには二つの水と油のごとき渦があった。一つは全学連主流派を中心にした無党派の市民や労働者のデモ。彼らの先端はすでに国会構内に突入して、警官隊と激しく衝突していた。そこで一人の女子学生が死ぬ、あるいは殺された。もう一つは、この渦と決して合流することはなく、それと丁字形にすれ違って合法的に整然と坂を下っていく、国民共闘会議や日本共産党のデモである。同じ安保阻止をスローガンに掲げた二つの渦は、決して合流することがなかった。そのために《丁字形の交点の路上》に現前した〈真空〉には、安保闘争そのものの不可能性や限界が象徴されていた。

この時期において、三十年後にソ連最高会議が、自ら連邦国家の消滅を宣言（一九九一年十二月二十六日）するに至ることなど、誰が予測しただろうか。いわば世界全体が、自らの胎内に存在していた巨大な断層とそのずれに気づかず、遅れていた。ソ連邦の消滅は、ポーランド、ハンガリーなどの社会主義国家（人民共和国）の崩壊（一九八九年六月～八月）に始まり、ベルリンの壁の破壊（一九八九年十一月）等の東欧の民主革命の進行、バルト三国の独立（一九九一年八月）の果てに起こった。しかし、六〇年代当時のわが国における左右いずれの陣営の思考も、米ソの冷戦構造を前提とし、社会主義存続の幻想に縛されていたことは言うまでもない。一方は社会主義の勢力の拡大を阻止しようとし、他方は社会主義圏の現実とまったく反した夢に踊らされていた。こうした大きな時代の枠組みのなかで、問われていたのは、誰が予測しえない未来図を描き出したかではない。誰もがそんな構図を描き出せなかったという点で、世界全体がみずからの危機の進行から遅れていた。その一時代の思考やイデオロギーの、強固な枠組みのうちで可能だったのは、それを崩壊させる（かも知れぬ）断層が、どこにあるかを見出す想像力の試みだけではなかったか。あるいはそのずれに盲いた狂気の身体を投げ出して、悲劇か喜劇を演じてしまう行為以外に、それはなかったのではないか。

わたしたちが当時繰り返し討議した、新安保条約の政治的性格に対する認識は、当時、日本共産党を除名されて、ブント（共産主義者同盟）を結成し、学生運動を指導していた全学連主流派の考え方にだいたい沿っていた。それはあらましこんな風である。保守支配層（わたしたちは独占資本と呼んでいた）は、戦後日本の経済発展を基盤にして、世界資本主義との競争に打ち勝つために、それにふさわしい国家としての威信と、政治的に揺るぎない安定を確立しようとしている。そのために彼らは、基地使用や外国軍隊の駐留、いわゆる内乱条項について、占領時代の屈辱的不平等を継続している、旧安保条約は改定されなければならない、と考えている。戦前の東條内閣において商工大臣を務めた岸信介。この国民的には評判の悪かった元戦犯を首班とする自民党内閣は、先に述べた趣旨で安保を改定する強い使命感をもっていて、保守支配層に信託されている。岸内閣は双務的なより対等なアメリカとの関係を築くために、軍事的には応分に負担することを覚悟して、相互防衛義務を織り込んだ軍事同盟に近い、日米新安保条約を締結しようとしている。わたしたちは、この条約が発効すれば、日本はアメリカの戦争に巻き込まれるだろう、そう思っていた。

ここで〈わたしたち〉というのは、地方（愛知県）にいて学生運動の延長で一緒に活動していた者たちを指す。その大多数が、わたしと同じ教育系大学の卒業生ということもあり、小中学校か高校の教員だった。それは定期的に集まりをもっていたが、政治組織というより、文化的な、あるいは読書会風の仲間に近かった。みんな無党派を自称していたが、なかには非公然にブントに所属していた者もいたかも知れない。もしそうだとしても、地方ではそんなものはほとんど実体がなかった。先のように安保の性格を捉えていたわたしたちにとって、新安保が対米従属を一層深め、ソ連や中国と一層危険な敵対関係を深める軍事条約であり、従って安保闘争は民族独立と平和のための反米愛国主義の闘いである、と位置づける共産党の考えは、ナンセンスなばかりか、ナショナリズムを鼓舞する危険なものに映っていた。また、民主主義・議会主義擁護の運動が、進歩的な大学教授や文化人、国民会議から起こった。それは五月十九日の衆議院における安保批准のための、自民党良心派議員さえ排除した、強行採決に対する抗議に端を発していた。その議会制のルールを無視した非民主的なやり方が、国民の怒りを買ったのは確かだった。当時は、まだ存在していたオピニオン・リーダーらの、「民主か独裁か」（竹内好）というわかりやすいスローガンが、それに火をつけ、マスコミも支持したために、運動は一挙に盛り上がった。しかし、それによって安保闘争の争点はきれいに消されてしまった。

後から考えれば、その段階で安保闘争は終わっていたはずである。それだけではない。地方都市において、先の吉本の文章に書かれている、丁字形の交差点に生まれた真空に象徴される、安保闘争の断層など何処にもなかったし、小さなデモ一つ起こすことすら容易ではなかった。職場で安保闘争は課題になるどころか、話題のカケラほどにもならなかった。全学連主流派に近いデモに参加したければ、名古屋まで行かなければならなかったし、その際はいつも逮捕を覚悟したが、実際はそんな尖鋭な対立の場面が現出したのは、数えるほどしかなかった。それでも、安保闘争は戦後最大の大衆運動としてあった。わたし（たち）は微塵も動きそうにない周囲の空気を呼吸しながら、もし、これがうまくいったとしても、岸内閣を退陣に追い込むまでが精いっぱいであろう、と予測した。それがもう一つ進んで、安保条約の破棄まで行けば、日本の政治情勢は流動化し、国際的な信用も失墜して、その後に新たな政治的展望が生まれるだろう、と考えたが、その展望が何かはわからなかった。周囲の誰に聞いても、満足に応えられる者は一人もいなかった。

もしかしたら、自民党の一部か、共産党と組んだ社会党内閣ができるかもしれない。しかし、そんなものに何の期待も幻想ももてなかった。明快な答えなどどこにもなかったから、かえって闘えたのかも知れない。ソ連も毛沢東も、安保闘争に反米愛国のメッセージを、送ってきていた。わたしたちは今さらながら幻滅した。確かな手ごたえは、反スターリニズムの大衆的な潮流が生まれたことだけだったが、それすら、その後の新左翼の党派闘争に醜く喰い散らされていった。まったく現実性のない革命幻想や心情的ラジカリズムが突出し、どっかの国の人民解放軍のサルマネをしだす党派も生まれてきた。トロツキズムや反スタの諸党派は、どれもこれもスターリニズムの、いっそうタチの悪い変種に過ぎなかった。当時、それらはいかにも闘いの先端のようであり、そんな先端から逃亡するしかなかったわたしたちが遅れて見えたに違いないが、いったい、遅れていたのはどっちなのか。確かなことは、その間に何をもってしても塞ぐことのできない、不気味な空洞や断層が露出していたことだけだった。

四　河

なぜ、遅れたのかが、わたしの〈六〇年代詩〉へ接近するための出発点だった。五七年頃から六二、三年年頃まで、詩との遥かな距離を作りだしていたわたしの生活と行為、それはまた、戦後的な思考と幻想の枠組みに規制されていたことは言うまでもない。それでもなお、詩を書こうとする意識は持続し、わたしの内部で、むやみに錯綜し、折れ曲がった限界線や仮構線を描いていた。揉みほぐそうとしても、それは時代に強いられた生き死にの境目を貫いていたから、立ち往生するほかなかったのだ。わたしにとって、詩との距離は広がるばっかりで、〈遅れ〉は不可避的に見えた。

それはいつか取り戻せるような、〈遅れ〉を回復できるような距離だったのだろうか。そんな自問が生まれるのは、詩までの思い屈する遠さ、どうしても辿りつけない〈遅れ〉、この詩との距離が、過去の問題ではないからである。それは四十年以上も詩を書き続けてきたはずの、わたしの現在を形成している。いまなお、詩から遅れ続けることによって、詩を書いている、この奇怪さ。詩の不可能性……。わたしが同時に批評を書き続ける根底的な理由は、ここに起因すると思うほかない。遂に不可能であり続ける詩、その事態を肯定することは、〈わたし〉の詩を否定することにほかならず、否定することは、〈わたし〉の詩を肯定することにほかならないだろう。その捩れる不可能性の狭間に、批評の言語は自らを見つけようとする。

六〇年代の初め、「暴走」や「×（バッテン）」の詩に接し、ほとんど詩を書く意志を断念しかかりながら、わたしが何とか持ちこたえた理由は幾つかある。その主な理由の一つは、おそらく〈河〉のモティーフを発見したからではないか、と思っている。それは第二詩集『闇のアラベスク』の「風景論」や「幻野の渇き」で、おぼろげに自覚されていた。しかし、それのわたしなりの全面的な対象化は、第三詩集『反河のはじまり』においてであった。特にこのなかの「河の溯行」はわたしの〈遅れ〉の正体を、〈河〉のイメージにおいて、見極めようとするものだった、とわたしは後から勝手に意味づけている。今日、その中心のモティーフを、批評の言語に引き寄せながら、できるだけ原形を保存する形で、編成し直してみることは可能であろうか……。

……河は幾つもの水源と、そこに流れ込む小河川や無数の支流からできている。〈わたし〉はこの河の内部にいるという自覚によって、不安である。なぜなら、河は〈わたし〉自身ではなく、また、他者でもないからだ。その正体不明の河の流れに弄ばれ、犯され、眠りこまされ、その果てに嬲り殺しにされながら、〈わたし〉はただ他動的に流されているほかなかった。それは河に同化することであり、河に身を任せ、死に浸潤されていくことは気持ちよかった。しかし、また、日々、死にゆく身体としての

〈わたし〉を甦らせ、賦活させるのも河の流れだった。その河の圧力、河の凌辱は〈わたし〉の身体に、かすかな違和をも呼び覚まさないわけにもいかなかったからだ。こうして失墜と回復、眠りと覚醒、死と甦りが繰り返されることになる。その内に、〈わたし〉は河の流れが構成している、息苦しい時間の階層を溯行することを覚えた。そうでもしなければ、四季の循環のように流れ流れて、〈わたし〉は、次第に自然の生理に同一化し、よろこばしい死に慣れていっただろう。それはすべての差異を失って、血の親和に溶け合っている、あの懐かしい同質の時間の胎内に回帰していくことでもあった。

しかし、河の流れに逆らって、幾らかでも溯行してみれば、季節の自然や同質の時間と受感されていた内景が、まったく異貌な深層を剝き出しにすることに気づいた。それらはひどい損傷を受けて修復不可能な壁の存在であったり、ボロボロに錆びた鉄枠に幽閉されて朽ちていく断食芸であったり、高さの異なる不協和な夕映えの空の下で、飢え渇いて牙を剝き出している獣性であったりした。こうした不吉な内景は流れに逆らっているから、現前してくるのだった。快い疲労や怠惰、惰性や眠気によって、河の圧力に押し返されるままに、流れに身を任せていたら、〈わたし〉はどうなったことだろう。おそらく不協和な断層や亀裂によってずれたり、軋んだりする禍々しい内景は、綺麗に拭い去られていたことだろう。そこにはおのずから、古里回帰の牧歌で洗われる夕餉の団欒が浮き出てくるはずだ。とすれば、流れに逆らって溯行しよう、とするときに現れる不吉な内景は、〈わたし〉の現在が、過去に溯って、未来に倒れこむ際の、ある形態を暗示していることになる。それは〈わたし〉が絶えず危機にさらされ、甘美な死に誘いこまれる、ということだ。なぜなら、河を溯行することは、さまざまな異質な流れとぶつかりあいながら、その浸透を受け、目覚め続けることだからだ。河の流れに身を任せる眠りの死と、河を溯行することで呼びこむ覚醒の危機。〈わたし〉は不眠の夜によってこそ、損傷を受けている怨みの壁たちや、常に飢餓を病み育てている敵意たち、罰せられ、疎外されることが大好きな童話たちの包囲を知り、彼らから失墜するよろこびと、空の空なる戦闘の意志に親しむことになっていった。

こうして、〈わたし〉が河の悪意と親和、暴力と自己同一化に逆らって、河の内部を溯行するためには、新たに河の意志から分離された主格としての〈わたし〉を組織しなければならなかった。しかし、そこで組織される主格は、決して単一の〈わたし〉ではない。なぜなら河自体がさまざまな水源や、そこへなだれこむ無数の異質な小河川の合流であり、〈わたし〉がその複合する力のカオスから覚醒するとは、異質、多層な流れに目覚めることであり、そこで組織される〈わたし〉もまた複数化せざるをえないからだ。〈わたし〉が覚醒するとは、他者としての河を組織することでもあった。同時に、河にとって他者は〈わたし〉であり、幾つもの胴体や頭をもち、純化しては混ざり、分離しては結合する力の運動を繰り返さなければ、流れに逆らって、河を溯行することなどできなかった。河を溯行することは、現在が未来へ倒れこむ形態のなかでの異質、多層な過去の奪回であるが、それはまた、多様な〈いま〉と〈ここ〉に働く力を現前化させることでもある。こうして河の溯行とは、失われた距離、いや、初めから奪われている時間の集積であり、おのずから形成される仮構力でもある。複数の〈わたし〉が、溯行する位置を獲得するときには、すでに幾種もの異時が累積され、重層化されて、河の流れ自体が、水圧を高められていることは言うまでもない。こうして〈わたし〉の河の溯行が、その暗い歪んだ内景を浮き上がらせ、彼らとの闘争を組織できるとすれば、それは源を別にする異質な流れとの、無数の合流に出会い続けているからだろう。

現象として河は一つであっても、流れは決して一筋の孤立した帯として存在するわけではない。いかなる河の流れも、可視不可視の無数の力の源をもち、それらがぶつかりあい、錯綜し、交差しながら、影響しあい、変容し、また、新しい流れを作りだしている。そのすべての合流点や分岐点における対立と融合によって、河は固有な内景を映しだし、危険な水位をも作りだす。もし、〈わたし〉の溯行する河の内包している時間が、単線的な貧しいものであるなら、それは〈わたし〉が強いられている河が内在させている、関係の貧しさこそに負っている。それがまた、河を溯行する理由でなくて何だろう。

五　鼻づら

〈またぎ越せ無能な河は〉
破廉恥に日ざしがきらめく
指ならすくしゃみの地平線よ
われわれ一列一万五千人
鼻づらをそろえて河岸にならび
陶然として鐘鳴を聞く
両腿のあいだで隕石が影を
すこしずつひろげていく

（天沢退二郎「反動西部劇」第一連）

菅谷規矩雄は一九七二年頃に書いた「天沢退二郎＝序説」のなかで、この作品を全篇引用し、これが一九六三年六月の《暴走》十三号（それは《暴走》における二度目の〈六月〉特集号にあたる）に発表された後、天沢が《なかば冗談めかして》解説してくれたことを書いている。それは《無能な河とはデモ隊のことでわれわれというのは警官隊のこと》、というもので、これに《わたしはなにやらぶきみな異和感、さらにはかすかな敵意のようなものをさえ、この天沢という人物にたいしておぼえるとともに、そんなふうではおれもまだダメだなとおもったことがあるのを記憶している。》と述べている。

菅谷のこの文章は、《ぶきみな異和感》と言い、《かすかな敵意》と言うが、漠然とした畏怖感は伝わってくるものの、それが何かがよくわからない。特に《おれもまだダメ》という述懐は、異和感や敵意をもったこと自体を自己否定しているのか、その反対なのか。つまり、敵意や異和感に止まって、批判の論理を対置できないことをダメと言っているのかが、やはり、よくわからない。このとき、自分が同世代の詩人のうちで最高に評価している天沢を、ライバルという関係を越えた、〈対立者〉とする予感のなかにいたことは確かだろう。ときとして、作者のことばは、読者の鼻づらを取って引き廻すような作用をする。このエッセイをわたしが読んだのは、一九七四年九月に刊行された、菅谷の評論集『詩的60年代』においてだが、すでにこの書のために二年前に書き下ろされていたものらしい。当然、それはわたしが現代詩文庫の『天沢退二郎詩集』の解説として、「ことばの自由の彼方へ——天沢退二郎の詩の世界」を書いてから六年くらい後になる。天沢の現代詩文庫が出たのが一九六八年七月だからである。なぜ、その時間差に注意するかというと、実はそこでわたしもまた、この「反動西部劇」の第一連を引いて、次のように書いているからだ。

《西部劇映画のイメージに即応しながら、この詩には、もちろん映画のイメージと地続きのものは何もない。いわば西部劇（映画）を〃反動〃に使いながら、彼は内部の劇の中へ入っていく。〈またぎ越せ無能な河は〉の魅力的なリフレーンが、この詩人の内部に越えるべき河の実在があることを示し、「一列一万五千人の鼻づらをそろえて河岸にならび」という盛観が微笑を誘う。そしてこの詩には、天沢の詩篇を特色づけてきた暗いイメージの転移はなく、むしろ、生命の躍動を伝える明かるいイメージとそれを連結する論理性があるとみることができる。しかし、河を越えて着いた「熱い雨の街」ではまた、残酷な子どもたちのあげる〈またぎ越せ無能な河は〉の声を聞くことになり、それは詩人の越えるべき河の幻視の広がりを示し、この詩にすぐれた深みを与えている。》（「ことばの自由の彼方へ」）

恥じらいを伴わないでは、若いときの自分の文章など引用できないが、何と言っても、この詩の面白さは《鼻づらをそろえて河岸にならび》の一行にあると思うことは、昔も今も変わらない。しかし、ここでは六〇年代詩の経験を解体し、そこで何が終わり、何が始まっていたのかを、突き止めようとしているのだから、そういう細部の面白さにかかわらなくていいだろう。菅谷が語るように、この天沢自身の自作の絵解きは、親しい同人の集まりで気を許した座興以上のものではないかも知れない。しかし、それを読んだときに、わたしはかなり動揺したことを覚えている。それは作者自身が、菅谷の言うように《うたがいもなく作品の主題を告げていた》ように思えたからだ。それを信ずるなら、この詩の語り手は《われわれ（警官隊）》の方に身を預けて、《無能の河（デモ隊）》を《またぎ越せ》と命じていることになる。わたしの読みは、そもそも警官隊とデモ隊という単純な対立の図式が、この詩のモティーフに潜在していることなど、まったく気づいていない。だから《無能な河》は、《われわれ》の内部のまたぎ越さねばならぬ河という文脈で読んでいる。もし菅谷の伝える通りであるなら、わたしは作者の意図した〈主題〉と正反対に近い〈誤読〉をしていることになるだろう。

しかし、わたしは果たして〈誤読〉をしたのであろうか。〈誤読〉というのは、一方的に読み手に起こり、作者、あるいは作品の語り手の側には起こらないものであろうか。冗談半分の天沢の対立の図式をまともに受け取るとして、試みに《われわれ》をデモ隊にして、《無能な河》を警官隊と入れ換えて読んでみたらいい。その冗談半分も十分に成り立つはずだ。もう少し菅谷の考えを聞こう。

《あえて断言すればこの作品の主題は〈政治〉である――デモや警官隊が素材やモティーフである必然性はないといってよいが、なおかつ存在の全体性が、作品の主題においてあらわしてくる表象・観念は〈政治〉である。さきにものべた〈政治＝現実〉を最大限に表象するカテゴリイとしての戦後〈デモクラシイ〉にたいして、天沢の言う超全体的な構造が表現されようとしているという主題は、特にこの詩の第三節にありありとみてとることができるだろう。》(「天沢退二郎＝序説」)

言ってみれば、警官隊とかデモ隊とか、そういう素材やモティーフはあったとしても、それ自体には意味がない。そういうことばで暗に告げられていたものは、この作品は〈政治〉が主題となっている、ということだ。あえてそう言い切って、そこに菅谷が見ているものは、いわば〈六〇年代詩〉の象徴的な姿だったかも知れない。それは《戦後〈デモクラシイ〉》という政治的仮装の、しかし、強力な全体性に対立させられた、《天沢のいう超全体的な構造》を表現することに、この詩の主題があった、ということである。では、その《超全体的な構造》というのは何なのか。菅谷はそれを天沢のこの当時のエッセイ「現代詩の倫理」や「詩と状況　時評一九六三」の発言に依拠して、説明しようとしているがわかりにくい。

簡単に言うと、とは言いながら簡単ではないが、〈全体〉が見かけの統合性を失って、自壊・下痢作用を起こしているという認識、あるいは実感が、天沢にはまずある。当時の天沢の現実認識はまったく具体的な現実・状況を媒介して出てきていないので、彼が〈全体〉と言えば、菅谷のように、それを戦後民主主義と翻訳して考えるほかないのだが、その自壊作用のなかで、もはや〈全体〉を名のる、いかなる神話も神の名も想定しえない、という。そして、いきなりハイデッガーの命題、《詩作とは根源的に神の名を呼ぶことである》は無効だ、という判定がなされる。〈全体〉が自壊・下痢を起こしている、しかも、その症状が拡大し、強制されているとき、もう一つの〈全体（神）〉を対置することは不可能だ、ということなんだろう。

そうであれば、みずから自壊・下痢に同調しながら、そこで起こっていることに取り憑き、それを名づけ（ことばを与えて）いくほかない。すべてを統括し、秩序づけていた〈神〉の死の後、擬制の〈神〉の強力な秩序の網が張りめぐらされているなら、なお、《名を呼ぶ》ことは、言語の暴力となるほかない。それは《正体をばくろした神の暴虐に拮抗するには、必然的に詩の暴力性、つまり〈名を呼ぶ〉ことが本質的に含んでいる反秩序の暴力性もまたあらわにされねばならない》(「詩と状況　時評一九六三」)というのが天沢の考えである。すなわち、〈神〉の全体性、統一性のまやかしが暴露された、その自壊・下痢に耐えて、〈全体〉に抗するには反秩序の暴力性に拠りながら、詩を《超全体的な構造》たらしめるほかない。そう菅谷は理解して、《この作品の主題は〈政治〉である》と断言した。とわたしは彼らの言いたいことを語り直してみたが、天沢も菅谷もそんなことを述べてはいない(のかも知れない)。彼らの当時の難解？　あるいは舌足らずの論理を、わたしの理解で補って言えば、こういうことになる、というだけのことだ。

六　反動

前節において、〈戦後民主主義〉とか、〈言語の暴力〉ということばを出した。前者はもともと曖昧な概念だが、〈六〇年代詩〉の経験のなかでも否定的含意で使われた。むろん、それも曖昧な使い方の例に漏れない。わたしの理解では、それはマルクス主義によって意味づけられた民主主義ということだ。先の竹内好の《民主か独裁か》という、単純な対置にそれはよく示されている。岸内閣の安保強行採決は議会制のルールから逸れていても、普通選挙に基づく議会主義を否定するクーデターではないし、そもそも新憲法には戒厳令の規定がない。安保の騒乱に際して、自衛隊も動かなかった。岸には戦犯のイメージが付きまとうが、彼もその内閣も独裁ではなかった。言論の自由は保持されていたし、デモその他の示威行動は、制限は受けても全国の都市で繰り広げられた。竹内が擁護し、当時の進歩的知識人や社共の政党が後ろ盾にした、ソビエトや中国、東欧や北朝鮮の社会主義圏こそが、共産党の一党独裁であり、言論・結社の自由、思想・信教の自由をはじめとする基本的人権は、なきが等しい状態だったことは、やがて全面的に明らかになる。

それを不問にして、というより、彼らの国際的な支援と連帯を頼りにして、民主主義を守れという大合唱には中身がなかった。ということは、戦後民主主義とは、自民党と社会党の対立が相互補完である（利権構造を分けあう）ような戦後の支配秩序、そして、国際的には米ソの対立を固定する、冷戦構造の維持に収斂するものであることは明らかだった。民主主義など欠片もない社会主義国の国名が、〈民主主義人民共和国〉だったこと（いまも北朝鮮の国名は朝鮮民主主義人民共和国である）は、想起されておいてよい。しかし、〈六〇年代詩〉の言語暴力は、そうした世界認識を前提として出現したものではない。マルクス主義によって意味づけられた戦後民主主義の幻想が、全体として表象する世界秩序に対する、盲目的な、従って自壊的な否定として現れてきた表現方法だったのであり、だからこそ、それは戦後詩を内的に限界づけ、変質させる重要な概念だったが、どこか曖昧であり、なし崩しに希薄化していかざるをえなかった、と言える。

さて、前章のような議論を踏まえて、改めて、「反動西部劇」という作品を読んでみると、果たしてこれが菅谷の断言するように、〈政治〉を主題にしているのかどうか、疑問に思えてくる。ここには直接には天沢と菅谷の間にある、〈六〇年代詩〉の孕んだ、一つの断層が潜んでいるような気がしてならない。菅谷が〈政治〉という主題がありありと表現されていると評する第三連を引いて見る。

〈またぎ越せ無能な河を〉
命令はわれわれの内部から頭をもたげ
われわれの内部を馬肉でつなぐ

くいこんでいた針金がみるみるふくれ
われわれの銃は熱い声を吐きもどす
一列一万五千人の足もとを
笑いもせずはせぬける河が
にぶい打撃で胃にこたえる

（「反動西部劇」第三連）

戦後民主主義というような、それ自体、空虚な〈全体〉の制度的な秩序に対置しうるような自壊の感覚、いわば陰画としての《超全体的な構造》が、ここに主題として表現されているのだろうか。菅谷が想定したような、作者のモティーフがそこにあるとすれば、作品はそれを裏切っているとしかわたしには思えない。むしろ、裏切っているところにこの作品のよさ、と言って悪ければ特徴がある。ここから読みとれるものは、《われわれの内部》に反響する脅迫的な命令、それに呪縛された《われわれ》の馬肉に表象される肉体の緊張、おびえ、その足元をはせぬけていく〈河〉の敵意の実在が、感情の濃淡を浮き上がらせるような図柄として語られている。それはこのままでは決して政治には行きつかないが、かといって非政治にも反政治にも行きつかない、《われわれ内部》の心理的動揺を語っているようにしか、わたしには見えない。そして、その心理的動揺が作者の内面を映してしまっているところに、この詩の不思議なリアリティーがある。天沢が座興として述べたという、読者の鼻づらを引き廻すようなお話は消していいが、いや、消すべきなのは、《われわれ》が警官隊か、デモ隊のいずれかであり、《無能の河》もそのいずれかである、ということになれば、これは隠喩を方法とする詩になってしまうからだ。それでは戦後詩の方法と変わらない。谷川雁、田村隆一、吉岡実らは、戦後詩を代表するすぐれた隠喩の詩人であったし、その他の戦後詩人も隠喩的な方法で、個性的な差異を作りだしていた。天沢の詩の方法は、そして、「反動西部劇」はそれらに少しも似ていないではないか。

隠喩でないとすれば、《無能な河》とは何か。河は人格ではないから、本来（旧来）の語法では河が無能ということはない。河が河として役に立たない、機能を発揮しない河ということだろう。しかし、ここで無能、munouという、ギュッと押し殺すような音韻を響かせるフレーズの繰り返しは、何か決定的な意味を感じさせてしまう。言うまでもなく、無能という語は、有能との差異の関係のなかで意味をもつ。常に遅れる時間の遺伝子をもった〈わたし〉は、自分を無能であると思い、幼い頃から他者に無能呼ばわりされることに慣れているが、そのせいか、他者を無能だと呼ぶこと、そう決めつけることにためらいやこだわりがある。無自覚にもし誰か（何か）を無能呼ばわりしたら、恥ずかしい、という感覚がある。「無能な河」があるとすれば、それは社会とか環境とか病気とか差別とか、それなりに自分では決定できない根拠、言い換えれば、〈河〉が結んでいる関係に強いられて、やむなく〈無能↓遅れ〉としての姿を曝すことになる。そんな自己認識があれば、他者を《無能な河》と呼び、それをまたぎ越すことなどできるはずがない。またぎ越すことができるのは、《われわれ》あるいは〈わたし〉内部の《無能な河》だけである。それは《われわれ》あるいは〈わたし〉を否認することだからだ。わたしがわたしを《無能な河》として否認する関係を作らなければ、わたしは遅れればせながら、他者に辿り着くことも、向き合うこともできないだろう。わたしはそういう文脈のなかで、かつてこの詩を読んだ、と思う。とんでもない誤読だった（……のだろうか）。

むろん、誤読だった。わたしだけではない。おそらく作者も菅谷も誤読した。なぜなら、誰もこの作品の重要な核心部に触れることができていないからだ。それは作品が、あるいはその語り手自身が、作者の意志を離れて、客体として、構造として現前している、ということだ。ということは《われわれ》が誰であるか、《無能な河》が何であるかを、語り手は指定していない、指定できないことが《超全体的な構造》を作りだしている、ということだろう。むろん、そのことで主題は空洞化されたのだから、いかなる政治も主題になることはできないし、反政治はむろんのこと、非政治すらそれになることはできない。主題がないことが、この詩の構造だからだ。あるのは感情の濃淡を浮き上がらせている図柄だけだ。菅谷はこの詩に主題を読みとろうとしたために、〈反動〉という意味を政治的なニュアンスで受け取ってしまった。しかし、《われわれ》も《無能な河》も等価で表出されているところに、それは成り立たない。

むしろ、反動はこれまでの天沢の詩がもっていた、政治性（＝反政治性）を根底に含んだ、〈暴走〉する詩に対する反動だろう。その反動に対して、作者は心理的に動揺している。この作品には、その動揺が過渡期のように刻印されている。すなわち、「暴走」の言語暴力は、《鼻づらをそろえて河岸に》並ぶ騎馬警官隊の、紛れもない〈西部劇〉的イメージにおいて、「凶区」の遊びの言語プレイにバトンタッチされようとしている。いくらかじぐざぐはあるにしても……天沢の新路線はここに敷かれたことになる。天沢が詩集『時間錯誤』の中間部において、これまでの『朝の河』や『夜中から朝まで』とは異なる転回点に立ったということは、そういうことだったのではないか。

それまでの天沢の言語の暴力的な使用が、明らかに当時の学生運動が体現していた、政治的ラジカリズムに見あうものであることについては、わたしが一九六八年に書いた「ことばの自由の彼方へ――天沢退二郎の詩の世界」（現代詩文庫『天沢退二郎詩集』作品論）で触れている。それは「暴走」誌の「休刊の辞」に天沢が書いた《五九年から六〇年にかけて大衆的自然発生性（スポンタネイテ）と交感しつつあった学生運動のラジカリズムを専ら統一の名による画一化の外へ消尽させること以外に何らの熱意ももたなかった進歩陣営の性格は今でも腹立たしく思い返される。》という文章から想定できる。さらに彼は、《ぼくらの〈暴走〉はまず、全学連の政治的ラジカリズムをその本質面から、詩意識の次元において全体的に獲得、発展させようとする試みだった。》とも、《ぼくらの〈暴走〉が継承したのは全学連ラジカリズムの〈役割〉ではなくてその原形質的意味である。》とも述べている。

これらが書かれたのは、「暴走」が終刊した一九六四年一月より少し前、前年の十二月頃だろう。「反動西部劇」は、それより半年前あたりの制作と推定できるから、その前後に彼が書いた詩意識の次元における心情的ラジカリズムとは齟齬する部分がある。もとより、時間差はわずかであり、「暴走」的詩意識とそれから撤退しようとする意識は、なお混在していた、と見るべきだ。わたしが先にじぐざぐと述べた意味はそこにある。「反動西部劇」の作品としての面白さは、この過渡期の動揺をいわば、鼻づらを並べるように映し出しているところにあるだろう。

七　六月

天沢が述べている、全学連の政治的ラジカリズムの、詩意識における全体的獲得、あるいはその原形質的意味とは何か。その象徴が「暴走」の詩人たちのいわば〈合言葉〉となった〈六月〉、その記憶ではないか、と思う。なぜなら、六月十五日、国会前の路上の丁字形の交点に出現した〈真空〉、そこにはマルクス主義の世界秩序に、抱懐されてしか成立していなかった戦後民主主義が、空虚な擬制に過ぎないことが表象されていたからだ。それは安保改定阻止の運動が、内側から崩される場所にとどまらない。民主主義が政治的な対立のなかで、どういう原理や機能をもつのか、という問いを閉ざす場所でもあった。民主主義はときには制度・法律の現行の枠組みを越えてさえ、組み直されねばならぬ運動性のなかでしか生きない。宗教や慣習、表現やレトリックまで含めて、そこに内在するいかなる法も、侵犯されることによってしか更新されない。それはエロチシズム→セクシュアリティが、法との関係で孕んでいる侵犯の歴史を考えてみるだけでも明らかだろう。

安保闘争において全学連の運動が、ラジカルであったとすれば、それは単に国家権力の暴力、警官隊の過剰防衛線を突破しようとしたからではない。むしろ、安保闘争の内部に無数に敷かれた法的な限界線を、いかに越えるかが課題だった。スターリニズムだけではない。総評などの労働団体、市民派の運動の抑圧のシステム。自己保身と官僚的な統制にほかならない、統一と団結のスローガンの絶対化。運動の多様性の排除による、単なる請願（お焼香）デモの組織化など。これら運動内部に無数に敷かれた法に対する侵犯のなかにしか、民主主義の蘇生はなかった。それは体制と反体制という、擬似的対立の戦後支配システムに対する、根底的な越境への問いが、集団のレベルでアナーキーに体現されていただけではない。それに加担しようとする個人のレベルでも、存在を賭けて生きられようとしたのだった。

詩がその政治的な意味ではなく、原形質的意味を担うとすれば、運動や行為のレベルとは次元を異にしながら、戦後民主主義の場に規定されていた、詩の規範性のすべてを問い直す、ことばの運動性の内部にしかなかったはずだ。「暴走」の詩人たちにとって、〈六月〉は強迫観念とならざるをえない。

《せめぎあう死と快楽とが二つの斜面を分ちがたくかみあわせているあたり、見えざる分水界とでもいうかにそこにはしるひとすじの観念の条線を、あえて〈オブセッション〉とよぶことによって、ぼくらはその刃のような鋭さと強靱さとにさわってしまうことができる。……（中略）……すべてぼくらにとり憑いてくる苛酷なオブセッションも、ついにひとつの快楽でしかないというその豊饒と多彩とは、ぼくらを充分絶望させせる。》（菅谷規矩雄「六月のオブセッション」第一連・部分）

《ぼくらの背中に彫りこまれてゆく街頭デモの死の相貌には、一人の殺されたものの場所が、かつての眼のありかを示すかに抉られていて、それは周囲にひとつのかたい殻をつくりあげ、いかなる侵蝕作用もよせつけない空白なのである。》（第二連・部分）

《〈歌いだす〉ことは、狂気にひとしいとさえ予感される。それは空っぽの卵をおしつぶし意識のむこうへとびこんでしまうこと、今日のうちに明日のなかでおどってしまうことのようにおもわれる。》（第三連・部分）

「凶区」の同人のうちでは、渡辺武信ほど〈六月〉について饒舌に語った者はいない。その際に、常にと言っていいほど、引き合いに出されるのは、右に引いた菅谷のエッセイ「六月のオブセッション」である。わたしはこれを当初、散文詩として読んでいたが、初出の「暴走」八号（一九六二年六月）では、エッセイとして扱われ、また、新芸術社版詩集『六月のオブセッション』でも、〈詩篇〉の枠とは区別される「詩にむかうための試み」のなかに配置されている。この八号の特集のタイトル自体が、菅谷の名づけによる「六月のオブセッション」なのであった。とはいえ、「六月のオブセッション」、あるいはそれの象徴的記号である〈六月〉は、菅谷を起源にして始まったわけではない。「暴走」の同人たち（天沢、野沢暎、菅谷、渡辺）の意識下に共通に潜在し、また、作品としてすでに顕在していた〈六月〉が、菅谷のいわば意味づけによって、同人を結びつける要となり、〈合言葉〉（二度も特集されたこと）となった、と言った方が正確だろう。少なくとも外部からはそう見えていた。これに近い時点（「現代詩手帖」一九六三年十一月号）で、渡辺は次のように書いている。

《菅谷規矩雄の選んだオブセッションという言葉は、ぼくたちの意識のあり方を正しく示しているように思われる。なぜならそれは、ぼくたちが〈六月〉に執着すると言うのではなく、逆に〈六月〉の方が、単に詩を書こうとしている、つまりあの深みからの声を実現しようとするぼくたちにとり憑いているという関係を表現しているからだ。それは、ぼくたちの側からするなんらかの倫理的な態度とは無縁のものであり、つまり〈六月〉をぼくたちが生きてしまったということそのものなのだ。》（「詩と記憶」）

一九六〇年六月十五日。その〈六月〉が、単なる五月や七月と区別される六月ではなく、魔的な、偏執的なオブセッションという、強迫、恐怖観念を帯びて、記憶の深層から、当時、「暴走」に拠る若い詩人たちに憑依した。むろん、それは後に「凶区」に結集した詩人全部の現象ではなく、ましてや六〇年代に表現を獲得した詩人たち一般には、そんな出来事は起こらなかった。「暴走」の同人たち（四人）だけに生じたものだ。しかし、わたしはその影響力、特に若い詩人たちへの刺激は深く広く浸透した、と思う。それを受け止める心理的な基盤が当時の社会にあったからだ。ともあれ、この心理学あるいは精神医学の特殊な用語が、菅谷によって、いわば〈六〇年代詩〉のキー・ワードとなったことを、渡辺はここで告げているのである。

　しかし、同じオブセッションでも、渡辺と菅谷ではどこかニュアンスが違う。菅谷のオブセッションがもつ強度、過剰な思い入れは異常である。それはどこから来るのか。実はそこに菅谷のどうしようもない〈遅れ〉が潜んでいるのだった。一言で言えば、菅谷は六月十五日の夜、自分と同じ東大の女子大生が、国会構内における警官隊との衝突で殺される現場にも、周辺にさえも辿り着けなかった、ということだ。その〈遅れ〉は後から取り返せない、直接性と絶対性を帯びていた。そのことを彼は、吉本隆明『自立の思想的拠点』の書評（「日本読書新聞」一九六六年五月二日）のなかで告白している。すでに『菅谷規矩雄詩集』（一九七六年、あんかるわ叢書刊行会版）のわたしの解説でもそれに触れているが、渡辺の『移動祝祭日』でも言及されている。しかし、それをそのときのわたしは遅れの文脈で見ていないので、ここで再度、検証せざるをえない。菅谷によれば、彼はバイトから帰りに立ち寄った喫茶店の、テレビのニュースと実況で初めて事件を知るが、《その身うごきならぬおもい、一・一六の羽田で折れ屈したものはなになのか、デモや集会をともにしつつも、いわば六月への道をわがものとなしえなかったひとりの、その夜そこにいないということは、いかなる敗北であったか。》と書いている。バイトは口実になるが、決定的理由にはならない。決定的なそれは、ここでは《一・一六の羽田で折れ屈した》

ということばに暗示されている。

〈一・一六〉すなわち、一九六〇年一月十六日、それは首相・岸信介など、日本政府代表団が、新安保条約調印のために、羽田空港から出発する日だった。すでに前夜から全学連主流派五〇〇〇名ほどが、羽田の空港への通路をふさぎ、警官隊と衝突していた。おそらく菅谷は、前夜から、その阻止部隊の一員として、現場に駆けつけていたのだろう。このことを彼は「埴谷雄高論――ロマネスクの反語」(『無言の現在』一九七〇年五月)の「補註」に引いた〈ノート〉のなかで書いている。

《ぼくらはたち切られていた。空港ビルからひきずりだされ、ひとりひとりスクラムを切断され、幾十人もの指揮系統を奪いとられたあと、いま再びこの道路に結集してきていても、その結集はぎりぎりのところでかかわりあうべき意味を失っていた。おしまくられ、けとばされる肉体の苦痛は、もうここではただ肉体の苦痛にすぎなかった。羽田からとびたつものたちの予定される時刻へむけて、ぼくらのデモの無効性は、それ自体によって自らを証明してしまおうとするかに、ぼくらをふりすててつき進んでいた。》(「補註」)

この羽田闘争と呼ばれるものへの動員は、全学連主流派だけだった。それは本気で安保条約の成立を阻止しようとした勢力が、他にいなかったことを意味している。国民会議＝総評が、羽田闘争に敵対していた客観状勢を考えれば、《国道を遮断してぼくらのところへやってくる数千のデモ、幻の労働者たち、東京じゅうのどの工場からやってくるのでもない労働者群……》そんなものは、ただの妄想に過ぎなかった。一月のつめたい夜明けの雨にずぶ濡れになりながら、菅谷は動員に応じた自分(たち)の妄想が、無惨に崩れていくことを感じたにちがいない。そこで彼を襲ったものは、死の恐怖以外の何ものでもない。岸首相の退陣程度と、たかが条約阻止の闘争のために、自分(たち)の命を引き換えにできるか、その一月の恐怖の真只中に立ち尽くしたまま、彼は六月を迎えようとするが、それへの道は距離を広げるばっかりだっただろう。彼のこの〈遅れ〉が〈六月〉を不可能にしたのだ。しかし、十五日の夜、テレビを見て、愕然としたにちがいない。たかが条約阻止さえ不可能な闘争と、自らの命を引き換えにした女子学生がいたからである。むろん、彼女が自分の死を予期していなかったとしても、政治の暴力が剝き出しになっている、危険な衝突現場に身を曝す以上、何が起こっても不思議ではないという自覚はあったはずである。菅谷の震え上がるような恐怖は、それへの道の距離を無限に引き延げし、絶対、到達不可能な〈遅れ〉とした。「六月のオブセッション」のモティーフの誕生である。

しかし、疑問がないわけではない。それは一月十六日から六月十五日までの五カ月の間における、菅谷の生活過程である。学生だから、大学に行き、勉学に励み、アルバイトをし、恋人と語らい、レストランや喫茶店にも入り、映画を見たり、クラシックを聴いたり……彼は充実していたか、退屈していたかはわからないが、〈六月〉を不可能にする日常性を快活に、あるいは憂鬱に生きていたはずだ。この時間は消すことができない。その肯定すべき時間を守りたければ、安保闘争も、条約破棄の政治プログラムも吹っ飛ばしてよかった。この五カ月の時間が孕んだ葛藤を媒介しないで、一月と六月を癒着させるのはロマンチシズムではないのか。観念的ではないのか。もし、六月十五日に一人の女子大生が死ななければ、彼は何事もなく喫茶店でコーヒーを飲んで帰宅しただろう。オブセッションにも囚われなかっただろう。安保は批准され、デモは消え、政治の季節は去る……。このわたしの記述に一つだけ、決定的な歪みがあるのは、〈女子大生が死ななければ……〉以降が、現実に反する仮定ということだ。しかし、日常性が、生の欲望が支配したはずの五カ月の時間の意味は、どこへ行ったのか。それを消した、菅谷のロマンチシズムは、詩をどこか出口のない観念の陥穽に導いてはいないか。

八　他者

先に引用した範囲内では、必ずしも見えてこないが、菅谷と渡辺のあいだで、いかにも共通した発想があるように見えながら、そこには本質的にずれている断層がある。一月の死の恐怖によって、六月の道を見失った菅谷と、一月の恐怖を知らず、六月十五日のデモ隊の渦中にありながら、警官隊との衝突現場から離れて敗走した渡辺とのあいだで、そのずれは三つほどあげることができる。両者のいずれの発想にも、死と快楽が二つの斜面を合わせるようにくっついている。しかし、それは裏表の関係ではないので、分かつことができるものだ。まず、菅谷にとっての快楽の斜面はどこまでも死と拮抗し、死に脅かされている。快楽と死は常に対位しながら、浸透しあう関係だ。渡辺にとっては、《オブセッションはいっさいの可能性を孕んだまま、記憶の中へ測深鉛のように深々と垂れ下り、快楽の原点に達して》（「原体験その他」）いる。快楽が原点である。死のオブセッションによって見出されねばならないのは、快楽という中心である。彼の論理は《詩的快楽》一元論の彼方へ移行していかざるをえない。やがて死は消えるだろう。二つ目は歌である。菅谷の歌は、オブセッションに取り憑かれた狂気を引き連れている。これはほとんど彼の宿命だ。日常性や生活意識の媒介をもてないまま、彼の快楽は常に死の恐怖と拮抗してしか存在しないのだから、白鳥の歌は狂気を帯びるほかない。しかし、渡辺の歌は歌いだしたい欲求そのものであり、死のイメージを帯びたとしても、それは《小さな死》であり、狂気に反転する契機はどこにも見出されない。ここからは詩の可能性ではなく、抒情詩の可能性の論理しか出てこないはずだ。三つ目は、《一人の殺されたものの場所》、つまり、〈六月〉の死者を近づきがたい硬い空白として所有しようとする、そして、遂に拒絶されるしかない菅谷と、《きみのみじかい髪の香りや／幼い日のひそやかな身ぶり／を知らない》（「つめたい朝」）と言いながら、〈六月〉の死者に優しい抒情で近づける渡辺の違いがある。そして、二人の抒情詩は、何処まで行っても、〈ぼくたち〉あるいは〈ぼくら〉に拮抗する他者が登場しないことによってモノローグである。

「暴走」二号（一九六〇年九月）に発表された渡辺の作品「つめたい朝――六・一五の記憶のために」と、やはり、同誌十三号（一九六三年六月）の菅谷規矩雄「六月そして六月」を引く。

あらゆる記憶が
告発の形してかがやくぼくたちの街で
ひとつの小さな死の重さを測ることは
ほとんど無意味だ
だから　ぼくたち測るまい
記憶の中のきみのまなざしの重さを

ぼくたちが耐えた時間の重さに
ついに夜明けにむかってくずれはじめた空
それを見上げるぼくの瞳に
きみの死は　ひとつの記憶に過ぎなかったか？
ぼくたちの傷口は　いっせいに
つめたい朝の光にうたれ
血は　じょじょに固まりはじめていた

（渡辺武信「つめたい朝」第一連、二連）

いまはすべての睡りは鋭く
六月の夜の深いくぼみをつきぬけ
ぼくらの眼は
死者のまぶたのうらがわにひらく
六月のメランコリア
六月の死臭
六月の皮膚のしたで
革命の傷だらけのパンをたべたがる
ぼくらのファナティックな仕事
死者は
すべての非所有のなかへはこぶべき
ぼくらの数すくない私有である

（菅谷規矩雄「六月そして六月」第二連）

二つの作品は哀傷、メランコリーを帯びた感情のトーンが同じなので、よく似た印象を与えるが、微妙なところで決定的に異なっている。それは渡辺のことばが、自然的な感性を信じない新しい抒情の響きを感じさせるが、結局は《きみの死》の記憶を拒みながら、記憶を歌うしかない構造をもっていること。菅谷の方も歌っている、つまり抒情詩であることは同じだが、違いはそこに記憶へ向けた視線がないこと、これが対照的である。菅谷にとって〈六月〉は不在であり、空虚である。だからこそ、そこに〈死者〉を含んだ《ぼくら》が入りこむことができた。《ぼくら》と〈死者〉と〈六月〉の同一化。それなくして、詩のなかに政治思想の文脈が忍びこむ余地はなかった。非所有のコンミューンを目指す、ファナティックな革命を運ぶ媒体として、〈死者〉は私有されようとするが、そこに死臭が漂わないわけにはいかない。革命が傷ついているからだ。狂気が浸透しているところに切迫感はあるが、詩の言語が閉鎖的なのは、革命や非所有が、一月の羽田とも、六月の恐怖の場所とも、ましてや先の五カ月の日常性とも関係がないからだ。観念的というより、ラジカルな心情一筋の表出……となっているところが危機的だ。彼の思想的な抒情詩は〈六〇年代詩〉の可能性であると同時に、不可能性を病んでいる。
「暴走」同人以外に〈六月〉の死者をモティーフにした詩は、どれほどあるだろうか。わたしは吉本隆明の「時のなかの死」（「ユリイカ」一九六〇年八月号）しか知らない。

さてひとつの死は生についての履歴をもつていた
たたかいに斃れた少女は
どんな時間を着ていたか
〈日本の誇るべき息子たち娘たち〉のようか
否（ノン）
六月にうつる紫陽花の色のようか
否（ノン）
教授たちの貧弱な思想のようか
否（ノン）
父と母との掌のかたちのようか
否（ノン）
時代のようにあざやかな絶望

のブラウスと暗いズボンをはいて
あかるく賑やかな「市民」の行列と
ボタンのちぎれた「民族」の道化芝居の幕間に
孤立に死んだ　いや生きた

（吉本隆明「時のなかの死」第二連）

吉本の詩が渡辺や菅谷の詩とはっきり区別される特徴は、思想詩としての明瞭な骨格を顕わにして存在していることだ。死んだ少女は、《たたかいに斃れた》という鮮明な像を与えられる。その死の孤立の意味は、〈市民〉の民主主義の戦いとも、ばかげた反米愛国の〈民族〉主義とも、相いれない思想を生きようとして斃れたところにある。〈否〉を連ねることで、否定される対象は、死んだ少女とも、それと連帯した吉本とも対立（違和）する〈他者〉の姿に他ならない。これは渡辺や菅谷のモノローグの抒情からは見えてこないものだ。しかし、「時のなかの死」の語り手の位置、語りの調子はあまりに確固としすぎてはいないか。少女の着ていた時間は《あざやかな絶望／のブラウスと暗いズボン》ではなかったかも知れない。いや、そうだったとしても、その色は周囲の明るさにぼやけて、もっと快活だったかも知れないし、空虚だったかも知れない。少女は吉本が与えたような内面的な時間をもったかも知れないが、もたなかったかも知れない。ということは、少女はもっと未知の外部に属し、意味づけを拒む他者だったかも知れないではないか。この少女はあまりに作者の内面を与えられすぎているかも……。

では、それはどんな他者だったのか。天沢退二郎の「眼と現在」は、《六月の死者を求めて》というサブタイトルが付されている。先の渡辺の「つめたい朝」と同じ「暴走」二号（一九六〇年九月）に発表された。

何よりもまず
その少女には口がなかった
少女の首をはさみつけている二本の棒には
奇妙な斑とたくさんの節があった
みひらかれた硬い瞳いっぱいに
湿った壁が填っていた
その壁の向う側から
死んだ少女のまなざしはきた

少女の首から下を海が洗っただろう
波にちぎれた腸やさまざまの内臓は
みがかれ輝いて方々の岸に漂いつき
それぞれ黒い港町に成長していっただろう
手足だけはくらげより軟かくすべすべして
いつまでも首の下に揺れ続けただろう

（「眼と現在――六月の死者を求めて」第一連、二連）

作者の天沢にとって、《六月の死者》は、同じ大学に所属するよく知った女子大生だったかも知れない。しかし、語り手にとっての《六月の死者》はまったく未知の奇怪な少女として現れる。口もないし、少女の首は不可解な二本の棒に挟みつけられているし、見開かれた瞳には壁が填っている、その語り手を拒絶する向う側から《死んだ少女のまなざし》は来るのである。この未知の少女の像は、後の連においても、前の詩行において現前した像を、たちまち台無しにし、裏切るように、未知の孕む無言、あるいは空虚を抱えて、ひたすら作者の既知が語ろうとするモノローグを、否定する彼方へ転回していく。そこにはモノローグを否定することばの運動しかないから、記憶の構造はむろんのこと、いかなる政治的な文脈も入らない。《六月の死者を求めて》というサブタイトルは、わたしには〈六月の他者を求めて〉という意味に聞こえる。そして、遂に〈他者〉は、吉本が語った政治的・社会的な対立の構造をくぐりぬけて、いわばそのような秩序の対極において、いかなる秩序も形象化することのない空虚に抱かれて腐蝕する。〈他者＝死者〉は、ただ、ことばの運動として、瞬間的にその外縁か千切れた裾しか見せない。《六月の死者を求め》ることは、〈六月〉を不可能にすることによって見えてくる、不在や空虚としての〈他者〉だった。

九　イイイイイイ

前にも書いたように、「凶区」は「暴走」と「×（バッテン）」が合同してできたものだ。「暴走」のメンバー渡辺や天沢は「×（バッテン）」にも書いているが、その逆はなかったようだ。「×（バッテン）」を代表する詩人が鈴木志郎康である。彼の詩は「暴走」グループの詩、特に渡辺や菅谷の抒情詩とは、かなり肌合いが違っていた。「×（バッテン）」時代から、鈴木の詩のことばは、いわゆる彼の内面性を映していない。比喩的な言い方をすれば、ことばはものと同じように外部にあり、彼の詩はいわばものが外部として語っていた。文法は壊れてはいないので意味はあるが、それはほとんど無意味と等価であり、語と語の差異が発生させる形式的な意味の文脈があるに過ぎない。ここには安保闘争に参加した途端に、あるいは参加する以前に脱落してしまった、という彼の〈遅れ〉の位相が映し出されているかも知れない。いわゆる〈六月〉が孕んだ意味の文脈が、〈六〇年代詩〉の経験の内面性であるとすれば、彼はそのネガしかもっていない。むろん、見方を変えれば、鈴木の方がポジなのである。ともあれ、〈六月〉の意味の影響を受けながら、それをネガにしてしまう物象の世界が、彼の詩の特異性を形成したことは言うまでもない。逆説的だが、そのネガ、あるいは遮断ですら、法への侵犯とならざるをえないところに、〈六〇年代詩〉のラジカリズムの多様性があった。

すべてが裸体なので
人間と物体と区別がなく言葉がない
ひとりの男が鋼鉄のゼンマイを手に取ると
男も女もそれにならって
子供がいないのが幸福だった
ひとりの男がゼンマイをするすると耳の穴に差し込むと
すべての人間がするするとゼンマイで蝸牛管を満した
ひとりの女が三角錐の石を鼻の両穴に詰めると
人間はすべて三角石詰めの鼻を持つことになった
ひとりの男が丸い細木の棒を尻の穴に押し込んだ
すべて裸体である人間は立てた細木の上に腰かけた
尻の穴はみるみるふさがれてしまった
次に人々は先を争って綿に食らいつき
綿で腹を満し口をふさいだ

今や　音はただ音のものであった
そして男という男は夢中で女の穴の中に自らを差し込んだ
そこは緑色の光に満ちて
穴のない世界は完成した
やがて残された目蓋の裏面に
純白のヨットが静々と滑って行った

（「穴」）

「×（バッテン）」四号（一九六二年五月）に発表された「穴」の全篇である。二行目に言及されているように、人と物の区別がない。しかも、人の穴という穴は物に埋められる。耳の穴には鋼鉄のゼンマイ、両鼻には三角錐の石、尻の穴には細木の棒、口には綿、男という物は女という物の穴のなかに自らを差し込む。物と物、物と化した身体と身体の交接による穴のない世界というのは、いわば物象化した世界ということだろう。作品の構成としては単純だが、その後の鈴木の詩の原型的特徴はよく出ているだろう。それは自己の内面の表現ではなく、物や身体に語らせる方法だ。こういう方法が成り立つためには、意味への信仰が殺されていなければならない。そこには資質的なものも強く働いているだろう。というのは、鈴木に「口辺筋肉感覚説による抒情的作品」という、愉快な試みがあるからだ。これは彼が学生時代に、高野民雄と二人で刊行した「青鰐」という同人誌に掲載されている。わたしはこれの制作時期を特定できないが、おそらく一九五九年か、六〇年頃ではないか。現代詩文庫版詩集に収録されることで、初めてわたしたちの知るところとなった。

グロットマンティカ
ニーペポルトペイン
イイイイイイ

エルソ
マソトムーネ

グロットマンティカ
グロットマンティカ
イーソイーソ
ルンルンルン

（「作品 2」）

無意味な発音が、ほぼ四音三音の文節で切れる。《イイイイ》も八音連続では発音できないので、四音で息継ぎするしかない。つまり、読みやすいのは四音三音の切れのいいリズム構成をもっているからだろう。同句の繰り返しの多いこともその性格を強める。それに多くのフレーズは、発音のよく似た外国語があるので、耳に違和感を与えない。そういう性格を含めて、《イイイイ》や《ルンルンルン》が象徴的だが、鈴木の題名を借りて言えば、発音することで口辺筋肉感覚が喜んでいる。あるいは快楽を感じている。渡辺や菅谷のような死の恐怖と抱き合わせの暗い快楽ではない。死に強迫される内面（精神や思想）を、むしろ排除した身体感覚、鈴木の後の概念で言えば、《純粋身体》が、肯定されなければ、こういう詩が、いわば本来的資質のように生まれてこないだろう。

欲望する身体の肯定。それだけをモティーフにして成立する詩、マルクス主義やそれと対抗する理念の時代を闘ってきた戦後詩にはないものだった。〈欲しがりません、勝つまでは〉、〈贅沢は敵だ〉は、戦争下における身体的欲望を禁圧するスローガンだった。戦後も飢えと物の欠乏に苦しんだ社会だったし、沢山の戦死者と餓死者と空襲による都市の壊滅的破壊は、欲望する芽を毟り取った。戦後の文化や知的世界を支配した、マルクス主義（→戦後民主主義）世界観は、水も漏らさぬ禁欲の体系だった。それが崩れだしたのは、一九五〇年代の後半期から始まった高度経済成長によって、人々の欲望が掘り起こされたからである。鈴木やわたしの世代で言えば、ちょうど大学の三年、学部進学の頃からだ。まだ、学生は貧しかったが、しかし、岸内閣が使命を終えて退陣し、安保闘争が終焉した一九六〇年七月に組織された池田内閣は、その年の内に、所得倍増計画を発表している。そのすぐ後（同年十一月）の衆議院選挙で、自民党は三百の議席を獲得し、その圧倒的勝利を背景にして、それは軌道に乗り、《一九六〇年～六五年の実質経済成長率は九・七％、国民総生産（GNP）も七年後の一九六八年には二倍に達し》（中村政則『戦後史』）ている。日本のGNPは資本主義国においてイギリス、当時の西ドイツを抜いて二位に躍進した。一九六〇年は安保闘争の年として語られるが、社会や暮らしの動態として言えば、飛躍的に生活が豊かになり、人々の欲望の在り方が変わった時代の幕開けを告げていた。よく語られるように五〇年代の後半の〈三種の神器〉は白黒テレビ、洗濯機、冷蔵庫だったが、それは数年で一般化し、六〇年代に入るとカラーテレビ、クーラー、マイ・カーに座を譲った。わたしたちの少年時代に親しかったブリキの製品や玩具、文房具はすべてプラスティックに変化した。そして、台所にピカピカのステンレス製の流し台が登場するのである。

鈴木志郎康の詩は、詩人の内面の表現ではない。外部のものが、より正確に言えば、ことばに浸透したものの世界が語りだしたのである。人間そのものがもの化したとも言えるが、それはまさしく高度経済成長による、ものの進化と内面への際限のない浸透の時代に対応している。また、豊かなものが可能にし、刺激し、呼び起こした欲望は、身体を禁圧する倫理的装置を外しただけでなく、話法の規則性をも侵犯した。〈六〇年代詩〉におけるセクシュアリティは、鈴木の詩において、アナーキーな表現を求めて噴出したのである。そこにこそ、欲望が性的な身体に問題化し、ショートする、一連の〈プアプア詩〉の出現を見ることになる。ハレンチな詩として眉をひそめられ、また、同じ理由で面白がられて、鈴木自身が驚くほど広い読者に迎えられたのは、経済成長下の時代の欲望の在り処を、彼の言語感覚が捉え、また時代が彼を飲みこんでいたからだろう。

私は妻のふとももを縦にぐいと拡げて
舌で欲望を発電する
電圧が低くてくらいなあ
私は私の不明迷妄を誇りとする
こうして家庭はようやく維持されているのだが
女房たちよ、現在売春は何故禁じられているか知っているか
家庭的性交は娯楽と実益をかねそなえている
売春を達観したプアプアちゃんはえらいね
堂々といらっしゃい
家庭に於いて私は私自身の男根を私自身の手で確実につまんでプアプアちゃんの暗黒の中に

私自らの感覚で探検する
老処女キキは成行きをバフバフと見てる
妻の衛生的オッパイは身をねじる
嫉妬する
暗黒に向って私は腰に力を入れる
私は屁をひる
老処女キキの笑いだけの群生
オ
お望みとあればステンレスの流し台をキラキラとみがこう
（「売春処女プアプアが家庭的アイウエオを行う」部分）

〈プアプア詩篇〉におけるプアプアとキキは、キャラクターという性格を作らないキャラクターである。複数であり、変幻自在であり、猥褻と喧騒のための小道具であり、健全な社会風俗や家庭を風刺する笑劇の道化役であり、処女（少女）であり、娼婦であり、死体であり、無である。それらは影のように実体を成さないが、ここにも出てくる、新製品《ステンレスの流し台》などのものや風俗に寄生する。悪意と卑猥の妖精、プアプアやキキが活躍しなければ、これらの詩は精彩を欠いたにちがいない。

十　不連続線

吉増剛造、岡田隆彦、井上輝夫などが拠った「ドラムカン」の創刊は一九六二年七月だった。最終

（十四）号が出たのは、一九六九年九月だから、典型的な六〇年代の同人誌である。ただ、わたしの頼りない記憶によれば、この同人誌を初めて見たのは七〇年代に入ってから、上京した折に宿泊した、菅谷規矩雄のマンションの一室だった。だから、彼らの六〇年代初期の詩を、まともに読んだのは、いずれも造本の悪い新芸術社版による、吉増剛造詩集『出発』、岡田隆彦詩集『史乃命』においてだった。わたしが岡田に関心をもったのは、彼の詩がいわゆる安保闘争などの政治性を、ネガとしてさえ映していなかったからだ。そのことはわたしの「岡田隆彦論」（「天真爛漫体のゆくすえ」、「現代詩手帖」一九七七年八月号）でも触れているので、詳述しないが、彼は〈六〇年代詩〉を、安保闘争などの時代状況からする一般論で、ひとしなみに語られることに異議を唱えている。それは別に言えば、吉増なども含めて「ドラムカン」の詩人は、同時代にあって「凶区」とは異なる立ち位置にいた、ということだ。このことは、もっと全面的に積極的に主張されねばならなかった、というのが私の考えだった。

もう一つはそれとは直接に関係はないと思うが、〈六〇年代詩〉では彼だけが、〈遅れ〉の問題を意識化していた。「ドラムカン」最終（十四）号に掲載されたエッセイ「本質的な遅延をひとかじり」がそれだ。前後の文脈の是非を言うと、ここでは不要な議論をしなければならなくなるので、できるだけ簡略に要約するが、たとえば、パウル・クレーやボードレール、ドラクロワは、みずからの芸術や詩の可能性に賭けようとして野望を抱く。しかし、《時の無常迅速》の移り行きや《肉体の衰微》、《怠惰》などによる苛立ち、焦り、おびえ、諦めなどが、彼らの生命や芸術を蝕んでしまった。岡田によれば、彼らは《才能やたくましき肉体やすぐれた感覚にめぐまれた上、努力し勤勉でありつづければ本質的な遅延を取り戻せる》という、致命的な誤謬を《気づかずに犯してしまっている》。むろん、彼は諦めるほかないと言っているわけではない。〈時〉の不連続性や、断絶に向き合うべきだ、というのだろう。

岡田の論理は錯綜してややわかりにくいが、一人一人にとって、〈時〉の不連続には差異（固有性）

があり、その人固有の遅れを《本質的遅延》と言っているように見える。そして、それが不可避的であるなら、〈遅れ〉は肯定されねばならない。そこにしか、クリエーティヴなモティーフは潜んでいないからだろう。岡田や吉増ら「ドラムカン」の詩人たちは、「凶区」の詩人たちの〈六月〉に到る〈時〉と断絶し、安保闘争との回路を封鎖した。だから、菅谷にもっとも悲劇的な形相として表れたオブセッション——自らの〈遅れ〉を否定的に捉えるところに発生する——とは、まったく無縁だった。そこに死の斜面が快楽と接触し、オブセッションとなった〈六月〉によって、生命も詩も脅かされることのない、彼の《天真爛漫体》の成立する理由があった。しかし、わたしはすでに先にも触れたが、岡田隆彦論「天真爛漫体のゆくすえ」を書いている。ここでは幾らか違った観点で、『史乃命』より、「鼠小僧次郎ッ吉」を取り上げたい。

ひとが　見えるものをとりまいた。
散っていくか
事件だ　与件だ　当然か。
ぬすっと次郎ッ吉登場だ。
急いで　いけいけ　もれてしまうぞ。
まずはいったん姑の、美学と勘定で
吝嗇を研ぎ　ひとつの運動をこぼすな。
カッサラエ　しなやかに
軽やかでなく　いきいきと自然態。
巨心翼翼飛んでみろ　東京の天。日本の間。

みんなのものだから
真情　内容をぬすみとり　貼りつけよ。
吸いこめよ　その小さな肉体の花芯のおくそこに。
あれば四つの季節に　いつもぬれているものらは
いつも生きているものにむかって
うごめいていた。
具体のちからが、そぎおとす　殻の、マークよ。
キッス・マークや街さき放送の、
なんたる侮蔑の華ばな。
フッソ　フッソ　フッソフッソって一体、
ほんとうに　なんだろう?

（「鼠小僧次郎ッ吉」第一連、部分）

歴史上の人物、鼠小僧次郎吉の物語とは関係がないが、この怪盗の神出鬼没、変幻自在のイメージが、ことばの運動として借りられている。ことばが連想に誘われて無意味に動くかと思うと、予想を越えて、飛び上がり、別の路地に着地する。いかなる理念とも、物語とも、強迫観念とも、時代を映す死の内面とも切れて軽やかというより、軽躁とか、軽はずみとか言った方がふさわしい運動体となっている。「凶区」の詩人たちが身にまとった死とか快楽とか、心情的ラジカリズムとか欲望とかの神話もはがれ、オリジナリティという個性は溶解する。ここで詩は事件も美学も吝嗇も小心翼々も真情も侮蔑も、それらのものを内面に繋ぎとめる表現の規則を吹っ飛ばして、フッソフッソになりたがっている。フッソフッソとは、誰の耳にもナンノコッチャわからない偶発的なもの、内面とは一切かかわらない外にあるものの擬態、あるいは擬音だろう。むろん、そのような無意味な水の涌出において、法は洗われるだけで、僅かな損傷も受けることはない。見かけの侵犯の擬態。むろん、このような擬態を《自然態》として、颯爽と演ずるところに、もう一面の《天真爛漫体》はあったのだった。

十一　速度

わたしが吉増剛造の詩に強い関心を抱いたのは、第二詩集の『黄金詩篇』からだった。最初の詩集『出発』にどんな印象をもったのか、よく覚えていない。当時のわたしは安保闘争のモティーフを共有していた、「凶区」の詩人たちの印象が強く、吉増の『出発』の出発の意味をうまく感受できなかったような気もする。しかし、『黄金詩篇』の強い衝撃によって、吉増剛造の詩の重要性に眼を見張り、初期詩篇を読み直すようなことが起こったに違いない。そして、この人の詩は初めから、他の詩人と速度が違うことに気づいたのだった。詩集『出発』の巻頭を飾る「出発」に、それは明らかな相貌を曝していた。

ジーナ・ロロブリジダと結婚する夢は消えた
彼女はインポをきらうだろう
乾いた空
緑の海に
丸太を浮べて
G・Iブルースをうたうおとこ

ショーペンハウエルの黄色いたんぼ
に一休宗純の孤独の影をみるおとこ
ジッタカジッタカ鳴っている東京のゴミ箱よ
赤と白の玉の中に財布を見る緑の服の男たちよ
ピアノピアノピアノピアノ
雑草のように巨大な人間の音響よ
雑草のように微小な人間の姿よ

（「出発」第一連）

詩人吉増剛造のまさしく出発を告げる詩である。イタリアの女優ジーナ・ロロブリジダやエルヴィス・プレスリーのG・Iブルースには、六〇年（代）が刻印されているし、《黄色いたんぼ》が黄色いサクランボのもじりであれば、スリー・キャッツがうたって大ヒットした曲名ということになるが、それもやはり六〇年である。岡田と同じように、吉増の「出発」には、「凶区」の六〇年六月という、政治や思想のシンボルとは不連続の、いわば俗なる六〇年が息づいている。それとともにことばの繰り出し方の速さにも驚く。それは行間や一つのイメージが次のイメージに転換する間に思考を働かせない、誇張した比喩で言えば、稲妻の如くことばを繰り出している、ということになろうか。ジーナ・ロロブリジダとインポと丸太とG・Iブルースとショーペンハウエルと黄色い田んぼと一休和尚とゴミ箱と紅白の玉は何の関係もないが、関係もないとは言えない六〇年という時代の、俗なるものの表象が浮き出ている。シュルレアリスムの自動記述に近い方法を感じさせるが、彼の場合、方法というより気質と呼びたい気がする。

〈六〇年代詩〉において、シュルレアリスム（の提出したテーマ）を、継承する意識を鮮明にしていたのは天沢退二郎である。彼は「シュルレアリスムの継承」（「詩学」一九六二年九月号）というエッセイで、前世代の大岡信、飯島耕一などのシュルレアリスム再検討の試みが、《その神秘主義的な面》を意識的に切り捨てたことに異議を出している。それを言う前提として、彼の専攻でもあるジュリアン・グラックという、特異なシュルレアリストが、いわゆる聖杯探究の物語と、シュルレアリスムを結びつけていることの考察があるのだが、わたしにはそれに触れる資格がない。ただ、一九五〇年代の大岡、飯島、清岡卓行、吉岡実などのシュルレアリスムの検討と継承は、かなり本格的なものだったし、実作においてもすぐれた成果を残している。理論面においては、特に大岡が自動記述の方法を核心において、シュルレアリスムの美を手段にも目的にもしない芸術革命的性格を追及した。それにもかかわらず、結局、彼らが挫折せざるをえなかったのは、〈霊感の体系化〉とか〈降霊術〉、つまり、神秘主義的な面を避けたからではないだろう（拙稿「現代詩、もうひとつの戦後空間——シュルレアリスムを超えるもの」、『北川透現代詩論集成』第2巻所収、参照）。それはオートマチズムが不可避にする、単に精神錯乱という現象を超えた狂気の問題に、彼らが向き合えなかったからだ、とわたしは思っている。

この神秘主義に関連して、天沢は聖なるものと詩的なものの一致を説く、ジョルジュ・バタイユの《聖なるものとは、禁制、すなわち暴力的なもの、危険なもの、それに接するだけで既に死が予告されるもの、すなわち悪を意味するということを、われわれは決して忘れてはならない》（『文学と悪』）を引いている。詩を書くこと、ここでの文脈ではオートマチズムが、そのような〈悪〉を引き寄せるとしたら、それが理性の意識、宗教的な倫理、論理規則などの一切の禁制（法的拘束）を解除するからだろう。そこで引き裂かれる詩と詩人の背理、詩人の死という断層を貫いて現れるものは、《詩において結局は詩人が語るのではなくことばが語るのであり》などという呑気なものではないはずだ。たしかにことばが語るのだが、ことばが語るとは、どういうことなのかということだろう。聖なるものとは、神でも、神秘でもなく、人が人としての拘束を離れる絶対的受動性、別に言えばさまざまなレベルにおける法を侵犯する狂気の意識のことではないのか。天沢は《ぼくらがいつでも「どんな一行からでも」詩を書き出すことができるのは、まさしくオートマティスムが与えてくれる最大の保証なのである》と書く。しかし、最大の保証は最大の危機でもある。なぜなら、それは狂気や悪、詩人の死への誘惑を道連れにしているからだ。

五〇年代の詩人が、この恐怖の保証を避けたのは、一人一人の詩人の問題であると同時に、彼らを理性的に、倫理的に拘束していた戦後民主主義（→マルクス主義）を疑えなかったからでもある。それに正面からぶち当たったものこそは、六〇年六月の経験であった。しかし、同時代性とは、直接、経験するしないの問題ではない。むしろ、経験という回路を閉ざしている、あるいは閉ざされている方が、同時代性を自由に共有しうるという逆説は、岡田や吉増に訪れていた。たとえば、それは吉増の初期の詩に見られる、ことばの繰り出し方の尋常ならざる速度である。そのような速度を可能にしたものこそは、戦後民主主義という理性、善悪の倫理、構文の規則などの拘束の解除だったはずだ。彼には、いわゆるシュルレアリスムの自動記述という自覚はなかったかも知れない。それでわたしは先に、気質と呼んでみたのだが、その速度の気質こそは、『出発』の詩篇のほとんどすべてに流れ込んでいる。それがいわば威風堂々とした狂気の文体を作るのは、『黄金詩篇』以後であるとしても。

おんながうめき声をうめきだしたとき
おとこはぶつぶつした皮膚に鋭いハタをなんぼんも
なんぼんもなんぼんも突き刺しつづけた
ふたりは

風景の突端にぶらさがって
青白い炎を吹き出しながら
じっとにらみあっていた
いつまでも殺しあっていた
そのとき
いのちをかくしていた衣裳がびりびりと裂けたのだ
からみあい
しがみついていた骨々がばらばらととけたのだ
あらゆる方角から
きりきざまれたひかりがいきなり殺到してきて
いのちのふしぎなかたちがあらわれた
いのちのふしぎなかたちがあらわれたのだ
天空は赤から紫にめまぐるしく変色し
二羽のツバメが五匹のミミズのように空を飛んだ
呪文のようにとぐろをまいていたぼくは
もうぼくではなくなった

（「衣裳」前半部）

女の陣痛？　ハタ（旗？）を女の皮膚に刺す男の奇怪な行為、炎を吹き出し、睨みあい殺しあう男と女、そのとき、衣裳が破けて隠されていた〈いのち〉が現れる。〈ぼく（男）〉も女も、もはや男や女でなくなり、天変地異のなかで、生誕した〈いのち〉は無数の顔をつくっている。このどこか素朴でユーモラスな、それでいてすべてが自壊する狂気の漂う〈いのち〉の誕生説は、いわば傷だらけの、血みどろの詩の生誕説とも読みかえることが可能だろう。このような試みの果ての、もう一つの飛躍が、詩集『黄金詩篇』（一九七〇年）の「朝狂って」だった。

ぼくは詩を書く
第一行目を書く
彫刻刀が、朝狂って、立ちあがる
それがぼくの正義だ！

朝焼けや乳房が美しいとはかぎらない
美が第一とはかぎらない
全音楽はウソッぱちだ！
ああ　なによりも、花という、花を閉鎖して、転落することだ！

（「朝狂って」第一連、二連）

十二　リミット

①エテロトピー

渡辺武信の『移動祝祭日』によると、一九六六年一月に天沢退二郎は、一年半のパリ留学を終えて帰国している。そうすると、ミシェル・フーコーが『言葉と物』をフランスで刊行したのは、その二カ月くらい後ということになる。むろん、この書の日本における翻訳・刊行は、それから八年後の一九七四年だった。なぜ、そんなことに触れるかというと、天沢は留学から帰った、ちょうど一年後、彼が担当した「現代詩手帖」（一九六七年三月号）の時評に、「現代詩とエテロトピー構造」を書いたからである。エテロトピーは、フーコーが『言葉と物』の「序文」に出している概念だ。当時、フーコーの翻訳はまだほとんど出ていない。日本では名前すら一般には知られていなかった、と思う。『知の考古学』が比較的早く一九七〇年。『狂気の歴史』は一九七五年の刊行だった。天沢はおそらく留学中、フランスの現代思想の先端的な潮流に触れていたのだろう。しかし、『言葉と物』のフランスでの刊行は、彼が帰国してからだから、彼が原文で読んだのが序文だけだったとしても、直ちに〈六〇年代詩〉の核心のテーマに、《エテロトピー》の概念を関わらせて論じるのは……いかにも早い。この驚くべき早さは何だろう。これには誰も追いつけない。

むろん、常に遅れるわたしがこの早さに追いつけるわけがない。追いつけないまま、つまり、『言葉と物』について何の知見もないまま、わたしが書いた未熟な小論が、先にも触れた「ことばの自由の彼方へ」（現代詩文庫『天沢退二郎詩集』解説）である。当時、このエテロトピーに触れた論は、わたし以外では、先にもあげた菅谷の「天沢退二郎＝序説」しか知らないが、彼の論はわたしの解説より二年後に書かれている。むろん、このときまだ、『言葉と物』の翻訳は出ていない。その条件のなかで、天沢批判のために、エテロトピー論の要約をしなければならないのだから、いかにも苦しげだが、しかし、彼はエテロトピー論の焦点を、言語表現における構文破壊にしぼって、《言語の指示表出性と自己表出性の相関という（吉本隆明の）概念》を使い、《恣意や偶然ではなく表現の必然性をふくんでなされる構文破壊とは、〈表出‐指示‐現実〉の根源過程にたいする指示表出の尖端における分裂のはざまに、自己表出性があふれだし指示性自体をのみつくすとともに、指示‐自己の相関たる表出性（言語のトータリティ）そのものが自壊することを意味している。》と説明する。ただ、《本質的なことは構文というものが、言語の指示表出性を基礎としていることであり、指示性の尖端における分裂が、異相の出現を招き寄せるのである。》（「天沢退二郎＝序説」）と言えるかどうかである。

誤解は誤解を生む、と言っても、最初の誤解は天沢の早さのうちに孕まれていた。『言葉と物』の序文を読んでみたらいい。エテロトピー論はいかにも隣り合っているように見えるが、構文破壊（統語法の喪失）の問題ではない。しかし、構文破壊に限るなら、それを《指示表出性と自己表出性の相関》に見る菅谷の考えは、的を外してはいない、と思う。ただ、その〈相関〉に表現の規則性、あるいは規範性の概念が入らなければ、《言語の指示表出性を基礎》とするだけでは、シンタックスの乱れや破壊は説明できないだろう。この問題は後で引き継ぎたい。

ここでは『言葉と物』の「序文」の詳しい紹介をするのが目的ではない。ただ、天沢の誤解を指摘するための順序として、簡単な素描程度はせざるをえない。フーコーはそこで、ボルヘスのテキストのなかにある『シナの百科事典』のもの（動物）の分類法が、ヨーロッパの《われわれの思考の限界》を超えていることを述べている。その理由をわかりやすく言えば、ものを分類するためには、例としてあげられている、ａからｎまでの項目（もの）が、互いに矛盾も重複もせず、同じレベルにありながら、それぞれが差異をもっていることが必要だ。しかし、「シナの百科事典」に並置されている奇妙奇天烈な動物たちは、それらの並置（分類）を可能にする《共通の平面》が崩壊しているように見える。それらが隣接し合えるのは言語という非在の場だけである。特に、そこに《この分類自体に含まれるもの》という、異なる審級の項目が配置されたら、分類を成り立たせる思考の場自体が崩壊してしまう。フーコーは統辞法の崩壊とも述べているが、それは《語と物とを「ともにささえる」（ならべむき合わせる）それほど明確ではない統辞法》のことである。直ちに文を構成する統辞法（構文法）を意味しているわけではない。『シナの百科事典』のおかしさとそれが与える困惑は、文法レベルの構文が崩壊しているところにあるのではない。《そこで物は、じつに多様な座に「よこたえられ」「おかれ」「配置され」ている所にあるのだ。従って、それらの物を収容しうるひとつの空間を見いだすことも、物それぞれのしたにある〈共通の場所〉を規定することも、ひとしく不可能》になってしまう。あくまでヨーロッパの思考の枠組み（知の深層構造）と、異質（不可能）な分類、物の配置を可能にする、別の秩序をもった思考法が――、それをフーコーは《混在郷(エテロトピー)》と呼んだ――そこに見られることに注意が向けられている。それはどう見ても、直接に〈六〇年代詩〉のもつ構文破壊と繋がる問題ではないだろう。

　確かにフーコーは、ロートレアモンが主張した《ミシンとコーモリ傘との手術台上での出会い》という、シュルレアリスム風の遠い関係にあるもの同士、それを連結する方法を例に持ちだしているので、誤解しようとすればできる。なぜなら、ロートレアモン→シュルレアリスムが語っているのは、必ずしも思考の秩序のレベルの問題ではなかったからだ。それはあくまで想像力の問題であり、ミシンとコウモリ傘はテーブルの上だろうと、海の上だろうと、空想上の龍の背中の上だって出会うことができる。ミシンとコウモリ傘はお互いに出会っているだけでなく、手術台とも同時に出会っているのである。一方はものとものの偶然の出会いが未知のイメージを創りだす、という想像力（詩的レトリック）の問題であって、他方は分類項目があまりに突飛で面白いので、詩的想像力を刺激するとしても、それとは直接に関係をもたない〈事典〉の物の分類や配置をめぐる、思考の枠組みやそれを規定する深層秩序の問題である。両者は同列に語れないはずなのに、フーコーはヨーロッパの思考法、《秩序づけ、分類、それぞれの相似と相違とを指示する名による区わけ、諸存在にたいするこのような操作を思考に許す表(タブロー)》の比喩として、ミシンとコウモリ傘を出会わせる手術台をもちだしている。そこにいささかの混同があると思うが、それは実在の場所はもたなくても、イメージとしての未知の連結を可能にする場所をもっているから、先の《混在郷（エテロトピー）》に対置して《非在郷（ユートピー）》と呼ぶことは可能だろう。
　しかし、当然のことながら、そこでフーコーの視野には、詩や文学の問題は入っていない。だから天沢の言うような、シュルレアリスムの《異物衝突の美学を排除する》とも、《ミシンとコウモリ傘の出会いが美としてあらわれる》（いずれも傍点は北川）などという文脈が入るはずもない。ここで扱われているのは、シナとヨーロッパ（フランス）の文化を支える知の枠組みの差異（フーコーの用語で言えばエピステーメー）の問題であり、美や美学の問題ではないし、『シナの百科事典』が、シュルレアリスムを詩の方法として超えたことが述べられているわけでもない。

②暴力あるいは自壊

　以上のことをはっきりさせた上で、実は天沢退二郎の構文破壊が目覚ましい特徴として表現されていたのが、第三詩集『夜中から朝まで』の一九六一年～六二年の作品であることを想起したい。それは彼のフランス行きの前だし、当然、『言葉と物』に彼が接する前である。つまり、エテロトピー構造に自分の作品をなぞらえるより前に、それとは、関係なしに構文破壊は出現していた、ということだ。その代表的な作品が、みずからエテロトピー構造を示している作品として言及している、「暴走」六号（一九六一年十一月）初出の「死刑執行官」である。わたしはこの作品については、すでに十分すぎるほど論究している（「ことばの自由の彼方へ」）ので、ここでは同じような構文破壊を示している「樽きちがい」を引く。

　樽はペー中毒の道の上でなら愛せる
　ちぎれかけためだまはそのとき

砂まみれのよだれを引きのばし
首のながすぎる少女のチラと裂けた海面に
縄のさきは触れては離れ
音のしない終りのない物語の輪を
短い針で放ちつづける
さても悪人の尖ったアゴをさし下す空よ
鳥たちはねじれたクレヴァスにねぶられて
フィルムとも羊膜ともしれぬうすいものを
新らしいめだまの蛹の上に
めぐらしてしまった
樽ころがしのへたな幽霊は
砂に愛されることはない

（「樽きちがい」第一連）

ペー中毒という語は、今日ではあまり見かけないが、麻薬中毒のなかではもっとも天国と地獄の両極に、吸引者を引き裂くヘロイン中毒の陰語（俗語）である。中毒者の陶酔と恍惚が思い描く悪夢の光景の隠喩のような印象を受けるが、もとより隠喩の世界ではない。むしろ、意味の文脈としては無関係な、しかし、否定的で粘着質の語と語の連結をねじ切る、暴力的な語法の世界だと言った方がいいだろう。しかし、体言と述部を結ぶ格助詞を中心とした形式的な統辞法自体（ニセの構文）は崩れているわけではないので、焦点を結ぶことのない散乱するイメージから、自壊する世界の狂気を感じ取ることができる。「死刑執行官」「ソドム」「樽きちがい」など、この時期の傑出した作品群は、天沢が「シュルレアリスムの継承」を書いた時期と重なるのである。つまり、『夜中から朝まで』の詩は、シュルレアリスムの自動記述の方法の、おのずからなる限界線を示すものになっている。むろん、言わずもがなのことを言えば、ここでのシュルレアリスムも、自動記述も、理念としてのそれではない。天沢に固有に生きられている現実態のことだ。それは理念としての自動記述が不可能なことを前提とした上での、個人的な詩法の戦略としての自動記述とも言うべきものだろう。

すでに本論の「十一」でわたしは天沢のそのシュルレアリスム観が抱える断層について、ことばを尽くしているので、ここで繰り返すことはしない。ただ、構文破壊をあらわにした天沢を最左翼とする〈六〇年代詩〉への批判が、五〇年代においてシュルレアリスムの再検討と実践を試みた、清岡卓行などから出たことは示唆的であった。それは自動記述のリミットが、リミットを超えて非詩の領域に入った、と受け止められたことを示しているからである。清岡は福永武彦との対談（「群像」一九六七年一月号）で《言葉によるイメージの破壊という超現実主義ふうな本来はすぐれたものでありうるモチーフが、怠惰に、悪く結果している場合が多い》と言い、福永は《乱雑》《でたらめ》《でまかせ》のイメージだと応じている。わたしの記憶では、これは特殊な反応ではなくて、当時の既成詩壇や文壇ジャーナリズムから、〈六〇年代詩〉が受けた一般的な反応であった。これに対して書かれたエッセイが、「現代詩とエテロトピー構造」だったことは付言するまでもないだろう。天沢はそこで、フーコーを借りながら、自分の詩があらわにしているものが、《エテロトピー構造》であり、これにおいて《シュルレアリスムの美学基準》などという古臭いものは、乗り越えられてしまったんだ、と言いたかったのではないか。天沢の主観は、必ずしもそうではなかったのかも知れないが、客観的な対応はそうなっている。

しかし、幾つかの問題は、なお、残っている。まず、一見すると《乱雑》《ほんとにでたらめ》《ただでまかせ》と見える、現代詩（〈六〇年代詩〉）が、《ただでたらめなだけの浅薄な「詩」》とどこが違うのか、という問題である。それに答えて、天沢はただでたらめなだけの詩は、《出会いの共通の場を言語以外にもっていない》という《原理的基盤》から遊離している、と言う。しかし、なぜ、それが原理的で、なぜ、それが基盤なのか説明されなければ答えたことにならない。そのことに吉本理論（『言語にとって美とはなにか』）を借りて答えようとしたのが、先の菅谷規矩雄の論理だった。しかし、表現の必然性を含んで成される構文破壊が〈でたらめでない〉のは、《自己表出性があふれだし指示性じたいをのみつくすとともに、指示――自己の相関たる表出性（言語のトータリティ）そのものが自壊すること》と言われても、実は何のことかよくわからない。

それがわかるためには、一つは自己表出性が、表現が孕んでいる時間性（→価値）だということが押さえられなければならない。たとえば先の天沢の詩「樽きちがい」の第一行目を例にして言えば、シュルレアリスムの歴史や自動記述の失敗の経験が知識として前提になっている。その上で樽、ペー中毒、道の上、愛という語、それらのイメージや意味の不可能な連結にも、詩人のこれまでの詩作、言語活動のなかで経験されている時間性が刺し貫かれていれば、表現の価値として感受される。ただ、普通の言語活動では、文は意味のひとつながり、つまり、アプリオリな規則性に従って表現されるのに、ここでは形式的な統辞法によって構文は維持されているものの、意味やイメージを作る、語と語の出会いの規則性が切断、あるいは破壊されているのである。自動記述の限界は超えられているが、超えさせている時間性は方法、語、イメージの無意識の選択において高度なものである。また、意味やイメージは、規範を外されてばらばらながら、消えてしまったわけではない。無意識にしろ、語（句）と語（句）が偶然を装って出会う非在の場所、ニセの構文は崩壊していないからだ。そして、その無意味な、不可能な出会いに、天沢の六〇年代の状況が可能にした、ラジカルな現実意識が参加している。それが作品全体の実存的な陰影や多義的な印象を作っている。構文の破壊と言っても、実は意味を成り立たせる規範が壊れているだけで、構文の形式性は保持されているから、その意味の切断に働いている時間の累積、連続性が高度であれば、《乱雑》《でたらめ》《でまかせ》にはならない。非詩に転落する際どい頂点（リミット）であるが、その危うさも含めて、この時期の天沢の詩の魅力は時代を超えて生きるだろう。

なお、二つの問題が残っている。それはこのような詩と非詩の限界すれすれの構文破壊が、《六〇年代詩》になぜ起こったのかという、それぞれの詩人の個性を超えた理由である。それは政治的には六〇年安保闘争によって生まれた鋭い断層、亀裂、また、経済的には高度成長の物質的な豊かさが、やがて冷戦構造の終結を招く、戦後的世界像の崩壊と重なる事態が、いわば詩人たちの身体や言語感覚に自壊として訪れたのではないか、ということ。思想や論理が十分に、この巨大な断層を触知できなかったとき、〈六〇年代詩〉は感覚の自壊による構文破壊という形でそれを表象したのではないかと、とりあえず想定しておきたい。そこにはマルクス主義、戦後民主主義の終焉を象徴的に示す、〈六〇年安保闘争〉の〈丁字形〉の〈真空〉が経験されていた。

もう一つは、方法的に構文破壊が限界だとしたら、その先はないのか、ということだ。むろん、確かに限界であれば、そこから引き返すことしか、詩が生き延びる方法はない。確かに、引き返すという選択もある。しかし、限界も、多面的、多層的であり、一旦は引き返しながら、また限界に戯れ、挑戦することもできる。リミットは袋小路であると同時に、危機の孕む豊かさの表現でもある。平叙体との往復は、リアリズムの文体も非リアリズムのそれをも更新するし、上下（垂直軸）だけでなく、左右（横への広がり）への逸脱も、書記体・話体・混淆体による、それぞれの文体革命の試みも可能であろう。シュルレアリスムの、なかんずくオートマチズムの文字通りの継承はありえないが、それが詩の言語の本質的な在り方を指しているとしたら、わたしたちは、さまざまなルートで何回も試みることから離れられないはずだ。

しかし、詩の可能性はシュルレアリスムの限界線に潜んでいるだけではない。〈六〇年代詩〉の最後の問題は、むしろ、シュルレアリスムの方法の対極線上（対極は最も近くに隣接する）に浮き出ている、意識性（思想）の詩的表現。それは非詩（生活）や反詩（思想）を媒介する詩の可能性を、不可能性の詩に転換する領域に、ひそかに息づいているテーマだ。そこに次のプラス一の断層が浮き出てくる。

プラス一　六甲

「凶区」の詩人たちは、たとえ一時的だったにせよ、〈六月〉を物神化した。そこに一人の死者がいたからである。仮定自体が無効だが、もし仮に死者が出なければ、菅谷規矩雄は〈六月〉をオブセッションとすることもなかっただろう。オブセッションを物神化の反動形成と見てよいかどうか……。わたしに不安がないわけではないが、「凶区」のなかで、あるいは〈六〇年代詩〉のなかで、と言ってもいいが、最大の思想詩人の可能性をもっていた菅谷は、その〈オブセッション〉と〈うた＝抒情〉が循環する過剰さ故に、思想詩（人）の自由な可能性を狭め、困難にしたのではないだろうか。

では、物神化を拒否する〈六月〉があらわにした、もっとも根底的な断層は、何処にあったのか。それは国会構内の警察隊とデモ隊の衝突の現場ではないだろう。むしろ、暴力が隠されることによって、国会前の路上の《丁字形の交点》に出現した〈真空〉に、それは象徴されていた。体制と反体制という、戦後的な左右の力の対立が、むしろ補完そのものであった円環から、初めて逸脱する勢力が生まれたことによって、そこに埋めようもない断層が作りだされたのだった。戦後的な秩序の終焉を予告する〈真空〉、その六〇年六月の断層こそは、四年前のソ連の戦車によって潰された〈ハンガリー革命〉の断層と、象徴的に繋がっていただけでない。一九六八年～七〇年の新左翼や無党派の学生による全共闘運動の危うい断層、三十年後の東欧やソビエトなどの社会主義圏を、連鎖反応的に崩壊させていった断層とも繋がっている点で、世界史的な意味をもっている。

安保闘争をそのような視界で捉えようとしていたのが、六〇年代の松下昇だったように思う。それを最初に知ったのは、「神戸大学新聞」（一九六六年十一月十一日号）の切り抜き、「〈ハンガリー革命〉と〈六甲〉」を読んだからだ。このエッセイが送られてきたのは、発表された時点ではなく、しばらく後だった、という記憶がある。〈ハンガリー革命〉が起こったのは、一九五六年十月〜十一月だから、彼はちょうど十年後に、これを書いている。その間に、彼は東大の大学院を終えて、神戸大学に赴任していたのだった。〈ハンガリー革命〉とは、ソ連の政治的支配下にあったハンガリー勤労者党（共産党）の政府に対して、首都ブダペストを中心に、全国規模で起こった民衆の蜂起を、ソ連軍の重戦車が武力鎮圧した事件を指す。ハンガリーの市民が求めたものは特別なものではない。言論の自由、多数政党制や秘密投票による普通選挙、議会制民主主義、労働条件の改善などである。しかし、それこそがスターリン体制と正面から衝突するものだった。侵攻したソ連軍の略奪、放火、レイプを含む二回の武力鎮圧によって、一万七千人ほどの死者、二十五万人の難民が出たと言われる。以後、三十年間、ブダペストの市民たちは、これを話題にする自由すら奪われた。

当時、日本ではハンガリー動乱と呼ばれた、この事件について、松下昇は詳しく書いているわけではない。それどころか、なぜ〈動乱〉ではなく、〈革命〉なのか、という説明すらうまくできていない、ある意味で半端な（不透明な）文章に、強い印象をもったのは、当時、学生だった松下の反応が、やはり、大学三年生で学生自治会の責任者だったわたしと、よく似ていたからである。ソ連共産党第二十回大会の席上における、フルシチョフのスターリン批判と、それに次ぐハンガリーの民衆蜂起は強い衝撃だった。毛沢東の中国共産党は、直ちにハンガリーに侵攻するソ連軍を擁護した。わが国の社共両党はもとより、大内兵衛から谷川雁まで、進歩的知識人もこぞってソ連を支持している。わたしはそれらが眼に触れる度に、よく意味もわからないまま幻滅していた。だから、松下のように《十年前の秋、それを〈帝国主義者の陰謀〉だと信じこんでいた》わけではないが、しかし、ソ連の武力鎮圧を招いた〈ハンガリー革命〉とは何であるか、という問いは松下と同じようにわたしのなかで持続したのである。それなくして、わたしの六〇年安保闘争はなかった、と思う。

この「〈ハンガリー革命〉と〈六甲〉」にも予感的に映し出されているが、はっきりした論理で、安保闘争と〈ハンガリー革命〉が結びつけられたのは、彼の「情況への発言〈あるいは〉遠い夢」（「あんかるわ」十八号、一九六八年四月）においてだった。これはもともと神戸大学の学内誌に発表する予定の論文だったらしいが、わたしにはわからぬ事情で発行が不可能になり、松下はそのコピー原稿をわたしのところに送ってきた。彼の了解を得て（投稿とみなして）、わたしが編集・刊行していた「あんかるわ」誌に載せたものだ。そこで彼は《安保闘争は国際共産主義運動なるものの影響下にではなく、それをのりこえようとする方向で行われた。》と述べ、《日本の戦後史を安保だけで区分するのは片手落ちであり、〈安保↔ハンガリア〉の軸で再構成する必要があると思う》と書いている。彼は戦後史をその方向で再構成した論を遂に書かなかったが、思想的な構想はそのラインに置かれていた。

そこで生まれていたのが、《〈ハンガリー革命〉が含む戦車のような重さと、〈六甲〉が含むタンポポの綿毛のような軽さ――その婚姻のときが迫っている》（「〈ハンガリー革命〉と〈六甲〉」）という独自なアイデアだった。この場合、〈六甲〉は日本のどこの場所とも置換可能な概念である。〈ハンガリー革命〉もまた、〈安保闘争〉と置換可能な概念だった。別の言い方をすれば、安保闘争を世界史という場所で捉える、ということになる。そして、《〈ハンガリー革命〉的な発想ともっとも遠い距離にある〈六甲〉は、その〈おくれ〉を逆用して現存するすべての思想＝組織を最初にのりこえていく光栄を可能性としてもっている》(同前)とされる。わたしにおいて、〈遅れ〉はいつも〈わたし〉のうちにあるが、世界史の最先端にいる(と幻想する)松下の発想においては、〈おくれ〉は〈六甲〉やそれと置換可能な場所とか、〈わたし〉以外の人のうちとかに見られている。その違いはここでは問わないことにして、そうであれば、もっとも遠い距離にあるということは、もっとも遅れているということであり、そのマイナスをプラスに転化する逆用によってこそ、現存する思想や組織を超えられる。〈六甲〉は〈遅れ〉という条件によってこそ、主体化された。

すでにこの時(一九六六年秋頃)、彼の作品「六甲」(初出「試行」十五号(一九六五年十月)~十九号(一九六六年十二月)までの五回に渡って連載)は書かれている。わたしはここで、〈六〇年代詩〉論の対象として、「六甲」や、それに続く「包囲」(「試行」二十一号(一九六七年六月)~二十五号(一九六八年八月)五回に渡って連載)を、詩の不可能性に突き入る作品として、全面的に解体しようというのではない。わたし自身はきわめて特殊な位相からだが、以前に長篇の「証言あるいは〈六甲〉へのノート」(「日本読書新聞」一九七四年一月~六月、毎月一回連載)という「六甲」論を書いている。ここでは、それを否定的に踏まえながら、いまだからこそいくらか見えるようになった、「六甲」や「包囲」がもった、六〇年代的な試みの解読不能な要素も含む、混沌とした性格についてだけ触れておきたい。

まず、〈ハンガリー革命〉と〈安保闘争〉、そしてそれからもっとも遠い場所(〈六甲〉)の三つを結ぶ、いわばトライアングルの関係において響きあう、思想性あるいは反思想性に伸びる表現の問題である。この性格をいわばリミットまで拡大していち早く捉えたのが、佐々木幹郎の「戦闘への黙示録——〈松下昇〉序説」(「犯罪」一号(一九七〇年九月)~二号(同年十一月))である。彼は「六甲」「包囲」の表現に、アフォリズム集の名を与え、アフォリズムの訳語に「箴言」や「警句」を避けて、「思想詩」を当てている。そして、彼は同じ「思想詩」の名を当てた朔太郎のアフォリズムを、同種の試みとして想起し、また、類似した印象を得られるものとして、ニイチェの『ツァラツストラはかく語りき』をあげている。可能性、あるいは潜在性という意味では、この方向は菅谷にも開かれていた、と思う。ただ、松下の表現は菅谷のように、〈うた〉への欲望をもたなかっただけに、思考の屈曲線は伸びていた。

しかし、アフォリズムという、非体系的な詩的断章、思想表現が獲得されるには、形式への確たる戦略と思想の強度が必要である。たしかに、「六甲」「包囲」には、アフォリズムと呼びたいような、論理の断章や切れ味の鋭いことばの断片が随所にある。《首都や権力や組織》に取り換えられる〈ピラミッド〉という象徴、《一切の反被告団的発想を粉砕せよ》のスローガン、《仮装組織論》に集約される演戯的ゲーム性等々に、それらは突出していて、わたし（たち）は深い啓示を受ける。しかし、おそらく松下はアフォリズムという形式（ジャンル）を意識していない。意識していないナイーヴな良さはあるが、そういう表現の場に、形式を超える形式（アフォリズムを否定態としたアフォリズム）は生まれないはずだ。そして、この試みから思想の強度を奪っているのは、現実の運動へ過激にコミットする、煽情性（心情的ラジカリズム）が断ち切られていないからだろう。それは表現を外部に開いている魅力であると同時に、思想が思想として自律的に展開することを妨げている。論理的に突き詰められていない断言による暗示。過剰な比喩（あるいはレトリック）。時に解読不能な〈　〉の神秘性。遠い関係のアイデア同士を婚姻させる詩的な、幻惑的な飛躍。それらには現実運動を共有する者（政治的な範囲）のあいだでは、作品を超える原理主義的教条として、崇拝や信仰の対象となる危うさが潜んでいた。それを相対化する、みずからの〈遅れ〉の意識や、みずからの行為をファルスとして眺める調子の低さを欠いていることが決定的だった。

わたしは「あんかるわ」本誌に対する別号として、『松下昇表現集』を一九七一年一月に刊行した。それまでに彼が公表した表現のほとんどすべて、すなわち神戸大学の構内で掲示されたり、配布されたりした、大学闘争に関するビラ三枚をはじめとして、情況論的な発言三篇、「試行」に発表された小説三篇、作品「六甲」と「包囲」、研究論文風なもの四篇が収められている。これの刊行についてのさまざまな問題は、ここでは言及しない。この表現集の巻末に、わたしは編集にかかわる注記を書いたが、そこで彼がこれを《前史的表現》と呼んでいることを紹介している。その曖昧な表現が何を意味するか、彼とわたしのあいだにずれがあった。そのことも、ここでは不要だろう。ただ、注意したいのは、その後記でわたしが彼の大学闘争を〈表現運動〉と呼んでいること、また、わたしが編集の段階で繰り返し立ち止まらせられたのが、《その〈表現運動〉にも決して行きつかないであふれかえっている余剰のようなもの》の存在である。それによってこそ、彼は常に〈表現運動（大学闘争）〉の現存性を超えた〈運動〉であり続けたし、またあり続けようとしたが、しかし、そこで表現（余剰）と政治（大学闘争）は曖昧に混ざりあい、区別できなかった、と思う。その二つを区別しながら、同時に表現を成り立たせる思想の形式が欠如していた。

だから、たとえば、天沢退二郎の「松下昇論——不可能への〈表現〉者」（「現代の眼」一九七一年五月号）は、「六甲」に遍在する、その余剰の内在性を《非人称の風》と呼んで、内が外に転化し、外が内を侵犯する作品の全体構造から、外を鋭利に遮断することで、作品内部の構成を捉えた、見事な作品行為論を展開することができた。しかし、佐々木幹郎が、アフォリズムという、幻の形式を仮設してまで捉えようとした、〈ハンガリー革命〉と〈安保闘争〉、そのすべてから遅れているという認識において主体化された〈六甲〉、この思想のトライアングルが奏でる響きが、一切合切聞こえてこない、ということになってしまった。松下の思想的核心への視野を欠いた天沢の「六甲」論は、むしろ、「凶区」解散以後に展開された、彼の〈作品行為論〉の危い性格をよく語るものになっている。そしてまたそこには、天沢とは対極的に、政治性という外的側面だけを読みとろうとする、高本茂の『松下昇とキェルケゴール』（弓立社、二〇一〇年九月）のような論が、いわば反面的に成立する理由もあるはずだ。

「六甲」「包囲」がアフォリズムでなければ何なのか。その問いを前提にして、瀬尾育生は、「裡面の河――松下昇「六甲」をめぐる覚書」（「現代詩手帖」一九七九年九月号、十月号）において、アフォリズムというようなジャンルへの分類をポジティヴとして退け、《「六甲」は断片群（フラグメンテ）である。けれどもそれは異様な断片群ではないだろうか。なぜならば断片群は、「書くこと」をそれ自体として存立させ持続させることのない表現のかたちであるから、その内部にほんらい構成の意識をはらみえない》のに、しかし、「六甲」では、独自の論理性に支えられて、断片相互が強度の構成の意識のもとに置かれている、と述べている。彼が指摘する異様な構成の特徴の一つは、まったく異なった領域にある二つの相似物を、不意に連関させることだ。あげられている例で言えば、《展望台の望遠鏡と対岸の煙突という二種の円筒をつないでいるのは十円銅貨という円筒であったが、〈私〉たちは足元に咲くタンポポによって、国会広場の芝生や機関区の砂利や警視庁の屋上へつながれている。》（「第一章」）などのシーンに見られる。本来これはもっとも遠い関係の物やことばを結びつけて、何処にも行き着かない（還元されない）、空虚という余剰を作りだす詩の方法である。シュルレアリスムの方法の散文的適用、と言ってもいい。つまり、瀬尾が《『六甲』は断片群（フラグメンテ）である》と言うとき、この作品を詩として扱っていることになる。

しかし、これが天沢の作品行為論と違うところは、作品の自立的構成という内在性だけで捉えずに、そこに浸透してきている外部、思想像をも視野に入れているところだ。思想像を視野に入れても、詩になるのか。あるいは政治にも、〈運動〉にも行き着く論理が、そこには入ってきていることをどう考えるのか、という疑問も生まれる。先の引用部分だけを見ても、〈国会広場〉〈機関区（国鉄品川操車場）〉〈警視庁〉は、ただの遠い風景を結んだ三角地点ではない。松下の記憶のなかでは、とりわけ鮮やかな政治的文脈を孕んでいる。もっとも、瀬尾は《断片群（フラグメンテ）》が作品や詩であるという言説を注意深く避けている。とすると、アフォリズムでもなく、詩でもなく、批評（思想表現）でもなく、ルポルタージュでもなく……そのすべての形式の否定態が肯定態に転化する、その様相が《断片群（フラグメンテ）》であるということになる。それは表現の可能性を開いたものなのか、狭めたものなのか。

瀬尾の論より、約十七年後、高橋秀明の『松下昇「六甲」論』（私家版、一九九六年五月）は、この瀬尾の「六甲」論を全面的に評価しながら、《「六甲」には、明らかに、〈書く〉ということ、あるいは作品の制作ということについて、その本質を歪めるような、ある力が働いている》と述べている。彼も瀬尾にならって、「六甲」「包囲」は、ポジティヴな〈作品〉形式としては捉えない。それだけでなく、そこに《表現をついに作品と交換すまいとする強固な意志》さえ感じ取っている。この〈ある力〉の根底に、松下昇の安保体験にかかわるルサンチマンが想定されているのだ。確かに、それは想定しうるが、わたしの言う、高度な表現性がもつ、溢れるような余剰（空虚）が、それを裏切っていることも確かであろう。〈六甲〉の頂上は谷底でもある。この形象化された〈六甲〉山系が潜在させているルサンチマンは、同時に空虚によって透明化されている、この危険が魅力でもある断層から、眼をそらすわけにはいかない。

〈六甲〉における被告と傍聴人が交換可能であるばかりか、裁判官と被告も交換可能だというゲームの論理は、美やフィクションとしては楽しいが、政治思想としては危険である。その根底に権力論が欠けているからだ。現実の法制度で結果するのは、そのゲームに巻き込まれた者、全員を被告にするしかない。それにも現実性がないから、結局、松下はみずからを自己論理への犠牲として捧げる、違法行為から逃れられない。犠牲となりえず、負い目を強いられる羊たちは、崇拝や信仰でもって報いることになる。隠されているルサンチマンから一直線に延びる、権力対反権力の対抗図式の不毛。

松下昇の「六甲」「包囲」のふしぎな位相。それは〈六〇年代詩〉が迂回したように見える、詩と思想の不可能性を、強力に押し開いたものだ。それでいながら、内側から閉じる力（社会認識や権力論を欠かし、自らの思想のレベルへの自己認識も希薄な心情的ラジカリズムという過激な政治性）に対しても、無防備であった。たしかに、高橋秀明が言うように、「六甲」の表現は作品になりたがっていない。〈　〉という空隙は多義的だが、その象徴でもあるだろう。

ついに最後まで〈遅れ〉をとりもどせなかったわたしは、それでもさまざまな断層の異なる斜面が拮抗する、多くのわからなさの深さを求めてきたつもりであるが、結局、浅瀬を渡るように、そこを通り過ぎただけかも知れない。〈六〇年代詩〉が抱えた断層。そして、そこから吹き寄せてくる危機的なアポリア。それらは、これ以後の詩の課題、現在の詩と批評のテーマに繫げることによってしか生きない、ということだけははっきりしているだろう。

（「詩論へ」4号、二〇一二年二月）

II

戦後詩からの離陸

飯島耕一論

一　バルセロナ出身の鳩

この五月で立中潤が亡くなって二年が経った。

立中潤と言っても、知っている人はごく限られた範囲だと思うが、自殺直前までは、早稲田の学生たちが中心になって出していた（いまも続いている）「漏刻」という同人雑誌に、詩や批評を書いていた。彼はわたしが編集・発行していた小誌にも、作品を寄稿してくれていたが、生前にわたし自身は一度も会ったことがなかったし、彼が早稲田の学生らしいということ以外にはほとんどなにも知らない、と言うに等しかった。彼がわたしの住んでいる豊橋から近くの愛知県幡豆郡幡豆町というところの出身であることを知ったのは、大学の卒業をひかえて帰郷した死の五か月ぐらい前のことに過ぎない。二十三歳というあまりにも早い自死であった。

半年ぐらい前から、にわかに彼の死が気になりだした。わたしは書かれたものを通じてしか彼を知らなかった。それを今になって悔いているわけではないが、彼の死のわからなさが、わたしの生存の感覚をどこかで脅かしているようなのである。何故、彼はそんなにも死に急いだのか、その短い生涯について、もっとよく知りたい、と思うようになった。それは、彼の決して多いとは言えない作品やエッセイを読み、それを理解したり、評価したりするだけでは収まりのつかない、なにやら自分でももてあますようなしつこい想いなのである。そして、そのことをわたしは別に少しずつ書き出している。[*1]

いま、それをここでむしかえそうというのではない。

今回のテーマである飯島耕一の詩に入って行こうとして、立中の死があらわにしたある問題がひっかかるのである。いまはそのひっかかりから書いていかざるをえないのだが、この五月のある日曜日に、立中潤の三周忌（亡くなった年も含めて数える）の法要が、彼の生家で営まれた。東京から参会した「漏刻」の同人たちが、その機会を利用して、帰途に豊橋に立ち寄ってくれた。立中の学生時代のことを知りたいという、かねてからのわたしの希望は、こうして思いがけず実現することになったが、彼らと話していて、ようやく立中潤という人間の像が少しずつわたしのなかで動き出したように思う。わたしは彼らに、立中の詩についてのある印象を話した。

立中の作品を受けとった最初に、わたしにどうにもなじめない、あるいは納得しえない思いがあったことはたしかだ。そのひとつは、たとえば〈死〉ということばの奇妙に無機的に氾濫する語法についてである。無機的というよりも、無性格と言った方がよいかも知れない。たとえば、わたしが掲載保留にした初期の詩に「われらの哀歌（うた）」という作品がある（これは彼の死後「立中潤・草稿詩篇（遺稿補遺）」として、「漏刻」6号に載せられた）。

生が殺害されるだけ　闇は膨む　化袋は拡がり
死の滴る腸襞
が

ねばい子宮への道程に
接続（つな）がれたとすれば　イメージは死だ　死あふれる愛液がぬるく　われらを　うるおしたとすれば
確実に　うみ出すのは　死　死だ
（「われらの哀歌（うた）」部分）

むろん、問題は死ということばの無性格さにとどまらない。敗北、否認、化袋、封鎖、地獄、奈落、不妊、殺害、闇……こういう一系列のことばが、まさしくイメージも結ばず、たしかな概念ともならずにべとべとねばつきながら流れていく。その語彙の排列にわたしはある類型性をみたのだと思う。この無性格さは、いかにも死に滲透された生というものの偽装ではないのか、そんな疑いがあった。死という語、あるいはそれと類縁する否定的な語を、なにやらペンキの汁液を流すように、これでもかこれでもかと放出しなくても、わたしたちに強いられている死の感覚をうたうことはできるはずだ。その抑制を欠いた立中の詩法に、安易さや未熟さを見たと言ってもよい。

しかし、死なれてみると、少なくともこの偽装という一点だけは訂正しなければなるまい。いやいや、そんな訂正ぐらいでことは収まってくれない。わたしが、結局、わたしたちの雑誌に不掲載にした「われらの哀歌（うた）」という作品にしても、いま読み返してみると、まるで別な作品のように不思議な魅力をもっている。単なる語に過ぎないと思ったことばが、繊毛のような死の意味を放射していて、息のつまる想いだ。わたしはうろたえざるをえない。死という事実がことばに力を与えることになったのか。わたしの感傷癖という悪い病気が始まったのか。そのいずれでもあるまい。もともと作品に内在していた、死に滲透されつつ、それと抗う言語の力が、彼の死によって見易いものになったに過ぎまい。わたしは彼の技法的な未熟さに眼を奪われるあまり、その内在する力をよく読みとれなかったのだろう。詩を読むとはこわいことだなと思う。

こんな問題をめぐって動揺していたときなので、その立中の詩の印象について、簡単に、わたしの前にいる「漏刻」の同人たちに話してみたのだ。それを黙って聞いていた、彼らの一人であるT君は、ぼくらの世代と北川さんとは死の感覚が違うんですよ、と言う。彼の語るところは、ことばは少し違うと思うが、だいたいこんな風だ。――あなたには個体の死の感覚があるが、自分らにはただ誰とも見分けのつかない死の事実性があるだけです。死について無感覚になっているのですね。――T君はむしろ自嘲をこめた語り口だったが、わたしにはなにやら立中のわたしへの抗議のように聞えた。

むむ、そういうことか……、誰に対してでもない苦いつぶやきが、口のなかに広がっていくのをわたしは感じた。死について無感覚な世代と言われても、ほんとうのところは、よくわかるようでいてわからない。しかし、立中の詩が、はじめからもっていたあの粘着的な闇の所在と、そこから無限定に放射してくる死の感覚が、むしろ、死について無感覚を強いられている領域に発している、という発見は衝撃的だった。死についての無感覚は、言うまでもないことながらわたしたちの時代そのものの貌なのだ。すでに飯島耕一の詩をテーマに予定していて、それを読みこんでいたから彼の詩集『バルセロナ』[*1]の、次の詩句をわたしが思い浮かべたのは当然である。

警官に踏みにじられて
死んだ　あの娘
彼女を抱き　たい
悲劇的な最後の死者か？　彼女は……。
それ以後　人々は
決して死なない

人々は消滅するだけだ
ただ……消滅する……
きみはただ　ある朝　消滅している……

（「続バルセロナ（7）」）

立中潤が大学に入ったのは一九七〇年である。このことは示唆的である。それから一年留年して、五年間の学生生活を彼は東京で送った。ちょうど、それを〈大学闘争〉の敗北から内ゲバ時代と呼んでみることができるかも知れない。彼がどのくらい政治に深入りしたかしなかったかを、わたしはよく知らないが、ただ、表現を通してみるかぎり、この飯島の詩句にある、人々が死ぬことの不可能な時代、ただ消滅に向かうしかない時代の深層を、むせかえるように呼吸していたことは疑いない。むろん、彼の生きる努力、詩を書くことは、その消滅を強いてくる時代の圧力に抗うことにあったと言えるだろうが、その果ての死は消滅に抗うことが消滅に浸潤されることであったのか、あるいは消滅に抗うことの論理的な帰結が、ついに死を選ぶことだったのか、それらのいずれでもなかったのか、まだ、いまのわたしには謎である。そのわからなさが、いまわたしの生存感覚を脅かしているのだとも言える。

《人々は消滅するだけ》の時代に耐えられない想いで、わたしはなお生きているが、かといって、T君の言うように、わたしに個体の死の感覚が残っているかどうかは疑わしい。なぜなら、わたしには、飯島耕一のような、六〇年の《警官に踏みにじられて／死んだ　あの娘／彼女を抱き　たい》という願望はすでにとっくに絶ち切られているからだ。わたしの六〇年の経験の核心のひとつは、その《最後の死者》が、どんな抱擁をも拒絶している、というところにあったと言ってもよい。

その経験の核心と同質のものを、わたしはかつて天沢退二郎の詩句に見た（と思った）。たとえば、「眼と現在――六月の死者を求めて」[*3]という作品である。

何よりもまず
その少女には口がなかった
少女の首をはさみつけている二本の棒には
奇妙な斑とたくさんの節があった
みひらかれた硬い瞳いっぱいに
湿った壁が塡っていた
その壁の向う側から
死んだ少女のまなざしはきた

（「眼と現在」第一連）

この口のない、瞳いっぱいに湿った壁の塡った《死んだ少女》の、無機的なまなざしはどんな抱擁をも拒む。位相を詩表現に限らず、政治にとってみても、当時、もっともラジカルでありえたものは、全学連や党派や国民会議や構改派知識人たちが、《死んだ少女》を抱擁しようとして、さまざまに繰り広げた儀式やら偽式やらを軽蔑し、同調しえなかったはずである。飯島耕一の詩句のように、六〇年の死者は、その死が多くの人々の魂をゆすぶったという意味で、たしかに《悲劇的な最後の死者》であったが、同時に、彼女はもはや誰の抱擁をも拒んだところの〈最初の死者〉ではなかっただろうか。わたしには飯島は、この《最後の死者》の側面だけが視えていて、〈最初の死者〉の側面が視えていないような気がする。それはともかく、これ以後、死は急速にただの員数と化し感動を喪っていく。その無性格さは、《決して死なない／人々は消滅するだけだ》と言っていいだろう。立中潤は、その《消滅するだけ》の時代の感性を、まさしく詩の言語の無性格として引き受けることにおいて、内部開示したのだとみてもよい。彼の詩において、死は悲劇的でも喜劇的でもなく、最初の死者でも、最後の死者でもなく、員数としての死のままに、氾濫し、増殖したのだ。そいつをねじふせるために、彼は短い間に猛烈な勢いで詩を書いたが、ついに死の増殖力は詩を越えてしまった（と見てよいか）。

立中の詩のなかの死が、路傍の石ころのように無性格なのに対して、飯島耕一の詩に現出する死者は常に悲劇的である。

きみは悲劇的な
死者たちばかりを愛している。

（「川と河（13）」部分）

三島由紀夫もその悲劇的な死ゆえに彼の愛するところになる。古くは幕末のモダニスト平賀源内、新しくはセーヌ川に投身自殺したパウル・ツェラン……。たしかに《きみは悲劇的な／死者たちばかりを愛している》。そして、六〇年の死者・樺美智子も《悲劇的な最後の死者》だった。悲劇的な死者は、個性と尊厳をもっているから、愛することができる。員数としての死、誰とも見分けのつかない死は抱くことができない。そうであるとして、いまは誰もが悲劇的に死ぬことができないのではないだろうか。三島由紀夫の自決だって悲劇的だったかどうか。そんな疑いのなかにいるわたしは、どんな死者からも拒まれる。ちょうど生きている他者から拒まれるように。わたしは抱くことができない、という経験に固執せざるをえない。

むろん、飯島耕一にあっても、《抱き　たい》が、〈抱ける〉でも〈抱いた〉でもないことが注意されねばならないだろう。〈抱き〉と〈たい〉の間の一字空白は、彼の不可能な願望への微妙な呼吸をあらわしているだろう。「続バルセロナ」の、先の詩句の続きは次のようである。

いま　きみは生きているのだな　ほんとうに？
海があった　夏の
若く幼いままの彼女を抱きたい
なまなましい　白い裸の
すっきりと立っている
のに
いきなり向き合った夏がある
彼女はどうしたか？

（「続バルセロナ（7）」部分）

この〈彼女〉とは誰なのだろう。詩人の少年時代における、ある夏の記憶にかかわる少女なのだろうか。そうであれば、その記憶のなかの少女と六〇年に殺された少女は二重写しになっている。いや、それを二重写しにしなければ《抱き　たい》願望も失せてしまうのだろう。その《なまなましい　白い裸》は、少しもエロチックではなく、幻影のように淡い。すべてが不可能な過去だからだ。その不可能性のただなかに、《人々は消滅するだけ》の現在がある。その〈消滅〉の現在に、記憶のなかのイメージを喚び起すことで辛うじて抗っている、そこに飯島の衰弱があるだろう。いや、その衰弱は、もっと大きな人生的な危機からの快癒の過程だったのである。《抱き　たい》という願望自体が快癒の徴候、その過程の表現だった。そこに、飯島の詩の衰弱が、充溢としてうつる不思議な逆説がある。

＊

この稿を起してから、もはや何日間も、同じようなところを堂々巡りしていて先へ進まない。相当ひどいところに落ちこんでいる。すべてをうっちゃらかして釣りにでもでかけたい衝動にかられる。わたしの家からバイクを走らせれば、十五分程で遠州灘に面した高塚の海岸に出られる。そこはなんと明るい光の粒子が満ちあふれていることか。濃い潮の香とはじける白い砂……。梅雨の前の太平洋は恐ろしいほどエロチックに身体を開いている。それも一瞬の間で、やがて真暗い空がなだれこんできて、巨きなうねりとなる。

そもそも立中潤のことから書きはじめたのが躓きの石だった。しかし、いまさらその石を取り除いて、はじめからやり直すわけにはいかない。むしろ、何故、立中潤が躓きの石となったのかを考えてみよう。それはおそらく、立中の消滅の時代に砕かれた感性、その無性格さが、いま、わたしの前に逆にひとつの著しい性格としてあらわれていることにかかわっているだろう。

それに対して、飯島耕一のきわめて個性的な刻印をもったことばが、ふと無性格にみえる、稀薄にみえることがある。そんなことがあっていいのだろうか。

詩集『ゴヤのファースト・ネームは』[*4]から『バルセロナ』に至る飯島の詩は、同じように消滅の時代に砕かれた感性を、物象や日常性、知的なことばやイメージ、要するに世界への関心を回復することで、再建していく過程だ。たしかに、それは彼のかつての詩集『何処へ』[*5]や『私有制にかんするエスキス』[*6]に比べて、特にすぐれた言語を現出しているとは思えない、いやそれらと比べればその減衰ぶりが際立っていると思うが、しかし、これほど痛切な詩集も最近では珍しいだろう。しかも、痛切さは、病めるこころからの快癒の過程を、ただ肉声としてひびかせる、というところにない。幾層もの時間や空間を交錯させたり、主格を二人称に転移させたり客体化したり、そこにこまかな構成の意識が働いていて、そのこころの病いからの快癒の過程——痛切な感情自体が意識的に仮構されたものであることがわかる。その無性格とは対極の試みが、どうかすると無性格に映るというわたしの感受は、必ずしも普遍的な根拠を有しないし、説得力をもたないだろう。しかし、ほんとうにそうか。先にも引用した「川と河」は、次のような詩行ではじまっている。

きみのみじめさは
内部に　大河をもっていない
ということに
尽きる。

（「川と河（1）」第一連）

飯島の、この〈きみ〉の独得な用法については、詩集『ゴヤのファースト・ネームは』を素材にして、粟津則雄や岡井隆などにより、さまざまに論じられているだろう。[*7] さしあたって、わたしにはそれらにつけ加えるものはない。ともかく、〈きみ〉は、直接には表出者自身の、つまり、〈わたし〉の客体化であろう。しかし読者にとっては、〈きみ〉として指された自分の内部をのぞきこまざるをえない。そして、自分の内部をのぞきながら、大河をもっていないのは詩人自身でもあるのだな、と共鳴するものを感じるはずである。そういう巧みな効果が働いているのを認めながら、わたしがこの強い断言口調を、無性格に聞いてしまうのは、内部に大河をもっていないことは確信されていても、大河をもっていない内部の声を、ここから聞くことができないからだ。

同じように、たとえば《水をのむと／渇きは　癒える／しかし　それでも／癒やされない　渇きというものがある／その渇きだけは／確乎として　存在している》と癒されない渇きの存在は主張されても、その渇きが発する声を聞きとることができない。更に、同じ作品に、《詩は　テレビに耐えて／必死になって　存在しようとしている》とか、《日本には　ついに／思想らしい思想は生れないのか、／と悲しみながら》というような詩句がでてくる。これらもわたしにはひどく無性格に思える。詩がテレビに耐えて存在している、というのは論外にしても、わたしだったら《日本には》という発想はでてきようがない。おれは〈あるいは〈きみ〉でもいい〉ついに思想らしい思想を生みえない、とそう書くだろう。《日本には》と発した途端に、その日本の上に立っている自分の足元の地盤が陥没してしまうからだ。

立中潤は、飯島と比べるとそれ自体が愚かしいほどに、川も大河ももっていなかっただろう（ほんとうにそう言い切っていいかひるむ気持ちはあるが……）。おそらくそうであるからこそ、消滅の時代に押し潰されざるをえなかったのではないか（それなら、同じように大河をもっていない〈わたし〉は、なぜ、押し潰されもせず、卑小な顔をさらして生きているのか）。しかし、少なくとも彼は、大河をもっていないということではなく、それの欠損した内部の声自体を発しようとして、あるいは癒されない渇きの存在自体を内部開示しようとして、苦しんだように思う。わたしには次の詩句なども、そういう声のように聞える。

腐るために動く必要はない。ただ　そこに居ればひとりでに腐ってゆける。きみは死の中をながれているのだから　もう死ぬことからでさえつき離されている。恐れるものは何もない。つらい時間のながれの他には。きみはきみの腐敗を生きてゆくのだ。日々のうすぐらい沼で醒めているきみの眼球のみが　きみの行き先を決めてくれるだろう。

（「十月」[*8]はじめの部分）

大河をもっていないどころではない。河のない内部は、《死の中》であり、そこを〈きみ〉は流れている。この〈きみ〉が、飯島の用法と一致しているのも、示唆的だ。立中もおのれの〈腐敗〉を、〈きみ〉の用法において、わたしたちの〈腐敗〉と通底させている、と言ってよい。その上、彼は、《腐敗を生きて》いる内部の声自体をも発しているではないか。わたしは、関係としては彼の近くにありながら、それを十分に聞き届けることができなかった、と思う。（また堂々巡りだ）。一見すると、時代の趣向にあったことばを多用せざるをえなかった（そこに彼の若さがある）立中の詩句が、無性格を装いながら、きわめて性格をもったことばとしてせりだし、個性の刻印著しい飯島のことばが、ふと無性格にみえるのは、このあたりに理由があるのではないか。

誰にあっても、生きるとは、無性格を強いられることだ。詩もどこかでその滲透を受けざるをえない。抗っても、敵は強力だから、わたしたちの詩は無性格な表情をさらさないわけにはいかない。しかし、飯島耕一の固有性は、その内部に《バルセロナ出身の鳩》が巣をつくっていた……ところにある。その鳩の思い出に導かれるようにして、彼は生きる力や詩を書く力を回復していった。「バルセロナ」という作品の前詞はこんな風に書かれている。

《ぼくの家の屋根に、毎朝十数羽の伝書鳩がとまって、糞をしてからいっせいに飛び立って行きますが、その鳩のなかにバルセロナ出身の鳩がいました。胸を張った逞しいのでした。その鳩のことを思い出して……。》

これはまた、こころにくき鳩である。せめて立中の内部にも、（こんな逞しい鳩は無理にしても）、かわいらしい頬白が一羽ぐらいいて欲しかった、と思う。そうすれば、彼も救われたであろう。大河をもっていないこと自体は、みじめでも何でもなく、それこそが強いられた生というものにほかならないが、どんな小鳥も巣をつくる前に閉じなければならなかった境涯は、みじめだったと言えるかも知れない。

《バルセロナ出身の鳩》の思い出が導くところを見てみよう。

昨日の夕暮は鮎川信夫の「バルセロナ」
という詩を読んで

久しぶりにミロという忘れかけた
名を思い出した　ミロを忘れるなんて

よほどひどい生活をしているのだ
ぼくらの現実がどうのこうのと　今更言いたてないほどに

（「バルセロナ」第四〜六連）

鮎川信夫の「バルセロナ」[*9]という作品が、ミロの〈太陽〉から想像によって描かれた夜のバルセロナだとすれば、飯島のバルセロナは、旅行者によってスナップショットされた昼のバルセロナである。この引用した部分で言えば、その鮎川の「バルセロナ」という作品を読むということが、ミロを思い出すことにつながり、更にそれがもう一篇の「バルセロナ」という作品を生み出す、という単純な構図がみえる。そもそも、二行一連の詩の書き方自体が、鮎川の「バルセロナ」という作品の踏襲なのである。そうかといって、鮎川の作品が飯島の作品を生みだしたという、その側面ばかりでみるわけにはいかない。昨日の夕暮に読んだのが、「死んだ男」でも、「神の兵士」でも、「宿恋行」でもなく、「バルセロナ」であった、ということは、単なる偶然でもなく、事実性のレベルにあることでもなく、選択であり、仮構のレベルにある問題である。

何がその仮構を可能にしているのか。数年前に、飯島がスペイン旅行したその体験か。それも強く働いていよう。しかし、それには、そもそも何が飯島をしてスペイン旅行させたのか、という問いがつけ加えられなければならないだろう。飯島が《昨日の夕暮》に鮎川信夫の「バルセロナ」を読んだのは偶然かも知れないが、それを作品という時間のなかで、そう書くことは偶然ではない。彼の内部に巣喰っている《バルセロナ出身の鳩》が、そこへ導いたのである。《バルセロナ出身の鳩》とはなにか。彼が前に書いた「一九二二年・バルセロナ」[*10]というエッセイに、次のような記述がある。

《二二年のバルセロナ――そこには誰よりも、あのホアン・ミロがいて、モニュメンタルな作品「農場」を完成しようとしていた。第一の視点はそこに向けられねばならないだろう。そしてもう一人の今世紀芸術の偉大なパイオニア、フランシス・ピカビアが、ミロとおなじくパリとバルセロナのあいだをたえず往復しており、二二年にはバルセロナ展をひらき、そのヴェルニッサージュに、アンドレ・ブルトンが『現代の進化とそこに参加するもの』という、そのころようやくシュールレアリスムと呼ばれはじめていたものについての最初の展望である講演をしたのだった。第二の視点をぼくはそこに向けることにしよう。ピカビアとブルトンはそのバルセロナで、ミロの初期の絵のいくつかを見ることになる。ブルトンはのちにこの時期をふりかえって、「われわれはちょうど貴金属を掘りあてたという立場にあった……」と、なつかしく回想している。》（「一九二二年・バルセロナ」）

つまり、バルセロナとは、シュールレアリスムが、ミロという〈貴金属〉を掘りあてたその地なのである。むろん、飯島はその背景となっている一九〇〇年代初頭の、バルセロナを中心とするアナーキズム運動から内乱にいたる社会情勢をも、この文章で粗描しているが、何よりも彼にとってのバルセロナは、シュールレアリスム運動のひとつの源泉となった地方として記憶されているにちがいない。飯島耕一の、初期からの一貫したシュールレアリスムへの関心、関心と言うよりも信仰と呼んだ方がいいような熱烈な憧憬から言えば、その地はキリスト者におけるエルサレムのようなものではないのか。彼のスペイン旅行も聖地巡礼に似ていないか。

そうであれば、飯島の内部に巣喰っている《バルセロナ出身の鳩》が何を意味するかは、もはやことばにするまでもないであろう。

この《バルセロナ出身の鳩》がわからなければ、ミロを忘れることが、なぜ、《ひどい生活》なのかも理解できないはずである。むろん、そんなものはわからなくていいので、《ミロを忘れるなんて／よほどひどい生活……》という表現に、いわばミロを忘れることなど日常茶飯とする、そしてそれを決してひどい生活とは思わない、普通の生活人の価値とは背反する詩人の価値意識を見れば、それで作品を読むということは足りるであろう。しかし、そういう自分のなかを特殊に流れる時間、それをあえて特殊の相のままに表出することで、作品に謎めいた陰影を与える手法は、彼において好んでつかわれる。それは経験の普遍化への努力が、逆に無性格になることを嫌った結果かも知れないが、無性格の根は経験そのものにあるので、そのような手法によってはぐらかされた印象は避けがたい。

たとえば、《ベトナム戦争が終ったいま／はじめてゴヤの詩を／書くことができる。》（「ゴヤのファースト・ネームは」）というような詩句は、どう理解したらよいのだろうか。わたしにはこの感情の根は、単なる左翼コンプレックスに過ぎないような気がする。それよりも、かつてのベトナム戦争のさなかに、《おれだってファシストになれるかも知れぬ》（「一九五六年十月十一日」[*11]）と書くことのできる飯島耕一をわたしは愛する。また、「空と色」という作品のなかの《三好達治の色》というのもわかりにくい。なぜ、〈天皇の色〉としないのだろうか。かつて、中野重治との論争文「昭和五年生れの一詩人の胸のうち」[*12]のなかで、彼は三好達治の「乳母車」を引いて、《この大正十五年に書かれた詩を読むと（もう十数年まえからだが）、「淡くかなしきもののふるなり／紫陽花いろのもののふるなり」のあとに、言ってみれば「天皇いろのもののふるなり」という声が聞えてならないのだ》と書いていた。この鋭い指摘はわたしにとって、少なからぬショックだった。それ以後、《天皇いろのもののふるなり》というリフレインは、わたしの耳に鳴っている。しかし、その「空の色」という作品の《三好達治の色》と、《天皇いろ》はどうも重ならないらしい。どこがどう重ならないのか、それが視えない。

それはともかく、飯島にとって、ミロを回復し、バルセロナの風景を回復することは、生きる力を喚び起し、詩を書く力を引き出すことであった。すでに有名になった「ゴヤのファースト・ネームは」の冒頭も、それと同じ事情を示している。

何にもつよい興味をもたないことは
不幸なことだ
ただ自らの内部を
眼を閉じて　のぞきこんでいる。

何にも興味をもたなかったきみが
ある日
ゴヤのファースト・ネームが知りたくて
隣の部屋まで駈けていった。

（「ゴヤのファースト・ネームは」I）

なぜ、ゴヤのファースト・ネームを回復することが、世界への関心を喚び起すことになったのか。それも、ゴヤがミロよりも一時代前だが、やはり同じくスペイン北東部地方の出身の画家であることをみれば、おのずから了解できるだろう。自由と解放の聖地バルセロナがかかわっているのである。飯島の詩にとって、いかにスペインがエルサレムの位置にあるかは、同じく「ゴヤのファースト・ネームは」の次の連をみれば明らかだろう。

一人の男が死ぬということは
その男の内部の光が死ぬ
ということだ。
生きるということは　きみの内部に
きみのスペインが
刻々その姿をかえながら　生きる
ということだ。
きみの内部に　ふたたび
オレンジとオリーヴの群落のある
岩原が　ひろがり出す。
きみの内部のスペインが消え
きみが自分だけになったとき、
きみは球体に閉じこめられたようになり、
病みおとろえてしまったのに。

（「ゴヤのファースト・ネームは」XV）

わたしは感動する。詩を読むことから、このような純一な感動の質を受けとることを、久しい間、忘れていたことに、いまさらながら気づく。しかし、何度も読んでいると、この感動にはどこかで異和がつきまといだす。どういうことか。それは、この《きみのスペイン》が、《きみのパリ》になったり、アラブや中国やモスクワになったりしたら、それはやはりわが知識人たちの見なれた風景ではないのか、という疑いが湧いてくるのである。わたしも、粟津則雄の評言[*13]のように《或る絶対的な新鮮さ》を認めるものだが、しかし、それがどうかすると、ありふれた無性格さにすり替ってしまいかねない危うさを、これらの詩句から受けとるのだ。それを言いかえれば、《ただ　自らの内部を／眼を閉じて　のぞきこんでいる》その消滅の危機から、外部世界を回復し、次から次へと《隣の部屋》へ駈けこんでいく、その快癒の過程としての〈スペイン〉は感動的だが、その〈スペイン〉が、ついには救済としての規範のままに終ってしまうのではないか、ということでもある。

その危惧が、打ち砕かれるためには、バルセロナが反エルサレムの相貌で視えてこなければならない。先に、鮎川信夫の作品と比較して書いたように、飯島の「バルセロナ」という作品が写しているのは、旅行者によってスナップショットされた昼のバルセロナである。むろん、作品自体は、この期の飯島の多くの作品がそうであるように（それについては前に触れた）、それを書いている現在の意識、敗戦時の回想、それにスペイン旅行時のそれと、幾層もの時間や空間が入り組んでおり、そのスナップを平面化しない厚みをもっている。そして、そのスナップは当然のことながら、アナーキストも、抵抗運動の闘士も、シュールレアリストも、ミロも写さない。そこに写されているのは、天使のような微笑をこぼした〈美少年〉や、小心で横柄な日本人旅行者や、紅茶を飲んでいる老人や、食堂や料理や絵葉書のような風景である。それは、彼の現実の旅行が、それだけでは、観念の内部のエルサレムへ達するものではないことが示されているだろう。むろん、わたしはそれを否定的に見ているのではない。逆に、わたしは、なぜ、飯島がその現実の旅行で手に入れた（と見える）反エルサレムの契機を拡大しないのか、と思う。その反エルサレムを拡大しなければ、バルセロナがほんとうには相対化されることがないばかりか、そこに反風土の契機が導き入れられることもない。

作品「バルセロナ」には、「ここまで書いて一九七五年初秋の反歌」という、いわば反歌の位相での続篇がつけられている。そこには端的に次のように書かれている。

バルセロナのことを　あんなにうたえるのに
おれの故郷はうたえない

（「バルセロナ」部分）

それは当然であろう。バルセロナがうたえるのは、そこに彼が詩を書き出してからの知の集積がかけられているからである。そして、そのような知の集積がないところに、詩がはじまることはない。だから、内閉的な危機の淵から、彼がことばを世界を回復していく過程に、スペインが、バルセロナが甦えらなければならなかったのであろう。逆に言えば、《バルセロナ出身の鳩》に導かれることによって、彼がことばや世界を回復していったこと、そのこと自体は彼の詩の固有性であって、誰もそれを批難できるものはいないはずだ。しかし、同時に、その知の集積が、絶対（規範）と化す、もうひとつの衰弱に対して、あらかじめチェックしておく、反エルサレムの志向が生まれなければ、バルセロナのみ近くて故郷は遠くなるばかりではないか。

もとより、大河が欠けていることと、故郷の遠さは等しい。そこに、やはり、強いられた生というものがあるだろう。とはいえ、故郷の遠さを、反風土として意識化しないと、それは、いつのまにか近さとして現前してしまうのではないか、ということである。故郷がうたえないということばではなく、うたえない意識が発する声が聞きたい。

＊

立中潤が躓きの石だと先に書いた。しかし、ほんとうのことを言えば、苦しまぎれに立中潤のことから書きはじめて、ここまできたのである。立中潤によってこそ導かれた（と言うべきではないのか）。それを言うなら、飯島耕一を批評の対象にしたこと自体が躓きの石だった（のかも知れない）。それも『私有制にかんするエスキス』や『ウイリァム・ブレイクを憶い出す詩』[*14]など、世界に対して旺盛な活力に満ちた世界を、対象に選んだのなら、もっと楽に書けただろう。少なくとも、それらの世界は批評している自分自身の衰弱や病いに直面しないでもすむ。つまり、そこでは批評者自身が、意識しない批評の詐術が可能だったかも知れない。その意味では、『ゴヤのファースト・ネームは』や『バルセロナ』を強いられている衰弱は、なかなか本質的である。遠いバルセロナのことはうたえるのに、近くの故郷をうたえない、そんな近代人の抽象化された内部を、根源からゆすぶる力をもっている。それにゆすぶられて、わたしは躓いてばかりいたのだ。

そうであれば、結局、躓きの石はわたしの内部にあった。それにけつまずきながらもひとつのことを言えば、それは言うまでもなく、飯島耕一のシュールレアリスムのあるわからなさについてである。シュールレアリスムの理念のことではない。理念がわからなければ、詩がわからないというのであれば、すでに詩は理念の奴隷ということになるであろう。わからなさは、ことばや方法の問題としてである。それでみると、詩集『夜あけ一時間前の五つの詩 他』[*15]など少数の詩篇を除いて、いわゆる〈自動記述〉や無意識領分の解放にかかわるシュールレアリスムの方法から、彼の詩はいかにも遠い。そして、それを試みた少数の詩篇も、決して他に比べてすぐれているとは思えない。昔、書いた彼の文章に《シュールレアリスムは、……別の詩的世界を教えてくれたのだ。それは衰弱からの解放の形式である》

（「歩きまわる象の想像力を」）[16]というのがある。『ゴヤのファースト・ネームは』とそれ以後の道程は、これをみごとに実践しているだろう。しかし、それらの世界を、シュールレアリスムの方法と結びつけて読む者は、おそらく一人もいないのではないか。《衰弱からの解放の形式》は、別にシュールレアリスムに特有な形式ではないからである。むしろ、資質的に飯島のことばは、シュールレアリスムからはかなり遠いのではないだろうか。そして、わたしに言わせれば、そのことはいいことなのだ。それなのに、なぜ、彼の執着はシュールレアリスムの上に強いのだろう。それは、そのような規範に支えられなければ、《おれの故郷はうたえない》不安に耐えられないからではないのか。

決して、立中潤への言及が躓きの石ではなかった証に、彼の詩をもういちど引き寄せれば、彼はシュールレアリスムの理念とも方法とも無縁な詩人だったと言うけれども、しかし、彼の詩は、まったく無意識によって書かれているのではないかと思われるほど〈自動記述〉的である。その傾向は特に初期の詩に著しいが、むしろ、晩年（？）の作品「挽歌・74」の冒頭を引いてみよう。

動めいている幾匹もの蛇たちが
身を炎につつみ
無名の群れへと自己を消滅させていった場処
から穴倉がくびれ
滅びていったものばかり
を息付かせる〈おれ〉のかぐらい穴へと至る
帰るふところは深い底なしの闇！
欠落と言うな　ただ

餓えている空虚がやけに熱いだけだ
〈おれ〉の陰たちはそこで生きつづけてきた
覆面の下の能面の死
おうむのような負性のままの石塊
を引きづって
おお!
痛みを虚美の着衣で封殺するな
現在(いま)　死の体腔の奥で
生き伸びてきたけものたちをこそ視つめよ

（「挽歌・74」はじめの部分）

書き写していても息苦しい。こんなに生活と夢を一致させるなんて無茶だ！　ブルトンがもし生きていれば、トロツキズムやアナーキズムとは縁のない飯島耕一を、シュールレアリスム運動からは除名して、立中潤こそをシュールレアリストとして認めたかも知れない。むろん、わたしは立中潤を、シュールレアリスムや〈自動記述法〉の観点でとらえることに反対である。それは自由に運動している詩のことばを、むりやり理念によって剝製化するのに似ているからだ。ただ、わたしが最後に立中を引いて言いたかったのは、《バルセロナ出身の鳩》をもたないで、詩を書いていくことの困難さということである。

それを別に言えば、詩は、最後まで、救済たることを拒み続けることができるか、という問いにつながるだろう。

＊1　「百回通信」9〜13（「あんかるわ」47号から52号まで）。
＊2　飯島耕一詩集『バルセロナ』（思潮社）。
＊3　天沢退二郎詩集『朝の河』（国文社）に収録。
＊4　飯島耕一詩集『ゴヤのファースト・ネームは』（青土社）。
＊5　飯島耕一詩集『何処へ』（思潮社）。
＊6　飯島耕一詩集『私有制にかんするエスキス』（思潮社）。
＊7　粟津則雄「詩と生」、岡井隆「きみの詩集」（いずれも「現代詩手帖」一九七五年三月号）。
＊8　立中潤詩集『「彼岸」以後』（漏刻発行所）。
＊9　「バルセロナ」「死んだ男」「神の兵士」「宿恋行」はいずれも『鮎川信夫著作集』（思潮社）第一巻に収録。
＊10　飯島耕一評論集『日本のシュールレアリスム』（思潮社）に収録。
＊11　前記詩集『何処へ』に収録。
＊12　「文学」（岩波書店）一九六九年七月号。
＊13　＊7の「詩と生」。
＊14　飯島耕一詩集『ウイリアム・ブレイクを憶い出す詩』（書肆山田）。
＊15　これを含めて飯島の詩集のすべては定本全詩集である『飯島耕一詩集』I II（小沢書店）にまとめられた。
＊16　飯島耕一評論集『悪魔祓いの芸術論』（弘文堂）に収録。

（「現代詩手帖」一九七七年七月号）

二 〈女性〉性の行方

飯島耕一『暗殺百美人』とその他の詩

一人の詩人について、あるいはその詩人の詩について、わかるとか、わからないとかいうことはどういうことだろう。いまから四年程前の中原中也の会のシンポジウム「中原中也とフランス文学をめぐって」(「中原中也研究」3号に収録)で、中也の詩のなかの〈おれ〉とか、〈ぼく〉という人称をめぐって、パネラーの一人、新井豊美の発言を受ける形で、飯島耕一がこんなことを言った。

《中原中也は男のようだけれど半分は女……。男の芸術家でも芸術家は半分は女、女の芸術家でも半分は男と言うけれども、中原中也は相当女性的な度合いが強い人で、とても「おれ」とかいうふうな意識はなかったでしょうし、それから、「このおれは、おれなんだ」という意識が実は淡いところがあって、それで、「名辞以前の世界」というようなことも出て来るんじゃないか。》

この中也理解は中村稔の《ぼくは中原中也はとっても男性的な詩人だと思っています》という強硬な反論に出くわすのだが、いまはこの中也のわかり方をめぐる二人の議論の、是非を論じたいわけではない。ただ、わたしもかねてより、中原中也はほとんど女ではないかと思っていて、これは若いときに《人生に、椅子を失く》(「港市の秋」)してしまった、中也の感受性の在り方から感じるのである。しかし、中也には、太宰治のような女性を語り手とするような作品があるわけではないから、作品論的にこれを言うことはむずかしい。もとより、ここで男とか女とかいうのは、雄雌の区別ではなくて、いわゆるジェンダーのことである。

ところで、ここでの問題は、中原中也から女を感じる、その飯島耕一に、わたしが〈女性〉件を感じたということである。そして、それまで彼から受け取っていた、あるわからなさが溶けていく思いがあった。たとえば、これより前に、わたしは『暗殺百美人』(私家版)を読んでいた。この小説自体はいろいろな意味で面白かったのだが、どこか不透明な印象からも逃れられなかった。それが飯島の先の発言の《半分は女》に根拠をもっているのではないかと気づいたとき、何かがわかったという気がしたのである。今度また、『飯島耕一・詩と散文』第5巻所収でこの小説を読み返し、あらためて〈女性〉性こそが、この小説の特色であり、好ましさでもある、と思った。そして、それは彼の最近の詩にも通じている。

『暗殺百美人』はいわゆる筋書きのない小説である。それを時間、空間を超越し、現実と夢とが入り乱れた、シュルレアリスム風の作品といってもいい。一九九〇年代の日本がベースになっているが、そこで呼び起こされるのは、幕末の尊王攘夷派と幕府方との抗争、暗殺、戦争を担ったおびただしい人物たちであり、それにフランス革命の反逆者や、イタリアのイモラの自動車レースのドライバー、南北戦争等が交差する。たしかに小説的なストーリーはないが、その時代の事件、情況、場面が、ほとんど輪郭だけの素描に近い形で接続されたり、切断されたりして展開する。その事件の概要を説明するだけの、平面的な叙述の部分に、たしかに退屈なところもあることは否定できないだろう。

しかし、作者の方法自体が、歴史上の人物の内面や心理、情念や思想への過剰な思い入れを削ぎ落そうとしているのだから、その面を否定的にだけ見るわけにはいかない。それは徳川幕府を倒して日本ができればよいことがあるのか、日本、日本と浮かれていると、もっとケタ外れの大戦争や悲惨がくるかも知れないという、竜馬を暗殺したテロリストの疑いにも通じているだろう。さらに三好達治の詩「乳母車」の《淡くかなしきもののふるなり／紫陽花いろのもののふるなり》を、《天皇いろのもののふるなり》と受け取る感受性ともつながっている。

わたしがわからなさ、不透明さと言ったのは、そういう薩長連合の尊王攘夷運動を疑う史観に立つ小説の性格や、乾いた文体上の問題を指しているわけではない。それは主人公という言い方がふさわしいかどうかわからないが、この筋書きのない小説の語りの軸になっている、二人の主要な登場人物の設定自体にかかわっている。彼らは《東洋のこの島国の、歴史や人間の体温も反逆心も一切剝奪されたかのような》《脱色金髪の三十四歳の青年》佐々木三郎と、その恋人である（ような、ないような）二十歳の女、ナオミである。

三郎は名前で呼ばれるよりは、《脱色金髪の三十四歳》とされることが多いが、それは〈脱色〉に、性的に去勢されたという意味が掛けられているからだろう。また、この二人の年齢、特に三十四歳には象徴的な意味が与えられている。ブルターニュの王党派の暗殺者カドゥーダルが断頭台で処刑されたのも、イタリアのF1レースで激突死したセナも、竜馬を切った佐々木只三郎も三十四歳。いわば三十四歳とは、すでに自分の運命をかけて何事かをなしうるような年齢なのである。しかし、この三十四歳は何事もなしえない。その意味で三郎は、いまの社会によって作られた女性的な男なのである。だから、ナオミを抱くことができず、彼女は酔っ払って叫ぶほかない。

やってよ
あなたって
一体、不能なの？
今　ここでやってよ
出来ないの。
イクジナシ。

（「序章」部分）

このナオミに幕末の女たちのイメージ、身体を張ってテロリストや志士たちを守った娼婦のそれが重ねられる。〈百美人〉というのは、明治二十五年、浅草で催された美人写真のコンクールで選ばれた芸者のことだが、これも娼婦のイメージと重ねられている。この娼婦性の対極に置かれているのが、母親像である。男は三十四になっても、《母親殺し》ができない。そんな風に男がカストラートにされていては、おんなは娼婦になれない。ナオミは銀座の酒場で、吉行淳之介とよく似た男に、《きみは娼婦になってみる気はないか》とか、《極上の娼婦というものはなかなかいないものだ》と言われる。しかし、《ほんものの女》とか、《極上の娼婦》というのは、自分を越えた使命のためにたたかう男のいるところにしか生まれない。カストラートしかいないのでは、ナオミは女になることができないのだ。この二人を幕末動乱の時代に誘導する、高村という〈四十男〉が語りかける。

《只今、現在の蛍光灯の光の下に、ポッと、定期券や各種のカードを手に握りしめた〈我〉らしきものが、液体状に漂っているだけで、他人と衝突することも回避し、他人をわかろうともせず、ものははっきりと言わず、酒を飲んでも酔っぱらうことなく、シャワーとシャンプーで身体を異常に洗い立てて、猫のようにひっそりと砂をかけて自他の一切の臭いを消して歩く。他人と触れ合うことを回避するあまり、セックスさえしないのが増えている。きみたちのようにな。佐々木三郎がナオミに対するように、シャワーから飛び出して来た女の裸を見ても勃起しない。ツルツルした紙に印刷された百人いれば百態の陰毛写真に囲まれているから欲情というものさえ麻痺してしまっている。ただ、なまぬるくアルコールを飲んで（酒じゃない、アルコールを溶かした水だ）、欧米の本を読んでるだけ。しかもどんな危険思想の本を読んでも頭で読むだけで、身体では読まないから、危険思想に自分が染まることもないね。佐々木君もジョゼフ・ド・メーストルやボナルドの本を、小ぎれいなアタッシュケースに入れて、超高

層のエレベーターに涼しく乗っているだけで、それで半ば死体のように立っている。》（『暗殺白美人』〈1〉）

しかし、この《脱色金髪の三十四歳》も、ブルターニュの不敵な暗殺者カドゥーダルのことを知り、そして、同じような幕末のテロリストや志士たちに関心をもちはじめている。その上で、〈四十男〉から、《半分死体君》などと腐されて、《血の騒ぎのようなもの》《身体の中に震えるような荒々しい力の昂ぶり》を感じるようになる。こうして三郎は、勤王でも佐幕でもない、第三の道、《ブルターニュというみちのくの、カドゥーダルの心》を求めて幕末維新の時代に遡っていくのである。その追跡が小説の体裁をとっているのだが、わたしはここでそれの作品論をやろうというのではない。この小説に見られる飯島の〈女性〉性の行方が知りたいのである。

今日の不能の〈三十四歳〉の男と〈二十歳〉の女が、幕末の決死のテロリストと娼婦に入れ替って（仮装して）セックスしても、それで不能が克服できるわけではない。作者もナオミの遊び友だち〈黒髪君〉に、《幕末から百三十年経って、日本の男の子も女の子も、白いハチマキのガンバリを放棄して、電車の中で眼をつぶって快感求めて抱き合っているんです。》と言わせて、ここから出発する以外ないことを暗示している。これはいわば《母親殺し》をした男が、かつての男性原理を生きるのではなく、いわば女性化することに、今日の不能からの克服した姿を見ていることになろうか。これは飯島耕一の脳裏に、よほど新しい〈女性〉性の原景として焼きつけられているらしく、未刊詩集『カンシャク玉の雷鳴』（『飯島耕一・詩と散文』第5巻）所収の作品「抱き合う男女」にも、よく似たイメージとして映し出されている。

金色に髪を染めた

十八、九の男女が　夕方の
ガラ空き電車で肩を寄せて
眠って　いる

男は赤いシャツに
白いズボン
首から袋を垂らしている
女は白いブラウスに　黒のスカート

金色の髪を短く刈った　女の靴は
先端のふくらんだ　ボックスで
それが男の肩に頭をくっつけて
ぐっすり眠り込んで　いる

（中略）

男は　眠りこけながら
女の肩にかけた　手の指を動かした
やがて　男は
頭を背後のガラス窓にゴツンとぶつける

と　女は半ば眠ったまま
男の後頭部を　かるく撫でさすって
また　眠り込み
男もふたたび　眠ってしまう

（「抱き合う男女」前半）

『暗殺百美人』よりも後に書かれたと思われるこの詩が興味深いのは、電車のなかで肩を抱き合って眠りこけている、若い男女の信じ合っている姿が、その装いの具体的な描写をともなって語られているからではない。その二人の姿に、語り手が没我的に見惚れているところにある。公共の眼差しに曝されて、男女が抱き合い〈眠っている〉ところにこそ、おそらく今日の〈女性〉性は見定められているので、視線はそこに没入せざるをえないのだろう。

小説のなかでは、結局、ナオミは失踪して行方がわからない。ナオミを探し求める三郎のところへ、彼女の弟の良夫から手紙が来る。そこには、遂に三郎がナオミを救うことができなかったこと。ナオミも娼婦だが、三郎もまた一人の娼婦であること。しかし、自分はそうではないと思っているところがナオミとは決定的に違うということ。そして、次のことが書きつがれていた。

《今の時代、自分が女の子であることに耐えがたい女の子がものすごく多くいる。そのことにさえ、ぬくぬくとした三郎さんは気づいていていない。暴走族だったぼく、自分のシンタイをいつも死のすぐ隣りに曝していないと耐えがたいぼくには、今の少女が若い女がどんなにイライラしているかがよくわかるんです。不良の女、暴力少女、ブルセラ女子高生、みんな女の子は女の子であることに耐えがたいのです。》（『暗殺百美人』〈3〉）

信じ合って一つになるには、眼をつぶるしかない男女。それとは別のもう一つの不幸な〈女性〉性がここで語られている。それは眼を見開いているがために、分裂せざるをえない〈女性〉性である。女であることが耐えがたい少女とは、自らの性に自足できない〈女性〉性のことだろう。《脱色金髪の三十四歳》の三郎は、新しい生き方を摑みはじめているにもかかわらず、自らの性に自足する〈女性〉性に止まっている。これではナオミは失踪せざるをえない、ということだろう。

今日、シュルレアリスム小説という仮装の下に、このような〈女性〉性を語ってしまう（ことのできる）詩人は、やはり、少なくとも半分は女ではないだろうか。それ故にこそ、「厚底ブーツの朝の歌」（詩集『浦伝い　詩型を旅する』）などという奇怪な詩が書かれる。奇怪というのは、この節、《厚底ブーツ》などというものを、しかもその讃歌を書く、そんなことを思いつく男はむろんのこと、女性詩人だっているとは、とうてい思えないからである。しかし、それは最初の印象であって、よく考えてみれば、この詩人の〈女性〉性こそが書かせているのであって、そこにこの不敵な〈女性〉詩人の希有の感性があると言えないことはない。

それにこの題名を見て、戦後詩の記念碑的作品、鮎川信夫の「繫船ホテルの朝の歌」を思い起す人が、少なからずいるだろう。鮎川の〈朝の歌〉は、《背負い袋のように》女をひっかついで航海に出ようとするが、出発は遂に訪れない。しかし、飯島の〈朝の歌〉にはそのような重々しい悲壮感はない。戦後詩も遥か遠い地点まできたのである。

御茶の水の
駅階段の　厚底ブーツは
きょうの詩　だ

厚底ブーツの　しずしずと
のぼって行く　足もとに

きょうの詩が
ある

（「厚底ブーツの朝の歌」〈1〉はじめの部分）

《厚底ブーツ》を履くおねえちゃんは、男を喰らう狂暴だが美しい羅刹女であり、《靴底にひそかに隠したエンジンで》《二千里を／一気に飛行する》という。失踪した〈百美人〉のナオミが帰ってきた姿かも知れない。詩人のいくらか甘すぎるイリュージョンのなかで、どこまでも男は希薄だ。

（「現代詩手帖」二〇〇一年八月号）

三　「アメリカ」まで　飯島耕一の〈無意識〉

行っても行ってもアメリカには辿り着けない夢
十五年前
そんな夢にうなされ

（「アメリカ」冒頭三行）

この前、飯島耕一の「アメリカ」（「現代詩手帖」二〇〇四年七月号）を読んだ。文句なしにいい詩だった。この時代の無意識が、そして、現在を生きる飯島の無意識がことばを動かしている。飯島のなかのアメリカへの夢と絶望、そこに潜んでいるアメリカの社会や文化、アメリカの詩や詩人への思い、戦争に狩り出される黒人兵のアメリカ、戦後詩の、鮎川信夫のアメリカ、9・11以後の映像のテロリズムに覆い尽されたアメリカ……が、押し合い圧し合い、詩と非詩をむき出しにし、溶け合い、水嵩の増した河のように、滞りなく流れていた。こんな風にアメリカにぶつかり、アメリカを抱え込み、アメリカに覚醒し、アメリカに発熱してしまっては、もう、押韻定型詩どころの話ではない。

北川透氏に――
中原を好きな君が
なぜ〈定型論〉となると

あんな口調になるのか
それを　はっきりさせないと
人を説得は　できないよ

（「吸物は」部分）

わたしが人を説得できない、できた例がない、というのは本当だから、忠告を感謝したい。しかし、飯島さんは誤解している。中原中也は押韻定型詩の理念に基づく、〈押韻定型詩〉など一篇も書いていない。押韻も自由だし、定型も自由である。押韻定型詩も押韻自由詩も自由である。散文詩も、垂れ流しも、どんな堅苦しい詩の試みも、荒唐無稽なことばの実験も自由ではないか。萩原朔太郎も、中原中也も、自由に押韻を試み、定型詩も、自由詩も書いたが、押韻定型詩だけは書かなかった。押韻定型詩にしか、詩の未来がないという、偏狭な理念だけが不自由なのである。誰に遠慮がいるものか。もし、押韻定型詩の試みが、質量ともにすぐれた成果をあげたら、それが一つの詩型のジャンルを作る、というだけのことではないか。近代詩が始まって以来、結局、この領域ですべてのテーマが紛糾し、煮え詰まる焦点は、定型詩でもなく、自由詩でもなく、現代詩は可能か、という問いのうちにあった。飯島は『浦伝い　詩型を旅する』から、まもなく刊行される新詩集『アメリカ』までの試みにおいて、本意ではないかも知れないが、みずからのすぐれた資質において、それを実証してみせた。

しかし、この小論でわたしは「アメリカ」まで行き着けるだろうか。なぜなら、その前に、直接には関係ないが、深いところでは関係づけられている、飯島の詩の幾つかのテーマが、気がかりだからである。その一つは、先にも触れたが、詩型の問題である。これは耳の〈信〉や、ことばの音楽の理念や、日本語観の問題だから、誰も今のところ、論理的に決着をつけることが難しい。また、飯島の荻生徂徠好きもその一つ。わたしは〈好き嫌い〉で言えば、刀を二本挿した幕府の政策ブレーンよりも、女や子どもに囲まれて、町の小児科医として一生を送った本居宣長の方が好きである。もう一つは（これで終わりではないが）サッカーのアジア杯である。八月にアジア杯が中国の重慶や北京で開かれた際、サポーターたちの反日的な騒ぎがあった。それをわたしはテレビで見ていながら、不意に、吉岡実の「苦力」という詩を思い出したのである。

いや、思い出したのは、確かに「苦力」だが、その意識の底には、飯島耕一の「サクラエビのかきあげ」（詩集『浦伝い　詩型を旅する』所収）という詩が引っかかっていた。この飯島の「サクラエビのかきあげ」（以下、「サクラエビ」と省略）には、「清岡卓行による吉岡実の詩「苦力」批評（「現代詩手帖」九九年一月号）への一反論として」という長い副題がついている。そして、これだけを見れば、詩で清岡批判をしているように見える。そして、実際に詩の核としてそれは孕まれているが、これは清岡への批判を詩の形式に置き換えただけの単純な作品ではない。

飯島の詩は地上に固定されたことばの建築物ではない。きしきし音を立てながら、険しい川底の急流を走る小舟である。空間・時間の制約を越えて、いつも自由に動いている。その飛躍や移動、異質なイメージ、遠距離の連想を可能にするスプリングになっているのは、行かえ、行空き、行間である。この詩人にとって、行間はイメージを転回するための本質的な契機であり、彼がというより、彼の詩が、散文詩に悪意を抱くのは当然だろう。「サクラエビ」も、電車に乗るところから始まる。由比の海岸に、ひとりでサクラエビを食べに行くのである。その現在を起点にして、戦争下の爆撃される上海のこと、吉岡実の詩「苦力」からの引用や理解、ピマ族の昔の歌、箴言風のことば、過去の映像や風景の断片に連想は自在に飛んでいる。コラージュというような静的なものではない。風景から風景へ流れ動く、その見えない架橋の下に絡まっている無意識の根っこに、何があるのかを、思いみないわけにはいかない。「サクラエビ」という作品は、まず、電車に乗ると、眼前の男はほとんど死体に見え、女はみんな悪い娼婦に見える、という暗鬱な思いが、口語と文語の混交文で書かれている。その苦しさが、次の戦争下の上海で死んだ〈苦力〉のイメージを呼び起こすのだろう。いや、作者の無意識のモティーフにおいては、逆なのかも知れない。〈苦力〉のイメージこそが根底にあるはずだ。

虹口(ホンキュー)の上空に
〈我が飛行機〉
南京路に

ちぎれた
死体

〈中国人労働者〉　などではなく
たしかに　苦力(クーリー)はいた

（「サクラエビのかきあげ」部分）

作者はこの日本の企業に雇われ、ピンハネされ、鞭打たれ、投下された爆弾で、ちぎれた死体となった〈苦力〉のイメージを、どこから得てきたのだろうか。ただ、そこで飯島が鮮明にしたかったことは、〈苦力〉はいまの時代でいう〈中国人労働者〉という名前には、決して還元しえない存在だった、ということだろう。

その詩「苦力」で

吉岡実は　自らが苦力となっている
そこをまちがえるな
〈徒労と肉欲の衝動をまっちさせ〉
〈おのれを侮辱しつづける
禁制の首都・敵へ
陰惨な刑罰を加えに向かう〉

それは詩人で　徒労な労働に苦しんだ
彼自身

（「サクラエビのかきあげ」部分）

ここで《そこをまちがえるな》と言われている対象は、副題から、当然、清岡卓行ということになる。「現代詩手帖」が九九年一月号で試みた清岡への〈新春インタビュー〉「わが戦後詩」のなかに、吉岡実批判が含まれていたが、飯島の《そこをまちがえるな》は、それに対する異議なのであった。このインタビューは多様なテーマをめぐっているが、最初に戦後の〈シュルレアリスム研究会〉のことが触れられている。この研究会と共通のモティーフをもった同人詩誌「鰐」は、当の清岡をはじめ、吉岡、飯島、大岡信、岩田宏などが集まっていた。

一九五八年から六二年にかけて、これらの若い詩人たちは、《シュルレアリスムの全人間的な受容と表現》（清岡卓行）をめざして、フランスのそれから直接学ぼうとした、と述べられている。ただ、わたしがここでの清岡の発言を、当時、読んでびっくりしたのは、一九九五年に出した拙著『萩原朔太郎

〈言語革命〉論』を、これとの関連で、《注目すべき仕事》として、評価してくれていることを知ったからである。それは彼の紹介にあるように、ブルトンの「シュルレアリスム宣言」よりいくらか前に、そのオートマティスムの手法を、山村暮鳥、萩原朔太郎、室生犀星らが、〈無意識なる自動器械〉（朔太郎）ということばで、先取りするような試みをしていた意味を追及したものだった。

わたしは現在の詩の課題だと思って、それを勝手にやっているのだから、誰に文句を言う必要もないのだが、自分が長い時間をかけてやったこうした仕事も、いまは以前と比べて驚くほど手応えがない。それでも読んでくれる少数の読者はいるが、肝心の詩人たちに読まれることなど奇蹟に近い。だから、清岡卓行の思いがけない発言を知って、とてもありがたかったのである。飯島の詩はこのインタビューの内容と関わっていたので、すぐにピーンとくるものがあったのかも知れない。つまらぬことを、思い出してしまったが、本当に言いたいことは、別のことである。

それを言うためには、まず、清岡が朔太郎の〈言語革命〉に触れた後、金子光晴のごく初期の詩「闇澹」を要約し、そこにもシュルレアリスムの無意識的な作品の先駆がある、と言っていることから見ていかなければならないだろう。ここでは、その作品を引くことはできないが、それは《夢の不条理、非連続、亀裂、衝撃的で奇怪なイメージなどを、ロマネスクや寓意などに持って行こう》とはしていないこと、フランスのシュルレアリストたちも、夢の記述を行っているが、それに匹敵するほど、《金子光晴のこの詩は奥深く、捨身で、露出的である》ことが、称揚されているのである。

清岡は他にも、インタビューに答えて、いくつかのことを語っているが、問題は最後に吉岡の詩に触れたところである。初めに吉岡の代表作「僧侶」と、ロベール・デスノスの「四人の首なし男」とが比較される。そこはまだいいが、「苦力」の批評に及ぶと、どうしてか急にトーンが落ちる。それというのも、先の朔太郎や金子光晴を評価した、その観点が「苦力」では、そのまま否定的な見方に反転しているように見えるからである。わたしも吉岡の晩年の作品はあまり好きになれないが、しかし、「苦力」は一九五八年の作である。清岡はかつて仲間意識でこの作品を褒めたが、いまは評価できない、という。その理由は大きく二つあげられている。

一つはこの詩に、《支那の男》というフレーズが六回ほど出てくるが、これは中国人が読むと不快になるから《中国の男》の方がいいという。もう一つは、「苦力」の最初の部分に、《支那の男は走る馬の下で眠る／瓜のかたちの小さな頭を／馬の陰茎にぴったり沿わせて／ときにはそれに吊りさがり／冬の刈られた槍ぶすまの高粱の地形を／排泄しながらのり越える》という詩行に関わっている。すなわち、こうした《エロ・グロの審美的な趣味が強く発揮されて》いる部分への批判である。かつてこの作品を彼が賞賛したのは、吉岡が戦中に、中国の長春で輜重兵だったとき、上官から与えられた屈辱の経験が、《なんらかの形で投影しているのではないか》と思ったかららしい。しかし、現在、冷静にこの作品を眺めてみると、《この冒頭の部分におけるエロ・グロの趣味は、……その趣味に淫した逸脱をしており、中国の労働者を詩人自身がおのれの詩句によって侮蔑していると感じたのです。》ということになる。

まず、〈支那〉とか、〈苦力〉という呼称の問題であるが、飯島の詩の方にも、〈支那〉ということばをどう見るのか、という問題は触れられていない。いまは誰も中国のことを、支那とは呼ばない。支那が蔑称だという認識が一般化しているからだ。しかし、日本では、江戸時代中頃から、敗戦まで〈支那〉が用いられていた。『大辞林』の注釈を借りるが、この呼称はもともと中国最初の統一国家〈秦〉の音に由来するという。それがインドや西方に伝わり、漢訳仏典で〈支那〉〈震旦〉などと音訳されたために使われるようになった、というから、呼称の起源自体に日本人の偏見はない、と思われる。わたしが子どもの頃には、いま、口に出すのが憚られるような蔑称があった。

今日でも地理（地図）の上では、〈東シナ海〉は生きている。しかし、これの表記はどういうわけかカタカナでなくてはならない。飯島の最近の作品「地下鉄有楽町線に乗って」（詩集『アメリカ』所収）でも、《シナ事変の　大東亜戦争の》という一行がある。なぜ、ここで飯島はカタカナのシナを用いたのか。なぜ、日中戦争とか、太平洋戦争という、戦後、言い換えられた〈公認〉のことばを忌避したのだろう。その飯島の無意識のなかで、支那事変とシナ事変の間にどういう違いがあるのだろうか。

あることばが蔑称であるかどうかは関係によって左右されるから、日中関係が変化した戦後になって、戦前に書かれた文章のなかの〈支那〉まで〈中国〉に直されることになった。しかし、現在のテキストで、小林秀雄の戦時下の社会時評、例えば「満州の印象」や、敗戦間際の太宰治の小説『惜別』には、〈支那〉の呼称はそのまま残っている。もし、それらが戦後になって言い換えられていたら、わたしのこれらを読む意欲は半減するだろう。しかし、吉岡実の「苦力」は、一九五八年の作である。戦後もかなり経過しているから、この時期、〈支那〉は少なくともジャーナリズムのなかでは、誰もが、使わなくなっているのではないか。吉岡にこの危ういことばを使う、どんな必然性があったのだろう。

もう一つの〈苦力〉ということばは、実は題名にしか使われていないが、《支那の男》イコール〈苦力〉なのである。二つはセットだから、本当は飯島の詩のように、〈苦力〉だけを対象にするわけにはいかないが、確かに〈苦力〉は飯島の異議のように、単に〈中国人労働者〉でもなければ、〈肉体労働者〉でもなかった。では、〈苦力〉とは誰なのか。わたしの主観を述べるわけにはいかないから、やはり『大辞林』を参照すると、肉体労働に従事した、下層の中国人・インド人労働者のことであり、十九世紀にアフリカ、インド、アジアの植民地で酷使された、とある。クーリーということば自体が、ヒンディ語から来ているらしい。十九世紀に、植民地や半植民地でクーリーたちを酷使したのは、むろん、ヨーロッパ人であっても、日本人ではなかった。

こういうことばの来歴を、吉岡がどこまで意識して詩を書いたかはわからない。しかし、おそらく

〈支那〉や〈苦力〉は、この詩を書く十数年前までは、一輜重兵として中国を転戦していた吉岡にとって、親しい現実的なことばだっただろう。むろん、一兵士として、どんなに軍隊のなかで屈辱的な扱いを受けていたにせよ、中国を相手に戦っていた吉岡が〈苦力〉であるはずがない。しかし、無意識のなかで、当時、すでに彼は〈苦力〉を受苦していたのではないか。それを誰も否定できないのは、むろん、彼が戦後、「苦力」という詩を書いたからである。その吉岡の無意識のなかに潜んでいた〈支那〉の〈苦力〉を、白昼夢のなかに蘇えらせたのは、戦後のシュルレアリスム体験であろう。別にそれをシュルレアリスムと言わなくてもいいのだが、あえてそう言ってみるのは、飯島の詩「サクラエビ」で、浮き出てきたのが、三者それぞれのシュルレアリスム体験だと思われるからである。

　そして、吉岡の〈苦力〉のイメージが、戦後の時間を経た清岡卓行にとっては、先に見たように、《エロ・グロの審美的な趣味》に《淫した逸脱をしており、中国の労働者》を《侮蔑している》と感じられたのである。しかし、この作品はどう見ても、清岡自身が金子光晴の「闇澹」を評した《夢の不条理、非連続、亀裂、衝撃的で奇怪なイメージ》と、同じような特質をもち、ロマネスクや寓意はもちろん、エロ・グロ趣味にも行き着かない作品である。いまも昔も、わたしにはそうとしか読めない。もとより、「苦力」が、金子の作品と違うところは、《支那の男》が、極端に誇張されたグロテスクなイメージとして表現されているところにあるだろう。そして、その超現実、非現実的な誇張において、中国の労働者を侮蔑するような働きをもちようがない。それに中国の現在の労働者は、〈苦力〉ではないし、歴史的な存在としての〈苦力〉はもはや地上に存在しないのである。このことを飯島の詩は、次のように正確に射抜いている。

苦力（クーリー）も　死んでいる

ただ馬にしがみついて飛ぶ吉岡の詩の苦力以外は
（「サクラエビのかきあげ」部分）

もっとも、現在でも、建築現場など、いわゆる〈肉体労働〉をしている底辺で働く労働者は、工人とか、工作者と呼ばれずに、〈苦力〉と呼ばれることがあるらしい。わたしは一九九五年に、半年間、北京に滞在したが、その時、確かに貧しい地方から盲流してきた、存在としての〈苦力〉を多数目撃した。住む家も、身分証ももたない〈苦力〉。彼らはどう間違っても、労働者ではなかった。そして、わたしといえば、日本の国際交流基金によって派遣された北京外語大学から、身分を証明する「工作証」を渡されたのである。まるで、わたしは谷川雁の『工作者宣言』の似ても似つかぬ〈工作者〉として、北京に出現したのだった。これをもって、たまたま、天安門事件の五周年に当たる六月四日に、所要で北京大学に行った。しかし、武装警官隊に囲まれた校門で、「工作証」を提示し、いくら用事の内容を説明しても入れてもらえなかった。五・四運動を忘れた中国、天安門事件に恐怖する中国、わたしが彷徨い歩いた九五年夏、〈苦力〉は、北京で、上海で死んでいたか。それとも、姿を変えて生き残っていたか。それは、吉岡の詩のなかで生きている〈苦力〉とは、次元の違う問いだが、その問いを避けては、〈苦力〉を肯定できないように思う。

吉岡の夜が言語の禁制にビュランを鋭く砥いでいた日々
馬にしがみついて飛んでいく「苦力」の夜
（「サクラエビのかきあげ」部分）

吉岡が《言語の禁制》に対してビュランを鋭く研いでいたことは確かだが、この場合のビュランとは、〈無意識〉のことではないのか。シュルレアリスム体験のなかで砥がれた、〈無意識〉という彫刻刀。ありえない人馬一体の跳躍と飛翔、そして、《最後の放屁のこだま》のような哄笑が、作品を刺し貫いている。この〈支那〉の〈苦力〉のイメージが躍り出たのは、戦後、十数年、吉岡の〈無意識〉が、鋭く砥がれていたからであった。

しかし、たとえば今日、アジア杯のサッカーの反日騒動を操っている、《禁制の首都》たちが、この詩を読んだとして、中国人労働者に対する侮蔑と把えても不思議ではない。それならば《徒労と肉欲の衝動》をマッチさせる詩の無意識は、喜んでみずからの悪を引き受けるほかないだろう。そして、押韻定型詩以後の飯島耕一の〈無意識〉は、吉岡実擁護という振りをして、これを引き受けてしまったのであった。おそらくそれを引き受けた無意識のなかから〈アメリカ〉が始まっている。

シュルレアリストで
キューバ生まれの　ヴィフレド・ラム
父は中国広東（カントン）の人
母はアフリカ系黒人とスペインの混血

ラムの絵〝ジャングル〟の大きなお尻は
樹木のコブで
胸には睾丸のくっついた
小さな乳房も　ぶら下がる

人間は植物

植物は人間
馬は植物
植物は馬

男は女
女は男

樹液や　性液や　快楽の汁が
いろんな穴から　したたり落ちる

詩をつくるってことの　底の底には
みどりの　汁の
肉的欲望が　渦巻いている

（「ヴィフレド・ラムに歓喜する二つの詩」部分）

混血のシュルレアリスト、ラムの絵について語りながら、飯島は自分の詩がどこから来るかを暗示している。それは樹木と人間、植物と動物、男と女、それらのすべての差別や区別が溶け合い、混ざり合い、樹液や性液として滴り落ちる、無意識の肉的欲望が渦巻くところなのである。このあらゆるものが混ざり合い、欲望のみどりの汁を滴らせている世界こそが、同時にアメリカの夢ではなかったのか。

戦後日本とアメリカ。まだ、昨日までの空爆で煙がくすぶっているような一九四五年、首都の焼跡で書かれた秋山清の「アメリカ」。これは陰湿な憲兵や特高、右翼に代わって、わたしたちの周囲にあふれた《明朗民主々義の／アメリカさん》を映している。実にここから戦後詩のアメリカは始まった。次いで鮎川信夫は、《反コロンブスはアメリカを発見せず／非ジェファーソンは独立宣言に署名しない／われわれのアメリカはまだ発見されていないと》と語りかけた。彼は戦争体験を反芻しながら、いまだ誰によっても見出されたことのないアメリカ、詩的なイメージによってこそ、全容を現してくる未知の共和国を夢見ようとした。そして、関根弘の「なんでも一番」が続く。《アメリカはなんでも一番／霧もロンドンより深い／嘘だと思う？／職業安定所へ／行って／試してみろ！／紐育では／霧を／シャベルで／運んでいる！》という、明るい語り口の即物的アメリカ。

その後、詩におけるアメリカはどんな変容をたどったのだろうか。わたしはいま、それを尋ねる余裕がない。戦前、戦中、戦後のどんな時代になっても、少しも変わらぬ、反米愛国で硬直したアメリカは論外だが、戦後の詩人が書いたアメリカ詩篇を集めた『アメリカ詩集』のようなものが編まれれば面白い。日本語の深部にまで食い込んでいるアメリカという欲望。その言語の暴力と蹂躙に詩はどう戦ったのか。新しいところでは宋敏鎬の「ブルックリン」。そして、最後尾を飾るのが、飯島耕一の「アメリカ」である。9・11以後のアメリカ。

そこで《空はますます　欺かれ　るのに慣れ／アメリカについてはただ暗鬱に／沈黙している他にないのかも知れない》と、繰り返し語られる。ようやくたどり着いた飯島のアメリカ。その沈黙の無意識が開示する「アメリカ」の最終行を引いて、いまはこの小論を閉じるほかない。

やっと近代の滅亡にフルエテいる　肥り過ぎた腔腸動物
なおも貪り食うことによってしか死の幻想から逃亡できぬ　寒天質の海に漂う腐敗物質

寂しい国アメリカ

（「アメリカ」最終行）

（「現代詩手帖」二〇〇四年十月号）

大岡信論

一　夢の過剰　大岡信の出現

吉本隆明と黒田喜夫の登場は、現代詩における〈戦後〉の意味を決定的たらしめたと思う。その理由は、この二人が、いわゆる第一次戦後派とも言うべき「荒地」グループと「列島」グループの内部から、それぞれの終焉を担って出てきたところに求められるだろう。あえて、終焉ということばを使うのはほかでもない。この二人が、それぞれのグループの担った主題を深化させることが、そのままそれらのもった限界を決定的なものにしたからである。吉本と黒田の、詩と批評の展開ということであれば、またいろいろと別な問題が出てくるが、その登場の意味ということになると、この二人によってこそ、現代詩における〈戦後〉は真に担われた、と考えられねばならない。

巨視的に言えば、「荒地」や「列島」は、なお、戦前と戦後の過渡期の意識から自由ではなかった。それに対して、たとえば、吉本隆明の文学者（詩人）の戦争責任の追求に見られた、あのてっていした論理の位相というものは、彼の戦後意識の圧倒的な比重というものなくしては考えられなかっただろう。それは武井昭夫との共著『文学者の戦争責任』の、吉本の手になる〈まえがき〉にも、あふれるように濃厚に表現されているものだ。

《何が問題なのかはっきりしている。戦後日本の民主革命が決定的に挫折した現在、こういう言辞によってかれら前衛的部分が、自己の戦後責任を横流しにしようとしていることが問題なのだ。いいかえれば、かれらの言辞のなかには、戦争によって膨大なギセイを支払いながら、わたしたちが購いえたものが、戦後十年で空無に帰したことにたいする痛切な実感がどこにもないのだ。》（「まえがき」傍点は原文のまま）

わたしの言う、戦後意識の圧倒的比重とは、ここでの《戦後日本の民主革命が決定的に挫折した現在》とか《戦後責任を横流しにしようとしている》とか、《戦後十年で空無に帰した》というようなことばにこめられている重い含意を指すにほかならない。それと同じことを、黒田喜夫について指摘するなら、彼の〈死に至る飢餓〉としての、戦後革命の挫折（スターリニズム体験）に対する内在的な論理化、あるいは自己告発は、やはり、彼の戦後意識の圧倒的な比重というものを示しているはずである。月村敏行の「黒田喜夫論」のなかのことばを借りれば、スターリニズムにおおわれた戦後の時代を、《黒田は手ぶらで生きた》のである。この両者を前にしてみるとき、「荒地」の鮎川信夫の戦後には、なお、戦前の自我形成期における閉ざされた黄金時代の、いわば輝かしい負の意識（モダニズム）があらわな肉質を残しており、また、「列島」の関根弘についてみれば、彼の戦後における〈プロレタリアの夢〉のスローガンには、戦前のプロレタリア文化主義の残影が滲透している。というわけで、彼らはともに《手ぶらで生きた》という有り様から遠い、と言わねばならない。鮎川における《意味の回復》の主張といい、関根における《プロレタリアートとインテリゲンツィアとの裂目の意識》といい、いかにも彼らが過渡期においてこそ、よく語りえた理由を示しているだろう。

ところで、このような構図のなかに、大岡信の登場を置いてみるとき、そこにはまた別の問題が象徴されてこざるをえない。吉本隆明にあって圧倒的な戦後意識の比重とは、先にも触れたように〈戦後責任〉ということばに代表される。それは戦後という対象が、〈空無〉なるものとして否定的な位相で把握されることであり、そのような〈空無〉をもたらした内因への問いが、《戦争期の体験を、どのように咀嚼して自己の内部の問題としながら戦後十年余を歩んできたか、そしてその戦争期の内部体験を戦後十年余の間にいかにして実践の問題（これは文学的表現の意味にとっても、社会的実践の意味にとってもよい）としてきたか》（前掲書「まえがき」）という追求を生んだのである。しかし、大岡信の登場は、《戦後十年で空無に帰した》ことが、自明の前提となるような場所において果たされたのであった。そこでは、戦後の〈空無〉なるものは、否定されるにしろ、肯定されるにしろ、ともかく受容されるほかない〈現実〉として所有されていた。そんな場所に、大岡なり、彼と同世代の詩人の意識を押し上げたものが、その背後に広がった一九五〇年代の社会の、相対安定期というものであれば、それはすでに良し悪しの判断を越えたひとつの立場を示している。むろん、そのことは単に世代論の問題に解消できない。しかし、〈空無〉の上に現出した戦後社会の安定化という、時代のあらわな特質が、ひとつの資質なり個性なりを見出したことは確かだろう。そこに世代が強いられている存在の位相というものがあった。

ともあれ、大岡信において、たとえ〈空無〉であろうとなかろうと、すでに形成された〈戦後〉を何よりも受容するほかなかったということは、決して、それに自足したとか満ち足りたとかいうことを直接には意味しなかった。むしろ、受容は深い喪失感とともにやってきたのであり、そのアイロニカルな位相においてこそ、大岡の、そしてこの世代の固有の詩的な現実は開かれていったのである。大岡信について言えば、そのこととの意味はすでに彼の処女詩集『記憶と現在』の巻頭詩「青春」が象徴しているだろう。戦後の詩は、大岡の世代を待たなければ、いわば〈青春〉というものをまるごとかかえた詩集をもてなかった、と言える。そのことの目覚しさは、たとえば、鮎川や関根においてそういうことが起りえただろうか、あるいは、吉本隆明や黒田喜夫についてありえただろうか、と問うてみれば明らかだろう。彼らにおいては、戦争（あるいはそれにつらなる戦後）が、〈青春〉などというものを、一冊の詩集がまるごとかかえて成立する感受性の基盤を、粉々に押し潰してしまっていた。どんな形であれ、〈青春〉なるものが、ひとつの詩的世界の核心を占めるに至るには、まさに〈戦後〉が肯定性として出現し、全面的に受容されることを不可欠な前提にしていた。

大岡の「青春」という作品は、次のように書き始められている。

あてどない夢の過剰が、ひとつの愛から夢をうばった。おごる心の片隅に、少女の額の傷のような裂目がある。突堤の下に投げ捨てられたまぐろの首から吹いている血煙のように、気遠くそしてなまなましく、悲しみがそこから吹きでる。

（「青春」第一連）

この詩集には、たとえば「青空」という作品などにも、《わたしはわたしの夢の過剰でいっぱいだった》という詩句が出てくるが、そのほかにも《十六才の夢の中で、私は自由に溶けていた》（「うたのように　3」）など〈夢〉を重要なモティーフにした作品が多い。「夢のひとに」や「夢はけものの足どりのように／ひそかにぼくらの屋根を叩く」などのように、題名自体に〈夢〉を冠した作品もあるほどである。むろん、単に〈夢の過剰〉あるいは〈夢〉の遍在が問題なのではない。〈青春〉の情感そのものが、《夢の過剰》を疑いのない根幹として孕んでいることが注目されねばならないのである。そのことは、「青春」において、《ひとつの愛から夢をうば》う、その喪失感のくるところが《夢の過剰》に求められているアイロニーによく示されているだろう。少女の額の傷やまぐろの首から吹き出る血煙のような、なまなましい悲しみにしても、この《夢の過剰》という前提によってこそはじめて可能にされた、青春のイメージにほかならない。そのことは、詩集の性格自体にも転移して指摘しうるはずであり、それが先にも触れた、一冊の詩集が〈青春〉をまるごとかかえて成立している、という意味である。

この水準で更に比較のことばをつらねるなら、そこにたとえば鮎川信夫の秀作「繋船ホテルの朝の歌」を置いてみればよい。鮎川においては、あの《疲れた重たい瞼が／灰色の壁のように垂れてきて／おれとおまえのはかない希望と夢を／ガラスの花瓶に閉じこめてしまったのだ》の詩句に象徴されるように、〈夢〉は過剰になりようもなく、重たい瞼や灰色の壁やガラスの花瓶に閉じこめられたり、封じこめられてしまっている。戦後は、鮎川の戦前における自我形成期の〈夢〉を、決して解放する位相ではあらわれず、ただ瞼の奥底に封じこめるものでしかなかったという関係はここにも映しだされているだろう。黒田喜夫にあっても、大岡の『記憶と現在』が刊行された一九五六年の作品「ハンガリヤの笑い」は、あえて言えば、戦後の〈夢〉自体が逆さに吊るされ、ブランコのように揺すられながら、火刑にされている図としても読むことができるはずだ。〈夢〉の不能なところに、〈青春〉は成立しようもないであろう。

更に吉本隆明になれば、〈青春〉は情況に強いられた不能性にある、という受動態にとどまらず、それは〈反夢〉ともいうべき逆立の位相へ積極的な意志とさえ化している。わたしたちはたちどころに《ぼくは軒端に巣をつくろうとした／ぼくの小鳥を傷つけた／失愛におののいて　少女の／婚礼の日の約束をすてた》（「ぼくが罪を忘れないうちに」）という象徴的な詩句を想い起すことができるだろう。言うまでもなく、戦後を〈空無〉なるものとしている吉本の詩の根幹を占めているものは、《ぼくは　ぼくの屈辱を／同胞の屈辱にむすびつけた》ところに与えられた倫理と論理であり、そこから不可避となった《異数の世界へおりてゆく》意志である。むろん、それを〈夢〉の逆立としてのもうひとつの

〈夢＝反夢〉とみることは可能だが、しかし、そこで〈青春〉なるものの成立する感受の基盤は、根底的なところで打ち砕かれてしまった、とみなければならない。

無関係にたてられたビルディングと
ビルディングのあいだ
をあみめのようにわたる風も　たのしげな
群衆　そのなかのあかるい少女
も　かれの
こころを搔き鳴らすことはできない
生きた肉体　ふりそそぐような愛撫
もかれの魂を決定することができない
生きる理由をなくしたとき
生き　死にちかく
死ぬ理由をもとめてえられない
かれのこころは
いちはやく異数の世界へおりていったが
かれの肉体は　十年
派手な群衆のなかを歩いたのである
（「異数の世界へおりてゆく」部分）

ここで否定的な形象が与えられている、〈風〉〈群衆〉〈少女〉〈肉体〉〈愛撫〉ということばに暗示される世界こそが、本当は〈青春〉というものを根幹において成立させるものであろう。しかし、そこには肯定された〈日常〉が出現してもいなければ、また、《過剰な夢》も生まれず、従って〈青春〉は成立しえない。吉本はひとたびはそのような世界に、《あみめのようにわたる》とか、《たのしげな》とか、《あかるい》とか、《生きた》とか、《ふりそそぐような》とかいう形容をかぶせて、いかにもそれを愛惜するようなまなざしをそそいでいる。しかし、同時にそれを強く振り切るひびきをもった《できない》という断言が繰り返されることによって、それらの世界はあたたかいふくらみを残したまま、否定されていかざるをえないのである。日常を肯定することで得られる〈快感〉によって決定されることのない〈魂〉の行方は、《異数の世界》に降りていくほかない。《異数の世界》とは、多義的な強い喚起力をもったことばだが、ここでのわたし（たち）のモティーフに即すかぎり、〈空無〉の上の日常的な安定に象徴される、戦後の秩序からは無限に逸脱していく反秩序の世界と、さしあたって考えておいて大きな間違いはないだろう。なぜ、《かれのこころは／いちはやく異数の世界へおりていった》にもかかわらず、その訣別された〈日常〉の世界が、やさしいふくらみをもった情感でまとわれているかと言えば、そこにいかに死にちかく生きているにせよ、彼自身の〈身体＝生活〉が残されているからだ。吉本の《異数の世界》は、〈日常〉を切り捨てたのではない。それは身体の領域にあるものとして、対立や葛藤を生みながら、同時に保存されていたとみなくてはならないだろう。そこに彼の、いわゆる〈戦後責任〉の核心が秘められているからだ。

さて、これらを背景においてみれば、深い喪失感に滲透された《夢の過剰》、あるいは《夢の過剰》が疑いのない前提となることによってせりあがってくる喪失感に、その根幹を占められることによって成立した大岡信の〈青春〉は、明らかに戦後詩における異質な詩的世代の登場を告げるものであった。たとえこの彼の特質は、社会的主題への暗い傾斜をみせた作品をみても同じように言うことができる。たとえば、《朝鮮戦争の時代》という副題をもった「一九五一年降誕祭前後」という作品である。

雨に濡れた椅子から垂れさがる　死
公園のこちらの隅から煙っている街はずれまで
黒塗りの静かな椅子の葬列……
おれたちの青春は雨にうたれている

（「一九五一年降誕祭前後」第一連）

この《垂れさがる　死》と言い、《煙っている街》のイメージと言い、《黒塗り》や《椅子の葬列》と言い、これらの暗い情感を示す語彙・語法は、初期の年鑑『荒地詩集』における、いわゆる荒地的な類型にきわめて近似した雰囲気を醸し出している。わたしなどは、意外なところでの強い影響におどろくが、むろん、これは大岡の言語としては異質なものに属するだろう。しかし、そうでありながら、《おれたちの青春は雨にうたれている》の詩句には、まぎれもなく彼の位相が刻印されている。つまり、死や葬列に取り囲まれながらも〈青春〉は、決して根幹において崩れることはなく、それは《雨にうたれて》、いわば戦後的なものに耐えているのである。このことは、この作品の最終連にある《雨にうたれた黒塗りの青春／死を分泌しそれによって肥ってゆくおれたち／腐敗はすでに純潔の影の部分／その人知れぬ成熟にほかならぬ》を引いてみれば、いっそうまぎれもない、その〈青春〉の耐えられた性質というものを見出すことができるだろう。言ってみれば、どのような悲惨に塗りたくられようとも、〈青春〉は死を分泌しながら肥り、また、〈青春〉の影の部分としての腐敗を成熟させていくほかない。否定的なイメージの遍在にもかかわらず、大岡の〈青春〉の無傷の性格は充分に注目されてよい。

この決して損傷を受けることのない〈青春〉の性格が、喪失感に裏打ちされた構造においてこそ、よく存立できていることはあらためて言うまでもない。そのいわば無傷の強さを前提にして、「春のために」という作品は、まぶしいほどの〈おまえ〉との対位を可能にしている。

砂浜にまどろむ春を掘りおこし
おまえはそれで髪を飾る　おまえは笑う
波紋のように空に散る笑いの泡立ち
海は静かに草色の陽を温めている

（「春のために」第一連）

何という明るいひかりに満ちた〈春〉だろうか、大岡はおそらく《砂浜にまどろむ春を掘りおこ》すように、戦後の〈空無〉なる砂浜を掘りおこし、そこから〈青春〉を発見したのだ。そして、それで髪飾りのようにみずからの詩を仮装させたのである。むろん、その仮装に彼の詩の構造がかけられたとき、それはすでに仮装にとどまらず、それこそが彼の言語を成り立たせる根幹となったのだ。この作品の内部で健康な笑いの泡立ちのなかにいる〈おまえ〉とは、現実の全的な受容において、損傷もなく立っている彼の〈青春〉の反映と等しいであろう。損傷のない〈青春〉とは、また、《過剰な夢》であり、その〈夢〉の過剰さと喪失感とのアイロニカルな関係が、彼の感受のいわばみずみずしい緊張力をも生みだしたにちがいない。それをあとで触れたいと思うが、大岡自身の適切なことばによって、《感受性の祝祭》と呼んでみることも可能だろう。

ところで、こうした大岡信や彼と言語の特質を共有するとみられた詩的世代、たとえば谷川俊太郎、中村稔、山本太郎、中江俊夫などをひとまとめにして、吉本隆明は《第三期の詩人》と呼んだのであった。彼は「日本の現代詩史論をどうかくか」のなかで、彼らの特質を詩意識のなかに、実存的な関心も、社会的な関心も映し出していないところに見出し、戦後革命の完敗の上に、よみがえった日本の戦後資本制が、安定恐慌期にはいろうとしている現在、その《ごまかしの安定感のうえに詩意識の基礎をすえ、もうれつなはやさですすむ、階級分化の過程でみずからは、安泰であると錯覚している階級の、秩序意識を、詩意識のなかへくりこんでいる》ときびしく指摘したのだった。これはいかにも〈恐慌安定期〉を〈空無〉として、その底へ降りていった〈異数の人〉から投げ返された強い否定のまなざしと言えるだろう。たしかにここにあるものは、《第三期の詩人》の特徴が、《詩意識と現実の社会秩序》という点にだけ限定されて、それが外的に規定されたものと考えれば、かなり正確に的は射抜かれていると見なくてはならない。しかし、同時にこうした規定では、戦後の〈空無〉、言いかえれば〈恐慌安定期〉の内部から、それにしこたま感受性を規定されて登場してきた詩人たちの、表現内部の必然から作品の構造にわたる全体の道筋は見えてこない、とも言える。むろん、そこにはこの論考が書かれた一九五四年という早い時期における、吉本の幾らか性急な足どりというものが考え合わされなければならないだろう。これより二年以上もあとになって書かれた「現代詩批評の問題」になると、この規定は微妙に修正されている。たとえば、彼らの詩意識が実存的な関心も、社会的関心も映し出していない、というような荒っぽい言い方は《総体的にみれば内部世界と外部の社会的現実とのかかわりあいが、内的な格闘や葛藤として詩に表現されない》という、より厳密な、あるいは間接的な言い廻しにあらためられている。また、それと関連して、「四季」派の抒情詩との比較の上で、次のような積極的な意義まで強調されているのである。

《この意味では、あきらかに「四季」派の抒情詩の概念に一致しているが、「四季」派にあっては、コトバの芸術性と意味の文学性とが、自然主義的な情緒によって包装されていたにすぎなかった。「第三期」の詩人たちでは、すくなくとも内部世界を主体的に論理化することと、コトバを論理的、一義的に使用することとが、内部で明晰に対応され、関係づけられている。その詩は「四季」派のあいまいな気分的な抒情とちがって、強固な構造を確立している。これによって、モダニズム詩とプロレタリア詩が陥った詩の主体的な空白は、克服されているといえよう。》（「現代詩批評の問題」）

むろん、これらの意義の指摘と同時に、吉本はなお、彼らが《資本主義的風俗感覚とオートマチズムとの詩的な模倣者に転化する》危険性を表明する態度も捨てていない。とはいえ、彼は〈第三期の詩人〉たちが、相対安定期なるものを意識の基盤にしながら、それとは区別された（直接的には対応づけられない）表現内部の詩的現実を獲得していることを、ここでは確認している。大岡信の問題に限れば、彼の最初の詩集が孕んだ《夢の過剰》を根幹とする〈青春〉の成立とは、吉本の先のことばを借りれば《「四季」派のあいまいな気分的な抒情とちがって、強固な構造を確立している》という評価においてとらえかえせる、ということでもある。この《強固な構造》を、わたしは《夢の過剰》が深い喪失感によって支えられている、そのメタフィジックの緊張において見定めてきたのだ。

更に、ここにわたしは詩集『記憶と現在』以後十年を経過した時点での、大岡自身の自己概括をつけ加えてみよう。むろん、それは単に〈自己概括〉ではなく、いわゆる〈第三期の詩人群〉の方法の総括とも呼べるものだが、それはまた、彼自身の方法的内省を拠り所にしなければ決して書けない種類の文章という点で、自己概括と呼んでみることも可能なのだ。

《詩というものを、感受性自体の最も厳密な自己表現として、つまり感受性そのもののてにをはのごときものとして自立させるということ、これがいわゆる一九五〇年代の詩人たちの担ったひとつの歴史的役割だったといえるだろう。それは、ある主題を表現するために書かれる詩、という文学的功利説を拒み、詩そのものが主題でありかつその全的表現であるところの、感受性の王国としての詩という概念を、作品そのものによって新たに提出した。その意味で、一九五〇年代の詩は、何よりもまず主題の時代であった「荒地」派や「列島」派に対するアンチ・テーゼとして出現した。》（「戦後詩概観」）

この自信に満ちた語り口を支えているものは、むろん、この間十年以上にわたる自己の作品営為は言うに及ばず、この世代の飯島耕一や入沢康夫や中江俊夫らに代表される、すぐれた詩の成果というものにほかならないだろう。それにしても、大岡信以後の詩的世代においては、このようにひとつの世代の方法の〈共同性〉を、代表して語る位相は不可能に近い。〈五〇年代詩人〉とは、わが国の近代以来の詩史における、最後の〈羨望される詩的世代〉と呼ばれていいのかも知れない。世代自体がひとつのエコールに似たものを形成した彼らにおいて、「荒地」派や「列島」派に対するアンチ・テーゼの意味は大きかったのである。それは、仮りに、〈六〇年代詩人〉という実体があるにしても、決してこのものが〈五〇年代詩人〉のアンチ・テーゼになりようがないことをみてもその意味は際立っているだろう。

それはともかく、わたしはこの大岡の「戦後詩概観」という文章が、吉本の「日本の現代詩史論をどうかくか」や「現代詩批評の問題」における〈第三期の詩人〉規定に対する転倒をモティーフの底に隠しているとみている。しかし、それにもかかわらず、《詩というものを、感受性自体の最も厳密な自己表現として、つまり感受性そのもののて、に、を、はのごときものとして自立させるということ》という自己規定は、先の吉本の《すくなくとも内部世界を主体的に論理化することと、コトバを論理的、一義的に使用することとが、内部で明晰に対応され、関係づけられている》という理解のことばとそんなに遠くはないだろう。《感受性そのもののて、に、を、はのごときものとして自立させるということ》は、ことばの論理化を内部の論理化と対応させることなくしては不可能だからである。そのことは、たしかに、彼らの、そして、それを詩の実践と批評における論理的対象化において果たした、大岡信自身の《歴史的役割》だったろうし、その登場の意味だったにちがいない。もはや作品によって実証を試みる余白をまったく失ってしまったが、《詩そのものが主題でありかつその全的表現であるところの、感受性の王国としての詩という概念》は、この世代によってこそ提出されたのだ。
しかし、わたしなどにはそれが成立することにかかわって、戦後なるものの〈空無〉がいわば肯定性として受容されるほかなかった、その最初の規定性を欠落させて考えることはできない。その深い規定性との緊張感が失われたときこそ、《感受性自体の最も厳密な自己表現》は、〈空無〉なる規定性のもっとも厳密な自己表現への移行を必至とするだろう。あるいは、詩そのものが主題であることが、〈全的表現〉との明らかな分裂において現象せざるをえなくなるだろう。なぜ、そこまで立ち入るのかと言えば、すでにこの大岡の論考で、《感受性の王国》は、それの規定性との関連においてではなく、実に、あっけらかんとした裸の概念で肯定的にのみ提出されてしまっているからである。むろん、そこに彼の〈青春〉の無傷性が、別の姿において立っていると考えれば、わたしのなかにおのずと感嘆が湧いてくる。しかし、この段階に至ってなお、かつてのその遠い〈青春〉が、それを成立せしめた〈空無〉なるものの肯定とともに相対化されないのであれば、大岡の危機の兆候も相当に深いのではないか、と思ってみないわけにもいかない。もっともそうであるとしても、それは七〇年代へかけての全体の詩の危機と無縁ではないという点で、わたしなどにもかえってくる問題であることはもはや論を待たない。

(「国文学」一九七三年九月号)

二 「合わす」原理について　大岡信の方法・ノート

誰もが詩を書くときに、ことばを選ぼうとする。推敲という作業を思い浮かべてみてもよい。これは、何も、志向している対象を、正確に書こうとする努力のためばかりではあるまい。わたしのようなものでも、たとえば、月とか星とか、あるいは風とか花とかのことばが出てくるとき、つまり、自然にかかわるときには、ことさら非現実めかしたり、人工的な硬い文脈をつくろうとする。ことばの調子がよすぎるときには、わざとリズムをこわすような助詞を挿入したり、異化を起こすようなことばの関係に変えたりする。情緒的な語感に対する警戒心で神経を使ったりもする。

必ずしも、そのすべてを意識的にやっているわけでもないし、意識的にやっても思うようにいかないというのが、実情ではある。がしかし、すでに美的な規範（詩語）になっていることばの関係は、それらを意図的に逆用する特別な試み以外では、いったん、解体しなくては使えない。言うまでもなく、その解体は、そもそもそれに先だつ美的な規範なくしてはありえないので、そのような否定あるいは解体という関係において、実は、規範につながっているのである。この解体という関係でつながっている規範を、わたしたちは〈伝統〉ということばで呼んでいるのではないだろうか。

それにしても、わたしにとって、この〈伝統〉ということばは、なじみにくいことばの一つだ。これまでも、やむをえない場合以外は、このことばを避けてきたような気がする。それは、〈伝統〉がさまざまな異なる概念によって用いられるあいまいなことばである、ということにもよっているだろう。ある人にとってそれは絶対的な規範であり、また、別の人にとっては汲めども尽きない創造力の源泉であり、更に別の場合には、制度と変らない過去からの累積された抑圧力である。それは肯定的にも、否定的にも、さまざまなニュアンスをこめて用いられる。しかし、そのことば自体にどんなにあいまいな概念が与えられていようとも、わたしたちが詩を書く上で、あるいはもっと広く文学・芸術上の仕事において、過去から規定づけられているものに、〈伝統〉と呼ばれてきた何かがあることはたしかであろう。

小林秀雄は、いちじるしく古典への傾斜を深めつつあった昭和十六年に、「伝統」という文章を書いている。このなかで彼は〈伝統〉と〈習慣〉とを区別してみせた。小林によれば、過去の文化遺産がどういう性質のものであるかという理解は、〈伝統〉の半面に過ぎず、それが《現在によみがへる》ということを欠かして〈伝統〉はない。しかも、それがよみがえるという点については、《努力と自覚》にこそ待たねばならない。わたしたちが無意識なところで、過去からの連続した流れに支配されているのは、《習慣の力》であって、〈伝統〉とは区別されねばならぬ、というのが彼の考えである。あいまいさはいくらかふっきれただろうか。

しかし、《過去の文化遺産》というような、大きな網の打ち方をせず、詩を書くというようなレベルで考えるとき、この〈習慣〉と〈伝統〉の区別は、必ずしも明らかでない。たとえば、秋の海のイメージに淋しいというような感情を連結する情緒の型は、〈伝統〉によるのだろうか、〈習慣〉によるのだろうか。小林にならえば、こういう無意識な連結は、《習慣の力》と言っていいだろう。しかし、これだけを孤立的に考えずに、四季の自然について、わたしたちを無意識に拘束している感情の類型のようなものを総体としてとらえてみるとき、それは日本人の自然観や美意識の規範に行き着くはずである。それを〈習慣〉と〈伝統〉に区別することに、意味があるだろうか。日本語の生理と化している語法や音律、感情の型や思考方法など、無意識において、わたしたちを支配している《習慣の力》においてこそ、〈伝統〉は規範力となっているはずである。いや、〈伝統〉が《現在によみがへる》というようなことが言えるとしたら、その《過去の文化遺産》の内に、《習慣の力》を解体する契機を見つけることにあるのではないか。それをするためには、やはり、小林の言うように、《努力と自覚》こそを待たねばなるまい。しかし、小林における、解体の契機を欠いた《伝統の復活》は、いわゆる〈創造〉の課題を引き寄せるのだろうか。彼はそこで、〈伝統〉の回復を、行為としての〈鑑賞〉の問題に行き着かせる。

《鑑賞といふ事は、一見行為を拒絶した事の様に考へられるが、実はさうではないので、鑑賞とは模倣といふ行為の意識化し純化したものなのである。救世観音の美しさは、僕等の悟性といふ様な抽象的なものを救ふのではない、僕等の心も身体も救ふのだ。僕等は、その美しさを観察するのではない、わがものとするのである。そこに推参しようとする能力によつて、つまり模倣といふ行ひによつて。／この事によつて伝統が発見され、回復される時には、必ず伝統は動かし難い規範の形で、発見する人に経験されるといふ事がお解りでせう。現代人に親しい歴史変化の理論は、伝統の形が恰も習慣の姿が時代々々によつて変化して行く様を教へはするが、伝統が権威と規範との力をもつて人の心によみがへる所以を説明する事は出来ませぬ。》(「伝統」)

ここで《鑑賞とは模倣といふ行為の意識化し純化したもの》という意味づけが生まれたのは、鑑賞の対象に夢殿の救世観音のような性質のものがあげられたことにもよっているだろう。しかし、対象を観念として模倣する行為の究極が、動かしがたい権威と規範を発見することにあるとき、その〈鑑賞〉者の現在というようなものは、どこへいってしまっているのであろうか。小林は、〈伝統〉というものを邪魔に感じる個性とか自由の観念そのものが、近代によって偏愛された幻だと言うのであろう。わたしとて、非規定的な、あるいは先験的な自由や個性などというものを信じているわけではない。ただ、詩が書かれる、いや、ものが創り出される尖端は、そのような過去の規範が、全体的な姿で受容されることが、そのままそれの解体にほかならぬ場所ではないか、と思うのである。そして、それを解体する契機は、つねに彼が生きている非詩的な、あるいは反詩的な現在が用意する。

この時期における小林は、まさしくそのような非詩的な現在（この場合、戦争期へ向かう社会に対する態度と考えてもよい）を、文学からてっていして排除することにおいて、辛うじて《飽くまで平和の仕事である》文学の論理を維持しようとしたのである。しかし、非詩的な現在を欠いた文学の論理が、それから強い規定を受けている想像力の自由のモティーフを失わざるをえないのは、これまた当然であった。過去とのあらがいのなかで、ものが創り出される微妙にして猥雑なる想像力の現場よりも、動かしがたい〈権威と規範〉において、人々の心によみがえる〈伝統〉の復活こそが、文学の理想となっているのである。彼はこれより半年ほど前の〈文芸銃後運動〉における、有名な講演「文学と自分」の中で、《文学者の覚悟とは、自分を支へてゐるものは、まさしく自然であり、或は歴史とか伝統とか呼ぶ第二の自然であつて、自然を宰領するとみえるどの様な観念でも思想でもないといふ徹底した自覚に他ならぬ事がお解りだらうと思ふ。これは一方から言へば自然や歴史を虚しくして受容する覚悟とも言へるのである。》（「文学と自分」）と述べている。彼の〈鑑賞〉という行為の究極は、この第二の自然たる〈伝統〉や〈歴史〉を、心を虚しくして受容することにほかならなかった。

大岡信の最近の批評的な仕事、特に『詩の日本語』やそれと重なる古典詩歌論に接近しようとして、わたしは、いったいなぜ、小林秀雄の伝統観やそれと不可分な鑑賞の問題などを引き寄せてしまったのだろうか。それは、たとえば『詩の日本語』の第十六章「詩の「鑑賞」の重要性」のなかの、次のような部分に引っかかったためかも知れない。

《十年ほど前、大学問題で世間が騒然としていたころ、若い詩人たちのあいだでは、詩の鑑賞なんてものはくだらない暇つぶしだ、という考えがかなり流行していたようだった。私にもそういうことを言いたくなる気持がわからなくもなかったが――なぜなら、詩の鑑賞というものにもピンからキリまであって、キリときたらお話にもならないものまで含まれるから――それでもおいそれとそれに同調する気にはならなかった。鑑賞というものは必然的に評釈を含む。そして評釈は、ある意味で批評の究極という性質をもっている。鑑賞の極致は、そういうものまで含みこんでいなければならないはずだから、私は、鑑賞なんかくそくらえ、と鎧袖一触する気にはどうしてもなれないのだった。それに、近代の詩歌評釈や鑑賞のあれこれについて、私の触れ得たかぎりで考えてみれば、一流の歌人・俳人また詩人の書く評釈や鑑賞のたぐいは、どうしようもなく立派なものが多くて、それらをひとしなみに軽くあしらうなどということは、蛮勇の無慚さを示す以外のものではないと思われるのだった。今もこの考えは変らない。》(『詩の日本語』第十六章)

むろん、この鑑賞くそくらえの《若い詩人たち》のなかに、わたしが入っているのかどうかはわからない。ピンもキリも《ひとしなみに軽くあしら》った覚えがないので、わたしのことではないと言ってもよいのだが、しかし、いわゆる名詩鑑賞のたぐいにあまりにキリの方が多過ぎていらだっていたから、これはおまえのことだと言われても不都合はない。キリというのは、たとえば透谷の劇詩『蓬萊曲』の蓬萊山が富士山と同一視されたり、中也のダダ詩「古代土器の印象」の古代土器が、彼の愛人の性器のことだと解釈されたり、啄木の《東海の小島の磯……》が北海道の何々海岸でなければならなかったりというレベルを指す。しかし、わたしはそのキリのレベルの鑑賞に対してくそくらえと言ったのだろうか。いや、くそくらえなどと一度も書いたことはないが、ピンやキリにかかわりなく、古典から近代詩、現代詩の読解の問題を、どうも〈鑑賞〉という態度でやりたくないという意識が、十年前どころか、ものを自覚的に書きはじめるいちばん最初からあったように思う。

ほんとうは、わたしだって広い意味で、〈鑑賞〉をしているに〈過ぎぬ〉のかも知れないのに、しかし、〈鑑賞〉ということばでそれを呼びたくない、ということの感情や意志はどこから来たのかということである。大岡信の言うように、《鑑賞というものは必然的に評釈を含》み、評釈は《批評の究極という性質をもっている》だろう。そして、《一流の歌人・俳人または詩人の書く評釈や鑑賞のたぐいは、どうしようもなく立派なものが多》いことは、わたしも経験的に知っている。いろいろとあげつらってはいるけれども、そのピンからキリまでの恩恵なしでは、この分野でろくな批評は書けないのである。特に、大岡信のように古典詩歌に深く分け入っていったら、そこに江戸時代から積み上げられてきている実証的な註釈や評釈の厚みに、たじろがないわけにはいかないだろう。それを十分に実感しえないわたしや、十年前の《若い詩人たち》の軽はずみな発言を、彼がたしなめてみたくなるについては、十分な理由があると言わなければならない。わたしにしても、それを〈鑑賞〉と呼ぶかどうかは別にして、作品（古典）を読解するということの、際限のない奥行の深さについての自覚は、年々増すばかりである。

しかし、その《鑑賞の極致》というものを想定したとしても、そこになお留保をつけたい、いや、もう少し踏みこんでその〈鑑賞〉の行為そのものを転倒させたいという気持が起こるのは、それが先の小林秀雄の、〈伝統〉を動かし難い権威と規範の形で経験するということに行きついてしまうのではないか、と危惧するからである。言いかえれば、〈鑑賞〉が、《僕等は歴史を模倣する事以外に何も出来る筈はない》（小林秀雄・前出）という意識による作品（古典）の読解であったこと、現在も多くそうであることを、やはり、解体したいという欲求がわたしのなかにあるのである。

なにやら、わたしのこの文章は、前置きめいたものばかりが長くなって、本論に達する前に終ってしまいそうな不吉な予感がするが、このように書いてきたからと言って、小林秀雄と大岡信を、その表現上の古典回帰が相似しているが故に、重ね合わせようというのではない。むしろ、両者の発想のはなはだしい懸隔というものを強調したいほどだ。それはわたしが「現代詩手帖」(一九八一年二月号)の小論(「《伝統の欠如》について」)において、鮎川信夫の伝統観と対照して論じた、初期の大岡信のそれを見るだけでも明らかであろう。すなわち、《伝統について言えることといえば、それが変えうるものであり、また変えてゆかねばならぬものだということに尽きるように思われる。むしろ、これを変える力の伝承こそ伝統の本質的部分だとさえいえよう。伝統とは共存する形成力と破壊力であり、同時に存在する形成と破壊なのだ》(「鮎川信夫」)と彼は主張していた。むろん、この《変える力の伝承こそ伝統の本質的部分》という考え方が、当時の大岡において、具体的なイメージをともなっていたとは思われない。それは、《変える力の伝承》がどのような領域に契機づけられているのかという考察へ、論理が伸びていかなかった点からも想像しうる。しかし、こうした大岡信の論理は、戦争期にさしかかった時点の小林の伝統概念——それは、同時にわが国の近代批評が集約されていった場でもある——からの、質的転換を示していたはずである。

しかも、最近の大岡信の論考においては、〈伝統〉ということば自体が、あまり用いられていない。《「伝統」というような曖昧模糊たる観念をもてあそんでいる間は少しも見えてこないものが、「歌合」の競作や判詞の具体例の中から、強い手ごたえをともなって見えてくるだろう。「伝統」とは、実はそういうところに呼吸している一語一語の働きそのものだと言ってもいいのである。》(『詩の日本語』第十章)

これは「歌合」という形式の制作が、〈うたげ〉と〈孤心〉、創作と批評とが分かちがたくないまぜになった場で営まれるという、重要なテーマへの論及のあとで書かれた文章であるが、彼の論の特質は、なによりもてっていして具体的なことである。〈伝統〉という観念ではなく、古典や古典詩歌がどのような原理や場において成立しているのかが、見きわめられようとする。そして、その原理を問う主格そのものは、大岡信の詩の現在なのである。現在を捨象した小林秀雄の回帰と、ここに根本的な違いがある。彼はこんな風にもモティーフを語っている。

《そういう意味では、私の古典詩歌論は、現代の詩の行方を見定めるためにまず反対の方向へむかって走ってみるという、意識的に迂回路をとった批評であるということになるだろう。私が古典について書くようになると、親しい友人たちをも含めて何人かの人から、あれは日本回帰ではないか、といわれた。この言葉は、言うまでもなく香ばしからざる徴候という意味で用いられている。そう言われるたびに私は一種の困惑を感じた。》(『うたげと孤心』「序にかえて」)

現代の詩の行方を見定めるために、過去に権威や規範を求めるなら、それは〈日本回帰〉にほかならないだろう。大岡信においては、そうではなく、現代の詩にも古典詩歌にも働いている、原理的なものは何かをたずねようとしているのである。そこでは古典詩歌の探索が現代詩の問題にほかならないし、逆に現代の詩、もっと直接に、現在、自分の書いている詩への関心が、古典詩歌の読解の性格を左右せざるをえない。これは『日本詩歌紀行』の印象が特に強いからそう思うのかも知れないが、戦後詩において、大岡信ほど古典詩歌の世界と近代・現代詩の間に、自在な往還をつくりだした詩人はいない。わたしにはよくわからないが、もしかしたら、古典研究のいうレベルで見たら、このことは大岡の古典詩歌論の弱点とされるのかも知れないが、彼において、現代の詩への実践的関心を離れて、古典の読解も、構想もないのである。

たとえば、大岡信自身がみずからの詩の現在に課している実践的課題の一つに、《感受性自体の最も厳密な自己表現》ということがあるであろう。これは、先にも触れた「現代詩手帖」のわたしの小論で引用している「戦後詩概観」の文章を、思い起こしてもらえばよい。《感受性そのものの、にをはのごときものとして自立させる》ということ、これがいわゆる一九五〇年代の詩人たちの担ったひとつの歴史的役割だったという、戦後詩における自分たちの詩的世代の性格を自己概括したところである。詩というものを《感受性そのもののてにをはのごときものとして自立させる》というのは、言語の問題で言えば、〈てにをは〉の使い方が、感受性の厳密な表現にとって不可欠である、ということでもあろう。この詩の現在のモティーフは、古典詩歌探訪のなかで、古来からの日本詩歌を貫く原理として、〈死活的重要性〉が認識されることになる。これは幾つかの著書にまたがって繰り返し語られているが、たとえば『日本詩歌紀行』では『去来抄』や芭蕉の俳論などを引いて、《この、それ自体では自立もできない付属語が、一篇の詩を生かしもし、殺しもするというのが、日本の詩歌の生理にほかならなかった。》《「てにをは」こそが、詩歌の生命線にほかならないというのが、日本の詩人たちの共通の認識だった。「てにをは」こそ、日本語の総体の中で最も敏感に、事や物の変容、すなわち乾坤の変の微妙な細部を写しとることのできる部分にほかならない》（「われは聖代の狂生ぞ」）というように強調されている。おそらくこのことは、彼が〈鑑賞〉の重要性を主張することとも重なっているはずである。それは、山村暮鳥の「岬」という作品における一行の《岬の光り》の、〈の〉が主格であるか所有格であるか、〈光り〉が名詞であるか動詞であるかの判定に、この一篇の読解をかけている〈鑑賞〉の例に明らかであろう。

むろん、彼の古典詩歌論が、詩の現在の関心によっていかに豊富にされているか、あるいは逆に、古典詩歌の原理的な探索から、今日の詩の課題がどんなに豊かに引き出されているかは、この一例にとどまらないわけで、それこそが彼の叙述を生彩たらしめている特質なのである。思いつくままにあげてみれば、中世の幽玄という観念が、〈象徴主義〉によって理解され（同一視されているのではない）、歌合の判者に《批評の孤独》がかぎつけられる。また、七五調を重ねて長篇の詩を語る仏教歌謡「和讃」のスタイルは、近代以降の劇詩や詩劇の発想にまで開かれる。あるいは古代歌謡において地名を列挙してゆく〈道行（みちゆき）〉のスタイルは、彼自身の代表作「地名論」と重ね合わせられる。

　このことは、逆に言えば、現在の詩の実践的課題に照らしてこそ、古典詩歌のそれとして完結した性格も見出される、ということである。なぜ、わが国の恋歌が自己中心的な嘆きの歌になったのか、〈梅に鶯〉的な類型的な景物の表現が、美的な共通の様式として生まれたのはなぜなのか、これらは現在の詩のモティーフから遠いが故に、歴史的に明らかにされようとする。古典詩歌が詩の現在の関心によって読まれるということは、それの現代的解釈ということではない。《伝統の復活》でも、現代的解釈でもなく、古典詩歌の原理を明らかにすることが、それからわたしたちの詩を自由にするのである。


　このわたしの論は、どこまでいってもプロローグにとどまり、決して本論に達することはないだろう。それは現在のわたしの古典理解のレベルでは、とうてい大岡の論を細部にまでわたって批判的に検討しえない、という単純な理由によっている。いつかは、現代詩を論ずるような態度で、古典詩歌の世界を思うままに渉猟したいという願望はあるが、そこまでこの論を保留しておくわけにもいかない。ここでわたしは、言ってみれば彼の論によって鼓舞されながら、その方法的な側面についてのみ、わずかに批判的検討をなしうるに過ぎない。

　ところで、方法と言えば、彼の現在の古典詩歌論からは、あの鮎川信夫を批判した若い頃の颯爽とした〈伝統〉観は、直接的には取り出すことができないように思う。《変える力の伝承こそが伝統の本質的部分》だという一義的な理解では、たとえば先の引用に合わせていうと、《「歌合」の競作や判詞の具体例の中から、強い手ごたえをともなって見えてくる》《一語一語の働きそのもの》に分け入っていくことはむずかしいからだ。そもそも《変える力の伝承》と言っても、それは日本的美意識の構造が、総体的にあるいは原理的に明らかになることでしか、視えてこないということでもあろう。

しかし、ここのところに大変むずかしい問題があるのではないか。なぜなら、大岡信の古典詩歌論の方法は、表現の連続性が、絶えざる美的規範の崩壊による再生であることを、――そこに《変える力の伝承》が息づいているのだが――表現の内的構造においてよくとらえていながら、それをうながしている非詩的、あるいは反詩的な契機がよくつかまえられているようには思えないからだ。いや、この非詩性の捨象こそは、大岡の古典詩歌論がもっている重要な性格ではないのか。しかし、そもそも《変える力の伝承》が求められるのは、既定の美的規範では表現しえない、世界や現実（非詩的領域）との回路が課題になるからだと思われる。こうした観点でみるとき、ここしばらくの大岡信の方法的核心である、《うたげ的》なものへの志向ということについても、いろいろと疑問が出てくることはたしかである。

《日本の文芸・芸道を通じて、「協調」と「競争」の両面性をもった「合わす」原理が、たえず非常に重要な働きをしてきた。たとえば「歌合（うたあわせ）」とか「連歌」、「連句」、また茶道、華道その他いろいろ。和歌の構造自体についても、懸詞（かけことば）や縁語（えんご）を一首の歌の中でふんだんに利用し、歌の意味や効果を複雑なものにしてそれをじっくり味わおうという行き方が、平安朝以後江戸あるいは明治時代まで、長い期間あきもせずに踏襲されつづけた。あるいはまた、能楽の詞章や芭蕉の『奥の細道』を例にとってみれば、一篇の文章の中に、呆れかえるほどの多くの古人からの引用がちりばめられ、あるいは換骨奪胎がなされていて、そこでもつまり、「合わす」原理が強力に働いていることに気づかされるのである。》（『詩とことば』「『うたげと孤心』について」）

　これは『うたげと孤心』の主要なテーマについて書かれた文章であるが、同時に彼の古典詩歌論の中心的問題が語られていると考えてよい。この《「合わす」原理》は、更に、《短歌型文学における「結社」や、詩・小説その他の各分野での「同人雑誌」》にも適用され、それらが往古の〈歌合〉や〈連歌〉〈連句〉における連衆のヴァリエーションだという指摘もある。こうした発想自体が、彼の詩の現代的関心と古典詩歌論が〈合わされている〉とみなしてもよいだろう。あるいは先にこだわった〈鑑賞〉の問題も、大岡においては、〈合わす〉原理がテキスト読解に応用されたのだとみられないこともない。この面を拡張していけば、小林秀雄の、あの〈模倣〉という概念に近似していってしまう。

　しかし、言うまでもないことだが、彼は単に〈合わす〉原理のみを一面的に強調しているわけではない。他方では、《「うたげ」的な場の中で、いやおうなしに「孤心」に還らざるを得ないこと》《孤のうちに徹底して没入していかずにはいられなかった人間だけが、人びとの心をとらえてやまぬ作品をつくった》という指摘にも重みがかけられている。

《しかも、「孤心」だけにとじこもってしまえば、その人の作品はやはり輝きを失った。「うたげ」的な原理と「孤心」に還る意志との間に、ある戦闘的な緊張、牽引力と反発力が生きて働いている限りにおいて、人の作るものに、個人の力を超えたある大きな力が宿った。》（「前出」）

　なるほどと思う。このみごとな均衡が、大岡信の感性の美質でなく何であろう。わたしなどは、やはり、こういうことが素直に信じられないだけ、ひねくれているのだと思うほかない。つまり、《変える力の伝承》が〈孤心〉に宿るものとすれば、それが〈合わす〉原理とそのような均衡に置かれていることは、必ずしも肯定的側面だけでみることはできないのではないか、という疑問をもってしまうのだ。もっとも、〈合わす〉原理と言っても、先の引用にみられるように、さまざまなレベルのものが総称されていて、大岡信の日本的美意識に関する抽象にほかならないわけだから、本当は個々にわたって検討されねばならない。それをする力がわたしにはないが、そのなかの一つ「歌合」や「連歌」は、せまい宮延を中心とした貴族社会や、封建社会の制度的な特権に規定づけられた場で生み出された、という非詩的な観点を欠かすことはできないと思う。だからこそ、芭蕉が俳諧を確立するためには、草庵と旅に象徴される〈孤心〉に徹することで、談林俳壇という制度的な場を解体する必要があった。それが蕉風俳諧という新しい結合の場所へつながるものであるとしても、〈孤心〉は制度化（既定化）された〈合わす〉原理を解体しないかぎり、詩をよみがえらせることはできなかったはずである。その個と共同のねじくれた関係を重視しつつ、それにもかかわらず、個が制度的に〈合わせられる〉ことを桎梏と感じるか、その調和に《日本の文芸・芸道の歴史》につながる創出力をみるか、というところに微妙だが、決定的な分岐があるかも知れない。

それにしても、短歌・俳句を含んだ詩が、つねに共同的なものとの関係のなかで生みだされるということについては、宿命的なものがある。その共同性を《うたげ》的志向と呼ぶところに、大岡信の美意識があるだろう。しかし、この〈うたげ〉ということばのもつ肯定的な美しいひびきが、わたしには気がかりなのである。特に、それが古典詩歌の問題に限定されず、現在の〈結社〉や〈同人雑誌〉までが総括されると、わたしの危惧はいっそう高まると言ってよい。わたしにしても、詩を書き発表する最初から、現在まで、休むことなくいわゆる世にいう〈同人雑誌〉的なところに依拠してきた。その共同性に関しては彼以上に苦労人であることは自認してもよいと思うが、しかし、これはどうみても、〈合わす〉場所ではなく、制度的なものに〈合わせられる〉ことを拒むために、協働の関係を結んでいる場所と言ってよい。もし、〈合わす〉ことが、前提や目的となったら、解体した方がよい。

詩の〈同人雑誌〉以上に、制度づけられた時間をもっている短歌や俳句の結社は、もっと困難な問題があるのではないか。岡井隆の近著『前衛短歌の問題』を読んでいたら、こんな箇所があった。

《歌壇は、沢山の結社の蜂窩状のあつまりで一種の原始部族制社会みたいなところがあります。沢山の、といったって、系統わけをすれば十かそこらの系列になるのでしょうが、各結社内には、〈結社内言語〉があり、トーテムがありタブーもある。むろん、神話にもこと欠きはしません。そして、お互いの間で、排他心を養っているのですが、具合のわるいことに、その事実に、気付こうとはしません。〈結社内言語〉というのは、その中で成長した人間にとっては、ふる里の訛りにほかならず、なつかしく、しかも、うとましい。わたしは、多年にわたって他国を放浪していますから、そういう方言からは離陸して、なるべく共通語の世界に棲もうとして来ました。にもかかわらず（いな、それであればこそ）わたしは、「アララギ」の系列ではぐくまれた人間として、「アララギ」方言の「未来」訛りが、なつかしい。》
（「田井安曇における写実」）

別のところでは、かつての〈歌壇〉における前衛短歌の一匹狼たちが、現在の段階で次々と〈結社〉の指導者の地位に復帰していくことが、特に否定でも肯定でもなく語られている。そのことも含んで、この文章は、わが国の短歌の〈結社〉における《うたげと孤心》の困難が、よく暗示されている。

少なくとも、こういう問題に対する問いかけの論理を含まないと、《うたげと孤心》は制度化した日本的美意識に〈合わせられ〉てしまうのではないだろうか。

（「現代詩手帖」一九八一年三月号）

三　感受性という規範　大岡信と五〇年代の詩

体験とか経験ということばが、戦後詩に特有のタームであることは前に述べた。実は、同じことが〈感受性〉ということばにも言える。感受性なる語が、いわば詩を語るときのキー・ワードのようにして使われるようになったのはいつごろであろうか。むろん、このことば自体は明治時代から使われているが、戦前の詩論のなかには見いだせない。戦後の詩論を見ても、鮎川信夫、黒田三郎、関根弘、吉本隆明、黒田喜夫などにおいて、ある時点までその用例は皆無と言ってよい。

ある時点と言うのは、これらの戦後詩の第一世代の詩人たちを継ぐ第二世代の詩人たち、いわゆる一九五〇年代に表現のスタイルを獲得した詩人たちが、このことばを使いはじめて以後ということである。つまり、詩論のタームとしての感受性は、いわゆる五〇年代の詩人たちの詩法と切り離せない。なかでもこのことばが詩的規範としての支配力をもつにいたったについては、大岡信の役割が決定的だったであろう。しかし、彼もはじめからこのタームに自覚的だったわけではない。最初期の詩論「現代詩試論」は、二十二、三歳の青年が書いたものとしては驚くべきレベルをもった詩論であるが、彼はこのなかでは、まだ、別の概念で語っていた。

《ぼくは、詩は詩人の肉声をつたえるべきものだと頑なに信じている。》（「現代詩試論」）

詩人の肉声とは何か、なぜ、肉声が強調されねばならぬかについて、ここでは必ずしも説得的ではないが、《詩においては言葉の論理的機能よりも、影像喚起の、あるいは心理に直接衝撃を与える機能》に注目しているという点で、すでに感受性自体が課題になっていた、と言ってよい。これより二年後の一九五五年三月に発表された「小野十三郎論」において、彼は感受性を発見（？）するが、それが小野へのアンチテーゼとしてあった、過去の自分の感受性の救済という形をとっていることが興味深い。

《二十歳前の、いわば未分化な領域に満ちた感受性にとって、リズムやはなやかな響きなどの詩の属性に、いわば禁欲を強いていると見える小野氏の詩がどのように強いアンチテーゼであったかを、ぼくは今思い返すのだ。二十歳前の人間の感受性は、すべて事物に対する反応が組織化されていない、極めて未分化な状態にあるのだ。色彩や音がたがいに入り混じり、ほんのかすかなものの匂いに夥しい印象が甦ってぼくらの息をつまらせる。感受性自体がきわめて肉感的な状態にある時代だ。》（「小野十三郎論」）

ここでは二十歳前の感受性、その未分化な状態が問題になっているが、しかし、このように書くことにおいて、当時の大岡信の感受性への態度が鮮明にされていることは言うまでもない。つまり、色彩やリズムなどについて、禁欲を強いる論理に対して、感受性の肉感的な状態として、それを肯定する態度である。しかし、大岡において、この感受性の肉感的な状態の肯定は、そのまま感受性の放恣を意味しない。彼はその後に書かれた「立原道造論」において、次のように語っている。

《思考の正確さとひとは言うが、思考の正確さとは一体どこにあるものか。それは、初源的な意味でも最後的な意味でも、言葉という感覚的な素材を使っての、手さぐりのうちにしか求められはしないのだ。……（中略）……思考はぼくらの脳裡に形造られたイマージュの展開そのものであり、したがって思考を正確にあとづけるということは、とりわけこの内的視覚に忠実であることを意味する。思考は感覚の助けによって正確にされ肉付けされるものでこそあれ、感覚を離れたところではけっして正確ではありえないのだ。》（「立原道造論」）

わたしたちはここで、肉声とか、肉感的状態と呼ばれていたものが、《思考の正確さ》と結びつけられて驚くことになるが、それは感受性が、ことばの表現という課題に、直面することで生まれている論理なのである。《言葉という感覚的な素材を使っての、手さぐり》とか《感覚の助けによって正確にされ肉付けされる》ということが、前には感受性の肉感的な働きとして考えられていたものだ、と思っていいだろう。

ところで、大岡信がこのようにいわば感受性をめぐって詩の論理の形成をはかっていたとき、《感受性こそが詩人の資格なのだ》という言い方で、このことばに決定的な意味をもたせた詩人がいた。それは一九六二年十月に発表された時評的なエッセイ「感受性の階級性・その他」の筆者・堀川正美である。これは堀川において、まず、感受性ということばが詩の存立の上でキー・ワードになったことを示しているが、ではその感受性が詩人の資格とはどういうことだろうか。堀川はこの文章で、黒田喜夫の詩「除名」から、《階級の底はふかく死者の民衆は数えきれない》を引いて、次のように述べている。《階級の底にいたるまで、かずしれない魂の実体およびその総体を感受性の対象とすることが詩人の責任だといわなければならぬ。詩人の感受性がそのなかへ入りこんでゆくときその感受性は始めて、市民社会の一市民でしかない感受性ではなくなり、詩にとって必要な深みをもった感受性になるはずである。》(「感受性の階級性・その他」)

このパセティックなひびきそのものが、堀川の感受性の概念の性格をあらわしている。この場合の〈階級〉とは、むろん、プロレタリアートのことであって、その《底にいたる》ということばは理念的な態度以外ではない。大岡の場合の肉声とか肉感性とか感覚による肉付けとかの文脈にある感受性が、あくまで表現の問題として考えられ、むしろ、観念や倫理的な態度からの解放としてあったのに対して、堀川においては、詩人の責任論や資格論として、理念的、倫理的な性格を帯びた概念になっている。つまり、詩人は民族や階級などの共同体に対する政治的・社会的責任を負うだけでなしに、その共同体の運命を、《多くの人間たちの魂の状況の本質》として引き受けるものとして、感受性は見出されているのである。

いまの時点で、この堀川の論からは、感受性という一語に祈りに似た〈信〉がかけられているという点で、たいへん宗教的な印象を受ける。やはり同時期の講演記録のなかでも、彼は《自己の階級の歴史的な不幸や悲惨にまで根をおろして、そこから階級感情を所有し、さらにその階級感情を詩人の感受性のなかで受けとめて、何かをつぐない、何かをあがなおうとする精神が必要だと思います》(「戦後詩の一視点」)と述べている。いったいなぜ詩人は、階級感情などを所有しなければならないのだろうか。理念のなかにしか階級が存在しない以上、階級感情もフィクションだろう。詩人の感受性がそれを受けとめて、何かをつぐない、あがなわなければならぬのであれば、そこにあるのはやはり、宗教的態度である。階級感情としての感受性の信仰、おそらくここには、詩人の思想が個別的な体験のなかに入れなくなった事情が働いていた。

鮎川信夫は、「「アメリカ」覚書」のなかで、詩人の思想性ということに触れて、《我々はただ我々が存在する場を証明しようと企てるに過ぎないのであるが、詩人の存在そのものが詩人の思想を離れてはあり得ない限り、その思想が一篇の詩の上に投影しない筈はないのである。》と書いた。また、黒田三郎は、「詩人の権力」のなかで、《むしろ政治にしても道徳にしても、イデオロギーといふ結晶した形に於いてでなく、個人の体験といふ具体的な生活の結果として詩人の思想は示されるのである。》と書いている。言うまでもなく、『荒地』の詩人において、その思想は《我々が存在する場を証明しようと企てる》場所で、あるいは《個人の体験といふ具体的な生活》の場所で、詩に投影されることが、何の疑いもなく信じられていた。しかし、五〇年代の詩人たちにとって、そのような場所はリアリティを失いはじめていたのだ。個別的な体験のリアリティのなかで、詩に思想が投影されることがむずかしくなった、と考えるほかない。堀川正美は、当時、ささやかれていた《「荒地」の詩はもう感動させないという感じ方のなかにある危険な過渡期》の自覚を、先の「講演記録」のなかで、次のように語っている。《ただ、戦争というものはいつでも、それまでの、被支配階級の悲惨や不幸をとりわけ際立たせる役目を果たしていますが、言い変えれば戦争はなくても悲惨や不幸はいつでもある。ただし、際立って目立たないかも知れませんが、漠然とした感じ方にさえも含まれている真実があるようにです。いまわれわれは、経済政策の下でお互いあまり内面的なつながりをもたずに、十年ワン・サイクルと決められて、頭をもちあげもせず、垂れもせず、その中間あたりで、ザッザッと流れて、それこそマッスとして流れて行くしかないようなイメージが、そういうことが一つの大きな不幸を表現しているという感じ方も、ひとつの入り口になると思います……》(「戦後詩の一視点」)

堀川正美の表情は、いかにも苦しげである。たしかに、戦争はなくても不幸はいつでもある。しかし、一方では頭を上げもせず、垂れもせず、その中間あたりで、マッスとして流れてゆくという新しい日常の生活をどうとらえるのか。そこには本当の意味での喜びも楽しみもなく、ただ、画一的な生活が繰り返されるだけだとしても、戦争の悲惨や不幸と同じにはとらえられない新しい事態が出現しているはずだ。堀川の感受性は、その新しい事態の多義性へ開かれるというより、そこに視えない悲惨と不幸、階級の底の死者という、いわば理念化されたそれの幻像を描いて、それを感受性の対象にしようとしたのではないか。体験や思想のリアリティによって、それをうたう根拠が失われたならば、そこには感受する能力を垂直的に深めることによって、悲惨と不幸を映しだすほかない、そう信ずる立場に彼はみずからを投げ入れたように思える。彼の代表作である「新鮮で苦しみおおい日々」は、そうした感受性の緊迫感を伝えている。

時代は感受性に運命をもたらす。

むきだしの純粋さがふたつに裂けてゆくとき
腕のながさよりもとおくから運命は
芯を一撃して決意をうながす。けれども
自分をつかいはたせるとき何がのこるだろう？

……（二連・三連省略）……

ちからをふるいおこしてエゴをささえ
おとろえてゆくことにあらがい
生きものの感受性をふかめてゆき
ぬれしぶく残酷と悲哀をみたすしかない。
だがどんな海へむかっているのか。

きりくちはかがやく、猥褻という言葉のすべすべの斜面で。
円熟する、自分の歳月をガラスのようにくだいて
わずかずつ円熟のへりを噛み切ってゆく。
死と冒険がまじりあって噴きこぼれるとき
かたくなな出発と帰還のちいさな天秤はしずまる。

（「新鮮で苦しみおおい日々」）

まさしく時代は感受性に運命をもたらしたのだ。ここから個人の体験にまつわるどんな思想も、具体

的なイメージも、物語も見つけだすことはできないだろう。感受されるままの断片的記述、感受されるままの意味の飛躍、感受されるままの恣意的なイメージの散乱がそこにある。いわば作者が感受性を語っているのではない。感受性が語り手なのである。このことが、時代によって感受性にもたらされた運命でなくて何であろう。ここでその感受性の記述が、ヒロイックでパセティックなひびきをもつのはなぜか。それはこの詩のパトスがほとんど完璧に、《頭をもちあげもせず、垂れもせず、その中間あたりでザッザッと流れて、それこそマッスとして流れて行くしかない》日常の平穏を拒んで、その底に流れている（と信じられている）悲惨や不幸、階級の底なる死と同調しようとしているからであろう。

彼は、毎日、同じ生活が繰り返される日常の包囲から、感受性を密室化することによって、あるいはそのような日常の歳月をガラスのようにくだいて、ただ、それをひたすらに否定性として輝かそうとしたのだ。このような感受性に、円熟がありえないのは当然であろう。あくまで、感受性を密室化することによって、悲惨の受け皿となるか、あるいはその密室化の困難の果てに中絶するか、この詩人はそこへ自分を追いつめていったように思える。

ここによく知られた二つの詩篇を並べてみたい。言うまでもなく、別々の詩人の作品であるが、ことばの図柄——語彙とイメージに多く似たところがある。しかし、二つの作品のモティーフには、根本的差異があるのではないだろうか。

空は
われわれの時代の漂流物でいっぱいだ
一羽の小鳥でさえ

暗黒の巣にかえってゆくためには
われわれのにがい心を通らねばならない

（「幻を見る人」）

鳥たちが帰って来た。
地の黒い割れ目をついばんだ。
見慣れない屋根の上を
上ったり下ったりした。
それは途方に暮れているように見えた。

空は石を食ったように頭をかかえている。
物思いにふけっている。
もう流れ出すこともなかったので、
血は空に
他人のようにめぐっている。

（「他人の空」）

前者は、田村隆一の「幻を見る人」であり、後者は、飯島耕一の「他人の空」である。田村の〈空〉は、作者に内面化されたそれであり、《われわれのにがい心》と対応している。つまり、その内面化された〈空〉は、戦争によってもたらされた、いわば悲惨や不幸の〈漂流物〉で満たされており、一羽の小鳥でさえ、巣に帰るにはそこを通らねばならないという比喩が、詩人の体験が味った《にがい心》のメタファとなっている。

それに対して、飯島耕一の〈空〉は、内面化された〈空〉とは呼べないだろう。鳥たちが帰ってきて、地の割れ目をついばんだり、屋根の上を上ったり下ったりしている風景は、作者によって、日常や平和を回復した戦後という時代の象徴として選択された風景である。田村の小鳥が、戦後においても《暗黒の巣》に帰らねばならぬのと、それは際立った対照を見せているはずだ。なぜ、《暗黒の巣》に帰るのかと言えば、それは戦争を体験した《にがい心》を通過するからである。しかし、飯島の作品においては、その《にがい心》という体験自体が問題ではない。そのように日常を回復した鳥たちが、みずからの新しい現実に《途方に暮れている》という、感受性こそがモティーフになっている。むろん、そのような鳥たちの風景に対して、〈空〉が《石を食ったように頭をかかえ》たり、《物思いにふけったり》するのは、戦争の体験が新しい現実に異和を感じるからであろう。しかし、それは体験が思想を語ったり、メタファと化したりするのではなく、異和やとまどいという感受性を語るのである。その感受性を通して、いわば間接的に体験は語られる。

もとより、飯島においては、異和やとまどいを内在化させながらも（ということは体験を内在化させるということだが）、感受性は新しい現実に開かれている。従ってそこに堀川に生じたような感受性の密室化は起りえない。

澄んだ母音を見つけることが
ぼくらの日課の色どりであればよい。
それは恐ろしい現実にたち向かう
ぼくらの　幸福すぎる
権利なのだ。

まるで小石を蹴るように最初の母音を蹴りながら
ぼくは今日も雑踏のうちにまぎれこむ。

（「わが母音」部分）

《澄んだ母音を見つけること》とは何だろう。それはこの詩人の語法に従えば、〈イマージュ〉によって《見えないものを見る》ことにほかならないだろう。しかし、《澄んだ母音》とか、《日課の色どり》というレトリックに着目すれば、それが感受性の表現になっていることは明らかだ。いわば澄んだ母音を日課の色どりにした感受性によって、《恐ろしい現実にたち向かう》ことが、この詩人の詩法なのである。そして、それを《幸福すぎる権利》として受感することが、新しかったと言える。体験や思想を語るところに《幸福すぎる権利》は訪れようがないし、感受性を密室化することによって、悲惨を感じる能力だけを磨ぎ澄まそうとする詩法においても、それは無縁な権利であった。

こうして、飯島耕一は、いつも《最初の母音を蹴りながら》、日常の〈雑踏〉のなかにまぎれこむことができた。しかし、体験をひきずっている感受性にとって、それは幸福な権利ではなく、《幸福すぎる権利》であって、新しい、恐ろしい現実を前にして、彼の《空は石を食ったように頭をかかえ》る感受を、繰り返さざるをえないのである。たとえば《陽気にはしゃいでいる人たちがいる／だけどぼくは騒げない／ぼくの心はねじくれてしまったのか》（「何処へ」）とか、《あれほど見ることだけになったきみが／見ることを／拒否する病い／になった／とはどういうことか》（「ゴヤのファースト・ネームは」）というように、彼の感受性は、《幸福すぎる》が故に、ねじくれた心について、あるいは《見ることを／拒否する病い》について語ることはできるが、そのねじくれた心そのもの、拒否する病いそのものを、いわばねじくれた言語、拒否の言語においてうたうことができないのである。

ところで、感受性を、《幸福すぎる権利》ではなく、幸福そのものとして所有したらどのような世界があらわれるであろうか。わたしたちはそれを谷川俊太郎に見出せるはずだ。二番目の詩集『六十二のソネット』について語った「自作を語る」（一九五七年七月）のなかに、次のような一節がある。

《「六十二のソネット」全体は、大ざっぱにいえば、ひとつの生命的なほめうたである。私の肉体は、一生のうちの最も輝かしい時期にあり、私の感受性は世界のすべてに向って最も官能的に開かれていた。私は自らが死すべきものであることを感じつつ、正にそれ故に、今のこの生の喜びと悲しみの瞬間において、自分が不死であることを信じていた。》（「自作を語る」）

　これまでの戦後詩の文脈のなかでは、まったく異質な発想が、とつぜん出現したと言っていい。ここには精神とか観念とか、あるいは体験や思想ではなく、〈肉体〉が前提になっている。そして、《一生のうちの最も輝やかしい時期》の肉体を前提にするということは、感受性を世界に対するまったき肯定性として開くということなのだった。これより数年後の堀川正美の感受性が《自己の階級の歴史的な不幸や悲惨にまで根をおろして、そこから階級感情を所有し、さらにその階級感情を詩人の感受性のなかで受けとめて、何かをつぐない、何かをあがなおうとする精神が必要だと思います》という文脈のなかにあったことを思い起こしてみたい。これはいわば感受性を理念に繋ぎとめることで、それを世界に対する否定性として位置づけることであった。しかし、谷川において、感受性を支えているものは《私の肉体》だけである。ここに戦後詩という樹木を特色づけていた観念性は、枝を払うように削ぎ落とされ、《生命的なほめうた》としての感受性の詩が出現することになった、と言わなければならない。「自作を語る」のなかで、みずから引例している「ソネット62」は次のような作品だ。

世界が私を愛してくれるので
（むごい仕方でまた時に

やさしい仕方で）
私はいつまでも孤りでいられる

私に始めてひとりのひとが与えられた時にも
私はただ世界の物音ばかりを聴いていた
私には単純な悲しみと喜びだけが明らかだ
私はいつも世界のものだから

空に樹にひとに
私は自らを投げかける
やがて世界の豊かさそのものとなるために

……私はひとを呼ぶ
すると世界がふり向く
そして私がいなくなる

（「62」）

まず、《世界が私を愛してくれる》の受動態に注意しよう。このような受動態が成り立つのは、感受性が《世界のすべてに向って最も官能的に開かれて》いるからだ。つまり、あるがままの世界を、官能の肯定において受け入れようとする感受性においてこそ、世界は愛する女の位置で訪れた、と言える。戦後詩にとって、世界は拒否の対象であり、変革の対象であり、そして、断絶の対象であった。なぜ、そのような禁欲的な対象として、世界はあらわれたのか。そこに戦争の悲惨な体験があり、貧困の体験があり、疎外や追放の体験があり、それにまつわる悲哀や怨みやみじめさや復讐の感情が、表現の根拠になっていたからだ。

しかし、そのような体験の強度は、戦後社会が日常性を回復し、生活の秩序や実質を所有していけば、稀薄になっていくことは避けられない。もとより、理念による強迫によって、わたしたちはいつまでも体験の強度を保持することはできるが、そのことによって世界は見失われてしまう。なぜなら、《人間の生涯は今日も生き、無気力に勤めに出かけ、また帰ってきて、といったふうな生きざまの中に、本当は内面的な地獄といったものも、極楽といったものもみることができなければ、どうすることもできない》（「吉本隆明『戦後詩史論』」からだ。日常性を生きる人間の内面には、地獄もあれば極楽もある。ということは、あるがままの世界はそのような多義的な姿であらわれるということであろう。

谷川俊太郎は、感受性を官能的に開くことによって、あるがままの多義的な世界を受け入れようとする。そして、感受性を《世界の豊かさそのもの》に変質させようとする。しかし、それならなぜ、谷川俊太郎の世界は世界という抽象でしかあらわれないのだろうか。あるいはそのことを別に、世界はなぜ、ソネットというような単純な形式性でしかあらわれないのか、と問うてもよい。そして、その根底に、わたしたちは彼の感受性が〈愛〉という一義的な規範によって成り立っているのを見ることができる。感受性を肯定するために、前提とされた〈肉体〉も、実は移ろいやすい若さの代名詞でもあったのだ。たしかに、大岡信が「戦後詩概観」のなかで、『六十二のソネット』について述べたように、それは《感受性そのものの祝祭》として、新しい詩法を示したものだった。しかし、〈愛〉によって規範づけられた《感受性の祝祭》では、世界の豊かさそのものになることはできないのである。

谷川において、この規範化された《感受性の祝祭》が崩れだすのは、基本的には詩集『21』（一九六二年）だが、すでにその前の詩集『あなたに』（一九六〇年）に新しい転移は予感されている。それは何から何への転移なのか。とりあえず、〈愛〉から〈欲望〉へのそれと言っておきたい。ここにおいて〈愛〉の感受性は裏返され、そのなかの欲望があばきだされる。たとえば「頼み」という作品はその転移を象徴しているだろう。

裏返せ
裏返してくれ　俺を
俺の皮膚を匿してくれ
俺の額は凍傷にかかつている
俺の眼は差恥で真赤
俺の唇は接吻に飽きた
裏返せ
裏返してくれ俺を
俺の中身に太陽を拝ませてやつてくれ
俺の胃や膵臓を草の上にひろげて
赤い暗闇を蒸発させせろ
俺の肺臓に青空を詰めろ
俺の輸精管はもつれたままで
黒い種馬たちに踏みにじらせろ
俺の心臓と脳髄は白木の箸で

俺の恋人に食わせてやつてくれ

（「頼み」第二連）

この作品の第三連にある《俺の中の愛を／すつちやつてくれ　悪い賭場で》という詩句が、世界と感受性の幸福な関係の終りを、いみじくも語っているが、このような自虐的な欲望を、もはや《感受性の祝祭》と呼ぶことはできないだろう。このあとの詩人の絶えざる変貌、多様なスタイルへのあくことなき試行は、エロス的な欲望の所在こそを語っている。ただ、彼の欲望は、感受性の幸福という育ちの良さを、出自として背負っているために、いつも透明化され、自己批評によって射抜かれている。そして、それ故に、決して放埒に振るまうことはない。それがエロス的な欲望を、暴力的な語法に解き放った六〇年代詩人たちと区別されるところである。

すでに前にも触れたように、一九五〇年代に詩のスタイルを獲得した詩人たちの、いわば世代的な詩法の共通性を、感受性というキー・ワードで取りだしたのは大岡信である。「戦後詩概観」（一九六六年〜一九六七年）の、次の概括はよく知られているだろう。

《詩というものを、感受性自体の最も厳密な自己表現として、つまり感受性そのものの、にをはのごときものとして自立させるということ、これがいわゆる一九五〇年代の詩人たちの担ったひとつの歴史的役割だったといえるだろう。それは、ある主題を表現するために書かれる詩、という文学的功利説を拒み、詩そのものが主題でありかつその全的表現であるところの、感受性の王国としての詩という概念を、作品そのものによって新たに提出した。その意味で、一九五〇年代の詩は、何よりもまず主題の時代であった「荒地」派や「列島」派に対するアンチ・テーゼとして出現した。》（「戦後詩概観」〈4　感受性の祝祭の時代〉）

わたしには、この引用の最後のところで、一九五〇年代の《感受性の王国としての詩》が、前世代の《主題の時代》に対するアンチ・テーゼとして出現した、と述べられているところが興味深い。そこに《感受性の王国》という概念を、普遍化するための戦略が感じられるからである。戦略ということばが穏当を欠くとしたら、工夫と言いかえてもよい。つまり、一方に〈文学的功利説〉や《主題の時代》をあげ、他方に《感受性の王国》を掲げるという、その強いアクセントの対照によって、五〇年代の詩の特色は、みごとに浮き彫りにされたのである。これを最初に読んだとき、この強いアクセントによってこそ、わたしは否応もなくそれを了解させられたのであった。

しかし、いまの段階で考えてみると、ここのところは必ずしもすんなりと了解できるわけではない。「荒地」や「列島」の詩が、〈文学的功利説〉とか、《主題の時代》というような一般化を許すものかどうかは問題であろう。わたしは個別的な体験やその思想化が、詩の根拠となりえた時代と受けとめている。それは〈文学的功利説〉に結果しない。そしてまた、感受性という概念は、ここでもあとづけているように、五〇年代の詩人たちにおいて、共通符牒のような意味をもった時代がある。しかし、その内側に一歩踏みこんでみると、それは必ずしも〈王国〉や〈祝祭〉として概括しえないような裂け目を見せている。

その裂け目の両極を、堀川正美と谷川俊太郎に見出すとしたら、結局、堀川は感受性の密室化に詩を追いつめていくことになったし、谷川は感受性の幸福を喰い破ることによって、ことばや世界へのエロス的欲望を所有していくことになったように思える。たしかに《詩というものを、感受性自体の最も厳密な自己表現として、つまり感受性そのもののにをはのごときものとして自立させるということ、これがいわゆる一九五〇年代の詩人たちの担ったひとつの歴史的役割だった》としても、それは世代的な特質の抽象として正確というより、まさしく大岡信の詩法の説き明かしとして妥当なのである。なぜなら、大岡ほど感受性の表現を、その論理と実作の両面にわたる、ことばの問題としてつきつめた詩人は、ほかにいないからだ。初期の「立原道造論」においても、《思考の正確さ》が《言葉という感覚的な素材を使っての、手さぐり》のうちに求められていたのを、わたしたちは先に見たはずである。大岡が古典詩人論から、現在の詩への視点まで、この論理を日本の詩歌の生命線として貫いていることに、わたしは別稿（「「合わす」原理について」）で触れている。そして、実作においてはそのみごとな例証として、あの「さわる」をあげることができるだろう。これは一九五七年の作である。

さわる。
木目の汁にさわる。
女のはるかな曲線にさわる。
ビルディングの砂に住む乾きにさわる。
色情的な音楽ののどもとにさわる。
さわる。
さわることは見ることか　おとこよ。

さわる。
咽喉の乾きにさわるレモンの汁。
デモンの咽喉にさわって動かぬ憂鬱な智恵
熱い女の厚い部分にさわる冷えた指。
花　このわめいている　花。

さわる。

さわることは知ることか　おとこよ。

（「さわる」はじめの部分）

〈さわる〉の繰り返しがリズムとして快いが、それはまた、〈さわる〉という意味が、《女のはるかな曲線》や、《色情的な音楽》や、《熱い女の厚い部分》や、〈花〉などのイメージと結びついて喚起する、エロス的な快さとも同調する。もともと〈さわる〉ことによって知るというのは、もっとも原始的な知覚と言えるかも知れない。しかし、詩人は〈さわる〉をことばの音楽として繰り返すことによって、本来、〈さわる〉ことのできない抽象的なもの、意識や気分や欲望まで触覚としてとらえてみせる。あるいは聴覚や視覚に属する領域をも触覚に転化させる。そして、それらが虚構であることの自己認識にまでさわってみせる。

しかし、この作品は、言語表現という次元では、ものも精神も、視えるものも視えないものも、あらゆるものがさわれるという、感受性の放埒を示そうとしたのではない。むしろ、そのような感受性の放埒さが、《知覚のたしかさを／保証しない不安》にさわっているのである。あるいはそのような〈不安〉にさわることによって、〈さわる〉という知覚のもっている初源のみずみずしさに気づこうとしているのかも知れない。ともあれ、ここには感受性とことばとの間にある、微妙な息づかいのようなもの、そして、そのような息づかいを通して感受性が世界に開かれてゆく、その《最も厳密な自己表現》を見ることができる。

しかし、これは本当に、《感受性自体の最も厳密な自己表現として、つまり感受性そのものとしてのごときものとして》できあがっている詩なのであろうか。そのサンプルとして見るには恰好な詩ではあるが、この延長上にどんな作品を置くことができるだろう。このような作品が出現したとしたら、それよりもっと厳密な感受性の自己表現をめざした作品という考え方は成り立たないので、この先の展開は、むしろ、《感受性そのもののてにをはのごときもの》という詩概念そのものを疑い、こわしていくほかかない。わたしが、こわせ、と言っているのではなく、大岡信の詩の展開そのものがこわしていっているのである。

たとえばそれよりも数年後の詩集『わが詩と真実』を開いてみればよい。ここには実に多様なスタイルが試みられているのであって、たとえば古典的な象徴詩のような試みもあれば、主題を明確にした詩もあり、メタファーによって政治への批判を試みた詩もあり、自動記述的なことばの暴力性を感じさせる詩もあり、マリリンの死に寄せて哀切に時代感情をうたった詩もある。むろん、それらを柔軟な感受性が支えてはいるが、しかし、彼が規範化した意味での感受性の詩の、むしろ自己批評としてさえ読みとることができる。これよりも、四、五年あとに「戦後詩概観」が書かれるわけだから、そこで形成される論理への自己批評を、前もって実作で示していたことになるだろう。ともあれ、そのなかの一篇「大佐とわたし」という作品を引例しておこう。

地震計は失神せよそして壊れよ
人間は失神せよそして壊れよ
鳥は失神せよそして壊れよ
大佐　大佐　大佐
待避壕から学校へ行く
あなたの正確な歩幅をわたしは愛する

あなたの講義はデカルト以上に無駄がない
ラテン語にして伝単で撒きたい
クーフィク文字に刻んで祭壇にかざりたい
サンスクリットに訳して菩提樹の下で抱いて死にたい
コロンブスよりさきにアメリカ大陸を発見した男に
聞かしてやりたい聞かしてやりたい
大佐　大佐　大佐
爆弾をつくるのはなぜですか？
ピッ　ピッ　ピッ　ピ

（「大佐とわたし」部分）

レッテルを貼れば、これは〈反戦詩〉ということになるであろうか。感覚的な表現とは対極の知的に計量された世界である。たたみかけるような歯切れのよい口調と、リフレインによる軽快なリズム、そしてユーモアとウイット。わたしはこの作品がすぐれているかどうかを問題としているのではない。《詩そのものが主題でありかつ全的表現であるところの感受性の王国としての詩という概念》について語り、そのみごとなサンプルを実作において示している詩人が、実はその概念から自由であることを示したかったにすぎない。

たしかに感受性という概念自体は、詩が個別的な体験のなかに入りにくくなったことを根拠にして、戦後詩の表出史の内部に必然的に生まれてきたものであろう。その意味で、それは詩史論的レベルでのキー・ワードとして一時代の詩を担う役割をもったが、しかし、決して普遍的な規範となるものではない。むしろ、詩というものが、感受性の厳密な自己表現でなければならないかどうか、根本的に疑われてよい。少なくとも、規範化された感受性に対する絶えざる侵犯としてしか、詩のことばは自由の在り所を指し示すことはできないように思われる。

（『侵犯する演戯』一九八七年五月）

入沢康夫論

匿されているものの痛い破片

もう、破れかぶれと言ったところだ。

これまで論を重ねてきて、次第にむずかしさが増してきたのを感じる。みずからの非力に甘えて、同じ主題、同じスタイルを繰り返すわけにはいかない。対象の多様性に応じて、多面的な視角が要求されると同時に、アプローチの方法にも、一貫したものがなくてはならないだろう。

しかし、わたしが対象にしているのは、動きをやめた過去ではない。同時代の、いま、激しく流動している詩と批評の様態である。その闇渠にひそむさまざまな可能性と、危機の実体をつかまえたと思ったとき、すでに対象はわたしの視野からすり抜けている。「吉岡実論」[*1]も、「黒田喜夫論」[*2]もそれぞれ語り難かった。しかし、今回の覚書が対象にしている入沢康夫については格別に難儀だ。

なぜなのだろうか……。

たとえば、吉岡実と入沢康夫は、言語あるいは詩に対する態度という点で同質なところがあるだろう。御両人とも、今日の詩を代表する難解詩人とも言えるかも知れない。しかし、吉岡の詩はそれが正解であるかどうかは別として、わたしにわかりにくいものではない。いわば感覚の次元、生理の次元で直接的に回流するものがあるのである。

吉岡は、たとえば、こんな風に書く。

いまわたしのまなびたいことは
木枯の電柱の暗い下で
股の周辺を汚物でぬらしながら
怒りに吠える
匿名の犬の位置へ至ることだ

（「犬の肖像」[*3]第三連）

これは特別にわかりやすい作品ではあるが、その点に注意を向けたいのではない。この詩人の眼の位置というか、あるいは作品のなかに投影された作者の身の置き所と言ってよいか、そういうものの低さがわたしは好きなのである。言いかえれば、それは作者の発想に染みこんでいる通俗性かも知れない。彼の作品には、《かなしい排泄の臭気》（「雪」[*4]）が薄い膜のように張られているのだ。その汚物にぬれた俗なる犬、《怒りに吠える／匿名の犬》は、わたしのなかにも住んでおり、吉岡の作品を読むとそれに合わせるように吠えはじめる。そればかりか、その《匿名の犬》の鳴き声が、朔太郎や中也やその他わたしの好きな詩人からも聞こえてくるような気がする。つまり、わたしの内部の経験を喚び起し、更に、それはもう少し普遍的な感覚とひびきかわしているのを知らせてくれる。

入沢康夫の詩の世界とこのような感覚の交流が不可能だというのではない。彼の作品を読んでいると、時には、あるいは部分的には、吉岡の例以上に強い感応が引き起されるのだが、いざ、それに接近しよう、あるいは感応を引き起すものの正体を論理化しようとすると、わたしはたちまちはじかれてしまう。彼の何かがわたしを強く拒むのである。その拒まれたものの反古が、すでに机の周辺に散乱していて、足の踏み場もない。わたしは試行錯誤を繰り返した上、また、何度目かの最初の一行からやり直さなければならなくなっている。この上は、もはや自明な論理の破綻に、註をつけるような態度で書き進めていくほかない。転んでもただでは起きないというのは、わたしの習い性である。

一人の詩人の世界、あるいはその作品のテキストについて、できるだけその内側に視点を設定するようにして論じようとすれば、どことなしに論者の文体が対象に似てくるということがある。どんな批評も、対象から滲透を受けないでは、その核心を十分にとらえることができないからだ。それを避けようとして、対象を素材の位置におき、自分の好きなうたをうたうというのも、一つの行き方であろうが、それなら別に批評という形式に拠られねばならぬ理由はない。むろん、自分の物差しだけを固定的に絶対化した裁断批評などというものは、臆病な人間の逃げこむ場所である。そこでは、対象とのぬきさしならぬ格闘はいつも避けられることになる。

しかし、対象の奥深くへ参入しようとして、批評の主体性が失われるならば、批評は単にその解釈、註というようなものに過ぎぬことになるだろう。解釈や註の仮装をとりながら、その内実は恐るべき思想を語っている場合はあるので、それはそれでいっこうに差支えないが、わたしはその領域にとどまっていることはできない、という意識が批評の根拠をあらわにする。――こんな風の想いのなかを行きつ戻りつしているのは、先にも触れたように、入沢康夫の世界の語り難さにぶつかっているからだ。

もっともこの語り難さについては、すでに何人かの人が言及していることであって、いまさらわたしなどが繰り返すまでもなかろう。高橋睦郎も、《この語りにくさは、詩の本質という永遠に語りにくいものに関わっているゆえの語りにくさ》(「排除された『詩』から」[*5])として、その語りにくいものの正体を暗示しているが、ただ、そこに的をしぼることができるならば、わたしなどがあらためて語り難さを語ってみせる必要もないにちがいない。わたしが感じているものはもう少し入沢の特殊に即している。

どうやらそれは、多くの入沢康夫論にみられる特色である、どの論者も入沢の文体、発想、その構造論に酷似してしまうという問題にかかわっているらしい。とはいえ、先にも書いたように似るということだけでは、入沢康夫論にみられる特徴とのみは言えないかも知れない。黒田喜夫論は黒田の文体に似てくるし、石原吉郎論は石原を模倣する。吉本隆明論、然り、鮎川信夫論、然りであろう。たしかに、そこに対象からの滲透を受けないでは、その核心となるところも十分につかみえない、という真なる側面があるはずだ。それを皮肉って言えば、もともと自分に似たものしか批評の対象に選ばない、ということがあるだけかも知れない。

言ってみるのもばからしいことだが、詩の世界でいまなお支配的なものはトモダチ批評である。詩という、短い、秘密の多い形式の本質が、トモダチ批評を喚びこむのかも知れない。親近した関係が、詩人やその作品世界の視えにくい特質や謎をよく解き明かす、ということはたしかにあるので、それを軽視するつもりはない。しかし、トモダチやファンやエコールや世代の垣根をとっぱらって、同時代という荒野へ引きずりこみ、それらがどのように共通の根を病んでいるのか、あるいはそれらが排除しあっている理由のなかに、どれだけ私的な関係を越えた普遍的な契機があるのか、もう少したずねてみる努力があってもいい。

わたしが特殊に入沢の世界に感じている困難を、ちょっと気取って言えば、トモダチやファンやエコールから離れて、彼の世界をこの同時代の原野へ引き込むむずかしさなのだ。しかし、その時、わたしは何を手がかりにしたらよいのだろうか。多くの入沢康夫論にみられるところでは、深切に、あるいは精密に入沢の詩の世界を論じようとすればするほど、その批評はちょうど入沢自身が「わが出雲」に対して、「わが鎮魂」[*6]の註解をつけたような位置にすべりこまざるをえない。あるいは、彼の作品を対象にして、『詩の構造についての覚え書』[*7]の応用論文を書くようなことになってしまう、と言いかえてもよい。むろん、これは大ざっぱな印象であるから、細かく見れば色々と違ってくるだろう。

しかし、いずれにしても、入沢の詩作品の構造、そのイメージや連想などの、関係の関係に分け入り、踏み入り、彼が意識的に、あるいは無意識的に下敷にしている作品や素材などの、多層的な関係の解明ということが、批評の主たる課題とならざるをえないようである。そこでは、詩人が詩を書くという行為を通して、どのような現実に直面することになったのか、ならなかったのか、あるいは詩人の特殊な経験が、作品というような関係の磁場を媒介にして、どのような普遍的な経験に開かれていったのか、いかなかったのか、というようなことはほとんど課題にならないようである。

むろん、そのような批評が出てくるについては、それは一篇の作品の成立ということが、その背後にいかに詩や文学の時間的累積を媒介としているか、もう少し大げさに言えば、いかに文化の連続性を背負っているかということにかかわっているのであって、別に、入沢の作品特有の問題ではない。しかし、彼の詩作品が、とりわけそういう側面に偏った批評を喚びこむということについては、その詩の方法自体に理由があるとみなくてはならないだろう。つまり、作者の私的領域、主観性、経験など、彼が強いられて生きている場所が、ことばの仮構の背後に、極端な強さで匿されようとするのである。

最近の詩集『「月」そのほかの詩』[*8]から「《やはらかい恐怖》」をみてみよう。むろん、この作品は半分は遊びの気分に助けられて作られており、ファンには堪（こた）えられない楽しい作品であっても、すぐれているとか、彼の作品を代表しているとか言うものではない。こんどの『新選入沢康夫詩集』からは除外されている。それなのに例としてもってくるのは、この作品が吉岡実にささげられたものであり、先に書いた「吉岡実論」と関係づけられるのと、こういう作品は、いまのところ入沢しか書かないという点で、彼の方法の特質並びに手の内を全部さらけだしているからである。次は全文の引用である。

たとへば　その一篇にしてからが　なお
《生き方とは関係なく》
しかも　そこにあなたそのひとが
《骨をからだ全体に張り出して》泳いでをり
ことあらためて言ふまでもなく　それは
あなたにとつて《のぞむところでなく　拒む術もなく》
《永年の経験から》つねにあなたを適確に《裏切る》ばかりか
その一篇から　次の一篇へ　そしてさらに次へと
《黒い帯の》非《宗教的なながれ》が繰り出され
幾千の《スイカ》がただよひ
その果に燐光を放つ海上都市の夢がわき起こる
これほど恐るべき主体の賭けが文字に則して可能であらうか
そこには　いつでも《小さな火事があり
樽と風を入れる場所があ》つて
そのかたちを　強ひて説明するならば
《両側へ紐をたらしつつある
神秘的な靴》
その靴の釘を《形而上的な肛門》に打たれて
跳ね上れ！　百の牡馬どもよ

（「《やはらかい恐怖》」）

言うも愚かなことながら、いちおうの説明をつければ、この《　》のなかが、吉岡の詩からの引用である。(もっとも《　》がつけてなくても引用と目すことのできる語句もあり、また、《　》がつけてあっても、引用と考えなくてもよいのもある)。その題名からはじまって主要な文脈のすべてが引用から成っている作品だ。いわばめったやたらの引用を組み合わせて、吉岡実の模像をつくり、それを彼への讃歌としたのである。むろん、模像と言っても、それは現実の吉岡ではなく、その作品史に仮構されている、入沢のことばで言えば〈発話者〉のレベルでの吉岡像であろう。ところでこの場合、《やはらかい恐怖》が吉岡実の「滞在」という作品からであり、《生き方とは関係なく》が「春のオーロラ」、《のぞむところでなく拒む術もなく》が「下痢」からである……というようなことは、吉岡の読者には底が割れている。つまり、底が割れていることを前提に書かれているから、吉岡の読者と楽しみを分かち合うことができ、従ってそれが讃歌の意味にもなる。

しかし、少し視角を変えてみるなら、この作品は入沢の方法の原型を語っているのではないだろうか。ここでは、もともと引用とは言っても、評論文のなかでやるように、テキストの文脈のなかでの意義を可能なかぎり生かそうとするものではない。直接にはもとの文脈のなかの意義とは関係なく、新しい文脈を構成するための素材として、引用句は、いわば勝手に組み合わされているから、ほんとうは《　》をはずしてしまってもよいはずだ。《生き方とは関係なく／運転手のくびを絞める》というのは吉岡実の作品の脈絡であり、《生き方と関係なく／進路を選択する》とはどこかの教育雑誌のなかの文章における脈絡である。《やはらかい（テキストではや﹅わ﹅らかい）》という形容詞は、たしかに吉岡が多用している形容詞であって、そのひとつを取り出すことによって、吉岡の感性、あるいは想像力の特質を言いあてているわけだが、しかし、やわらかい感性は吉岡だけではないから、これも引用とみなさなくてもすむ。鈴木志郎康の〈麻理〉をうたった作品に「やわらかい夢」[*9]というのがあり、また、彼はその作品を含んだ詩集とは別の詩集の表題に『やわらかい闇の夢』[*10]を選んでいる。更に、それ（《 》をはずすこと）を進めて、吉岡以外の詩人の作品からの引用句を混在させ、それぞれの引用を、そこで作り出される新しい脈絡の構成にそって、少しずつ変化させていけば、まったく最初の引用の痕跡を消してしまうことさえできるだろう。つまり、一篇の作品を構成する文脈のほとんどすべてを引用によりながら、しかし、その引用を視えない関係に置くことで独立した作品に仕上げることができる。その時、《生き方》や〈経験〉、その詩の根拠なるものを言うことが、どんな意味をもつのか、そう入沢はわたしたちに問うことができる。いや、わたしは入沢の作品がそのように問うているような気がするのである。そこにわたしの語りにくさがある。そんな問いを発している（ようにみえる）対象に向けて、基本的に註解という性格をもった批評以外の、どんな接近が可能だろうか。

*

《詩作品にとって作者の個人的な意図やおもわくや説明や弁明が何ら本質的意義を持たぬと考えていることは、すでに述べたとおりである。それというのも、私は詩を何らかの「伝達手段」とは見ていないのであり、「書くこと」「書かれたもの」に先行する「作者の《伝えたいもの》」などというのをまるきり信じていないからだ。詩作品は一口でいえば「関係の束の無限の関係づけとしての言語複合体への《あこがれ》の暫定的具体化」であって、それ以上でも、以下でもない。》（「合わせ鏡の無限廊下で」[*11]）

　入沢康夫の理論は、いつも私的感懐吐露の詩や、思想あるいは感情の伝達を目的とする詩をてっていして排除する。その限りでは、わたしの考えも彼の主張とそんなに隔たったものではないだろう。自覚的にものを書きはじめてから、わたしはいちども私的感懐吐露の詩や自然主義的な詩を留保なしで称揚したことはないし、詩をなにものかの〈伝達手段〉と考えたこともなかったはずだ。ただ、それにもかかわらず、こういう入沢の主張の前で、いつもある種の当惑、疑問を感じないわけにはいかない……のはなぜだろうか。

　こんな風に書きだせば、もはや七、八年も前になる、わたしのことさら挑発的にした批判、一方的な〈論争〉を思い起すことになるが、ここでいま、それらの再現をするつもりはない。あの時の文章を集めた『〈像〉の不安』[*12]の、わたしの考え方の基本はいまもって変更するつもりはないが、ただ、ことさら論争的に構えたこともあって、入沢康夫の詩論の理解そのものについては、不十分なところ、一面的になったところは多くあったと思う。時間の経過によって、わたしはようやく自分の論理を客体視しうるようになってきたので、もういちどその全体を整理しなおし、そこであらわになった幾つかの問題を、引き継いでいく場を、いずれは持たねばならぬと思う。ただ、ここでは先の引用部分に限定して、わたしの当惑、疑問についてまとめておこう。

　まず、その一つはでき上がった作品を前にして、作者の個人的な意図のようなものに意味を認めないのはよいとしても、そもそも一篇の作品を書こうとする作者の動機（モティーフ）をどう考えるのか、ということがある。それに意図と動機というものは、あいまいにからみあっているから、意図は否定するが、動機は認めるというような区別ができるかどうか。いずれにしても、それらは実際に作品が書きはじめられれば、その痕跡をとどめないぐらいに変容するのが普通であろう。あるいは、逆に、最初はモティーフが明らかではないが、書き進めている間に鮮明になってくる場合だってあるだろう。ともかく、わたしが入沢の論理をいつもわたし流にもみほぐしてゆきながら、とどのつまり、よくわからなくなってしまうのは、個人的な意図とか動機という形をとって、作品の成立に内在的にかかわっている、作者の意志というものを、この詩人がどう考えているか、ということだ。あるいはその作者の意志を包みこんでいる作者の幻想過程を含んだ生活史やその欠損に、どんな位置が与えられているのか、ということである。

先の「《やはらかい恐怖》」に例をとれば、一見、この〈引用の織物〉には、作者の主観性はまったく投影されていないようでありながら、たとえば無数の吉岡の詩行から、《生き方とは関係なく》という明快なことばを選択し、〈しかも〉同時に、《骨をからだ全体に張り出して》泳ぐ詩人のイメージをつけ加えることは、作者のほとんど思想性とよんでよいような判断が働いている（ようにみえる）。そこにはまた、《吉岡実氏へ》という献詩を仮装した入沢康夫自身の詩人としての《生き方》の理想が〈関係〉づけられている（ような気がしてならない）。時として、作品が作者の方法や詩論を《適確に〈裏切る〉》のは、なにも入沢の例ばかりでなく、わたしにしたところで同じことであろう。しかし、この問題は作品の成立ということに関して、本質的なところである。

二つ目の問題は、詩を伝達手段とみなさないにしても、詩作品に向けられた言語表出が、通常の伝達の機能を破壊しながら、なお、伝達に向けて開かれるということをどうみるか、ということだ。つまり、詩表現ということのなかに、伝達の機能を極端に拒んでも、仮構の意識（作品が作品を無限に生んでいく関係）を強める働きと、それにもかかわらず、他者の経験へ働きかけないわけにはいかないものとの二重性がある。その表現のレベルの差や、どの側面が強いかという傾向性はあっても、この二重性を欠かして、言語による詩表現は実在しないのではないだろうか。しかし、入沢康夫の論理のなかでは、〈伝達手段〉ということと、伝達性あるいはそれを含んだ表現ということとの区別がどうついているのかがわかりにくい。《「書くこと」「書かれたもの」に先行する「作者の〈伝えたいもの〉」》などということが、実際に書きはじめれば、いかにたわいないものであるかはわたしもよく知っているつもりである。しかし、現実の社会で流通していることばでは、誰にも伝えられない、あるいは伝わらないが故にこそ、詩の形式を借りて表現せざるをえない何かがわたしの内部にある、ということは感じている。その何かは誰かに《伝えたいもの》ということになるのだろうか、あるいは自己意識に反響するように表現したいだけなのだろうか。わたしには、ことばの本質がそれを明瞭に区別していないように思われる。

ところで、こういう風な疑問を幾らつみ重ねても、入沢の論理の核心には届かないのではないかという感想は前のときにももった。おそらく入沢とわたしとの間では、論理の組み立て方が根本から違っているのである。それは先ほどの引用のところ、《詩作品は一口でいえば「関係の束の無限の関係づけとしての言語複合体への〈あこがれ〉の暫定的具体化」であって、それ以上でも、以下でもない。》に端的にあらわれているだろう。それは究極のところ、表現としての言語観と、構成的な言語観の相違ということに帰着するかも知れない。

先の、わたしがあげた作者の経験や生活史の問題などは、入沢康夫の論理でいえば、ことばと人間〈あるいは〈発話者〉〉との関係であり、この関係は彼において、更に現実的関係と非現実的関係の二重性においてとらえられている。その非現実的関係は、記憶や連想作用が可能にする。つまり、過去や同時代のおびただしい文学作品が集積しているイメージや意味作用との関係等、無限の関係の関係が含まれているだろう。また、伝達性の問題は、読者〈あるいは〈受け手〉〉との〈言語関係〉としてみられており、その意味では、論理の組み立て方が、わたしなどとまるっきり違うけれども、作者の経験や生活史の問題も、伝達性の問題も切り捨てられているわけではない。むしろ、ことばを、音楽や美術に近づけようとする〈純粋詩〉の不可能性は、見きわめられてさえいる〈これらの点については『詩の構造についての覚え書』の第四回参照〉。

という点で、彼が想定する作品言語とは、先の引用部分の主張にみられる通り、無数の関係の束の関係づけ〈複合体〉というところに成立する。むろん、そこはわたしならば作者の意志が、過去に詩や文学が集積してきたさまざまなイメージや観念を媒介する問題としてみるから、〈複合体〉というような客体を想定しない。いずれにしても、彼には媒介の概念はないから、そのような関係としてのことばを、作品を構成する素材として、ものに対するのと同じ方法で扱おうとする。そうであれば、詩は〈言葉関係〉の構成されたものであって、自己表現ではないということにどうしてもなるであろう。彼の『詩の構造についての覚え書』が、《詩は表現ではない》というテーゼの合意を求めることから出発せざるをえなかったのは、やはり当然であった。従って、作者が生活史において強いられている個体性、特殊性、個別的経験にまつわる領域は、〈言葉関係〉を構成する一つの素材の位置はあたえられるとしても、それはあくまで客体的な素材、あるいは〈口実〉に過ぎないから、多くの関係の束の関係づけという抽象のなかで視えなくなる、あるいは消されていくのは避けられない。そのために、彼の作品への批評もまた、作品を構成する関係の束についての来歴調べのようなところに主眼が向けられないわけにはいかない。そして、詩人が詩を書くという意志的な行為を通じて、過去が時間的に累積してきている表現の連続性と、詩人が足をつけている現実から噴き上げてくる問題とを、相互媒介の関係におき、その格闘のなかで、詩行為がいかに新しい現実に直面したか、また同時に新しい表現性を獲得したかを不可分なものとして問う契機を、入沢の作品世界に対する批評は、内在させにくいのである。

わたしは途方に暮れる。

いや、はじめから暮れっぱなし（？）である。『詩の構造についての覚え書』も、『詩の逆説』も無視して、「吉岡実論」でやったように、入沢の作品世界のみを、自由にわたし自身の関心にひきつけて論じることも、おそらく可能であっただろう。《永年の経験から》詩作品はつねに作者の意図（方法）を《適確に〈裏切る〉》ことを知っているから、わたしとしてもその道を選ぶべき十分な根拠をもっているはずだ。しかしもはや出発点に引き返す余力がない。いちどはこの道を行けるだけ行ってみないと、別の道もほんとうには視えてこないだろう。

これと関連して、彼は初歩的致命的なあやまりを犯している批評の例として、次のものをあげている。《構造についての意識が欠如しているところから、単なる私的感懐吐露の詩と反自然主義的な詩とが同一次元で、同じ論法でとりあつかわれ、たとえば私的な感懐の書きこまれていない詩の一部にまで、作者の私的発言を読みとろうとしたり、書かれてある事件そのものの意味の軽量や、感想の日常的価値の大小で、作品そのものの価値がそのまま決定されたり、いわゆる現実的な語が多用されているからといって、作品までが現実的であるかのように錯覚されたりするという事態が生じている。》（『詩の構造についての覚え書』）

なるほど、わたしなどの批評は、ここであげられている混乱のあるものが、そのままあてはまるかも知れない。しかし、一見、私的感懐吐露とみえる詩にも、さまざまなレベルや多様な展開があるし、同じことは一見すると反自然主義的にみえる詩にも言えるであろう。『「月」そのほかの詩』のなかの作品で言えば、先の「《やはらかい恐怖》」や、「私は書く（ある校訂記録）」などは、一見、反自然主義的な作品であるが、その実は入沢流の私的感懐吐露詩ではないか、という感想をわたしはもっている。また、現実的な語が多用されていることに、作品の現実性を保証するものはないとしても、作者がなぜそれを多用するのか、その根拠自体を問うことはできる。私詩か反私詩かは、具体的な作品ではどちらとも分類できないことは多いし、現象のレベルでみれば、一人の詩人でそのいずれをも書いているというのが常態であろう。わたしたちは、どんな中心を隔てた方法をもっていても、その言語の周縁を濃密に重ねざるをえない。どうやら、それが日本語で書くということの宿命であり、同時代に生きて在ることの強いられた意味である。

＊

入沢康夫の詩から批評にわたる表現世界を、ひとくちで言えば、それは異質なるもの――ということになろうか。

この異質なるものを従来の概念にあてはめて、モダニズムというように一義的に規定したくないし、また、規定したら幾つかの重要なテーマが視えなくなってしまう。それは先の構成的な言語観にもみられるヨーロッパ的思考、あるいは感性の秩序であり、言語が人間の主体との回路を失って、〈言語の言語〉という亡霊になってしまった終末的な近代意識の内在性だといってもよい。朔太郎めいた口調になるけれども、明治以来の近代詩にとって、近代的な観念、ヨーロッパ的な詩意識の規範は、一貫しておのれにないものであり、欠如しているもののことであった。自分に欠けている〈西洋の図〉への飽くことのない関心をもつこと、それに熱烈にあこがれること、そういう志向が働かなかったら、そもそも近代詩百年の歴史はなかっただろう。入沢の異質なるものは、この近代詩の歴史が志向してきたもののなかに位置づけるならば、むしろ、主流を成している、と言っていい。異質なるものの尖端が、常に無理解、孤立にさらされながら、しかし、それがわが国の詩の主要な骨格を形成してきたということは、よい悪いの問題ではなく、近代詩から今日の詩まで貫いている一つの性格であろう。異質なものとの直面は、わたしたちの詩にとって常に不可避なのである。そして、この異質なるものを毒のように飲み下して、それとの内的な格闘の果てに敗れ去らねばならなかった詩人のみが、わたしたちにとってたしかな実在感を与えているはずだ。

ところで、この異質なものとまぶしい直面と、その不思議な滲透を避けられなかった者が、それに対して最初に取る態度は模倣ということであろう。言いかえれば、模倣とは自己にないものへの関心のなかで、その異質なものに似せて自己をさらしつづけることだ。しかし、それが単なる異質なものの仮装に終るならば、それはやはりモダニズムというものに過ぎぬだろう。谷川雁愛用のキャッチフレーズを借りれば、〝否定の果ての模倣、模倣の果ての否定〟を通じて、異質なものの《骨をからだ全体に張り出して》屹立しなければならない。

入沢康夫が異質なものの仮装に終っているのか、それに存在の中枢を貫かれて屹立しているのか、同時代の関係のなかではよく視えにくいところがある。しかし、彼が既成の詩の観念の根本からの発想の転換を企て、日本的な感情や情緒、自然主義的な秩序を排して、知的な感情、構成的・構造的な思考を、戦後詩のなかにつけ加えていることはたしかだ。少なくとも、入沢康夫において、戦前のモダニズムとは比較にならない程度に、異質なるものは、緻密で体系的な論理の基盤と感性的な厚みが獲得されているだろう。むろん、わたしに、その言語観の根底のところに異和があることは、すでに書いているが、しかし、まだ、いまもって、彼の異質なるものの全容量を対象化して噛み砕く力がない。しかし、同時代を浅く渡ることにならないように少なくとも幾つかの接点ぐらいは設定しておきたいと思い、ここでも苦労しているわけである。

入沢康夫の作品史のなかで、わたしが好きな作品を拾っていくと、〈死者〉をモティーフに置いた（つまり、その関係の束の一つにした）詩が多い。どうやら、〈死者〉のモティーフは、わたしが入沢康夫という異質なるものの内部に踏み込める感覚的な通路を成しているらしい。詩集『「月」そのほかの詩』も、巻頭の「碑文」という作品は、《一九七〇年の死者たちに》なる献辞をもっている。この作品――あるいはあとでも触れる「季節についての試論」[*13]などこの系列の作品――は、わたしの現在の生の意識や経験に強い感応を喚び起す。（もはやここでは入沢の言う、初歩的致命的なあやまりを犯す批評は、わたしの前提になっているから、彼の忌避している用語もかまわず使っていく。）

碑文とは、言うまでもなく、碑に彫りつけられた文章のことであろう。《一九七〇年の死者たちに》ということばがそえられているように、死者を悼むという意がおそらく仮装されているが、作品の内容に、直接、それを見出すことはできない。それは、《一九七〇年の死者たち》が具体的に誰を指すのかが匿されているのとも通底しているだろう。わたしに一九七〇年の〈死者〉で、いわば〈事件〉としてすぐ思い浮かぶのは、〈ぷりんす〉船乗取り事件の川藤展久射殺と、海老原俊夫リンチ虐殺事件、それに三島由紀夫らの自決であるが、これが作者の意識のなかにあったか、あるいは友人の死、近親者の死などもっと個人的な死者の記憶が抱かれていたか、それは作品からは視えない仕組みになっている。ただ、わたしも七〇年に近親者の死を一人もっているが、その時の意識に、この〈事件〉の死のやりきれない暗さが、滲透してきたのを防ぎようもなかったことを覚えている。しかし、繰り返せば、入沢はそのような個人的な、あるいは生活現実的なレベルにある事実性は、すべて消し去っている。それではまるで抽象的・形而上的かと言えば、そうでもない。表現のレベルはきわめて抽象されているけれども、イメージは具象的であり、言ってみれば、匿されているものの痛切なる破片が飛び散っているような切迫感さえ感じられる。まず、冒頭を引用してみよう。

熱病の鶏はいつせいに立ち去つて行く樹々の踵に心を奪はれて右に左にかけまはり　麻袋に入れられ束ねられた幾千の屍体が並び立つ櫓の上から投げ落されたり　色チョークで印を付けられた扉が次々と釘付けされたりしてゐることには　むろん一向に気付かないのだが　この夕べの生温い傲慢さを憎むあまりに秘かに揺らめく磁針がそれとなく指し示すそのあたり
（「碑文」冒頭部分）

一読してわかる通り、この連は、四つのイメージ、あるいはそれぞれ異なる四つの文脈の組み合わせからなっている。それらを《熱病の鶏》、《幾千の屍体》、《色チョークで印を付けられた扉》、《夕べの生温い傲慢》として取り出すことができる。むろん、それらはイメージの系、あるいは文脈の組み合わせであるから、そこから意味の繋がりを読みとろうとすることは意味がない。しかし、それらは匿されている、ある痛切なものとの繋がりにおいて、それぞれのイメージとイメージを溶け合わせ、ある種の象徴空間をつくり出している。そのある種の、と言うのは、なにやら追い立てられるような、焦燥にかられた、そして、どこか破滅的で、行き場のない時代感情……、というような意味を指している。この作品がイメージの尖ったガラス片のように、わたしの感覚に突き刺さってくるところがあるのは、その匿されているものの痛い投影である同時代感情によってではないかと思う。吉岡実のイメージ連鎖が、負性の生活感覚というようなもので、わたしの感覚を打つとすれば、入沢の「碑文」の系列の作品は、いわば思想とか論理というようなものですくい切れない、死に吸引される時代感情の強い同質性によって、わたしを打ってくるように思う。

この異質なるもののもつ同時代意識の親和性は、不思議でもあるが、それはまた彼の異質なるものの骨格がどこに根をおろしているのかを、わたしたちに暗示してくれるものであろう。この親和性に挑発されて、彼の作品から、わたしは時々突拍子もない連想をしてしまうことがある。たとえば、やはり一種の「碑文」であって、〈一九六〇年の死者のために〉という献辞をもっていてもおかしくない、「季節についての試論」という作品がある。

季節に関する一連の死の理論は　世界への帰還の許容であり　青い猪や白い龍に殺された数知れぬ青
年が　先細りの塔の向うの広い岩棚の上にそれぞれの座をかまえて　ひそかに　ずんぐりした油壺や
泥人形　またとりどりの花を並べ　陽に干していると虚しく信ずることも　それなればこそ　今や全

く自由であろう
（「季節についての試論」冒頭部分）

わたしはこの作品を、渡辺武信が送ってきた同人誌「暴走」誌上で最初に読んだ（あれは六一年だったか六三年だったか）。突拍子もない連想というのは、その時、この題名の〈季節〉の上に〈政治の〉という冠詞をつけて読んで、なにやら了解した想いがあった、ということを指している。つまり、「〈政治の〉季節についての試論」、あるいは「政治についての試論」とさえ読んでみたのである。むろん、そういうことであるから、青い猪や白い龍に殺された数知れぬ青年を、政治権力によって政治的にあるいは思想的に殺された青年の喩と読み、先細りの塔を先細りの党と読み換えたことは言うまでもない。油壺や泥人形、花をならべて陽に干している風景も、わたしは、どこか安保闘争後の思想情況に似ているように思えた。

この作品は、かなりなところまでそうした読み換えが可能だが、しかし、いちいちのイメージについて、具体的な事実性に翻訳していけば、たちまち解読不能におちいってしまうのは当然であろう。それは、まだ、わたしが同人誌に拠ってよちよち書きはじめた頃の話である。むろん、現実性ということで言えば、事実性への読み換えではなく、非現実的なイメージが、現実とは別次元において、自律的に構成している空間に、それを読みとるべきなのである。しかし、最近、清水徹が『新選入沢康夫詩集』の解説「引用について、あるいは鏡について」で、この《青い猪や白い龍》について、《六十年安保闘争の機動隊を眺めることもおそらく可能だろうし》と書いているのを読んで眼をこすった。そういう風に眺めることが可能なら、わたしの突拍子もない読み方にも、まんざら根拠がないとも言えないわけである。

いずれにしても、そのような初歩的致命的なあやまりを犯す批評が、招来されるのは、彼のイメージの組み合わせが、それはやはり、同時代感情あるいは情況に対する感受性の深みに強い基盤をもっているからではないか、と想定しないわけにはいかない。むろん、彼はそのイメージを押し上げている感情の根の領域を徹底して匿そうとする。あるいは視えない関係に置こうとする。なぜ、かくもそれは偏執され、繰り返されるのだろうか。そのいわば厳格な徹底性のうちにあるものは、方法とか詩観というよりも、いや、そういうものを貫いている、この詩人の資質上の秘密というようなものではないか、という気さえする。

……その遙か奥に　実効ある金銀　銅鉄のたぐいをますます深く匿し　匿すことによって地下水のように縦横に流通させ　しかもその背後にある豊富さをかすかにうかがい知り得るように　その片鱗を随時　一時的に露出するよう加減することで　かえってその実体を架空のものと感じさせ　全貌をとらえ難くしているのであるから……

（「季節についての試論」第二連部分）

これは「季節についての試論」の文脈のなかで語られていることだから、それを彼の方法とみることはできない。しかし、この金銀や銅鉄を、詩作品の根源にあるものと仮定すれば、これはそのまま方法論と目してもよいであろう。つまり、詩作品の根源にあるものは、深く匿し、匿すことによってその豊富さを暗示し、しかも、時に応じてその片鱗をちらちら見せることで読者を幻惑し、また攪乱させ、その全貌をとらえ難くする……と読みとることもできる。実に、しゃくにさわるような、こころにくいような語り口である。ともかく、こうして現出するものは、匿されたものの痛い破片あるいは片鱗としての、多義的なイメージの連なりであろう。「碑文」第四連はこんな風だ。

> たとへば廃墟の髪毛や柳行李一杯の悔恨や砂だらけの洗面台のあたりに垂れ下つてゐた悪夢　それらのあわただしい飛翔とそれを見守る一群の尖塔の嫉みとが　街全体を光の羽毛として一瞬燃え立たせるやうに　いま　死んだ彼らとわれわれとの間に辛うじて残された一本の綱が　うねうねと曲折しながらも　昔の光景をたくみに真似る偽の街路と石段に斑点をばらまく忠実な犬どもの間を抜けて　べたつく脂臘と油煙と魚の臓物で汚れた洞穴までわれらを導き　われらの内部では白服の人影が乱雑に積み上げられた戸棚のあはひで脇腹の傷を衣の破れ目からことさらに見せつけながら　（「碑文」第四連）

奇怪な、悪夢につかれたような非現実の光景、それでいてその〈なめくじり〉のようなイメージの連なりは、わたしたちの生の意識の襞々に妙に実感的にべとついてくる。それは死んだ人間との間に、辛うじて細い記憶の綱一本でつながっているわたしたちの実存が、《〈碍子〉や〈マッチ〉と共に孤独であり》、《老衰した形に変化》している心象風景として、そこにたしかに痛ましい片鱗をちらつかせているからである。

入沢康夫における「碑文」とは、死者以上に死んでいる、わたしたちの生の情況を、後世の〈読者との言葉関係〉に刻みつけておく〈いしぶみ〉ではないのか。

——だめだ！　わたしの批評は初歩的・致命的なあやまりを犯さなければ調子が出ない。今回は入沢康夫の詩の実質に少しも触れることのできない〈空洞考〉[*14]に終った。

＊1　『北川透　現代詩論集成』第2巻に収録。
＊2　右に同じ。

＊3　吉岡実詩集『静物』（私家版）に収録。
＊4　右に同じ。
＊5　新選現代詩文庫『新選入沢康夫詩集』（思潮社）の解説。
＊6　入沢康夫詩集『わが出雲・わが鎮魂』（思潮社）。
＊7　『詩の構造についての覚え書』（思潮社）。
＊8　入沢康夫詩集『「月」そのほかの詩』（思潮社）。
＊9　鈴木志郎康詩集『見えない隣人』（思潮社）に収録。
＊10　鈴木志郎康詩集『やわらかい闇の夢』（青土社）。
＊11　入沢康夫評論集『詩の逆説』（サンリオ出版）に収録。
＊12　『〈像〉の不安』（青土社）。
＊13　入沢康夫詩集『季節についての試論』（錬金社）に収録。
＊14　「空洞考」は入沢康夫のエッセイの題名。『詩の逆説』に収録。

（「現代詩手帖」一九七八年八月号）

中江俊夫論

一　反美学的変貌志向の世界

《中江俊夫ほど正当な評価を得ていない詩人は珍しい》と谷川俊太郎は、詩集『20の詩と鎮魂歌』のあとがきに寄せたスケッチ風の文章で書いている。確かに中江は正当な評価は得ていないかも知れないが、無視されているわけではない。ぼくの印象ではかなり関心をもたれている。しかし、中江はひとがもつ関心よりも数歩常に前（後でも横でもいいが）を歩いている。従ってその関心は持続しないのだ。それを言いかえれば、中江は現代の詩人のなかでは、たぐいまれな変貌の詩人であるといえる。変貌といっても、流行を追いかける形ではなく、詩の自由という不易を求めるが故に変貌せざるをえないといった本質的に動的な詩人とみることができる。いってみれば、彼は流行とは正反対に変貌する。初期の知的な抒情詩の世界である『魚のなかの時間』、じょじょに怒りに浸されていく第二詩集『暗星のうた』の詩篇、世界への告発と怒りの渦動を底に秘めた散文詩の世界である『拒否』や、それを受け継ぎながら、汎宇宙的な感覚への昇華をめざした『20の詩と鎮魂歌』、言語的な試練にさらされだした『沈黙の星のうえに』、詩の解体を賭けた『語彙集』の世界等、内的な意識の面ばかりではなく、語法、スタイルの面についても彼の変貌はダイナミズムに満たされており、それをとらえきれないでは、中江の詩を理解したことにはならないだろう。それは決してスマートな変貌ではなく、不器用なといいたいほどのものとしてあるが、情況の推移に鋭敏にことばを対応させることのできる中江の位相は、現在では不幸を強いられる。なぜなら、そこにこそ、苦悩に満ちた詩の自由の尖端があるからであり、その苛酷さはこの詩人を孤立に追いやらずにはおかないからだ。もとよりそこには試行錯誤ともいうべきものがあり、彼が変貌のすえに出ていこうとする彼方について、必ずしも肯定しえないものもあるのであるが、心情的な秩序や美学的な完結性のなかに、停滞し、自足していこうとしている現在の詩的情況のなかで、彼が果敢に選んでいる詩的冒険のなかには、詩にのみ許された極限のことばの自由が試されているということはいえるだろう。さて、あまりに結論を急がないように、まずはじめての詩集『魚のなかの時間』[*1]で、彼がどのように詩人となっていったかを見ていくことにしたい。

ここには一九五二年の作品二十一篇が入っている。詩人十九才。彼は外界にわずらわされず、身をひそめるようにして、内部のリズム、鼓動、湧き上がってくる声に耳を傾けている。この詩人に二度と訪れることのないもっとも幸福な時間がそこにある。

たしかに誰かが
あなたにさわっている
僕が眠っているとき　心よ
あなたは夜だろうか
あなたのなかで
いろんなことがあるが

僕には　よくわからない
僕が目をさましていると
あなたのなかの見知らないものたちが
いないふりをする
そして　いきなり叫んだり
ふりむいた途端に
急にだまったりして
僕をとまどいさせる
あなたには
僕がどんなに見えるのだろう

僕はあなたのための
一つの窓
または一本の樹
色んなことを黙ってきくための
（「身体」）

ここには、谷川俊太郎の初期の作品を思わせるような優しい抒情があるが、しかし、ことばは谷川よりもメタフィジカルであり、陰影に富んでいる。中江はこの詩のなかで、自分の内部に今までとは異質なものとしてうごめきだしたこころに、ナイーブな驚きを示している。《僕は》こころのための《一つの窓》であり、《一本の樹》であるとうたうところに、いかにもこの詩人らしい出発が示されている。詩集『魚のなかの時間』の世界の美しさは、感性が、物と人間の精神という和解しがたい対位法をもった散文的秩序から、すっかり解放されて、ことばが、物のなかにも、こころのなかにも自由に遊泳しているようなところにある。他の作品でみればたとえば、《そっと　物たちがふり向く／すると『誰れ』？　と言うことばが／もう両手をあげて／小闇にはしっていく》（「物音」）とか、あるいは《夜が三度きくが／誰も返事をしない／しじまの油断を見すまして／鋭く道ばたの木が叫ぶ》（「夜」）とか、また《あつまれない　森の木々が／まだ　仲間を求めている／呼ぼうにも　もう／一枚の葉が　聲にならないのだから》（「記憶のない薄明」）とかの詩句の自在さ、みずみずしい屈伸力にそれはよく証されていると思う。夜が三度きくが誰も返事をしない、しじまの油断を見すまして鋭く道ばたの木が叫ぶという「夜」の沈黙と叫びのひきあう緊張感。それは、この時期の中江の内部の充溢感と対応しているが、これらの詩篇が示すものは、すでにこの詩人が、固有な時間を確実に保有しているということである。幼い詩篇も幾つか散見されるが、むりのないことばの運びが、それなりの整斉された秩序を保っていることに驚かされるほどだ。この詩集には永瀬清子が優しい序文を寄せている。それによると、一九五〇年の秋、彼女は岡山県の小さな城下町、天城というところの高校に詩の話をしに行って、中江と会うことになる。講演の後の座談会に中江は当時文芸部にも入っていなかったが、ふらりと出席していたのである。勿論、彼女は中江を覚えていなかったが、半年後、大阪の大学へ入ってから、中江は大きなノートにぎっしりと詩を書いて彼女のところへ送って寄こした、と言うのである。《そしてあの時まで詩をよんだこともなかったのに全く私の話のせいで詩をかきはじめたと云ふお手紙だった。私はおどろき深くよろこんだが、私はそれについて今だに不思議に思ってゐる。と云ふのはそれまで全然詩について関心をもってゐなかった人の作品にしてはあまりに蕪雑さやごたごたがない。》（『魚のなかの時間』序）ここにはひとりの詩人と、これから詩人になる少年との幸福な出逢いが語られている。しかし、この「あまりに蕪雑さやごたごたがない」整斉された作品の背後から、やがてそれを青春の仮装として、引き破っていく自意識に醒めた、あり余るほどの不幸をかかえた詩人の隠された表情がうかびあがってくるのである。それから五年後に上梓された第二詩集『暗星のうた』[*2]は、『魚のなかの時間』と同時期のものを集め、それに本来は一冊の詩集となるべき『星』（一九五三年〜一九五四年）、『太陽・生』（一九五四年〜一九五六年）の作品を収録したものであるが、それを順にながめていくと、『魚のなかの時間』の整斉された抒情の世界が、詩人のやりばのない不幸の意識によって次第に崩れだし、『魚のなかの時間』の優しさと向きあう怒りの表情がじょじょにせりあがってくるのを見ることになる。いまだ『星』のなかの作品は、ほとんど『魚のなかの時間』と地続きであるが、自意識はそれみずからが向から固有の世界を持ちはじめている。

広さが僕を盲目にした
傷つかぬようにと
僕はよろめいて歩いた　広さの中を
ふさがった手の中で風景を見た
僕等は見てはいけないのだろうか　この
夜の手をはらいのけ
木々や川や道や風の直接の手をとって
一日のように歩いては　いけないのだろうか

（「広さが僕を」第一連）

この詩において、中江は世界と自分との間の広さ、距離によって自分が盲目にされていることを痛覚している。世界や物をもっと直接に見てみたい、ふさがった手、夜の手をはらいのけて見ようとすれば、もっと自分の内心を露出しなければならぬ、そのことで、自分は傷つくかも知れぬ、しかし、詩を書くという行為は、自分をそこまで突き出させるという想いが、この時、中江の胸のうちを去来したにちがいない。この詩の最終行は《夜の手をはらいのけ　自身の生を歌うため》という明確な決意を示している。一九五四年以降の『太陽・生』のなかの作品を見ると、更にことばは異質な世界へ向けて開いていこうとしていることがわかる。「偽りの昼のために」という作品は、

残酷に　昼は二つに引き裂かれ
ひとと　ひとという　貧しい広がりのために
愛は私に問わせる
私は一人だった
時がもつ物の名を　私は世界に問わぬ
どのように周囲が忘れたときも　私の中では
あの太陽以来しっている生
私は物の　名を問わぬ
生はいつも　自らに
他の名前をたずねたことはなかったのだ
そして愛はいまさがす
私たちの世界のために

今日だれが生きるのか
昼はいよいよ狭められ
偽りの明るさの中で　人は死にかかっている
すべての道路の上で
人は　欺瞞の車輪のために押しつけられ
ふたたび　大地に抱かれることはなく
草の上に眠ることもないだろう
窓の中で　いま瞳をこらす人なく
ただ　その人達の自らを外に騙している顔が
私の心を砕く

（「偽りの昼のために」）

この作品は《そして愛はいまさがす》の一行をなかにして、前半と後半では焦点の結び方が喰い違っているようなところがあって、すぐれた作品とはいえないが、《残酷に　昼は二つに引き裂かれ》とか《ひとと　ひとという　貧しい広がり》《偽りの明るさの中で　人は死にかかっている》というようなことばは、『魚のなかの時間』や『星』には見られなかったものだ。つまり、この詩人の、内部に注がれていた眼は、外部の《偽りの明るさ》にむけられたといえる。それとともにことばは、時に蕪雑になり、時に明晰な論理の骨組みをあらわにし、また激しい忿怒の情念を背負って屈伸力を失う。この詩についてみても、《愛は私に問わせる／私は　人だった／時のもつ物の名を　私は世界に問わぬ》というようなあいまいさ、論理に向かいながら、内部の息づかいの荒さによって、ことばが伸びていかないさまがうかがえる。そうした不器用な詩が多いのである。中江は、外部の世界に向けて問い始めたのだが、その問いにふさわしいことばを見出せなくて、混迷しているといえるだろう。他の作品でもたとえば《血が流れ　灰がおおった／窓と歴史と肉体が一瞬そこにたった／無知な少女よ　父よ　母よ　だれが許すのか　争いよ／一人は起き上り／ああ握った　その手に偽りを　苦悩の幻影を／去ってゆく時を》（「血が流れ」）とか、あるいは広島でうたった作品《今夜　声のような予感／眼の国はない　姿はとおのき／死と鷺のすすり泣き／みみずのような現在の卑小は流れてゆく　僕はきいた　僕は知った／大地のははのつぶやき／時はとまった　真夜中　かれはそこにいた　汚れた骨》（「時はとまった」）とかいう詩にはそれがよくあらわれている。これらの詩篇において中江が外的な対象を指向しはじめると、モティーフとことばの間に軋轢が生じ、ことばは明確なイメージへも論理の形成にも行かないで、概念的に空転するいがいないのである。「群集の中で」という作品でも、生への幻滅や虚無をうたい、「荒地」[*3]的世界への近接を示しながら、中江の観念は、田村隆一や鮎川信夫のような戦争体験や戦後情況との対応を欠かしているために、軽い空転をみせるほかなかったといえる。《吾々が行くとすればもはや／死の国へいくしかない／どこにもない国で／この世以外にない国だ／吾々はこの土地の上に死の国をつくろう／吾々は平和で　平等で　人格なんてものは／君も僕も同じで　俺といってもお前といっても／どっちを指しているのかわからぬ国をつくろう》（「群集のなかで」）つまり、《吾々が行くとすればもはや／死の国へいくしかない》という観念が前提にあり、ことばはその定められた軌跡のうえを走っていくだけのように表出されている感じなのだ。『魚のなかの時間』の内的な感覚の信頼の上にたった抒情詩の世界から、この詩人が脱皮せねばならぬことは、詩を書きついでいく以上、必然であったが、しかし中江はこの時期、外的な論理や観念を組みふせるだけの強靱なことばを、もてないまま、最初の表現の危機に耐えていたといえるだろう。こうした作品群に対して、『太陽・生』のなかのすぐれた詩は、愛をうたった幾篇かと、生活現実を素直に内省した幾篇かにあるように思う。たとえば「Lucky Day」という作品は、夕暮れが通勤者の群れを押し流していく、そのなかの一人である〈私達〉が、スクリーンの一部始終をこれから見にいくのは早すぎると思い、バーに行ってお互いの運命を飲むために、本心かなしく笑うのはまだ早いと思う、その年頃の若く苦い感情をうたっている。

二十歳　二十一歳と時をかぞえて
大人たちはまっていた　やがて年齢が不明になるのを
大人たちは待っていた　死のなかで生きることが出来なくなるのを
秩序をこわさなくなる時を――　それからはもう日附もないのに
ビル街に奉仕する理性の日をまっているのだった

給料を死から受けとり
いつがいつだったかと思いながらも　結局
ごまかしと　欲望の家を建て　権力で囲ってもらって
姿のよいマネキン女のような物を楽しむ日を
大人たちはまっていた　とりわけでかい墓をたてる
親孝行の日を待っていた

（「Lucky Day」おわりの二連）

ここには過ぎ去る青春の日を惜しむような感傷の一片もない。若い自意識は明晰に醒めて、自己を包囲し、抑圧しようとする世界への拒絶の論理を育てている。初期の詩にあった多義的なことばのもつ静かで艶やかな美しさは消えたが、詩人がじょじょに怒りを燃焼させていく純一さが、新しい魅力となってきているといえる。こうした次の世界へ展開していくためのすぐれた一面をもつ過渡的な時期において、中江は《おお私の　無知だった時／誰も私に教えなかった／大人達がこれほど醜く　世界がこれほど汚れており／人間がこれほど失わねばならぬとは　決して／今　血の色をぬかれて闇のなかに蹲る／凍った私の魂よ！》（「Lament」）という、大人の世界と、純真な自意識を飼っている少年をとどめた世界との対立という図式を避けられず、踏んでいたといえる。血の色をぬかれて闇のなかに蹲る凍った魂の、身のすくむような世界への拒絶が、大人と少年期との、それが人生に一回しかないという意味では、魅力的でないともいえない甘えた対立を越えて、世界に対する詩人の存在として向きあう位相をとるのは、散文詩集『拒否』[*4]まで待たなければならない。

初期詩篇のなかで《沈黙にのいてもらって　君は／こしかける／だがすぐ君は立ちあがる／そして沈黙が　またこしかけている》（「椅子」）とうたった詩人は、ことばを表出させる意識とあらがいせめぎあいながら沈黙へも吸引されていたと思われる。一行の詩行とともに空白そのものにも語らせていたのである。それが整斉された初期の作品の美を形成していたと思われるが、しかし、この詩人が当然のことながら、生活現実的にも生きることを余儀なくされ、現実の猥雑さ卑小さに自己の内部をさらしはじめていくとき、そうした整斉された美意識にとどまっているわけにはいかず、そこに荒々しく蕪雑なことばの世界があらわれてくる必然があったと思われる。このようにして『暗星のうた』後期の詩の世界が定められたが、そうした荒々しい表出を、詩の論理における批評意識に凝縮させつつ、第二期の中江のすぐれた特質は開いていったと思われる。散文詩集『拒否』のあとがきで中江は、《多くの行わけされている作品の、実はその空白という宇宙にこそ、より豊富で偽りない強靱な詩があるのに、ことばにすることがなおざりにされている》と書き、散文詩へ行く理由を説明しているが、しかし、あまりに散文的な言語への抵抗をゆるめすぎて、詩的濃密度を稀薄にしてしまった詩もあることは確かである。ともかく、初期詩篇では空白（沈黙）に語らせたところも、新しい詩集においてはその空白をことばで埋めるというように、ことばへのエゴイスティックなまでの信頼が表明され、それがこの詩集の世界を大きく規定している。たとえば、「卵」という作品。


夢の中に、白い卵がおいてある。夜、悲しみのうえに、いつもひとつ卵がのっている。

大抵そこは薄暗く、台所みたいである。どうしてなのかわからぬが、家庭が無かったり、あるいは随分貧しい独身の女とか男が、脇を向いてぼんやりそこに立っている。

住いのなかで夜中にいちばん淋しい場所は、廊下や階段のしたや便所じゃなく、台所だ。台所はぽつんと忘れられている、無関心に。どんなに楽しく気分のよい食事も思いだして貰えないで。

彼には頭の中で卵だけが妙にはっきりと見えた。誰がおいたのか知らないが、いつまでも人が決して手をふれることのない類の愛のように。

君はその夢の理解者だ、詩人よ。

どんな早熟な子供にせよ、こんな夢と出くわすのは困難である。また如何に慎しみ深い女も、こうした台所を夢見るとは限らぬ。寧ろ逆で、とかく女というものは宮殿の夢や抱かれる夢を見たがるものだ。眠って自分の深奥を孤独でさまよう男も、金輪際炊事場まで足を運ぼうとはしない。


（「卵」前の部分）

このきわめて散文的な文脈から、ぼくらが受けとるのは、まぎれもなく詩的エッセンスである。夢のなかの白い卵の印象的なイメージや、夜中にどこよりも森閑としている台所のイメージからぼくらが導き入れられていくのは、意識の暗室と呼ぶべきところである。ぼくらはもっとも見慣れているもののなかで、もっとも見失い、もっとも愛しているもののなかで、愛の実在を喪失し、確固として存在しているもののなかで、不確かな存在感しかもちえない、そうしたいかにも自明であるかに見える意識のなかの暗室の存在を、中江はこの詩で気づかせてくれる。ここには、この詩人の優しさと悲しみが、そのまま批評となって成立している例がある。そして散文詩集『拒否』の世界はこうした作品で多く占められている。秀作「腸の世界」も《長い腸の中を僕たちは次第に降りてゆく》という印象的なイメージで書き始められる。しかしそれはたちまち腸のなかに閉じこめられようとするぼくらの存在に対する詩人の激しい非議と化す。

僕たちは外のものなんだ。どんな安寧のことばがあろうとも、僕たちはそいつの外の沈黙で生れたのだ。どんな幸福があろうと、僕はそいつに消化されて生きたくはない。僕は皮だ。節だ。味もそっけもないまずい男だ。骨だ。呑みこまれてはいるが、僕は暗い腸をすべりおちる。とにかく僕は外へ出るのだ。

外へでてひとりで死ぬ。僕は歴史なんかじゃない。外で放っておかれていい。ただ父母の、自分の国へ帰る。骨はやはり骨で、傷はやはり傷なんだ。正当さなど一体僕たちの誰が主張するのだ。そいつが真というなら、僕はいつだって即座に嘘と答えるだろう。

（「腸の世界」の一部）

安寧も幸福も自分の住みかではない、歴史も正当化も自分の存在を保障するものではない。どんなにみすぼらしくみじめな存在でも、また不当な存在でも、ともかく自分は個人として、一個の人間として立ちたい、また死にたいという個我の主張が激しくなされる。ここにも《荒地》の世界との近似があるが、この場合は中江の方が全身的であるだけ、ことばは詩の美としては崩れている。それだけ中江の反美学的志向が強いといえるが、逆巻くようにことばは流れて、詩的論理に凝集していくのではなしに、時に散文的、概念的なことばに拡散しているところもある。『太陽・生』にあった論理的幼さ、観念臭は消え、思惟の展開は存在論的な深みを増したが、詩のことばとしての魅力はなんとしても乏しいのである。小器用なうまさを、中江がこの時期に身につけてしまわずに散文詩のスタイルを借りて、とにかく、原稿用紙の空白にことばを与えようと、格闘したことは、この詩人の可能性を大きく切り開いたにちがいないが、詩のことばとしての魅力についていうのなら、次の詩集『20の詩と鎮魂歌』[*5]の世界を待ちのぞむよりほかない。

中江俊夫の詩集のなかで、おまえは何を選ぶかと問われれば、ぼくはためらわず、詩集『魚のなかの時間』と『20の詩と鎮魂歌』の二冊をあげるだろう。『20の詩と鎮魂歌』は散文詩集『拒否』と引き続いて、散文のスタイルをとっているが、後者のことばが、散文へ拮抗する力がかなり弱いのに対して、『20の詩と鎮魂歌』の方は、ことばの表出意識において、散文への強い抵抗をはらんでいるといえる。

> 夜の中で、その手を僕の右胸のうえにのせられる。その手が左の胸のうえに、僕の心臓のうえにのせられたら、やがて死ぬだろう。その手は彼女の手、僕の恋人の手、妻になったものの手。その手の優しさと恐怖と、死の強いかぎりない力を、僕は右胸のうえにのせたままやすむ。昼間も僕は、その手が右胸にあてられているのを知っている。だから左の胸と心臓は、いつもその手を拒んでいる。
>
> （「その手」）

この詩は、詩人の限りない優しさと非情さを共存させている。《その手》とは、自分のもっとも愛する恋人の手、妻になったものの手である。しかし、詩人にとって、《その手》であらわされる愛は、優しさと恐怖と、死の強いかぎりない力をもって、自己を支配しようとせまってくるものであり、その愛に盲目になれば、彼はことばを死なせなければならない。生活社会に生きている以上、いっぽうでは《その手》を受け入れなければならぬが、根底となるところまで《その手》が愛の支配力をふるうのは拒絶してしまう。詩を書く人間とは、生活社会において繰り返されている愛し、愛される円環のなかに、みずからも従いながら、しかし、書くという行為において、その愛の円環からどうしようもなく出る人間のことである。愛し、愛される劇を、みずからも演じながら、同時に、それを見たり、批評したりする醒めた自我の上に、彼は存在の位相をおいてしまう。そして実は、《だが左の胸と心臓は、いつもその手を拒んでいる》という《その手》を拒む非情の強さにおいて、この詩人は、現代の詩人のなかでは抜きんでている。ぼくは金子光晴の系譜をひく詩人は、当人たちがどう思おうと、中江俊夫だと思う。勿論金子光晴の内部のヨーロッパや近代の形は、中江とはかなり違うはずである。しかし、その自我の強固さにおいて、政治やイデオロギー的な権威に対するニヒリスティックな否定力において、この二つの個性はきわめて強い類似性をもっている。中江以上にイメージの喚起力のすぐれた詩人はいくらもいるだろう。また、彼以上に論理的な形成力に恵まれた詩人もいくらもいると思う。しかし、中江が生活意識や、市民社会への自足した意識に対応させて、リアリズムの詩を書いたり、美学的に完結した詩に向かうことは、現在、想像もできないことである。生活をも詩をも彼はそういう形では、絶対に愛さない孤絶した自意識をかかえこんでおり、言ってみれば《その手を拒む》その拒み方において、彼は詩の自由をも、またある種の混迷をも生みだしているといえる。

中江俊夫にはまとまった詩論はあまりない。他人の詩に対する小さな時評的文章しか、彼は書かず、詩論という形で自己主張する意欲をもたないのだろう。そして、ぼくは時評的文章に彼がこめる厳しさを愛するものであるが、それはひどく正確かひどく不正確である。何故なら、そこでも彼は偏執的に自己を語るのに急で、批評対象である詩の世界を、客観的な手続きをとって理解することを怠るからである。従って、彼の批評的文章を読む場合、偏執的なところを好むか、嫌う以外ないわけだ。そういう意味でも彼は金子光晴に似ている。彼の唯一のまとまった詩論と思われるのは、「詩の位相についての基礎的弁別と判断」(「現代詩手帖」一九六三年三月号)である。これは彼の詩の方法を主張したもので、その詩論の価値よりも、彼の詩の根底となっているものを理解する助けとして貴重なものといえるだろう。そこで彼は次のように述べている。

《認識できないもの、認識できない存在である、無、死、それらを覆う偽り、嘘、錯覚、幻、これらが人間にとって無意味で無価値であるとは言えないのである。むしろ、これらはみんな、僕らの実存の根源的状況を縁どる、重要な障害であり、それ故の意味と価値をもっている。これら人間の実存を囲繞する不可能という状況に立ちむかって、人間の可能性をぶつけることこそ、もっとも重要なことであると言えると思うのだ。宇宙、現実社会をとらえる、詩人の見方、感じ方は、感覚や知覚ばかりによるのではなく、また感情とか本能とかばかりによるものではなく、意識、無意識、超意識、霊の域まで深くひそんでいる能力によるものだ。だから僕は、一人の詩人が霊とか超意識の存在を信じていないだけでもつまらない。否、全人的に経験し得ないなら、大変つまらない。宇宙的想像力はそうした能力に当然支えられていなければならない。》(「詩の位相についての基礎的弁別と判断」)

ここには、散文詩集『拒否』から、『20の詩と鎮魂歌』、『沈黙の星のうえで』へむかう、中江の詩意識がよくうつしだされているといえる。それをここでいうなら、一つは、実存の根源的状況を認識する重要な障害である嘘、錯覚、幻というような不可能性に対して、可能性としての詩的行為の問題であり、いまひとつは現実社会だけでなく、宇宙というようなものとして、自己の対象的世界をとらえ、そこへ行くためには、意識、無意識、超意識、霊の世界まで動員しなければならぬという宇宙的想像力の問題である。先に《その手を拒む》ことにおいて、中江は自由となったといったが、その自由を、現実的・生活的位相における、詩の条件としての自由というように考えるなら、この宇宙的想像力を、彼の詩のことばとしての自由というように便宜的に分けうるかも知れない。しかし、問題はその汎宇宙的な感覚の自由さというものが、どのくらい先の《人間の実存を囲繞する不可能という状況》に立ちむかう可能性としての詩的行為に裏打ちされているかということだ。それを『20の詩と鎮魂歌』所収の詩でみるなら、まず、次のような世界をあげることができる。


皮膚のなかに、ダニが住んでいる、山小屋の裏がえしになった青空のまわりの、岩のなかでも、人間の秩序は小便のようにたらたらと流れ、若き海は老いて海老となり、海王星は静かに僕の手にとまるヒトデ螢だった。

そして夏の枝は虚空に硬直してはじけ、時間になるのだった。

とまれ、言わずとも食欲のない蛸坊主の足はながく、おびただしいイボ呼吸のうちに、木の実は熟れて女のきん玉のうえにおちてくるのである。

（「山」はじめの部分）


ユーモラスを通り越して、グロテスクで卑猥なイメージや語法が、冗長なまでに表出されてくる。これは、美学的な完結に向かう世界を意図的に拒否した、きわめて仮構性の強い作品だといえよう。ゴタゴタしたイメージの噴出力に、中江はことばをゆだねるようにして、そこに中江の内的モチーフの強さ、とらわれのなさをみることになるが、しかし、この詩において、あまりに放埒なイメージの拡散は、かえって緊張感を弱めていることもたしかだ。《若き海は老いて海老となり》というような、ユーモラスな語義の転移や、《海王星は静かに僕の手にとまるヒトデ螢》というような美しいイメージの転換、更にそれを包みこむ〈海〉の縁語の用法等、この詩は見かけ以上に、細かい技法が駆使してあるのだが、それがあまり生きていないことに、この詩の弱さは集中的にあらわれているように思う。それよりも、汎宇宙的な感覚をうたいながらも、表出力が凝縮していっているのは「鎮魂歌」の世界である。「鎮魂歌」は十一のパートからなる長詩であるが、《「人間は足などいらない。もう歩くための土地などなくなってしまった」そう言いのこすと彼は、地上から行ってしまった。》という第一連の詩行が、この詩の性格をよく説明している。つまり《真黒な空間が敵意とあざむきの眼をみせている》地球、地上的な世界に対する反志向として汎宇宙的な世界があらわれるわけで、単なる空想的仮構ではない。従ってそれは反地球的、反地上的でありながら、脱人間的ではなく、なまめかしい人間臭に満ちているといえる。たとえば《宇宙の手よ。ぞっとするようなむなしさで、ひとりの旅行者のあごをかすめて。》とか《宇宙の丘に、ふぐりのふさのように夢がいくつもくびれてぶらさがっている。》《どこか暗闇で、放屁したげすよ。生みっぱなしのふくれた生殖器よ。両性の豚よ。お前がうんだぼくらだよ。》というイメージや詩行にそれはよくあらわれている。そして、この詩のテーマがもっとも凝縮しているパートは「9」である。


けだものの地球よ。心臓の太陽がやっきになって血を配達しても、かわいた叫びにみたされている地球よ。その胃のなかにいっぱいな屍体の沈黙がある。

星々の眼や口はいったいなんのためにあるのか？　コーヒーをたのしんでのむためか？

10億のペテンがいちどにおこなわれるが、どいつもそっぽをむいている共犯者だ。そして30億光年は牢獄の悲鳴でつくられている。

憎悪がとびかい、宇宙塵が肉のなかを突きすすむ。たえず燃えつきもえあがる骨。だれの命令もなく惨殺されるものたち。
宇宙船？　そんなものが時をこえたのか？　みたされない精神がせいぜい原子を破壊して、頭のてっぺんから足指のさきまで、墜落していくだけである。
（「鎮魂歌」9）

ここに、この詩人の怒りや叫びの渦動は弾性的なすぐれた表現を与えられているといえるだろう。《けだものの地球よ》という直截的な指弾！《かわいた叫び》や《屍体の沈黙》として、叫びも沈黙もともに生命をもてないでいる存在への凝視。30億光年は牢獄の悲鳴でつくられ、憎悪がとびかうという思い切った誇張のなかで否定の情念が噴出する。ここで中江は、宇宙船なんかにどんな未来の幻想もいだかない。階級社会を止揚せずして、宇宙船にどんな未来もたくしえないことは自明だが、中江は、それをすぐれた詩的直観による否定力において表現している。しかし、一方ぼくは、これらの詩を読んでいて、こころのなかをひとすじのなんともいえない索漠感が流れるのをどうしようもない。それは、この詩が表現しているものからくるのではなく、欠落させているものからどうもくるようなのである。それは、この詩の汎宇宙的な観念が、卑小な生活現実の否定を契機にすることなく、その辺を空白にして、あまりにたやすく超越してしまっているからである。中江は地球を宇宙の高みや別の星からのようにしてながめる。それは、想像力の特権であって別に批難すべきことではない。しかし、それと牽きあうかたちで、生活現実への否定力を、表出の根源である情念のなかへかかえこみ、それを媒介にしえなかったのではないか。従って、《けだものの地球》に対する怒りは、観念的な空転の響きをもってしまうのだ。

それにしても、こうした中江の怒り、自由さは、先にも述べたように、中江の超自我ともいえる個我の強い主張にもとづいていることはいうまでもないが、それはまた、彼の市民社会に対する否定の位相によってきめられているといえる。彼の市民社会に対する思想を知るには、『中部日本詩集』（一九六六年・春季版）[*6]に公表された谷川俊太郎宛の私信によるのが便利である。ここには、同年に刊行された『20の詩と鎮魂歌』に付された、谷川のスケッチ風の「あとがき」に対する中江の不満をも読みとることができる。それは、散文という形ではあまり自己を語らない中江の真面目をよく伝えている。

《僕はだが市民社会にはいりたくない。むしろ、市民たちはすべての面での僕の夢に従うべきだし、市民社会は僕の夢の世界のほうへ近づきやってくるべきで、こなければならず、それに市民たちとか市民社会に、僕は（あこがれどころか）かぎりない侮蔑と嘲り以外のどんな愛着ももっていません。》《ただ詩を作品を書くことで、やっとのこと（僕にすればすべて正当な理由と正しさを主張できる、種々な自分の加害行為のために）ながい年のあいだ牢にぶちこまれたり、絞首刑になったりするのをのがれているのです。自分の生命を、なんとか安全に保っているのです。》《詩作品によって、それを書くことによって、僕がたえているのは余ゆうのない、そうしたぎりぎりのひとり狼の加害行為、兇行だ、ということは（できたら感情的にはさしさわりがないよう否定してしまいたいくらいですが）否定しようもない。》《僕は詩作品を書くことに賭けることで、自身を去勢していると言われても仕方がない。それけ自分でよく自覚しています。しかしすこしでも去勢された自分を見つけだすと、僕は本能的に社会の中へはいり、そしてまた、もう自分が、否応なく、市民と市民社会への加害者であることを、たえきれなくなるまで感じながら、行為を詩作品によってたえるのです。》

現在、市民社会をこのような位相において否定しうる詩人は少ないといえる。自分は怠け者でも、市民失格者でもない、初めから市民社会から疎外されたものだ、もし、市民社会の一員になるとしたら、犯罪者になるしかない、それが犯罪者にならないのは、詩を書くという行為によって耐えているからだ、従って自分にとって詩は加害行為であり、兇行だという論理は、とにかくこの詩人の詩意識を安定した自足においやらず、たえず、危機感にさらしている。中江は、市民社会からの離脱者といった受け身で自己の資質を考えるのではなしに、市民社会の通俗性、幸福、平和、それらすべてに対する異和を、明確に加害者として、方法意識化するのである。そしてその兇行とか、加害という意味が、単に、詩における思想性とか、論理性の問題にとどまらず、ことばそのものの解体にまで向けられてきたのが、『20の詩と鎮魂歌』以後の中江の問題であろう。確かに自足した小市民意識は、語法の問題としては、既存の《整理整頓された文法》（岡田隆彦）を疑わず、リアリズム信仰を成り立たせているといえる。従って、詩を兇行と考えるなら、この整序されたリアリズム的な語法への破壊という場へ、どうしようもなく出ざるをえない。中江の第五番目の詩集『沈黙の星のうえで』[*7]は、それに続く未刊の詩集『語彙集』の解体にむけて、すでに大きな傾斜をみせている。そのなかの一篇、次の「めくる」という詩にもそれがあらわれている。

新聞をめくり　雑誌をめくり　活字をめくる
独占資本と　マスコミをめくる
死をめくる　女優をめくる
スカートをめくる　おまんこをめくる
黒い魂をめくる
胎児をめくる
恐怖をめくる

（明日はない）　　（「めくる」おわりの部分）

この詩では各連が終わると、《(明日はない)》という一行の詩句が繰り返される。何をめくっても、むなしさがあらわれてくるだけで、いっこうに未来はあらわれてこないという絶望が、執拗に同じことばを繰り返すことによってたしかめられているような印象を与えられる。しかし、中江はここでは、もはや論理的な形成をも、イメージの造型をも試みようとしない。これについて谷川俊太郎は、次のような鋭い指摘をしている。

《君はすでに十分抗議した。君はすでに十分愚痴をこぼした。君はすでに十分受けて立った。その抗議は他の誰よりも深刻であり、その愚痴は他の誰よりも切実であったにしろ、正直に言って、僕はもうす ぐ聞き飽きるだろう。僕よりも先に君自身がもう飽きているのではないか。〈孤独〉という詩を見る。〈めくる〉という詩を見る。君は最初の一行で言いつくしたこと、最初の一連で言いつくしたことをくり返す。決して不用意にではなく故意にくり返す。そのくり返しの中に君がひそめているもの、それをくり返す他はないという執念だ。呪詛だ。そしてくり返しそのもののもつメリーゴーラウンドの無表情と持続を、君は現実との対応関係に置こうとする。だが、その方法は間違っている。他の群小詩人にとってはいざ知らず、君にとっては間違っている。君は加害者のつもりがいつの間にか被害者になりつつある。それを僕はおそれるのだ。君も詩に狎れつつある。君さえも書くという行為に狎れつつある。君は市民社会を拒否しながら詩人社会に片足をつっこんでいる。それもまた市民社会への道につながっている。》(「詩集『沈黙の星のうえで』の書評に代えて」『中部日本詩集』一九六六年春季版)

〈めくる〉の批評や市民社会を拒否しながら詩人社会に片足をつっこんでいる等の指摘において、谷川俊太郎はさすがに正確なところを見ている。ただ、谷川のいうように、中江は抗議することに飽きて変わろうとするのではない。彼はどんな詩意識の上にも安定し、自足するのを拒絶するから変貌するのである。「孤独」とか「めぐる」という作品は、決定的な変貌を予知させる過渡期にある作品だと考えた方がよい。従ってそこで、中江は《詩に狎れて》いるのではない。《狎れ》ているのではないが、「めぐる」は、繰り返しのなかでの異なった語義の衝突、異質なイメージの交換等の起伏にとぼしいので、単調な世界となっているだけなのだ。その系統の作品のなかでむしろすぐれているのは「連禱」である。

肉よ　ゆがめ
足よ　あばれよ
泉よ　涸れよ
鳥よ　這え
種子よ　腐れ
平野よ　沙漠になれ
心よ　のこぎりになれ
船よ　歩け
岩よ　飛べ
小川よ　消えよ
山よ　大きな鉄槌となれ

（「連禱」はじめの部分）

『連禱』はこのようにしてはじめて、実に二百七行も続く長詩であるが、この詩のおもしろさは、呼びかけの語句とそれを受ける命令形の喰い違い、断言命題の強烈さにある。それは単に語義の転換のあざやかさにおもしろみがあるのではなく、何よりも、断言命題にこめられた詩人の精神の生き生きとした躍動、自由感にあることはいうまでもないだろう。《陣痛よ　宇宙から地球をおそえ／本質よ　おならの核よ　とどまれ／環境よ　かんちょうしてやろうか》というユーモラスな表現も、その底には、この詩人の自由な反抗精神が流れている。ここでは、世の紳士淑女方の良識や常識は、底部を流れる哄笑のうちに、葬り去られるのである。《子宮よ　千匹のおたまじゃくしの培養器たれ》で笑わされたのち、《資産家よ　糞づまりの合唱をしろ》で次はおびやかされるのだ。

　こうした経緯をたどって、ぼくらは『語彙集』[*8]の世界に直面することになる。この詩集は現在まだ書きつがれていて、ぼくが読みえたのは「第二十三章」までである。これはまったく始まりも終わりもない詩というべきであって、中江は詩の解体にさらされながら、新しい詩概念を模索しているといえる。そこで、中江は不毛の極限まで詩を走らせることによって、詩が可能にすることのできることばの自由の一側面を甦えらせたことは確かであるが、それは内発力を失った現在の詩の情況に対するアンチテーゼたりえても、それ自体が、詩の自由の本質に向かうものであるかどうか大いに疑問である。ただ『語彙集』の世界は、一見、放縦に見えても、そこにはかなり緻密な語の選択がなされ、それぞれの章によって、単なる語彙をならべただけのつまらない章と、独自な効果をあげているすぐれた章との差がはげしい。たとえば「第二十三章」は次のような世界である。

熊わらび
みどり姫わらび
しのぶ
強姦たちしのぶ
姫こけしのぶ

鬼こけしのぶ
こけしのぶ
しのぶいので
ほそいので
ひらきでんだ
つるでんだ
あお　ほらごけ
こけ　ほらごけ
鬼　ほらごけ
きくばつるでんだ
たちでんだ
かたいので
いので
子持ちいので
ちゃぼいので
へびの寝ござ
岩かげわらび
赤花わらび

（「第二十三章」はじめの部分）

中江はすぐれた語感を見せながら、連想を働かせ、語呂を合わせ、造語をたくみにおりまぜながら、彼によって名前を与えられた植物が、ひっそりと呼吸をはじめるようにうたっている。ここにはえもいわれぬ優しい抒情が流れており、ぼくに『魚のなかの時間』のみずみずしさを想起させるほどだ。それはたとえば「第八章」の、

別の歌
別の国
別の土地
別のことば

（「第八章」はじめの部分）

というモチーフも表現にいたる何の必然性も感じられない語彙を並べただけの世界と比べて、きわだって美しい情感をたたえた世界となっている。つまり、このような二つの世界を、まったく無自覚的に共存させているところに、この『語彙集』の問題は集中しているとみることができる。『語彙集』について中江自身は「ノート」のなかで、次のように述べている。

《世界と物の味方になることとは、人間の心や精神に敵対することではない。むしろそれは心や精神を一層豊かにすることである。物をつかまえようとして、物をねじまげ服従させているものから――つまり、いろいろの迷妄と錯誤である思想、観念、イデオロギー、それを支える固定化した感受性などから、たえず物をときはなち、歴史や日常から自由にしてやり、世界の無のなかにかえしてやることを僕は心がける。物を、これまでと別の場所、あるがままの世界で静かに呼吸させ、叫ばせ、歌いださせてやりたい。……せめて、ことばがことばとして、すこやかさ、純粋さをかろうじてたもちえているごく短い単語を、僕は見つめたり、動かしてみたり、耳をそばだてたりして、味方にし〝語彙集〟をつくってい

る》(「文藝」一九六七年六月号)

中江が『語彙集』に行く意図はここによく示されている。しかし、《いろいろの迷妄と錯誤である思想、観念、イデオロギー、それを支える固定化した感受性》などから、物を解き放ち、歴史や日常から自由にしてやるとは、どういうことであろうか。ぼくには、それを迷妄と錯誤と判断する以上、その判断を成り立たせる基準があり、その基準はまた思想や観念やイデオロギー、それを支える感受性によると思われるが、とすれば、その基準自体も迷妄や錯誤ではないのか。もし、それが錯誤でないとすれば、思想一般、観念一般を否定することはできないはずであり、もし錯誤だとすれば、ぼくらには、そもそも、思想や観念を錯誤だとする基準をもたないわけである。中江は、思想の内実、イデオロギーの内実に踏みこむべきところを、その前段階において、否定してしまった。そして、そうした否定は現実には成りたたないということで二重の錯誤をおかしているといえよう。ぼくはこうした中江の論理は、先の谷川俊太郎の市民社会を拒否しても詩人社会に片足を突っこんでいる、という批判と対応させて考えることができると思う。つまり、市民社会を観念の上でぼくらはいくら否定しえても、生活者としては現実に市民社会の内部で、いくつかの関係や、その上で成り立つ偽善を許容して生きていく以外ないのである。虚偽の観念でも市民社会でも、同一に言えることは、それらにぼくらは侵されていることで否定し、否定することでまた高次に侵されるという相関関係を崩すことはできないということであり、そこにおける分裂を、いかに、詩の思想の豊饒としてかかえこむことができるかといったことが問われなければならないはずだ。中江が『語彙集』で確かに耐えていることは、思想や観念として、詩のことばに負わされている虚偽の意識に対してであり、彼本来のすぐれた語感や感受性が作用して、すぐれた詩の世界を現出させることもあるが、読むに耐えないような平板な語の羅列にも終わることがあるのは、そこに、思想や観念一般がその内実への探究もなしに否定されてしまっているからだと思う。そこにぼくはこの未刊の詩集にこめられたモチーフの充溢さと、その詩が志向する先の不毛性という、相反するものを感じてしまうのである。しかし、中江俊夫の本質は、変貌志向にあり、『語彙集』の世界に行き止まるなどということは考えられない。そこには虚偽のイデオロギーや意味の世界に抗して、みずからの詩の解体を賭けた捨て身の世界への触れ方が示されているのであり、むしろぼくの期待は、そのすぐれて状況的な言語の解体を弾機にして、次にどのような転回をみせるかということにかけられている。そしておそらく中江はそれを可能にするであろうし、その時中江は更に大きな詩人としてあらわれてくるだろうと思う。ただここではぼくは、『語彙集』における世界の解体と再組織にまで、言語を試さなければならぬ、この詩人の誠実さに信頼を表明するとともに、それが、論理性や意味の表現としては少数の詩人を除いてほとんど不能を示している現在の詩の情況の陰画にすぎないのではないかという疑問も率直に表明すべきだと思う。そしてそこに、中江の次の変貌志向が担っている真の困難さをうかがいみることができるのである。

＊1　処女詩集『魚のなかの時間』（第一芸文社・一九五二年刊）序・永瀬清子、あとがき・中江俊夫、なおこの詩集は第二詩集『暗星のうた』にも収録されているが、作品の題名、本文ともにかなり改作されている。初版本作品21篇、『暗星のうた』所収の作品は40篇と、かなり多くなっている。ここでの引用はすべて初版本による。

＊2　第二詩集『暗星のうた』（的場書房・一九五七年刊）この詩集は『魚のなかの時間』『星』（作品31篇）『太陽・生』（作品59篇）の三冊の詩集を合冊にしたような構成をとっている。あとがき・中江俊夫。

＊3　一九五四年度第一回「荒地」新人賞をもらう。入選作品は『暗星のうた』の〈星〉の部に主として再録されている。なおこの時、吉本隆明、鈴木喜緑が同時に受賞しており、戦後詩の記念すべき新人賞となっている。

＊4　第三詩集『拒否』（文童社・一九五九年刊）37篇の散文詩篇が収められている。あとがき・中江俊夫。

＊5　第四詩集『20の詩と鎮魂歌』（思潮社・一九六三年刊）散文詩21篇。あとがき・谷川俊太郎。

＊6 『中部日本詩集』は、編集が『中部日本詩集』編集委員会になっている。しかし、発行所、発行責任者、構成メンバーは、月刊「中部日本詩人」と殆んど同じであり、従って同誌の編集母胎である〈中部日本詩人連盟〉ときわめて類縁が強いといえる。中部地方（名古屋）には、〈中部日本詩人会〉と〈中部日本詩人連盟〉という二つの詩人組織がある。中江はどの会にも入会していないが、先の『中部日本詩集』編集委員会に加わっており、〈中部日本詩人連盟〉の機関誌の方にも度々寄稿していた。

＊7 第五詩集『沈黙の星のうえで』（宇宙時代社・一九六五年刊）中部日本詩人双書の一冊として発行されたが、おぼえがきを、中部日本詩人連盟事務局稲川敬高が書いている。作品は15篇。

＊8 『語彙集』発表誌一覧＝第一章（「櫂」12号、一九六五年二月）。第二章、第三章（「櫂」13号、一九六六年六月）。第四章（「櫂」14号、一九六六年九月）。第五章、第六章（「詩学」一九六六年八月号）。第七章、第八章、第九章、第十章（「櫂」15号、一九六七年二月）。第十一章、第十二章、第十三章、第十四章、第十五章、第十六章、第十七章、第十八章、第十九章、第二十章、第二十一章、第二十二章（「現代詩手帖」一九六七年七月号）。第二十三章（「文藝」一九六七年六月号）。

（「あんかるわ」16号、一九六七年九月）

二　中江俊夫『語彙集』の根拠　その一元論の世界

わたしはどこか過激なところを秘めている人間が好きである。むろん、おそらくはその〈好きである〉と同じ理由によって、そういう傾向の人間を憎んだり、嫌ったりもする。ともあれ、どんな現実のなかに入っていっても、その現実を構成している秩序からはみだしてしまう、いやはみださざるをえない何やら異数の内的な秩序、内的な生命をもった人間に魅かれるのを感じる。中江俊夫も、その詩の世界も、わたしの前にあらわれる仕方は、そんな過激な相貌においてであった。これはわたしが彼の世界を理解する上で核心を占めている。もっとも、それは中江俊夫の実像との間にかなりの偏差をもっているかも知れない。しかし、わたしはその偏差のなかでしか彼にも、その詩の世界にも出会えなかったのであるから、それを簡単に手放してしまうわけにはいかない。

現代詩文庫の『中江俊夫詩集』につけた短い詩人論「中江俊夫プロフィル断片」で、わたしが入沢康夫の『語彙集』の書評を、正確な理解だと感心しながらも、そこに根本的な不満を書かざるをえなかったのは、何やら中江俊夫の禍々しいところ、過激なところが抜け落ちていると思ったからであった。ただ、中江俊夫を評価するに、入沢康夫の書評を引き合いに出す必要はなかった。その時、わたしの詩の論理が、入沢の表現論や天沢退二郎の作品行為論と衝突しているという背景がなければ、いくらわたしでもそんな〈節度〉を欠いたことはしなかった。入沢康夫が、わたしのような無頼漢と、まちがっても論争する人でないことは、いまではよくわかっている。

無頼ついでに、もうひとつ踏みはずしておけば、これにはなお後日譚があって、この入沢の書評に対する、わたしの批判の文章に安宅夏夫という男が嚙みついている。中江俊夫も、実に方々でうらみを買う男だけれども、その点ではわたしもひけをとらないらしい。安宅の批判「『語彙集』の意味」(「現代詩手帖」一九七三年三月号)を読んだとき、おれも思わぬところでうらみを買っているのだな、とあらためて感心した。彼によれば、わたしは中江の作品について、ひいきの引き倒しとかいうものをしているのだそうだ。《ひいきの引き倒しに逢った作者、作品は全く不運であり、それは時として礼賛者の思惑に反して結果的に作品の意図を低下させる》と言う。むろん、彼のそのあとの論理で言えば、ひいきの引き倒しで低下させられるような作品の意図はたいしたことはないじゃないか、ということになるが、そういう自己矛盾についてはこの人は気づかない人らしい。それに、彼が引用しているわたしの文章は、どういう風に読んだらひいきの引き倒しというようなものになるのだろうか。わたしは、ただ、岡田書店版の最初の『語彙集』が出たときの圧倒的な讃辞の声に、この書の悪意を見失うべきではないことを強調したに過ぎない。それにこの男は、相手の文章を少しも正確に読もうとしない。

《『語彙集』に北川が言うごとく「悪意」がこめられているとしても、この詩集が認められ、好評を得たことぐらいでどうしてこの詩集にある「悪意が扼殺」されてしまうのか。北川の見解をもってすれば結局、中江の詩の悪意は、そんなにも簡単に参ってしまうほどちょろいということになる。》(「『語彙集』の意味」)

この文章の論理の自己矛盾については先に触れた。それはともかく、彼が正確に読んでいないというのは、わたしは《この何とも最低で俗悪な詩人社会は……『語彙集』にこめられている悪意を扼殺しようとする》と書いていても、扼殺されてしまうなどとはいっぺんも書いていないからである。『語彙集』にしろ、他の作品にしろ、肯定のことばによってであれ、否定のことばであれ、誰もその価値や生命を殺してしまうことができないのは当然ではないか。ただ、殺すことはできないが自分(たち)のなかで死んだ状態にしておくことはできる。わたしが詩人（あるいは読者）たちのそういう讃辞に、ほめることによって自分のなかでこの試みのもつ悪意を殺そうとするずるさを感じたのはたしかだ。それにこの男は、よほどわたしにうらみがあるらしく《賞を与えることや賞めることが「詩集としての市民権を与える」ことに本当になるのか。そういう発想自体が私に言わせれば、賞や賞めことばというものを権威あるものとして丸ごと認めて有難がり一喜一憂している体の北川の姿を浮かび上らせずにはおかない。》とも書いている。わたしも他者を批判するときには、かなり痛烈なことばを用いるけれども、こういう根も葉もない中傷だけはしていないつもりだ。売り言葉に買い言葉で応えれば、ここには安宅のげすな根性だけが透けてみえる。だいたい『語彙集』が賞をもらったのは思潮社版のそれが出たあとの一九七三年一月であり、わたしが現代詩文庫の詩人論を書いたのは一九七〇年の夏頃である。その時、『語彙集』を賞と結びつけて考えるような余裕はなかった。もし、その時点でそれが賞をもらっていれば、貧乏発行元である岡田書店のためにも、中江俊夫の生活費のためにも、大いに祝福したにちがいない。わたしは、賞それ自体を問題にするような水準でいままでいちども書いてはいない。むしろ、おどろくことは彼にあっては賞とほめることが一致しているらしいことだ。わたしなどが、漢字で書くときには、《賞める》とは書かずに、《褒める》か《誉める》と書くだろう。彼には賞とほめるとの間に区別がなく、わたしの〈讃辞〉ということばを、たちまち《賞や賞めことば》という水準に還元しないではおれない。これは安宅の論理でいくと、彼自身が《賞や賞めことばというものを権威あるものとして丸ごと認めて有難がり一喜一憂している》からだということになるがどうであろうか。文章というものは、どんなに隠しても、おのずと正体をあらわしてしまうもので、まことに気の毒な人だと申し上げるほかない。

　わたし自身が、岡田書店版『語彙集』刊行後の讃辞の声におどろき、いくらか皮肉な気持ちにならざるをえなかったのは、それなりの理由がある。こういうことは実際にはどうでもいいことだが、安宅夏夫のような評家もあらわれるので註記しておくのも悪くはないだろう。それは『語彙集』の「第二十九章」から「第三十四章」まで、「第三十六章」から「第六十九章」まで、「第八十四章」から「第九十一章」までの各章が、わたしの編集・発行している小雑誌に発表されたことにかかわっている。つまり、彼は、最初の版に収録したかなりの部分を、わたしどものあまり人目に触れないみすぼらしい雑誌に、まさに自発的に寄稿してくれたのである。その時でも、彼は、おれはプロだからただの原稿は書かないよ、と豪語?していたから、これは例外を設けてくれたことになるが、実際には例外どころか発行費の心配までしてくれていた。そんなことで、『語彙集』の生成過程においては、別に注意しなくとも、おのずからいろいろな評価がわたしの目やら耳やらに入ってくることになった。それは岡田書店版別刷りに、《これはおそらく彼の今までの仕事の中でももっとも評判が悪いのではないだろうか》と書いた通りである。

たしかに、安宅の言うように《その意図が大で、実験の度合いが激しいものであればあるだけ、世間、あるいは仲間うちでの「無理解と無視と悪罵」は覚悟の上であろう。幸いに成果が実り、周囲からの圧倒的讃辞があびせかけられたところで、そのことに文句を言うことは――わけても第三者においておや――ない》と考えるのが良識というものだろう。こういう良識のまかり通るところでは、わたしなどはみずからを恥じて引き下がるほかない。しかし、わたしがどうして〈第三者〉なんかであるものか。だいたい作品というものをめぐっては、作者と読者の関係しかないはずだ。その一人の読者が、讃辞のなかにインチキくさいものを感じて、それを叫んだとてどうして悪いわけがあろう。わたしは《もういちどあれをぎらぎらした悪意のなかに引きずりこまねばならぬ》という逆説的な言い方で、中江俊夫やその作品との緊張感に満ちた関係を回復したいと思ったのであり、単なる解釈の次元でものを言っているのではない。

安宅のお説教は、そのあとも長々と続くが、これだけ言っておけば、それはどうでもよいだろう。わたしにとっては、中江俊夫の過激なところ、彼がわたしたちにつきつけている悪意が、この詩の世界との出会いの核心であることを、ほんとうはかつての詩人論に書きこめばよかったのだ。それさえ踏まえられれば、安宅のように《中江俊夫の『語彙集』は現代に書かれた『枕草子』である》という理解も、たしかにそういう側面をそれがもっているという意味でわたしにも納得がいくのだ。納得がいくどころか、わたし自身、それより以前に「ことばの世界と詩人」(「静岡新聞」一九六九年二月十日)という紹介の文章で、『枕草子』「六十三段」を引いて、《『枕草子』の世界は、ほとんど『語彙集』といっていいほどである》と書いていた。わたしは『語彙集』をモダニズムの変種として否定する考え方に対して、それが意外に伝統に深く根ざしていることを、単に強調したかったに過ぎないが、それは少しでも『語彙集』をまともに読めば誰でもが考えつきそうなことなのである。そのほかにも、ここでは音数律の問題はもとより、懸詞や序詞、枕詞などの伝統的な作歌規範も、いったんは解体させられながら、さまざまに活用されており、それらはわが国の詩歌の語法や詩意識と決して一面的に切断されたところに、この試みがあるわけではないことを示しているだろう。

しかし、むろん、わたしは『語彙集』を安宅のように、〈言霊論〉と結びつけるようなことはしない。上代の信仰で、ことばに神霊が宿ると考えられるには根拠があるが、近代言語学や時枝誠記以後の世界で、なお、ことばを霊魂のやどる〈入れもの〉とする考え方は笑止にちかい。もっとも、フィクションや比喩の水準ではすべてが自由であり、言霊も地霊も存分な活躍を許されていること、なお、その活躍が足りないくらいであることは強調しておかなければならないが、安宅はそれを『語彙集』の解釈と結びつけて、言語観のようなものとして出しているのだから、いつどこでわたしたちは皇国史観みたいなところへ、逆戻りさせられるか、わかったものじゃない。

それはそうとして、こんどわたしは『語彙集』「第一章」から「第百六十一章」まで通して読んでみた。この作品集は読む側から言えば、好きなときに好きなページを開いて自由に夢想すればよいようにできているから、こういう読み方は正直いって、かなりの忍耐を必要とした。それにこれは本来的に終章というもののない性格の書き方だから、彼はなお、どこまでも書き続けていくことができる。それと同じ理由でどこで打ち切られても、そのこと自体に不自然さはない。そういう終りのない、ことば自体を無限に主題にしていかざるをえない試みから、わたしたちは何を読みとることができるのか、ということである。そこがむずかしい。

さしあたってと言おうか、いまもってと言おうか、わたしに『語彙集』の世界を分析したり、鑑賞したりする興味はない。その総量がもっている刺激をうまく対象化しきる自信がないと言ってもよいが、『語彙集』自体がそういう作業を拒んでいるようにも感じるのだ。わたしの関心はなお、《「第百章」まで書くには犯罪者のこころが必要である。その無限の絶対的な優しさが。……「第百章」以上書くには、犯罪者以上の犯罪者、呪われた詩人としての宿命が必要である。中江俊夫は、「第百一章」へ、その呪われた宿命への道をあえて踏みだそうとしている》(「中江俊夫プロフィル断片」)とかつて書いた、その宿命の正体は何であろうか、という疑問につきる。わたしは、その宿命を透かし視るようにして、『語彙集』を読んでいたと言ってもよい。それにこの試みがどんなに長く続けられようと、どんなに多様な展開を見せようと、この『語彙集』を成り立たせている構造自体は単純なものだと考えることができる。それを水尾比呂志が書いているように、《語呂合せや押韻や、何何づくしや尻取りや、新造語や珍語集めや、コラージュやパロディや、かけ言葉や擬音や、ありとあらゆるテクニックによって配列された語彙……》(「中江俊夫の詩法」)というように取り出せよう。わたしが正確で、ついに正確でしかない解釈の一例としてあげて、いささか物議をかもした入沢康夫の書評における《『語彙集』は、われわれの

「詩」を支えてきたものの総点検の試みであり、再確認であり、「詩」の武器庫の在庫しらべである》という評言も、この『語彙集』の構造を指しているものだとすれば納得がいく。だから何十年か先には、〈解釈と鑑賞〉の類いの論文で、その《在庫調べ》を、たとえば語呂合わせの技法は何章と何章、パロディの章はどれとどれ、それらの複合された章は……というように、なんとものがなしい一覧表を作ってみせる学者があらわれてくるかも知れない。なるほど、構造としては単純であるから、解釈としてそういう分類が成り立つとも言えようが、実際の『語彙集』は、そういう次元へ還元できない運動域をもっていることも強調しておかなければならない。

なぜなら、語呂合わせひとつとってみても、単なる語呂合わせなどというものはなく、試みられる限りでの語呂合わせであり、それを試みる主体はコンピューターではないからだ。ここでのすべての試みを通して、ことばとことばが出会う遇然性や意外性は重視されているけれども、ことばはそれ自体霊をもった生きものではないから、詩人の主観を離れて勝手に出会うわけではない。ことばの出会いの偶然性と言っても、その偶然性自体を用意している詩人の存在、その主観性というものがある。それ故に、どんな語呂合わせも、どんなパロディも中江俊夫の感性の秩序、生やことばに対する経験と無縁ではない。もし、それが無縁だったら、わたしはとうてい「第一章」から「第百六十一章」まで読み通すことなどできなかっただろう。そこでやはりわたしは中江俊夫の、何やら孤絶した宿命の声を聞き続けたのである。とはいえ、はじめから、感性の秩序とか経験というものが自明の姿をさらしているのなら、何も始まりはしない。書くという行為、表現という行為によって、はじめてそれはみずからを不安な運動域にあるものとしてあらわしてくるのである。その不安に魅入られた彷徨と恐るべき持続の様相にわたしたちは息をのむのだ。中江俊夫は、これに関連して次のように書いている。

《『語彙集』もまた、無をめぐるひとつの出会いの儀式であり、それは他の語との出会いである以上に、語それ自体への出会いである。それ自体祭壇であり、種々のみそぎであり、呪文である。けれどもそれは、詩という神話を否定する、語としてのことばの儀式なのだ。》(「語は語、そのままで」)

むろん、わたしはここで《詩という神話》というストレートな考え方につまずく。詩というのは、神話からもっとも遠い位相で、逆説的に神話であるということが、そう言えば言えるということであって、それを否定してしまったら、ほんとうは『語彙集』の構造自体が崩壊してしまう。それにしても、ここで〈無〉という概念は何なのだろうか。ほんとうにないものはわたしたちは対象にできないのだから、この〈無〉もやはり〈無〉として規定された世界だと考えるほかない。言いかえれば、それはフィクションとしての〈無〉である。それでは、《無をめぐるひとつの出会いの儀式》とか、《語それ自体への出会い》とはどんなフィクションなのだろうか。同じ文章で彼は次のようにも書いている。

《語の、無にふれていること。愛に、時に、眠りに、絶望に、ふれる尖端! そこでは思想も、観念も、イデオロギーも、論理も、そんなものはもはや人間にとってほとんどなにものでもない。》(「語は語、そのままで」)

ここで〈無〉が、愛や時や眠りや絶望と同じレベルで用いられていることがひとつの問題である。もうひとつは思想や観念やイデオロギーや論理が否定されていることとである。このことから、おそらく『語彙集』における、フィクションとしての〈無〉は、この二つの内容で規定されていると考えていいだろう。たしかに、さまざまな擬音の試み、語呂合わせ、ことばづくし、ものづくし……など、もっとも『語彙集』らしい世界は、イデオロギーはむろん、論理や意味すら排除され、愛や純粋な時の流れや眠りや絶望などの〈無〉に触れられている。むろん、そうでない章もいくらかはまじっており、そこにことばが表現に媒介されたときの生動する様相というものがあるのだが、ともかく『語彙集』の総体をこの二つの内容で規定された世界としてみることは可能であろう。

そのことは逆に言えば、《語それ自体への出会い》にしても、《思想も、観念も、イデオロギーも、論理も、そんなものはもはや人間にとってほとんどなにものでもない》にしても、彼はその発想自体をフィクションの水準のなかにおいているということであり、あるいは、そんなことはフィクションのなかでしか語れないことなのだ。彼は《人間にとってほとんどなにものでもない》と言うけれども、だいたい、人間から観念がなくなってしまったら、それはただの生きている物であって、愛にも時にも眠りにも絶望にも、むろん〈無〉にも触れえないことは、言うも愚かなことだ。しかし、ここが中江俊夫の恐るべきところであって、これを評価する以外に彼のすべての世界は見渡せないのである。なぜなら、中江は、この論理やイデオロギーから解放された語たちの共同体、その祝祭というフィクションのなかに、おのれのすべてを立脚させようとするからだ。そのことによって、彼はフィクションのなかでは全的な肯定性であり、無限の優しさであることができる。そこに『語彙集』から、語のコンミューン、音や韻のコンミューンの無限のバラエティが生みだされてくる秘密がある。

それでは現実の中江俊夫はどこへ行ったのか。何ほどかの思想につきあい、誰よりも観念の過剰に悩み、国家というイデオロギーの体系に繰りこまれて生活するほかなく、論理によって他者と格闘する、その生きた肉体をもった中江俊夫は、そのフィクションのなかにどのように止揚されているのか。そういう生身のおのれを単に切り捨てただけではないのか、という疑問が当然ここにはわいてくるだろう。むろん、彼はそういうおのれを切り捨てたのでも、どこかへ消してしまったのでもない。そのようなイデオロギーや観念にまといつかれた存在であるからこそ、言いかえればそれを苦痛と感じ、生きられないと感ずるからこそ、彼はフィクションのなかに一元的に立とうとする。むろん、ひとつの観念を倒すには、もうひとつの観念を必要とするだろう。そういう点では、観念やイデオロギーの世界から、〈無〉の世界への逃亡ではないか、という見方も成り立つかも知れない。しかし、わたしがそれは少し違うと思うのは、彼がそのフィクションのなかに一元的に立脚することにおいて、それを取り囲む世界と兇悪な関係をつくりだささるをえなくなってしまうからだ。そのみごとにてっていされた一元論こそは、彼の過激さ、悪意、禍々しさ、それらをひっくるめた存在的な危機の発生してくる根源であろう。わたしがかつて直観的に《中江俊夫の悲劇は、彼が一元的に優しいからだ》と書いたのは、どうやらこのことであったと思う。彼は一元的に優しいからこそ、イデオロギーや観念や思想やそれらをひっくるめた人間の関係性に対して、総身敵意として現象するほかはないのだ。

こんど読み直してみて、水尾比呂志の「中江俊夫の詩法」が次のように書いていることも、そんなにわたしの考えていることと隔たっているのではないことを感じた。

《幸か不幸か、この一般的な人間精神史の軌跡を外れ、少年のまま大人になり、詩人であり続ける人間がゐる。少年のまま大人となることは、あらゆる意味において悲劇であり、詩人であり続けることもほとんどの場合悲劇なのだが、その悲劇に耐え、対応し、それと戦ふことで詩人は世界に地歩を固める。》（「中江俊夫の詩法」）

ここで少年のまま大人になり、詩人であり続ける人間の悲劇とは、わたしに言わせれば、フィクションのなかに一元的に立脚している人間の悲劇ということだ。そして、彼がその悲劇から面をそむけず、そこに避けられず直進していってしまうのは、おそらく、それが彼の資質の場所だからだ。『語彙集』が彼の生涯の宿命となったのは、いまから考えれば、あまりに当然であった。

さて、最後に、『語彙集』にまさしく全面開花することになった彼の過激一元論、その絶対の優しさが、現実の関係性のなかでどのように悪意になるかを一瞥して、この稿を閉じることにしよう。それを例証する彼の文章はいくらでもあるが、比較的最近のものでわたしがびっくりしたのは「わが荒野、わが聖地」という文章であった。わたしがそれで単純に驚いたのは、彼が一般的な常識ではおとなげないとして、あえてだまってしまうような、みずからが受賞した〈荒地詩人賞〉の内幕をばくろしているからである。これについては、鮎川信夫のひかえめな反駁と弁明も公表されており、そこにいくらかは中江の思い込みがあると考えた方がよいだろうが、ここでの彼の怒りとか憤りとかいうものが、典型的な二元論の世界である「荒地」に向けられているのが、わたしにはおもしろい。結局、彼が「荒地」に見出される過程を通りながら、「荒地」と衝突せざるをえないのは、それが詩と批評を根幹とする二元的な世界だからである。たとえば、詩と批評との関係で言えば、彼にとっては詩がすべてであり、批評は次のような位置に追いやられないわけにはいかない。

《ところが、鮎川信夫、吉本隆明のような、詩ないし詩作品をあやつる聡明な知性の政治家、知性の技術者は、思想＝価値を一手ににぎる側に立って——それが批評というものの本性なのだから——それを欲しがり求める。飢えた現代の無知者を支配し、制する。そういう位置に立つ。立たざるをえない。この反動性！　もまた僕の敵である。》（「わが荒野、わが聖地」）

中江俊夫の批評嫌いというのは、いまにはじまったことではなく、そこにまた資質としての一元論の本領もあるのだが、ここで疑問なのは、やはり、それではこの彼の文章も批評というものではないのか、ということであろう。しかし、どうもそれはそうではないのである。わたしが詩や批評を、はじめて公表するつもりで書き出したばかりのころ、彼は名古屋に居て新聞の時評などを担当していたために、その批評をもらうこともあったし、また、実際に会うと彼の批評（否定性）は激烈をきわめた。むろん、たまにはほめられることもあったけれども、彼の批評はイエスとノーが確然と別れていて、どこか反問を許さないところがあった。まだ、幼稚な歩みしかもてなかったわたしは、当然、彼の批評をまともに受け入れていては殺されてしまいかねないので、防禦を強いられたわけだが、結局、中江俊夫以外の感性の秩序は彼の前には存在できないのだ、とみなすことで自分を守ったような気がする。そして、わたしにとっては、自覚的にものを書きはじめたころ、こういう絶対的な秩序をもった対者を得たことは、いろんな意味で幸せだった。そのひとつは、こういう人が詩人なら、わたしは絶対に詩人ではなく、また、詩人などというものになりようもない、といちはやく詩人幻想から解放されてしまったことである。

それはともかく、わたしが言いたいのは、彼の批評もまた、批評というものにちがいないが、その基準となっているものは、絶対的に彼の感性のいわば一元的な秩序であり、ほかのなにものでもないということである。このような一元論の資質においては、いわば無数の感性の秩序が共存することを前提として成り立つ批評言語が不可能なのは当然であるし、その批評言語の前提自体にどうにもならない偽善をかぎつけざるをえないから、批評に対する敵意は先験的なのである。だから中江俊夫の批評の魅力とは、どれだけそれが普遍性をもっているかとか、説得力をもっているかということにあるのではなく、彼の感性の一種独得の過激な傾きがどのように表現されているか、というところにあるのはいうまでもないだろう。たとえば同じ文章で次のようにも書いている。

《僕は正義よりも不正に味方する。権威よりも無名に。権力よりも反権力に。国家よりも国民に、国民よりも非国民、反国民に。多数より少数に。絶対より不定に。強者より弱者に。善よりは悪。美より醜。それが僕の生身だ。》(「わが荒野、わが聖地」)

言うまでもないが、わたしはこういう心性の傾きが好きである。『語彙集』の、ある意味では天衣無縫の楽しい世界が、こういう過激な悪意によって支えられていることを信じよう。だから、それは堅固なのである。しかし、これがやはり典型的な一元論の世界であることに変りはない。わたしなどは、こうはいかなくて、正義も不正義も、権力も反権力も相対化してしまう。それはわたしが二元論の立場だからではなく、すでにその枠組みも失ってしまっているからである。正義もある関係、ある情況のなかでは不正義に転化してしまい、また、不正義もある関係のなかでは正義の椅子に座っている。国民もある関係のなかでは非国民に、関係が変れば売国奴も愛国者として讃えられる。反権力も、おおむね権力以上に権力であり、わたしなどはすべて疑えという言い方に賛成である。しかし、おそらく中江俊夫は、不正が正義になったら、その時はおれは新しい不正に味方する、非国民が愛国者になったら、おれはその時に非国民とされた者に味方すると言い張るにちがいない。それが過激一元論者の不幸であり、悲劇であり、そしてまた輝かしいところである。こうして、彼において、たしかに〈わが荒野〉は〈わが聖地〉であり『語彙集』のユートピアは、わたしたちへの優しい悪意であり続けるほかない。

(『中江俊夫詩集III』「解説」として、一九七五年十一月執筆)

岩成達也論

精巧なる空車（むなぐるま）

大八車を知っている人は、もはや少数派であろうか。

わたしのこども時代の農村地帯は、リヤカーの全盛時代であった。しかし、大八車は消え失せてしまったわけではなく、いつもは大きな鉄の車輪と、車体（荷台）を分離させて、納屋にたてかけてあった。そして、秋の取り入れとか、リヤカーなどの小さな荷台では間に合わない収穫時には、この大八車が組み立てられて使われたのである。鉄輪の大八車は、ゴムタイヤのリヤカーなど問題にならないくらい挽く力を必要としたが、しかし、積載量もそれの数倍を可能にしたのである。リヤカーすら知らない人が多い自動車の時代に、もはや大八車は、民芸館か博物館ぐらいにしか置いてないかも知れない。

森鷗外に「空車」という小品がある。鷗外はこれをむなぐるまという古言で読ませている。からぐるまでは、いかにも軽そうで、痩せた男が躁急に挽いていく感じになるので、彼の意中の車と合致しないのだと言う。それでは鷗外が何を意中の車としているか、ということで、この大八車なるものが出てくるのだ。いや、鷗外の指しているものは馬が挽くものなので、正確にはそうとは呼べないが、大八車に似て構造がきわめて原始的であり、大きさも数倍しているのだ、という。わたしも、わが家にかつてあった、あの重い鉄の車輪と頑丈な車体の大八車を数倍した威容の空車を想い浮かべて、それならたしかにむなぐるまと呼ばないわけにはいくまい、と思う。これらについて鷗外は書いている。

《わたくしは此車が空車として行くに逢ふ毎に、目迎へてこれを送ることを禁じ得ない。車は既に大きい。そしてそれが空虚であるが故に、人をして一層その大きさを覚えしむる。この大きい車が大道狭しと行く。これに繋いである馬は骨格が逞しく、栄養が好い。それが車に繋がれたのを忘れたやうに、緩やかに行く。馬の口を取つてゐる男は背の直い大男である。それが肥えた馬、大きい車の霊ででもあるやうに、大股に行く。此男は左顧右眄することをなさない。物に逢つて一歩を緩くすることもなさず、一歩を急にすることをもなさない。傍若無人と云ふ語は此男のために作られたかと疑はれる。》

（「空車」*1）

おそらく鷗外は、この〈空車〉に、〈自我〉というものの欠如にもかかわらず、〈近代〉の役割だけを引き受けなければならなかった、おのれの宿命を視ている。あるいは〈近代〉という容器だけを発展させなければならなかった、わが国の宿命とひびきあうものをそれに視ている、と言えるかも知れない。

しかし、ここでは鷗外の〈近代〉について論じようというのでもないし、また、その場ではない。わたしがテーマにしているのは、岩成達也の詩である。ただ、彼の詩を読むと、いつも鷗外の小品を想い出し、大道を〈空車〉が走っていく印象を受けるので、問題を解く発端をそこに見つけている、というに過ぎない。むろん、岩成の詩から喚起されるそれは、大八車に似て非なる、精巧で複雑な構造を持っているだろう。それだけ軽い印象を受けるのはやむをえないが、しかし、やはりそれはからぐるまというよりも、むなぐるまと呼んでみたいような威容をそなえている。先の鷗外のことばを借りて、《車は既に大きい。そしてそれが空虚であるが故に、人をして一層その大きさを覚えしむる》と言ってみることができるかも知れない。

とはいえ、わたしは、存在としての鷗外と岩成達也を比較しようとも、できるとも考えてはいない。

あくまでここでは、詩作品から喚起されてくる〈空車〉的性格についての印象を述べているに過ぎない。わたしは岩成の作品が《空車として行くに逢ふ毎に、目迎へてこれを送ることを禁じ得ない》のだ。むろん、それは鷗外のように、そこにわたし自身の宿命を視ているからではない。それはわたしの内部に、たいして重くもない〈意味〉の荷重によって、半潰れになっているがたがたの大八車があるからだろうか。おそらく、それによって彼の〈空車〉の威容は、わたしの異和をよびこみ、また、わたしを感嘆させてもいるのである。

　しかし、わたしの大八車が破損したのは、もともと構造が脆弱だったということもあるが、わが身もかえりみず、険しい山道ばかりを走りつづけたからではないのか。〈近代〉というようなものによっても、〈風土〉というようなものによっても、その他なにものによっても救われるのでないならば、わたしはおのれの、この不恰好で原始的な車を修理しつつ、なおも荒道を果てもなく挽いていくほかない。なんとも荒寥としてきたぞォ！

　それにしても、〈空車〉的性格ということは、いまにはじまったことでも、岩成達也によってきわまったことでもない。鷗外の着目のように、わが国の〈近代〉の観念自体が、〈空車〉というところに骨格をもっているのではないだろうか。そして、おそらく近代詩は、それを言語そのものの性格という特殊において浮き立たせてきたのだ。透谷が苦しかったのは、鷗外以上に大きな車体に、それはまたそびえたつような課題を積んで突走ろうとしたからであろう。鷗外のように、〈空車〉としての役割に徹したならば、彼は〈大〉詩人として生き残れたかも知れない。透谷の悲劇を目の当りにした藤村は、車体を小さくし、それに荷重される力も減らして、ほどよい調和を見出したのである。こうしたやり方はどこか偽善がつきまとわざるをえない。彼が近代詩の祖となった意味は象徴的であろう。しかし、それを引き継いだ有明や泣菫は、藤村の調和にとどまっていることはできないので、〈空車〉的性格に徹せざるをえない。鉄幹のように、もろい車体の構造を無視して、積載量を殖やせば、ぶっつぶれるほかないからである。そして、啄木はみようみまねで、みごとな〈空車〉をつくってみせたが、それを打ち捨てたところでしかおのれの道に踏みだせなかった。光太郎や朔太郎は、透谷が苦しんだところを、もういちど時間をかけてやり直そうとして、大きな軌跡を描くことができたが、しかし、ついには敗退するほかなかった。

ここでは、どうしてもうまくいかない、敗れ去るほかないということが本質的なことであって、戦後の詩においてさえ、いぜんとしてラジカルであろうとすれば〈空車〉に徹するか、ぶっつぶれるかのいずれかを選ばされているのである。むろん、そうであればこそ、現象の本流をなしているのは、〈空車〉に徹することもせず、また、ぶっつぶれもしないという小さな幸福型の詩人たちであろう。ここには現象はあっても本質はない。当然、わが国の近代（詩）が構造として規定してくる、この二者択一のいずれをも逆倒するたたかいが、詩の自由の内質とならなければならないだろう。

岩成達也の詩は、現象としては、わたしたちの詩のなかで孤立しているようにみえるけれども、いささか大雑把で気がひけるけれども、先のような展望を試みるならば、わが国の近代詩以来の〈空車〉的骨格に、よくとらえられていると言わなければならないだろう。ただ彼の〈空車〉は、並はずれて精巧で大きいために、また、あとで触れる彼の断絶的発想のために、よく視えない、ということがある。さしあたってわたしのできることは、問題の周辺を散策することにすぎないだろうが、彼がわたしたちの詩の現在に乗り入れている〈空車〉が、どのような性格のものであるかをみておきたい。

＊

〈空車〉的性格ということを書いたので、彼の比較的初期の作品から「車について[*2]」をみてみよう。むろん、〈車〉をモティーフにしているから、〈空車〉というのではないことは当然だ。

ほとんど何の理由もなしに、車は突然その重さをかえることがある。骨組みやら僕等やら道具やら、要するにそんな風なごちやごちやしたいろんな重み、そいつが車のなかで不意にある一点に堆み重なる。それはたいていがごくちよつとしたことから、それも大部分が車のつくり方のほんのちよつとした欠陥から惹きおこされる。それから、丁度あの家畜達が僕等の家のなかでほんのちつぽけな背中の穴のためにそのぎつしり詰つた内臓みんなをひきずりだされてしまうように、車はしばらくの間僕等をかかえたままで空つぽになる——つまりそのときそいつはそこで躓くのだ。のみならず多くの場合、そいつは入り組んだ軟らかい腹部を上にして深く躓く。ことに夜など。もつとも、これは車にとつてはそんなに大変なことではない。というのは、そいつは車の背中あるいは内部の多少とも柔らかく弱い部分に二三の擦り傷を残すにすぎないから。蓋様のまたは底様の浅い擦り傷、塞がれた。そしてそれらのなかで僕等の部屋は再び完全に元にもどる。なんというのか僕らの家のなかで箱のようなものに火にあぶられながら巻きつけられていく細長くなつたあの家畜達。ただこの際上下はそのままそつくりいれかわる、そして固まる。だがおそらくはこのことがあれを——車は決して家にとつて代ることができないということを、僕等に〈死ぬほどに〉思い知らせるのだ。

（「車について」前三分の二ほど）

わたしは、現代詩文庫版で、この作品をはじめて読んだのだが、それによれば、これは一九五八年の作だと言う。また、ついでに言うと、これは恥じ入るほかないが、この文庫版詩集を読むまで、わたしは岩成達也を（わたしなどよりは）かなり若い詩人だと思い込んでいた。最初の詩集『レオナルドの船に関する断片補足』[*3]を手にして驚いたのが一九六九年だから、このわたしの思い違いも仕方のない面があろう。岩成は、むしろ、入沢康夫などと世代的に近く（むろん、方法的にも近いが）、しかも、文庫版詩集の初期作品でみれば、五〇年代の末には固有の言語を獲得していたのである。ただ、彼がわたしたちの眼に豊かな姿容をさらけだした時期が、あたかもいわゆる〈六〇年代〉の詩が失速しはじめた頃なので、わたしみたいな鈍感なものは、先のような錯覚をしてしまったのである。それはそうとして、彼の詩が〈五〇年代〉とか〈六〇年代〉とかいう時代の規定から脱しているようなところがあるのは、その〈空車〉的性格ということがあずかってもいるだろう。

　ところで、この「車について」が書かれた一九五八年と言えば、わたしなどは、まだ、反詩の極でそれ以後の数年間の激動を用意する火炎に焼かれていた。わがみすぼらしい大八車は、解体されたまま納屋の奥で蜘蛛の巣を張られていたと言える。とはいえ、その頃、わたしを焼いていた炎が地獄の火だったとは言えない。なぜなら、わたしはまだ何かを信じようとし、そのためならわたしの大八車など、灰燼に帰してもかまわない、と思っていたからである、むしろ、地獄なのは〈いま〉の方ではないか。満身創痍の大八車をごとごと挽いているいまのわたしは、前途に何も信じるものがないからである。炎天下の坂が仕組んでいるこの山をひとつ越えたとて、そこからわたしがどんな解放感も受けとることがない、ということは自明だ。

　ともかく、わたしが燃え広がろうとしていた炎に眼を焼いて、幻野に叫んでいたあの一九五八年の頃、岩成達也はこのような〈空車〉をすでに挽いていた。それは更に後のより精巧で大きな枠をもったものに比べれば、まだ、小さな骨格しかそなえていないが、しかし、そこに彼の作品の〈空車〉的性格を十分に見つけることはできるだろう。その頃のわが実存を思えば、そこに越えがたい溝があると言わなければならないが、しかし、そうみえて必ずしもそうではないのは、そこに彼の〈空車〉のむなぐるまとしての意味があるからであろう。

それをたずねるためには、まず、この作品における〈車〉とは何なのか、を問うてみなければならない。〈車〉と言っても、ここからは、物を運ぶための、木や鉄や車輪でできた〈車〉のイメージをまったく喚起されることがない。また、このどこからも〈車〉特有の軋みもひびきも聞こえてこない。〈車〉ということばはあるが、それは誰しも想い浮かべる〈車〉という物体との対応をもたないので、有機体のように奇妙に浮遊する状態におかれている。従って、それを〈男〉と言いかえても、〈鳥〉とか〈肉〉と言いかえても、この作品空間は微妙に表情を変えるだけで崩れることがない。それは、この中のことばが、〈車〉にしても、〈家畜達〉にしても、〈家〉や〈腹部〉や〈傷口〉にしてからが、非現実的に均質化しているからである。それではそれは単なる記号的連結かと言えばそうでもない。文法的にも、むろん、そうだが何よりもそれらの均質なことばの組織体が、それにもかかわらず、内臓のすべてをひきずりだされた家畜達や、軟らかい腹部を上にして深く躓いている何ものかや、蓋様の浅い擦り傷や、火にあぶられながら巻きつけられていく細長い家畜や、深い傷口などの隠喩的なイメージにおいて、内面への強い反照をもっているからである。たしかに、このようなものを詰めこんでいる、生きもののように空っぽな〈車〉は、ことばによってしか存在しえない。そして、ことばによってしか存在しないものほど、たわいなく空虚なものはない。

しかし、かつてわたしがそのことのために死ぬこともありうると、ひそかに覚悟するほど激しくゆすぶられた、あの理念や幻想も、いまとなればことばだけだったのではないか。そんな次元に問題を移さなくても、あの大八車すら、すでに多くの人には対応物を見つけられなくて、ことばだけのものになろうとしている。それは岩成の〈車〉とどこが違っていよう。ことばは、わたしたちの生存に本体力をよびさます働きを失って、次々と死なしめられていく。今日ほどその速力の猛烈な時代もないであろう。

わたしたちはおびただしい死語をかかえこんで空洞の木のように突っ立っているのだ。そこに意識的なむなぐるまだけでなく、おびただしい無自覚的なからぐるまを必然ならしめている、状況の力というものが働いている、と言ってみることも可能にちがいない。

そう考えると、身体中の孔から疲労感がぶつぶつ吹き出てくる。しかし、ほんとうは理念や幻想などのために、わたしは死んでもよいと思ったことなどないはずだ。もし、そう視えたとしても、それはわが風土的欠損が、そのような仮装性においてしか、おのれの生を実現せしめなかった、と言うに過ぎない。そうであれば、その強いられた仮装性を、言いかえれば、ことばを根源から切り離して、薄い破片として吹き上げてくる情況の揚力を、逆倒することこそが、わが大八車君のたたかいとならねばならないだろう。わたしをいつも催眠に誘う風土の累積してきているものと、幻想をふりまく〈近代〉の二重にからまった構造をうたがいぬかねばなるまい。

しかし、岩成達也はその仮装を強いてくるもの、わたしたちの内面をペシャンコにおし潰してくる激しい圧力を、ことばの本体力をよびさます方向へ逆倒するのではなく、そこに精巧な、しかも傷みやすい仮空なる有機体のような言語を組織する。むろん、それは空虚ではあるが、その細部の病んだ緻密さのために、不思議なリアリティに輝いているだろう。わたしの空白にされた内部にも、そのように深く傷ついたり躓いたりしているなにものかを、閉じこめている〈家〉や〈車〉は影のように映っているので、この世界に感応するものはある。これを単なることばのからくりの世界（モダニズム）だと言ってしまっては、わたしたちに強いている仮装なるものの力を過小評価することになるだろう。それに彼の仮空なるものの充溢さを支えている〈空車〉の、その骨格は堅固である。この〈空車〉を、仮空なるものの精密さの対極のそれに内面化することはできないのだろうか。あるいは、この〈空車〉をそれ自体解体（再組織）せざるをえないような、恐怖の風景に突入せしめる方法はないものだろうか。

＊

おそらく、わたしが〈空車〉、つまり、むなぐるまと視ているものを、岩成自身は、あのよく聞きなれない〈擬場〉という概念で詳細に論理化してとらえている。聞きなれないと言えば、他にも〈詩的関係〉とか、〈言葉模様〉とか……不熟な概念や直訳語のいっぱいつまった彼の文章（エッセイ）は、とてもわかりにくい。わかりにくいのは、わたしの頭の悪いせいも大いにあずかっていることはまちがいないが、しかし、一方でわたしは彼よりももっと難解な思想を理解できるつもりでいる。彼の難解さは、思想のそれによるものではないのではないか。少なくとも、現代詩や戦後の詩がそれなりの必然をもって集積してきた批評の言語と、断絶した発想を彼が持ちこんでいることが、かなりあずかっている、とわたしはみている。それでいて彼の評論集『擬場とその周辺』[*4]には、《詩について議論をしようとする場合、多分一番困るのは、詩というものについての基本的な共通した了解事項がどこにもない、ということではないでしょうか。》（「あとがき」）と臆面もなく？　書きつけられているのでびっくりしてしまう。共通した了解に達したければ、少なくともわが国の批評言語の集積を批判的であれ、否定的であれ、媒介する努力をしなくてはなるまい。それはわたしなどが、入沢康夫や岩成などが持ちこんでいる異邦の論理や観念とつきあう労を惜しんではならぬ、というのと相補的ではあろうが……。

ともあれ、それとの格闘がないから、彼の論理や概念は相対化される契機をもつことができず、独創でもあり、独断でもある先験的な基盤の上にのっかったままでいるのだ。その意味でわたしは彼を論理的な詩人だとは思わない。論理的とは、いつも問題を本質へ還元するようにして考える態度であり、彼のように形式論理を整合する能力を言うのではないだろう。それにもかかわらず、彼の詩的接近を、多くの評価がそこにあるように論理的だと認めなくてはなるまい。そこには、少なくとも詩的表現を神秘的なところへあずけるのではなく、論理で可能な限り捕捉しようとする努力がある。しかも、みずからの追求が形式的であるという限定した方法への強い自覚が働いている。その自覚のあるところに向かって、単に形式的だと言っても批判にはなるまい。なぜ、そのような形式的な追求に彼が耐えうるのか、が問われるべきだろう。ともかく、ここにもその作品と内的に通底しあっている、批評論理の〈空車〉的性格というものがある。わたしがそれをどれほど正確に理解した上で批判的に検討しうるか、はなはだこころもとない限りだが、ここまで来ていまさら引き返すわけにもいかない。

彼の方法論を、もっとも総体的に語っているエッセイに「詩的関係について」[*5]があるだろう。これは一九六四年に書かれている。まず、冒頭からして、わたしにはなかなか読解が苦しい。《〈詩は言葉で作られる〉。言葉は外在的なものである。したがって、詩に関する諸事項のうち、まず最も確実なものは一群の言葉（〈模様〉としての）である。しかし、我々のありかたの本質からして、言葉は我々と関係しない限り高々が模様であって言葉ではない。》（「詩的関係について」）《詩は言葉で作られる》という前提は、誰でも承認しうるものだろう。しかし、それを受けている《言葉は外在的なものである》というのはどうだろうか。外在的なものとしてのことばとは何か、あるいはその外在性はどのようなことばの本質からしてそうなのか、という問いなくしてこの一行は成り立たない。ことばはたしかに規範としては外在的なものであろう。しかし、その規範は発語者によって内在化される、つまり、表現の媒介となる以外にそもそも規範の意味もないわけだから、その外在性自体は、内在性との二重の構造においてしか存立しえないはずだ。そして、その外在性も、〈我々〉の関係自体が共同の規範として外化されているところに抽出しうるものであることを考えれば、《言葉は我々と関係する》というのも変な言い方である。ともかく、ことばは関係の磁場ではあるが、その関係は内在性が外在性を含み、また、それが逆に転化するように、決して停止的、併存的な関係ではない。むしろ、ことばは〈我々〉の関係の外化であることによって、それは〈我々〉の関係の内化であるのであって、そのような媒介によってつかまれない〈我々〉だとしたら、単に外在性に過ぎないことばと関係をもちようがないだろう。この《我々のありかたの本質》が問われなくては、ことばが単なる客体として、《高々が模様であって言葉ではない》理由は解くことができないのではないだろうか。

この言語表現における二重性、言いかえれば《言葉と我々の関係》ではないことば自体における関係の磁場性がとらえられないので、彼の論理には、なにやらわたしなどにはわけのわからないことが起ってくる。たとえば、ことばは、今そこにある〈島〉が〈我々〉と関係するように、〈我々〉とは関係しない、というそれ自体正当な提起に続けて、次のように書かれている。

《島も言葉も、我々にとっては我々がそれに関係しない限り非存在も同然である。この点では両者の相違はない。だが、島は、非存在も同然の場合にすらなお我々と関係する。この意味で、島は、我々にとってはいわば外的な所与であり、もっというなら〈現実的な関係〉だ、というように了解される。これに反して、言葉の現実的関係とは単なる模様関係でしかなく、したがってそれは我々の関係している当の関係ではない。のみならず、我々と関係している当の関係は、我々の向きが変るや否やその関係を滅消する。この二重の意味で我々が言葉と関係する際の関係は、現実的ではない関係——つまりは〈非現実的〉な関係であるということになる。》(「詩的関係について」)

たしかに、島もことばも〈我々〉が関係しないかぎり、非存在も同然であるようにみえる。しかし、この点で両者に相違はないのだろうか。いやいや、この点においてこそ、両者の相違はオオアリナゴヤハシロデモツのだ。なぜなら、島は《外的な所与》であるために、〈我々〉が関係しないかぎり、非存在も同然と意識される。岩成の言うように、島が非存在も同然の場合に、〈我々〉と関係するなどということがあれば、島は《外的な所与》でなくなってしまうではないか。つまり、島の《外的な所与》たるゆえんは、〈我々〉が関係しなくても存在するということである。

それに対して、ことばもそれが発生以来の時間性を規範としてもっていて、われわれが自己創造できるものではないという点では、《外的な所与》と言わなくてはならない。しかし、この《外的な所与》は、島のようなものではなく、約束としてのフィクションであるから、〈我々〉が絶えざる表現によって内在化する運動をやめてしまえば、消滅してしまう。しかも、ことばが消えてしまうだけではない。ことばという現象は、〈我々〉の関係の磁場であるから、ことばが消えれば〈我々〉も消えないわけにはいかないのである。むろん、その場合も、人間によく似た有機的な身体は残されるとしても、そんなものは観念によって直立している〈我々〉という身体ではない。これは〈我々〉が島に対するのとことばに対する関係との決定的に違う点である。ほんとうは、ことばと島に対する関係を、彼のように等位では扱えないにもかかわらず、ことばが外在性としてしかとらえられていないために、このようなわけのわからない混乱が起るのだ。

彼の〈現実的関係〉とか、〈非現実的関係〉という概念も、わたしにはよくのみこめない。もしかしたら、彼の〈現実〉や〈非現実〉とわたしのそれの概念との間には、いくらかの偏差があるかも知れない、と思う。しかし、彼の文章を読む限りでは、わたしにそれはとらえきれない。したがって、ある程度は身勝手な引きつけ方をすることになるかも知れないが、その半分ぐらいは彼の無規定なことばの使い方にも責任があるとでも断っておくほかない。さて、それはそういうことにして、彼の考え方では、島との関係は現実的なそれであり、ことばとの関係は非現実的なそれであるということになっている。しかし、どうみても、島との関係は、渡島するというような場合には現実的な関係であり、空想したり、夢のなかでその島を視たりする場合には非現実的な関係であろう。つまり、島だけでなく、すべてのものに対する〈我々〉の関係は、この二重の関係に包括されてしまう。

ことばに対する関係も、彼の言うように、単に非現実的なそれというところへもっていくことはできない。ことばは、それなくしては現実も非現実もすべての関係を意識化しえないという点で、彼の発想をまねて言えば、根源的な関係というほかない。わたしが、ことばは〈我々〉のすべての関係の磁場であるという意味もそこにある。彼にはどうも、言語というものを、人間が観念において直立するための根源、その本体力あるいは創出力においてとらえる思考がないので、いわゆる彼の《言葉関係》の追求は形式的なものに終らざるをえないのではないか。そうして、必然化する論理の矛盾を整合しようとするために、きわめて緻密な疑似論理性が生まれるのだ。それはそれとして、わたしには求めても得られない精緻な思考であるために、わたしの批評意識を刺激してくれてありがたいと思うけれども……。

さて、このように逐一彼の論理につき合っていては、いかほど余白があっても足りないので、一挙にその核心に入らなければならない。

《だから、詩は、言葉関係のうちの、非現実的に（想像的に）非現実と関係する関係をその中核とする関係である。》

《だから、詩は、結局においては現実関係を虚像的に本質とする関係であり、この意味で詩において、最重要な関係は、裏返しではあるが通常の現実関係である。》

《詩は言葉で作られる。この意味は、以上によって、詩が〈言葉アナロゴン↓非現実アナロゴン〉に即して想像的に非現実と関係する関係である、ということである。》（「詩的関係について」）

これは三章、四章、五章（終章）のそれぞれのさわりの部分である。これらを敷衍している細部については、先のモティーフの連続性において、わたしには多くの異論があるけれども、このさわりの部分についてはそれほどでもない。いや、考え方のある側面を重ねているといってもいい。それがなければ彼の詩の論理を検討する必要もなかった。しかし、ここでは彼の精巧なる〈空車〉に、わたしのがたびし大八車を拮抗させるためにも、異和を拡大しておく必要があるのである。

それはそうとして、ことばを関係の磁場としておさえておけば、彼のように詩を非現実の非現実としてとらえ、それにもかかわらず、最重要なのは裏返しではあるが、《通常の現実関係》であるというような無理な論理の整合はやらなくてすむはずだ。なぜなら、ことばを対自化する関係の磁場とは、〈我々〉のすべての関係が倒れこんでくるような、そしてそれらが融けあい、また、排除しあって、現実が非現実を影とし、非現実が現実を虚像とするような、総合的な運動域だからである。この意識の運動域に媒介されて出てくるものを、わたしたちは厳密には、単なる現実と呼ぶことも、単なる非現実と呼ぶこともできないので、わたしはそれを仮構された現実、あるいは非現実と仮りに名づけているのである。

このように考えるなら、詩のことばを《通常の言葉関係》と区別するものが、現象としての非現実性でも、現実的関係の虚像でも、超現実性でもないことは明らかであろう。レベルを仮構の運動域にとってみれば、それぞれを排除しあうことによって、ひしめくように滲透を受けないような現実性も非現実性もありえないからである。

それでは、詩的表現を非詩的表現と区別するものはどこにあるのか。わたしは、それは詩的表現が発生以来の時間をかけて累積してきたもの（それが詩的なさまざまな規範として関係づけられている）の内部に見出すほかないのだと思う。彼の関係の関係という概念は、〈歴史〉という媒介を欠いているので、空間的な（あるいは平面的な）拡張や屈折する論理には耐えられるけれども、その面だけで、詩とは非現実の非現実である、というような本質規定をやれば、恣意的にならざるをえないはずだ。――なぜ、わたしたちは、詩を書くときに、ことばの選択に意識を集中するのか、リズムや音韻に耳を欹てるのか、行わけで書くことに意味を見出すのか、逆に散文態を意識的に採用したりするのか、直喩や隠喩の方法にイメージの創出をかけるのか、そして、イメージを越えた世界にさえはみでようとするのか。その内的本質は、わたしたちがそれらによって世界を所有せざるをえないような、深い欠損にたたえられた存在だからだといえるが、その外的本質は詩という観念で累積されてきた時間性が、それらを総体として包括している規範にあるからであろう。その内的と外的は、排除性を含んだ媒介の関係であるから、詩的表現自体に主格をとれば、詩的表現の内部に累積されてきた時間性の総体を、詩の本質だと言ってもいいわけである。こうした本質還元に、いったんは媒介されるようにして詩を考えないと、リズムが詩の本質だとか、隠喩がそうだとか、岩成のように非現実の非現実にそれを見出したり、散文形態の作品試行を普遍化してしまったり（「詩と小説・その他についてのメモ」[6]）というようなことが起る。岩成と同じように、どちらかと言えばわたしも散文形態の作品が好きだが、しかし、それは先の本質還元に媒介されて考えれば、単に岩成やわたしの好みや資質に過ぎないのであって、それを行分け詩よりも優位におく根拠はどこにもないはずだ。

　わたしは精巧なる〈空車〉のやわらかい腹部のなかに、無遠慮にも土足で踏みこみ過ぎただろうか。わたしはかつて、少年時に、ジャガイモを満載した大八車が坂を下る途中、曲がりそこなって、坂下の八百屋の店先に飛びこんでいったのを目撃している。勢いがつくと急には停まれない大八車の短所を、わたしはかなしいと思った。

*

　彼の〈擬場〉の概念については、「詩的接近について」[7]というエッセイにむずかしい説明があるが、先に引用したところに即して言えば、《詩が〈言葉アナロゴン→非現実アナロゴン〉に即して想像的に非現実と関係する》ことによって、虚像的に〈現実〉の空間を回復する〈場〉だと言っていいように思う。《非現実的に（想像的に）非現実と関係する》方法の精密化が、どのような〈擬場〉空間を開示しているかを、あの「法華寺にて」[*8]で瞥見してみよう。

それは何故あたしにこのような不安を与えるのか？　それは、多分、死体というものが、非現実の消滅という立場を離れては、捉えることさえできないものだから、である。内側に空間を持たない事物の消滅、それは、あたしにとつては消滅ではなく、いわば転移、ある事物から他の事物への転移にすぎない。つまり、消滅とは、転移先のない転移であり、したがつて、それは、内側の空間とか、あるいは端的にいつて非現実についてしか、生じえない事柄のはずだから、である。だから、この意味では、死体は建物に、それも無益な建物＝船にまず酷似したものとして、あたしにはあらわれてくる。何故なら、あたしにとつては、船の場は、もはや存在しないと信じるの他はない、からである。

（「法華寺にて」第一のセクション）

　どうも詩人の想像力の型には、死人（しびと）型と死体型があるのではないだろうか。前者としてわたしにすぐ想い浮かべられるのは吉増剛造であり、後者の典型は、言うまでもなく岩成達也だろう。わたしなども「死体■考」というまずい作品をつくっているので後者に属するのかも知れない。吉増剛造の〈死人（しびと）〉は《死人（わたし）は未来です》[*9]というような啓示を告げにあらわれるが、しかし、後者の詩人にかかると、〈死体〉はもののように分解されたり、抽象的な観念としてもてあそばれる。それにしても、わたしたちにとって抽象化された〈死体〉ほど魅力的なものはないのではなかろうか。それはわたしたちの上に倒れこんできている、さまざまな関係の空洞性と、その空洞性を入れる、こわれやすい器たる、わたしたちの身体の喩となっているからだ。死が苦痛なのは、まさしくわたしたちの内部に隠されている、この

〈死体〉が顕在化するからである。

そして、それが顕在化したときには、こんどはわたしたちが、おのれ自身の消滅によって、その顕在の意味から隠されることになる。なんとも皮肉なかくれんぼうではないか。わたしにとって、〈死体〉という空間の究極のイメージは、囚人の一人もいないがらんとした牢獄である。関係ではなくて、死そのものが、あの最後の牢獄が体現しているような、まったき空洞として身体におとずれるとき、わたしたちは死を怖れなくなるだろう。それまでわたしたちを閉じこめている牢獄を〈死体〉として、〈死体〉を牢獄として分解しつくさねばならない。なかなか骨の折れる仕事である。

岩成にとって、〈死体〉はまず、《非現実の消滅》というモティーフでおとずれている。そして、わたしに興味深いのは、彼の〈空車〉性が、その〈死体〉のモティーフを、壮大にして《無益な建物＝船》のイメージに転化しないではいられない点である。こうして、彼の非現実の建物＝船は、その細部が現実性の〈模様〉だけを衣服のように借りることによって、微細に描写され、ことばによる仮りの空間——〈擬場〉としての姿をあらわしてくるのである。

その建物は、〈カラ・フネ〉とよばれる。外形はきわめて単純な六面体。くろずんだ原木と鋲とからなる材質。そして、その外延には、なにひとつない抽象的な空間。だが、更に仔細にそれをみるとき、おびただしい木目と突出、所によっては欠けこんだ辺、また、多くの人々の体で擦られてできたにちがいない一種不規則なくぼみとささくれ。そして、その建物の内部には、二重の粗い部分——擬空間が、あたかも歳月によって材質の縦向きの部分があらわれるように、露出している。そこにおいて、あたしがひろげる布または紙子に、内側からにじんでくるものは水または塩、ではない。それは、おそらくは、脂とよぶ以外になづけようもないなにものかだ。だが、それは、決して形相あるものであるいは形相ないものの貌を限っていくというような性質のものではない。

（「法華寺にて」第二のセクション）

このような表現は古びないだろうな、と思う。それはちょうど鷗外の『於母影』の言語のような機能を果たすのではないだろうか。鷗外は、いわば〈近代〉の意味を、そのことばの〈空車〉性そのものの質に求めたのであった。「オフェリアの歌」や「ミニョンの歌」（これは小金井きみ子の作ともいわれる）、「マンフレット一節」は、それ自体の作品の意義よりも、透谷や藤村などがその〈空車〉を媒介することによって、おのれの〈近代〉という地獄に向けて突走り出した、そのことの意義において記憶される。透谷や藤村の〈近代〉を狂ったように走らすことのできた質をもっている〈空車〉とは、すでに尋常なものではなかっただろう。鷗外は、詩の領域ではいつも〈空車〉をつくることに甘んじ、みずからはそれを挽いて走り出すことを決してしなかった。もし、そんなことをしたら、みずからの〈空車〉の質からして、それがどんな怖しい結末を招きこむことになるか、彼は知っていたからである。

岩成達也の作品は、翻訳詩ではないから、こういう比較が一面で大変失礼な言い草になることをおそれるが、しかし、彼の言語はわたしたちを規定している風土的欠損と切れているために、ちょうど〈車〉の大きさと材質の良さに精魂を傾けることで可能となる、すぐれた翻訳詩の問題と似ている。その風土的欠損と切れていることの自覚が〈カラ・フネ〉なのであろう。もし彼の〈空車〉が、いや、〈カラ・フネ〉が、その欠損を担ったとき、それは大きな風をはらんで恐るべき風景に突入することはまちがいない。それだけのことばの質をもつことで、彼の〈空車〉はむなぐるまなのだ。しかし、その可能性は、彼の〈擬場〉の方法論が阻んでいる間は起りえない。むしろ、そんなことよりも、わたしがいま眼をひきつけられているのは、彼の欠損が欠損していることの自覚の深さである。それは〈カラ・

フネ〉が原罪性として内面化されているこの作品の結末部によく示されているだろう。わたしとしては、わが大八車を道の傍に引き寄せ、彼の《空虚であるが故に、人をして一層その大きさを覚えしむる》その〈空車〉の進行を、《目迎へて》送るいがいにない。

……この意味では、あたしの内側の空間は、空間ではなくて、むしろ一つの記憶、それも空虚にむけられたとでもいうべき記憶、つまりは原罪としての擬空間なのである。ここで、原罪としてというのは、かかる不透明さ、かかる非感無覚さ、それらこそは、あたしにおける根底的な場の欠落、欠落における中絶中半、の証しだからである。かくて、みよ、あたしは、ここに、支離滅裂のまま、あの被包摂、に向って開きまた閉じる。そして、おそらくは、かかる被包摂、消滅や非消滅を超えた関係による被包摂までもが、あたしには可能的なのである。何故なら、再び、あたし達の存在形式は消滅過程そのものであり、消滅とは空虚自体に他ならぬが故に、それは、噴出する非現実に、つまりは、みずからの場でない場（擬場）を噴出することに即して果される消滅そのものだからである！

（「法華寺にて」第五のセクション後半）

＊1　『鷗外全集』（岩波書店）第二十六巻。
＊2　現代詩文庫『岩成達也詩集』（思潮社）。
＊3　岩成達也詩集『レオナルドの船に関する断片補足』（思潮社）。
＊4　岩成達也評論集『擬場とその周辺』（思潮社）。
＊5　前記『擬場とその周辺』に収録。
＊6　前記に同じ。

＊7　前記に同じ。
＊8　『レオナルドの船に関する断片補足』に収録。
＊9　吉増剛造詩集『黄金詩篇』（思潮社）。

（「現代詩手帖」一九七六年九月号）

Ⅲ　六〇年代詩とその行方

鈴木志郎康論

一　不幸の仮構　倉橋由美子と鈴木志郎康の反日常性の接点において

若い詩人である鈴木志郎康に「ヒロシマの生命」[*1]というすぐれたエッセーがある。ぼくは日常性がもつ慰安と耐えがたい疎外感という奇妙な二重性について考えを巡らすとき、このエッセーにきわめて深い示唆を与えられるのを覚える。彼はテレビカメラマンとして、たまたま広島に職業を得ているために、広島に在住しているけれども、特に広島や原爆に自分を結びつける必然性も意味も見出せない。それを彼は次のような文章で語っている。《私は三年間を広島市で過し、今後あと何年ここで暮さなくてはならないかは私自身にもわからない。私はやとわれた身で、殆んど全くこの都会に住みたいとは思わなかったのに、住まわされてしまったので、広島に対して私は積極的になれる筈はない。職業上で被爆した人々にも会い、有名な重藤院長や森滝氏などの顔も見知ってはいるが、彼らとの関係は、私の職業としてのテレビニュースの上のことで、その他のときは私とどんな関係もない。》《……私はやはり広島市を去って、生れ育った東京に早く帰り住みたいと思い続け、私はやたらに関心を移して、関心のおもむくままに本を買い込んで、多くの場合自分の関心の遂行の困難さと職業に奪れる時間の大きさとに悩み続け、時として妻の肉体をやたらに求めたかと思うと、彼女の意識の横溢をきらったりする日常生活を続けている。ヒロシマは私ではなく、私は又ヒロシマでもない。》(「ヒロシマの生命」)

このような鈴木の日常生活の位相に対して、進歩的な平和主義者なら、きみはカメラマンとしての知的な職業に従事していながら、どうしてもっと本質的に広島と関係しないのか、広島にいるという条件を利用して、どうして平和運動に積極的に参加し、広島の悲惨を世界に訴えようとしないのかと批難し、この文章の読みようによっては、シニカルな述懐のなかに、プチブル的な頽廃を嗅ぎつけることだろう。しかし、ぼくはそうは思わない。むしろ、どんな平和主義者でも、現在のぼくらの生のなかでは、避けようもなく、鈴木が踏んでいる日常の世界を踏んでいるはずであり、四六時中、平和のために献身しているなどということは、精神異常者の妄想のなかにしかありえないことだ。しかし、進歩的な平和主義者の欺瞞は、沈黙せる大衆と献身する活動家という二分法の図式を決して疑おうとせず、平和運動や平和活動家の聖化を行なう一方、こうしたすべての人に強いられている日常性を殆んど論理のなかにすくいあげようとしないことにある。たとえ病床にある原爆症の患者であろうとも、私的にはどうしようもなく強いられた日常性というものはあるはずであり、本当はその日常を共にする論理をかかえこまないで、その人達の深い嘆きを感じとることはできないはずである。鈴木が《ヒロシマは私ではなく、私は又ヒロシマでもない》と言ってのけたように、むしろ、たえずぼくらは広島との距離を痛覚すべきであり、ましてや被爆者が耐えている死の不安と日常の痛みを、単純に自分のものにすることができると考えたり、聖化してみたり、運動のなかに利用しようとするほど不遜なことはないであろう。

さて、鈴木志郎康が、それに続いて、《私がヒロシマと関係するとき》と書いたのち、その下へ括弧をつけて(私はヒロシマを愛しているのだろうか、私はヒロシマに欲望しているだろうか、私はヒロシマを憎んでいるだろうか、私はヒロシマを恥じているだろうか)とつけ加えないではいられないのをみる時、この詩人の過剰な意識の不幸をみると同時に、ストレートに広島を語ることができず、屈折していかないではおれない誠実な意識の実相にむしろ共感を抱くのである。そしてその彼の関係のあり方といえば、原爆が炸裂した瞬間を境にして前後のごく短い時間に思いを行きつかせることにある。彼は被爆者に会うと必ず、その時間について聞き、その悲惨な情景を思いうかべようとする。朝の出勤時などに、彼はバスの外の平和で安全な情景のうえに、かつての原爆投下直後の悲惨な朝の情景を思い描いてみるが、やがて不完全ながら、その光景をイメージのなかに復原することが可能になると、彼は、そこに何十万人という被爆者が想像を絶する悲惨な状態から、一瞬にして生きようと努力する生への意志があったことに気づき、興奮する。そして、その強烈な生命は、日常生活のなかでほとんどなしくずしに費やされている自分のなかにも潜在していることに思いあたるのだ。

ところで彼は、被爆者が死を覚悟した後、俄然生き抜こうと努力を始めるのは、誰の場合でも例外なく、肉親を気遣い求めるからだというところに気づく。『原爆体験記』のなかに《しかしとにかく一家七人久方ぶりに我が家に揃うて、妻を囲んで団欒の奇蹟的幸運に恵まれたことを神仏に感謝した》《私達は初めて笑った。失われた心が再びよみがえり、間もなく平和が訪れて、四人団欒の楽しい食事が取れるようになった》(傍点=北川)という記述を見出すからだ。すべての秩序が崩壊し、自分自身もばらばらの断片と化した状態から、自然の秩序をもった家族のなかに帰って行く喜びを述べる、これらの被爆者の体験の記述に、鈴木は感動しながらも、しかし、みずからは次のように書かざるをえない。

《私は実をいうと『原爆体験記』を読んでいて、この団欒という言葉に出会ったとき、同じ文章が述べている悲惨な情景と思いくらべて、救われたような気がした。しかし、この団欒という言葉が救いの気持を与えるということをそのまま受けとるにはやや抵抗を感じないではいられなかった。それは私が団欒に与えていたイメージとそこにある団欒のイメージとが余りにもかけ離れていたからなのだ。家族団欒、それは家族の中で個人として自分を確立し、主張し、認めさせようとしていた少年の頃の私の内部では実に否定すべきものであった。その意味は今まで変貌することはなかった。それなのに、ヒロシマは団欒が何ものにもまして価値あるものなのだ》（傍点＝北川）

被爆者が〈団欒〉を内側から生命が存在する場として求めているのに、自分の場合は、それは生命が抑圧される場にほかならなかった、という鈴木の愕然とした思いは、更に被爆者の〈団欒〉のもつ意味の考察へと進んでいくのだが、ぼくはここで鈴木が思想に生きる側の人間として、生活の側に、つまり非思想的に生きる生活者大衆がかかえているまったく異質な日常性の意味につきあたったのだと思う。そして思想者といえども生活者大衆として、生活の場では生きているということでは、自分の内部の日常性の二重の意味につきあたったというべきだろう。更に、鈴木は、広島では、断片化した人間が帰属していく先が、ほとんどの場合、家族という場所に終わってしまい、民族とか、それ以上の大きな共同体に向かわないことを指摘するが、本当は、それは広島に特有なことではなく、今日の社会における秩序の構造がそこにはあると考えるべきだろう。鈴木はここのところで、惜しくも論理を飛躍させてしまい、核兵器の攻撃に対して、日本人が民族的総体として反応できなかったのは、家族という総体がきわめて絶対的であり、そこから出ることができなかったからだ、核兵器の攻撃を民族への攻撃として受けとめるべきだ、という論理を導き出すのであるが、ぼくはその結論の性急さには、いささか疑問をもたざるをえない。なぜなら、家族的団欒の崩壊そのものは、別に民族に個人が行きつくことを意味しないと思われるからである。問題は家族的団欒が、なぜ個人の慰安であると同時に、それが個人の自意識の覚醒を圧殺する場にもなり、日常性の苦痛ともなるかということであるが、それはまさにそこに剥奪された生活があるからだと思われる。つまりそこでは人々の意識は、外側に開いて、世界や現実との生き生きした結びつきを求めるのではなく、内に屈曲し、縮小し、狭隘な個人の私有意識に収斂していくものとしてある。そして、私有の感覚によって、人間的現実を奪われた個人の意識は、良識や常識、慣習やさまざまな虚偽のイデオロギーの流れのなかに身をゆだねており、そこではすべての初発の思考、ことばは、明らかな形をとる以前に、消滅してしまう。人々は日常生活の卑小さに自足すればするほど、幸福感に近づき、その卑小さを拒絶すれば、たえようもないミゼラブルな気持ちにおそわれる。そしてその卑小さの拒絶のうちに、人が思想的に生きる契機があり、そこではじめて日常生活や団欒のうちにある苦痛や疎外感の根底的理由である、分業や私有制度、国家の問題に行きつくはずだ。鈴木の言う核兵器を民族への攻撃として受けとめる視点は、家族のエゴイズムを越えた民族的なナショナリズムの問題を提出しているといえるが、しかし、それは日本の国家の問題をとびこえているために、鈴木の意図とかかわりなく、現在の平和運動の主流の排外主義の論理に流れやすい面がある。家族のエゴイズムを越えることができるのは、全日常性の止揚、つまり私有制度の止揚しかありえないのであり、従ってそれはすぐれて国家の問題にかかわってくる。

しかし、その場合でも、平安を求める個人の心情は日常の生活過程において、たえず疑似的な慰安と、疎外感との間を循環することを自然としてもっており、そこに思想者が自己の生活胎内にかかえている日常性の論理と対決を欠かせば、思想を空洞化するほかない理由がある。ぼくらは鈴木志郎康が、広島について語るとき、（そこにたとえば〝民族〟の概念を性急に導き入れるような弱さを認めるとしても）生活者と思想者の視線のたえざる反照のうちに論理が形成され、思想がともかく自立していく相をみることができる。それにしても、被爆者が個々ばらばらとなり、断片化した自己からの人間の全体性への回復を、家庭的な団欒のうちに求める時、その団欒が、私有制度の病理のうえに建てられた疑似的な平安であるとしても、誰もそれを批難することはできないだろう。そして実はその団欒そのものも、今日の社会にあって、誠にあやうい家庭的基盤の上に立てられていると考えるとき、幸にも、偶然被爆しなかった者が、いわばその団欒をはじめから耐えがたいと感じているとすれば、そこに被爆者が求める団欒の、根底的あやうさをもすくいとってぼくらが思想する契機があり、それは日常生活の根本的止揚という問題に直面することにもなるはずである。

ところで、私的所有を肯定する立場からは、日常生活は努力して建設するに値するものであり、その先に常に幸福の像を仮設することは可能であろう。しかし資本制社会はそうした個人の幸福への夢を本人の意志とかかわりなく、うちこわす恣意性を克服することができず、また、どんなにペシミスティックな幸福感を抱いている個人も、家庭をもち、生活の過程のなかに入りこめば、当人の意志とかかわりなく、建設的に生活を設計せざるをえないところへ追いこまれる。その時、言語芸術の思想とは、そうした表層的過程からは隠された、生活の真の実相をことばによって仮構する力であるということができよう。それは人間存在の根源の在り方を求めて、虚偽の意識の下にひそんでいる不幸を仮構することによって、ぼくらの実存の意識を鼓舞するのだと言いかえることもできる。倉橋由美子の小説は、こうした日常生活における曖昧さ、その底にある不合理さ、虚偽の意識を追求したメタフィジカルな世界だと考えることができるが、ここでぼくが踏みこもうとしているのは、比較的最近作である「共棲」[*2]の世界である。

この小説は、結婚する前は小説を書いていたらしいLという女と、彼女を調査するために興信所（秘密調査局）から派遣された秘密調査局員Kとの関係を中心にすすめられている。倉橋の多くの小説がそうであるように、この小説にも散文的な筋立てらしいものはなく、カフカ風の結構をもった非現実的な世界として描かれている。女主人公Lは、夫のSと契約を結んで、法的な婚姻関係はあるけれども、肉体的な関係がないばかりか、実は彼女は生理的に女ではなく、といっても男性や中性であるわけではなく、無性だとされている。しかし、夫にとっては、法的な婚姻関係を結んでいることからくる社会的な体面や、日常的な生活秩序というものが大切であって、たとえ妻がベッドを共にしなくても、別れようなどという気は更更ない。そこへ突然、秘密調査局などといういかがわしい所から、こともあろうに、結婚調査にKという男がくる。Kは無遠慮にLの邸の一室を占領し、朝から晩までLにつきまとい、家系から、Lの肉体、更に意識の隅々まで入りこんで調査する。LはKをわずらわしく思いながらも、はじめから離れがたい親密感をもってしまい、このKの無遠慮な調査活動を無抵抗に受け入れるばかりか協力しさえする。一方、Kはまったく得体の知れない存在で、彼の属している調査局の存在は、架空のもののようにつかまえどころがなく、調査の目的も期間も、とにかくKに関する一切は曖昧模糊としている。そしてKは條虫のように、Lに寄生して、Lのすべての生活を知悉してしまうのである。このKの存在は、日常生活に於けるいろいろなものの喩になっており、幾通りもの解釈を許すが、しかしぼくは、これはLが結婚することによって選んだ日常を、たえず見つづけているもう一人のLの非日常の眼であるような気がしてならない。つまり、Lが結婚によって切り捨てた非日常の眼が、秘密調査局員Kに変身してあらわれているように思う。だからKはLのことなら、すべて知っているし、また、肉体上の秘密にも、意識内の暗黒の中にも自由に出入りできる男として設定されている。そう考える時、LとKの次の対話は象徴的ですらある。


「ではなぜ結婚なさつたんです?」

「書くのをやめるためよ。役に立たないことばを使はないで生きるためよ」

「しかしことばを使はないで生きていけるんですか?」

「だから」とLは口を横にひきのばして笑ひながらいつた。「あたしは死んでるぢやないの。どうしてこれがわからないの?」
「なるほど」とKはこつけいなほど大げさにうなづいていつた。「これはみごとな仮説だ。Lさんは死んでゐる。死んでゐるが疑似的に生きてゐる。無性だが疑似的に女である。つまりかういふ点を基本的な方程式で表現しておかなければならないわけですね。さつそくやつてみませう。」

このKのことばは、もう一人のLが、結婚という死せる日常を選んだ女のLに発した自問という趣きを呈しているわけであり、そこにKという表象がもつ、L自身の非在としての本質が、いみじくもあらわされていると考えることができる。おそらく倉橋自身の感慨のなかにも、文学（小説）の世界におけることばとは、日常生活においては役に立たないことばを選ぶことであり、女がそのことばを選ぶときは、性的に変身して、みずからを無性化する（日常生活におけるつくられた女としての属性をはぎとる）いがいないというような実感があり、このいったん無性化された女が、選んだ日常の怪奇さというものが、小説「共棲」の世界だと考えることができる。そしてすでに非日常のことばの魔力を知ったものが、あえてそれを捨て、日常の内部に入っていくその意識の断層のなかに、Kという非日常の眼を実在化した形象が入りこむ余地があるといえるだろう。

さてこのKという人物が表象している非日常の眼というものが、そのまま倉橋の小説の方法意識を語っているものと考えることができる。彼女は自分の小説作法を示した「迷路と否定性」[*3]というエッセーのなかで次のように述べている。

《いづれにしろ、それ（小説のこと=北川）は「ことば」の日常的な使ひかたによつては表現しがたいものであり、小説とは、「ことば」によつて、またあらゆる非文学的な要素を自由に利用して、「反世界」に「形」をあたへる魔術である、あるひはその「形」が小説である、といつてよいでせう。ここに

「形」をあたへられたものはわたしたちの日常世界に対してその「贋物」の性質をもつてをり、それゆゑにしばしば「悪」といふ烙印を押されることを免れませんが少なくともある強烈な小説は、「悪」へとむかふほどの過剰な「自由」の実現となつてゐます。》

ここで倉橋のいう〈小説〉の意味は通常の小説概念でないことは注意しておく必要があるだろう。彼女は、カフカや〈ヌーヴォー・ロマン〉と呼ばれる新しい型の小説を志向しており、それは主題や物語をあえて設定しようとせず、事実や体験の報告を含まず、アクチュアルな小説やプロパガンダ小説を否定し、あらゆるモラルの効用を否定したメタフィジカルな小説世界であり、ここでいう〈小説〉という概念もそれに従って用いられている。しかし、倉橋が、自分のめざす小説は〈ことば〉の日常的な使いかたによっては表現しがたいものであると言う時、ぼくは曖昧な感じを受けとらざるをえない。もともと、物事を伝達したり報告したり、明らかな用途をもった文章というものは、既存の認められたことばの用法や構文法に頼って書かれざるをえないし（ということは、古い思考や精神の秩序にことばによってつながれているということで）、これをことばの日常的な用法ということはできるだろう。しかし、そうした指示を目的とすることばに対して、その対極にあるのは、既存のことばの用法やシンタックスにとらわれないで、あるいはまったく無視して、内部の意識や情念を突きあげるようにして表出される詩の言語である。倉橋の小説概念は、この反日常的な詩の言語にきわめて近接してきているといえる。

たとえば「共棲」のなかの次のような箇所。

《明日になれば朝になれば状況はまた変るだらうとおもひ――それは根拠のない期待にすぎなかつたが――熱い砂粒のやうな疲労のつまつた頭を枕のうへでころがしながら、いまはともかくすべてを忘れるために眠らうとした。でも朝になつてみると、あのKがどこかへ姿を消してゐるといふこともありうるかはりに、毛布のなかで異様なものに変つてゐるといふことも考へられるのだ。異様なもの、たとへば数百本の脚をもつた大きなむかでか金色の蛇のやうなものに……Lの頭の半分は浅い眠りにひたされたが、残り半分は太陽の直射でもうけてゐるかのやうに、白熱したままめざめてゐるのだつた。Lは狭い独房のなかにゐた。四角い窓からさしこむ光の束が強い圧力でLを床に釘づけにしてゐて、廊下には看守の制服を着た男が——その男がKであるか主人のSであるかよくわからなかつた——が一晩中時計よりも正確な足音をたてながら見張つてゐるのだつた。》（「共棲」）

　ここには確かに従来の事実や情景の描写や精神の様態を叙述する文章とは異質な、内的なイメージや言語の創出そのものに価値をおいた文章があらわれているといえる。こうした意味や物語の支えによるのではなく、イメージそのものが自己増殖していくような文章は、詩の言語に近いといえるが、しかし、〈ヌーヴォー・ロマン〉にしても、倉橋の小説の文章にしても、ことばの用法や文章法そのものをうたがうところまではきていないというべきだろう。そこに非日常的な文体がみられるにしても、彼女の小説の総体を支えているのは、やはり散文的な意味の展開であって、その点では倉橋の小説もレアリスム小説の言語と地続きの文章だと言えるはずである。彼女の小説はことばの運動として語られるよりも、反レアリスムの文体、反日常意識による仮構の文体として考えられる方がふさわしいように思う。もし、小説がスタイルをこえて、ことばそのものの創出にかかわってきたら、その時、小説と呼ぶことはもはやできないのであって、ぼくらは詩について語らねばならぬのである。倉橋の小説における非日常性というのは、あくまで意識の反世界をさしており、ことばにおいてはなお、堅固な日常性の秩序に多くつながれざるをえないのである。

　倉橋は小説「共棲」のなかで〈ことば〉を捨てることによって、結婚という日常性を獲得した女性Lの奇怪な内部を、メタフィジカルに描き出している。ただ、作品という全体的空間のなかでは、LとKの錯綜した絡み合いのスリルに興味をうつしてしまっており、それを小説の評価としては、弱点として惜しまなければならないだろう。それにしても革命や反体制のアクティブな問題に主題を求める小説作家がむしろ意識を空洞化し、きわめて個人主義的な倉橋のような作家が情況の深部に達しているということは、考えてみなければならぬ。そこには既存の理念やイデオロギーが、世界を触覚する上でほとんど無能と化しているという問題もあるのであるが、もともと文学が認識の法則に基づくものではなく、そうした理念やイデオロギーをも、混沌とした精神の違法領域に溶かしこんで、現世的なすべての秩序とは別の秩序をもった全体的な世界を表現するところに特質があるからだと思われる。その時、倉橋の思考や精神の秩序の違法性と日常的な世界に対する正当な危機感こそが、彼女の小説のモティーフへ行くものを示していると思う。ところで倉橋によれば、少なくともある強烈な小説は、《悪》へと向かうほどの過剰な〈自由〉の実現となっているというけれども、良識と安寧、旧秩序の保全を唯一の善の指標となす市民社会における日常性に対して、真の人間の実在を示すとすれば、それは《悪》の様相をたたえないではおれないといえるだろう。それを倉橋や〈ヌーヴォー・ロマン〉がスタイルの創造として行ない、反レアリスムの立場を示すとき、戦後の詩の尖端が示すものは、そのスタイルをも破壊し、言語そのものの創出というところにその反日常性の契機を置こうとしている、とみることができる。それはすでにシュールレアリスムさえ過去のものにしてしまった詩の世界が、行きつく先を示しており、既存の言語の用法やシンタックスの破壊を通じて、新しい反日常的な言語の質を創出することによって、現代の不幸を体現することだともいえるだろう。先に鈴木志郎康の日常の形を、「ヒロシマの生命」のなかでみてきたが、彼の詩は倉橋由美子の非日常性の文体と接点を作りながら、そうした現代の詩における反日常性の在り方を、またきわめて鋭く表現していると考えることができる。たとえば次に引く「売春処女プアプアが家庭的アイウェオを行う」[*4]というような詩のもつ意味である。

先ずは妻が歩いている
股さかれて
気がふれているのかバスセンターよ[*5]
髪毛は夏向きにショートカットする
ズボンもショートカットする
男根もショートカットすればいいわ
それでは詩はせめてロングロング
ア
今ここにカットされる妻の首
これがねらいだったのね、結婚のねらいね
廊下は生えて来た無数の乳房のために足音がしない[*6]
ああ、恒常的に衛生的にみがかれた妻の乳房は黙々と生えてくる
ねじれてる
嫉妬してる
妻は素早く手術台の上に売春処女プアプアを固定する
黙々と家内が処女性殖器を大陰唇小陰唇処女膜から左右卵巣と手ぎわよくカットして行きます　アー
　アー　只今マイクテスト中
ゴム製手袋がそれら貴重な小片を握り矢印の鍋の中に詩と共に血と共に
泣かせるじゃないの
家庭では正に嫉妬が原則なのであって

ひとり観覧席では老処女キキが喜びの歓声をリズミングして
老処女は妻と脚振り上げて四角ダンスする
だが切断された妻の首はコロンコロコロと床に泣く
お腹の子供をどうするの
　　　　　　　　　　（「売春処女プアプアが家庭的アイウエオを行う」前の部分）

この詩について、ぼくは「詩人の内発力について」[*7]というエッセーで、この詩のもつエロティシズムが生活意識における虚偽のメカニズムを、その表出の根底においていることに注目して、次のように述べている。

《ここで鈴木が破壊しているのは、家庭的な性意識であり、もはやそこでは家庭の幸福や愛への信仰は成り立ちようがない。そしてそれが成り立たないところでは〈衛生的なる合法的なる人生的な我が妻〉は、屍体となって、早朝の食卓の白い皿の上にのらなければならないのである。それは、現実に鈴木がどのような家庭の幸福のなかに住んでいても、いや住んでいればこそ、そのブルジョア合法主義への否定力は暗いエロティシズムの情念の彼方からやってこざるを得ないのだ。こうした否定力と本質的なかかわりを失って、詩の自由はありえないのであって、いわばそうしたかかわりを通じて、言語の意味空間そのものの甦えりを望むことができるのではなかろうか。》（「詩人の内発力について」）

この文章については、いろいろな批判を受け、自分でも舌足らずな表現だと思うが、論旨については、今に至るもまったく訂正するつもりはない。これへの批判の主なものは、たとえば笠原伸夫の次のような文章である。

《まず気づくことは、詩における言葉の位置の低さである。破壊も造形も、いやそもそもなにも行なわれてはいないのだ。この詩はナンセンスな哄笑を主とする一種の衰耗感覚によって成り立っているもので、家庭的性意識の破壊などとはわたしには思えない。ここには破壊のテーゼどころか、交錯するテーゼすらない。破壊してあるものはせいぜい観念的な幻影の性、幻影の家庭ではなかろうか。家庭とはいったいなんであるか、そして家庭的な性とは、家庭と仮称されるものの表皮に対して、単にその皮膜の部分を嘲笑してもなにごともはじまらない。家庭における性の深部には、かれが嘲笑するほど単純な快楽が内包されているわけではなく、その極点の暗黒の空間には、家庭そのもの、性そのもの、あるいは人間存在そのものを激変させる、メタフィジックな激しさがかくされているはずだ。……この詩にとって、家庭とか性とかは問題の埒外なので、性に対する、家庭に対する反抗を読みとるのは深読みのそしりはまぬがれまい。ここからは、家庭とか性を、アブストラクトな言語空間に空転させることによってうみだされる、ナンセンスな哄笑だけを読みとればそれでよいのだ。》（「現代詩裁断」[*8]）

　この笠原の否定的な評価と反対側からの批判としては飯島耕一の次のような文章がある。

《彼の詩は物悲しく、なまなましい生命感にみちており、決して一部で言われているような「家庭的性意識の破壊」などを目ざしたものではあるまい。彼は破壊者であったり、批判者であったりするよりも、むしろ自我の牢獄からぬけ出すことをのぞんでいるエゴイストであり、森羅万象への同情過多症患者であり、遍在病を病んでいるといったところがある。》（「言葉の世界と『私自身の現場』[*9]」）

　飯島の批評は特に北川を名指ししたものではないが、二人の批評は共に、ぼくの言った《家庭的性意識の破壊》ということばの真意をとり違えている。特に笠原は、何か建物でも破壊しているような受け取り方をしているらしい。しかしぼくの一文の意味は明瞭であって、それはブルジョア合法主義や私有意識の温床である家庭的な性意識からまったく自由な位相で、鈴木が詩のことばにおもむいているということであり、それは、鈴木本人が家庭的な性意識の破壊を目ざしたものかどうかということとも直接関係がない。いわば彼の意識下や無意識下の情念のうちに、日常的な家庭の団欒や私的所有に結びついた一夫一婦制度の虚偽の意識と対極の反日常の世界があり、それが一連のプアプア詩において、ことばがことばを生む連想の自由のうちに表出されてきているのである。笠原の、言葉の位置の低さとか、衰耗感覚とか、破壊しているのはせいぜい幻影の家庭だとかいう批難は、まさにそれこそ鈴木の意図するところだといえる。彼は、むしろ陰湿な家庭的な性の意識から解放されるために、故意に猥褻でナンセンスなことばを、つまり〝位置の低い言葉〟を用い、衰耗感覚と印象づけられるような、ことばや意味の凝集を拒否し、そしてまさしく観念のなかの幻影の家庭を足蹴りにしているのである。鈴木は《家庭の幸福》を表皮の部分で嘲笑しているわけではない。（いったい笠原のいう表皮とは何か、また鈴木は哄笑はしていても嘲笑しているわけではない）

彼は反日常的な世界を空の空へ突きあげるようにうたいあげることで、日常のなかで固定化されるだきかかえたものであるかは、それらの詩句が日常的な事象からの連想であることを示す、おびただしい註記や、詩のリズムのなかに突起するなまのままの会話のことばなどによくあらわれている。それは《家庭の幸福》の信仰を撃ち続けるのである。そして鈴木の反日常的な世界が、いかに日常性の世界を彼が日常性に敵意をもてばもつほど日常性の意識に浸透され、そのために更に彼は反日常的な世界へ突きあげられるといった風である。

それを具体的にこの詩に即してみていくと、この詩は《先ずは妻が歩いている／股さかれて》という猥褻な一行からはじまるが、次行の《気がふれている》は《股さかれて》の連想作用であり、《妻が歩く》は《バスセンター》に意識がつながっているのがわかる。しかも註記によれば、三行目は現実に実在するバスセンターにイメージを触発されている。こうしてこの三行の情景を受けて、《髪毛は夏向きにショートカットする》の表出がうまれると、《ショートカット》ということばは独自にまた次々と連想を生んでいき、ズボンのショートカットから、男根のショートカットまで飛躍し、《カットされる妻の首》というイメージの突出になる。これらの詩行から《結婚》という制度への鈴木の懐疑の意識があらわにされる。そして次の廊下のイメージや恒常的にみがかれた妻の乳房のイメージから、次第に家庭生活に閉じこめられた妻の性意識や嫉妬の喩が形成されると考えることができる。そしてそれはまたグロテスクでナンセンスな性的イメージとして表出されるのであるが、そのなかへ、《只今マイクテスト中》などというような性から連想された日常生の混濁したことばが入りこみ、それらは家庭的なエロティシズムそのものの衰耗をも暗示しているといえる。ここまでぼくはこの詩を皮相的に拡散ととらえる論者に対立する必要上、あるいは必要以上に細部の意味連関にこだわってきたが、この詩の連想作用は、むしろ細部の意味連関を断絶するように働いている。そうすることによって、詩の全体の意味空間は緊迫感を増し、実質性をもったと考えることができる。

私は妻のふとももを縦にぐいと拡げて
舌で欲望を発電する
電圧が低くて暗いなあ[*10]
私は私の不明迷妄を誇りとする
こうして家庭はようやく維持されているのだが
女房たちよ、現在売春は何故禁じられているか知っているか
家庭的性交は娯楽と実益をかねそなえている
売春を達観したプアプアちゃんはえらいいね
堂々といらっしゃい

（「売春処女プアプアが家庭的アイウエオを行う」の一部）

ここにおいて、〈プアプア〉は家庭の内側へ、日常の内側へ自足を強いられる、妻の性意識の変身した姿であるとみることもできる。妻が家庭内において売春処女プアプアに変身することによって家庭は維持されるが、そのことによって《衛生的なる合法的なる人生的なる我が妻》は、彼女の日常性を象徴して屍体とならねばならぬのである。この詩には、暗い哄笑があり、それが笠原のような、詩にカタルシスを求める〝端正な〟鑑賞者を辟易させることになるのであるが、しかし、その暗さはぼくらがどうしようもなくその私有への執着を秘めている家庭的な性とか、その日常性とかの虚偽の意識に裏打ちされているのであって、ぼくらはそれを正当に受けとめる必要があるように思う。

こうしてみてくると、確かに飯島の言うように、鈴木は社会思想的な意味で破壊者や批判者であるわけではない。しかし詩人としては鈴木は明確な方法論をもった詩人であり、いってみれば保守的な詩愛好家の眉をひそめさせるような破壊的な詩人であると呼ぶことはいっこうにさしつかえない。そのことは彼が実生活上において、勤勉な人間であるか怯懦な人間であるか、革命的であるか個人主義的であるかということとも直接の関係がない。そして鈴木の詩の破壊的な意味は、単に認識論的なものではなく、(それが倉橋由美子のことばの非日常性と異質な反日常性の言語となりえているところだけれども)、言語や文章法そのものの破壊にまで方法を及ばせているところにある。そこではどんなにことばが日常的に用いられているにしても、事実性や日常の〈意味〉とは関係がない。日常性の次元とは反対極において、日常性の混濁した意識にうたれ続けながら、ことばが連想や語呂を契機にして無限に自己増殖していく世界である。ぼくのこうしたプアプア詩の読み方は、詩人の意図ともそんなに離れているものでないことは、彼が自分の詩集に付した解説風の詩論によって知ることができる。彼はそこで次のように述べている。

《私の場合は、自ら言葉に封をすると同時にその封を切ってしまうというように消費するのだ。この過程が私の詩作行為と考えられないだろうか。言葉に封をするということは、言葉に一般的な意味が流入するのを止めてしまうこととなのだ。「私小説的プアプア」の第一行目がこれである。プアプアとはつまり、言葉の処女膜なのだ。そして、この一行から始まる一連の詩はこの処女膜を破ろうとする私の挑みかかる行為そのものといえるだろう。私は私自身の生活を形成している実体を言葉にかえて、プアプアに突きさす。この行為が次々に私に言葉を要求して、私は言葉を費して行くことになると同時に、私自身を暴き出すことになるのだ。》(「極私的分析的覚え書」[*11])

彼の一連の《プアプア》を主人公にした詩篇(プアプア詩)も、初めの「私小説的プアプア」と最後の「番外私小説的プキアプキア家庭的大惨事」の間には、詩の成り立ちに、かなりの相違があり一概に言うことはできないが、ここで彼が述べていることはどの詩にもほぼ共通していえるだろう。彼はプアプアとは言葉の処女膜だといっている。言葉がもっている意味とか慣用を処女膜と考えるとすれば、それに挑みかかり、それを破って、そこに新しいことばの質を生み出すこと、そこに彼の詩的行為があるといえるだろう。そしてそこへ彼をかりたてるのは彼の生活意識からくるものであり、生活の言語化は、更に言語の自己運動(連想作用等)をうながし、彼はことばの波にのりながら、彼自身の情念の内奥にある反日常性の牙をみずから暴き出していくのである。

再び倉橋由美子に返っていえば、彼女は、先の「迷路と否定性」というエッセーの結語で、現代の小説家は読者になにをあたえることができるかと自問して、小説は〈カタルシス〉をあたえるという古典的な答えは、現在では〈通俗小説〉にしか通用しない、今日の小説はあらゆる〈否定性〉のぎっしりつまった暗黒だとして、次のように述べている。《わたし自身はこの暗黒のむこうにいかなる読者の顔もみることができません。わたしにとって真の「読者」とはわたしのなかの「かれ」なのです。そこで小説を書くことはこの「かれ」との「コミュニカシオン」あるいは「交信」であって、そのことを、わたしはカフカのことばを借りて「わたしからかれへの移行」と呼ぶことを好んでいます。」（「迷路と否定性」）

このことは、実は現代の詩において、一層言えるのではないか。現代の詩が、詩としてのレアリティ（真の自由）を示そうとすれば、その否定性は、ことばそのものの破壊と創造のディアレクティークにまで行きつくいがいないし、そのことは、いわば予定され、約束された読者を想定することを一層困難にする。そこで詩人は《わたしからかれへの移行》ともいうべき、他者との断絶感のなかに、むしろ真のコミュニケーションを予感しなければならないのだ。とすれば、詩人とはこの地上的なニセの幸福感の満ちた社会において、むしろことばによる《不幸の仮構》を選ぶことに、生命の燃焼を覚える人間である、と言えるかも知れない。

＊1　同人誌「凶区」10号（一九六五年十月）所載。
＊2　作品集『妖女のように』（冬樹社・一九六六年刊）所収。
＊3　「日本読書新聞」の「現代文学の構想」欄に連載（一九六六年六月六日号より四回）。
＊4　この詩ははじめ「凶区」14号（一九六六年八月）所載、その後、鈴木志郎康詩集『罐製同棲又は陥穽への逃走』（季節社）所収。
＊5　この詩行には次の註がある。《広島市基町にある。各方面行きのバスが入り乱れる。日常、私はここを利用しない。》
＊6　この詩行には次の註がある。《バスセンターのコンクリートの床はいつもぬれていてつるつるする。》
＊7　「現代詩手帖」（一九六六年十二月号）の年鑑に手帖時評として書いたもの。
＊8　「南北」（一九六七年二月）所載。
＊9　「現代詩手帖」（一九六七年二月号）所載。

*10　この詩行には次の註がある。《終戦直後の思い出》

*11　鈴木志郎康詩集『罐製同棲又は陥穽への逃走』所収「極私的分析的覚え書」から。

（「愛知大学学生論叢」15号、一九六七年十一月）

二 〈極私〉の現在

鈴木志郎康〈プアプア詩篇〉以後

まず、わたしの実感について言えば六〇年代に詩を書きはじめた何人かの詩人たちについては、他の〈同時代〉の詩人たちに比べて、いくらかよく視えているような気がしたことがあった。ほんとうに視えていたかどうかは、むろん、別問題であるが、そういう感覚にも何ほどかの根拠があったことは確かだろう。そこには、経験を共有した戦中・戦後の歴史過程や、安保闘争体験というものが、どういう形にせよ媒介となっているのであった。しかし、いま、そのような感覚を根拠にして彼らに近づくと、すべてが錯覚ではなかったか、幻影ではなかったか、という気さえする。なにやら、共通の体験と信じられていたものを、恐ろしい勢いで空無化するような力が彼我に働いているのだ。

ともあれ、ここに〈鈴木志郎康〉の特集を組んだ「詩の世界」（別冊1号）という雑誌がある。詩作品二十篇[*1]と月村敏行の長大な鈴木志郎康論だけで構成されている。その鈴木の付記「手が動かなくなるまで詩を書きたい」によると、彼はこの雑誌の編集者から、一か月足らずの期間に二十篇の詩を書いて欲しいと依頼されたらしい。それを面白いと言って引き受けるところに、いかにも鈴木らしい面目があろう。結果は思い通りにいかなかったようだが、それでも他に発表したのも含めて、四か月に四十篇近い作品を書いたのだという。わたしのようなものは、こんな話にさえ驚いてしまうが、彼はもともとこういうペースで詩を書いてきたのである。それは詩への情熱というよりも、欲望と呼ぶにふさわしいやり方であって、そんなことに今更驚く理由はないわけだが、彼がそれにつけ加えて、次のように書いているのをみると、やはり、そこに異常なひびきを聞いてしまう。

《詩などといったら、笑う人は大勢いるのではないかと思えるようなところまで行けたのはよかった。日常会話では馬鹿馬鹿しくて話題にも出来ないようなことであり、従って活字にするなどとは殆んど誰も思いもしないであろうところのことを、ここに活字にしているというところまで行けたというわけである。しかし、私はまだ、自分の現実だとか、新聞の文体だとかということにこだわっているのを、これらの詩に読み取れるのは、よくないと思うのである。それは、紙でいえば厚みが感じられるものであるのが、わずらわしいのである。そんなふうにわずらわしい詩になってしまったのは、私の書いた詩を読む人が、詩というものを読み馴れているということを念頭に置いているからであるのは明白である。念頭に置くのは仕方ないことである。念頭に置く置き方がよくないと思うのだ。これを振り切るのは、非常に苦しいとは思うが、そうしなければ、力のある詩は書けないであろうと思うのだ》(「手が動かなくなるまで詩を書きたい」)

異常なひびきは、世の詩を書く態度とは、少なくとも見かけ上は正反対のそれが主張されているところからくるのであろう。実際にはこんなことばは、書かれている詩篇の前ではどうでもよいものだが、しかし、わたしが注意するのは、この付記によって、彼が詩篇への批評をあらかじめ拒んでいることであり、もうひとつはみずからの詩についての大きな錯覚が気づかれていない、ということである。

前者について言えば、当人が詩でないところまで行けたとあからさまに自認しているところのものを、詩ではない、と言ったところで批評にはなりえない。しかし、そこに後者の問題がでてくるのだが、実は、これらの詩篇は詩ではないどころか、鈴木はようやく世間でこれこそが詩だと考えられているその境地に近づいたのである。ごくあたりまえのことを言えば、かつてのいわゆる〈プアプア〉詩をはじめとする、ある種の暴力的な手法と、こんどの新しい鈴木の作品の落差におどろいたり、微苦笑する人はあっても、これらを詩ではないという意味で笑う人はいないはずだ。鈴木志郎康がそれほど単純な人間だとは思えないので、この大いなる錯覚自体も演技とみるべきかも知れないが、彼が《紙でいえば厚みが感じられるもの》を振り切って、薄く書こうとすればするほど、世間で言うもっとも詩らしい詩に近づいていくのである。それが《日常会話では馬鹿馬鹿しくて話題に出来ない》とすれば、それが何よりも詩作品というレベルをもっているからにほかならない。

どの作品をもってきても同じだと思うので、冒頭の「借りた農家」を引いてみよう。

この家の人たちはこの家に居ない
そして私たちがこの家の中にいる
着いてまずたたみの上の煤を掃き出した
いろりに火を焚いた
湿ったふとんを干して
それにくるまって眠って
もう二日を過した
私の家なら作らない神棚がある
神棚は家についているのだ
仏壇はない
仏壇は人について行ってしまったらしい
夜、外へ出て便所へ行く
どうしても黒い樹木を見上げてしまうのだ
黒い樹木はこわい

ずうっとそこに繋っているからこわい
（「借りた農家」）

こういう作品を読んでから、かつての作品をふりかえれば、それらはほとんど放蕩息子の道楽のようにみえてしまう。ことばにはどんな修飾も屈折も言い換えも飛躍もない。直喩も隠喩も象徴もない。比喩の問題でいえば、もともとこの詩人は、そのような間接語法を用いず、直接的な表出に依拠してきたのである。しかし、その直接性は、かつてはかなり高度に抽象化された虚構としての水準をもっていた。その虚構の猥雑で悪意をもった性格と、それが意味規範そのものをずらしたところで成立するレベルが、読者の理解を拒んでいたのだ。

　いま、その虚構のレベルがはずされたので、ことばはあたかも意識の即自性に依拠するかのように表出されている。かのようにというのは、神棚は家につき、仏壇は人につくというような観察がなかなか意識的だからである。あるいは最後の二行のように、どんなに薄く書こうとしても、この詩人の感性のふくらみが出てしまう。たしかに、ここで《紙でいえば厚みが感じられ》ない世界が目ざされているが、彼の詩への〈信仰〉が消えるどころか、《力のある詩》《楽しく読める詩》という形で強くなっているだけ、いわゆるもっとも詩らしい詩に近づかざるをえないのである。その鈴木志郎康が秘めている力量が、わたしには恐ろしい。

　二番目に掲載されている作品は、次のような世界である。

障子を伝わって
昼寝からさめた草多が出てくる
その気配に

私たちの五つの顔が草多に向けられ
幼い児はニッと笑って
母親めがけてたたみの上をはってくるのだ
目覚めたときの同じ仕草に
「草多登場！」
と声を掛けてみんなではやすのだ
みやこちゃんも
登場を真似して
毛布をかぶって出て来て見せては
はしゃいでいる
草多から見れば
縁先を背にした五つの人影が
人のにぎわいであり
母親の影だけが
求める特別の影なのであろう

（「特別の人影」）

実にほほえましい一家団欒のスナップ写真である。しかも、これだけの、テレビのコマーシャルにでも登場してくるような、家庭の幸福の、こぼれるような一瞬を、みごとに速写した作品は、そうだれにでも書けるものではない。ことばは意識の即自性に発していて、どう評価のしようもないものだけれど、場面の構成の仕方がプロ写真家の腕前なのである。わたしはこれをほめるつもりも、けなすつもりもないが、〈同世代〉の詩人がこんなに早く、こういう世界を書くとは予測していなかった。いや、できなかったと言える。

ただ、鈴木志郎康自身は、一九六五年の頃のエッセイ「ヒロシマの生命」[*2]で、一家団欒についての、もっと屈折する思いを述べていた。すなわち、彼はそこで被爆者たちの手記を読んで、彼らが被災後、生き残って出会うことになった家族との一家団欒の喜びを、救いと思うと同時に、それを救いと受けとることとの抵抗感について書いていたのだった。なぜ、抵抗を感じるのかと言えば、被爆者にとって生の目的であった家族団欒が、自分にとっては生命の抑圧される場所となっている、という認識が彼にあるからだ。このエッセイ自体は、このテーマをもっと掘り下げないうちに、民族問題のようなところへそれていってしまっているが、ここで家族団欒が生命の回復と抑圧の二重性において考えられていたことは、いま思い出されてもよいことだ。

意識の即自性に発する彼の現在の《楽しく読める詩》は、それが仮の演技であれ、何であれ、家族の団欒についての、そのような屈折する闇を失ってしまっている。鈴木志郎康は、なお、なにものかへの過渡に向かっているのだろう。そう思いたいが、しかし、このあまりにもあっけない底の割れ方には、どこか信じがたいところが残るのである。しかし、それはすでに、一九七二・三年の頃からの作品を集めた詩集『やわらかい闇の夢』[*3]において、明らかになっていることだった。

＊

かつて本誌[*4]がやった〈鈴木志郎康VS吉増剛造〉の特集には、月村敏行の「沼から闇へ」をはじめとして好論がそろっていたが、そのなかで富岡多恵子の志郎康論「新しい詩人」にはびっくりした。わたしは彼女のよい読者ではないが、この志郎康論は、実に正確なタッチで書かれていると思った。そのくわしい内容は読んでみてくれというほかないが、ここで彼女は、詩集『やわらかい闇の夢』について、日常の凡庸な風景や関係を《ドキュメントのために豊富なコトバで提出するのではなく、むしろコトバを含むあらゆる貧しさ自体を提示している》と書いていた。この指摘は、『やわらかい闇の夢』の方向を極端におし進めた、先の「詩の世界」の特集詩篇にも、そのまま適用できるだろう。

彼女は、更に、それを《貧しさの新しさ》とまで名付け、比喩やメタフォアによって詩的真実をめざすのとは異なる、たとえば《「リンゴのようなホッペタ」の中の、リンゴのようなという句が比喩になる前には事実であった時間に通じている》世界だというような積極的な評価を打ち出していた。わたしは、なるほど《比喩になる前には事実であった時間》というようなことばで、すくいとれる良い詩、好ましい作品が『やわらかい闇の夢』には（あとの詩集『見えない隣人』にも）、沢山あるなあと感心しないわけにはいかなかった。そして、これと同じことを、月村敏行は後に触れる「鈴木志郎康論」で、《初源の触感》ということばで述べているのだった。

ただ、先にも書いたように、直喩やメタフォアを使わないという態度は、この詩人においてこの時期にはじまったものではなく、当初からかなり意識化されていたものだと思う。そのことばの直接性が弱さとしてではなく、強さとして働くためには、――言いかえれば、《比喩になる前には事実であった時間》や《初源の触感》が、単なる意識の即自性を免れるためには――、それ自体高度な仮構のレベルをもつ必要があったのである。それ故に、かつての作品においては、詩人の日常性や私性はその中心に保持されながらも、表現そのものは極端に虚構化されていたのである。そのことばの直接性と表現の虚構化の矛盾のなかに、彼の詩意識の運動域はあったのであり、そのことにおいてこそ、彼は意識の即自性からも、ことばの美的規範に行きつくことからも免れたのであろう。むろん、わたしがここで念頭に置いている作品は、『新生都市』から『罐製同棲又は陥穽への逃走』[*5]の諸詩篇である。

しかし、その表現の虚構化が『やわらかい闇の夢』に至って崩れた。そうであれば、比喩以前の事実性や《初源の触感》が、ただにことばの直接性という、そのままの姿で立たしめられることになったのは当然である。それは、いつでも意識の即自性に移行する、あるいはそれから滲透を受ける基盤の上にことばが置かれたというにほかならない。『やわらかい闇の夢』において、たとえば「ぐにゃぐにゃ」や「ソファの男」、「片腕の男」、「目をつぶる」などの作品がすぐれているのは、その表現自体の虚構化を失っても、彼の特質たることばの直接性が、なお、意識の即自性、自然性への移行を、危うさに傾きながらも拒んでいるからだ。

たとえば、「片腕の男」はこんな世界である。

道を歩いていると
片腕の男に会った
断ち切られた片腕の先端に手袋が白くぶらさがっている
手袋は輪ゴムで止められている
ゴムは肉体に喰い込んでいる
見ないではいられない
私はそこがかゆくなった
ひとたび腕をかくと
かゆくてたまらないと思う
かゆくてたまらず
私はまだ断ち切られていない私の腕をボリボリとかき

ボリボリとかかれる私の腕に
血が流れた
というように私は言葉を辿ったのだ

（「片腕の男」）

ここにおける意識の即自性は、《見ないではいられない》という直接的なことばを表出させているだろう。しかし、この作品の、全体としての世界は、《見ないではいられない》という意識の即自性のレベルで成り立っているわけではない。《見ないではいられない》自意識の自然性は、同時に腕を保持している自分の生理的なかゆさと、それを引っかかざるをえない痛みや快楽の眼差しにおいて、対自化されざるをえないのである。最後の一行は、作品の完結性という点からみれば、不要だが、どうしても彼がその一行を書かざるをえなかったのは、おそらく意識の即自性に直接的なことばが一元化してしまうことの、抵抗感の故ではないかと思う。少なくとも読む側からすれば、《というように私は言葉を辿ったのだ》の一行にぶつかって、それまでの世界が、ただ《見ないではいられない》《かゆくてたまらない》という即自性に発しているのではなく、それらをことばの直接性として中心に含みながらも、それ自体意識化されたものであることを知るのである。それを、表現の虚構性を失った彼のことばの直接性が、意識の即自性自体を虚構化している、せざるをえなかった、と言うこともできよう。

その即自なる意識の虚構化を、他の作品でみれば、たとえば「ぐにゃぐにゃ」では、ぐにゃぐにゃのジャンパーを身体につけたときの、生理的な不快やうそ寒さとしてあらわれているだろう。また、「目をつぶる」という作品において、それは、電車で隣り合わせた女との素肌の接触から、不気味にたかぶる妄想へのこだわりとしてあらわれている。ここでも虚構化は、皮膚の接触という意識の即自性に向けられているのであって、決して関係の意識を対象としているのではないことに注意を向けるべきだろう。

あるいは「白昼街路」では、即自なる意識のなかで白昼に少女を犯すことのできる〈私〉が、世間の眼の中で欲望を抑えている《衣服の中では裸体》に過ぎない姿において虚構化されている、と言える。繰り返せば、これらの作品において、ことばは、みかけのように意識の即自性に依拠しているのではなく、その虚構化に発していることによって、辛うじて生命をもっている。しかし、それが危ういのは、即自なる意識が虚構の危機を失えば、それはたちまちことばの直接性と一元化してしまうからである。

おそらく、その危機は鈴木志郎康において十分自覚されていない。そのことをよく示しているのは、かつての〈プアプア〉詩との対照の意味で〈マリ〉詩と俗称されることになっている作品や、いわゆる身内をうたった作品においてである。ここではことばの直接性は、ほとんど意識の自然性、即自性にのみこまれている。「ソファに私が坐っていると」を見てみよう。

ソファに私が坐っていると
マリが来て私に寄りかかって坐ると
私は自然にマリの肩に腕をまわして
軽く抱いたまま
キスをするということもなく
言葉もたまにしか口にしないで
六月
午後一杯を過したことがあった
次の休みの日も
又そうして午後を過そうと思う

あれは本当によい時間だった
何も望まない
何も考えない
時間というものの経過を
お互いの息づかいで聞いていると書いてしまうと
いくらか私のこととは思えなくなってくるが
静かで本当によかった

（「ソファに私が坐っていると」）

この世界と、一家団欒の部屋との間には、すでに薄い障子紙が一枚あるかなきかであろう。月村敏行の「鈴木志郎康論」は次のような適切な指摘をしていた。

《「マリ」は鈴木に絶大な〈自然〉というものをもたらしたのかもしれない。この〈自然〉に触れては、「闇に罠掛け」ることを自然性の仮構として実現してしまうことなどは必至の勢いにちがいなく、また〈悪意〉などは、この〈自然〉のなかに自明にも吸収されてしまうにちがいない。いや、ひとはどんな社会的生存を強いられようとも、それを確実に消失させうる〈自然〉の領域を持っている事実に鈴木は突きあたったのであろう。〈プアプア〉詩篇で「制度と行き当った」とすれば、ここでは、かかる〈自然〉にこそ「行き当った」のである。》（「鈴木志郎康論」）

月村は、〈マリ〉を〈自然〉と見、その〈自然〉のなかに鈴木の〈悪意〉などは自明にも吸収してしまうと考えるだけでなく、人間というものが、どんな社会的な生存を強いられようと、それを無化しうる〈自然〉の領域があるのだというところまでことばを届かせようとしている。更に、月村はこの引用のあとでは、その〈自然〉を男と女の対なる領域として見定めてゆくわけだが、たしかにそこまで眼を向けるのでなければ、鈴木のいわゆる〈マリ〉詩がわたしたちをうつ理由はとらえがたいであろう。この着目自体に誤りがあろうはずがないが、しかし、その〈自然〉がただそれとして流れるにまかせられる——つまり、ことばの直接性に行きつく——だけならば、それは意識の即自性の発現と言うに過ぎないのではないか。

この即自なる意識とことばの直接性との、あまりに単純な回路が断ち切られなければ、月村の言う《対なる領域を生きざるを得ぬ〈男〉の哀切》は、その即自なる意識のままに、共同なる幻想を生きざるをえない〈男〉の哀切にも、個なる領域を生きる〈男〉の哀切にも無限定に転移していかざるをえないだろう。その果てには、ありのままの世界をただ一義的に受容するしかない詩の敗北が想定されるばかりだ。この点において、鈴木は決して、《制度と行き当った》ように、〈自然〉に《行き当っ》てはいない。その「鈴木志郎康論」において、ほかではきわめて鋭利な認識力を示す月村が、ことに〈制度〉に関しては、奇妙に鈍感なのがわたしには不可解だが、少なくとも〈制度〉に行き当ろうとした鈴木は、それがどんなに主観的、妄想的であったにせよ、みずからを否定性としてとらえていた。あるいはその否定性に怖れを抱いていた。それに対して、〈マリ〉という〈自然〉に行き着いた鈴木は、ただ、肯定性として、つまり、意識の即自性として、〈自然〉に身をゆだねるほかすべを知らない。そこに現出しているのは、なんという優しい赦しあった時間であろう。そして、それこそが〈哀切〉なる意味である。もし、この《行き当った》ことの同質性だけを取り出して、その区別を見ないなら、鈴木の詩の軌跡は、何のドラマもない平坦な一本道ということになってしまう。もともとわたしたちの時代は、詩人にそんな一本道をたどることを許さない、悪意に満ちた罠をあちらこちらにかけているはずではないか。

わたしが、先の富岡多恵子の文章に感心したのは、《貧しさの新しさ》などという、いささかこじつけめいた呼び方で、あたうかぎりこの詩人の現在の志向を救抜しながら、しかも、同時にこの詩人のかかりやすい罠の所在をも明確に指摘しているからであった。彼女はこんな風に書いている。

《まず鈴木さん本人とはかかわりないところで、外部からは鈴木さんの詩が扱いやすくなったことである。これはわたしの想像であるが、あの長いプアプア詩の流儀ならば、世間は鈴木さんに詩を安心して依頼しなかったのに、今度の流儀では心安く注文できるだろう。世間のもっている詩篇へのイメージに、それは表向きにはかなっている風に見えるからである。》(「新しい詩人」)

さらに彼女は、鈴木の極私性が、いつニセの公共性やニセの豊富性に転換するかわからない、そういう危険をもっていることをも実にさりげなく指摘している。

ところで、鈴木の詩が外部から扱いやすくなったということは、内部からも扱いやすくなった――つまり、表現の虚構性が捨てられた――ことでもある。また、世間の詩のイメージに表向きにかなっているということは、裏向きにもかなっている――つまり、自己が肯定性としておかれている――ということでもあろう。そうであれば、これは《鈴木さん本人》とかかわりのないことではない。

わたしは、鈴木の極私性とは、意識の即自性を発想の強さとして内に含みながらも、いやそれを含むからこそ、表現において虚構化せざるをえないところに成立した概念ではないかと思う。かつて彼は『罐製同棲又は陥穽への逃走』の巻末に収めた「極私的分析的覚え書」の中で次のように書いたことがある。

《いかなる場合でも事実性は人間の感情をのみ込んでしまう。ところで私が恐れるのは、又この事実性の囚虜となることなのである。私は常に事実を惹起するものであると同時に素早く膠着する事実性からすり抜けていいたいのだ。私自身は常に変転極まりない形のないものである筈ではないか。》(「極私的分析的覚え書」)

これは詩集を出す事実性にかかわった文章であって、極私の概念を説明しているものではない。しかし、《事実性の囚虜》とは、意識の即自なる在り様を言うのにほかならないであろう。とすれば、その事実性を惹起すると同時に、そこからすり抜けて〈私〉を変転極まりない形のないものにしておきたい、とは彼の極私を説明するものとしても受けとれるのである。そうだとして、事実性と不可避的にかかわりながら、〈私〉を常に変転極まりない形のないものにしておくとは、たえず〈私〉を虚構化しつづけることにほかならない。逆に言えば、〈私〉を絶えず虚構化しないでは、それを維持することができないところに、今日の私性の不安と解体が表現されているのであろう。ところで、鈴木の詩の現在のなかで、この〈私〉の虚構化が成り立たなくなってきているのであれば、〈極私〉は、いわば〈即私〉ともいうべきものに移行しないわけにはいかない。ここで、〈即私〉と仮に名付けてみたものは、言うまでもなく〈私〉が《事実性の囚虜》に引き寄せられることだから、それは富岡多恵子の言うニセの公共性や豊富性に、いつか転換しないという保証はない。

わたしは、鈴木志郎康という同世代の卓越した詩人が、この時代が仕掛けた罠を見破って欲しいと願うが、それにしても、なぜ、彼がこのような境域に足を踏みこまねばならなかったのかを、いま少し、ことばを費してみておきたい。

＊

わたしは「×（バッテン）」や「凶区」などを送られていたので、比較的初期から鈴木志郎康の作品を読んできたと思う。その間で、いちばん読みづらい思いをしたのは、〈プアプア〉詩以後の世界、六〇年代の末から七〇年代の初めにかけての『家庭教訓劇怨恨猥雑篇』の諸詩篇である。これらはほとんど商業詩誌に載せられた作品であるが、正直言ってなかなか最後まで読み通せなかった。詩集ではじめて全体に眼を通したが、どう評価してよいかわたしにはわからなかった。この時期の鈴木についてはは、わたしはこれまで一言も発していないはずである。

さらにいま読み返して、『家庭教訓劇怨恨猥雑篇』が、わたしから遠かったのは、それが基本的に社会風俗としてのラジカリズムに密着した世界だったからではないかと思う。かつてわたしが評価のことばを失ったのは、それが〈プアプア詩〉の世界と区別がつかなかったからである。しかし、〈プアプア詩〉の世界は、決してその意味では風俗の世界ではない。それは、風俗になりやすい、どんなに鄙猥で位置の低い性的な用語が氾濫していても、〈私〉が〈囚虜〉となっている日常（生活）の虚構化という性格を失わない。言いかえれば、猥褻なことば、性的なことばの直接性は、性生活を拡大した日常性の全的な虚構化の上においてこそ、威力を発揮していたのである。その表現の虚構性を、この詩人のことばで、《制度》によって収奪された《言葉の意味体系を完全にずらす》というように、言ってみることもできるだろう。しかし、『家庭教訓劇』に至って、この《意味体系をずらす》表現の虚構性は、日常性の〈囚虜〉となっている〈私〉を否定する契機を失って、それ自体でどんどん自転しはじめる。〈否定〉の契機を失った〈私〉の虚構性が、どんなに観念としてのラジカリズムを固執（仮装）しても、社会風俗にしか至りつけないのは自明であろう。たとえば、あの「四方の廃絶」なる作品である。

ニャンポン堂の天ちゃん、青天子（あおてんこ）ちゃん
いつも手を上げて
ハーイ
ハーイ

彼女のお食事は

大きな身体ブルン
オオ、カワイカワイカワイ
お顔洗って
きまり言葉
ニャンポン堂の天ちゃん、青天子ちゃん
いつも手を上げて
ハーイ
ハーイ

（「四方の廃絶」はじめの二連）

ここでも語法で気づくのは、ことばの直接性ということである。《ニャンポン堂の天ちゃん、青天子（あおてんこ）ちゃん》という虚構の水準さえ決まれば、もはやことばは比喩にもメタフォアにも関心をはらうことのない直接性、偶発性において、滑るように自転していく。むろん、それが虚構化しているものは、月村敏行が書いているように《「日本島の天（皇）ちゃん」であり、且つ帽子を振りつつ、「アッソオ、アッソオ」とくり返す昭和天皇その人の姿》ということになるであろう。そして、いったん《青天子（あおてんこ）ちゃん》という娘に虚構された主格は、具体的な天皇とのどんな対応ももたないで、虚構の内部をまさしく猥雑なるものの直接性において生きていく。しかし、それが天皇の戯画という契機をもっていること自体は失われないのである。

ところで、この天皇をアッソオ、アッソオと帽子を振る水準で虚構化することが、まさしく社会風俗に行き着くことにほかならない。そこには、天皇に対する鈴木自身の極私性（〈私〉の虚構化）のモティーフは皆無だと言わなければならない。それ故にこそ、社会風俗に行きつくほかなかったのだとも言える。これと関連するが、実は、わたしも最近の文章のなかで、書いているときにはそれと意識しないで《天ちゃん》ということばを使い、校正の段階になってはじめてこのことばにひっかかるという経験をした。ひっかかったのは、むろん、不敬だと思ったからではない。そうではなく、わたしたちの世代において、《天ちゃん》なることばは、単に鄙猥なる共通感覚に過ぎないことに気づいたからだ。むろん、古い世代を含めたある種の世間では、天皇を《天ちゃん》と呼ぶことはいまなお大変おそれおおいことであろう。しかし、戦後民主感覚では、こんなことば、あるいは発想は、あまりに親しい共通感覚に属しており、単なる世代的即自性の発現に過ぎない。しかも、それをつかうことで、象徴天皇に対する悪意が示されたり、反体制やら進歩性やらが保証されるのであれば、なかなか安い免罪符でもあろう。ほんとうにはぶつからないですませることになるということは、大いにありうることだ。先のことに話をもどせば、わたしは自分の文章から《天ちゃん》なることばを消そうとして、その手をとめた。やはり、《天ちゃん》なることばを発することによって、感覚的に解放されることが、天皇制とも天皇観とも、おれは戦後民主にどっぷりとつかった世代なんだなあ、といううらめしいような歎きがわきおこってきたからであり、それなら、こいつを恥のように残しておこうという気持ちだったのである。

先の月村敏行は書いている。

《成程、例えば「四方の廃絶」には、わたしのしてみたように天皇制に「行き当った」鈴木を想定してよいかもしれない。しかし、そのことを思想ではなくイデオロギーでなく、あるいは倫理や生き方といったことでなく、ただに詩として実現しようとしたとき、鈴木においてはこういう構造的実現を結果したのである。「日本島の天（皇）ちゃん」ではなく、「ニャンポン堂の天ちゃん」となった所以であり、そうである以外には、鈴木に「制度と行き当った」ことを詩として実現するのは不可能であったのだ。》

（「鈴木志郎康論」）

しかし、わたしがみてきたところは、〈制度〉と行き当ること（ラジカリズム）を仮装として、実際には社会風俗に行きつくほかない詩の言語のありようであった。そして、それはなにも鈴木特有の問題ではない。この時期の言語を《制度と行き当っている》と過大に評価してしまう月村にも、それと気づかずに《天ちゃん》と書いてしまうわたしにも同じようにあらわれていることなのであろう。猥雑な世代とはこのことをもって言われるべきである。そして、また、鈴木自身は、そんなことで〈制度〉とぶち当れないが故に、とことんまで猥雑な社会風俗を、〈制度〉に当っているふりをして演技しぬかねばならなかった。

それはほかの作品、たとえば「ギロギロギッちゃんの生活真情」についてみても同じことがいえる。

ギロギロギッちゃん、遊び好き
残業稼いで二時まで違法マージャン200円浮き
続いて四時からお約束の早朝ボーリングはストライクを狙え
真昼のふくろう、眠い眠いとプレス踏む
アッ、という間に四本指は
鉄に喰われる、駈け出すのは卑役の職制に小組合大幹部
血が流れる、血が流れる
サイレン鳴らせ、ああ、マージャンボーリングおさらばか
ギロギロギッちゃん、流れる血液掬い上げ
……（中略）……
建国記念日休まない

天長節も休まない
憲法記念日休まない
文化の日、あたぼおよ、休まない
（ひゃあ、反国家的、恰好いい）

（「ギロギロギッちゃんの生活真情」部分）

こういう詩でこまるところは、本人がおもしろがっているほど読む方は面白くないことだ。《違法マージャン》と言い、《早朝ボーリング》と言い、職制や組合幹部や国民の祝日と言い、《反国家的、恰好いい》にしても、すべてが社会風俗であり、この疑似ラジカリズムのなかに、極私性――すなわち、〈私〉の虚構化は完全に拡散してしまっている。〈私〉の虚構化が〈私〉なる契機を失って、社会風俗としてのみ骨格をさらしていると言ってもいい。むろん、こういうもののなかで〈制度〉と行き当ることなどは本来的に起りえないのだ。〈制度〉と行き当るとは、何よりも自己存在への衝突を不可避とすることであり、その不可避性のなかでは絶句を強いられないものもいないだろう。その沈黙をなお、〈制度〉と対峙せしめていこうとするなら、その沈黙を何らかの表現として立てるほかなく、それを立てる意志を失うとき、あるいはそれに無自覚になるとき、人は失語に至る。

むろん、鈴木の饒舌は、この失語との緊張感を、いわば即自なるものの衝動としてもっているだろう。それ故にこそ〈制度〉と行き当っている仮装性の上を、彼は全力で走りつづけなければならなかった。そして、こういうことを可能にするところに、この詩人の並はずれた力量というものもあるのであろう。しかし、やがてこの空洞化した虚構性に、彼自身が耐えられなくなってくる。何かが外側から一撃すれば、それは崩れざるをえまい。そして、それはまさしく社会風俗としてのラジカリズム自体の崩壊として現前化することになる。彼は、それを、赤軍派の浅間山荘での武装闘争やリンチ事件の衝撃として書いている。

《彼らは権力に立ち向うために武器を持ち、その武器を使うものとして、更に又彼ら自身が権力を持つものとなるべき、つまり私らを支配しているモラルとは別のモラルを持つものとなるべきであったのに、彼らにはそれを持ち得なかったように見えたのであった。別のモラルを持つということの困難をそこに見たのであった。私には、彼らが次々に仲間にリンチを加え、殺しに行ったと報道されるものを読んで、その武器を至上のものとするモラルにぞくぞくするものが感じられると同時に、恐ろしい気にもなるのだった。私は日常の生活では、そこで生き伸びるべく、ありきたりのモラルを守って生き、一方で詩を書きながら、そのモラルを攻撃するような言葉を使い、結局のところ、私自身も又自分を生かすということではモラルを持っていないのだった。私はもう以前のような詩を書く気にはなれなくなってしまった。》(「最早偶然のままに」[*6])

いささか単純に過ぎる感想である。赤軍派の問題は、何よりも政治思想の問題であって、一義的なモラルの問題ではない。しかし、ここからは自己存在にまつわるもの(極私)を疎外して、モラル(↓制度)を攻撃していた詩の方法、あるいはその根拠となるものを疎外して、表現の虚構性だけを過激化していた詩の方法に、彼自身が耐えられなくなっていた姿をみればよい。おそらく、赤軍派などけその方法が崩れる上でのひとつの外的な契機に過ぎなかっただろう。

彼はこの表現の虚構性のなかで、もっとも疎外していた〈私〉なるものに帰るほかなかったのである。しかし、その回帰が〈私〉の虚構化という極私性まで失って、いわば言語の直接性を意識の即白性に一元化しようとさえしているとき、それがどのような危険を内包しているかを、わたしは先にみてきたのだった。

さて、群盲の一人でしかないわたしがここでさわったのは、鈴木志郎康という象のどの部分だったのだろうか。やがて誰かが教えてくれるであろう。

＊1　これらの作品は、鈴木志郎康詩集『家族の日溜り』（詩の世界社）に収録。

＊2　鈴木志郎康評論集『純粋桃色大衆』（三一書房）に収録。

＊3　鈴木志郎康詩集『やわらかい闇の夢』（青土社）。

＊4　「現代詩手帖」一九七五年五月号。

＊5　『新生都市』（新芸術社）、『罐製同棲又は陥穽への逃走』（季節社）の二詩集は、現代詩文庫『鈴木志郎康詩集』（思潮社）に全篇収録。

＊6　鈴木志郎康評論集『極私的現代詩入門』（思潮社）に収録。

（「現代詩手帖」一九七七年一月号）

菅谷規矩雄論

一　無言　そのことばぐるいの逆説

I

緋の扉を開けると、おまえに〈六月〉はどのように可能か、おまえに無言はどのように突き刺さっているかを問いかけてくるものがある。その問いをあまりに近くに聞くために、かえってわたしの河の意識は遠い反響のように感じてしまうのだろうか。

わたしがいまむかえている困難はむろんそんなところにあるのではない。その問いが放たれてから、十数年を経て風化し拡散しきった〈六月〉のおびただしい形骸のなかで、なお初発の問いを生きている位相があること、その位相を共有することとの困難さに、わたしの筆の歩みは滞らざるをえないのである。その問いの近しい声のぬくもりのなかを〈わたし〉の解体を賭けながら、泥を流すように潜り抜けてみるほかないだろう。そして、〈六月〉の異貌な岩床に触れてみるのだ。

問いかけてくるものとは、一冊の詩集『六月のオブセッション』とそれ以後の詩篇[*1]である。あるいは、それらの詩篇に接続して、はなやかに可能だったかも知れない数冊の詩集の代りに、菅谷規矩雄が不可避的に踏みこんでいった無言の領域、そのすべてである。
さて、菅谷規矩雄の幻想の暦のなかでは、〈六月〉は長く続く暗い坑道の果てにあるものに似ていないだろうか。どこまで歩いてもそれは出口がない。出口のない坑道の先に〈六月〉は幻のように赫いている。菅谷自身の〈ノート〉(「埴谷雄高論――ロマネスクの反語」のなかに補註として部分的に引用されている)[*2]のなかからその原形を見出すことができるだろう。

出口がなかった。ぼくらはかこまれて立ちつくした。ひとりの学生がドブにおちて、皮膚にしみるほど黒い水によごれた。そうしてこごえた。/いつまでも暗い雨の夜明けを、もうぼくはみてはいなかった。閉ざされて、ほとんど虚脱しかけている意識のなかで、ひとつの幻想だけが冷く赫いていた。それはもはや幻想としてしか存在しえないことが、あまりにも充分に証明されてしまったために、かえって明らかな自律性となって、ぼくのイマジネイションを支配した。
(「埴谷雄高論――ロマネスクの反語」の「補註」)

この〈ノート〉が書かれたのは一九六〇年三月ということであり、彼が暗い雨の夜明けに立ちつくしていたのは、一月の羽田においてである。羽田から飛び立つものを阻止するための動員のすべての計画は、《その最小規模のものに至るまで、国民会議=総評によっておしつぶされ》、実現をみるに至らなかった。あらゆるつながりを断ち切られ、ばらばらに分断された痛点として孤立した羽田の学生集団のなかで、菅谷はそれが絶対的に不可能であるが故に自律したイマジネイションとなった、数千のデモ、幻の労働者の大群が国道を遮断してやってくる光景を想い続けたのだという。この幻想と現実の、決して重なることのない風景の暗渠に墜落することで、おそらく菅谷は〈六月〉への途を見失った。

しかし、〈一月〉の雨の羽田でぬれねずみのようにこごえ、たたきのめされた肉体とどこまでも自律していく幻のイマジネイションとの背反、その陥没する意識の断層めがけて、彼が遂に到達しえなかった〈六月〉、いや〈六月〉のすべての関係は圧倒的な重みで倒れこんできたのである。〈六月〉への途を見失うことで、逆に、誰よりも苛酷に〈六月〉を引き受けざるをえないという、屈折した弁証の関係のうちにこそ、彼のオブセッションは発生したにちがいない。《いまもおまえは一月の雨の夜あけに立ちつくしたままなのに》（「ロマネスクの反語」）、しかし、そこに倒れこんできた〈六月〉に彼は脅かされ、傷つき、それ故に非望の想いを托し、幻の時へ向けて歩き出すのである。

六月への道を幻とする
それが私の時間である

（「首都あるいは関係」〈Ⅳ〉冒頭二行）

倒れこんできたものは、〈六月〉の〈意味〉であり、その〈意味〉を越えて出口のない時の坑道の先に幻のように赫いているものは、不可能なイマジネイション——詩である。こうして〈意味〉として獲得されても、いや、倒れこんできた〈六月〉が、〈意味〉として獲得されればされるほど、不可能な詩として欠如をあらわにする〈六月〉がどうして記憶の構造をもちえよう。彼がなお、《一月の雨の夜あけに立ちつくしたまま》であるならば、それは絶えざる偏執の現在として、オブセッションとして甦えり続けるほかないのである。

*

切りひらかれる背中

つかみだされふりまかれる無数の
空っぽのたまごたち　そして

（「絡みつく風のソネット」第三連）

詩集『六月のオブセッション』においては、この倒れこんできた〈六月〉の意味を解体しつつ、それを〈非在〉のイマジネイションへ向けて凝集する試みが繰り返される。しかし、その凝集していく像の中枢は、たとえば切りひらかれた背中であり、空っぽの卵である。〈六月〉は反かれた〈あした〉、腐る風、偽の舌によってこそ充溢した像を結ぶのである。幻の〈六月〉はどこまでいっても不在であり、その不在のなかに偽の〈六月〉はひろがりつづける。とすれば、〈一月〉の無言は、いっそう《空を穿つような傷口》と化さざるをえないだろう。その傷口においてこそ、彼は無限に優しいまなざしである。しかし、その優しさが苦しんでいる問いに対して誰も無縁でいることはできない。

ぼくらの背中に彫りこまれてゆく街頭デモの死の相貌には、一人の殺されたものの場所が、かつての眼のありかを示すかに抉られていて、それは周囲にひとつのかたい殻をつくりあげ、いかなる侵蝕作用もよせつけない空白なのである。うず高く堆積するさんご虫の死骸のようなあまたのオブセッションのぬけがらにまもられて、そこはなおぼくらの新たなオブセッションの発生の場所、そこに真新らしい空っぽの卵がうめこまれているはずなのだ。

（「六月のオブセッション」第二連・部分）

〈六月〉がその中心にもっている空白とは、一人の殺されたものの場所であった。硬い殻に囲まれたその〈六月〉の死者の空白は、同時に、〈六月〉を非在としなければならなかった書くものの空白と激しく交響しあっているはずだ。むろん、その死と生のまったく異質な二つの空白があげる響きは、罪〈障〉のように異和しあっている。あの空っぽの卵のような、うず高く堆積するさんご虫の死骸のようなオブセッションのぬけがらとは、《一月の雨の夜あけに立ちつくしたまま》生きのびているものが、いまなお〈六月〉を幻の時とする罪〈証〉のようなものだといえるかも知れない。それにもかかわらず、生きているものが潜ませている〈快楽〉は〈歌いだす〉欲望をおさえることができないのだ。彼はそっと《死者の空白のなかで、歌ってしまうべきか》と問わざるをえない。しかし、そのみずからの優しさが苦しんでいる問いを書くという行為のなかで持続することのうちに、すでに空っぽの卵を押し潰し、狂気のなかに解き放たれてうたっている自分が見出されることになる。その答えることのできない問いのうちに、〈六月〉はみずからを押し開いているといえようか。

いまはすべての睡りは鋭く
六月の夜の深いくぼみをつきぬけ
ぼくらの眼は
死者のまぶたのうらがわにひらく
六月のメランコリア
六月の死臭
六月の皮膚のしたで
革命の傷だらけのパンをたべたがる
ぼくらのファナティックな仕事

死者は
すべての非所有のなかへはこぶべき
ぼくらの数すくない私有である

（「六月そして六月」第二連）

＊

ひょっとしたら、〈一月〉という、〈六月〉の海の底に隠されている裸形の岩礁がなかったら、菅谷規矩雄の〈六月〉は拡散していたかも知れない……という疑念はいかにももっともらしいが、たいして根拠があるわけではない。なぜなら、それは〈一月〉の背後に沈んでいて〈一月〉を不可避な岩礁として押し上げた過程を無視しているからだ。〈一月〉は、そこに至るまでの〈自己史〉のすべての関係の傷痕をたぐり寄せたまれなモティーフの凝集点であり、同時にそれは、〈六月〉の途を幻とせざるをえなかった彼の優しさと屈辱の源泉を垣間見せているものでもある。しかし、『六月のオブセッション』において、〈一月〉を無言の肉体（からだ）とする〈六月〉の《死と傷との地図》（「六月そして六月」）は、それが内側に隠しているはずの重層する風土の貌、その棘の〈自己史〉をほとんどみせてくれないといえるだろう。おそらくそれがことばを時として薄くなめらかな流れに追いやっている理由である。

背後の闇はどこから私の領分であるか
闇は背に覆いかぶさり　背は闇に身をひらいてしまう
その私のものともいえぬ私の果てに　おぼろげにさわる
ものがある　あまりにはやく発せられたために　ついに
始源から切りはなされて漂遊するままの　ひとつの予兆

幾億光年の遠さで死ぬ星　ほの白いかげりのようでしか
ない声の予感

（「声のはじまり」第二連）

ここでは、背後の闇はまだどんな貌も見せない。それはおぼろげにさわられるものであるに過ぎない。ことばは選り抜かれて精確な感受を浮き上らせているが、傷口は人工的な皮膜で被われている。「村落」や「偽の土地」のような作品では、背後の闇のなかにあるものは、一層はっきりした輪郭をもって浮き出てくるが、それはどれほど自覚的なものだろうか。それはほとんど無自覚のままに、闇の方でいたたまれなくなり《闇は背に覆いかぶさ》ってきているのだ。

そこに病馬を屠殺するための林をかこんで
ぼくらの小屋はかさなりあい　ひそやかな乱
交がいまも年月の背後を飾っている　女たち
は日向にねむる男を犯しつづけ　赭濁りの田
に指を根づかせようとする　そして疲れた女
たちが空にむかって股ひらくと　夜がほとば
しって林を覆いつくす……

（「村落」前半）

この瞑りのなかに幻視される風景には、なぜか無人称の伝説の匂いが強く立ちこめ、その中でむしろ詩人は、恐怖にではなく慰楽に身をまかせている。露出してしまった〈一月〉と隠されている闇の風土とのねじれた関係がわたしにはよく視えないのだ。〈一月〉からさかのぼるとは、むろん、記憶のなかへではなく、逆方向から〈六月〉へさかのぼることであり、とすればそれは〈一月〉の時を規定している恐怖の関係へ向けてであるともいえよう。『六月のオブセッション』の詩人には、その恐怖はまだ予兆のようにしか視えていない。とはいえ、「偽の土地」はその予兆をいっそう猛々しい形相で写しだしてはいないだろうか。

血まみれの雪の塊は親うさぎが喰う
そして深夜　病馬が部落に分配されるとき
私はなにをかくすのか
におってくる肉片の下に父を母をかくし
死んだ子の病気をかくす
快楽であるはずの空腹を
口をあけている私の声を

（「偽の土地」第五連）

おそらく〈一月〉を押し上げている年月の岩盤の下には、この〈偽の土地〉の先で口をあけている〈地獄〉が際限もなく隠されている。こうして、〈一月〉から歩き始めることの不可避性とは、〈非在〉の〈六月〉から逆に〈一月〉を越えて隠されている〈地獄沼〉まで溯行する運河を掘り進めることの不可避性でもあった。そこにせりあがってくるものとは、玄馬部落と音無川の流域——それを仮装とする病める出自である。〈音無川〉に沿って彼が異貌の風土をさかのぼりはじめるのは、一九六七年以降である。それは決して遅すぎた出立ではない。

あげ汐におされてふくらむ油の虹、流れようとしない河風のにおいをコンクリートに浸ませ、対岸の人だかりが、声もなく幼年にかげり、それが記憶のよみがえりなのか。工場と長屋のたてこんだ狭い路地をバラ線やコンクリートの囲いにそってぬけてゆくだろう。堤防もないひくい川岸にでると、渡し場があった。その汚れたせまい浮桟橋のうえに、ひとだかりが、これはきっと赤羽の工兵隊から逃げだしたのだ、と人びとはいい、服もからだもタール状のよごれ黒ずんでふくれあがり、かぶされた一枚の薦から足がはみだしているだろう。かがみこんだ大人たちの背後から、ふとその顔をみてしまう、それは顔ではないなにか？

（「音無川」部分）

おそらくは現実に訪ねられた音無川の流域の風景から透視された二十年前の音無川は、微妙に、冷たい雨の夜あけにこごえた〈一月〉や、死臭のただよう〈六月〉の風景と交感しあっている。こうして音無川は無音川に流れこみ、幻の〈六月〉、不可能な詩の在り処を浮き上がらせる。

＊

詩に〈むかう〉もののラディクスは、オブセッションであり、玄馬部落と音無川の流域とに根ざしていた。〈詩〉のラディクスは、しかしその流域には存在しない。〈門〉をくぐっての後にあるのだ。無言＝存在たる〈わたし〉が、門をくぐることによってラディクスと化す変身の行為が必要なのである。

（「無言録」四つ目のパート）

暗い時の坑道の果てに幻のごとく赫いている〈六月〉が、不可能な仮装によって増殖する詩であるとするなら、そのとらえつくせない〈六月〉からさかのぼることのできる〈一月〉は、たしかに〈無言＝存在〉であると言えるかも知れない。そのことを更に菅谷流に言いかえるなら、幻の〈六月〉が〈詩〉のラディクスをあらわにするだけ、〈無言〉の〈一月〉は詩に〈むかう〉もののラディクスをあらわにする。むろん、詩に〈むかう〉もののラディクスは〈詩〉のラディクスをいささかも保証しない。〈詩〉のラディクスは、音無川の流域には存在しない、といってもよいのである。しかし、〈詩〉のラディクスが不可能な仮構に近づくほど、詩に〈むかう〉もののラディクスは、その仮構のうちに詩の根拠としての姿を見出さないわけにはいかない。それがオブセッションや玄馬部落と音無川の流域に根ざすものであることは、すでに今までの彼の〈作品史〉に打ち消しがたく彫りこまれている。そのように考えうるとすれば、《無言＝存在たる〈わたし〉が門をくぐることによってラディクスと化す変身の行為》があらわにするものは、〈詩〉のラディクスばかりではなく、詩に〈むかう〉もののラディクスでもあろう。〈大学闘争→失業〉という過程において菅谷規矩雄はその炎に包まれた〈門〉を潜る行為に耐え続けたにちがいない。そして、その〈門〉は炎に包まれていても、おそらく依然としてあの出口のない暗い坑道に似ている。〈六月〉を幻の途とする……。

無言を存在させること——それが〈書くこと〉のそこにおける闘争の目的である。わたしの授業拒否が〈大学〉において無言を存在させるにいたりうるならば、そののちにはじめてわが〈詩〉の必敗のたたかいを開始することができるのだ。

（「無言録」七つ目のパート）

しかし、どのように詩に向けて飛翔しようとしている〈無言〉であろうとも、それが〈無言〉であるかぎりは、いつでも〈失語〉への頽墜の危機ははらまれている。そのほとんど詩を圧殺しかねないほどの反詩の領域を、彼はあえて〈無言〉を断言することで、あの〈六月〉の幻の途、不可能な詩へ向けて潜り抜けようとしたのだ。そして、わたしたちはいま確実に彼の〈そののち〉に立ち会おうとしている。むろん、それは〈出口〉なんかではない。新たなる〈一月〉の雨の夜あけにほかならないものだろう。わたしの《六月のオブセッション》を潜る行為は、それをどれほどかすめることができただろうか。

＊1　『菅谷規矩雄詩集』（あんかるわ叢書）に収録。
＊2　菅谷規矩雄著『無言の現在』（イザラ書房）。

（『新版菅谷規矩雄詩集』解説、一九七一年一月）

II

この春、わたしは、また、ひとりの小さな死者を送った。
枝々の　拱みあはすあたりかなしげの
空は死児等の亡霊にみち……その枝々がくみあわさっているあたりから、舞い落ちてくる不吉な花片を踏みにじりながら、わたしはわけのわからない焦燥にかられて、あの底冷えのする六甲山麓の坂をのぼり、そして、くだった。それ以後の毎日は、何やら息急き切って、坂をのぼり、坂をくだる行為を繰り返しているだけの感じに似ている。親しい者——この春の死者は、親しいという感情とは、およそ別の、ある直接的な何かであったが——の死が苦しいのは、それを受け入れるたびに、このわたしのなかの何かが確実に死に、その分だけわたしが軽くなるからだ。わたしが生きのびるかぎり、毎年必ず増える死者がわたしのなかに棲みつき、わたしを浮上させる。これからはもっと、その内部からの浮上に抗して生きる努力をしなければならなくなるだろう。なんとも腹立たしいかぎりだ。こんなにも歳月に逆う意志力が必要になるとは……、数年前までは思ってもみなかった。

　さて、わたし自身の、この〈ふけばとぶよな〉軽さを、苦く嚙みしめるにつけても、しきりに思われてくるのは、菅谷規矩雄の〈無言〉のモティーフである。わたしのここでの試みは、あくまで〈同時代覚書〉であって、必ずしも〈六〇年代詩人〉の詩と批評を論ずることを意図してはいない。それは徐々に広げられていくはずであるが、なおしばらくは〈六〇年代〉に出立した詩と批評について、視ておかなければならない、と思う。そして、とりわけ、多くの〈六〇年代詩人〉論からは消えている菅谷規矩雄の位相をここで引きつけておかなければならない。その〈無言〉のモティーフ故にである。

　菅谷の〈無言〉は、直接的には、〈六〇年代〉の詩と批評に対する根底的な異和である。もっとも、彼自身は〈六〇年代詩人〉を代表するグループである「凶区」の中心メンバーであったから、それは単に対他的なものではなく、激しい自己異和としてもかかえこまれていたであろう。いや、むしろ、自己異和として〈無言〉がかかえこまれることにより、それは同時代への真に必要とされる悪意となっているはずだ。悪意とは、むろん、詩の解体である。一九七〇年八月、「凶区」の危機についての発言である「詩的情況論序章」[*1]において、彼は次のように書いている。

《この一年あまりの〈私〉の無言は、情況の根底をめざす反乱をふくむものであった。〈大学闘争〉から〈詩〉にむかって告げておきたいのは、そのひとことだけである。まったく未知の領域にまで闘争をきりひらけないでいる〈私〉には、くりかえし問いがおとずれてくる――〈書くこと〉の解体へつきすすむか、〈すでに書かれたもの〉に復帰するか。この問いはニセものである。まどわしである。それゆえこたえはどちらでもない。にもかかわらず、天沢退二郎から高橋和已まで、〈私〉にはそれにこたえをだしたようにしかみえない。文学的〈正常化〉への帰属ではないのか?》(「詩的情況論序章」)

むろん、これらの文章は、不可避的に〈時〉に刻印されていて、いまから読めば、ああ、そこまでしかことばは届いていなかったのだな、という感想はおのずからわいてくる。つまり、どうしようもなく菅谷は〈大学闘争〉から〈詩〉にむかって告げてしまっている。しかし、ほんとうは、菅谷の〈無言〉が、情況の根底をめざす反乱をふくめばふくむほど、〈大学闘争〉などというものは、強いられた仮装性としてしかありえなかったはずである。わたしにしても、菅谷規矩雄や松下昇が、単に〈大学闘争〉の主格であったり、あの〈造反教官〉などというものだったら、まったく協闘する気などは起らなかっただろう。わたしが協闘したのは、〈大学闘争〉を仮装性へ押しやる、名づけようもない闘争〈それを仮りに表現闘争と呼んだ〉に対してであり、無限に逸脱しつづける彼らの〈無言〉に対してであった。しかし、協闘と言っても、わたし自身は、大学などというところと関係なく生きているのだから、〈大学闘争〉としての仮装の現場も、仮装の主格もありえない。そこに情況の根底をめざす反乱を組織するものとしての〈自己組織論〉を、共同表現論として展開していかざるをえない契機があったのだと思う。とはいえ、共同表現論の主格は複数であり、その複数の主格を自己組織すればするほど、わたしは解体され、また、ある意味で荒廃した。そこに、彼らの〈無言〉に対するわたしの失語の位置があった。ここにはどれだけの錯誤や過誤があったのか、わたしはいまなお、その全体を対象化できないでいる。なぜなら、まだ、何も終っていず(あるいは始まっていず)、わたしはまだそこからどんな解放感も得ていないからである。

それはともかく、菅谷にとって、〈大学闘争〉は、仮装としてしかありえなかったのだから、彼の〈無言〉が、情況の根底をめざす反乱を永続化するかぎり、そこにどんな正常化も起りえないことは当然である。そして、また、天沢退二郎や高橋和己のように〈造反教官〉に成りえた者にとっては、〈大学闘争〉の終結（敗退）は、内在的な正常化を意味しただろうし、〈造反教官〉にすらよく成りえなかった者、あるいはそれを拒んだ者にとっては、それは外在的な正常化にほかならなかっただろう。わたしは、それはただそれっきりのことで、《文学的〈正常化〉への帰属》と考えない方がよいのではないかと考えている。

そう言い切るにはいくらかためらいがあり、また、菅谷とも対立点を形成することになるかも知れないが、文学は〈大学闘争〉のレベルにおける正常化とも異常化とも関係のないものではないかと思っているからだ。おそらく、文学について言えば、〈大学闘争〉が終ろうと、永続化しようと、そこからはどんな答えも出しようがない。もし、それが何らかの答えを出しているように見えるとすれば、〈大学闘争〉とは直接には関係なく、いや、関係があるとしてもそれを仮装とすることにおいて、彼の文学〈観〉、その内実がそうしているのであろう。そう考えることにおいてこそ、わたしには《〈書くこと〉の解体へつきすすむか、〈すでに書かれたもの〉に復帰するか。この問いはニセものである。》という、にせものの問いの意味が了解できる。だいいち、〈書くこと〉の解体へつきすすむためにさえ、〈すでに書かれたもの〉に依拠するほかないではないか。

ともあれ、菅谷規矩雄は、そのにせものの問いの意味をよく自覚しながら、自分自身は〈書くこと〉の解体へ突き進む道を選び、〈すでに書かれたもの〉に復帰することを拒んだのである。振り返るようにしてみれば、一九六九年秋から翌年にかけて書かれたという「無言録」[*2]なる断章には、それは次のように映し出されていたのだった。

詩に〈むかう〉もののラディクスは、オブセッションであり、玄馬部落と音無川の流域とに根ざしていた。〈詩〉のラディクスは、しかしその流域には存在しない。〈門〉をくぐっての後にあるのだ。無言＝存在たる〈わたし〉が、門をくぐることによってラディクスと化す変身の行為が必要なのである。

（「無言録」四つ目のパート）

前にはよくわからなかったけれども、ここにある詩に向かう者のラディクスと、詩のラディクスとの、あまりにすっきりした割り切れ方はどこか気がかりではあった。いまにして思えば、詩に向かう者のラディクスと詩のラディクスが二重化されるのではなく、切り離されていることに不安を感じていたのかも知れない。ともかく、ここで玄馬部落とか音無川というのは、彼の飢えと疎外の原体験を隠している、彼が詩に向かうときの無意識の根拠を象徴しているものであろう。しかし、詩のラディクスは、そこにはなく〈門〉をくぐらなければならない、と言うのである。この反オブセッションとしての〈門〉をくぐる変身の行為とは、まさしく先の〈書くこと〉の解体へ突き進むことにほかならないだろう。言いかえれば、〈大学闘争〉という仮装の場へ、〈無言＝肉体〉を投げ出すことである。

それは詩とも文学とも関係のない領域へ踏みこむことといがいではない。むろん、この世に、詩とも文学とも関係のない領域などというものは、本来的にはありえない。それを逆説的に詩があふれかえっている場所であると言ってもいいのである。また、〈大学闘争〉をほかのどんな闘争現場とも区別しているものは、その幻想性においてであろう。しかし、そんなことをどんなに並べたてていっても、詩や文学と背反する領域に踏みこんでいかざるをえない者にとっては、何の先験性を保証するものでもない。詩を書くことよりも、それ以上の態度で一枚のビラを書くこと、ペンを握るよりも、武器を把ることの方が緊急の課題であっただろうからだ。もとより、〈大学闘争〉から〈三里塚〉へという道行きが、どこまで不可避的であり、どこに錯誤が潜んでいたのか、いなかったのか、わたしは明らかにしえない。しかし、はっきりしていることは、詩のラディクスを究極においてイメージする彼の〈無言〉は、おそらくどの闘争現場からも逸脱せざるをえなかっただろうし、そこへ登場しているおのれ自身を仮装として視る意識も失われなかっただろう、ということである。そのことを、〈門〉はどのようにしてくぐられたのか、という問いで検証してみることも可能だろう。たとえば、彼の中絶した黒田喜夫論は、一九七〇年の時点で次のように書かれている。

《〈国家〉にむかって詩を書くことができるか――このさいごの問いへの逆証をあえてこころみるべく、いまぼくはもういちど革命のまぼろしを熱っぽく胸もとにまでひきよせ、無言＝肉体をあえて闘争に表現するであろう。いや、そのような表現などまったく不可能にちかい情況のどんづまりで、ぼくじしん卑小な一過程をつぶさにたどろうとするまでのことだ。いわく全共闘、いわく反戦派、十一月決戦、三里塚……それら名辞のとどかせようとしてどうにもとどかぬ〈無言〉のふかみ、〈軍事的敗北――政治的勝利〉などという入れかえがパラドクスとしてさえ存在しえぬ領域、敗退といいうるほどの戦線さえ形成されえぬゼロ座標で、だからこそだれにかわって眠ってもらうこともできぬ〈私〉のひどい夜のただなか、この極小のラディクスにあらあらしい〈夢〉をだかせなければならない。》（「飢えと美と」[*3]）

なるほど、詩のラディクスとは、〈国家〉にむかって詩を書くことができるか、という問いの先にあるものであった。そして、また、その問いを問い切ろうとすることにおいてこそ、《革命のまぼろし》は彼の〈無言〉の内に引き寄せられたのである。いま読めば、何やらまぶし過ぎるほどのことでもあるが、そう感受せざるをえないところにわたしたちの頽落した現在というものもあるだろう。ともかく、〈国家〉にむかって詩を書くことができるか、という〈無言〉が秘める核心によって、彼はどんな共同性と共同性がぶつかりあう現場においても、醒めきった仮装者として通ることができただろう。まさしく、《敗退といいうるほどの戦線さえ形成されえぬゼロ座標》で、彼の〈無言〉は不眠の夜を発光させていたのだ。

ただ、ここで問題になるのは、やはり、〈国家〉にむかって詩を書くことができるか——という問いのうちにあるだろう。〈むかって〉とは何なのか。〈国家〉のために、党のためにというのと、それは対極の態度であろう。わたしのなかで、この問いに強く反応するものはかつてもあったし、いまもある。それと同時に、この詩のラディクスのなかでがたがた崩れていくものがあることも否定しえない。〈国家〉にむかって詩を書く……そう発したとたんに、わたしの小さな掌中のモティーフはこなごなに砕け散ってしまう。そして、わたしにとってその毀れやすいモティーフを抜かして、どんな詩もありえない。

そもそも、〈国家〉にむかって詩を書くことができるかという問いには、できるともできないとも答えることは不可能なのではないだろうか。一人の女のために詩を書くことができるか、と問われるならば、〈わたし〉はいままで本質的にそのようにして詩を書いてきた、と言い放つことも可能であろう。しかし、〈国家〉にむかって……なる問いに答えようとすれば、それはおそらく一篇の詩作品を書いてみせることではなく、いや、一篇の詩を書くように、革命をすることにほかならないだろう。そして、武器を把らねばならぬときでさえ、ペンに固執する詩、ことばに固執する詩は反革命の深みにあるものだ。その意味で詩とはいつでも内部の荒廃に耐えることばであろう。

そうであれば、〈国家〉にむかって詩を書くことができるか——という問いは、ただただ、その不可能性によって詩を解体させる。詩のラディクスとは、その極点において詩の解体なのだ。そして、また、その自己解体を恐れていては、どのような詩の根拠にも達することができない……ということかも知れぬ。それにしても、その解体が意味をもつのは、〈むかって〉であろうと、〈ために〉であろうと、おれはおれの〈必要〉いがいに、あるいは〈必要〉のためにだって詩など書かない。詩を書くのは単にオブセッションのゆえにであるという態度との拮抗においてであろう。言いかえれば、詩のラディクスに向から問いは、オブセッションと二重化されるのでなければ、解体は〈無言〉をも破砕してしまう。しかし、「無言録」は次のように書いていた。

反〈オブセッション〉――それが門をくぐる行為である。　（「無言録」三つ目のパート）

そこまで彼を追いつめたのは、情況の力であろうか。彼固有の論理であろうか。危機は彼を飲みこんだであろう。しかし、彼の詩にむかうもののラディクスは、それまでに『六月のオブセッション』、及びそれ以後の詩篇において、およそ十年の軌跡をもっていた。「無言録」の段階で、それを〈前史〉と規定したところに、反〈オブセッション〉としての立場があるだろうが、しかし、どう規定しようとも、それがもっている時間の集積は無視しえない。むしろ、それへの執着が断ちがたいからこそ、彼は〈反〉オブセッションを強調し、詩のラディクスへむかう問いをてっていしえたのかも知れない。それに、彼の〈無言〉は、無言語ではない。〈門〉をくぐる行為のさなかにおいても、その詩の危機（解体）は、まさに危機の相貌そのままに仮構の意志を持続させたのである。それは『〈解体新書〉』[*4]の「詩片」群として定着されているだろう。

（そうだ、おれはことばから生れた肉体）

偽の土地うらがえし

無言の現在を暴け
火炎樹よ
わが肉のそとへと——

この皮いちまい
びらりひきはがした
洗いざらしかすり傷の透しに
しみだす道行のもどり
ぬぎすてる足もとで
おもたく泥になずむ
文字ずりの浅瀬から
おれはいま息とめて
眼のなかへ
ねがえりをうった

（「詩片第一」）

最初の一行の前に、ひっそりとつぶやかれたというようにおかれた《〈そうだ、おれはことばから生まれた肉体〉》は、決定的である。当然と言えば、あまりに当然であるが、彼の〈無言〉は、何よりも、《ことばから生まれた肉体》としての出自をもっているのだ。そして、ことばとは、直接的には〈前史〉としての『六月のオブセッション』とそれ以後の詩篇にほかならないはずである。[*5] まさに〈無言〉はことばから生まれ、それに魅入られることによってこそ、逸脱をつづけざるをえなかったと言える。むろん、ここで詩のラディクスに向かう問いがもたらした解体の意味は、この詩片から、ほとんど外界というもの、風景というものの自律性を奪ってしまっているところにあるだろう。もっとも《偽の土地》と言い、《火炎樹》といい、《浅瀬》と言っても、それは単に内界の喩ではない。おそらく、そこには内界と外界が激しい軋轢で入れかわるようなドラマが隠されているはずだ。しかし、詩のことばとしてみるかぎりでは、それは比喩として自立しえない感覚性にとどまっている、あるいは、そこにとどめられている。そのことにおいて、それはどのようにもおのれを解放しないことばであるから、読む者をも息苦しくさせる。やはり、彼において、〈国家〉にむかって詩を書くことができるか――という問いは、彼の掌中のモティーフを抑圧したのである。しかし、彼はその解体の淵を、《ことばから生れた肉体》として、言いかえればことばに魅入られて歩もうとする。その二律背反に対する自覚が、これらを詩篇でも、詩作品でもない、〈詩片〉と自己規定することになった意味であろう。

こうしたことばに魅入られながらも、仮構性によってみずからを解放しない、あるいはできない〈詩片〉の性格は、一九七〇年九月から七二年四月までに書かれた（→発表された）『〈解体新書〉』「詩片」第一章、第二章と合わせて十二篇の〈作品〉にほぼ共通していると思う。それらの多くは、意味としても、像としても読まれることを拒んでいる。《ガラスのつぶを》かみくだく（「詩片第六」）ような彼の〈無言〉に同行すること、それがこれらの〈詩片〉を読むことだ。

「詩片第十二」は次のような世界である。

それは千年革命
前夜の祝杯であった
……おれは

世界の〈反〉蒸溜液をのみほした
眠らずにくぐりぬける
このひどい夜の剰余
おれの夢をきみが眠っている
ゆえなき私有の
反革命へ反言へ
西に魂（たま）　東に骸（むくろ）　手をひろげよ
無地のひと巾まきとる
いま破片であるものは
神聖書記派を解体するまで
無言を死ぬことばぐるいだ

（「詩片第十二」）

わたしたちの《〈仮装〉それ自体を本質とする詩》[*6]（佐々木幹郎）がそれの自己異和としての、このような不眠の〈夜〉をかかえこんでいることは、十分に記憶されなければならないだろう。それは同時代の詩の、仮装性内部のことばの祝祭に対する、違法性内部の〈無言〉の祝祭である、と言ってもよいはずだ。そして、その《夜の剰余》が、仮装性内部のことばの剰余と接点をもちえない、その解体の根拠のなかに、これらの〈作品〉が、なお、〈詩片〉であり続けた理由もあったのである。

とはいえ、《いま破片であるものは／神聖書記派を解体するまで／無言を死ぬことばぐるいだ》という決意はここで告げられている。その《ことばぐるい》に魅入られることにおいてこそ、〈無言〉が〈大学闘争〉からも政治闘争の仮装からも逸脱しつづけるものであることは、これまでも書いてきた。

〈無言〉とは《ことばぐるい》と《自己解体》との葛藤する運動域だ、と言ってもよいだろう。その逸脱の痕跡をわたしたちは同時期の「〈国家――自然〉」や「解体通信」から、いくらでも見つけ出すことができる。たとえば、彼の〈無言〉は、逮捕・拘留による権力の内界への包摂を、逆に〈わたし〉の内界が外界に突出したものとみているし、権力に強いられた黙秘は黙否の思想へと転化させられている。あるいは、彼の詩のラディクスへの問いが、不可避的に引き寄せた〈懲戒免職〉と〈失業〉という事態は、生活それ自体が違法性として世界に露出するに至ったと受けとめられている。強いられた敗退のことごとくは、幻想におけるたたかいの砦と化すのだ。これこそを、《ことばぐるい》に魅入られた〈無言〉の逸脱と言うのである。そして、ついに彼の〈無言〉は、すべての闘争現場（空語の飛びから世界）から、放逐される時がくる。《〈門〉をくぐっての後に》《〈詩〉のラディクス》はどのような相貌をあらわすことができたか。

おそらく、それはどのような相貌もあらわすことがなかった。そして、この点こそが、《〈門〉をくぐって後に》彼が手に入れた最大なもの、核心となるものではないか。〈詩〉のラディクスとは、詩の解体であるとはすでに書いてきているところである。そもそも、既成性を刻印された表現（思想）のボディから解体されることなくして、どうして情況の根底、詩の根源に行きつけようか。彼はその解体の根底から、あらためて詩の仮構（時間）を回復しなければならなかった。そして、〈詩〉のラディクス＝詩の解体は、詩の原理（論）の展開を不可避としたのである。なぜなら、原理（論）こそは、詩が集積してきたその仮構の時間を、批評のことばにおいて全的に所有することにほかならず、それによってしか、解体（欠如）は、全体を回復しえないからである。むろん、それが韻律論でなければならなかったところに彼の固有性があるのであろう。ともかく、それを起点として、詩の時間の占有はめざされた、と言わなければならない。

しかし、〈門〉をくぐっての後においても、詩と批評の関係は錯綜している。あの卓抜した原理への志向を内蔵した『詩的リズム』においてさえ、詩と批評は次のように対置されている。「序」の最初の部分である。

《短歌や俳句そして初期近代詩を定型詩とみるかぎりでは、わたしは〈定型＝韻律〉のまったく対極で、どこまでも詩を散文のように書こうとする意図をもちつづけている。批評を書くことは、一篇の詩作品を書くことによって不可避的に形成される言語の定型性＝美的様式を、そのたびごとにみずからつきくずし、いわば発語の根拠へ、現実の根柢へおのれの言語をひきもどす解体作業なのである。だが、そのようにみずから散文的に解体した言語が、〈無言〉の領域でふたたび発語へ、さいしょの一行へむかってかたちをとりはじめる。その起動力はなににもとめられるか。書きはじめようとする意志は、なにを原基として自立するにいたるか——そこには〈無言〉としての言語のもっとも深層が暗示されている。》

（『詩的リズム』「序」）

《ことばぐるい》に魅入られた〈無言〉というモティーフが、解体との関連でこころにくいほど生きている。そして、その〈無言〉から発語への起動力となる、その深層にリズムが想定されていくのである。「後記」においても《およそ三年にわたる〈大学〉の内外での闘争の経験が、その根柢に堆積された表出されざる〈体験〉の極から逆流し氾濫するごとくに、わたしの内部感覚をゆるがした。しかもそれはひたすら聴覚的であった。根源が律動していた。まるで幻聴のように、なりひびくものがあった。》と書かれている。まさしく、〈無言〉の内部が《幻聴のように、なりひびく》ことによって、彼の韻律論への道は切り開けていったのであろう。そうであれば、先に引いた「序」の前半部分にある、詩と批評を対置する仕方はわたしを納得せしめない。批評を書くことはほんとうに、一篇の詩作品を書くたびに形成される定型性や美的様式を解体する作業なのだろうか。では、詩を書くことは、批評をどうすることになるのだろう。もっとも、批評を書くことが結果として、何やらそのような作用をしている、ということは内省できないことではない。しかし、それはその限りのことであって、この対置にはどこか無理がある。

わたしは、一篇の詩作品を書くことによって形成される言語の定型（→類型）性や美的様式を、発語の根拠へ、現実の根底へ引きもどす解体作業は、詩を書くこと自体が、その内部で繰り返すほかないことではないか、と思っている。同じように、批評を書くことにだって、そのつどできあがる定型性らしきもの、美的様式らしきものはある。それを批評の根拠へ押しもどす作業は、やはり批評を書くことがその内部で繰り返すほかないことである。むろん、詩を書くことが、その内部で解体を繰り返すためには、批評意識というものが、媒介となるであろう。しかし、どうもそれは批評を書くことに、直接には帰せられないような気がする。考えてみても、わたしは批評を書くが、少なくとも主観的には、それはわたしの詩を書くことに対して無力である。どんなにへたくそな詩でも、それを書いているとき、批評を書いているわたしなどあってなきがごとしであり、詩をできるだけ根源へつかせるようにするためには、そのことの内部でわたしなりに、詩のラディクス＝詩の解体に身をさらすようにするほかない。そして、そう考えないかぎり、菅谷自身の〈門〉をくぐる行為が、以後の詩を書くことの内部で、繰り返し反芻されていくだろうことの意味が、よくすくいとれていかないような気がするのだ。

ともあれ、彼の〈無言〉に、大学の内外での経験が幻聴のようになりひびき、そこから、彼が韻律論へ踏みだした一九七二年の六月ごろ、彼の詩を書く行為は、なお、〈詩片〉の過程にあった。とはいえ、そこには〈門〉をくぐった後の意味が濃厚にあらわれてきている。

今日、わたしのなしえたことは無数である——きみの処刑は夜哨の眼を射る星々のようではないだろう。スーパーマーケットの紙袋をかかえて公園のベンチにかけていると、夕方、子どもたちの遊ぶ声はひときわかん高くひびく。魚の切身からしみだす血が紙をとおしてわたしの指をぬらした。

この情景にみちている時を、だれも私有しえないというのはほんとうか――全身打撲の紫斑がゆるやかにうすれてゆき、さいごにわたしがそこにのこる。しずむ陽にはえる皮下の沼に腰までつかりながら、おれたちは迂回して林にはいった。汗まみれのシャツのように敗走を脱いで枝に干した。そしてタバコがつきた。

（「詩片第十七」第一連）


何よりも、《スーパーマーケットの紙袋》というようなことばがわたしの眼を射る。そこにはもどってきた日常の風景があるだろう。そして、《魚の切身からしみだす血》が触発した、日常の意識の破れ目から、この語りの主格は、〈門〉をくぐる行為のさなかの風景に踏みこんでいく。ここに至ってはじめて、わたしたちは、日常の風景と記憶のなかの風景――あの《敗退といいうるほどの戦線さえ形成されぬゼロ座標》の情景――が、二重の構造をもって回復されてきていることを知るのである。むろん、それを可能にしたのは、〈大学闘争〉や政治闘争への距離の意識であることは言うまでもない。しかし、その距離とは必ずしも時間的なものではない。彼の〈無言〉の逸脱が、すべての闘争領域からの放逐を招きこむことで、現実との非対応の距離感を生みだしたのだと思うほかない。そして、この非対応性においてこそ、〈無言〉は発語への契機を自立させていったのだと思う。ともあれ、この二重の意味での風景の回復は、一九七二年六月（先にも書いたように、彼の韻律論が構想されだした時期である）以降に書かれた『〈解体新書〉』「詩片」第三章の三篇と第四章、第五章の特色となっているだろう。なお、ことばは散文に近いが、むしろ、このような散文体自体が、第三章以降にならなければ登場してこないのだから、そこに彼の解体が、ゆるやかに仮構力を回復しはじめた徴候をみるべきだろう。

そして、この「詩片第十七」の第二連は、記憶のなかの風景を次のように映し出している。

銃創もなく裂傷もなく死がつきぬける——焼けただれた手足に土の痕跡をたどると、ゆきつくのは背後からあけてくる無数の、なじまない一日であった。この沼べりにきみらをうめてゆくが、やがてきみらがおれの銃をほりだすだろう——

と、越境者はものがたった。逃亡からはじまる政治学がおれたちを抽象した。するとさいしょの市はさいごの部落であった。ローム層から発掘したひとつの島をあしたは死ね。過度の具体がおれたちをおとしめ、午前四時にスズメがなきだすように、法制のすきまに自然をうみだしつつ、おれたちはもういちど死ぬ。

（「詩片第十七」第二連）

〈門〉をくぐる行為とは、むろん、詩のラディクスへの問いを熱く内包していたわけだが、同時にそれを死にさらす行為でもあった。そこに政治的共同性の意味がある。革命のまぼろしは死を要求する。この点で、理想の革命も現実のそれもへったくれもない。政治学を原理とするあらゆる革命は、そうしてきたし、これからもそうするだろう。そして、彼の〈門〉をくぐる行為こそは、その場面を走り抜けたはずだ。それ故に彼は回復した風景のなかでも、何度も死ななければならない。彼の風景を透視しながら、わたしのなかで、死を要求する革命のすべては非革命だ、どんな激烈な闘争（戦争）場面においても、死は事故死であって、革命のための死などというものはない、というつぶやきが走り抜ける。人間を一個の物（死）に抽象するすべての政治学こそ死んでもらわねばならない。国家のためであろうと、革命のためであろうと、ためにする死が、ごろごろ転っている間は、詩はみずからを死ぬことができない。それはなんという《ことばぐるい》なのだろう。わたしは菅谷の「詩片」にゆすぶられながら、こんなことをつぶやいてみる。こんなつぶやきを触発されるのは彼の「詩片」がこの段階で、単に同行を求めるだけでなく、仮構へ解放されかかっているからにちがいない。

このようにして、第三連は独房の情景を映し出し、そして、次の第四連（終連）へ引き継がれる。


アルミ食器にもられた麦飯をのみこむわずかな違法へと、おれは自然を無限にたぐりよせている。時ならぬ法は季節のように回帰し、人間の関係を遊行しつづける。この味気ない大豆と牛蒡の煮つけは、さらに神々へのもてなしであろう。政治とはついに神々を支配する権力である。祠のような独房にまつられてある時のながさを、おれはいつ食いつくすことになるのか。（「詩片第十七」第四連）

これらの詩行を書きとめていて、わたしはハッと衝撃を受ける。独房のなかで、〈かれ〉は、国家権力から、神としてのもてなしを受けている。それは何というおかしさであろう、苦しさであろう。地上の軛を断とうとするものは、〈牢獄〉で神としてまつられるのである。おそらく、〈門〉をくぐり抜けて以後の、彼の日常はこの屈辱から解放されることはないであろう。生あるかぎり、《祠のような独房にまつられてある時のながさを》、彼は食いつくしていかざるをえまい。そして、そこにこそ、かつての音無川流域を飢えと疎外の出自とするオブセッションと、国家を敵とする詩のラディクスは二重化する、いや二重化したにちがいない。

とすれば、この段階で、彼の〈詩片〉の過程は基本的に終ったのである。その後もなお数篇の〈詩片〉は書かれているが、もはやそれらは自立した詩作品として論ずべきであろう。そして、彼白身もこれからちょうど一年後になる一九七三年六月からは、番号ではなしに、題名をもった詩作品を書きはじめている。それらは謄写印刷の個人誌「解体新書」[*7]（第Ⅱ期）で読むことが可能である。これを論ずることはここでの目的ではない。また、「詩片第十七」の時期からはじまった韻律論も、もはや、この文脈で論ずべきではないだろう。それらは彼の表現史の上からではなく、戦後の詩の原理（韻律論のレベル）において論じられなければならないからだ。その試みは別の機会にゆずろう。

＊1　菅谷規矩雄評論集『飢えと美と』（イザラ書房）に収録。
＊2　前出の『菅谷規矩雄詩集』に収録。
＊3　＊1に同じ。
＊4　『菅谷規矩雄〈解体新書〉第一冊』に収録。
＊5　この小論のⅠの部分参照。
＊6　佐々木幹郎「詩が作者をさがす（一）」より。『熱と理由』（国文社）に収録。
＊7　菅谷規矩雄詩集『北東紀行』（あんかるわ発行所）にまとめられた。

（「現代詩手帖」一九七六年六月号）

二 〔ケリ〕に至るまで　最期の詩と遺稿への註

菅谷規矩雄は、一九八九年十二月三十日午後八時〇三分に、その詩人としての生涯を閉じた。享年五十三歳。病名は肝硬変症、直接の死因は食道静脈瘤破裂である。

彼が大量の下血をして、救急車で八王子の井上病院に運ばれたのは、同年の十二月二十九日の午後七時頃である。その一日前までは、絶筆となった「ことばとメーロス──詩の音韻に関する考察（Ⅵ）」という、連載評論を書いていた。これを二十八日に、みずからの手で、わたしが編集している詩と批評誌「あんかるわ」に発表するために、団地内のポストに投函したあと、急に容態が悪くなった、ということである。

わたしたち友人にとっても、おそらくは読者にとっても、彼の死は実に唐突であり、それを予期していたものは一人もいなかった、と思われる。そして、そこにはただ病死というだけでは納得しえない、どこかとてもわかりにくいところがあった。病名から言っても、彼はすでに相当前から身体の異常を自覚していたにちがいない。それでも彼は死に至る、おそらくは十数年間、慣習化していた、常識を越える量の飲酒をやめなかった。よく飲んでいるらしいとか、ある時、酒癖が悪かったとか、そういう話の伝えられることがあったとしても、アルコール中毒と呼ばれる病的なレベルでの事実から、わたしたちは完璧に近く隔てられていた。

彼は対人関係において、決して狷介な人柄ではない。同席の相手を楽しませようとしてよく気くばりをし、いつまでも快活にしゃべり続ける人であった。少なくとも、わたしが最後に会った、死のちょうど二年前までの彼はそうであった。つまり、友人として実際に交渉した関係で言えば、彼のこの孤絶した死への道筋はとうてい了解できるものではなかった。しかし、七〇年代以降、特に八〇年代に入ってからの、すさまじい思想解体、自己解体の過程を、幾らか位相は違うものの、わたしは彼と共有してきた。その面だけを見れば、彼の死は決して他人事とは思えない。それにもかかわらず、わからなさは残るのである。死のわかりにくさというより、これは菅谷規矩雄という詩人のわかりにくさであろう。そして、それはこの詩人の個性、思想論理の苛烈な徹底性、そして暗いことばの輝きなどとも、深くかかわっているだろう。

むろん、そのわかりにくさは、一義的な解釈を許さないものであり、ついにその正体を明かさない性質のものかも知れない。しかし、わたしたちに、わかりたいという想いがあるのは、そこに彼の生きた同時代のよく視えない暗部、いや、難路と言った方がいいか——があり、また、詩や文学、あるいは端的に言って、書くことの秘密に通じる回路があるからであろう。この書はその一冊であるが、彼の死後、とりあえず刊行される二冊の遺著は、わたしたちをそこへ導く手がかりとなるにちがいない。

さて、その二冊のうち、一冊は『詩とメーロス』と名付けられた詩論集である。これは主として、生前に雑誌に発表された、詩的音韻論を中心にした詩論が収められている。その性格や成立の事情について、すでにわたしはその書の巻末に〈解説〉を付している。それに対して、本書は『死をめぐるトリロジイ』と名付けられる。これは詩作品と生前未発表の手記を中心に、それらと関係のある批評文や講演の文章を収めた。ここでのわたしの仕事は、本書ができるだけ多くの読者に読まれ、この詩人の最期の詩や思想が理解されるために、その性格や成立事情について、やはり必要最小限の註をつけることであろう。

まず、第一部の「詩篇 Zodiac Series」は、前の詩集『散文的な予感』（一九八四年十月）以後に、発表された詩作品のうち、わたしが確認しているもののほぼ全篇である。とは言っても、収録順序のうしろから数えて二篇「〔2.5R　6.5/8〕モ、モ、モ、」と「〔ケリ〕」以外は、すべて同人誌「Zodiac Series」に発表されたものである。この同人誌は一九八五年十二月に、菅谷が新井豊美、倉田比羽子の三名を同人とすることで創刊し、一九八七年五月までに十二回出して終った。体裁は新聞紙大の一枚に刷られていて、むしろ詩紙と呼ぶべきかも知れないが、それはいつも細長く折りたたまれて、わたしのところへも郵送されてきた。

〈Zodiac〉とは、地球から見て、太陽が一年かけてまわっているように見える軌道、つまり、〈黄道帯〉のことである。その〈黄道〉の十二区分に名づけられている白羊宮、金牛宮、双女宮……双魚宮が、そのまま各号の誌名に用いられた。わたしは、最初の号を受けとった時、〈Zodiac〉の意味がまったくわからなかったから、大きな活字で刷られている「白羊宮」という名前だけを見て、薄田泣菫の同名の詩集を思い起こし、そのあまりの古典的とも浪漫的とも言える発想に、驚いたことを覚えている。わたしは菅谷とつき合っていて、いつも自分の貧しい知識を思い知らされるのだが、本当は〈Zodiac〉から、宮沢賢治の「星めぐりの歌」こそを、直感しなければならなかったはずだ。

彼はそのことを、「あんかるわ」76号（一九八六年十二月二十日）の作品特集号で、みずから明かしている。彼はこの号に先の「〔2.5R　6.5/8〕モ、モ、モ、」を発表しているのだが、その作品につけられた「〔ゾディアク・シリーズ〕からの手紙——でも、だれに?・」のなかで、まず、北村透谷の「各人心宮内の秘宮」という文章を引用し、いまだに心のなかのその秘宮に触れたと感じたことがないとした上で、次のように書いている。

《しかたなしに、ことばをちりばめた夜空に眼をやります。ここにも宮があります。「天の川の西の岸にすぎなの胞子ほどの小さな二つの星が見えます。あれはチュンセ童子とポウセ童子という双子のお星さまの住んでゐる小さな水精のお宮です」（宮沢賢治・双子の星）きこえますか、ほら、あの星めぐりの歌──が。きこえないとすれば、ざんねんですね。なぜって、カンパネルラが、あのとき、どうして「さびしさうに星めぐりの口笛を吹きました」のかが、わかっていただけないでしょうから（銀河鉄道の夜〔九〕参照）》。（「〔ゾディアク・シリーズ〕からの手紙」）

彼は自分自身を《星めぐりの口笛》を吹くカンパネルラに、いくらかでも擬してみることがあったのだろうか。それにしても、この文章は、「Zodiac Series」の広告のつもりだ、という連絡が彼から入っていた。そして、その一部が写植原稿になっていたのだが、しかし、この詩誌についてあらかじめ知識をもっていない読者には、まったく広告の役目をもたない性格の文章だと言っていい、と思う。この詩人にはこういうことがいつもつきまとっており、わたしはその度に感嘆とためいきを同時につくほかなかったのだが、作品の題名についてもそうである。たとえば「〔2.5R　6.5/8〕モ、モ、モ、」とはどういう意味なのだろうか。たぶん、そのわからなさは、難解だからとか、複雑だからというのではなく、単に知識がないことからくるわからなさなのだ。これとよく似た題名に「〔2.5R　7/7〕」というのがある。これについては、彼の死後に聞いた、芹沢俊介との対談（一九八七年八月二十九日、於・中村座）を記録したテープのなかの菅谷の発言によると、色彩の配色表か何かのピンクの番号を指すらしい。むろん、すべての題名がそうではないが、菅谷のこうした発想は理解されて読まれた方がいいだろう。

題名はともかく、この雑誌に発表される菅谷の作品を読んで、わたしは言い知れぬ不安と焦燥にかられたことを言っておかねばならない。むろん、彼のこの時期の仕事の中心が詩的音韻論に移りつつあり、その理論での困難を、実作の方で無意識的にもせよ、打開しようとする試みがそこにあることは、わたしにも了解できていた。吉本隆明は、菅谷の告別式の弔辞で、菅谷の過去の詩と最近の詩とを対照し、その性格や意味を次のように簡潔に述べている。

《はじめあなたの詩は漢語の語音がもつ秩序の音階をたよりに、軌道のないところに言葉だけの軌道をつくろうとする茫洋として終りのない営みのようにおもえました。けれどあなたのながいながい理論と実作の歳月は、とうとう天に到達する日がきました。／あなたは言葉の表記が、音韻と意味とにわかれる直前のところで、聴覚と視覚を根源的に調和させる領域があることを、詩の実作によって発見したのだと思います。わたしはひとごとながら、あなたの達成に昂奮した日のことをよく覚えています。》（「弔辞」）

わたしはたんたんと読まれたこの吉本さんのことばを、深くうなづきながら聞き、一瞬くすぐったそうにはにかんでいる菅谷の顔がそこにあるように感じた。しかし、わたしは「Zodiac Series」の彼の詩篇のことばが意味にもイメージにもゆく手前で、ぶつぶつ切れて音に化してしまうところに、まず、何よりも病的なものを感じておびえたのだ、と思う。それはたしかに《言葉の表記が、音韻と意味とにわかれる直前のところで、聴覚と視覚を根源的に調和させる領域》が狙われたと評価しうる。そして、同時にそこにわたしは不安を感じたのである。むろん、それはこのシリーズ最初の作品が《〈症状〉原稿用紙のマス目に字をうめようとする、と、ペン先のインクよりも半字分だけさきに、ゆびから音がはしりでてしまう、しまいますんです、……ゲンコー、ヨーシ、ジ、ハンジ、オン、ジブン……、》というように書きだされる、そのいわば〈症状〉としての印象によることは言うまでもないが、それだけではなかった。

実は、この詩作がはじまる一ヵ月前の十一月に、わたしは神田の東京堂における、同人誌「SCOPE」主催の講演会で話をした。その後のシンポジウムで、菅谷はいくらか憔悴した面持で、ぼくはこの頃、漢字の書けない病気にかかっている……と発言して、わたしを啞然とさせたのである。いまから考えてみると、これより前には十数回、あとでも数回は彼に会っているが、この時ほど元気のない菅谷を見たことがなかった。これと同じような発言を、彼はこの少し後に発表した「海と胎生——山本陽子のコトバたち」で、次のように書いている。

《十数年まえの山本陽子の詩作をあらためてたどりなおしながら、さいきんのじぶんのコトバの症候をことさらに照射されるおもいであった。わたしは、漢字が書けない——という病にとりつかれている。ショーコー、ショーシャ、カンジ……といった文字の音（オン）がさきだってしまって、コトバをさまたげる。そこまでみずからの言語意識を疎外してしまった。もはや不治であろう。》（「海と胎生——山本陽子のコトバたち」）

わたしはどんなに彼の詩のなかに、死ということばが氾濫し、死の予感にふるえているようなイメージがあらわれても、彼が自殺すると思ったことは一度もなかった。死のイメージに浸されているのは、いわばお互いさまであるということもあるし、思想論理として彼は明確にそれを否定していた。そして、実際に会ったときの彼には、先の東京堂の場合は別として、病的なところなど少しもなかった。さらに、彼がアル中にかかっていることなど思ってもみないことだった。それがわたしを鈍感にした。漢字が書けない病にとりつかれていると言いながら、その後の彼は評論のなかでは難解な漢字を駆使し、作品でも漢字を使っている。彼の書くものの暗いトーンや、作品の印象はわたしをなお不安にさせてはいたが、わたしの鈍感さは最後の二年間を彼に会わないでいることを許した。そして、その二年間は、どうも彼からは会うことを避けられていた節もある。

今後、これらの詩篇は、すぐれた読み手によって、思いがけない作品としての秘密を明かしてくることになるだろう。わたしはその手がかりとして、この書と前後して刊行される『詩とメーロス』所収の詩的音韻論、それと先の山本陽子について書かれた「海と胎生」、さらにこの書に収録されている「死をめぐるトリロジイ」をはじめとする手記や文章における死生観や、彼の病的位相などを、ここでは指摘しておけばいいだろう。

もう一つテキスト上の注意をしておくと、このシリーズのなかでも、詩として最高の達成だと思われる「〈なるか、ミ〉」は、初出時においては、ⅠⅡⅢⅣの番号を付されてそれぞれ分割されて発表された。しかし、この原稿を所持されている新井豊美さんの話では、そうした区分をもともともたない長篇詩として書かれている、ということである。それで番号は発表時の便宜的な処理と見なして、このテキストでは削除した。なお、テキストの校正は、わたしが「Zodiac Series」と照合し、今回も大きな力をお借りしている思潮社編集部の大日方公男さんが、最終的に原稿とつき合わせて下さっている。

詩篇については、もう一篇、未発表の遺稿「〈ケリ〉」についての註をつけておくべきだろう。これと内容的に重なるものとして、やはり未発表遺稿の「死をめぐるトリロジイ」の後につけられている「〈ケリ〉」がある。そして、実はもう一つ《八九年一月六日の……》という日付けをもつ、同内容の「〈けり〉」草稿がある。これは本書の巻末に収録されている「スケッチブックから（手記ノート）」という文章の、その冒頭一枚目から二枚目にかけて書かれているものだ。この部分は本書収録からはずされているが、量としていちばん短く、最初のノートとして読める。わたしの推定では、これは次に「死をめぐるトリロジイ」で原稿用紙にいったんきれいに清書され、そのあとまた、思い直して独立した詩篇「〈ケリ〉」として書き改められたのではないか、と思う。菅谷は、まったく書き損じの跡を残さないきれいな原稿を定稿としているので、原稿用紙に書かれているものの、なお、線で消したり、わずかだが書き込みのある詩篇「〈ケリ〉」を、彼は最終稿にするつもりはなかったかも知れないし、自分から発表するつもりもなかったであろう。

もとより、書き直したり、推敲したりしているわけだから、はっきり作品を書く意識はもっていた、と思う。しかし、やはり、これは通常の作品の概念を越えている。その意味は、ここで詩と死がつばぜりあいをし、ことばと存在が激突している、ということだ。死に直面した、最期の作品という意識があったかどうかわからないが、少なくとも彼のこの十年間ぐらいの詩的行為は、この不可能な作品においてこそ、総決算をすることになっており、その壮絶さにわたしたちはことばを失うほかない。彼はみずからが詩人であるということの宿命の形を、ここにきざみこまざるをえなかったのではないか。わたしはかなりの部分を、この詩人と共有していると思ってきたが、このような作品を終結点とする菅谷が、まぎれもなく詩人であるという意味で、わたしなどは詩人の魂の一かけらももっていないことがよくわかった。それを痛く認識させるだけの存在をかけた、あるいは存在に衝突していることばが、ここにはある。

さて、作品のキー・ワードにちょっとだけ触れておきたいが、〈ケリ〉とは、古語の助動詞〈けり〉であろう。この助動詞が、文末に置かれるという働きからできた、〈ものごとの決着をつけて終りにする〉という意味の〈「けり」を付ける〉という慣用句が、思いうかべられている。彼岸に自分を〈蹴り〉こむという意味もかけられているだろう。死、《むこうがわ》の意識がにじみこんでいるはずだ。さらにこの〈ケリ〉の音韻連想から、〈ケリケリ〉〈キケリキイ〉〈キケリトン〉〈けけれ、アレ、や〉〈キッケリトントン〉などの、彼の詩的音韻論の概念で言うところの〈音象語〉が出てくる。

そのうち、まず〈ケリケリ〉は、〈ケリ〉の音象化であると同時に、少し発音は違うが、ドイツ語で地下の牢獄を指すらしい「kerker」に呼応し、〈キケリキイ〉もドイツ語のにわとりの鳴き声〈コケコッコー〉であろう。朔太郎が、作品「鶏」で、コケコッコーを、《とをてくう、とをるもう、とをるもう》と音象化したことについては、「ことばとメーロス（2）」で、考察されている。彼の場合、このK音を多用する音韻の喩として、どんな音のイメージを託したかということが、一つの理解の鍵を成している。

〈キケリトン〉という音象語は、この作品のもう一つのキー・ワードである。それは〈トカトントン〉〈トコトンヤレ〉〈トンカラリ〉〈トンテンカン〉などとの連合を示しているだろう。〈トカトントン〉は言うまでもなく、太宰治の小説「トカトントン」に鳴りひびいているオノマトペである。彼はこれについても興味深い音韻的考察を「ことばとメーロス(5)」に残している。むろん、〈トカトントン〉も自殺や死と関係のある音象語であるが、〈ケリ〉と結合することで、この場合、不気味な音韻の喩をつくっている。それとの連想で出ている〈トコトンヤレ〉は、明治維新の時の軍歌「とことんやれ節」に依っているが、その〈とことん〉とはどんづまりの意味である。また、〈トンカラリ〉は、戦時中のラジオから毎日のように流れていた「隣組」という歌謡のなかのことばであり、これも戦争(死)のイメージに結びついている。ただ、《とんとんとんからりと隣組／格子(こうし)を開ければ顔なじみ……》という、おなじみの歌の作詞者は、菅谷が書いているようにハチローさん(サトウハチロー)ではなく、岡本一平である。また、〈ケケレ、あれ、や〉は源実朝の《玉くしげ箱根の海はけゝれあれや／二山にかけて何かたゆたふ》の〈ケケレ〉であり、意味はむろん〈心〉である。その他、リルケや賢治との関連の語も頻出している。

ここで多用されているドイツ語を含むオノマトペ、音象語は、死あるいは死に直面している危機的心象の音韻による喩であり、それがまたエロスを呼び込んでいるのが特徴であろう。彼はこれまで、《エロースは　五月を／北東にひた眠り／ウェヌスの丘、夢でさわり、サ、割り／輾々し／あれ　八雲たつ　いずも　たち　タチ／かさねがさね、サ。》というように、こんなになまなましくエロスをうたったことがなかった。北東は彼に死とエロスを喚起する?

彼の最期の作品行為が、彼の最後の理論的模索であった詩的音韻論と深くつながっていることを、少しばかり示唆するつもりが、ここでのわたしの役目から言えば、必要以上に深入りしてしまった。むろん、これは作品の内容についての言及というより、その前提について語ったに過ぎないことを言っておきたい。ところで本書の第二部「死をめぐるトリロジイ」における、未発表手記以外の文章については、彼の最後の死生観をよく語っているものとして、ここに収めたものであり、特に註の必要はないであろう。ただ、「《言葉》と死」だけ、一つ触れておきたいことがある。これは逗子市教育委員会主催による、逗子市民大学講座「人間と死」の連続講演の記録『人間と死』（春秋社）からの再録であるが、わたしがアッと声をあげそうになったのは、巻末の「〈死〉に関するアンケート」で、菅谷が次のように答えていたからである。その質問の項目は《これまでにもっとも衝撃をうけた死があったとすれば、どんな死でしたか。》というのである。

《昭和二四年一月、生後八ケ月あまりの二番めの妹が、栄養不良で衰弱死した。夜なかに、母が、当時小学六年生だったわたしを起こして、「三和子が死ぬよ。お別れだから抱いておやり」と、言うのだった。抱いて、額にさわると、もう冷たくなっていて、息をしているのかどうかもわからなかった。三和子というのは、昭和二三年うまれだし、家のきょうだいでは三番めの女の子だからと、わたしが考えだして、母も賛成した名だった。飢えた子供（であったわたし）が、幼い妹の命の分までも食べてしまって、生きのこったのではなかったか。》（「〈死〉に関するアンケート」回答）

菅谷が、いかに自分について語ることをしなかった詩人であるかを、いまさらながら思うことである。おそらく彼は、この秘められた事実をはじめて（?・）ここで明かしている。彼がかつて黒田喜夫の〈飢え〉の概念に激しくいらだったのも、こうした痛みをかかえてのことだったのだろう、と思う。さらに彼が《死について参考文献をあげて下さい。》という質問に対して、次の書物をあげていることが、今後、彼の死生観を考える上で参考になりそうだ。

それらはハイデッガー『存在と時間』、リルケ『時禱詩集』、リルケ『マルテの手記』、ヘーゲル『精神現象学』、ヘルダーリン『ヒュペーリオン』、ソポクレス『オイディプス王』、ソポクレス『アンティゴネー』、ソポクレス『コロノスのオディプス』などであるが、ここでいくらか気になるのは、一遍上人、宮沢賢治、吉本隆明の三人が落ちていることである。自分の死生観に強い影響を与えているものとして、あまりにも自明だったので、落としたのであろうか。

さて、菅谷の未発表の遺稿については、わたしはすでに「菅谷規矩雄の〈遺稿〉についての註」(「現代詩手帖」一九九〇年三月号)と「〈遺稿〉について、〈もう一つ〉の註」(「あんかるわ」82号、一九九〇年四月)の二つの文章を発表している。ここでそれを繰り返すだけの余白がないので、遺稿の全体について知りたい人は、めんどうでもそれを参照していただくほかない。わたしがはじめて彼の遺稿を見たのは、一九九〇年一月四日、福生市での密葬のあと、遺族に同行して、日野市百草団地の彼の住居をたずねたことによっている。お通夜や密葬のお手伝いをしている間に、夫人の久子さんから、生前の菅谷がおれの死んだ後、本や原稿の類を勝手に処理せず、北川に見てもらうように言われていた、とたびたび相談を受けていたからである。その時、深い驚きをもって見出したもののなかに、本書収録の「死をめぐるトリロジイ」と詩篇「〔ケリ〕」、スケッチブック(手記ノート)があった。

本書の表題にも使った「死をめぐるトリロジイ」の〈トリロジイ〉とは三部作の意味だが、実際に清書されてわたしたちに残されたのは、その「前説」の部分と、後につけられた「〔ケリ〕」だけだった。最初は、《生きることをやめてから/死ぬことをはじめるまでの/わずかな余白に》という前詞と、《自一九八九年三月》の日付に異様さを感じたが、よく考えてみるとすでにこれは彼に親しい発想であった。わたしが気がついた限りで言うと、一九八七年一月に発表された「無化と余白——尾形亀之助論」(『近代詩十章』所収)と、一九八八年五月に弘前で行われた〈太宰治〉のシンポジウムの記録『吉本隆明〔太宰治〕を語る』の菅谷の発言のなかに、同じことばが見える。それに作品のなかにもあったと思うが、いま、ちょっと確認した範囲では指示できない。《自一九八九年三月》という日付において、このことばがもはやメタファの次元ではなく、現実化したということだろう。

ここに収録した「スケッチブックから（手記ノート）」は、発見されたスケッチ・ブックの記述全部の紹介ではない。一頁目（頁数はすべてスケッチ・ブックのこと）から二頁目にかけての「〔ケリ〕」の草稿と、それに引き続く乱雑なメモは省略された。〈31・1・89〉の日付のある三頁目から、〈二月二日〉の日付のある四頁目にかけては、快晴の富士を見ながら、死とエロスの想念に揺れている記述がある。久子夫人によれば、この日付の頃、彼は山梨県甲府市方面に小旅行をしているということだが、たぶん、その方向から山に入りロープウェイで、河口湖の見降ろせるどこかの展望台の頂上に登ったときのノートだろう。五頁目には判読不可能なメモ（省略）があり、六頁目から十五頁目まで、比較的大きな字で「死をめぐるトリロジイ」と内容的に重なるノートがある。その終りの方に《あと二か月あまりで五十三歳になる、その日が命日だと空想しておこう、そのまえにも、心臓はとまってしまうかもしれない、なにせ、ここまできてもまだ、酒をやめようとしないのだから》という記述があり、彼の誕生日が五月九日であることを考えると、このノートが二月中のものだ、という推定が成り立つ。あと自分の生が二か月ぐらいだという、切迫した予期のなかで書かれていることになる。なお、このスケッチ・ブックは、反対（巻末）側から数頁の乱雑なメモがあるが、これは省略した。

最後に「手記（'80. 11. 10～'80. 12. 12）」について註をつけてこの解説を終りたい。一九九〇年二月二日、菅谷の告別式は、埼玉県富士見市の来迎寺で行われた。その翌日、わたしと大日方公男さんは、菅谷と思潮社の間で、生前にすすめられていた詩論集の出版について、あらためて久子さんの了解をえるために、菅谷家を訪れた。そこでまた、わたしたちが、深い驚きにつつまれたのは、大きな紙袋に入った、大量の遺稿を、久子さんから差し出されたからである。そのなかで、特に衝撃的だったのは、本書に収録された「手記」である。これは一九八〇年十一月十日から同年十二月十二日までの、一か月間の日付の入ったノートである。ルーズリーフ形式の原稿用紙（四百字詰）ほぼ百枚に横書きで書かれ、黒紐で綴じられていた。いくらか書き込みはあるが、ます目のなかにきちっと文字が入っていて、きれいな原稿と言える。

この「手記」を、彼は自殺を決意して書いたのか。それはわからない。はっきりしていることは、少なくとも試みのはじめの方では、〈自殺者の手記〉というモティーフが仮装されたということである。しかし、書きつづけている間に、それは稀薄になり、空白の意識の現象を記述するというモティーフだけが、リアリティをもっていった。はじめに死に向かっていた意識が、《すでにおのれの死後をあらかじめ生きるのである。それが虚体の生だ》という、折り返し点を通って、《虚体の生》を生きる方向に転回した、と言えるのではないか。それ以上のことを、ここでわたしは言うべきではないだろう。書くことの秘密を含んで、ここには菅谷規矩雄という詩人の謎を解く、さまざまなテーマが渦巻いているような気がする。

これらの未発表の遺稿の公開の責任は、むろん、わたしにある。その是非を問う声が起こるかも知れないが、わたしは楽天的である。なぜなら、彼の死後、彼の意志でありながら、それを越えた何かもっと大きなものの委託の意志を、わたしは感じつづけているからである。わたしは一九八九年十一月三十一日の朝、彼の死の知らせを聞いたときの衝撃の深さを、生涯忘れないだろう。半年を経過したいま、わたしは菅谷規矩雄の死後を生きる、大きな転機のなかにいる。

（菅谷規矩雄評論集『死をめぐるトリロジイ』解説、一九九〇年十月）

三　〈詩的メーロス〉の発見　音韻論への註

『詩とメーロス』は、菅谷規矩雄の死後、とりあえず、二冊に分けて刊行される著作の一冊にあたる。わたしにとって、菅谷規矩雄は、長年にわたり、もっとも信頼のおける友人だった、というにとどまらない。彼の詩と批評の仕事は、いつも刺激に満ちていて、わたしはそこから多くを学んで生きてきた。生前においても、彼がわたしにとって、かけがえのない大事な友人であると自覚はしているつもりであったが、彼に先に死なれてみて、そのことに、本当は少しも気づいていなかったのではないか、と思う。いま、彼の死後、すでに六カ月が過ぎたが、彼を失った空虚は、ますます身に染みている。

こうした関係で、遺族の意志や出版元の思潮社の依頼で、この二冊を読者に届けるための、橋渡しの仕事をすることになった。彼の死に至る最後の十年の思想表現が、できるだけ正確に、遺漏なく伝わるようなお手伝いをすること、そのために本書の成立事情や性格についても若干の註記をつけること、それ以外にわたしのつとめはないものと思っている。むろん、そのような註記のわずらわしい人は、こんなものは無視して、菅谷の文章を熟読されんことを願っている。

二冊のうち、本書の方は『詩とメーロス』と題された。もう一冊は、『死をめぐるトリロジイ』と名付けられている。後者が、生前に未発表の手記、ノート、同人誌「Zodiac Series」に掲載された詩作品、それらと関連するもので編まれていて、遺稿集らしい性格をもっているのに対して、『詩とメーロス』の方は、死後発表の絶筆「ことばとメーロス（6）」と「宮沢賢治論――一、兄妹の物語」の二篇を除いて、すべて生前に発表されたもので編まれている。なお、ついでにここで言っておくと、菅谷規矩雄の誰も予期していなかった突然の死と、その経過については、『死をめぐるトリロジイ』の解説で触れるので、ここでは何も書かないつもりである。

さて、本書のI詩的状況論と、II詩人論の主要な部分は、実はすでに昨年（一九八九年）の二月頃から、思潮社との間で、評論集にまとめる話し合いがすすめられていた、ということだ。ただ、担当の編集者大日方公男さんの話では、菅谷は雑誌論文のコピーの一部の誤植を訂正した程度で、具体的な作業にはほとんど入っていなかったらしい。しかし、彼になおいくばくかの生の時間と気持の余裕があれば、ある程度の書き込みや修正、削除等がなされた上、本書のIIIの部分とほとんど大差のない内容で、今年中にも刊行されたであろう。本書は、この彼の生前の企画を引き継ぐものであるが、一冊の書物として大きく変ったのは、IIIの「響くテクスト」、IVの「ことばとメーロス」の部分が合冊としてつけ加ったことである。

本書のIIIIVの部分は、菅谷の『詩的リズム』『詩的リズム・続篇』以後の、詩的音韻論の展開と見ることができる。彼はいずれこれも一冊にまとめるつもりであったであろうが、余力があれば、なお「ことばとメーロス」は書き継がれたであろう、と思われる。しかし、さしせまった死の予感のなかで、彼はその〈6〉の原稿の最後に《おわり》とあえて書き入れている。彼のこれまでの慣行からすれば、それは連載の終結を意味する。死力をつくしたが、ここまでしかできなかった、とも読めるし、ここまではともかくやることができたんだよ、と言っているようにも読める。

彼の〈詩的リズム〉と、その対をなすはずの詩的音韻論の考え方の基本を、肯定するにせよ、否定するにせよ、言語学的なアプローチとしてではなく、現代詩批評や詩論のレベルで、それをここまで構想し、展開させた詩人は彼以外にいなかったことは、誰も認めるにちがいない。この彼の原理論的な寄与について、今後、多くの検討を期待するためにも、わたしとしては、まだ、彼に対する読者の直接の関心が残っている、できるだけ早い時期に、一冊にまとめておきたかった。その意味でも、いまの出版界のきびしさから言って、ⅠⅡとⅢⅣを別々の本として出すことがむずかしければ、合冊もやむをえないと思った。

それに、むしろ、合冊によって、この十年間の彼の仕事の意味は、より明瞭に視えるようになった、と思う。そもそも、菅谷の詩的音韻論は、言語学的な、あるいは形式論的な位相にあるものではなく、広い意味の思想的なヴィジョンのなかで展開された、表現論としての性格をもっている。その意味では、一九八〇年代の十年間の思想的な、あるいは状況的な発言との関連で読まれるような場所を、用意できたことは、結果的にであるが、彼の詩的音韻論にとっては望ましかったのかも知れない。しかも、ⅠⅡのなかには、かなり、音韻論に関連するものが入っており、その逆もある。

たとえば、Ⅰのなかに収められている「遊ぶ言葉」は、「現代詩手帖」(一九九〇年九月号)の特集「現代詩の冒険」に発表された論文である。しかし、彼からの連絡では、これは「ことばとメーロス(6)」として、「あんかるわ」80号(一九八九年六月)に書かれたものであるが、「手帖」編集部との対応の手違いで、やむなく同誌に載せることになった、ということである。内容的にそれを見ても、谷川俊太郎の『ことばあそびうた』を、音韻論の観点で論じたものであるから、たしかに「ことばとメーロス」のなかに位置をもっていても、少しも不自然ではない。同じようにⅠのなかの「言葉の物語」も、Ⅱのなかの「『記号の森……』の吉本隆明」「ひとつの座標点から」「海と胎生」「口語体の短歌的仮構」「ことばの〈音〉を読む」などとともに、いずれも詩的音韻論と深く結びついた詩論である。

逆に、Ⅲの「響くテクスト」における「ディクタトゥーラ」は、フィリッピンにおける、カーニヴァル的な政変劇の〈コエ〉を論じていて、Ⅰの状況論に収められていても決しておかしくない。同じようなことは、「世界のはんぶんの〔聲〕/沈黙」についても言えよう。《世界のはんぶんの国々(〈社会主義〉国〉のひとびとは、いまも、声をとざされ文字を禁じられている〈それらの国々では、ソルジェニーツィンは語ることはできず、またその著作も禁書だ〉》ということであれば、――その抑圧された沈黙のうちに、ひびいている声を解読しようとするようなモティーフをもった詩的音韻論こそは、菅谷のそれの性格だ、と言ってもいい。

つまり、ⅠⅡとⅢⅣは、状況論や詩人論と詩的音韻論との区別とみるより、それぞれ雑誌の求めに応じて単発に発表されたものか、詩的音韻論をめざす連載評論として書かれたものか、という区別で見た方が実情に即していると言えるほど、相互に滲透しあっている。むろん、そのすべてをそれでおおったら極端な言い方になるが、結局、この十年の彼の志向の全体が、いかに思想的な表現論としての、音韻のテーマを解明する課題に向かっていたかは、本書によって明らかになっている、と思う。そして、彼の詩的音韻論のキー・ワードになっているものこそが、〈メーロス〉という概念であった。

わたしがこの書の成立について、大きな力を貸して下さっている、思潮社の大日方公男さんと相談の上で、タイトルに『詩とメーロス』を採用したのも、実はそこに理由がある。彼の最後の一冊を、ただ、『菅谷規矩雄詩論集』とするのも表情がないので、最初は『響くテクスト』がいいのではないか、と思っていた。しかし、内容をよく読みこんでいくと、やはり、どうしても〈メーロス〉という用語を、表題に使いたくなるのである。おそらく〈メーロス〉ということばは、これまでのわが国の音韻論をめぐる論議のなかでは、用いられたことのない特殊語である。しかし、彼の詩的音韻論の成立は、これをキー・ワードとすることにかけられている。それだったら、連載評論の題名どおり「ことばとメーロス」という案も考えられたが、〈ことば〉よりも〈詩〉を用いた方が、一般の読者には、本書の性格を伝えやすい、と思ったのである。もっとわたしの考えを言えば、〈詩的リズム〉の対概念として、〈詩的メーロス〉という用語を作りたい。しかし、これをタイトルにするには、菅谷自身の用例がないので、『詩とメーロス』にとどめたのである。

それにしても、〈メーロス〉という用語がわかりにくい。わたしの印象では、この語の出現は実に唐突だった。『詩的リズム』にもその続篇にも、八〇年代に入って、『近代詩十章』や『詩とメタファ』にも、このことばは見当らない。わたしの推定では、このことばがはっきりした概念規定とともにあらわれたのは、本書のIIに収録の「ことばの〈音〉を読む」（一九八三年）が、最初ではなかったか、と思う。彼はこんな風に説明している。

《メーロスとはギリシャ語で「歌・曲」の意であり、メロディーという語の語源（の一部分）をなすものであるが、わたしの論の用語としては、メロディーと区別して、〈ことばの音の流れ〉というほどのつもりであり、リズムと対をなす概念として用いたい。》（「ことばの〈音〉を読む」）

《ラリックス　ラリックス　ラリックス　いよいよ青く――ラ行音が〈ひびき〉（ソノリティ）を具現するとすれば、ここで「ラリックス」のカ行音は、ことばの音の〈つよさ〉（intensity）を代表している。〈ひびき〉はことばをメーロスにみちびき、〈つよさ〉はことばをリズムにみちびく――と仮定してみよう。ことばの〈音〉は、〈ひびき〉の高低と、〈つよさ〉の強弱との相関を構成するものとしてとらえられる。》（同前）

ここでは、宮沢賢治が『春と修羅・第一集』の詩のなかで、朝顔とか、から松という和名を使わずに、なぜ、〈モーニンググローリー〉とか、〈ラリックス〉という、英語やラテン名を使ったのか、という問いがまず発せられている。そして、そこにただそれらを外国語で呼んでみたいという趣向を見るのではなく、賢治の擬音語・擬態語（オノマトペ）の多用という文体の性格につなげている。つまり、一つながりの音韻の構成が喚起するイメージの表象こそを読みとろうとしている。このことが、いわゆる〈音韻喩〉の問題であるが、それを彼はリズムと独立して扱うために、リズムと対概念を組めるような用語を必要とした、と言える。つまり、リズム（韻律）と対を成す〈ことばの音の流れ〉を一語で表わす概念が〈メーロス〉なのである。そして、〈メーロス〉が〈ひびき〉の高低であれば、リズムは〈つよさ〉の強弱だというように振り分けられている。

彼がわたしの編集する「あんかるわ」の新しい連載評論として、「ことばとメーロス」の初回の原稿を送ってきたとき、わたしはどうして〈メーロス〉などという誰も知らない特殊な外国語を使うのかが、不可解であった。むろん、彼はそれより二年前に、先に引用した「ことばの〈音〉を読む」で説明しており、あえて読者にそれを繰り返す必要はない、と思ったのであろう。しかし、それを発表した「燈通信」と「あんかるわ」の読者は、必ずしも重ならない。ただでさえ難解な文章を書くと思われている彼は、こうしてさらに読者をせまく選択した。わたしがもしすぐれたジャーナリストであれば、そこで彼に註でも書かせて、〈メーロス〉という概念と、それをなぜ使うのかを説明させたであろう。

亡くなられてからでは、まったく遅いが、いまなら、彼が〈メーロス〉ということばをなぜ、必要としたのかがよくわかる。読者にもわかって欲しい、と思う。すでに彼は韻律ではなく、リズムという用語を選択している。その〈リズム〉に対応する用語が、構成された音韻とか、音の流れや音のイメージでは、用語としての形を成さない。リズムという明晰に分節される語と対応する語として、〈メーロス〉というやわらかいひびき（それ自体美しいメーロス）の語の発見こそが、一挙に詩的音韻論の領域を押し開くような啓示を与えたのではないか、と思う。いかにも、耳の詩人菅谷らしい発明であり、発見であった。今後、この〈メーロス〉が、音韻論や詩論のなかで、リズムと同じような市民権をもつようになることを、わたしは願わずにはいられない。

菅谷の詩的音韻論にとって、宮沢賢治の詩は、いわば宝庫であり、連載評論「ことばとメーロス」も、賢治のラ行の音韻の関心からはじまり、そして、結果的に最終回となった〈6〉において、また、賢治のオノマトペの考察に行き着いている。彼は北原白秋や賢治を中心にするとしても、近代詩における音韻表象の問題を、もっと史的に全面的に追求するモティーフをもっていたはずであり、その点では、この詩的音韻論は、強く未完を印象させられる。これをどう評価するかということは、ここでのわたしの任ではないし、いつかはそれをしなければと思うが、いまはわたしの力にあまる。ただ、基本的に、彼の志向を支持し、はげまして（本当ははげまされて）きたわたしですら、ところどころ異和があるのだから、多くの問題をはらんでいることはたしかだ、と思う。

孤立無援の仕事という点では同じだったと言っても、〈詩的リズム論〉の試みにおいて、彼は強い自信に支えられているように見えたが、詩的音韻論に転回してからの彼の文体は苦しげであった。まだ、これは詩論や批評にとって未開発な領域であり、ここに関心をもっている詩人や言語学者の数は指を折って数えられるくらい少ない。当然、読者も多くない。むろん、彼としてはそんな読者をあてにしているのではなく、自分の思想的な構想力のなかで、この詩的音韻論を受けとってくれる読者を想定していたであろう。それにしても道なき道を歩むむずかしさは、彼を苦しめたにちがいない。むろん、そんな道は避けて通ることはできたはずであるが、幼い頃からいい声といい耳を持ち、音楽についても、くろうとはだしの能力をもっていた彼は、そこへ突き進まざるをえない宿命を感じていたにちがいない。

リズム論や音韻論をやる人は、多かれ少なかれ、素質的に自分の耳に自信をもっている人たちであろう。菅谷をはじめ、この分野で仕事をする人は、自説いがいの他者の説をなかなか認めようとはしない。しかも、菅谷は吉本隆明の『言語にとって美とはなにか』の音韻と韻律の概念規定を第一の規範として、そこからあくまで表現論的に〈リズム／メーロス〉を考えようとした。そういう立場の彼と、ことば（や詩）を客観的な分析の対象として、それを考えるものとでは、まったく方法が違うのだから、見解が喰い違うのは当然だと思う。そして、双方がみずからの立場を絶対化して、相手を否定することはいかにも容易である。しかし、その容易さには相互に不毛な匂いがする。わたしはむろん、中間者ではなく、菅谷と同じ表現論の立場で考えたいが、単にその立場に過剰な思い入れをしていくのではなく、相互の対立点をもう少し冷静に対照し、喰い違いは喰い違いのまま、詩の表現や理解にとって豊かになる道を模索すべきではないか、と思う。

「ことばとメーロス」における、ソシュール言語論に対する、いささかせっかちな貧しい否定や、ソシュールの世界的なレベルでの新しい読み直しに大きな寄与をした、丸山圭三郎に対する中傷のことばは、彼がすでに心身共に衰弱してからの産物とはいえ、どこか悲しい。この分野で、彼の理論の恩恵を受けるばかりで、何の手助けもできなかった、わたしなどに言う資格はないが。菅谷がここをもうちょっと大きなスケールでクリヤーできていたら、と思わないわけでもない。もし、それができたら、あの焦燥にかられた、苦しげな文体の表情はやわらぎ、本来、原理的な考察（本質論）がもつはずの、解放感が与えられたのではないか、という気がする。もとより次のことを大前提とする、これは小さな留保に過ぎない。すなわち、ことばの音韻と韻律の構成的な流れを、〈リズム／メーロス〉の対概念でとらえるという、卓抜な発明や、オノマトペを〈音象語〉あるいは〈音韻喩〉の概念でとらえるという彼のアイデアが、今後この分野で何かを言おうとする人が、必ず踏まえねばならぬレベルとなるだろう、ということである。

その他にも、最低限の註をつけておいた方がいいと思われる、幾つかの論考がある。まず、絶筆となった「ことばとメーロス（6）」だが、これは死の三日前、十二月二十八日に書き上げられている。もうすでに肝硬変症による、極度の衰弱のなかで、特に二十八枚のうち二十二枚くらいからは、筆を握る手に力が入らなかったせいか、彼本来の美しい筆勢が失われ、弱々しくふるえた細い字になっている。当然のことながら、誤字脱字も増えているので、脱字は〘　〙で補い、誤字は訂正せず、ママをふる処置をとった。文脈にもおかしいところがあるが、原文のままにしてある。また、文の小節を区切るナンバーは、この論では、前からの続きで言えば、〈§31〉からはじまらねばならぬのに、〈§26〉になっており、そのあと〈§〉の区切りだけはつけられているが、番号が欠けている。この時、もはやそこまでの神経を使う力がなくなっていた、と思われる。

彼は、この連載において、〈5〉の部分を、「あんかるわ」79号（一九八九年二月）に発表したあと、80号、81号と二号にわたって休載した。そのうち一回分の「遊ぶ言葉」が、この連載のために書かれたにもかかわらず、他の雑誌に載せられたことについては先にも書いたが、彼は二回にわたって休んだことを苦にし、この次は必ず書くからという連絡を、わたしのところに度々寄せていた。今から考えてみると、八九年になってから（正確に言うと八七年頃から）、彼の執筆量は急に減っており、わたしはその異変に気づくべきだったが、何も知らないまま、では次の号はあなたが原稿をくれるまでは発行しませんから、と返事をするほかなかったのである。そして、この彼の原稿を受けとった翌々日（十二月三十一日）の朝に、電話で彼の死亡通知を聴くことになってしまった。

死後の「現代詩手帖」（一九九〇年四月号）に発表された遺稿のもう一篇に、「宮沢賢治論――一、兄妹の物語」がある。発表の際に、〈絶筆〉ということばが付されていたが、実はそうではない。その原稿用紙のあせた印象やインクの色から言っても、一、二年は前に書かれたものと思われる。「あんかるわ」82号の「遺稿目録」の追記にも書いたが、弘前大学の長野隆氏によると、菅谷は一九八六年十一月に同大学で、「兄妹の物語――童話と小説の境で」という講演をしている。原稿はこの講演の下書ではないかという推定も成り立つが、講演記録『宮沢賢治の世界』（弘前大学「宮沢賢治の総合的研究」班・発行）と対照してみると、内容的に重なっているのは、前の三分の一程度である。

そこでわたしの推定は、原稿自体は講演の下書きではなく、むしろ、この講演をきっかけにして、新しい宮沢賢治論を構想し、それのあとにしゃべった内容を踏まえつつ、第一回分を書いてみた、ということではないか、ということになる。賢治の文学の主題系をなす、〈兄妹の物語〉の系譜を、ギリシャ神話の悲劇と照応させながら読み解くという、構想の壮大さや充実度も、その推定を裏づけている、と思う。一方では詩的音韻論も、宮沢賢治を軸にして展開されようとしていたことは先にも触れた。そのことを考え合わせると、彼の八〇年代から九〇年代へかけての重心は、宮沢賢治解読にかけられていたのかも知れない。もし、それが実際に浮上したなら、かつての『宮沢賢治序説』の解体と再構築になった可能性があるだろう。

最後に、本書巻頭の「90年代の詩と言葉」に触れておきたい。これは「現代詩手帖」の一月号に発表されたことから、一般の読者は、この文章を眼にするとほとんど同時に、彼の死亡（元旦の新聞に訃報記事が出た）を知ることになっただろう。わたし自身は年末に送られてきた雑誌で、彼の死より二、三日前に、これにざっと眼を通している。ここで彼は、九〇年代の詩の方向として、《散文詩形の精密化》ということをあげているが、その当否よりも、自分自身につぶやいているような沈んだ独白調に、わたしは不安を抱いたことを覚えている。いや、この論文にかぎらず、ここしばらくの彼の詩と批評のどこか暗く、人を寄せつけないような調子に、わたしは不安を抱いていたのであった。

しかし、後から知ったところでは、彼はこの年（一九九〇年）の「手帖時評」を引き受け、この文章はその第一回分として書かれたということである。彼が決して、戦後詩への郷愁やその理念の幾つかを基準にして、〈現在〉の詩の状況を裁くような批評に組みしていないことは、Iの詩的状況論全体を読めば明らかだろう。彼にも閉塞的な現代詩の状況を切り開きたい思いがあって、〈手帖時評〉を引き受けたにちがいない。しかし、それがその論じられているテーマはともかく、このようなモノローグ化した文体になってしまったところに、すでに病んだ身体によって追いつめられた窮境が示されているだろう。
それにもかかわらず、彼はこの論の最後を、《わたしの言いたいことはただひとつ、詩に望みを託すということ》ということばでしめくくっている。この簡明なことばに、菅谷規矩雄の生涯が表現されている、と思う。

〔追記〕菅谷規矩雄が生前に発表した論文の主要のもの、特に八〇年代のそれは、こんどの『詩とメーロス』『死をめぐるトリロジイ』の二冊に収めたが、そこにすべてが収録されたわけではない。解説でも触れたように、『詩とメーロス』のIとIIの部分は、菅谷と思潮社の間で企画が進んでいた。従って、すでにコピーされていたものに、IIIとIVの部分の「響くテキスト」と「ことばとメーロス」の二つの連載評論をつけ加える形でなされたので、それら(及びその周辺)からはずれたもので、未収録の論文が出ざるをえなかった。それらについては、量の問題があって、はじめから見合わせたものと、それに気づいたときには、すでに制作が進行していて、どうにもならなかったものとがある。いまの段階で、所在がわかっている未収録論文について、次に掲げておきたい。なお、対談、インタビュー、講演の記録なども含めると多くなるので、それらは省略する。

一、「〈国家──自然〉(三)」(「あんかるわ」28号、一九七一年一月)
二、「〈国家──自然〉(六)」(「あんかるわ」32号、一九七二年十一月)
三、「〈国家──自然〉(七)」(「あんかるわ」33号、一九七三年四月)
四、「詩論の前提(I)」(「あんかるわ」55号、一九七九年六月)
五、「詩論の前提(II)」(「あんかるわ」57号、一九七九年十二月)
六、「詩論の前提(III)」(「あんかるわ」58号、一九八〇年四月)
七、「詩論の前提(IV)」(「あんかるわ」59号、一九八〇年八月)
八、「詩論の前提(V)」(「あんかるわ」61号、一九八一年五月)
九、「『マス・イメージ論』に登場の機会を与えられた一作者の弁」(「あんかるわ」72号、一九八五年六月)

十、「詩語と表記――萩原朔太郎の〈平がな〉」（「詩論」10号、一九八六年十二月↓長野隆編『萩原朔太郎の世界』（砂子屋書房）に再録）

十一、「イコン／トポス／イメージ――新井豊美の近作から」（「而シテ」19号、一九八八年六月）

（菅谷規矩雄評論集『詩とメーロス』解説、一九九〇年十月）

天沢退二郎論

一　ことばの自由の彼方へ

すでに入沢康夫によって、「天沢退二郎について語ることは、日本の詩の未来を語ることだ」と正当に言われてしまった詩人について語ろうとすることは、この上もなく勇気のいることのように思う。何事にせよ、未来をのぞきみることの、かぎりない困難な時代において、未来について語ろうとすれば、気恥ずかしさを覚えないわけにはいかないが、それにしても日本の詩の未来を語るように、天沢の詩の世界について書くことができるであろうか。どのような可能性の詩人に対しても、その詩人みずからが可能性を全的に生きるように、批評のことばを成り立たせることは難しい。ひとつのすぐれた可能性を生きている詩に対して、批評が成しうることは、その詩の核にせまり、そして当然その詩から見放されることを通じて、批評の可能性を生きることだけであって、むろん批評が詩にとりかわることはできないし、ましてや詩は批評ととりかわるように存在していない。詩にとって批評はまったく不毛な対象に過ぎないというのは一面本当だが、それはいささかの功利も含まない不毛な関係であることによって、実は、詩は批評を喚び、批評は詩を本質的に撃つという自由な拮抗を言いあらわしているのだともいえる。

天沢退二郎の詩の世界について何かを言おうとするとき、批評の根本の反省まで、おいつめられないでは始めることができないのは、彼の詩の世界そのものが、それを要求するように存在しているからである。従来、彼の詩の世界について、何かを言おうとするすべての人が、いちどはとまどいを感じ、明快に論ずることを留保せざるをえなかったのは、ここで確実に今までの詩概念を越えた何かが始まっているように思えるのに対し、それに相応しい（ということはそれを真に撃つということだが）批評の言語が、己れの内部に見出しえなかったからではないのか。たとえば《天沢氏の詩では、言葉はひとつのイメージを結ぶや、もう、そのイメージはつぎのイメージに変容する。……次の行に移るとき前の行はすでになく、かくして読み了ったとき、すべてのイメージは消えはてて何ひとつない。私たちは、あったかに見えた前のイメージも虚妄ではなかったか、結局何もなかったのではないかと思う。このような作品の批評は、はじめから不可能というほかはない[*1]》とか、《なぜこんなに饒舌を重ねなければならないのか？——いくら言葉で打たれてもその魔呪に私はかからない。なぜこんなに放縦な隠喩やイメージが羅列されなければならないのか？——私はますますこんがらかって解らなくなるばかりだ[*2]》というような批評がそれを証していると思う。いずれも詩集『時間錯誤』についての現在第一線で詩を書いている詩人の書評からとってきたものだが、ぼくはこれらの書評を貶めるつもりで引用したのではない。すでに四冊のすぐれた詩集をもち、『宮沢賢治の彼方へ』を中心とするエッセーについて、作品の内在的な構造への清新な批評の方法をみせて注目されているこの詩人の、意外な孤立の位相を明らかにしたかっただけである。

天沢の詩を読めば、そこにまぎれもない新しい詩の現実があるように印象づけられながら、それは本当に日本の詩の未来を指向するものなのか、あるいは、すでに破綻が明きらかなモダニズムの、より現代的な仮装にすぎないのではないかという疑問、いってみれば、いつか来た道を再び歩いているにすぎないのではないかという疑問から、多くの読者は離れられないのではないかと思う。ぼく自身にしても、天沢の作品に触れようとするとき、自己の批評意識に根本的な反省を強いられることは、前に述べたとおりであり、先の書評を軽くあしらうことのできない理由はそこにある。ただ多くの無理解が、先の書評にあったように、《放縦な隠喩やイメージの羅列》というような表層的な関心にとどまり、それらがどのような存在論的な深みに理由を持っているのかというところまで、考察の垂鉛をおろさないところで共通していることは言わなければならぬ。天沢の言語の体験が、単にことばとことばを組み合わせるとか、イメージの特異さという美的な技巧にあるのではなく、実存的な意識の体験としての裏打ちを持っているとき、それをぼくらは作品のひとつの構造として解き明かす必要があるのである。もちろん天沢の作品は現在完成された姿をとっているとは言い難い。いまだ、大きな屈折と変貌があり得ることは予見されるが、しかし、ぼくはこの言語の質だけは、そんなに容易に変わりうるものではないと思っている。詩の〝未完成〟ということは、未熟とか幼いとかいう概念とはまったく異なり、その作品の内的な渇望をむしろあらわしており、それは不断の生命力ということができるだろう。ところで、ここでは《詩の未来》ということにかかずりあわないわけにはいかないのであるが、それをたったひとつの特質としてあげるならば、〈ことばの自由〉ということになるだろう。今日、ぼくは詩のすべての問題点は、〈詩の自由〉ということにかかわっていると思うが、それはまた〈ことばの自由〉としてあらわされるのである。

近代の詩は、明治の新体詩にその出発点をもつけれども、その主張が旧来の短歌や俳句の短詩定型から詩を解き放って、そのなかに近代の複雑な思想や感情の屈折を表現しようとするところにあったことはすでによく知られている。しかし、その新体詩も日常口語とは異なる文語を用い、しかも短歌や俳句のもつ音数律をそのまま受けついだ定型詩として出発したことを、やがて桎梏とするようになり、それから詩を解放することによって、次の時代の〈詩の自由〉にバトンを渡している。それから現代の詩史が示すところのものは、詩の特質が、単に定型や韻律にあるのではなく、ことばそのものの自由な表出のうちにあるということであり、その無限の広がりと深化の様相のうちに、現在の詩の危機をも位置づけうるのである。すなわち、詩は、その重要な特質であった定型をこわしてしまったが、思想的な意味のつながりや、物語の展開、あるいは、イメージの描写力、物の説明というようなところにだけ、もし特質を求めるなら、小説や評論の形式をもつ散文にかなうはずがない。また、調べやリズムの点では、詩が分離してきた歌謡に一歩をゆずらざるをえないだろう。いや本当は、〝かなうはずがない〟からではない。散文の言語や歌謡のリズムのなかでは、詩のことばが腐蝕する以外ないから、それを特質とすることができないというべきだろう。もちろん、詩がことばの芸術である限り、詩から完全に意味や物語性がなくなってしまい、韻律が消えうせるということはありえない。いや〝ありえない〟のではなく、詩は散文的な意味や、定型韻律を破壊するとともに、詩のことばでしか可能にならない詩の新しい意味性（思想性）や内在的な韻律をもたねばならぬし、またもとうとしてきたのである。

しかし、天沢の詩が、その〈ことばの自由〉についても、既成の現代詩の秩序に対立して、画期を示すのは、《詩的行為が現実認識と重なりあうことは、部分的にという条件づきでさえ認めることはできない。》[*3]（「現代詩の倫理」）と述べて、認識としての言語やシンタックスの破壊を非のうちどころなく徹底した点であろう。その表面的な言語の破壊現象しか見ない人は、そこに古い唯美主義やモダニズムの残像をみるのだけれども、しかし、天沢の詩をそこからまた決定的にへだてているものは、それに続けて、《かくて詩が認識するのは現実ではなく、当然非現実であり、その非現実認識、というよりもその認識が本来的に含んでいるとバタイユのいう創造作用によって、現実に対し「現実認識」とはまったくずらされた角度から、攻撃的に、全体的に関わりあうのである。》と述べているところにあるだろう。この彼が《非現実認識》と呼んでいる、ことばの極度の自己表出性が、現実に対し《現実認識》とは別次元において、攻撃的に全体的にかかわりあうのだという論理を秘めているとき、天沢の詩の根底を支える強靱な思想的態度を、そこに見ないわけにはいかないのである。

＊

ぼくは現在のところ、天沢のもっともすぐれた達成は、第三詩集『夜中から朝まで』（一九六三年）に含まれる詩篇にあると思うが、特に「旅の夜明けに」「首吊りの時代」「ソドム」「死刑執行官」「長いはじまり」「反細胞（パレード）」「三つの声」「日常」等の詩篇の独創は、現在の詩の言語の到達したもっとも高い頂きの一部を形成していると思う。なかでも天沢的な個性で輝いている「ソドム」という作品について見てみたい。

この町角の割れめのサックスはにせものだ
おれの怒りはキラキラ飛び散った
おれの首にまたがる馬蹄形の輝く女
何のため骨の凹みにそっと手をさし入れ
何のためにに手くびの
環状のめざめをねがうのか
はげしく回る車輪をいくつもおれは渡った
震えあがるめざめの鳥の平衡を

いくつもおれは崩壊させた
おれの舌はいま細く裂けて
透った敷石のすきまに死んだ女の唾をさぐる

（「ソドム」はじめの部分）

この詩で自明なイメージはどこにもない。すべてが未知の世界だといえる。ぼくらが現実と信ずる認識の世界は、その白昼の自明性で輝いているが、しかし、その自明性は隙間のない確かさで支えられているわけではなく、眼の錯覚ともいうべき窓枠を無数に嵌め込んで成り立っているのだ。従ってある人にとっての、白昼の認識の世界である、イデオロギー、信念、思想とかが、その眼の錯覚の奥にある非現実的無意識の情念から撃たれる事態に立ちいたると、それらはもろくも崩壊することになる。しかも常識人はその崩壊すら自覚しない。しかし、天沢は、その認識と無意識の情念との裂け目に向けて、あえて下降していく。彼がそのような方法を選んでいる理由として、モーリス・ブランショやジュリアン・グラック、ミシェル・フコー、シュールレアリストや宮沢賢治の影響を見つけ出すことは容易だろう。しかし、ぼくは、天沢が六〇年[*4]の安保闘争前後において、古典マルクス主義においてその極北をあらわにした、全認識界の崩壊という事態を、自己の想像力の中枢にかかえこんだことを、考えてみないわけにはいかない。もちろんそのことは、彼があの闘争の渦中のどの位置にいたかという実際とは関係がない。政治行動の中心にいても、時代的本質とまったく疎遠な者も居れば、運動から遠い位相にいても、時代的本質にその想像的思惟の中枢を犯されないではいない詩人もいる。

このような詩人の非現実の世界とは、単にイメージの特異さとして表現を成り立たせているのではない。それこそが日常的表層的現実に対する非現実的本質として、詩人の実存の深みを照らし出しているのだ。「ソドム」という作品も、詩人の日常的な認識の世界の奥にある情念の沼が、呪詛とも呼びたいほどの非合理な感情、怒りで満たされていることを示している。そして、その沼に達する道は、徹底した言語への不信、破壊としてあらわされている。まず、最初の一行、《この町角の割れめの》という明確なイメージを《サックスはにせものだ》という否定的断言で強引に屈折させる。それはまた視覚的なイメージから、聴覚的な概念への飛躍としてもある。そこには認識＝意味表現の連鎖を暴力的に破壊しようとする詩人のことばへの強い確執があるように思う。その力業を支えているものが暗い情念からくる否定力だとすれば、それがまた、作品の究極としての情念へ行きつく循環構造をもっているともいえるだろう。そして、この最初の一行によって切り開かれた詩人の未踏の頭蓋への冒険は、次々とグロテスクなイメージの顕在化と消去のディアレクティークを生みだしている。そこでは加虐と被虐のイメージがせめぎあい、強烈な印象のイメージは概念的な言語で待ち伏せされて消され、イメージの凝集の山は拡散の野によって拒絶される。そして、それぞれのイメージのブロックは、極度に自己表出の相において独立しながら、シンタックスを破壊し、その意図的な反凝集を繰り返すことによって、逆に、隠された恐怖のイメージの原質性のようなものを顕在化している。

　すなわち《おれの首にまたがる馬蹄形の輝く女》という妙にくっきりしたイメージは、次行へ少しも連結していかないで〈手〉の問いかけにとってかわるし、更に《震えあがるめざめの鳥の平衡を／いくつもおれは崩壊させた》という、戦慄にみちた力強い攻撃的な喩は、たちまちのうちに《おれの舌はいま細く裂けて》という繊細な被虐的なイメージにおきかえられ、またその逆の関係も示される。そうしたイメージと概念、加虐と被虐のたえざる逆転の劇が、この詩になまめかしい波動をつくりだしているのだ。更につけ加えて言えば、後半の《女たちの嵐を叩きつけて》《おれの顎は無数のハイヒールをくわえこんだ》《おれの両膝はぼろぼろの映画をぶらさげて燃える》《街々は彎曲し数限りない車輪となって走り出す》というような詩句に、ひときわ顕著な、ことばの自在さ、その破壊力と連結力といったものがあらわれるが、そこにはこの詩人の確かに現実（認識）とその文章構造の秩序に対する非現実の意識からの攻撃、隠された深層のレアリティを渇望する全体性への欲求、それを可能にする意識の根源的な自由さというものがあるといえよう。この「ソドム」という作品は、これ以上、言語破壊したら詩と呼べないのではないかと思われるほどの極限にまで、ことばの可能性を試しているとみられるが、しかし、天沢の詩が指し示す極限とは、それが更にことばの可能性としての極限指向を予見しているような印象を与えられ、そこで行き止まっているような感じがあまりないのは不思議である。そこで、ことばの自由の果てしない領域を広げられるような印象を受けとるのは、ぼくだけであろうか。

「ソドム」の言語破壊を更に越えたところで、詩篇が成り立っているように思えるのは「死刑執行官」という詩である。この詩のもつことばの軋みと緊張は、詩の自由の不在を人工的なことばの技巧によって仮装した、モダニズムの詩篇とはまったく異質な位相にあって、詩の内的な意識の、自由な屈伸力の反映と見ることができるだろう。

旗にうごめく子どもたちを裏がえす者は死刑
回転する銃身の希薄なソースを吐き戻す者は死刑
海でめざめる者は死刑
胃から下を失って黒い坂をすべるもの死刑
いきなり鼻血出して突き刺さる者は死刑
はじめに名乗るもの死刑
夜を嚥下し唾で空をつくるもの死刑
ひとりだけ逆立ちする者を死刑にする者死刑

つばさがないので歩く鳥は死刑
鳥の死をよろこばぬもの死刑
死者を死刑にする者とともに歩かぬもの死刑
めざめぬ者は死刑
めざめても青いまぶたのへりを旅する者死刑
死刑にならぬというものら
死刑を行うものら
死刑を知らぬものら
を除くすべてのもの死刑

（「死刑執行官」第一連）

ところで、この作品については、ミシェル・フコー『言葉と物』の序文に引用されているボルヘスの《ある中国の百科辞典》にある奇怪な動物分類法[*5]に触れて、天沢自身が述べていることが参考になる。《フコーが正しく指摘したようなボルヘスの「ある中国の百科辞典」の分類法の、常識や論理や伝統的美学（シュルレアリスムを含めて）ではとうてい考えられない秩序の無秩序さは、とりもなおさず、現代詩のイメージ順列の「乱雑」「ほんとにでたらめ」「ただ出まかせ」と見えるものと同じ原理的基盤——すなわち出会いの共通の場を言語以外にもっていないこと——に立っているのではないだろうか。（もちろんこのような原理的基盤から遊離した、ただ乱雑ででたらめなだけの浅薄な「詩」も多いだろうが、それは論外のこと。）そして言語というのは、場ではなく不在という場であり、そうした不在の言語の生そのものを虚構することにしか「でまかせ」の詩篇の成立ちようはなく、しかもこの虚構は、周知のように、本来的に不可能なのである。》（「現代詩とエテロトピー構造」）ここで天沢は、最近の現代詩によせられている、いわゆる〈乱雑〉〈でたらめ〉〈出まかせ〉という批難に対して、現代の詩が直面しているものは、出会いの共通の場を言語以外にもっていないという原理的基盤において、その動物分類法の奇怪な列挙と同じであり、とくに自作の「死刑執行官」の奇怪なことばの様相は、それと同質に近いという風にものべているのだ。この場合も、天沢の論理はそれ自体の究極まで走るのであるが——言語というのは、場ではなく不在という場であること、そうであるならば、「出まかせ」とみられる詩篇において、ことばの出会いの共通の場は、虚構されるしかなく、その虚構は詩の本来的な不可能性に突き刺さっていくいがいないだろう。つまり、詩が成り立ちえないところに詩を成り立たせる、本来的不可能性に、天沢の試みは挑んでいるわけであり、自由の尖端が常に晒される生命感ある試行錯誤というべき不幸に輝いている。

しかし、ここでぼくは天沢の論理について若干の疑問を感じる。というのは天沢が先にあげた文章で「論外のこと」として述べている、ただ乱雑ででたらめの浅薄な詩も、そうでない詩とやはり原理的基盤を同じくするはずであり、それらを分つものは何かという点である。天沢の論理はそれを不明にしているのであるが、ぼくはそれは詩とか言語の美の体験について、詩人に負荷されているもの、つまり、伝統とか、文化や美意識の連続した意識のなかで、自己の表出の水位をきめることのできる、詩的な感受性や形成された能力というようなものを想定する以外ないと思う。それが対象的な世界に対する意識によってはねかえってくる言語の作用を、より対自的に指向させることになり、単なる乱雑さやでたらめのことばの出会いから、すぐれた詩をわけへだてることになる。天沢のいう、ことばの出会いの原理的基盤のなかに、伝統や文化の連続的契機に対する詩人の表出の位相を含ませる必要があるように思う。そして、そうした考察を欠かすところに、現在の天沢の論理の根底的あやうさもあるのである。

さて詩篇についてみていくと、《旗にうごめく子どもたちを裏がえす者は死刑》の最初の一行の〈旗〉

〈うごめく〉〈裏がえす者〉〈死刑〉を、ひとつづきの文にしているのは、それらを連結する助詞にあるが、そこで、生まれた名詞と動詞の結びつきは〝意味〟の上でまったく必然性がないように見える。それこそ、言語という場以外では共通の場を持っていない出会いという風に呼べるが、それは天沢が、〝意味〟というようなものにまったく意識の表出をゆだねずに、できるだけ〝意味〟と疎隔になるようにことばを突出させているからだ。しかも、それをぼくらがでたらめとして受けとらずに詩の美としてやはり受けとってしまうのは、そこに画家のデッサンにも比すべき、彼の言語へのしたたかな感受性が試されているからだろう。そして、一行の成り立ちにおいてみられるものと同じ関係が、次行との関係にもあり、それらをつなげている環の役割は〈死刑〉ということばに負わされている。この〈死刑〉は、世の殺人とか、放火とか戦争犯罪とかいうものに対してなされる、現存の意味の〈死刑〉ではなく、それこそ、言語によってはじめて可能な〈死刑〉であるが、このような〈死刑〉が言語の場において可能となるのは、それは現存する〈死刑〉が、どのような理由にもとづいてであれ、絶対的に不合理な影から離れることができないという理由にもとづいている。すなわち、それは白昼の認識においては、まったく疑問の余地のない正当さと、合理性で説明されるが、ぼくらの深層の意識における〈死刑〉の原イメージは、その認識が偽装している暗黒によって、不合理なグロテスクに歪曲され、従って徹底した言語（意味）破壊の相としてあらわれてこざるをえないのである。そこに非現実的な表出が、隠された本質となって、現実を真に撃つ位相があるといえる。

　この詩のイメージも、現実の死刑のもつ不可解さにみあって、ぼくらの理解がどうしても行きとどかない闇を、むしろ詩の生命としてもっているのであるが、しかし、個々のイメージの連結に気をうばわれずに、それらを、一つの画布にはめられた絵のような全体性としてみていくとき、論理としてではなく、感受性による共鳴として、必ずしも無理なく理解を可能にする一面もあるのである。たとえば、たなびく旗、裏返された子どもたち、回転する銃身、希薄なソースを吐き戻す者、胃から下のない男、黒い坂をすべっていく者、鼻血を出して、針のように突き刺さるもの、夜を嚥下し、唾で空をつくる者、逆立ちする者、つばさのない鳥、鳥の死、というようなイメージの転移を、ぼくらはシュールレアリスム風の絵として思いうかべてみるとき、その底には単なる〈乱雑さ〉とは縁遠い、いってみれば生活社会のものの位相を逆倒したイメージによる、一つの確固とした秩序が貫いていることがわかるのである。ところがそうしたイメージは終りの詩行に行って、たたみこまれるような論理にとってかわられるのをみることになる。それは天沢自身が、《とりわけ最後の四行を書きすすめながらもどかしい模索のあげく遂にとり逃がしているものの正体》[*6]とのべていることと少し意味がちがうが、ここでイメージが論理へ向かいだしたとき、イメージの奇怪さを凝集した鋭い論理の穂先とならずに、妙に辻褄を合わせるようなたわいのない意味性をあらわしてしまったことを惜しまないわけにはいかない。ここでみる限り、天沢はあくまで、イメージの詩人であって、イメージが深層から撃っている論理の世界をあまりにたやすく追放してしまうために、それがひょっこり貌をあらわしたとき、ふっと気をぬいたような、常識人の風貌があらわれてしまうのではないだろうか。

あくまでイメージの凝集にことばを傾けて、すぐれた結実をなしているこの期の作品をいま　篇あげるとすれば、「反細胞（パレード）」であろう。

厚ぼったい街を白い星たちがすべり空が軟弱な目を吊し終ると　男はふりむきざま体ぜんたいを風
にふるわせみるみる重くなる。足のあたりの密度はふくれあがり　ぽつりと落ちた血のあとを中心に
ゆっくりと男はまわる　頭のあたりは半透明に液化してゆるゆる漂いだし　かすかな音を吸いこんで
家々の戸がバタバタとひらき　白くてかたいいきものたちが街にあらわれみちあふれる。星たちは宙

をとびめぐって時に街々へ褐色の液体を放射するが街路のしめったきしめきは高まるのでもなく　男
は巨大な肉塊にふくれ　白くてかたいいきものたちにみるまに喰いちぎられては………

（「反細胞（パレード）」前半）

この詩においては、《白い星》《白くてかたいいきものたち》《白い肉》という白のイメージと、輪郭をきめることのできない軟体動物のような男のイメージとが核をなしており、その二つのイメージが縒り合わさって、奇怪な非現実をつくりだしている。この詩のイメージの全体があらわすものを、ぼくは、現実社会で喰ったり喰われたりする非人格的な肉塊となって、明確な（人間的な）輪郭をもつことができないで浮遊している、人間存在の喩として見ることができるのではないかと思う。そして詩人の《眼》だけは、服を着て勤勉に働き、あるいは怠けて屋台でコップ酒を飲むという、自明の日常的な認識像の背後にまで及び、この詩にみられる非現実的な本質を透視してしまう。《初めから閉ざされることのなかった《眼》はにわかに街々をはてしなく深い河の中へひきしぼる》という終りの方におかれた、この開かれている《眼》のイメージが、ぼくには忘れがたいが、それはただ閉ざされることのなかった《眼》ではなく、《街々をはてしなく深い河の中へひきしぼる》視力のようなものとして、強い印象を与えられる。この詩の喩のもつあいまいさ、不透明な印象は、はじめから解釈の作業を拒絶して、いわば、あるがままのイメージのなかから、読者にさまざまな連想を許すものとしてあるといえる。それは読者を自由にし、解放するものともいえるし、逆に、自由の側に読者を強いるものでもある。いずれにしてもそれは、《詩においては、真実を匿し、そのことによって、匿されたものとして強烈に現出させなければならない》[*7]という、彼の詩法が読者に負わせる深層のコミュニケーションというべきであろう。

＊

このような詩篇の後、天沢が向かいつつある道程は、詩集『時間錯誤』（一九六二～一九六五）及び、それに続く詩篇によって示されている。それらのなかでは、「観察」「さむい朝のはじまり」「反動西部劇」「ある予言者の幼年時代」「アンリ・ミショーの絵《四つの顔》に」「わが本生譚の試み」「創世譚」などの、すぐれた詩篇をぼくはたちまち思いうかべることができる。その特色を単純化していえば、言語やシンタックスの破壊という語法を更に受け継ぎながら、同時にイメージのあわいに濃密な論理性をにじませ、また詩集『夜中から朝まで』の詩篇にみられるせっぱつまった情念を幾分やわらげ、技巧的な冴えと同時に余裕が生まれ、それが軽妙なユーモラスをも生み出しているといえるだろう。たとえば「反動西部劇」という詩。

〈またぎ越せ無能な河は〉
破廉恥に日ざしがきらめく
指ならすくしゃみの地平線よ
われわれは一列一万五千人
鼻づらをそろえて河岸にならび
陶然として鐘鳴を聞く
両腿のあいだで隕石が影を
すこしずつひろげていく

（「反動西部劇」の第一連）

西部劇映画のイメージに即応しながら、この詩には、もちろん映画のイメージと地続きのものは何もない。いわば西部劇（映画）を〝反動〟に使いながら、彼は内部の劇のなかへ入っていく。《へまたぎ越せ無能な河は》の魅力的なリフレーンが、この詩人の内部に越えるべき河の実在があることを示し、《一列一万五千人の鼻づらをそろえて河岸にならび》という盛観が微笑を誘う。そしてこの詩には、天沢の詩篇を特色づけてきた暗いイメージの転移はなく、むしろ、生命の躍動を伝える明るいイメージと、それを連結する論理性があるとみることができる。しかし、河を越えて着いた《熱い雨の街》ではまた、残酷な子どもたちのあげる《へまたぎ越せ無能な河は》の声を聞くことになり、それは詩人の越えるべき河の幻視の広がりを示し、この詩にすぐれた深みを与えている。この詩の隣りに《のどが突然裂けて砂をふきだす》の戦慄すべきイメージで満たされた「さむい朝のはじまり」があることを考えれば、一概には言えないが、同時期の作品「裏と表」の最終行が《わたしたちの無人の空が／美しくしわよりぬれつづける限りは》であり、「時代の首梟け」の最終行が《吹きあがれ！／女の眼のなんといううつくしさ》というような「美しい」という形容詞をあえて抵抗をもたずに使い、それが「わが本生譚の試み」の余裕につながっていくのをみるとき、やはり天沢にも一転機が訪れているのを見ないわけにはいかない。そしてそれは「ある予言者の幼年時代」や「わが本生譚の試み」の語り口のおもしろさのようなものにも結びついている。ぼくは一時それを天沢の詩のことばが見せはじめた拡散として考えてみたこともあり、実際にそれがはらんでいる危機には正当に注目すべきであると、今も考える。しかし、それは必ずしもその面ばかりではなく、詩集『夜中から朝まで』の世界がもっている、ある意味では不器用な不安なことばの様相から、詩を書きつづけることのうちに避けられず踏むことになる、成熟の腐敗を撃ちつつ、むしろそれを詩の昂揚と化す、あるクッションのようなものと考えることができるのではないか、と思ってみたりする。そのような反省をぼくに強いたのは、詩集『時間錯誤』以後に書かれた

「創世譚[*8]」という詩を読んだからである。

ある日新鮮なホンダワラが
少女の死体にとんできてからみつき
ぐいぐい街路に曳いて走りだした
陽はたちまち水分をなくして
ストンとポンコツ車の上におっこちた
アカリがなくちゃ堪らないからみんな
自分の娘の首ひっこぬいて戸に挿した
新聞いっせいに花のように美しくなった
家々は笑った道がはためいて
どんどん剝げた剝げて剝げて
町ぢゅうが痛みを歌にうたった

（『創世譚』第一連）

《花のように美しくなった》という比喩がまたしても、この詩のなかにあらわれたことがぼくを驚かせるが、《少女の死体》《自分の娘の首ひっこぬいて》というようなことばにもかかわらず、この詩の底部を流れているのは笑いであり、その笑いは、ことばが美学的に整序されて、心情的に閉じていこうとするのを押しとどめ、ことばを開いていっているのをみることができる。そして、この詩の何とも奇妙なホンダワラのイメージは、どうしようもなくからみついてくる〈日常〉性の意識の喩のようにぼくには思える。この詩は第二連がもっともすぐれているが、特に《おれたちを繫げているのは敵の唾液／お

Help! 死んだ少女の唇のへりから／ながながとたれている唾のひもよ！／そのひもを伝って再び血よ流れよ！／しかしホンダワラはいよいよきつく／おれたちの足首にくいこんだ》という詩行は、幾度読んでも心憎いばかりのできばえである。イメージと論理は縒り合わさって、明確な詩の在処を指し示している。「おれたちを繋げているのは」というかぎり、おれたちは孤立した存在ですらありえなく、もちろんそれは〈味方〉の論理である連帯のうちになく、まさしく《敵の唾液》によってつながれているのであり、Help! と叫んだとしても、再び血は流れることはなく、日常性の掟はいっそう心身にくいこんでくるだけである。その上《その緑の体液がみんなを養いだす》というのだ。天沢は「ソドム」や「反細胞」で突出させた恐怖の言語のなかに、この底なしの沼のような日常性をしこたまかかえこもうとしており、そのことによって、ことばが対自的な構造において軋むだけでなく、それは日常的な生活意識の方からも攻撃されて、激しい緊張を生んでいる。最後の連は、次のように結ばれている。

ある日初めての婚礼が空を
ひきさいておこなわれた
空の裏の生きものたちは初めて
存分に人間どもをつかみ食った
みんなは門毎に旗をふって歓迎した
だがおれは妻を背にかばい
憤激して立ちすくんだ
みわたす限りのホンダワラのはびこり
血のひとしずくもないフィルムの肉

おれは妻の手を力いっぱいつかんだ
エーッと叫んでいちもくさんに走り出した

（「創世譚」最終連）

とりわけ最後の二行には、避けられず健康な生活者としての天沢の風貌がうつしだされていて、笑いを呼ばないわけにはいかないが、ここにおいて、天沢はたとえば「ソドム」や「死刑執行官」の言語破壊の極から、日常的な意識を繰り込みながら、それに対し、詩の根底としての論理を志向する方向に踏み出しているといえる。そして、この《いちもくさんに走り出した》先にも、《みわたす限りのホンダワラのはびこり》が待ち受けていることは必定であり、そのことにおいて、天沢の詩は更に新しいたたかいに直面することになるはずだ。それを天沢自身のことばでいえば、「われひとりの脱出を企てる者は、その外もまた内でしかないことを知る他者によって、そのことを思い知ったときの自分によって厳しい罰を受ける[*9]」のである。

それにしても、恐怖の言語に憑かれて、不可能性の修羅場こそを、詩の培養源としているこの詩人に、『道道』（一九五七年）というような処女詩集があることは、ぼくらにある安堵を与えるから不思議だ。それは、大岡信によって、「淡い含羞を今も愛している[*10]」と評さしめた詩集であるが、ぼくもその静逸な痛みを愛するものである。たとえば「木の晩夏」という作品。

痛みにたえかねて
木は自ら青い葉をちぎり落す
その痛みもじつは開いたままの眼からくる錯覚だ
けれども錯覚している木にそれはわからない

一枚また一枚と　ちぎるたびに
樹液のすきとおるにがさを傷口に嚙みしめて
木は幹のおくから髄のような自分を抜きはがす
風よ　いま揺すらないでくれ
水よ　いま流れないでくれ
皮面まであふれよせる汗は苔にむなしく
渇いた旗の青はこずえに搦みつくばかりだ
途方にくれて次第に蒼ざめる坂下の町並
そのむこうの遙かな硝子の丘からは
黄色の建物（ビル）のアアガスが凝（じっ）と冷い眸を木へむけている

（「木の晩夏」）

このような自我の痛みをとどめた繊細な抒情性から、天沢は、あまりに遠く隔ってきてしまったというべきだろうか。《樹液のすきとおるにがさを傷口に嚙みしめて／木は幹のおくから髄のような自分を抜きはがす》という清烈さは、もちろん若い詩人の内部の投影と見うるが、『夜中から朝まで』や『時間錯誤』の根底にも、それは流れてきているというべきだろう。その過程におけることばのあらわれの様相は、異質な次元がめざされ、『道道』の情感は、後になれば否定の対象に過ぎなくなったとしても、それはなまじ否定されることで、一層せまいが激しい水流となって、後の詩の言語の内側にしみとおるように流れているとみるべきかも知れない。そして、実際に実現された世界は、この詩集『道道』と明きらかに対立しあう言語の形相をたたえているわけだけれども、そのことから『道道』を単に幼い詩篇と呼ぶことのできない理由がある。なぜなら、そこには青春の相戻ることの許されぬ一回限りの情感というものがあり、それは依然として、天沢の現在の詩と拮抗しているからだ。そうであるからこそ、一九六三年に天沢が明晰に言い切った地点、すなわち《恐らく、この不安定性の質的度合いは、詩人がその無意識の最も深い箇所にあらゆる予感の原点として抱いている「革命」の非論理的イメージの、匿れたままの表出であるにちがいない》[*11]地点へ向けて、彼は出発したのであり、幾分の恥じらいをこめていえば、そこに天沢を越えてなおある〈詩の未来〉の相貌をみてとることができるのである。

＊1　高橋睦郎『時間錯誤』書評（「現代詩手帖」一九六六年九月号）。
＊2　松田幸雄『時間錯誤』書評（「詩と批評」一九六六年十月号）。
＊3　「現代詩の倫理」（「大学論叢」一九六三年五月号）。
＊4　それを示すことばとして同人誌〈暴走〉の「休刊の辞」（一九六四年一月）に書かれた天沢の次のような文章が参考になる。《当時渦の中心にいなかったぼくにとってさえ、五九年から六〇年にかけて大衆的自然発生性（スポンタネイテ）と交感しつつあった学生運動のラジカリズムを専ら統一の名による画一化の外へ消尽させること以外に何らの熱意ももたなかった進歩陣営の性格は今でも腹立たしく思い返される。》《ぼくらの「暴走」はまず、全学連の政治的ラジカリズムをその本質面から、詩意識の次元において全体的に獲得、発展させようとする試みだったといえる》《ぼくらの「暴走」が継承したのは全学連ラジカリズムの〈役割〉ではなくてその原形質的意味である》
＊5　それによると動物は次のように分類される。《(a)皇帝に属するもの、(b)防腐処置を施されたもの、(c)飼い馴らされたもの、(d)乳呑み豚、(e)海の魔女（シレーヌ）、(f)架空の動物、(g)野良犬、(h)この分類に含まれるもの、(i)気狂いのようにさわぐもの、(j)数えられないもの、(k)非常に細いラクダの毛の筆で描かれたもの、(l)ｅｔｃ、(m)ついさっき壺を壊したもの、(n)遠くからは蠅の群のように見えるもの》（手帖時評「現代詩とエテロトピー構造」、「現代詩手帖」一九六七年三月号）。
＊6　手帖時評「現代詩とエテロトピー構造」。

＊7　「詩はどのように可能か」（「現代詩手帖」一九六二年九月号）。
＊8　「創世譚」（「凶区」13号、一九六六年四月）。
＊9　手帖時評「状況への序言」（「現代詩手帖」一九六七年一月号）。
＊10　第三詩集『朝の河』跋文。
＊11　前掲「現代詩の倫理」。

（現代詩文庫『天沢退二郎詩集』解説、一九六八年七月）

二　エテロトピー構造の変容

熱い海をすすり
鼻を曲げ
メリンスを破き
血をぬき
水死までしたのは何のためだ

（「悪い旅」[*1]部分）

ほんとうに水死までしたのは何のためだったのだろうか。天沢退二郎は、むろん、この問いに答えを用意していない。答えは不可能なのだ。

この表出のレベルにおける熱い海や鼻やメリンスや血や水死は、現実性を剝がれたことばである。血を抜き、水死まですることができるのは、これがことばの上での行為、すなわち〈作品行為〉であるからに過ぎない。ことばの上だけで水死するのに理由はいらない。あるとすれば、それは〈作品行為〉のために、つまり、天沢流に言えば、作品の要請によって水死するのである。それではその作品の要請とかいうものの背後に何があるのであろうか。それはもう一つの作品の要請、さらにその背後にも要請があり、またその背後にも……こうして無限の要請は、詩の始源にまで溯行しうる時間性をかたちづくっているであろう。

なるほど、水死までしたのは作品の要請によってだとしても、《水死までしたのは何のためだ》と問う、その問いの主格を、作品の要請の前に突き出しているものは何なのだろうか。わたしはそこに現実の根源というものを見ないわけにはいかない。現実の根源とは、ここでは単純に、ひとが強いられて生き死にする場所だ、と言ってしまってもよい。が、わたしが前に多用した概念で言えば、〈ことばを欠損させる現実的関係の糊状の層〉、すなわち反詩のことだと言いかえることができる。それは個体において詩が生まれ出ようとする力をさまざまな規定力で扼殺しようとして、逆に詩の本体力ともなってしまう現実の関係の総体のことである。この現実の根源から発せられる問いのために、何ものかによって非人称的に要請された作品は、個体が生きている場所で取り結んでいる現実的な関係の血を注入され、生き生きした直接性を獲得する。

しかし、天沢は、《水死までしたのは何のためだ》と問う、その問いを押し上げているものが、現実の根源であることを、見ることができない、あるいは見ないふりをするだろう。もし、それを見れば、ことばに現実的な関係が噴き出し、作品の要請という時間性とは異次の空間が湧き立つことになる。彼の回避は、これに続く詩行を、単なる同義反復の繰り返しにしてしまう。

沈黙を限るためか
きみしを帽子に塡めるためか
青ガラスに妻子突かせるためか
自らに塩ふるためか
生に言の葉ふるためか
林檎に角めぐらすためか

（「悪い旅」部分）

せっかく、みずからの〈作品行為〉を対象化するまなざしを、問いとして設定したのに、このあとの詩行は、その問いの棄却にほかならない。それは引用冒頭の《熱い海をすすり》から《林檎に角めぐらす》までの詩行が、同一表現のレトリックの差でしかないことを見れば明らかであろう。

しかし、《水死までしたのは何のためだ》と、一旦、問うてしまったら、もはや取り返しがつかない。天沢の方で見ないようにしていても、問いの向う側で、現実の根源がぽっかり口を開けている。さあ、〈作品行為〉よ、わたしをどうしてくれるのだ、というように。そして、実際にも、これらの詩行に、すでに従来の詩とは異なる、ある直接的なひびきがあることを誰もが感じるであろう。これは彼の方法の破れである。この破れに天沢の詩の、また訪れてきた新しい曲り角、転換の兆を見てもよいのではないか。ここで引用した「悪い旅」という作品は、現在のところ、もっとも新しい詩集である『死者の砦』に収められている。

ともあれ、長い間、天沢退二郎は、現実の根源との回路を失った、ことばの模様化・詩の様式化というトンネルのなかで、試行錯誤を繰り返してきたようにみえた。むろん、このみえたは、わたしにみえたのであって、他の人に、その同じ現象がどう受けとられたかは別問題である。吉増剛造には、それが夢魔の地獄めぐりというようにみえた[*2]ということであるし、岡庭昇には、自然主義リアリズムと言語の装飾化との結合というようにみえたらしい[*3]。菅谷規矩雄は、天沢の土俗的韻律の露呈に、危機が表現の尖端にではなく、現実の根源にあらわれたことを感じとっている[*4]。単なる言語フェティシズムに過ぎない、と考えた人もあるだろう。これらのさまざまな喰い違う評価は、天沢が最初に登場して以来のことだろう。そこに天沢退二郎という詩人とその詩の世界の、いわば同時代的視野における、あるむずかしさというものがあるかも知れぬ。おそらく、そのむずかしさを、あまり簡単な方程式に還元してしまってはいけないのだ。

先のわたしのみえたに続けるなら、わたしの眼に、天沢の言語がある本質的な変容をみせはじめたのは、六〇年代の後期頃からである。詩集で言えば『時間錯誤』[*5]の後半にあたり、批評においては〈作品行為論〉を論理化しだしてから[*6]、生活的には滞仏以後、情況的には大学闘争でいわゆる造反教官として〈はなばなしく〉登場してから、というように（厳密にみればそれらは少しずつずれているが）、幾つかの指標をおさえることができる。これらの指標となる時期を境にして、天沢の言語は、六〇年代の中期頃までの著しい特質であった、非現実認識を回路とする現実の根源との強い対応性、視覚的な形象やイメージの直接性、言語の異化結合（エテロトピー構造）を根幹とする非様式的な流動性、感性の秩序の拒絶的（あるいは非和解的）性格が、しだいに薄れていったのである。そして、特にその表出意識が、現実の根源との緊張に満ちた回路を失っていくにつれて、時にアングラ風俗的、時に近世土謡的、時に暗黒舞踏的な非現実を図柄とする様式美があらわれ、また、エテロトピー構造自体の類型化がみえだしてきたのだ。

それらについては、更に後述するが、しかし、先にも触れたように、『死者の砦』、『les invisibles』[*7]（以下の引用の際は『目に見えぬものたち』の表記とする）などの最近の詩集において、彼はこのトンネルを脱け出しつつあるのではないか、というのがわたしの印象である。その印象に根拠を求めるなら、この二詩集より前の『夜々の旅』[*8]（一九七四年）の言語と、最近の、たとえば『死者の砦』の言語とを比べてみればよい。もっとも『夜々の旅』自体が、それ以前と比べるとすでにかなり過渡期に入ってきているが、それでも収中の作品「桃ゆき峠」はこんな世界である。

半身クビライを首にかけ
あと半身にまだらの帯ひき

女は　壁つづきの空の向こう
手ながが星どもの横をとぶ
わたしと女との間にはひとすじ
闇のための門が張られ
ときどき赤汁と湯気を噴く
その年　中央線がよく燃えた

（「桃ゆき峠」はじめの部分）

ここで幾らかでも指示的な表出は、引用部分最後の一行だけであろう。そして、そのこと自体に、特別の意味合いがあるわけではない。ともかく、まだらの帯にしろ、手なが星にしろ、女にしろ、闇のための門にしろ、赤汁と湯気にしろ、それらのことばは叙述の表面に静的に浮き沈みする模様のようなものである。とはいえ、その静的な図柄を越えようとするのか、ことばの異化的な結合（エテロトピー構造）だけは、いかにも過激化されようとする。

わだち行く殺気雨に
かなたの空の糊づけは次々に剝げて
弓は手をちぎり
肉ばやしに壜は鳴り
いまや半身半生からたなびく女の血
そこそこへ闇衣そそげ

（「桃ゆき峠」おわりの部分）

それにしても、こういう部分を読むと、なによりも痛ましさが先に立つ。何という才能の浪費なのだろうか。人が生き死にする場所との媒介を欠き、現実の根源との拮抗を失った表現は、たとえ殺気雨が降ろうが、空が剝げようが、弓が手をちぎろうが、肉ばやしが鳴ろうが、女の血がたなびこうが、すなわち、言語の異化的な結合をどんなに過激化しても、いや、すればするほど、奇妙にしらじらしく浮いていくだけなのだ。

むろん、この浮力は単に天沢の言語にだけ強いられているものではない。現在では、多かれ少なかれ、誰もがぶくぶく浮いているのであり、むしろ、そこに詩と拮抗する反詩の不可能性、現実の根源の不可能性がたちはだかっていると言える。そして、それなら、もっと天沢の言語の尖端は解体にさらされ、危機に見舞われてもよいはずなのだ。しかし、そんな危機と関係なく、殺気雨などという手慣れたレトリックが出てくるために、それが逆に類型を感じさせてしまう。同時期の「布教呪の試み」という作品にも、怨霊川とか血こんにゃくという、いかにも残酷を装った異化結合が出てくるが、これなども同じ類型であり、そういうものを彼の作品から拾いだしたらきりがない。そこにおいて、なにやら、ことばの模様自体はあやしく騒ぐけれども、殺気雨は殺気と関係なく、怨霊川は怨霊と関係がなく血こんにゃくは血ともこんにゃくとも関係がない、つまり、それらはイメージではなく、どぎつい色彩のようなものだ。しかし、それがどぎつい色彩となるのは、もともと殺気や怨霊が主体の回路を通ることによって、現実との間にもつ指示的な関係を利用しているからだ。彼が、言語の指示性をただ模様としてのみ使うという、その方法を精錬すればするほど、同じ類型表現を手をかえ品をかえて幾つもつくっていくことになる。同じ詩集の「花びら鎖」をみてみればよい。

しみ抜きの文字揃えも

やっと終えるか終えないかで
花はどっと降り
言葉の悪に染まった糸ずらが
ひんぴんとわたしの顎の下を流れた

（「花びら鎖」はじめの部分）

先の《弓は手をちぎり》と、ここでの《花はどっと降り》を入れ換えても、先の《手ながが星どもの横をとぶ》と、ここでの《ひんぴんとわたしの顎の下を流れた》を交換しても、作品はたいして表情を変えない。それはことばがその現実性（あるいはもう少し狭い意味で指示性）を抜かれた模様として、また、《文字揃え》として均質化されているからだ。そして、それは言語の出会いの偶然的かつ異化的結合を重んじるエテロトピー構造を現実の根源が感受性に強いたものとしてではなく、それ自体を機能的に自己目的化した必然である。もともと意味規範としての構文の破壊をもたらしたエテロトピー構造は、そこでは逆に《文字揃え》の型として、いわばことば模様の美、様式美という反対物に転化してしまっている。いや、しまったのではなく、彼はそれこそをめざしたのであろう。これを肯定的にみるか、否定的にみるかによって、六〇年代末期から、七〇年代にかけての天沢の詩の世界に対する評価に、大きな喰い違いが生まれているのである。

ともかく、天沢自身は、わたしがことば模様の美とみているもののなかに、彼のいわゆる夢魔めぐりや、悪夢の地図があると考えているのであろう。しかし、その夢魔やら悪夢やらが、なぜ、表現されたものとしては、模様の美や型の美になってしまうのか、ということだ。彼は同じ『夜々の旅』のなかの「悪夢のアンソロジーのための序詩」という作品にまぎれこませた、エッセイ風の主張のなかで次のように書いている。

悪夢は激越な快楽である。しかし必ず醒めなければいけない。すなわち悪夢とは掟の裏がえしの証明であるから、掟には決して快楽はなく、もしそれが伴うかにみえるときは、快楽の方がにせものである。ただし、快楽（けらく）はすべて、絶対に真実であり、それ以外に真実というものはありえない。したがって、悪夢が夜の体験である以上、真実もまた夜の体験である。夜、ふつうなら、わたしたちは眠っているのだ。眠りは夢の反対物であり、何のために、誰のために眠るかといえば、昼のために、わたしたちの労働を搾取する者らのために眠るのである。

（「悪夢のアンソロジーのための序詩」部分）

実に正直で楽天的な天沢の素顔がのぞいている。悪夢と掟を快楽のほんもの、にせもので対応させたり、快楽がすべて〈絶対に〉真実であったり、真実が夜の体験であったり、労働を搾取する者らのために眠るのであったり……これを作品だと思わなければ、ちょっと読むに耐えられないような幼い論理である。洗練されたことば模様のカーテン、たくみなレトリックを少しはずしてみると、こんな幼い素顔がのぞいてしまう、というところが問題である。しかし、ここにこそ、天沢の〈作品行為〉を支えている意識の特質が明瞭な姿をさらしているとみるべきだ。

彼において、なぜ、悪夢が快楽であるかは、それが現実の根源——人が生き死にする場所——との媒介をもたないものだからではないか。どんな悪夢も現実的な関係を切断されているなら、それは恐怖となることはない。わたしたちが、夢をみてうなされたり、恐がったりするのは、たとえば憎んでいる人間を殺したり、殺されたりというように、匿している現実的な関係がそこに映しだされているからである。この現実的な関係を消してしまえば、快楽がまた絶対に真実であることもできるだろう。そこにおいては、ファシズムも権力も殺人も真実と呼ばねばならぬ。まさしく、現実的な関係との媒介をもたない、ファシズムも人殺しも、それは単に、《殺気雨》やら、《肉ばやし》やら《女の血》に過ぎない。どうせ、悪夢も掟も模様の差異に過ぎないのだから、なぜ、掟こそ最高の快楽であると言わないのだろうか。快楽に、にせものとほんものがあるということは知らなかった。

そもそも、悪夢が快楽であり、快楽はすべて絶対に真実であるような、そのような悪夢は、現実の根底を欠いた、ことば模様の美としてしか成り立ちようがない。天沢の悪夢という名のことば模様は、快楽至上主義という馬に乗って、六〇年代末期から七〇年代中期までを、ただ、ひたすら走り続けたのである。いったい、何が天沢をそんなところに強いたのであろうか。資質か、情況か、あるいは論理か。

＊

しかし、先にも触れたように、最近の詩集『目に見えぬものたち』や『死者の砦』には、なお、このことば模様をある側面では濃密にとどめながら、それとは明らかに異質なことばがせりだしてきているようにみえる。最初にも引用した「悪い旅」に関連づけるなら、次の部分が、その新しい特徴をよく示しているだろう。

誰が泣いてくれようと
いくら「良い旅を」といわれようと
いつだっておれの旅が悪いのは
まったくこれは悪い種子（たね）のせいだ
どこの誰が植えつけたのか
あるいは父（おやじ）め幾ら払ったか

悪い種子から生まれた旅は
骨のずいまでまっ赤なゼリー
どの地平線も欺瞞のブルー
マリリンさえ殺した欠気の川だ

（「悪い旅」部分）

この〈旅〉は、むろん、作品が巡る旅であり、その作品のなかの旅の主格が〈おれ〉であろう。《水死までしたのは何のためだ》に作品自体は答えないように、《悪い種子(たね)》とは何かについて、作品は何も明かさない。が、しかし、こういう作品が作品自体へ向けているまなざしによって、これまで猛威をふるってきたことば模様の膜に風穴のあいていることもたしかだ。つまり、その風穴から天沢自身の直接的な感情も噴き出してこないわけにはいかない。それを、仮りに直接性の回復と呼ぶとすれば、むろん、その兆はこの作品特有の問題ではない。最近（ほぼ一九七五・六年以降）の彼の作品に多かれ少なかれ共通する特徴である。「風と時の挽歌」（『死者の砦』所収）より、もう一か所。

沼にも沢にも鳥どもは
およそ穂尖に栖ったまま動かず
剣よりも薄い子どもの歌声が
宙吊りの城から　時に
音もなく散っては消えた
影には影が重なってすべり
虫はひそかに岩を嚙み

唖は紐をいく本も肉の終りまで垂らした
しかもなお鳥が動かぬのは
なぜか?

（「風と時の挽歌」部分）

ここでは、穂尖に栖ったまま動かない鳥のイメージをめぐって、架空の、あるいは非現実の風景がざわめいている。表出意識はことば模様の等質的な時間に沿って流れているのではなく、動かない鳥という中心のイメージをめぐる異空間の構成に向かっているから、わたしはそこから、ある直接的な喩を感じるのである。言いかえれば、動かない鳥どものイメージは、喩としてわたしたちの現実的関係の何かとのある対応を感じさせるのだ。その何かを時の死というものにみてもよい。

むろん、作品としてみた場合、『夜々の旅』やそれ以前の作品と比べて、これの方が高いレベルにあるというのではない。わたしがいま見ているのは天沢の変化なのだ。そして、変化は、これらの行わけ詩よりも、思い切った平叙文を採用した幾つかの散文詩の試みにみられるだろう。それにしても、今になって平叙的な散文詩を書くことは、従来の、言語の偶然的・異化的結合（エテロトピー構造）を根幹とする、彼の方法の袋小路をみずから認めたようなものではないか。

そもそも危機は、エテロトピー構造そのものにあるというよりも、それを彼の感受性に強いた現実の根源を失ない、ことばの偶然的異化的結合それ自体を機能的に自己目的化したところにあったはずだ。そこにエテロトピー構造そのものが類型と化した理由があるのではないかという推定も、先に少し書いた。そうであれば、何よりも現実の根源との回路の回復が課題とならねばならぬ。仮りに、現実的関係との媒介を欠いた散文詩型による平叙文の採用であるなら、この新しい変化自体が、彼の詩の死、あるいは放棄へとつながりかねない危うさをはらんでいる、と言わなければならぬ。これは、現在の彼の行わけ詩が、変化の兆をみせる一方で、なお、ことば模様を多くとどめているように、微妙であって、わたしは断定的なことを言うことができない。

ともあれ、『死者の砦』所収の散文詩型のうち、「昇天峠」という作品をみてみよう。これは現代風姥捨伝説のようなモティーフで書かれているが、この作品の主人公であり、語り手でもある〈私〉が誰であるかは、最初から最後まで匿されている。ここに、いわゆる物語性はないわけではないが、それはむしろ隠された進行役であって、前面に出ているのは、〈私〉の視覚が映し出す風景の細密な叙述である。たとえば、次に引用する冒頭部分に、すでにそういうこの作品の文体の特質は十全にあらわれているが、部分だけを切り取ってくれば、それは天沢自身の旅行記か何かによる、風景の精密なスケッチであるような印象さえ受けるであろう。

草の茎の、根や枝の付けねにちかいあたりがひどく赤いのが目につくようになった。空気はつめたく乾いて、肌に貼りつくばかり。山並みはいよいよ間近になり、樹木のあまり生えていない岩肌のひだまで読みとれるその重畳がせまって、なおどこへこの山道がきれこむのか、鞍部の所在もまるで見当がつかないのだ。

（「昇天峠」はじめの部分）

〈私〉は作者に、作品の時間のなかを移動（行為）させられることによって、その視覚に映る場面（風景）を、ちょうど連続写真のように次々と出現させている。言いかえれば、〈私〉の場面の移動、風景の変化、それについての語りが、ストーリーの文脈を間接的につくっているとみることができる。そのあら筋だけを、ちょっと露出してみれば、〈私〉はある山の麓までたどりつき、そこで自動車を捨てて、農婦のリヤカーに乗り山道を登りはじめる。車がすれちがったりするときに使う崖上の待避場までたどりつくと、多くの人が谷を越えた対岸の人影らしいものを見ている。このあたりまでは、一種奇妙な登山風景であって、作者と〈私〉の区別も、叙述自体からは判別できない。〈私〉の行為の本質が、誰よりも〈私〉自身にとって明らかになっていく（ことによって、読者にも明らかになっていく）のは、〈私〉が隣りの人にオペラグラスを借りて、対岸の人影らしきものを見るところからだ。すなわち、そこに映ったのは数十匹の犬だった。彼らはこっちを望んで背を伸ばしながら、《べろべろと長い舌を出し、首を振り立てていた》のである。やがて、夕闇がせまってくると犬たちは吠え出す。

最初はクーン、クーンとややしのびやかに、しかし徐々にその声はいらだたしげに高くなり、何匹もがいっせいに吠えるようになった。耳をいよいよつよくとがらせ、のびあがりながら、その首を右へ左へそよぐように振って、「キューン、キューン」と叫ぶのだった。犬たちの声と動きの波が高まるにつれて、こちら側の人々は逆にほとんど動かなくなり、声も立てず、まるで砂袋か石ころのように居すくまって見えた。

（「昇天峠」部分）

犬たちとこちら側の人間との、谷をはさんで結ばれた彼我の緊迫感が、実に実在感をもって描出されている。《ややしのびやかに》《いらだたしげに》《いよいよつよくとがらせ》《そよぐように振って》《砂袋か石ころのように》など……こういう修辞は、言うまでもなく、ことば模様をつくっているのではない。それによってこそ、対象はよく見究められた細部を現出してくるのであって、そこに天沢の表出意識の変化は象徴されていると見るべきだろう。――ところで、そのうちに猛り狂った犬の一頭が、足を踏みはずして谷へ落ちる。その印象的な風景が、犬との緊迫した結びつきにおいて、逆にこちら側の人間の運命を暗示するのである。すべてが、闇に没してしまうと、〈私〉は待っている農婦のリヤカーに、《「もう思い残すことはありませんよ」》という一言を残して乗り、再び山道を登りはじめる。それが何に向かっての移動であるかは、すでに〈私〉にも、わたしたちにも明らかだ。

読み終ったあと、不気味な闇が口を開いているのを感じるが、むろん、これはこういうあら筋で読ませる作品ではないだろう。語り手の〈私〉が、決して自分の足では動かない特質に目を向けるべきである。だから、それは行為と言うよりも、てってい的に受身にされた移動に過ぎないのだが、その移動と同時に精密に描出されていく風景、その風景が死へ向かう移動の本質を次第に浮き上がらせていく緊張感、そういうものがこの作品の、おそらく生命である。オペラグラスで対岸をみると数十匹の犬が見えたというのは、この作品の手法を象徴しているが、いわばその叙述の全体が、視えない細部を拡大して視る、というところに向けられているのである。

しかし、逆に言えば、それだけを根幹にして、この作品が成り立っていることに危うさはないだろうか。一行ですべてを言いきろうとする、詩の言語としての衝迫力はここにはない。かといって、小説作品のようなフィクションの構想力や、思想的な骨格をこれはもっていない。細部の描出力はずば抜けているが、それを裏打ちするモティーフが、おそらく、どうしようもなく弱いのである。たしかに、どんな生存も、いつかは死ぬということを前提として成り立ち、その死へ一刻ごとに近づき、死の滲透を受けることでしか、生きることはできない。わたしたちは、死すべき宿命には絶対的に受身であって、この未来から向けられてくるリヤカーに、一瞬たりとも乗らないでいることはできないのである。

天沢のモティーフが、この人間の実存に向けられていることはたしかだが、そして、ここでの彼は幾分、卑小なハイデッガーという顔付きをしているが、ものすごく単純なことを言えば、そんな死へ向かう車に乗っている人間が、やはり、メシを食うという事実——すなわち、死の不定性を未来へ追いやり続けるという事実をどうとらえるか、ということだ。むろん、わたしがメシを食うと言ったのは、比喩の水準であって、そこに現実関係の総体、すなわち、観念する、生産する、性交する、闘争する、自壊するなどを倒れこませてもよい。彼の死への移動をめぐるモティーフが弱いと感じられるのは、その表出意識の根底に、なお、この現実関係の総体が引き絞られていないからではないか。これをもっと具体的に言えば、大学闘争以後の、この詩人の死にざまを仮装した生きざま、生きざまを仮装した死にざまが、それぞれの仮装をひんむくようにして、モティーフのなかになぜ入ってこないのか、ということだ。とはいえ、それは弱い形ではあるが、『死者の砦』のなかでは「氷川様まで」や「不帰行」という散文詩作品には入ってきてはいる。もっと強く入ってくれば、その時、このような平叙文のスタイルにとどまっておれるかどうかが、おそらく再び問われだすだろう。

　詩集『目に見えぬものたち』は、『死者の砦』と同じ時期に書かれた長篇の構成詩とでも言うべき性格のものであり、そこにおける行わけ詩と散文詩の問題は、これまで論じてきた『死者の砦』の問題とほとんど共通している。ただ、この長篇詩の方が、従来のエテロトピー構造を根幹とする方法からの破れがひどいという意味で、作者の転換の兆は顕著だと言えるかも知れない。ひどいという意味を、わたしは積極的に考えているが、この詩集の場合、毎月雑誌に連載されたせいか、文体の密度が薄いということでもある。その点では特に行わけ詩がひどく、歌謡のレベルまで退いているものが多い。

　総じて、現在の天沢の作品は、散文詩の方が格段と〈面白い〉が、それは、彼が日常的な私生活の図柄を入れたりして、いわゆる私詩を仮装した導入部をつくっているからではない。たしかに、《夕方、買物の帰りにわたしが、自転車のハンドルに取付けた籠からネギの頭を突き出させて》(19)、《何げなく暗緑色のスリッパをつっかけて石段へ左足を上げた瞬間》(24)、《そのとき私は天気のいい日曜日の習慣どおり幼い娘を自転車のうしろに乗せ》(28)、《昨夜の激しく繰り返された愛撫や抱擁のことをよく思い出し味わう暇もなく妻は》(45)というような、各章の書き出しは、この詩集のひとつの特質とさえなっている。詩の言語としてみれば、拡散ともみえるこういう表現が、ここで文脈に動的な活力を生んでいるのは、そこに現実の根源にあるものが反照しているからだ。それは天沢の問題を越えて、詩の本体力がどのようにして回復されていくのかという方途を、わたしたちに暗示するものであろう。

＊

岡庭昇によれば、彼のいわゆる〈六〇年代詩〉というものは、《キッチュ・ロマン》とかいうものの典型だそうであり、その代表者の一人は天沢退二郎であり、名誉なことにその推進者が北川透ということになっている（「うつし絵の韻律」[*9]）。岡庭によれば、《キッチュは写し絵であり、真の芸術表現の代用品である》。しかし、その〈キッチュ〉の概念がヘルマン・ブロッホからの借り物であり、つまり、単なる写し絵であり、それを範型として、機械的に、〈六〇年代詩〉とかいうものに適用しただけだというのは、あまりにお粗末である。ブランショを下敷きにして威張るのもみっともないが、ブロッホを範型にして、居丈高になるのはもっと（いや、同じぐらい）くだらない。

わたしが、以前に、批判したことがある岡庭昇の『冒険と象徴』には、当然、随所に天沢退二郎批判がでてくるが、その時、また、きまって天沢を評価する北川透の〈自由〉概念の無規定性も槍玉にあげられる。そこにはまた、彼一流の批評の詐術が働いているので、それを解きながら、天沢退二郎が出現したことの同時代的意味を、あとの余白が許す限り見究めておきたい。さて、岡庭の天沢論である「詩と『自然』の背理」（『冒険と象徴』所収）で、彼が天沢の言語の特質としてあげているものは、直接的な〈自然〉構文の上に細部の装飾性がのっかっている叙述ということである。彼がその例証としている「旅無旅譚」の一部をまず引用しよう。

目ざめるとすぐ道は二股にわかれ
右には金紙の風呂絵があり
左にはオレンジの幽霊があり
虫くい木どもが意味ありそに二列に並び
その間へいきなり風呂屋が一気に移動してきた
湯が三叉路にほとばしり
倉庫番もそうそうに裾をからげて
明神様へ逃げこんだ
向きの変った風呂屋を右にみて
行くほどに行くほどに
道はまもなく二股にわかれ
右にはT字形架にちりめんのシャツなびき
左はまっ赤な地模様の栗鹿毛一頭

（「旅無旅譚」部分）

岡庭は、この作品中の《金紙の風呂絵》とか、《オレンジの幽霊》とか、《右にはT字形架にちりめんのシャツなびき》といった、《「部分」の飾りつけの仕方》に着目し、しかし、この細部における装飾性が、決して構文そのものの存在様式をくつがえすことがないことに、天沢の自家撞着をみようとしている。ところで、語（文字）の連らなりが、文であるための要件は、それが構文（文の組み立て）の規範に媒介されるということであり、そのこと自体、直接性とか自然性の概念で、装飾性と対立しなければならぬ契機をもっていない。装飾性であろうと直接的（対象との関係で）であろうと、文であるためには言語規範に媒介されねばならない。そうでないと、《右には金紙の風呂絵があり》が《は・に・あり・風呂絵・の・が……》ということになってしまう。ここにおいて、デコラティブな細部が《構文そのものの存在様式をくつがえすこと》がないのは、簡単なことで、その言語の規範性を、天沢が破壊しようとしていないからだ、というに過ぎない。

もともと天沢の構文の破壊というのは、現実認識のための構文、指示的な機能をもった構文の破壊ということであって、むろん、構文そのものが解体――無くなってしまうことではない。わたしが天沢退二郎論（「ことばの自由の彼方へ」）[*10]で、《シンタックスの破壊を非のうちどころなく徹底した》と書いたのは、オーバーな表現で、同時にまたことば不足であるが、当然このことは前後の文脈から前提になっている。そして、天沢の作品史の上から言えば、この「旅無旅譚」の時期にはすでに、エテロトピー化の方法――構文破壊は、いちじるしく後退し、更に、それは機能主義的に目的化される、ということも起っている。つまり、エテロトピー構造をめぐって、天沢の表出意識も揺れ動いているわけだから、構文破壊を中心において天沢を批判しようとするなら、それにふさわしい対象を設定しなければならないはずだ。

それはそうとして、岡庭によれば《「自然」構文》なるものは、《「超」現実への飛翔を主観的に所有しえたとしながら、実は自然主義リアリズムの地平にがんじがらめに縛りつけられている、ことばの構造――》というところまで引っぱられる。いったいなぜ、構文が破壊されていなかったら、自然主義リアリズムになるのだろうか。構文そのものの規範性を、自然と呼ぶのは勝手だが、それをもって自然主義リアリズムまで拡張するとき、対象は、絶え間なくずり落ちていかざるをえない。

では、岡庭が装飾性と呼んでいるものは何であろうか。わたしはこの作品の世界は、基本的にことばの絵模様、あるいは近世的な絵草子に似せた言語ではないかと思う。むろん、ことばを絵模様のように用いているのだから、装飾と呼んでよいのだが、天沢が縛られているのは、自然主義リアリズムなんかではなく（また、シュールレアリスムでもなく）、近世的な風俗を模様にした美意識であろう。エテロトピー構造の後退のなかに、せりだしてきたものが、古代でもなく、中世でもなく、なぜ、近世であったのかということは、わたしによくわからないが、そこに彼の現実の根源からの逃避が表象されていることだけはたしかである。

岡庭は意図的なのか、あるいはそれすら気づかないのか、ここで彼が例証としてあげているのは、詩集で言えば、すべて『血と野菜』[*11]（一九七〇年刊）収録のものである。そして、この『血と野菜』は、あらためて言うまでもなく、現代詩文庫版『天沢退二郎詩集』（一九六八年刊）以後の作品である。なぜ、こんなことに注意を喚起するのかと言えば、はじめにも書いたように、天沢の作品の一つの大きな転機が、これよりもう一つ前の詩集『時間錯誤』の後半あたりからはじまっているからだ。こんなことは、天沢の作品をある程度、読んだものなら誰だってわかりきったことだと思う。一般には、岡庭と同じように、わたしの天沢作品評価に対する、批判者とみられている郷原宏も次のように書いている。

《……天沢のもっともすぐれた詩的達成が第三詩集『夜中から朝まで』の諸詩篇にあることは明らかである。これは文字通り天沢の詩の夜明けから一九六二年ごろまでの詩を集めたもので、「見られる」者から「見る」者への変身があざやかに跡づけられている。ことに「夜の旅」「旅の夜明けに」「ソドム」「死刑執行官」「反細胞（パレード）」などの作品世界は、日本語で書かれた詩のことばのうち最も個性的な輝きにつつまれている。》（「見られる至福と見る不幸――天沢退二郎論[*12]」）

これは一九七二年に書かれているが、むろん、その時点で彼は『時間錯誤』以後の変貌をとらえ、それを否定している。《「見られる」者から「見る」者へ》という彼の批評軸のことは別にして、ここでの彼の評価が正当なことは、何もわたしが書いてきたことと合致しているから言うのではなく、虚心に天沢の作品を追えばそうならざるをえないからだ。そして、わたしの現代詩文庫版天沢詩集の解説が、むろん、一九六七年にそれを書いたという制約において、郷原の言う《もっともすぐれた達成》である『夜中から朝まで』[*13]の詩篇を、全面的に批評の対象とした、あるいはせざるをえなかったのは当然であろう。いまという時点で、その後の天沢の変容をも視野に収めながら、冷静にみれば、わたしの天沢論は、たしかに行き過ぎた評価や過大な期待にあふれているかも知れぬ。しかし、それはわたしの〈自由〉概念の無規定性のせいではなく、同時代にあることのぶれである。いまだって、わたしはこのぶれから免れていないだろう。

先に岡庭の批評の詐術と書いた。それは、彼がわたしとの批評の対象の相違にまったく触れず、つまり、変貌以後の天沢の詩作品に対する彼の評価を基準にして、北川のそれ以前の天沢評価を批判する、そのやり口を指している。

《天沢退二郎をもっとも高く評価し、自己の詩イメージを託した北川透は、その世界を「詩における自由」においてとらえる。しかし、このような見解は、「装飾」の持つ恣意に対する誤解にほかならない。》(「詩と『自然』の背理」)

そのやり口は、『青猫』評価を、『月に吠える』評価にすりかえることに似ている。まるでむちゃなのだ。もっとも、これはわたしが岡庭を過大に評価しすぎているからそう思うのであって、ほんとうは、彼のようなまず図式があり、その図式へ対象を解体する批評の方法では、『夜中から朝まで』も、『血と野菜』も、『取経譚』も、すべてのっぺりした同じ言語にみえるのかも知れぬ。そうであれば、問われねばならぬのは、彼の批評の水準であるから、詐術などということばは取り消さねばならない。

岡庭は、《「装飾」の持つ恣意》を、北川は詩の自由と誤解していると言う。しかし、《装飾は装飾として作品における「詩的なるもの」をうけもち、叙述そのものはごく平明な「自然」構造をなぞる二元性が、相互に全く批判を持たない……》と書いているのは岡庭である。むろん、わたしは彼が《「部分」の飾りつけの仕方》と呼んでいるものが、大いに詩の自由とかかわっていると考えている。岡庭だって、《装飾は装飾として作品における「詩的なるもの」をうけもち》と書いているではないか。彼に、いつも決定的に欠けているものは、なぜ、それが《詩的なるもの》を受けもつことができるのか、というもう一歩踏みこんだ問いである。それにわたしが十一年も前に、半熟の論理で、天沢の言語の上に、詩の自由の幻を見たのは、その装飾性とかいうものの故にではない。

最後に、それを実証するために、『夜中から朝まで』より、わたしがこれまで一度も引用したことのない作品「旅の夜明けに」をみてみよう。

きみは越えるだろう
たえず鋼の草の震える
吹きぬけた首の跡のあたりを
血を奪われた雲には
もうあらゆる動く窓が彫りつけられた
きみは右をそして左を見はるかすだろうか
それはむだだものいわぬきみの
長々とさしのばす舌の切尖は
むなしく石の鍵盤につめたい朝食を
おごるだろうが鼻の細いノッポの男は
きみの吊革をしごき赤い唾を

こぼすだろうが

（「旅の夜明けに」はじめの部分）

ここでは、ことばの異化的・偶然的結合（エテロトピー構造）が顕著であって、むろん、そのことによって、指示的な機能としての構文、認識のための言語（規範）は破壊されている。しかし、それは基本的には、現実の根源が媒介されることによって、発語主体に強いられたものだ。鋼の草、吹きぬけた首の跡、血を奪われた雲、動く窓、舌の切尖、石の鍵盤などに、単に《「部分」の飾りつけ》をみる感受性をわたしは信じない。その異化結合を、強い衝迫でうながしているものは、装飾の意識ではなく、現実に対する直接的な感情であり、それが《鋼の草の震える》イメージに象徴される、鋭い実在感、物質感をともなった言語に転移しているのである。

　このような構文破壊というところまで、発語主体に強いた現実の根源とは何か。それについて、わたしは前に、「詩の現在・死者の方法」[*14]という小論で探り求めたことがある。そこで、黒田喜夫の《死者がみずからの死を照らしたと同じ視線で／秩序と権力の死も照らすことができるだろう》（「死者と記録のモノローグ」[*15]）や、吉本隆明の《この世界のすべての耻と　かかれていない不幸が／少女のひそかな中絶を追いつめた／その意味がすべてだ》（「時のなかの死」[*16]）などを引いて、その死者と《同じ視線》や《その意味》が暗示しているものにたどり着いたのだった。つまり、ことばの異化的・偶然的結合とは、死者と《同じ視線》や、世界のすべての恥と不幸が一人の少女の死に集約されてしまった《その意味》を、認識するよりも前に、感受性や発語主体の根幹に強いられなければならなかった詩的世代が、誰彼問わず、多かれ少なかれ避けられなかった方法ではないか、ということだ。それをもっともラジカルな意識で、構文破壊までてっていしたところに、天沢退二郎の独自性があった。

　しかし、わたしは先の一九六九年に書いた「詩の現在・死者の方法」で天沢退二郎について、すでに次のような留保を置いている。

《そしてここから天沢は、言語のシンタックスまでの崩壊という、いわばみずからのどんづまりの地点を、逆に言語の仮構の意志と化す場へ出ようとする。……むろん、そのことのみに、天沢自身が、時としてオプティミスティクに述べてしまうような言語の内在性や全体性の立場があるわけではない。むしろ、そこにはわたしたちの時代の感受性が強いられている、いってみれば〈近代〉そのものの解体の極限がすでにほのみえてきているわけであり、それを、〈死者の方法〉として、あるいはわたし流に言えば、〈存在〉の違法性から〈言語〉の違法性にいたる全体領域にあるものとして、認識の言語（表現）との矛盾・媒介関係のうちにかかえこもうとしないなら、それはしだいにただことばの〈外殻〉の上に、幾重もの仮装を積み上げていくだけの自在さに変質していってしまうだろう。そこからは本当の意味での言語の全体性＝〈詩の自由〉はあらわれようもない。》（「詩の現在・死者の方法」）

いつもおかしくてしようがないが、岡庭昇はわたしのこういうところは決して引用しない。そんなことはどうでもいいが、六〇年代の後期において、ここで表明した危惧が、いよいよ現実化されていったとき、むろん、わたしの〈作品行為論〉批判も不可避となったのである。

それは天沢批判を仮象として、わたしにとって〈原理〉が、のっぴきならないものとして問われたという意味で、本質的には自己批評の性格をもつものであった。

＊1　天沢退二郎詩集『死者の砦』（書肆山田）に収録。
＊2　たとえば天沢退二郎詩集『取経譚』（山梨シルクセンター出版部）の帯文。
＊3　岡庭昇評論集『冒険と象徴』（思潮社）所収「詩と『自然』の背理」。
＊4　菅谷規矩雄評論集『詩的60年代』（イザラ書房）所収「天沢退二郎＝序説」。

＊5　天沢退二郎詩集『時間錯誤』（思潮社）。
＊6　天沢退二郎評論集『作品行為論を求めて』（田畑書店）参照。
＊7　天沢退二郎詩集『les invisibles』（思潮社）。
＊8　天沢退二郎詩集『夜々の旅』（河出書房新社）。
＊9　『冒険と象徴』所収。
＊10　北川透評論集『詩の自由の論理』（思潮社）に収録。
＊11　天沢退二郎詩集『血と野菜』（思潮社）。
＊12　郷原宏評論集『反コロンブスの卵』（檸檬屋）に収録。
＊13　天沢退二郎詩集『夜中から朝まで』（新芸術社）。
＊14　北川透評論集『幻野の渇き』（思潮社）に収録。
＊15　黒田喜夫全詩集・全評論集『詩と反詩』（勁草書房）に収録。
＊16　吉本隆明評論集『模写と鏡』（春秋社）に収録。

（「現代詩手帖」一九七八年七月号）

松下昇の方へ

証言あるいは〈六甲〉へのノート

証言からもっとも遠い異相でひとつの証言に接近したいと思う。それが「六甲」へのノートとして可能かという問いを、誰よりも「六甲」の著者松下昇から痛く投げかけられるものとして聞きながら、いまはわたしの可能な歩行の範囲で接近するしかない。もともとどのような証言も、証言の対象自体をなにものかの比喩としてしまう、狂暴な逸脱に魅入られている。いまその眼差しがわたしにとって不安だ。「六甲」の出発はなぜ〈坂道〉なのだろうか。ここにはこの作品の本質が、すでに象徴的に開示されているように思う。すべての頂上をめざす者にとって、〈坂道〉とは、登山行為の過渡を成すものである。その過渡を書くという行為の起点とすることで、いわば上下に開けてくる視界が、作品のはじまりを喚びこんだのだ、というだけでは不十分であろう。〈坂道〉とはすでに獲得された時間であり、たとえばこの作品の〈前史〉をなす、「遠嵐」「北海」「循環」などの小説で累積された固有の時間が、更に溶融し運動する過程を、それは暗示しているからである。

内部にとって〈坂道〉とは、いつも経験の総和としての現在である。外的な時間に圧されて、薄紙のようにひからびている内部は、円環する平坦な道をもっていても、急勾配に異時空間を切り拓いていく〈坂道〉をもたない。その平坦な道は、行為や事実をかすかな線条のような、亀裂のような痕跡としてとどめるだけで、外的な時間の円環に身をゆだねてしまう。ここで外的な時間とは、むろん、単に、時間の秒針に、あるいは暦に比喩される自然時間のことではない。それは共同体験とでも呼べようか。いつも行為から分離されない主格が、抽象化しえない関係のなかにまどろんでいる時間だ。この外的な時間のなかで、人は盲目であり、他動的な支配にまかせられている。ところが〈坂道〉の勾配のなかに立って、人は眠りこむわけにはいかない。

すでに獲得された時間が、背後から濃密な気層のように背押ししてくるのであり、そこで覚醒の努力をやめれば、あの円環する時の谷間に転落するほかない。逆に言えば、〈坂道〉における覚醒としての現在地点を支えるものは、経験の総和としての過去を、豊かな抽象の位置に復元する作業のなかにあるだろう。むろん、抽象の次元での過去の復元とは、仮構された時間の獲得にほかならず、そのことで〈坂道〉における空間性、関係性に、夢のように不確定な広がりと、豊かさをもたらすのである。

「六甲」の序章は、〈坂道〉の現在が切り拓く空間の厚み、広がりが、何よりも《時間的記憶》と、緊迫した接合をなしていることを示している。たとえば、その冒頭は、〈海〉へ背を向けて、山頂へ登る過程が、同時に、《時間的記憶》のなかにある〈首都〉が、十年間の疲れとして想い出されるという、二重の過程でもあるように書きだされている。この場合の〈首都〉とは、六〇年の六・一五虐殺の時間が、六・一八葬送行進の空間へ転移する情況を、ひとつの典型とした〈私〉たちの関係の総体に対する喩であり、単に過去の地理空間ではない。

その記憶の現前は、ちょうど〈山頂〉へ登る過程が、同時に平衡感覚を失わせるほど色彩の豊かな屋根の、波の上で揺れる〈海〉を、同じ眼の高さに引き上げる、いや引き上げるのではなく自然に上昇してくる過程と対応している。それは背後にあるはずの〈海〉が、〈坂道〉の入り組んだ反転のために、突然前方の幼い乳房のようにふくらんだ丘陵の上に、外国航路の白い船体を浮かべてあらわれるのにも似て、過去からではなく《未来からの記憶群》として、不意に現在の意識のなかに侵入してくるのである。

こうして、〈山頂〉へ登るという行為の対象化は、同時に隠されているみずからの時間と、後方に向けてではなく、前方に向けて、まさしく《未来からの記憶群》として出会い、それを検証し、抽象し、応用する行為でもある。それがまぶしいほど豊かな感覚的喚起力をもつのは、絶えず、〈山頂〉に至る〈坂道〉の全風景と、背後から上昇してくる〈海〉との交感に祝福されているからである。

ところで、首都ではいくら歩いても、せまい周囲しか見えなかったのに、この海と山にはさまれた細長い都市では、水平に歩いているつもりでも、実際には垂直方向へ移動しており、切り開かれた意外な空間へよろめいていく、と書く異様に透徹した覚醒の意識は、この風景のなかで、表現の主格が二重に追放されている位相を、よく抽象しえているところからくるのだろう。

もし、〈首都〉や〈細長い都市〉を単に地理的実体と考えるなら、これは相互に入れ換えることができる概念だ。なぜなら〈細長い都市〉から追放されたものが、〈首都〉の空間を、別な意味で、垂直方向や意外な空間として受容する位相はありうるからである。しかし、この〈坂道〉に登場した〈私〉たちにとって、〈首都〉とは、あの鷲のように飛び立つ身構えと、それにもかかわらず飛び立てぬ焦りのなかで、敗北に彎曲した時間の喩であり、この〈細長い都市〉は、そのような〈首都〉の《切迫した時間》を付着させて、追放されてきた現在の喩にほかならない。

そして、そのような時間を付着させて、追放された者であるが故に、それを異物のようにかかえこんだ〈私〉たちは、この現在の空間にも同化できないのだ。敗北に彎曲した過去の時間からと、そのすべてを受け入れ催眠させようとする、〈細長い都市〉の美しい風景からとの、この二重の時空からの追放者としての位相においてこそ、すべての関係が倒れこんでいる、経験の蘇生と新しい空間の構築と占有が賭けられるのだ。

そのような者として、〈私〉たちは〈坂道〉に出現している。しかし、それにしても、そこに歩みだしたものが、なぜ〈私〉ではなく、私たちでもなく〈私〉たちなのか。これ（「六甲」）を書いているのは単数の〈私〉たちであるという意識はどこから来たのか。それはおそらく敗北の時間としての〈首都〉が、関係の総体にほかならないからであろう。すなわち、頂点での統一から、稜線上での分裂という〈首都〉の時間が、あらわにしたピラミッドの力学を、《未来からの記憶群》として追跡し、破壊し、その方法をこれから出現するすべての敵対関係に応用していくためには、かつてそのピラミッドを共通に支え、その頂点の数に応じて、無数の主格に四散することを強いられている分身たちの複眼を、仮装しなければならないのだ。

そして、その仮装においてこそ、表現の主格は、しだいに〈私〉たちの内側から高まってくる声が、たてまえを重んじる論点と、有効性に関する論点と、生活の単純再生産をめぐる論点の、屍臭のただよう三つの頂点をもつ、ピラミッドを形成していくことに気づくのである。それこそが〈首都〉の時間から、抽象された現在の稜線にほかならないものであれば、その稜線を激しく運動させるためにも、〈私〉たちは、ここから更に〈坂道〉を、登り続けることを強いられているといえる。

＊

あの〈坂道〉に出現した、《〈私〉たち》の影のような位相を見出すことで、わたしは〈証言〉をはじめた。それが現実の証言から、もっとも遠い位相でなされているために、たちまち幾つかの問いが放たれているかも知れない。いったい、おまえの〈証言〉は誰についてのものなのか、松下昇についてなのか、《〈私〉たち》についてなのか、あるいは作品「六甲」なのか、それと区別される〈六甲〉なのか、それとも……というように。

それに対して、わたしはどう答えたらよいのだろう。わたしにとって、作品「六甲」や「包囲」が存在しなければ、松下昇も、彼の現実の闘争領域もほとんど視えなかっただろう。いまでもわたしは「六甲」や「包囲」について読みとっている以上のことを、彼の現実闘争については知らない、と断言できるほどだ。しかも、「六甲」や「包囲」を書いたのは、松下昇ではない、彼によって《単数の〈私〉たち》というように、仮構された表現の主格である。それでは松下昇にとって、「六甲」や「包囲」が書かれなければ〈松下昇〉は存在しえないか、そこではじめて存在する〈松下昇〉とは誰なのか……。わたしの〈証言〉は、それらの問い自体を、まさに〈六甲〉へのノートとして含んで旋回せざるをえないだろう。

更に、別の立場からは、次のような問いが放たれているかも知れない。〈証言〉が〈裁判〉や〈大学闘争〉ではなく、作品「六甲」（あるいは「包囲」としても同位相である）を媒介にして行なわれるにもかかわらず、あるいは行なわれるのなら、それが、なぜ、批評や分析や鑑賞ではなく、〈証言〉でなければならぬのか。それについて、わたしはさしあたって、二通りの答を用意すべきかも知れない。ひとつは、仮に作品という名前をつけている「六甲」が、いわゆる既成の概念で言えば、詩でもなく、批評でもなく、小説でもなく、アフォリズムでもなく、ルポルタージュでもない、それらの否定態によってのみ、それぞれの領域を包括してあらわれている表現であること（それこそをわたしは再び〈詩〉と名づけてみたいのだが）、その対象に強いられて、わたしの書くものの批評や鑑賞から、〈証言〉の領域に超出せざるをえないのだ、というように。

もうひとつは、端的に、わたしから証言が拒まれているが故に、……とだけ答えるのが、わたしの内的な衝迫を語るのに、もっともふさわしいだろう。それは、むろん、裁判所によって拒まれているだけではない。すべての〈坂道〉に出現した、〈私〉たちからも拒まれている……という辛い棘のある確認が、わたしのいまを支えている、と言えるのだ。なぜ、〈六甲〉であり、なぜ〈証言〉であるのか、という問いは、これからも度々わたしを、出発点に立ち戻らせるだろうが、又、逆に、そのいずれに接近するためにも、繰り返されねばならない問いである。

……すでに〈六甲〉からは、あの響きが聞こえてきている。飢えや苦痛や忍耐の軋む音にも聞える、あの波のように打ち寄せている響きが……である。もっとも、その響きも、まだ序章では、表現過程に持ちこむ前に溶けてしまいそうな、幾分あまい感傷をとどめた抒情性で、過去の時間の内景に変移していくに過ぎない。たとえば、それらは入党前の必読文献の行間から、聞こえてきた潮騒のような不安であり、闘争敗北後の大会で、うたわれた真昼の子守り歌のようなインターナショナルであり、国会広場に突入した〈私〉たちが、死者のでたことを聞きながら、水を飲んだり、小便をしたり、キャラメルを食べたり、タバコをうまそうに吸っているという不条理な情景である。

この風景に満ちている響きが、これらの内景を喚起するのも、足元に咲いているタンポポが、国会広場の芝生や機関区の砂利や警視庁の屋上の光景を、喚起するのも、表現の意識のなかでは同位相であろう。そして、聴覚や視覚がとらえた、偶性的な響きや風景に媒介されて、過去の時間内部の何が現前化してくるかは、そこではいかにも恣意的にみえる。しかし、その恣意性のなかに、表現主体の現在が不可避としているものがあることは、その喚起された内景が、すべて敗北で弯曲した、〈首都〉の時間に収斂していくものであるのをみれば明らかであろう。こうして、波のように打ち寄せる響きやタンポポの黄の彩りが、どんなに溶けそうな淡さで、過去の内景と結びついているとしても、それによってこそ、複数の主体に分割された表現の主格は、第二章へ踏み出すべき、時間としての肉体を獲得することができた、といえるのである。

第二章の冒頭は、飢えのために斑点のできた内臓をかかえたまま、歩きだした〈私〉たちについて書かれているが、その飢えの感覚とはまさに、〈私〉たちが序章において肉体を獲得したことと不可分であろう。複数に分割された表現主体が、関係として溯行しうる時間を、表現の肉体として見出したが故に、逆に表現主体は現在における空間の欠如を、飢えとして自覚することになった、と言えるかも知れない。この飢えの感覚が、山頂の感覚に重ね合わせられるときに、〈六甲山系〉の弯曲は激しく揺れ動き出すのである。

ここに至って、わたしたちは序章の波の打ち寄せるような響きが、内部の巨大な時・空の響きに変移し、更にそれが複数に分割された主体の、もはや溶けようもない明確な自己主張として、凝縮しはじめたのを目撃することになる。その自己主張のひとつは、体制の桎梏が、権威を貫徹する正統派と、有効性を追求する修正派に、分裂している反体制の桎梏と、同じ山頂を形成し合っている、この風景のなかに、いかに根底的な反対派として登場しうるか、というところにあるだろう。〈私〉たちを、貧しい風景からやってきた分裂病者めと罵る連中に、おまえたちは、この風景をみる眼が衝撃のために歪むほどたたかったことがあるのか、といってやれ……というように、そこで噴出してくる激しいパトスは、関係としての〈首都〉の敗北を、巨大な時間の山塊として沈めている飢えの感覚にこそ根拠をもっているにちがいない。

しかし、この風景のなかへ反対派として歩み出すとしても、その前に完了されていなければならぬものがあるという。それは、たとえば、人々の表情がなぜ闘争の前でも後でも、首都でも港の街でも変らないのか、あるいは組織Aから組織Bが分裂するときも、組織Bが組織Cを批判するときも、なぜ、オートメーションから流れでるように、同じ文体であるのか、というような内的ピラミッドの追求というテーマである。それが現実闘争のピラミッドをつくっていくより前に完了されていなければ、この風景のなかに登場する反対派自体が、いつのまにか敵のピラミッドの稜線を支えてしまうということになる。……〈六甲山系〉を軋ませている響きが、このような自己主張に凝縮しはじめることで、作品「六甲」は、きわめて危険な道行きに逸脱しだしたのではないか。なぜなら、作品のなかの〈山頂〉をめざす行為は、幻想的な空間で完結してしまわないからだ。それ自体、未来の現実闘争においてピラミッドが形成される行為を次々と胚胎しはじめている。もし、それが詩の本来的に孕んでいる逸脱と関連しているならば、これをわたしたちはどう怖れたらよいだろう。

*

いま、わたしは何者かに出会うために、あるいは何者かとわたしを交換するために出廷した、幾つかの法廷の傍聴席で聞いた、さまざまな響きを思いだしている。威圧するように低空で飛んで行ったヘリコプターの爆音、自動車のけたたましい警笛、日常の遠くからの会話、風や雨の音、靴音や口笛、扉の軋み、格闘やもみ合い、殴打や転倒、激しい息づかい、罵声、悲鳴、投げられた拳大の石が法廷の北壁に衝突し、誰かの頭に当ったような鈍い音をたてて炸裂する、沈黙……（沈黙は響きだろうか……）。いったい、それらの響きは、なぜ、いかなる意味にも凝縮せず、わたしの法廷を満たしているのだろうか。そして、この意味に拒まれた響きの裸形の位置は、ちょうどわたしの傍聴席が、被告席から隔てられた距離に等しいだろう。響きが響きのまま拡散していくように、傍聴席の空席は広がり、ついにその日、わたし一人がそこに座り、やがてその最後の傍聴席も、どの被告席とも交換されないまま崩れはじめる。倒壊した硬い椅子の響きに圧倒されているうちに、すべてが流木のように漂流しだし、いまや法廷は壁や扉を越えて広がっている。わたしがここに辛うじて立てている証言台も、偽証の予感でぐらぐらと揺れ、これ以上は前へ進むことが困難だ。

「六甲」第二章は、響きからはじまり、そして、それが響きにもならないで、うごめいている気流ともつれあい、からみあって、《私》ののどから内臓へ殺到していくところで閉じられているが、しかし、その響きは、わたしの法廷のように、裸形の位置のまま決して拡散することがない。そこでの響きは六つの主張のように分割された主体を運動させながら、明確な意味を形成し、それぞれの影を〈六甲〉の山肌に濃く投げ落としているのである。その影のひとつである女の声は、あなたも知っているように、もっとも高い頂点が、一ばんの底の点になることもあるのだから、ある稜線を上昇していても、それは下降であるのかも知れない、だから、かれは、ピラミッドを探しにいかずに、自分の心の底の動きを、ピラミッドにつくってしまえばいいのよ、とささやくように言う。

　たしかにそのようなピラミッドを、思想のなかに構築すれば、山頂が同時に谷底であるような、上昇が同時に下降であるような稜線を歩むことができる。しかし、どうやらわたしは山頂から遠くなるいっぽうの谷底を目ざして歩きつづけ、そして、わたしが法廷で出会った彼らは、谷底から遠くなるいっぽうの山頂を目ざしたようなのだ。そのために被告席の先端は、谷底を見ることもなく、ぐんぐんと上昇し、逆に最後の傍聴席は、山頂の気圧を感じることもなく谷底に落下した。従って、両者はどこまで行っても交換しあうことはなく、山頂は谷底を侮蔑し、谷底は山頂を欺瞞することになった。……そう、あなたの意見では、恥かしさプラス極左↓屈辱プラス侮べつ↓別の空間への逃亡、という変移をくりかえすわけね、わたしの直観では、副詞句による自己欺瞞↓非必然的な対立止揚↓別の時間への逃亡という循環になります。いずれにせよ、でき上ったピラミッドが惨憺たるこっけいであることはたしかでしょう、と先の女の声は続いている。

　傍聴席に居る者が、法廷の内部では、ついに響きしか聞くことがなく、また、みずからも響きとして存在するに過ぎないのはなぜだろうか。それは被告がいちじるしく自由を拘束されているが故に、法廷の内部では意味として存在し、自己主帳する主体を強いられているのと対称的であろう。傍聴者は権力の規定を受けないが故に、法廷の内部ではいっさいの発言、メモをとることを禁じられ、非主体的な響きとしてしか存在しえない。この強いられた現実存在は、幻想の法廷における被告席と傍聴席との交換を暗示している。強いられたもの、囚われたものほど、潜勢的に自由であり、解放されているものほど、自由を奪われているというように。従ってこの両者が、どこかで山頂と谷底を交換しないならば、山頂はますます谷底を疎外し、谷底はいっそう山頂を疎外する。

「六甲」第二章ですでに書かれているだろう。一切の反被告団的発想を粉砕せよ、と。それは谷底がそのまま山頂であり、山頂が谷底にほかならない水準のスローガンだ。「六甲」の主要な部分が書かれたのは一九六六年である。内的ピラミッドと外的ピラミッドの両者を包みこんだまま、拡散していく六・一五被告団のすべてのヴィジョンを見きわめつくして、それは書かれたのであろう。それ以後、松下昇は、山頂が同時に谷間であり、谷間が同時に山頂であるような稜線を歩くことを貫徹した。しかし、そのこと自体が証言に値するのではない。内的ピラミッドの追求が、外的ピラミッドの追求にほかならないことを、厳密な感覚的像の喚起力と思想的な仮構力を尽くして、「六甲」とそれに転移する「包囲」において検証しつくしたことに、証言に値する何かがあるだろう。もしかしたら、松下昇において真の行為、その充溢感は、「六甲」「包囲」を、いっさいの作品概念を越えた作品として書き進めている過程にあり、それ以後の現実的展開は、情況に強いられた遥かなる夢であり、むなしさを内蔵した単なる応用であるかも知れない。しかし、法権力が裁こうとしているのは、真の行為ではなく、遥かな夢や応用の領域なのだ。

そして、わたしと言えば、いちども山頂であったことのない谷底ばかりをのろのろと歩いてきた。谷底の闇しか喰うことがないわたしの証言が、どうして偽証の罪によって告発されないことがあろう。しかし、偽証もまた証言の一形態であり、強いられた位相なのだ。あるいは、証言が偽証の領域に踏みこんでこそ、谷底を流離うものの原罪が、文学としての貌を浮き上がらせるのだ。その偽証の魅惑によって、わたしは崩れた証言台を踏んでなお立つことができる。そのわたしの位置は、あの三人称の歪んだ位置に似ているだろうか。

それには次のような構図が与えられている。

ここに歪んだ鏡のなかの二人称をのぞきこむ、一人称を描いた絵がある。むこうむきに鏡をのぞきこんでいる、一人称の顔は見えないが、その一人称は鏡のなかの二人称を媒介にして、絵を見る三人称を見ている。絵を見る三人称も、鏡のなかの二人称を通して鏡を見る一人称を見ている、という。むろん、この各人称は等位の構図を与えられているのだが、しかし、わたしには三人称がいちばん歪んだ位置にみえる。なぜなら鏡からも絵からも疎外された位置に三人称が居るからである。いずれにしろ、他の人称を媒介にして、みずからの貌の歪みを測定しうるものが、鏡や絵を用いないで、すべての人称に移行しうる、〈非人称〉の主格を獲得しうるだろう。しかし、いまは一人称、二人称、三人称のすべての位置が、媒介する関係を断ち切られて拡散させられている。こんなときは、第二章の末尾の自己主張のように、最後のヴィジョンから発想してみるべきかも知れない。一人称はあくまで山頂に固執し、二人称は坂道に固執し、三人称は谷底に固執し、その固執のなかで不可視の稜線にたどりつける方法を見出すべきだと。しかし、第二章に書かれている。《〈私〉たち》は、迷ったロバを探しに出かけて王国を発見した旧約の青年とは反対に、自分だけでなく他の者も別の山頂に到達しているのを確認できないまま、あえぎながらひざまずいているかも知れない……と。その不安故に、「六甲」はいかなる証言をも越えて実在する。

＊

……ふと眼をあげると、法廷の高い円天井を突き破って、巨大な岩塊が突き出ている。誰もその奇怪な岩塊に気づかない。わたしがそれに言及しはじめると、裁判長をはじめ廷内のすべては、一瞬青ざめ凍りついたようになる。しばらくして、やっと冷静さを取りもどした裁判長は、どこにもそんなものは突き出していないじゃないか、と検事や弁護士に同意を求め、そして、あの整数の序列のなかにいる者たちは、安心したようにうなずく。

しかし、同じような岩塊を、ひそかに内部に隠しもっている被告たちだけは、たしかに法廷の天井から、不気味なシャンデリアのように岩塊が突き出ているのを目撃したのだ。こうして、この岩塊を媒介しながら、さまざまな証言や陳述が飛び交い、法廷内の堅固ではあるが架空の秩序は粉々に砕けていく。権力はいつでも了解不可能なもの、みずからの窓枠からは視えざる、異数なものの存在を認めないだけでなく、暴力的に排除しようとする。

そのことによって秩序は永遠なのだ。それゆえに、了解不可能な岩塊に刺し貫かれているすべての破告は、整数の序列の支配するあらゆる空間で裁かれ、放逐されざるをえない。この岩塊を恐れて無縁であろうとするもの、胆石を切除するように、岩塊から分離していくものだけが、おそらくこの秩序の明りのなかに浮上して、視えるものとしての地上空間を形成しているのだ。

わたしの証言は、偽証の意識に吊るされていると同時に、証言すればするほど、この異数の領域をまさに証言不能の岩塊として、雪ダルマのようにふくらませていく困難にもさらされている。いや、ほんとうは、この岩塊に突き当るためにこそ、証言を持続してきたのではなかったか。もともとわたしの証言は、なにものかに強いられてはじまった。それを強いたのは、むろん、前にも示唆したように、実在する裁判所ではない。一九七二年十月二十五日、神戸地方裁判所第二十八号法廷は、〈松下昇〉を媒介にして成された、わたしの〈証人〉申請を一瞬のうちに却下した。

しかし、そのことによって、法廷がまったくわたしの自由に設定する空間に、時と所を選ばず拡大したことに、裁判所は気づきもしない。わたしの証言を強いているものが、裁判所なんかでないとすれば、それはむしろ、この了解不能の岩塊が、証言不能の領域に転移する予感のうちにある、といっていいだろう。その岩塊が幻想の法廷に押し被さってくる、その圧倒的な量感、あるいは増殖感に強いられて、わたしは不可能な証言に接近しようとしているのだ。

ところで、わたしの幻想の法廷に突き出ているその岩塊とは、「六甲」第三章において、登山ルートからはずれた《私》の前に、その巨体を突然あらわした油コブシのことではないのか。それは次のように説明されている。

（油コブシ。ケーブル六甲山上駅から約一キロ南の丘稜に突出した巨岩。海抜約六百メートルで、西方の摩耶山をこえて瀬戸内海を望む。かつてはにぎりこぶし状に上へ伸びていたが、尖端が徐々に風化されている。）

恐るべきことは、この油コブシなる巨岩が、山脈深く潜行しながら、日本列島を縦断して走ることである。その不可思議な兆候を、了解不能のまま察知した、この国の警察権力は一九七三年六月二十日、二十八日、二十九日……と全国七都府県、二十数箇所の油コブシ出現地域を家宅捜索したが、しかし、そのすべての「押収品目録」には、ついにどんな微少の岩片も記載されていなかった。それは法が了解不可能なものを放逐するいっぽう、視えざるものの実在を触知しえないことの報いであろう。彼らには、六甲山上に巨体をさらす油コブシに縄をかけ、拉致しようとして、みずから吊り上げられる喜劇的役割がふさわしい。

しかし、「六甲」第三章冒頭において、松下昇に再発見された、この異貌の岩塊油コブシは、この段階では、まだほんとうには、みずからを自覚していると言えないだろう。つまり、それはいまだ運動域においてではなく、即自的な実在として、偶然に見出されたに過ぎない過渡の貌をもっている。この油コブシが法権力からは視えざるもの、了解不能なものとして自己運動をはじめるためには、それは〈へ〉に包囲されることによって、さまざまな喩に変換可能な概念へと、逆包囲する位相が獲得されなければならなかったのである。とはいえ、第三章の冒頭は、油コブシの発見と同時に、実にさりげなく〈へ〉が、はじめてみずからを自立的表現として見出している。

油コブシと〈へ〉との出会いによる〈油コブシ〉の出現によって、曲コブシはさまざまな不可能な喩への転移の道に旅立ち、また、油コブシに魅入られることによって、自立した表現となった〈へ〉は、いかなるものとも、変換可能な恐るべき運動域を仮構しはじめるのである。こうして、〈油コブシ〉の出現に象徴される、第三章以降の〈六甲〉は、急速に視えざるものとしての相貌を、作品「六甲」の上に刻みつけていく……。

それはそうとして、いったいなぜ《私》は、〈油コブシ〉の尖端で眼を閉じたまま立ち上がり、いきなり抛物線を描いて、はるか下方の斜面まで、墜落しなければならなかったのだろうか。上昇が同時に下降である意識が、表現主体のものであるならば、この墜落は、同時に飛翔であるとみなしてもよいはずである。とすれば、それはどこへ向かっての飛翔であるのか。作品内部の論理を借用するなら、それは、いままでの形象が、つねに外部の時間と内部の空間とのあいだで、設定されてきたために、致命的な歪みがあたえられてしまった、と意識している《私》の墜落を逆用することで、内部の時間と外部の空間の設定へ転換するためだ、と語ることができるだろう。

ただ、わたしたち自身は、必ずしも、いままでの形象が、単に外部の時間と内部の空間とのあいだで、設定されてきた、とは読んでいなかったが、しかし、第三章までの形象が、坂道を登って行く《〈私〉たち》の視界によって、とらえられた空間性に、より豊かな契機を置いていたとはいえるだろう。その設定を暗転して、これ以後の形象に、《私》の内部の時間性の契機を与えるためには、《私》を外部の空間に墜落させ、反対に《〈私〉たち》を、《私》の内部の時間性に墜落させる必要があった、と言えるかも知れない。

そうすることで、第三章までの表六甲の道に空間性の契機が与えられ、第四章以降の裏六甲には、時間性の契機が与えられることになる。その空間と時間は同時に上昇と下降に対応し、更に、〈油コブシ〉の尖端が、墜落を媒介にすることで、谷底でもあれば、ピラミッドはまた逆ピラミッドでもある二重性として、作品の全体性、統一性はみごとに創り出されていることになるだろう。

しかし、わたしの眼はそこに奪われているわけではない。外部が内部と空間が時間と転移するところは、国家がタンポポと、被告が被告でもないものと、表現が沈黙と、革命が反革命と、〈油コブシ〉がわたしの〈河〉と……無限の連続性において相互転換する領域にちがいない。任意の部分に〈へ〉をつけてみると、置き換えが可能になる、という発見の戦慄。その二重性の力学は、〈へ〉の運動域においてこそ不安な全姿をさらしているのだ。

それにしても、《〈私〉たち》が、互いに〈へ〉をスクラムのように組みながら、鎖のように《私》の内部の時間の底に墜落していくとき、浮上してくるあの奇怪な人物達は何者なのだろうか。骨の割れ目に足をかけて、荒い呼吸で登ってくる人間、時計の長短針のように交差する血管にはさまれ、眼の機能を耳が、耳の機能を口が、口の機能を眼が果し、それぞれの器宮が死ぬほど憎みあっている人間、自分の影を踏みつけようと跳躍している人間、不消化な岩の破片を噛んでいるような人間……それらをつつみこんでいる内界の暗さは、夜の渓谷や、濁った運河や、死者の広場のように暗いともいう。まるでこれはダンテの〈地獄篇〉を思わせる。地上に存在することを許されないで、時間の底でうめいていることの視えざる人物たちによって、あの〈油コブシ〉は、わが幻想の法廷にも突き出ているのであろうか。

*

この期間、わたしは現実には、どの法廷にも踏みこまないようにしているのに、ここで〈証言〉という位相に立ったために、必ず、ひとつの法廷を、暴力的に引き寄せてしまうことになった。その架空の法廷を繋いでいる帯は、不思議な時間だ。もし、わたしが毎月の〈時評〉、あるいは〈連載〉の意識のなかだけで書いていたら、この奇妙な時間に、気づくことがなかったかも知れない。それはほとんど緊張で硬直して、法廷と法廷の間を歩いている時間に似ている。それでありながら、その架空性を見張っている、もうひとつの眼によってそれは同時に、空中を歩いている意識ともならざるをえないのだ。その二重性によって、わたしは〈証言〉を不可避としながら、同時に、その根拠はいつも揺らぎ、わたしはわたしの存立のすべてを、疑ってかからなければならなくなっている。

前回の〈証言〉を遠投した直後の四月一日、松下昇は岡山地方裁判所で、二個の生卵が国家権力と衝突する運動過程を媒介することによって、事務的・機械的に強行されようとする、〈裁判〉の圧殺過程を逆倒しようとして、監置二十日間の制裁を受けた。更に、四月二十二日朝、釈放されて帰途に向かう岡山刑務所内の路上で、〈再〉度逮捕され、いま（五月一日）もって、その拘束を解かれる見通しはまったくたっていない。この法廷内秩序罪と刑事罪の重層する拘留を媒介にして、〈　〉闘争に対する国家権力の全面的な報復が開始されたとみるべきだろう。

この永続する〈　〉闘争の現実が、〈証言〉と〈証言〉を繋いでいる帯を引きちぎらんばかりに撃ち、それがまた、わたしの架空の法廷と、〈証言〉の根拠に対する自覚を極点にまでうながそうとする。しかし現実と言い、架空と言っても、そのいずれもが強いられたものであるために、どこからどこまでが架空であり、あるいは現実であるのかという境界は、ほんとうはあいまいに溶け合っているのだ。たとえば強いられた現実自体の奇妙な浮游性のなかで、小さな生卵に衝突して飛散していくのが、鉄とコンクリートでできた法廷であったり、いっぽう架空なものが、ひどく実体的で堅固な秩序をもっていて、どんな鋭利な鑿も歯が立たないというように。

その内と外が逆流し、熔融する帯域を目ざして、わたしはなお架空の法廷を繋ぐ帯を渡って、この〈証言〉を続行せざるをえない。「六甲」第三章において、油コブシに〈　〉がつけられて以来、表現主体の内部には、すでに明確な〈　〉運動の意識が定着していた。第四章は、この〈　〉運動のメモだけで構成されている、と言える。そこで組織されている主格は、もはや私でも〈私〉でも《〈私〉たち》でもなく、〈　〉そのものだと考えていい。第三章において、ある言葉に〈　〉をつけてみると、その部分は他のイメージあるいは言葉に置き換えても成り立つ、という〈　〉によることばの転移の発見は、ここでは、α・β・γの三つの異質の系、異次元の領域の変移の徹底化というテーマに深化される。その一つは表現あるいはイメージの変移の徹底化というテーマであり、その二つは情熱の形式の変移の徹底化、というテーマであり、その三つめは分裂した所属組織の変移の徹底化、というテーマであり、そして、そのすべては生活（存在）基盤と鋭い拮抗関係をもって把握されようとしている。

後になって、α・不可能性表現論、β・情熱空間論、γ・仮装組織論として普遍化されていくことになるこれら三つの系は、作品「六甲」においては、むろん、いまだ即自的な直観の領域で光芒を放っているに過ぎない。α・β・γの記号がどの系と対応するのかも、決定的ではなく、あいまいで流動的な印象すら与えている。しかし、ここでこの三つの系の時間的（運動的）、空間的（構造的）変移の追求がα1⇄α2、β1⇄β2、γ1⇄γ2の直接的対比と、α1⇄β0⇄α2、γ1⇄β3⇄

γ2の媒介項を置いた対比において、はじめて全体的・統一的に把握されたことによって、〈 〉運動はみずからの対象領域を地上に押し開く契機をもつことができたのである。この〈 〉変移の運動性と構造性を捨象して、単にそれを死んだ記号として見る者、あるいは死んだ記号として濫用する者は、ついに〈六甲〉を了解不能の瘤として踏み潰す側に荷担することになるだろう。権力はすでに、その〈 〉をく（苦）の字型として読むという秀抜な理解を示したのだった。

ところで、先にも書いたように、第四章はメモ（大きく六項に区分されている）だけによって成立している。それは第四章が、本来、担うべきいわば不可視の全体に対する困難なメモであり、ついに第四章自体は書かれなかったのだと解することもできるだろう。それは、表現主体が予感している巨大なテーマに対する、表現過程の軋みが、時々、呻きのように行間に表白されているのをみても、納得しうる理解である。しかし、メモとは言っても、その一行一行は、十分に表現として自立した詩的な断章や、イメージであるのだから、むしろ、メモを連鎖することによって、詩的な直観を重層することによってしか、とらえることのできない、あるいは、それまでのモティーフを飛躍させえない対象領域が、ここで、狙われたのだと言うべきだろう。たとえば第四章冒頭の飛び去るメモの例……はイメージ変移の試みにほかならぬものであり、それはα系の不可能性表現論の所在するところを暗示している。

——霧につつまれはじめた油コブシは、海賊船の船先に変移し、子宮の重量と共に増えている諸関係は、何ものかへの届出用紙に変移し、日付けの順序を狂わせても解読できる文書は、非合法活動の他領域での応用に変移する、等々。更にこの関係は、船先のイメージが子宮に変移し、届出用紙が非合法文書にイメージ変移する、という二重の構成をもって、前後に独立しているメモ（詩）の連鎖となっている。このイメージ変移による不可能性表現とは、表現主体を不定化（非人称化）することによって、イメージをあたかもタンポポの綿毛のように無方向に飛翔させ、まったく異質な時空間（つまり別の主体内部）

に、着地させようとする試みだといえるだろう。そのイメージ変移の形式性だけを、剝がしてくるならば、そこにはあの自動記述法のような、自在で自己増殖的な異質物の連結と、その内的関連の追求があるといえるが、しかし、その両者の決定的な違いは、不可能性表現が単にα系の変移によって成り立っているのではなく、β系、γ系の変移を、同時に内包しているという点である。

ひとつの問いをたててみよう。たとえば、油コブシに〈 〉をつけて、そのイメージ変移を、β系の情熱空間の変移に媒介して追求したら、それはどのような不可能な表現を現前させることになるか、と。あるいは所属組織の変移を、α系のイメージ変移に媒介させて追求したら、それはどのような情況を切り拓くことになるか、と。更にもうひとつの問いを重ねるなら、情熱の形式の変移を、γ系の対から国家までの、仮装組織に媒介させて追求したら、それはどのような不可視の運動を創りだすことができるか……と。むろん、これらの問いのもつ真の怖ろしさとは無縁に、作品「六甲」を、単に、α系の不可能性表現として、言いかえれば言語美の水準だけで読みとることも可能である。しかし、そのとき、近代言語学の非人称の主格と、〈 〉運動が主体を非人称化することの相違は、まったく区別がつかなくなるだろう。

〈 〉運動が、主体を不定化するのは、これらの三つの系の変移を徹底化することによって、沈黙から国家に至る、すべての表現の根拠の変革のためであり、そのことにおいて、近代の非人称の知が、自己増殖的な幻想性においてつくりだす、表現の位階性と全面的に衝突せざるをえないのである。そして、現在の〈大学〉こそは、この知の位階性を制度として支えているものにほかならない。そうであるならば、〈 〉運動の主格を組織している松下昇が、その応用領域である〈大学闘争〉において、（闘争やアピールからもっとも遠い位相にある人間を自認するにもかかわらず）、最前線に押し出されてしまうのは不可避であった。彼を未踏の闘争（表現）の領野に押し出してしまった力は、まさに油コブシに〈 〉をつけた論理に内在していたといえるだろう。

＊

作品「六甲」のすべての章に出現するタンポポのイメージは、不思議な力でわたしたちの意識のなかに残留しているだろう。たとえばそれは、暗い虚空で、三日月形に鋭く運動する黄の彩りであり、遠くからの羽ばたきに似たざわめきで、山頂から一直線に舞い降りてくる巨大な綿毛のイメージであり、突然の爆発音で黄色い閃光を飛び散らせながら開く花びらや、失神した〈私〉の接吻で血にまみれた花びら、そして無数にちぎれて散らばってゆくメモのようなタンポポ……である。これらのすべてのイメージは、まどろむような安らぎと不吉な切迫感、抒情的な可憐さと思惟的な鋭さ、大胆な飛翔力と無方向の自由の不安など、相反する感情を交換しあって、「六甲」という作品のきわめて流動的な性格を表現している、と言えるかも知れない。

「六甲」の第五章は、カミカ、ハクサリ、ザグガ原、ボシ、マンパイ、シル谷、カリマタ池、キスラシ山、シブレ山……という、奇怪な名前をもった地名を、〈地図〉の上で表六甲から裏六甲へたどるところからはじまるが、その〈地図〉の上に、ホコリのように舞いこんできたのも、タンポポの綿毛だ。その時、細い筒状の生命に附着している、放射線状の微かな白い綿毛が、それらのもっている無数の方向へ向けて、どんどん伸びていけば、六甲よりも巨大な空間を包囲してしまう、という一瞬の認識が訪れる。それがある怖しい予感にふるえているように感受されるのは、すべての風景と交換しつくしてしまう抒情からの出発へ、という、「六甲」を支え、そしてそれを未来へ開いている、ひとつの重要な主題と、交響しているように思えるからだ。まさに、すべての風景と交換しつくしてしまう抒情とは、タンポポを詩的な喩として、風のように流れるイメージ変移を媒介にしてこそ可能であろう。

もし、ある行為が通り過ぎる風景と、衝突し交換されないならば、それはどのようなスローガンで武装しようとも、死語で硬直して倒れるだろう。それを拒否して、〈橋〉を渡るとは、空間的な行為であると同時に、幻想的な時間のなかに架けられた〈橋〉を渡る二重の行為だ。それが二重の行為となることで〈橋〉はまったく見慣れない風景を現前させる。そうして視られた「六甲」のなかの雨あがりの川は、どのような異貌をさらしているか。

六甲から走り下る水勢を緩和するために数十メートル毎に段状につくり変えられた河床が、歯をむき出して異様に笑い出し、幾つかに分断された水の軍勢が、左右非対称の前線を、ジグザグに蛇行しながら、〈橋〉の下をくぐり抜ける。そして、その河口の向こう、暗い巨船の上に海が浮いている。船の上に何故海は浮くのか。そのような異和を運動させるとき、既定の抒情を越えた風景が〈六甲〉に広がる。六甲がそのような異和と無縁な空間であるからこそ、山系から海峡へ、一瞬のうちに流れるタンポポの綿毛のように、それは創出されねばならないという自覚……。

そのイメージ変移における異和を、組織論の領域で運動させようというのが、いうまでもなく仮装組織論の試みであろう。埋葬や追悼や組合運動など、すでに強いられた存在自体が仮装である。法＝国家や個別的な存在条件に規定されて、存在が存在と決して衝突しない存在が、もっとも本質的な仮装であると言えるだろう。そこでは風景は見慣れた額縁のなかで静止し、その背後に潜んでいる異形の情況は仮死している。

六甲は美しくて住みよいという満足感、予定調和的な未来、そのような催眠的な仮装のなかでは、腕時計の肌ざわりから手錠を感触するこころは生まれるべくもない、という認識がはじまりである。それを出発点として、この空間に存在しない組織を仮装せよ、そして、みずからが所属する組織に〈へ〉をつけよ、というスローガンが生まれる。そのなかで、強いられた仮装への異和は、仮装を不可避とするものの根拠を突き崩す仮装へ向かって、急速度で運動しはじめるだろう。言うまでもなく、ここで、この空間に存在しない組織とは、どこにも存在しない組織の喩であり、所属する組織とは、無自覚な仮装、物神化された仮装そのものにほかならないだろう。わたしたちはこのような仮装の水準を踏まえてから、次の幾つかの条件を検証してみるべきである。

仮装するとき。
所属組織の論理で一切の対象を扱うとき。
仮装者同志で会議・討論するとき。
最大限一致と最低限一致のふくらみをもつ方針を一切の状況に投げつけ行動するとき。
この投げつけや行動が、敵対者や無関心者から反射してくるとき。
その反射が、仮装者をとおりぬけるのに、更に仮装し続けようとするとき。

こうして仮装への異和を、仮装組織（論）として、緊張した関係性のなかで対自化する運動を激化させていくなら、習俗・習慣・宗教や職業、その他の仮装のなかで永遠に眠りこませておこうとする法＝国家ばかりでなく、むしろ、催眠による仮装を欲してしまう自己存在にも、激突しないわけにはいかないだろう。松下昇にとって、いや、作品「六甲」にとって、その予感は十分に現実的であった。そこで登場した最初の仮装者は問うている。

条件……一人でもやれるか？
舞台ではなく、場外へ出られるか？　政治組織以外のα・β・γ系を、自在に昇降できるか？　仮装が不要になったとき仮装の罪で処刑されてもよいか？　というように。彼は、その問いを、毀れやすい陶器のようにではなく、タンポポの綿毛のような軽快さで引き受けてゆく。もし、この最初の仮装者が、仮装の罪で処刑されるような日が来るとしたら、それはみずからの仮装性を、検事や強制収容所となしている世界こそが裁かれる日なのだ。

ところで、第五章は、第四章の六項のメモたちの間へ降下する六項の、やはりメモ群によって構成されている。従って、ついに書かれなかった、あるいは書くことのできない第四章と第五章の註＝メモがわたしたちが読んできた作品であると言えるだろう。

むろん、そのメモが単にメモではなく、詩的な直観・断章としての全体を包みこんでいることの意義については、すでに前回にも触れている。そういうことも含めて、第四章、五章に対し、ここで統一的なヴィジョンを描き、証言することは不可能である。

いや、それはこの作品全体についても言えるだろう。タンポポの綿毛の全運動過程は、タンポポの綿毛自体に語らせるほかない。わたしはそのある部分の軌跡に証言の位相で接近しえたに過ぎない。いずれにしても、たどたどしい歩みながら、六回の証言を果たすことで、わたしは「六甲」＝〈六甲〉から解放されるだろうか。しかし、「六甲」の終章である第六章は表現されていない。代りに、終章に対する明確な思想がそこに表現されているだろう。第五章を書き終った…その瞬間から、〈六甲〉を書き続ける主体は、私だけではなく、私たちである、そして、私たちの出会うたたかいが、〈六甲〉第六章＝終章を表現することである、というように。わたしの証言も、なお、永続する終章へ向けて、また、別の〈法廷〉を仮構することになるだろう。証言はなお未完である。

（「日本読書新聞」一九七四年一月二十八日、二月十八日、三月十八日、四月十五日、五月二十日、六月十七日）

吉増剛造論

一　幻の透谷・非人称の憑人　吉増剛造「頭脳の塔」について

朝霧たちこめ
狭霧たつ
（「頭脳の塔」はじめの二行）

なんども朗誦してみるが、みごとな書き出しだと思う。これは言うまでもなく吉増剛造の最近の作品「頭脳の塔」（「文藝」一九六九年十月号）の最初の二行である。アサギリにサギリと同じひびきの子音で成っていることばが二度繰り返され、爽快な緊張感に洗われる思いがする。《狭霧》の《狭》はむろん古い接頭語で意味はないはずであるが、わたしたちはここでは現代的な語感において読むために、そこから感覚的な意味性を受けとってしまう。つまり、《狭》という漢字の〈はさまれる〉〈せまい〉という意味と《たつ》の断言的な強い語勢が、垂直的な鋭さを印象させて、《朝霧たちこめ》の風景的な描写を断ち切り、作品の内部の霧の湧出へ突き入らせるのである。古いことばの意外に新しい相貌、それはこの詩行だけではなく、最近の吉増剛造の作品ではしばしば意図的に追求されている。しかし、ここまでならまだ古代歌謡的なおおらかな世界の開示ともなることができた。それが現代の恐怖のまぼろしのなかへ直進していくことになったのは、《狭霧たつ》の打ちつけるような直接性が、第三行目の《地獄の扉へむかう》の恐しい詩句を導き出したからである。この三行目において、この作品が全開する地平が詩人に予感されたにちがいない。

朝霧たちこめ
狭霧たつ
地獄の扉へむかう
自殺にははじまりがない、それは無限につづく余白にむかう！　致命的に破壊されたことを知っている者の極めて優美な歌に似ているのだ。自由だ！　おそらく精神はこの言葉のもっとも至高の点からいまひとつの自由を攻略する堡塁だ！　そう、いま純白の眼が世界を鉄格子と、太陽を巨大な金網とみるのに似ている。死は単純速度にほかならず、自殺は単純速度にほかならず、死は単純速度にほかならず……おお　オフェリア！
地獄の扉にむかう
朝霧たちこめ
狭霧たつ

（「頭脳の塔」部分）

このようにして、作品の内部に立ちこめる朝霧のなかを突っ切るようにして、《地獄の扉へむかう》のは誰か。むろん、地獄篇のダンテでもなければ、オフェリアに別れを告げるハムレットでも、蓬萊原の柳田素雄でもない。それは主格を消された吉増剛造とでもいうべきか。主格を消された吉増剛造とは、それは言語そのものの意志と化した非人称の憑人であろう。主格を消されれば消されるほど、わたしたちはその怨念を言語に憑かせるいがいない。詩人とは、その言語への憑きを、もっとも自在に自覚的に統御しうるものの謂いであろうか。そのようにして、この現代の憑人の吹きつけることばは異様な力で〈あなた〉にも乗り移り、〈わたし〉にも乗り移るのだ。つまり、わたしがこの作品を読むとは、わたしが憑かれて《地獄の扉へむかう》ことといがいではない。そして、朝霧の湧出のなかを詩人とともに疾駆するとき、不意の鋲を打ちつけられるようにして、始源の血に輝いている幻の恐怖の出現に次々と立ち合うことになる。ここでことばが異様な力を発揮しているのは、詩人がことばを始源の輝きにおいて開ききることに全力を注いでいるからだ。わたしが始源の輝きと呼ぶのは、次のような詩句においてだ。

獅子島（シンガポール）の少年をうつしだす天空のあまりの美しさに亀裂生じた
ナルシスの鏡よ

壮大な破壊力、引力そびえたち
疾走する列車を正面から平手打つ！
輝く腕もつステファンの五重星雲
朝霧たちこめ光追って輝く三裂星雲
全存在は速度にうちまたがる、馬の頭！

血しぶきあげて望遠撮影される頭脳の塔よ

（「頭脳の塔」部分）

これらは比較的初めの部分から抜きだしたほんの一例に過ぎない。これらのことばのもっている魅惑は、コスミックにどこまでも肥大する豊かで動きの激しいイメージ、あるいはそれらのイメージが異質な切り口を連結させ、また孤絶させていくその不意性、そして、そのことばの不意打ちを意識の疾走感のうちに連続的に成り立たせていく暴力的とでもいうべき語法が、わたしたちの感覚のうちによび起す快感のうちにある。彼のことばの表出は、はじめから意味性や論理の整合を放棄する。むろん、まったく放棄したら作品は成り立つことができないので、わたしはその特徴を誇張していっているに過ぎないが、この始源の輝きに向けてのみ、ことばは放出され、イメージは躍動してうねりをつくっていくのである。それが時には華麗ではあるが、底の浅い河を渡るようなむなしい印象ともなるのであるが、この詩篇のように、そこへ行く根拠がきびしくかかえこまれている場合は、わたしたちの美的な秩序を打ちくだき、呪縛された生の意識を解放してくれるのである。その根拠とは、みずからの存在の破摧を、逆に言語そのものの回生への全的な自覚となす、その逆転の力学にこめられたモチーフの強さとでもいえるだろう。吉増剛造が、「頭脳の塔」の全詩行から、主格となるべき人称をすべてとっぱらった時、その言語そのものの回生への全的な自覚となす逆転の劇をよく生きようとしたにちがいない。そのことは別に言えば、肉眼の格子のうちにとらわれている〈私〉という単線の視角を、徹底的に消すことによって、情念の海底に沈んでいるすべての視角を現出させ、それらの視角が描き出すそれぞれ異質なことばとイメージの衝突と連結が、ことばの始源の輝きをつくりだすのだと言えるかも知れない。

そのことは、わたしに埴谷雄高の「存在と非在ののっぺらぼう」を思い出させた。彼によれば、二十世紀は事物と事実の世紀であって、そのなかに置かれた文学の特質は、《戦争と革命》に対する力学を掘りさげることと、存在のなかにいる自分を自覚的に規定しようとするところにある。しかし、わたしたちが存在自体のうちにありながら、存在を客体とし自身を主体と見做す二元的な思考法、すなわち、存在論を認識論としてのみ処理する方法では、二十世紀において、存在が海嘯のようにわたしたちを侵蝕し、主体のありどころを狭めるにつれて、わたしたちがほとんど自分自身からも追い出されているような状態をとらえることができない。そこで彼は主体と客体の両側に新しい設定を試みようとする。ひとつは存在の多様をまず観察主体の多様性として、主体の側に多元レンズを設定する。たとえば、それぞれ構造のまったく違っている眼を備えた百の異なった動物がいて、それらが眼前の存在について対話を交すとしたら、それはわたしたちの現在の想像を遠く超えたものになるにちがいないというのである。いまひとつは、客体の側において、従来、哲学的思考法においてはネガティヴで空虚なものとしてしか論理的に措定されなかった非在を、文学的思考法によってのみ、ひそかに暗示しうる暗いヴィジョンに包まれた《のっぺらぼう》として設定しようとする。わたしはかつて、このエッセイの収められた『垂鉛と弾機』という魅力的な書のまわりを堂々めぐりしていた時期があり、この埴谷雄高の観察主体における多元レンズの設定と、文学的思考法の究極的な対象としての《のっぺらぼう》の提示に深い示唆を受けながらも、それがなおも〈言語〉の問題をいささかも媒介にしえない、散文の論理としてしか立てられていないことに異を立てたことがあった。

ここでもそのことに引き寄せて言えば、時とともにますます勢威をふるいはじめた存在が、海嘯のようにわたしたちの主体を侵蝕し、かつてのように社会に対して個人（自我）を最後の拠りどころとすることもできず、そして、いまは存在に対して意識を頑強に対立せしめることもできない状態にたちいたっている。それらがほとんど潰滅的に打ち破られているのであれば、そのようなわたしたちの存在の破摧を全的に回復する最後の拠点もまた、おのずから見えてきていると言えるだろう。つまり、それこそがわたしたちにとって言語なのである。むろん相互に規定しあうものとしての客体の側の《のっぺらぼう》も、主体の側の《百の動物の眼》も、いわば二十世紀は事実と事物の世紀だというような、一般論のなかから抽象的に設定されるのではなく、不死身のように生き残る資本制社会の膨化とロシア革命の変質、革命運動の体制化のなかで、避けられずもたらされた〈情況〉の陥没という、底の底なる場から主体的に規定し直されなければならない。そのようにして、情況の底なる場からとらえ直すなら、埴谷雄高のいう、見られもさわられも感じられもしない《のっぺらぼう》とは、わたしたちが見たりさわったりすることのできる、眼前のあれやこれやの政治革命とは似て非なる究極の革命、わたしたちが決して実現することが不能かも知れぬ永続革命の果ての幻の革命のことではないのか。それはわたしたちの意識の深い闇としてあるだけ、対象的な闇として存在しており、そのことにおいてわたしたちにとってはさしあたり絶望的な《のっぺらぼう》なのである。とはいえ、たとえば現在の大学〈紛争〉においてつくりだされたバリケードのなかの奇妙にあっけらかんとした空洞が、見られもさわられも感じられもしない《のっぺらぼう》の意識的な仮構として、幻想の領域における闇を不断に革命してゆく根拠となるなら、そこにわたしたちの幻の革命の夢をつなぐこともできるといえるだろう。

それはともかく地上に出現したすべての革命から裏切り続けられ、情況の陥没性のうちに主体を雪崩れこませてきたわたしたちとしては、宿世からの怨念をこめて、この見られもさわられも感じられもしない幻の革命としての《のっぺらぼう》を、文学の究極の対象として措定しないかぎりは、文学そのものの回生の方途もまたありえない。そして、わたしたちが書くという行為のうちに、この《のっぺらぼう》の決して見えざる相貌の破片なりとも、かすめとっていくためには、フロイトやシュールレアリスム革命の無意識の解放を、更に自覚的な方法として組みかえ、たとえば、言語が《百の動物の眼》を孕むことによって、有機的な生きた虚体となる道を追究しなければならないだろう。つまり、埴谷雄高の《百の動物の眼》の設定とは、本当は〈私〉という認識の至高点を失なわねばならなかったことを逆転して、そこに仮構されねばならぬ言語の全体性の自覚の問題である。こうして、もし、わたしたちが言語のうちに無数の異なった視角を内在させ、虚体としての不気味な生命を吹きこみえたら、それはどこへでも自転していく自由で不安な位相を獲得するにちがいない。そうすることにおいて、古い認識主体では非在としてしか触知されなかった、わたしたちの世界の《のっぺらぼう》は、次第にそのみえざる姿容を顕現してくるかも知れないのだ。わたしがしばらく前に書いたもののなかで、仮に名付けてみた《盲目のラジカリズム》としての六〇年代の詩も、そのような方法をひとつの可能性としてもっているのではないか。それは、吉増剛造のこの詩篇の、イメージの始源の輝きを可能にしているものが、幾つかの視角を内蔵した虚体としてのことばであること、そこにいわば血路を開くべき予兆が、充分にたたえられていると考えることができる。

たとえば、それは先に引用した冒頭の詩行にすでにみられる。まず、《自殺にははじまりがない》の断言に脅かされるようにして、確かにはじまりの意識もなくはじまっている自殺を、あらためて試みるのであれば、それは《優美な歌》にちがいないと思い返すようにする、もうその先には、別の視角から《自由だ！》ということばが躍り出してくる。しかし、《自由だ！》と宣告すれば自由がはじまるわけではない。こんどはその足元をすくうような視角から《いま純白の眼が世界を鉄格子と、太陽を巨大な金網とみるのに似ている》という戦慄すべきイメージがせりあがってくる。もし、太陽がきらきらと輝く巨大な金網を放射しているなら、その光の温浴にひたっているわたしたちの生は、鉄格子に囲まれ、金網に囲まれ、金網に縛せられた存在だ。——このようにして、ここにあるのはひとつながりの詩行と別な詩行との表出の視角が異なっているだけでなく、ひとつながりの詩行の内部におけるイメージとイメージを連結する視角も異質な位相をもっている。たとえば、それは世界と鉄格子、太陽と金網というイメージの連結にみられる。そして、特に《太陽を巨大な金網とみる》ということばが始源の輝きに満ちているのは、単に《太陽》と《金網》という、異質なイメージの連結からくるのではなく、その連結を通してわたしたちの存在の実質がみごとにとらえられているからである。コスミックにまで肥大したわたしたちの牢囚！　ここから前の《自由だ！》と《鉄格子》の相反することばを反響させながら、《死は単純速度にほかならず、自殺は単純速度にほかならず……》の呪文のようなことばが繰り出されてくることになる。さてこの詩篇にもみられるとおり、〈百の視角〉とは、ただばらばらの破片なるものにことばを化することではない。たとえば、《自由だ！　おそらく精神はこの言葉のもっとも至高の点からひとつの自由を攻略する堡塁だ！》の、自由を攻略する至高点に詩人の精神が突き上げられないなら、実は鉄格子も金網も決して視えないといえるように、別の視角、異質なイメージの連結とみえるものも、それの根ざしている暗冥の境においては同一の血で結ばれており、強い統覚が働いていると考えることができる。こうして百の視角が、作品の自律性のうちに統覚されないなら、それは存在の破摧の単純な反映となるに過ぎないだろう。ことばのラジカリズムを仮装している最近の多くの詩が、読むに耐えないところがあるのは、そこにこの存在の破摧の単純な反映しかないからである。そして、この生きた虚体としての言語の湧出を支える源泉的な感情の尽きない豊かさと強さ、それを統覚する力においてこそ、吉増剛造の詩の根拠と詩的主体がかけられているというべきだろう。

そのことは次のような部分においても顕著な特色としていうことができる。

死が必要なのであって、横目、縦目の、糸目があるいはガス状に、ぞッとするほど生きてくる、全貌の死が急速に必要なのであって、すでに死す、それが存在する巨大な力の印璽であって、精妙きわまりない時の黄金の輝きをもつ極細部を支配する。明らかな死だ！　恐るべき少年との、殺意との、犯罪との出会いを生誕せしめよ、眼前のコップが割れる、それがコップの革命であり、眼前の鏡が割れる、それが鏡の革命だ、なんで輝く銀河系星雲に影響をあたえずにおこう、星も死を食って生きている！
星！
朝霧が狂うと星が紙上に出現する
朝霧たちこめ
狭霧たつ

（「頭脳の塔」部分）

わたしは、この部分を読み進めていたとき、あの黒田喜夫の「死者と記録のモノローグ」を思いうかべていた。それは次のような詩篇を含んでいた。《だから怖しいのは／生者必滅・会者定離の思想より／むしろ主体・意識の破局的爆発を経ない物質不滅という／肯定におちいることだ》。この物質不滅という肯定におちいることこそが、わたしたちの近代の合理思想であり、文明というものであろう。だから、わたしたちの〈反近代〉の情念は、主体・意識の破局的爆発をかけないでは、物質不滅の近代と対峙する地歩に立つことはできなかったのである。そのことがいかに劇甚の系譜をつくっているかは、〈反近代〉の薄暗い河底をたどった詩人たちをみてみればわかる。透谷、然り。啄木、然り。賢治、然り。朔太郎、然り。中也、然り。静雄、然りである。そして、丸山真男流の近代政治学は、そのような情念の破裂を不合理なものとして笑うことしかできなかったし、蔵原惟人流のマルクス主義文学論はかすめもしなかったのである。

さて、それはそれとして吉増剛造の詩篇が見せているものは、この系譜につながるものいがいではない。むろん、同じ死（者）をうたっても、吉増の詩篇には黒田喜夫の声にならぬ重いことばの実質感と苦悶の表情がなく、それがある軽みを生み出していることは否めない。しかし、この軽みこそは吉増の武器なのだ。彼は非人称の憑人の吹きつける歌として、視角の自在な転換によるイメージのさまざまな変奏と、目くるめく疾走感を生み出している。そして、さきの《百の動物の眼》の視角からの視線の放射において、《全貌の死》という、言ってみればネガティヴな《のっぺらぼう》ともいうべきものをうき上らせようとしている。このネガティヴな《のっぺらぼう》を自転する言語の疾走感のうちにうき上らせることが、実は《地獄の扉へむかう》ことでもあろう。《地獄》とは、恐るべき少年との、殺意との、犯罪との出会いを生誕せしめることであり、《眼前のコップが割れる、それがコップの革命であり、眼前の鏡が割れる、それが鏡の革命だ》という物質の自己破摧を祝祭することだ。この人間の殺意と物質の自己破摧を等質にうたいきることのうちに、吉増の〈反近代〉の情念は噴出しているといえる。《星》の輝きが《死を食って生きている》ことにあるなら、吉増の詩篇の自由なことばの輝きも、主体・意識の破局的爆発としての《死を食って生きている》ことのうちにあるだろう。《血しぶきあげて望遠撮影される頭脳の塔よ》の、そのいわば詩人の《頭脳の塔》がわたしにはようやく見えてきたような気がする。

ところで、この「頭脳の塔」なる作品は、読み返せば読みかえすほど、これはまるで朝霧のなかを甦った透谷ではないか、という印象を強いられる。まぼろしの透谷が疾駆する！　わたしはここしばらく断続的にではあるが、さまざまに思い悩みながら、長い透谷論を書いている。それが実質以上にこの詩篇のうちに透谷の翳をみることになっているかも知れぬとも思う。しかし、わたしにとって透谷の作品は、国文学者の客観主義的な〈研究〉対象なるものとまったく異なって、現代詩を読むのと基本的には少しも変らぬ〈作品〉として存在している。そのようなモティーフのなかでは、たとえば、この「頭脳の塔」は、透谷の『蓬萊曲』の詩的根拠と深い位相で血縁を結んでいるように思われる。わたしが『蓬萊曲』のなかで、吉増の詩語ともっとも同質性を感じるのは、次のような部分である。

あれ、あれ、わが住馴れしあたりは早や灰
となれる、早や、早や灰よ、灰よ！
むかしの家はなく生命の気もなし、
むつみ遊びしものも優しかり乙女子も、
わが植たりし草も樹も、
ひとつは髑髏となりて路に仆れ、
他は死の色に変れる。あれ、あれいまはし
や悪鬼ども灰を蹴立て、飛びつ躍りつ挙ぐ
るかちどき、
白鬼、黒鬼、赤鬼、青鬼、入り乱れ行き違
ひ、叫びつ舞ひつ、鼓撃ち跳ね遊び、祝ひ
歌唱ひ、酒筵ひろげ、酔ふてはなほも狂ひ
躍り、
落散る骨をかき集めて打たゝき、
まだ足らぬ、まだ足らぬと
つぶやく声のきこゆる。
嗚呼、わがみやこ！　あれ、あれ、みやこ！

幻の道

幻の、幻の、幻の、幻の、幻の、幻の、夢幻の現あらはれ、幻の大河に幻の彗星を狩猟
する数人の幻の死者の影像を、幻の斜めの亀裂にそひて、ある神秘的な器官がわが胸部を突き刺す

ように囁けり、、

（後の四行までは「第三齣第二場　蓬萊山頂」部分）

むろん、途中からの変調に気づかれたと思うが、《幻の道》以下の詩行は「頭脳の塔」からの引用である。[*]自在なイメージの変様や無機的なことばの響きにおいて、明らかに吉増の詩篇は区別される。しかし、透谷の凝視している恐怖の幻、色彩の豊かな悪鬼がかちどきあげて蹂躪している幻想、そして、情念の破裂の上をイメージをたたきつけるように疾走することばのもっている異様な力は、そのまま、吉増の作品のもっている気配のなかに着地させることが可能である。《主体・意識の破局的爆発》なる〈反近代〉の情念が、両者の作品のうちを流れる導管を結合させている。もし、《望遠撮影》が可能なら、おそらく透谷の《頭脳の塔》も血しぶきをあげているのが見えるだろう。これは恐るべき作品の越境ではないか。それがどれほどの越境であるか、試みに透谷と同時代の落合直文の作品を並べてみよ。山田美妙の作品を並べてみよ。中西梅花の作品を並べてみよ。わたしたちは、透谷がその越境において、想像を絶する《地獄》をかかえこんでしまっているのをみることができるだろう。

そうであるとして、たとえば透谷の《地獄》とは何かを、いま一歩踏みこんで問うてみなければならない。なぜなら、それを作品の核にして、吉増剛造は反透谷ともいうべき位相に荒々しく突出しているからだ。そして、その反透谷の〈反〉こそが、わたしにとっては透谷の甦えりであり、まぼろしの透谷として映るものである。先の引用よりも前にあたるが、『蓬萊曲』第三場、蓬柳原の広野で、樵夫源六を振り切った柳田素雄は、地獄の道へまっすぐにむかおうとする。

源　何を言はるゝぞ、其処（そこ）は恐ろしき地獄の道
　なるを知り玉はぬや。

素　否（いな）、否（いな）、地獄を恐るゝものと思ふや。
源　恐ろしや、恐ろしや。
素　何をか恐れん、わが恐るゝところは、世なりかし。死は帰へるなれ、
　　死は帰へるなれ！
　　おさらばよ！
（「第二齣　第三場　蓬莱原の三、廣野」部分）

この柳田素雄の世を逃れようとするまことの理由は、世の中に敵（あだ）やきらわしきものがあるからではない。世を捨てるのは紙一片を捨てるほどに簡単だが、捨てることが容易でないのは、《おのれてふ物思はするもの》の方なのであって、それを捨てることができないからこそ、世を逃れねばならぬのである。もし、その時、世の中の敵やきらわしきものを数えたてるとしたら、それは近代の合理主義そのものになってしまうだろう。身の破滅は明らかでも、この《おのれてふ物思はするもの》を素雄が狂わんばかりにかかえこまざるをえないのは、そこにひとが思想的に生きもし、死にもする内部生命の転位の場、すなわち、近代にも前近代にも対立せざるをえない、透谷の内的シチュエーションが付与されているからである。それ故にこそ、秩序の側の処世観を体現する道士鶴翁からは、その《おのれてふもの》は《自儘者（じまもの）》であり、《法則不案内（おきてしらず）》であり、《向不見（むかふみず）》として、徹底的に指弾され、批難されざるをえない。素雄が生命の根底的な自覚としての、この《おのれてふ物思はするもの》に固執すればするほど、破滅は避けることができぬものとなるというのが、作品がたどらねばならぬ自律的な宿命というものだ。しかし、《死は帰へるなれ！》の表白にみられるごとく、この柳田素雄の《おのれてふ物思はするもの》の背面には、土俗的な深く暗い穴がぽっかりとあいている。しかし、実は地獄とはこの世のことである。ひとびとが地獄の道として恐れている《暗（やみ）の原（みなもと）なる死の坑（あな）》の彼方にこそ、《一様並等（いちやうびやうどう）に安寂（あんじやく）なる眠（ねぶり）

に就かしむる》彼岸、《尽ぬ終らぬ平和と至善》の世界があるという考えに導かれている。透谷が素雄の死後の世界として、別篇「慈航湖」（未定稿）を用意してしまった理由がそこにある。

佐藤泰正は近著『日本近代詩とキリスト教』で、そこにキリスト教信仰ではむろんなく、そうかといって従来言われてきた死を涅槃とする仏教的な寂滅思想でもなく、それより更に遡って、日本人の古代信仰の残滓をみようとする注目すべき見解をたてている。たしかにそこにはキリスト教や仏教では決してとらえきれない古代的心性の感触があるのであって、当時、透谷がキリスト教への熱心な信仰への道を歩んでいたとしても、そのような当人すらが意識しないかも知れぬ、暗冥の境にあるものを引きずり出してしまうのが〈作品〉というものの本質だ。折口信夫は、富や恋への古代人の憧れが不死常成の楽土を夢みたところに、〈常世の国〉が生まれたと考えたのであるが、透谷が牢囚の世、地獄の世に対立する理想境として作品のなかで追い求めたものが、この古代的な不死常成の楽土の感触をもったものであったことは、わたしたちの〈反近代〉の情念の先駆がたどらされた象徴的な問題を提示している。わたしたちはそこから思想的なモティーフとしては、国学から日本農本主義の問題にまで縦に掘りさげていくことが可能であるが、むろん、ここではそれに深入りしうるほどの余裕も準備もわたしにはない。わたしがここで考えようとするのは、「蓬萊曲」という鏡が写しだした《地獄》の意味をつきつめていくと、そこにいやおうもなく、その裏に付着している〈仙境〉の意味に突き当らざるをえぬということである。透谷は後に友人と街を歩いていての感想を次のように書きとめている。

《今の時代は物質的な革命によりて、その精神を奪はれつゝあるなり。その革命は内部に於て相容れざる分子の撞突より来りしにあらず。外部の刺激に動かされて来りしものなり。革命にあらず、移動なり。》（「漫罵」）

これに関連していえば、『蓬萊曲』の不老不死の仙境とは、あのわたしたちの究極的な対象としての幻の革命、見られもさわられも感じられもしない《のっぺらぼう》を、あまりに手易く見ようとして見てしまった非望の輝きのようなものではないか。主人公素雄が登りつめた蓬萊山頂において、地獄の相のうちに写しだされた《全貌の死》は、その裏面に救いが用意されたために、作品としては開ききることなく、円環を閉じてしまったといえるだろう。その後、透谷が抒情詩への転換を余儀なくされたその根底の理由はここにあったと思われる。ところが、その救いは、作品のなかの素雄を救っても、決して透谷を救うことなく、透谷はおのれが生みだした作品に背くようにして、その後の評論を楯としての苦闘に転戦していくことになったのである。

さて、わたしが吉増の作品のうちに、幻の透谷としての反透谷の荒々しい突出を見たのは、彼がなかば透谷に乗り移るようにして、しかも、この『蓬萊曲』が結んでしまった円環を断ち切るように、《全貌の死》をうき上らせていくからである。さしあたっては絶対に見られもさわられも感じられもしない《のっぺらぼう》を、わたしたちの詩が究極の対象とするということは、《一恒星のような死者の視覚（まなざし）》に射られた詩的快感を《言語地獄》そのものの自転として、この《全貌の死》をうき上らせていくいがいないのである。そしてその道こそを、吉増は《朝霧をぬって踊るように疾走》している、と言える。

おお
たちまち狂乱の脳髄はその無数の芽をのばす
快感、なぜ神上（かむあが）る！　なぜ憎悪！
詩的快感、快味は地獄の律動を背後より響かせなければ、地の神は狂い、地の人狂い、地中より墳墓は巨大な建造物のごとく聳えたち、すべて動物的叫喚を開始する、人麻呂はむかえ、極限の虚無へ！　この断片にもほのかにみえる動物の精気、恐るべき殺気を目撃する、地獄、狂う山々、狂う岩、そう、たとえば透谷は、北村透谷はなぜ樹間から血となって地獄へ入って行ったのか！

（「頭脳の塔」部分）

ここにおいて、実際にまぼろしの人麻呂があらわれ、まぼろしの透谷が出現する。そして、非人称の憑人たる吉増剛造は《北村透谷はなぜ樹間から血となって地獄へ入って行ったのか！》と問い、そこから先も果てることのない無間地獄の坑道を、反透谷として、まぼろしの透谷として、駆け抜けようとするのであろう。しかし、それなら、吉増はなぜ、ここで柿本人麻呂の挽歌《神集（かむつど）ひ／集ひいまして／神（かむ）分（わか）ち／分（わか）ちし時／天（あま）照らす……》を朗誦してしまったのであろうか。むろん、それは人麻呂を《極限の虚無》へ投げこむことにあったといえるだろう。しかし、人麻呂の声は朗々とひびきわたり、そこに非人称の憑人たる吉増の決してさらしてはならぬ素顔がほの見えてしまったのである。吉増が突入しているのが《言語地獄》であるならば、ここは徹底したパロディにおいて、むしろ、人麻呂の隠された《虚無》をあばきだすことに、力が集中されるべきであったと思われるが、それは、むろん単に技法の問題ではない。そこに吉増の詩の言語が、なおも透谷の詩を閉じさせた円環とかすかに交差していることの証をみるべきであろうと思う。

＊　引用部分傍点箇所は、古い語法に改めてある。

（「現代詩手帖」一九六九年十一月号）

二　異貌の旅

Ⅰ　異貌の旅

ひとつの民族の血と土に根ざしていない詩は、ことごとく無力な修辞に過ぎない、とはかつての江藤淳のことばである。「日本の詩はどこにあるか」[*1]のなかの、このやや性急な断定が、多くの省略の上に成り立っていることを放置しておくわけにはいかないが、究極のところ、詩の問題とはそこへ行きつくほかないのではないかと思う。

それにしても、血と土とは、詩において何よりも〈母国語〉の問題としてであろう。〈母国語〉を離れていかなる血と土もなく従って詩もありえない。江藤淳が〈血と土〉について語り始めながら、それがまさしく、ひとつの〈言語〉の問題にほかならぬことを省略したとき、詩を内部から語る視点を欠落させたといえるのだ。しかも、彼がひとつの民族が現存する過去としてもっている原始的なもの、非合理なもの、血なまぐさいものを、民族的恥部だと考えたとき、そこにもやはり一面観に過ぎるものがあったといえるだろう。

民族的なもの――とはそれ自体では跛の概念である。いや、跛の概念としての民族的なものとは、純粋な血の系統しかそこにみないことだ。しかし、ひとつの民族がはじめての表現をもとうとしたとき、そこで他民族の表象である漢字が媒介されなければならなかったことの意味は、そのような跛の概念を否定してあまりあるであろう。民族の概念が内包している原始的なもの、非合理なもの、血なまぐさいものは単に恥部ではない。それこそはわたしたちのことばが暴力的に発生し、形成されてくるカオスとなるものである。その混血の争闘こそが、ひとつの民族が形成する表現の根底にあるものだ。江藤淳は、民族的な恥部との積極的な交渉を通じて、それを喚起し、その存在を意識することによって、兇暴な拘束から自由になる、というダイナミックな過程を詩の〈行為〉としてみようとしたわけだが、ほんとうはそのようにして自由になることはできない。なぜなら、そのとき、詩の〈行為〉の主格は、民族的な恥部から外へはじきだされた近代的な理性として、暗に措定されてしまっており、そのような先験性のなかでは兇暴な拘束力は、はじめから存在していないからだ。いや、存在するにしても外的な存在に過ぎないのである。民族的なものが現存する過去として内包する未開なもの、非合理なもの、血なまぐさいもののなかに、混血のカオス、その燃える異質の幻想の争闘のカオスを見るべきであろう。そして、そこに詩の源泉もあり、表現の主格の成り立つ根拠もある。そうでなければ、わたしたちの言語はいつも恥部として外在化され、先験的に主格を奪われた負の位置におとしこめられる。みずからの言語を主格としないところに、どうして兇暴な拘束力が、ほんとうの意味で自覚され顕在化することがありえよう。そして、また、拘束のないところに自由はないのである。その無葛藤の間隙において自由であろうとする近代主義の脆弱な基盤こそは、結局のところ、民族的なものを兇暴な拘束力にしてしまい、それが支配するにまかせてしまう。

わたしたちは、〈民族〉や〈血と土〉というようなことばが符牒のようなものとして支配力をふるい、わたしたちの詩を呪縛しつづけた時代と決して無縁なところにいるわけではない。また、それがいつでも呪縛となり拘束力となる根拠は、常に輸入思潮の尖端を追いつづけることに、みずからの存在証明をかけている近代詩以来の詩の問題のうらにあるわけである。それ故に、依然として、民族の血と土とは、いつでも跛の概念であり、避けられ、跨ぎ越されることによって、背後から襲いくるまなざしであることをやめない。尖端の言語は、一循環すると、必ず、そこへ回帰する。いや、回帰してきたのがわたしたちの詩の悲惨だ。この尖端と土俗を循環し、その循環においてこそ〈近代〉意識の構造をなす悪気流を断ち切ろうとする詩人は、必ず限りない困難に逢着し、その輝かしくも不幸な暗礁に乗り上げる。その最初の先駆を、わたしたちは北村透谷の『楚囚之詩』から『蓬來曲』の展開のうちに見るのである。

さて、わたしは前に「幻の透谷・非人称の憑人」[*2]なるエッセイで、吉増剛造の「頭脳の塔」[*3]なる作品を、『蓬莱曲』に重ね合わせるようにして見たのだった。それはまさに彼が詩集『出発』[*4]から『黄金詩篇』[*5]の作品群を経て、「頭脳の塔」へと渦を巻いて疾走する軌跡が、この尖端と土俗の両端を循環する悪気流を越えるかも知れぬ困難な道行きにさしかかってきていることを感得したからであった。そのことの期待は、前記のエッセイを書いてしばらくあとに読んだ「貝殻追放」[*6]なる作品でいっそう確かなものになった。

土は貝殻追放（オストラシズム）を熱望する

――この一行ではじまる「貝殻追放」という作品は、激しく律動する群舞を見るような貝殻幻想に満たされている。しかし、この作品の衝撃は、単に多彩なイメージと力強い言語の律動美にあるのではない。それはたしかに翼部から血を射出して前進しているようにみえる帆立貝や、口を半開きにし赤い舌状の足を垂らしている馬鹿貝など、その不気味で不吉な生態や形態、あるいは下等軟体動物としての石灰質の外被がもっている概念や音韻が、次々と呼び起していく死骸、異端、下等、危険物等のイメージの多彩な展開には驚かされる。しかし、それらの狂乱のリズムや瞬間の爆発力をもって自己増殖していくイメージを、根底のところで統一しているのは、あの古代ギリシャの赤狩りともいうべき

〈貝殻追放（オストラシズム）〉の不吉なモティーフなのである。その〈貝殻追放（オストラシズム）〉の貝殻がよみがえり、いま文明の地中を疾駆し、都市の地下街の下を移動していくのを、詩人の長い耳は恐怖を抱いて聞いているのである。

土は貝殻追放（オストラシズム）を熱望する
土は絶対王制を熱望する
土は私有制を熱望する
我ら貝殻たちも私有制を熱望する
熱望しつつ口々に接吻し、陰部（ほと）ばしって
疾走する

（「貝殻追放」部分）

——そのようにして、この詩人は〈貝殻追放（オストラシズム）〉を熱望する土の逆巻く激怒を顕在化することによって、文明の尖端と土俗にあえて夾撃される〈道〉に踊りだしたといえる。その争闘の困難に輝くさまをわたしたちは祝福しなければならないだろう。

むろん、すべての道は無数の交叉点をもち、彼も多くの同時代の詩人たちと同じように、時代の衣裳を身にまとわざるをえない。そして、その衣裳の芳烈な感覚によってこそ、多くの模倣家たちの自己陶酔の対象となる。もし、それに同一化していけば、彼も容易にあの悪気流に乗せられ、言語は尖端と土俗の両端に引き裂かれるだろう。彼の言語ナルシシスムの厚い肉は、そのようにして、いやがうえにも時代を病ませられている。しかし、彼のそのナルシスの厚い肉を突き破ってあふれ出る透明だが圧倒的な声量、逆巻き奔流する意志は、かまわず、不幸へ向って、いや不幸の仮構へ向って疾駆する。めざされるところは、言語がその始源のままの暴力性をもって絶叫し発火し共鳴し飛来し、その運動において

甦えろうとするところだ。

この言語の始源への志向性において、彼の詩はたしかに古代歌謡や長歌、平曲や浄瑠璃を育くんだ幻野、その民族の血と土に根ざそうとしているといえよう。むろん、それは暗い土俗的な空間に視野を限定していくことではない。むしろ、彼の視野は全開であり、あの〈百の動物の眼〉[*7]が、激しい運動感覚によって無数の視角を現出させ、限定してくる空間性を飛散させる。そのようにして、彼の情動が垂直に下降運動していく中心は、血と土の匂いでざわめいている、先の争闘のカオスでありながら、言語が表出され現象していくところは、異質な表象のへりが連結し、断絶し、統覚される限りない自由へ向けて開かれている場だ。この双頭の竜が、彼の言語を物憑きのような非人称の領域で激しく運動させているものだ。しかし、それはこの詩人が単に主格を欠損させていることを意味しない。それとはまったく逆に、その下降と上昇の運動の総体のなかでこそ、彼の主格は強い握力で統覚されており、そのことが、彼が土俗空間へも尖端的な言語へもみずからを拡散させないでいることの理由であろう。その恐怖の言語への道行きにわたしの批評意識をかかわらせるより前に、彼の作品とわたしとの屈折した交渉から語るべきであろう。

＊

吉増剛造はわたしにとって必ずしも近い存在とはいえなかった。彼の作品がわたしの眼を射るように入ってきたのは、「疾走詩篇」[*8]の頃からだと思う。それより前の「朝狂って」の、

彫刻刀が、朝狂って、立ちあがる
それがぼくの正義だ!

（「朝狂って」部分）

――の精霊のような〈正義〉や「渋谷で夜明けまで」の、

ああ
ぼくは
朝鮮人みたいに泣きたいなあ

（「渋谷で夜明けまで」部分）

――の〈朝鮮人〉はわたしを刺したが、しかしなお、わたしはその〈正義〉やら〈朝鮮人〉と格闘する気は起らなかった。避けようもなく、この詩人の作品がわたしの内部に重い実体をもって沈んでくるようになったのは、

ぼくの眼は千の黒点に裂けてしまえ

（「疾走詩篇」部分）

――の一行から起して、性器も裂けよ、頭脳も裂けよ、夜も裂けよ、素顔も裂けよ、黄金の剣も裂けよ……文明も裂けよ、と自己破摧の情動の海をラジカルに直進する「疾走詩篇」のあたりからであった。その後しばらくは、この詩人は「疾走詩篇」の余波の輝きのなかでよい声をひびかせながら、水平的な展開を続けたように思う。それらのなかにはたとえば、ぞっとするほど美しい言葉がつかめなきゃ世界は終末（おしまい）だと叫ぶ〈自我〉が、かなりの急速度の〈曲線（カーブ）〉を描いて、星も神も愛も誤植だという認識に到達する「声」がある。あるいは、むしろ、見るなと呼びかけ、見えないと告白することによって、非在の領域を燃えあがらせる「燃えるモーツァルトの手を」や、イメージの瞬間的な変身を競いあう、いわ

ばナルシスの鏡のなかに、靖国神社の鳥居に火をつけろ、と囁くすばらしい友人が映しだされてくる「変身」なる作品がある。ところが、それより後書かれたと思われる作品のうちに、これらの水平的展開からは分流する、別の支脈を浮き上らせているものが出てくる。それは「夏の一日、朝から書きはじめて」や「死人（しびと）」というような作品である。この両作品に見かけの上で共通しているものは、この詩人を時に圧倒的な量感で見舞っている粉飾体ともいうべき語法が、まったく削ぎ落とされて、透明な感触の幻視の世界が映し出されていることのうちにある。たとえば、「夏の一日、朝から書きはじめて」は、

　名状しがたいある透明感が私を襲っている。朝、立ちあがった瞬間、一条の大河が見え、私はそれに沿って歩きはじめた。
（「夏の一日、朝から書きはじめて」部分）

――という二行から書き始められている。ここには現実の主格と、作品の主格が重なり、しかも、離れる一瞬がある。そして、作品の主格に憑かれた〈私〉は、その幻の大河をさかのぼりはじめ、河辺で一人の少女が身体に巻いた白く長い包帯を解いているのを目撃する。すでに幻視の靄のなかでは、目撃しているのは詩人ではなく、燃える髪の輝きのなかにたたずんでいる少年である。渦巻状に回転し解けつづける包帯のなかの裸身は、秘仏か、木乃伊（みいら）か、一枚の板木か、樹木か、水稲か――少女の透明な裸身の上にそれらの変身の幻影が重なったり、飛散したりして神話的な夢が語られている。

　穀類で育った人体が、ちょうど水稲が波に足を洗われる卒塔婆に似て見えている。不思議な風だ。四方から吹き入れて、四方に河を圧している。その物音は極くわずかしか聞えないが、読経の声とも、田植歌のはなやいだ歌声とも感じられる。高野山に残る流れ灌頂（かんぢよう）の卒塔婆は、やがて水稲となり、

人体となり、見事に直立する槇（まき）の木となり、天を摩した、その象徴であっただろうか。燃える髪の少年も、衣裳を次々に解いている少女も、私の眼に生繁る影（イデア）の発生も。雨が降ってくる。私の眼、私の眼、私の眼に！

（「夏の一日、朝から書きはじめて」部分）

——この停止した時間の静寂のなかで、水稲人のどこまでも透き通っていく植物的イメージが、土の匂いも血の匂いもなく、あたかも美神の祭壇に供えられた生贄のように、至福に満ちた無表情をたたえていることが、わたしには気になる。それは、あるいは、この詩人の暗い渇きの河底で空白になっているものが、耽美の仮装をとって映しだされているのかも知れぬ、とふと思ってみる。もし、そうだとすれば、その死路は絶ち切られるべきであり、古代人の生活は、いや暴力は復権されなければならない。そのためには他界へ。他界の全貌こそが現出し、犯されなければならぬ。このわたしのおそらくは見当はずれに正当な断定は、しかし、詩人によって応えられている。いや、応えられているのではないが、そこに「死人（しびと）」という作品がある。

　この詩人の作品のなかに、それまでも〈死骸〉のイメージはしばしばでてくるが、〈死人（しびと）〉はなかなかあらわれなかった。たとえば最初の詩集『出発』のなかでも重要な作品である「祭火」は、燃焼不完全で死滅もしないでくすぶっているわが死骸を見て、こんな死骸を夢みていたのか、こんな死骸を求めていたのかとうたうが、死骸そのものは作品に仮構されたまなざしのなかで、一方的な凝視にさらされているに過ぎない。〈死骸〉ではなく、〈死人（しびと）〉が作品のなかで生き、その〈死人〉からのまなざしによって、わたしたちの強いられている生の意味が逆転されるためには、〈他界〉の仮構が必要である。しかし、透谷が「他界の観念」で苦しんだように、他界の全貌はいまなお容易ではない。たしかに、小説における泉鏡花をもち、民俗学における柳田国男をもち、そして、『共同幻想論』[*9]における吉本隆明の

〈他界論〉をもっている。しかし、詩において死者と自在に往復したのはわずかに中原中也の細い細い径があるのみであろう。吉増剛造は、「死人」でその他界の扉をわずかにこじあけてのぞきこんでいる。《この一枚の絵のなかに私は眼を入れている。ちょうど水面に片眼だけそっと沈めかけるように、私は見ている。私は見ている》というちょうどそのようにだ。

死人が振向く、その顔に徐々に私の顔の印象がつく。憑かれはじめる?!　いや、ちがうだろう。彼の鬢の乱れをととのえてやっている。いつか夢のなかでみたように、彼と流星の観測法についてしゃべる。死人はしゃべる、いやしゃべらない、判らないのだ。人間のようでいて、どこか決定的に変形しているが、抽象ではない。死人がいる。あまり芸術的ではないありかたで……腐臭がするか、いやむしろ私が吐いている。私の腐臭がはずかしい、という感情が私をとらえ、そして消えた。

（「死人」部分）

――どこまでも深くて暗いナルシスの鏡がくもらせている。たしかに、この詩人は〈他界〉の入口に立ちながら、〈死人〉のうえにみずからの幻影を読みとってしまう。それは恐怖の一瞬にちがいないが、そこにねじれが生起しなければ、他界はわずかな開示で終ってしまう。むろん、

「死人は未来です」

（「死人」部分）

――という名状しがたい言葉が、作品空間にひびきわたったとき、わたしたちの〈他界〉のもつ意味が明瞭に把握されたといえよう。そうであるならば、〈死人〉と〈私〉の視線を、その相剋において暴

力的にねじらせることで、恐怖を越えて恐怖の言語が創出されることは不可能ではないだろう。おそらくそれを可能にする唯一であるかも知れぬ位相にこの詩人はいるだろう。しかも、「黄金詩篇」のアジテーションは、すでに高らかに鳴っている。

死と殺人が平手打つ！
沈黙、立ちあがる死体
空に言語打ちこむ、立ちあがる死体
疾風、金貨、黄金橋（こがねばし）
夕焼、バタッと倒れ、少年あらわれる黄金橋（こがねばし）
眼を素足で渡る
夢の夢の黄金橋（こがねばし）
かつて立証されたことのない、死を死ぬ、黄金の洗面器
自我（ぼく）を殺害する
自我（ぼく）を殺害するために風景は存在しはじめる

（「黄金詩篇」部分）

――この黄金の音響をみごとに鳴りわたらせている〈風景〉は、しかし、言語の層としては薄く限られてしまっている。ことばは音響としてのみ鳴り響き、地中の沈黙の上を容易に駆けられてしまうのだ。しかし、このあたりから「頭脳の塔」へ向けて、支流はまた本流に合流し、氾濫する意志は、異貌の旅への道を見つけようとする。詩人は旅にあこがれ、旅は幻野に異貌の世界、宇宙を開示する。それが〈他界〉への恐怖の言語の道行きでなくて何であろう。

*

1970.6.20　「天山断章」（魔の一千行）完。眠り、化石のごとし。目覚めて惨たり。自殺を思い慄然。全くどうした波であろう。歩くと海上を歩行しているようだ。

そう、ついに dead rock だ。自己模倣とその克服作業。書かれぬものの恐ろしいほど豊かな美しさに恐怖する。

（「航海日誌」'69〜'70）

1970. 7. 6　詩作、爆走だ！　あまりに speed up しすぎたか、終らず（二五〇行）。dead rock か本当に。

アメリカ大使館行。

「死の山」完了、急激すぎて恐ろしい。[*10]

（「航海日誌」'69〜'70）

この作品へ向かうための行為の背後にある詩人の惨たる形骸。それは異貌の旅の凄まじさを物語っているだろう。それにしても、詩集『頭脳の塔』のさいごの作品「死の山」が、累々たる層を成す〈座礁〉の感覚で終っていることに慄然としないわけにはいかない。西行や芭蕉がつけた道、その旅の道統の上に、吉増も表現の主格をみつけだしている。死の山の巨大な岩礁群に至るためにこそ……。またしても『蓬莱曲』ではないか、というよりこんどこそ『蓬莱曲』だというべきだろうか。蓬莱山頂で死の鳴動を聞いた柳田素雄の旅の意味は、吉増のペンを鷲摑みにして離さないようだ。

紫の

魔の一千行
天山山脈に書きつけようと
旅に出た

（「魔の一千行」部分）

——この「天山断章」（魔の一千行）は、「古代天文台」を序曲にして、「死の山」に至る彼の夢の旅のまんなかに聳えている。それはちょうど超言語の悲願立つ〈古代天文台〉から望遠される位置である。むろん、そこには現実の彼の旅の軌跡が声もなく横たわっているわけだが、しかし、書く行為の内部過程においては、現実の旅の方こそがひとつのフィクションと化し、幻の旅の上にその異貌の現実が創出されてゆくのだ。魔の一千行を天山山脈の上に書きつける、その天山とは作品が創出されるためにのみ、その異貌の肌と音響をあらわにするいわば幻の山である。その幻の山で、《生首吊って霊感の音楽発生せしめ、世界を中止させる幻の一行のために》こそ、彼は旅だたなければならない。彼の旅は、現実界の王国の価値の中では、屍骸に過ぎない作品に供せられる生贄の行為に似ている。そこでは日常の時間は完全に停止し、空無化し、すべては作品にとってのみひかりを放っている。しかも、透谷ですら、蓬萊山へ登るのに、柳田素雄という仮構された主格をたぐりよせたのに、吉増剛造は無謀にもみずからの現身を虚構化している。それは、魔の一千行とともに、みずからを生贄の行為に殉じさせることにもなりかねない危険をともなっていよう。そのとき彼は、たしかに《地獄の通行路》に走り込んできた旅人なのである。そのようにして魔の一千行は可能か。魔の一千行とは「古代天文台」において、

空に魔子一千行を書く

（「古代天文台」部分）

——とある、一女優の名を借りて出現する巫女（シャーマン）から連想された、その超言語の魔力への悲願である。むろん、その魔の一千行とは不可能な言語なのだ。

天山
アジアの、清池の、熱海の、突厥（とっけつ）の狩人たちの夢は生活！　旅人から剝離する魔の一千行の恐しい空語、木霊して天山にくだけちるのみ！　紫の、夢の悲惨！　生活と交感する紫の炎熱地獄か、愛の欠損！　天山への犯行のための魔の一千行！
（「魔の一千行」部分）

——それはまちがいなく夢の悲惨であったかも知れない。しかし、旅人から剝離した魔の一千行は、恐ろしい空語となって木霊し天山にくだけちる。それいがいに幻の空に輝く方法はなかったのだ。そのことによって、ナルシスの魔の一千行にささげられた生贄の行為から、詩人はみずからを救出するのである。そこにいかなる相貌もあらわれないが、わたしたちはたしかに魔の一千行が木霊となって天山山脈をよじのぼっていったのを感じるであろう。どのような非望も悲願も、天山にすいとられた魔の一千行を読むことはできないのである。ちょうど松島において絶句した芭蕉のように。そして、かつて芭蕉がそこへ訪れたと同じ日、同じ時刻の嵐吹きすさぶ松島に入った透谷は、すべての燈火を絶って、暗闇のなかで、無言の破笠弊衣の一老叟、幻の芭蕉と対面した。それはおそらく遠いこだまのように天山における吉増をうっている。そのようにして、作品の闇は生死をかけたドラマを匿している。そのドラマによってこそ、旅は異貌の山塊、幻の山脈を燃えたたせるのであった。そのような闇を越えて作品の主格が迎えた朝は、あざやかな発声をひびかせる。

あざやかなるかな朝鮮、オルペウス
あざやかなるかな朝鮮、オルペウス
あざやかなるかな朝鮮、オルペウス

（「魔の一千行」部分）

――そして、朝鮮の文字の輝きは、武蔵野と呼応し、オルペウスと反響し、次第に武蔵野の朝に輝きわたり、作品は朝の陽光に向けて開かれたまま、その旅を終えている。しかし、この時、詩人に嵐の如く予感された魔の一千行の幻影は、決して詩人を解放せず、劇甚の dead rock の感覚で襲ったにちがいない。先のノートにおいて、わたしたちは、朝に向けて開かれた作品の輝きの下で、化石のごとき眠りにおちいり、目覚めてなお惨たる想いから脱出できないでいる詩人を目撃したばかりだ。

しかし、異貌の旅は終ったわけではない。書かれぬものの恐ろしいほど豊かな美しさにすでに詩人は恐怖している。そして、恐怖の言語に魅せられて旅は続けられなければならない。「天山断章」のエピローグで輝きわたった朝の光茫。それを引きつぐように「死の山」への旅は、〈朝〉からはじまる。

朝
恋人のように
黒髪サッとはらってたちあがる
そのとき
宇宙漆黒、慄然として〝渚（なぎさ）！〟と叫ぶ、遠くから金色の騎馬武者、海峡を通行し疾駆してくる響き
　シャンシャン、全音楽を裂断し、幻の大海峡を続々と渡りつつ殺到してくる、陸続と群なし、群馬
　のように死の山めざし、死の墳墓を越えて殺到してくる気配察知して、今朝、レンズの中央で自我

斬殺し真紅の巨眼に変貌し、正座して待つ！　くるか部屋中の机、冷蔵庫、奥深くゾッとする意識
の密林の死線に似た渚の大カーブが……シャンシャン、シャンシャン……

（「死の山」部分）

――ここで彼は凍りつくような華麗なイメージを軽金属の鳴物の響きに乗せながら、言語へのナルシシズム、その憑きを全面開花する。吉増は恐怖のなかで俗であり、俗のなかで恐怖のまなざしに射られている。彼はひとびとがその時代的な衣裳のあでやかさに、目を奪われて陶然としているうちに、かまわず恐怖の言語のなかに突入する。一九六三年という時期に、彼が「ナルシシズムの復権」[*11]というエッセイを書いていることは充分予感的であった。

《……まず絶望せよ、瞬間を培養せよ、いまはいらだたしい不安定としか感受しえない、不快な風圏とまっこうから対陣して存在せよ。人間の未来の官能的、感情的、肉感的、全身快楽の渇望への絶対的志向のために、ナルシシズムの純粋平原へ、おのれの船体を出港させねばならぬ。人間存在の革命的ういういしさを痛恨の罵声あるいは絶望的な忍従をもって鋭く呟き続けなければならぬ時代の流星としてぼくらは生れているのである》。

（「ナルシシズムの復権」）

そのようにして、現代の不快な風圏とまっこうから対陣して、ナルシシズムの純粋平原ならぬ、現代の漆黒宇宙へ出港する彼が、そこで現出させざるをえなかったのは、むろん、人間存在の革命的ういういしさなどではない。それは、人間存在の革命的ういういしさを、見られも感じられもしない虚体において内包するネガティヴな宇宙感覚の全貌なのである。そして、全貌こそが問題なのだ。六三年といえば、谷川雁が〈瞬間の王〉の死を宣告した〈事件〉[*12]が、なおなまなましい衝撃波をとどめていた時期だといえる。彼はその〈事件〉を引き寄せるようにして、むしろ、みずからの方法の野心を語っている。

谷川雁の〈瞬間の王〉が、〈饒舌の彼方〉という別の生の領域と、明らかに対立して、かなり単純形で存在していたことは羨望に価するが、その〈瞬間〉と〈饒舌〉という対立の図式のうちに陥穽があるのではないか、と。そして、彼の野心は、その瞬間の王を静止した屹立する塔のなかにとじこめず、その瞬間を無数の王子に変身させて、饒舌の彼方に隙間なく敷きつめることのうちにあった。瞬間を培養せよ！　彼のアジテーションはうねってゆく。こうして、瞬間の魔力は宇宙万物の広大な領域に突入し、感覚の全貌は埋められる。そのような全貌の感覚において、彼は文明の未来となるところに、決定的なものをみ、また聞いてしまったのだ。それが「死の山」であり、死の山への旅である。しかも、その旅が創出した異貌の世界は、明らかに、〈死人（しびと）〉の行く〈他界〉であった。

さて、詩人の頭脳の塔に、黒髪のイメージが華麗なマフラーのようにたなびくと、たちまち宇宙は漆黒で塗りつぶされる。そして、全貌の感覚から噴出する無数の視覚によって爆発させられる瞬間のイメージや、それを横なぐりにしていく断言の凛々しい切り口は、飽きるほど積み重ねられる漆黒のイメージによって包みこまれ運動させられていく。それは〈死を口にすればたちまち死体となって眼前にそびえたつ思惟の絶対性〉を幾重にも相乗化し、ダンテの地獄篇にも似た漆黒の宇宙を創りだすことである。むろん、それは意味の宇宙ではない。言語の漆黒の闇が狂乱し転回する像の宇宙である。その像の宇宙、漆黒の像で満たされた〈他界〉に死の山が白色に輝きだす。それを更に漆黒がとりまき、あるいは巨大な海峡、渚のイメージが埋めてゆく。しかし、時として、存在するといえば存在してしまう作品へ向かう、言語の絶対的な闇の自立空間に亀裂を導くかのように、日常の意識が故意に割り込ませられている。《早朝のテレビは美しい》というように。それらがすべてが異貌の旅の過程である。しかし、徐々にその亀裂から白色のイメージが滲透してくる。あっと言う間に、もうあたり一面白色の海だ。いつの間にか、漆黒の黒髪は、死海の吹雪荒れ狂う白銀の死の山となって鳴動し、落石めざして〈死人〉たちが音もなく登りはじめている。

カフカスか崑崙かパミールか天山か、ヒマラヤか、アルプスか、羽黒か月山か恐山か富士か、長蛇のように死の谷をゆく死者の呼吸音が、その影が天空を飛翔する鳥の啼声まじえ、遠くから遠くから響いてくる海嘯のように、おお白色の、白色の漆黒宇宙の音階を形成する！　やがてカナダライ叩き、鈴ならし、骨のふれあう音、棒ふり絶叫し前進する暗黒星雲の形影が一瞬目撃され、その怒濤のような進撃、死の山から狂ったように巨岩の落石天空に突きだし、天を抜く、琴奏でる黒髪の乱調子ついに頭脳直撃して虚空をバリバリ往来する木霊をみた！

（「死の山」部分）

――こうして、長蛇のように行く死者たちの呼吸音や骨のふれ合う音は、全音楽を裂断し地球上の山という山の名辞を引き破る。わたしたちはそこに、あの「死人（しびと）」という作品にひびきわたった、

「死人（わたし）は未来です」

（「死人（しびと）」部分）

――ということばを聞かないだろうか。その絶対的な不毛、絶対的な荒廃、それらのネガティヴな全貌を、それとまったく対極的な人間の未来の官能的、感情的、肉感的、全身快楽の渇望によって、ダンテのまなざしをみるような〈他界〉のイメージにふくらませているのである。そのナルシシスムの厚い肉の輝きは、『蓬萊曲』の詩語が死語の山塊と化しているように、時代的な死語の帯域のなかで色褪せることはあるにしても、この異貌の旅の意味が死ぬことは決してないだろう。そして、この旅が最後に突き当ったデッドロックの感覚、〈座礁〉の感覚のなかで、この詩人は明晰に醒めている。

座礁だ、座礁だ、座礁だ、座礁だ、座礁だ、座礁だ、座礁だ、座礁だ、座礁だ、座礁だ、座礁だ、座礁た、座礁だ、座礁だ、座して死体となる巨石となる。おお、デッドロック、デッドロック、黒髪なひかせ、片手あげ、青空の一瞬、さよなら！　出発！　さよなら！　出発！　おお、デッドロック、デッドロック、宇宙漆黒！　燦然たるかな、死の山、閉鎖！

（「死の山」部分）

――座礁だ！　それは文明そのものの痛恨の声であろう。そして、異貌の旅が、その暗礁に乗りあげたとき、作品そのものも座礁せざるをえない。それはたしかに、旅の不可能を、不可能な旅の極限にまで決行したことの自己告白なのである。この座礁の感覚によってこそ、「死の山」は恐怖の言語であり、恐怖の道行きであることができた。もしこの道行きが、文明の座礁と作品の座礁との交叉する予感に支えられていなかったら、この作品は、言語が自己愛的に増殖する快楽に淫することになっていたかも知れない。それはまた、時代の死語の帯域から狙っている、内と外の模倣家たちに蚕食されつくす道でもあった。しかし、「死の山」は硬い実体を内蔵する座礁の感覚によって聳立することで、その危険から免れたといえる。

燦然たるかな、死の山、閉鎖！

（「死の山」部分）

――最大の危機をはらんだひとつの旅は終ったが、その閉鎖は座礁の感覚自体をひとつの〈出発〉の予告となしていた。何かが彼を次の幻の道へ駆り立てている。わたしたちは彼のノート「航海日誌'69～'70」の最後の日付けが次のように書かれていることを知っている。

1970. 11. 2　羽田（1：32）あと一時間で出発。
アメリカだ！

（現代詩文庫『吉増剛造詩集』解説、一九七一年六月）

II　幻視の衣裳——『草書で書かれた、川』について

迷いは深い。詩を読むことがいよいよ恐くなってきた。むろん、恐さは、読むことと書くこととの共時的進行、つまり、批評することの内部に発している。

何を言いだすかわからない。言ってしまったあとの慙愧と言わないでしまったあとの後悔……。しかし、臆病になってはいけない。

詩は本来的に誤解や曲解を招きこむ。詩の中心に輝いている欠如が、読者をそして批評者を大いなる誤解へ誘惑する。詩の作者自身は、自作に対するみみっちい小さな誤解者だ。彼の私有意識が、大いなる誤解への誘惑に乗り切れない。大いなる誤解に乗り切るためには、凄いエネルギーが必要だ。批評者がかかえている欠如へ、対象となっている作品を強引に拉致してくるためには、へなへな腰では役に立たない。

ぜんぜんエネルギーが感じられない正解というものもある。そういう試験勉強し過ぎの貧血症の頭が書く答案は、細い精神労働であっても肉体労働の域に達しない。肉体労働をともなわないで、詩と関係するなんてひどいよ。——とひとまず、啖呵を切っておくより仕方がない。

なぜなら、吉増剛造……これほど大いなる誤解へ誘惑する同時代詩人は珍しいからだ。彼はシンピ的

なのだ。シンピ的だなんて、よく顎もはずれずに、発音できたものだと思う。そのシンピの仮面を引きはがしてやりたいと思う。しかし、彼の演技は並はずれて達者なので、つい惚れこんでしまう。吉増屋！　いいぞと叫んでしまいかねない。いや、もう叫んでしまった。聞いてしまった奴がいる以上、取り返しがつかない。この名優を舞台の上で死なせてあげたい。

どこが名優か。そんなことは説明しきれない。説明しきれたら、シンピ的でなくなる。ともかく、処女詩集『出発』から、『黄金詩篇』、『頭脳の塔』、『王國』[*13]、『わが悪魔祓い』[*14]、そして、こんどの『草書で書かれた、川』[*15]まで、この十年以上を最高の演技で張り通してきた。これだけ高い声を響かせ、大きな身振りで観客を魅了し、全力疾走しつつ、いっこうに衰えを知らないとはどういうことか。むろん、時には高い声がキンキン声になったり、身振りが大仰すぎてしらけさせたり、つんのめるように失速したり……ということはあった。しかし、それは演技の失敗であっても、衰弱ではない。ましてや息抜きではない。

こういう生きて伝説と化すような詩人は、曲解するより仕方がないではないか。曲解させるのは、この詩人のシンピ的な力によってだ。（ひそかに教えよう。シンピ的とは何もないということ、無、空っポ、欠如）。

しかし、いっこうに衰えないのは、すでに衰える力がないほど衰えているからではないのか、この問いはみかけほど愚問ではない。吉増剛造……彼は衰弱の極に達した老人かも知れぬ。それならなぜ彼は、渾身の力を振り絞ってあんな凄い演技ができるのか。（あんた知らないの、彼の精霊信仰を、アニミスムを。縄文人のこどもはみんな霊魂を食べて生きていた。ウソダァー）。

老人というのは比喩だが、しかし、彼の内部は瀕死の老人のように、衰弱の極に達しているのかも知れぬ。だから彼はいつもおのれを形骸とみなして脱皮し、衰えを知らない若々しい官能の肉体に化身することができる。彼の詩篇に時々影のようにその老人が映っているではないか。

土手を
ゆっくりと
歩いてゆく
やがて
渡船場(とせんば)から
老詩人も歩きはじめる

（「老詩人」部分）

この〈老詩人〉の声は、電話機からひびいてくることもある。〈老詩人〉と、歩いている〈ぼく〉と、ほんとうのところはどちらが影かは知らぬ。いや、どちらも影だと言うべきだろう。ともかく、その軽さ、自在、浮游、流動、変幻、冷たい酔いと熱ある昂揚……遠い空間を引き寄せ、過去と未来を密通させ、古典的な遠近法や時間の観念を打砕いてしまう、その幻視的風景を統括する主格には人称がない。その主格はいつもことばだと言ってよい。しかし、彼の詩はことば自体を主題にしているわけではない。その意味で、彼の試行は詩の詩、あるいは詩論の詩をめざしているわけではない。形骸を脱した彼の主格は、まず、ことばに憑く。ことばは人生の死の断面や宇宙の透明な球面を幻想的に開示する。

たとえば、《ぼくは歩いている》という一行がある。この一行は『草書で書かれた、川』という詩集の基調を象徴している。この詩集には、かつての息つく間もなく疾走する感覚も、殺気だった漢語的情念の乱打も、感嘆符の跳梁、黄金感覚の快楽もない。いや、ないわけではないが後退している。（むろん、それは詩の後退ではない）。その代り、ゆっくりと歩いている感覚が支配的だ。歩いている周辺の気層は濃い。吉増剛造が歩いているわけではない。彼は書いている。しかし、彼は《ぼくは……》と書いた途端に、あの演技者に化身している。だから、書いているのは、あの老詩人であり、美少女であり、古代人であり、超近代人であり、山川草木のなかで眠い眼をこすっている精霊たち、アッ、今流に言えば宇宙人たちだ。(よせやいすべては演技だよ)。演技であっても、それを感じさせない完璧な能力。

彼は《ぼくは歩いている》という一行に憑いたのである。いやこの一行が主格だ。ことばは自由だから、川の上も、海の上も歩くことができる。つまり、空という空を散歩する。銀河河畔の一軒家で釣りをすることもできる。彼は、言いかえれば、書いている彼の今は、歩いている〈ぼく〉という幻影に憑いている異常な集中力だ。顎をはずさないように注意して言えば、彼はやっぱり、シンピ的だった。

少年期からの面影、ちょっぴり狐憑きのような顔だ。(「空中散歩」部分)

この狐憑きのシンピ性は、ひょっとしたら、恐ろしい能力を隠している。原始シャーマンの末裔……。(ここから曲解がはじまる)。彼はその憑依の能力によって、ファシストにも、スターリニストにもなることができる。超大物の国民詩人の資格をもつ。もし、動乱の時代がきたら、この男とは徹底して敵対しなければならないかも知れない。しかし、動乱は遠い。絶望的に放言すれば、日本は世界中に革命の嵐が吹き抜けても、なお、百年遅れて逆風ぞ吹く。平和な時代に生まれてきたのが悪かった、あるいは良かった。

かつて、天沢退二郎の《詩の匿名性について語って下さい[*16]》という問いに、彼は次のように答えている。

《わたしの声のなかに共同体の声が響いている、そうした非人称性に詩の匿名性を考えているとおもい

ます。もっとも冴えた声を歌いだすために……》

この実にさりげない調子（そう見えた）にわたしの眼は釘づけにされた。よくもこんな恐ろしいことを平気で言えるな、と思う。その同じ質問に、鈴木志郎康は、実につらそうに（そう見えた）《私の詩から私の名前を取ってしまっては、その詩が詩として通用するものとは思っていません。本当に詩は、作者の名前が必要なものなのです。と私はいい切る以外に現在の自分の詩を支える仕方を知らないのです。》と、答えている。おそらく、別の百人の詩人に聞いても、いくらかのニュアンスの違いはあれ、鈴木のように答えるのではないか。

しかし、吉増剛造もわたしたちも安心してよい。いや、悲観してよい。いま、共同体——民族とか階級とか国民とかに憑くことは不可能なのだ。いや、民族そのもの、階級そのものが不可能にさらされている。たしかに、彼の非人称の声のなかには《共同体の声が響いている》ようにみえる。しかし、そこからはぞくぞくするほど危険な毒血が抜けている。息のつまるような土の体臭が欠けている。それは彼の超能力によっても、どうにもならない戦後社会の構造に強いられて、そうならざるをえないのである。

彼の民族——その共同体の始源への溯行は幻影となるほかない。縄文人の発見は幻視の衣裳である。衣裳であるからこそ華麗だが、その襞々から空虚がのぞく。衣裳の下には肉体がないのである。霊の空中散歩……それはわたしたちの詩的行為の悲劇を、本質のところで象徴している。

《ぼくは歩いている》の一行から、わが曲解ははじまったのであった。

ぼくは歩いている。
ああ、ぼくは空中にそびえたつ神経だ！
ぼくは歩いている。

裏町。
生れてはじめてみる裏町をぼくは歩いている。
夕暮どきになると、ちらっと腿の白さをみせている。神経のように先が細くなり、壁にそって曲ってゆくほど敏感になる。角にはもう蝙蝠はこないが、ボーッと白光色を放ち、空飛ぶ円盤が曲ってくることもある、裏町。

（「空中散歩」部分）

《狐憑きのような顔》をした、この《空中にそびえたつ神経》は実に繊細な視神経だ。この神経か空中を歩くことによって、その幻影的風景はぐんぐん広がる。記憶の路地で息を殺して潜んでいたもう一つの日常も視えてくる。たとえば鮨屋の出前持ちが自転車に乗って走っている街路や、誰もいないのに赤信号がカンカン鳴っている踏み切り、不意に出現する息をのむほど美しい少女、古い洗濯機の捨ててある道端など……。しかし、この《古びて黴のはえた神の眼のような裏町》を歩いている神経は、突然狂い出す。一瞬、聞こえないものが聞こえ、視えないものが視える。

ぼくは歩いている。
やがて猛獣が吠えだす。凄絶な輝き、朝日が射しはじめる。朝日が射しはじめる。叛乱においてもっとも美しく輝きわたるであろう、空中神経朝日が射すとき、後髪ひかれて濡れていたワイパーも、洋式の窓にせりあがりはじめ、薄紅色のカーブを虚空にかけて、飛翔し去っていったのであった。

（「空中散歩」部分）

意地の悪いことを言えば、叛乱において美しく輝きわたるものなどない。おそらくその日も裏町では、鮨屋の出前持ちが自転車に乗って走ってくる。そして、政治の暗い部屋では幾体もの屍が異臭を放って転っている。

《ぼくは歩いている》一行に彼が憑いたように、《濡れている》という一行に憑けば、濡れている幻影の世界が、初湯から死水まで一瞬に透視される。《浮世》という一語に憑けば、遊女の水泳から、ブタのテンプラまでの世界が幻視される。《織る》という動詞に憑けば、〈ぼく〉は宇宙の銀河河畔の、秘密の織物工場に住む気のいい織工だ。そのように、《朝日が射した》の一行に憑き、多摩川や高麗川に憑き……華麗な幻視の衣裳は、宇宙的な無限大に広がり、巨大な翼のようにぱたぱたと羽ばたくのだ。

その衰えることのないことばは、彼が本質的に非人称の憑人だからであった。むしろ、ことばの向うには、極衰に耐える苦役僧のような彼の肉体があるはずである。衰えれば衰えるほど、逆に彼はその幻視の能力によって世界に憑くだろう。イメージを宇宙に広げるだろう。

そうであるとして、こんどの詩集は、圧倒的に豊かな川のイメージで満たされている。先の意味では、彼は川に憑いたのだ。

不思議な川であった。川は世界を巻く大蛇の尾の輝き、その背鰭のうねりがみえていた。川にそってわたしの眼もうねる。わたしのなかで小さな湖水が左右にゆれて微妙な響きをつたえてくる。古代人の一種族にとっては海も円環状の川、水源もなく河口もない水のうねりとして知覚されていた。いまそれがわたしにも判る。川がその豊満な肢体をうねらせる。太腿の淵やへりを縫うようにわたしのなかの言葉たちは蛇となり、大蛇となってうねりはじめていた。わたしのなかのちいさな輝き、水源がゆれる。

（「雪よ、川よ、輝け、うねり」部分）

大蛇の尾の輝きに比喩される川が、ことばの憑依の〈水源〉をゆすぶっていく過程から書き起されていて暗示的だ。ただ、彼の変幻極まりない川に眩惑されながら、わたしの内部の川（河）が軋み出しているのに気づいた。川は洪水や干魃に象徴される、いわば双頭の兇暴性をもっている。また、川は治水、利水、排水をめぐって引き起される人間の争闘を映し、そのおびただしい量の血を流してきた。彼の川にはそこから蒸留されてくるイメージがない。いや、あっても一瞬の魔のような片影をみせるだけだ。古代多摩川にも溯行する。しかし、彼の始源のイメージはどこか単色であって、対立や劇をはらまない。ああ、吉増剛造がいちど劇詩（詩劇ではない）を書いてくれたら、という想いはふくらむ。

無粋なことを言うな、という声が聞える。そう、彼の川はあくまで幻視の衣裳である。それは、世界を宇宙を、大蛇の尾の輝きのように美しく巻く帯、〈草書〉で書かれた川であった。

＊1　江藤淳評論集『奴隷の思想を排す』（文芸春秋新社）に収録。

＊2　北川透評論集『幻野の渇き』（思潮社）に収録。

＊3　吉増剛造詩集『頭脳の塔』（青地社）に収録。

＊4　吉増剛造詩集『出発』（新芸術社）。

＊5　吉増剛造詩集『黄金詩篇』（思潮社）。

＊6　『頭脳の塔』に収録。

＊7　埴谷雄高評論集『垂鉛と弾機』（未来社）所収「存在と非在ののっぺらぼう」参照。なお＊2の「幻の透谷・非人称の憑人」はこの埴谷論文に言及している。

＊8　『黄金詩篇』に収録。これ以下、この節の詩作品の引用はすべて上記詩集による。

＊9　吉本隆明著『共同幻想論』（河出書房新社）。

＊10　『頭脳の塔』所収「航海日誌’69～’70」。これ以下、この節の詩作品の引用はすべて上記詩集による。

＊11　吉増剛造エッセイ集『わたしは燃えたつ蜃気楼』（小沢書店）に収録。
＊12　『谷川雁詩集』（国文社）〈あとがき〉参照。
＊13　吉増剛造詩集『王國』（河出書房新社）。
＊14　吉増剛造詩集『わが悪魔祓い』（青土社）。
＊15　吉増剛造詩集『草書で書かれた、川』（思潮社）。
＊16　「現代詩手帖」一九七五年五月号掲載。

（「すばる」一九七七年十月号）

岡田隆彦論

天真爛漫体のゆくすえ

飯島耕一は、その岡田隆彦論のしめくくりに《彼は体質的にぼく自身と似たところが多い……》(「少年でありつづける苦しい特権」[*1])と書いている。

岡田の方は、その「飯島耕一論」の後註で、《学恩をうけていること少なくない飯島耕一について改めて感想を記すには、とてもいいかげんにするわけにゆかぬ。[*2]》と書いている。

学恩などという煤のついたことばの出現に、びっくりしたが、それはともかく、ここには詩人としての共通する何かが強く意識されている、とは言えるだろう。わたしにはよくわからないが、一般にもこの両者はどこか似ている型の詩人として、みられることが多いのではないだろうか。

それを、たとえば、都会的な感情やフランス文学を背景にした教養の質、シュルレアリスムの詩や美術への関心、そういうものとして取り出すことも可能であろう。しかし、それをもう少し、言語の原質に触れるようにして言えば、かつて清岡卓行が飯島について指摘した《無垢な傍観者的アクチュアリティ[*3]》を共有しているところにみてもいいかも知れない。言うまでもなく、この〈傍観者的〉に、清岡は否定的な意味を与えているわけではない。《見るという本能的な詩的行為》《傍観の残酷さ》として肯定にウエイトをかけて指摘しているのである。

そして、やはり岡田隆彦は、その飯島耕一論で、この《無垢な傍観者的アクチュアリティ》の、全面的救出を意図しているといえる。たとえば、その〈無垢〉ということにかかわって、《かれは夢みることをじぶんに強く要求しながら詩人の――この世間に生れ出でたばかりの者の純粋無垢な眼・透徹した眼を保ちつづけることを同時に課して……》と書いている。あるいは〈傍観者〉というのも、おそらく岡田の眼には、飯島の〈向日性〉、〈向陽性〉の強さが生み出す実生活への反撥力、あるいは現実の中の分裂的な生がはまりこむ、センチメンタリズムに対する反比例として映っている。この飯島の〈向日性〉の強さを、現実逃避、現実遊離という批難から救出しようという岡田の論理には、おのれと同質なものへの共鳴があるとみてよいだろうが、それはどこか苦しげでもある。

《大事なことは、かれの青空や太陽をその原色にはなりきれぬ脆弱な影ゆえに否定し、かれを現実遊離のオプチミストと呼んで断罪することではなくて、かれの詩篇の中で頂点をかたちづくっている人間肯定の詩句の下積みとなってうごめいているもの――かくされているイメージ群像までも読みとって、かれの生理にまで踏みこみ、積極的な共感とともに、かれの内側世界に参加しようと試みることであろう。そうして、現実遊離になるあやうさを打ちはらうために、他人のぼくたち自身がかれの軌軸と連帯しながら、それを支えようとまで思い上ることが必要であろう。》(「飯島耕一論」)

まさしく熱烈な擁護である。しかし、〈学恩〉を受けていない読者としては、そこまで〈思い上〉がって飯島と連帯する義理もないにちがいない。とはいえ、この苦しいまでの擁護には、岡田の飯島への不満も顔をのぞかせているだろう。なぜなら、飯島の作品は《かくされているイメージ群像まで読み》とらなければ、積極的な共感は無理だという文脈が、そこにすでに浮き出ているからである。そして、この微妙な岡田の不満は、ひょっとしたら、この表面的にはよく似ている、しかも御本人もどこかでそう思っている二人の詩人が、かなり異質な隔たったところがあるのかも知れぬ、という推測を可能にするのである。
わたしの見るところでは、もともと飯島は強い倫理性をその想像力の核心としている詩人である。たしかに飯島にとって〈見る〉という行為は生得のものだが、しかし、それは彼の倫理性に基礎づけられてあるのであって、〈見る〉がそれだけで自律して展開していくということはない。あるいはありえてもそのほとんどは失敗作である。
ところで岡田が言語表出の核心にしているのは倫理ではない。それはおそらく官能性であり、感覚的なものへの異常な集中力である。それ故に、自己倫理から規制を受けていない彼のイメージは、官能的なものへの自己憑依のままに、どこまでも増殖し、自転する。
だから、岡田の飯島に対する不満は、その倫理感そのものの在り方や性格をめぐってではなくて、それがイメージの自己増殖性を欠いているところに向けられる。つまり、倫理に対して官能性の欠如を批判するのである。たとえば、飯島の第二詩集『わが母音』[*4]に「絶望の色を切り離す手」という作品がある。

ぼくらは見るのだ。一番美しい花
高い塔　純粋な空を
人々の絶望の色、衰えた心を打消すために。

（「絶望の色を切り離す手」はじめの三行）

これについて、岡田の《いかにもここにある言葉の指すイメージは、ぼくらの心にふれたとき、希薄であり、常套的かつ平素的であって、自己増殖性を生まない》という批判は、その限りで妥当であろう。しかし、この《常套的かつ平素的》な語法は、いわば〈戦災少年〉の自己経験から剝離されはじめた時期の、飯島の倫理性にもとづいているのであって、イメージの問題ではない。しかし、その倫理性そのものを対象にしえない彼は、これに次のような自分の詩法を対置せざるをえない。

《倫理感を読む者に与え、他者の内部を歪折させうる力をもつためには、詩表現においては、イメージによって感覚的——生理的に訴えていく方法が、最良かつ有効であって、作品・個の自律性を考えても、骨ばった振幅の狭いアフォリズムそのもので他の密着している肉質ともいうべきイメージを捨象するよりは、イメージの組合せの合計が享受する者の内部でメカニカルに再組織され生命を付与される場合の方が更に深い自己増殖をになうと同時に、倫理なるものが、その書置かれた時代の特殊状況を超えて普遍化すると思う。》(「飯島耕一論」)

ここで注意すべきは、《イメージによって感覚的——生理的に訴えていく方法》が、倫理なるものを普遍化するための有効性ではかられていることだ。倫理なるものに機能的に有効かどうかの物差しをあてることは、すでに倫理の無化にほかならない。少なくとも、倫理が普遍化するかどうかは、倫理そのものに理由をもっているのであって、イメージの自己増殖性とは直接の対応をもたない、と考えるべきではないか。いかにイメージによって感覚的、生理的に組織されても普遍化しない倫理はあるし、また、表現として普遍化する倫理は必ず、伝達不可能な個的な核をもっている、と言ってもよい。あるいは、それが伝達不可能であるからこそ、イメージが喚びこまれるのだと言えようか。

たとえば飯島の「他人の空」における、《空は石を食ったように頭をかかえている》というような、よく知られた詩句がいつまでたっても死なないのは、決して一般化しない彼の特殊な経験がそのイメージの核を成しているからではないか。最初の詩集から、ほかにそれを指摘するなら、「埃まみれの空」のあの幾枚もの空や《そこ此処のやけた路上にむきだしの　不幸は　汗ばんで馬腹のようにあえいでいる》という、その汗ばんだ《馬腹》、「行列」の《行列は不思議なことにみんな背中をコの字型に、階段のようにねじまげていた》の《コの字型》などを、たちまち思い起すことができる。それらは決して、自己増殖しない性質のイメージであるが、その伝達不能の経験の特殊性を、特殊の相のままに普遍化しているのである。わたしは、その特殊性を、《戦中派デモナク戦後派デスラナイ》（『日は過ぎ去って』）戦災少年の倫理において考えている。

この特殊な経験からの剝離にすでに見舞われている第二詩集『わが母音』になっても、たとえば「見えないものを見る」の次のような部分は、その強い倫理性がイメージを捨象する方向に働いているけれども、わたしには、いつ読んでもなまなましく感じられる。

いためつけられた夢ばかりを
培っている
あいつたちも死ぬ。
墓と友だちだった彼らは
もう甦って　風に吹かれることも
ないままになる。
悧口なやつらは　死んだあとまで悧口だ。
決して女たちを愛したことの
なかったように、
草むらになってふまれることも
いとうにちがいない。

（「見えないものを見る」部分）

とはいえ、飯島においても、その経験の特殊にまといつかれた倫理が、誰にもわかりのいい単なる一般的なものにすりかわる場合がしばしば出てくる。それをすでにわたしたちは先の《一番美しい花／高い塔　純粋な空を》という内的な屈折を欠いた詩句に見てきたが、岡田があげている《用心しよう。人間が真に人間であることが／苦難の道につながってきた。／僕らが、青空にふさわしい生活に忠実であろうとすることが、／ひとつの　たたかいの歌になってきた。》(「青空が遠くまで」)というような詩句もそうだろう。

わたしには、それらがだめなのは、繰り返しになるけれども、イメージの自己増殖性を生まないからでも、作品の中心に《反省の記録》を置いたからでもなく、それらが単に一般化されている共通倫理に依拠しているだけだからではないかと思う。その共通倫理とは、やはり、戦後民主主義に付随した安っぽいヒューマニズムや平和主義というものだった、と言えるだろう。

岡田隆彦の「飯島耕一論」は、彼が飯島のすぐれた理解者であり、そこに資質的にも多くのひびきあうものがあることを開示しながら、同時に、まったく異質な感性をもあらわにしているのであった。それをわたしは詩的な想像力の核心に倫理を無化していること、そして、そこに官能性、あるいは感覚的なイメージへの偏執が喚びこまれていることを見てきたのであった。

＊

ところで、この倫理の無化は、決して岡田の特質でも特権でもなかった。それは多かれ少なかれ、いわゆる〈六〇年代詩人〉と呼ばれる人々に強いられたものだった。言うまでもなく、その背後に六〇年の安保闘争を契機とする戦後秩序の崩壊という世界があったのである。それ故に、その倫理の無化は、同時に認識主体の崩壊でもあったのだが、それをいわば想像力の根幹に強いられた〈六〇年代詩人〉の多くは、たとえば天沢退二郎のように言語秩序の暴力的な解体へ、渡辺武信のように詩的快楽の強調へ、鈴木志郎康のように〈私〉の極端な虚構化へ、吉増剛造のように疾走感覚へ、長田弘のように青春の発見へ、それぞれ反転させ、対応させていったのである。そのなかで、岡田隆彦は官能的なもの、言語による感覚的な昂揚感へのエネルギッシュな増殖力へ、おのれをかけていったようにみえる。ただ、岡田隆彦が他の同世代の詩人と違っていたのは、彼がおのれの志向をほとんど安保闘争と対応づけなかったことである。

かつて、「現代詩手帖」（一九七四年三月号）が、「六〇年代詩人のありか」という特集をしたことがある。そこに岡田は「六〇年代の詩を考える」という文章を書いているが、そこで彼は〈六〇年代詩〉を時代状況からする一般論で規定することに異議を書いている。

《六〇年代に詩を自覚的に書き始めた詩人のみならず、社会現実に無関心ではありえない多くの詩人の営為にふれるとき、人はまるで判で捺したごとくに六〇年の安保反対闘争との関係を主軸として指摘する。それはそれでもっともなことだし、特定の詩のあれこれを一般論で括ってしまう危険を警戒しつつ行なわれるなら有益であろう。しかしそんな場合にしてからが、時代状況の認識なりそれからの刺激と詩表現とを同一水準に置いてしまう結果、現代状況への反応をたいそう一面的な観点からしか見いだそうと努めない傾向を呈しがちであるように思われる。》（「六〇年代の詩を考える」）

この《判で捺したごとくに》というのは、おれのことだろうな、と思って読むわけだが、それはそれとして、これはむしろ控え目過ぎる自己主張と言うべきだろう。この異議は、岡田隆彦あたりからもっと鋭く提出された方がよい。わたしは岡田の言にもかかわらず、決して《判で捺したごとくに》ではなく、〈六〇年代詩〉の発生の基盤は、安保闘争とそれがもたらした情況に深いところで規定され、対応づけられていると思っている。かつて天沢退二郎が、同人誌「暴走」の「休刊の辞」（一九六四年一月）

で書いた次のような文章を、決して単なる個的な主張とは読まなかったのである。
《当時渦の中心にいなかったぼくにとってさえ、五九年から六〇年にかけて大衆的自然発生性（スポンタネイテ）と交感しつつあった学生運動のラジカリズムを専ら統一の名による画一化の外へ消尽させること以外に何らの熱意ももたなかった進歩陣営の性格は今でも腹立たしく思い返される。》《ぼくらの〈暴走〉はまず、全学連の政治的ラジカリズムをその本質面から、詩意識の次元において全体的に獲得、発展させようとする試みだったといえる。》《ぼくらの〈暴走〉が継承したのは全学連ラジカリズムの〈役割〉ではなくてその原形質的意味である》（「暴走」を紛失してしまったので、拙論「ことばの自由の彼方へ」からの再引用による。）

天沢退二郎という詩人を越えてあったその《原形質的意味》は、どのような変容過程をたどってきたのだろうか。どんな《原形質的意味》も、それが生きられるためには変容や屈折が不可避である。しかし、過程のない変容は表現として信ずるに足りない。〈六〇年代詩〉と呼ばれていたものの、その内的な変容過程がわたしによく視えなくなっていた。よく視えないのは、むろん、第一義的にはわたしがよく視る能力を欠いている、ということのためであろう。しかし、同時に、その《原形質的意味》が絶えず反芻され、経験として肉化されてこなかったからではないか、という疑いもあるのである。従って、過程を欠いた変容ばかりが現出することになる。逆に言えば、絶えず反芻され、溯行されることに耐ええないような経験は、麻疹のような一過的な共通体験であっても、個体の表現の内質をなす経験とは呼べないのではないか。〈六〇年代詩〉にとって、安保闘争はそのような個体の内質に喰い込む経験だったのだろうか。ほんとうにそこに《原形質的意味》があったのだろうか。

そのような疑いを置いてみるとき、岡田隆彦が、倫理の無化——言語秩序の瓦解というような〈六〇年代詩〉に強いられた規定を受けていても、彼が安保闘争との対応を、〈役割〉的であれ、〈原形質的〉

であれ、意識化しなかったこと、せずにすんだことは、そこに彼の独自な位相があるだろう。それは彼の倫理の無化が、それほどまでに強固に官能性を自律せしめていたということでもあり、また、別に言えば、その倫理の無化がいつまでたっても、反倫理性としての倫理の契機をもちえない、という苦しさにもなっているだろう。

それでは、なぜ、岡田にあって官能性は、同世代の共通体験から、みずからを孤立せしめるほど強く自律していたのだろうか。そこにわたしたちは彼の官能なるものが、都市、あるいは都市としての日常性に、深い根底を置いていることを見ることになる。つまり、彼の生まれ落ち、その中で育ってきた大都会とその日常性が、彼の内部にすでに政治的、社会的な共通体験を拒むほどの、経験の実質を形成していたとみなすほかない。その実質が、もっぱら官能性、あるいは感覚的なものの自己増殖という形をとったのは、そこに倫理の無化が強いられていたからである。言いかえれば、自己倫理の規制を受けないことによって、彼の感覚的なイメージの組織化は、都市日常の猥雑さ、その下層に澱む不安、哀傷への無限定な戯れ（饒舌）を可能にし、人工的な仮構意識を育てることができたのである。

最初の詩集『われらのちから19』[*5]に収められているもので、すぐれた作品ではないが、その特徴をよく示すものに「重トラック」があるだろう。

バスにゆられゆられて　えん熱鋪道のうえ
並行して走る重トラックの
粗暴な漆黒の肉に
汗ぬらしている運転手　おまえよ
眼の前の枯れ死にそうな紅い花二輪を

活けたのは　たれか
たれか忘れたままに
とうちゃんが住むふるさとの海をみる眼には
実はなにも載ってはいない重トラックを
いつまでも　どこまでも
運んでいきつつあることを
ほとんど未知のまま　夕やけがくる
車のむれをよぎる軽じてんしゃ　フィルム運びは
円盤の破壊力・バルドオのアタックに
気づくことなく毎日
二食でやせほそる　豊かなはずなのに
おまえはもっとみじめで　運ちゃんよ
ガンが露出するまで肉体を可愛がり　おまえは
なにやら　やわらかいもの
を轢きさくだろう　運ちゃんよ　友よ
黄いろくちいさい野球帽　ジャイアンツが飛ぶ
いま　血ぬられたするどい叫びが
眠気をゆりうごかすのか運ちゃんよ

（「重トラック」部分）

むろん、ここで発語を統覚しているのは、〈重トラック〉やその運転手の実体（写映）でもなければ意味づけでもない。大都市の日常の下層にゆれ動く作者の不安が、その共時的にひびき合う対象として、《えん熱鋪道》を走る〈重トラック〉やその運転手が喚起する暴力性、粗野、郷愁、孤独、血……のイメージを見出しているのだ。ところどころひとりよがりの連想が飛びかうが、それも発語を統覚しているのが、作者の対象に対する官能的な交響であって、意味体系ではないことに気づけば納得がいこうというものである。しかし、この作品が、官能性に即してもうすっぺらく感じられるのは、作者の生の意識〈経験〉にとって、〈重トラック〉や〈運ちゃん〉のイメージは、あまりにかけはなれた、つまり、むりやりのつくりものめいたところがあるからではないか。

この「重トラック」に比べて、最初の詩集では「おびただしい量」や「粘着の夜」というような作品に、いま読んでもリアリティが感じられるのは、そこに都市に住む若い知的な生のうっ屈感が、単なるうっ屈としてではなく感覚的快感として、つまり、官能的なイメージの自己増殖としてうたわれているからだ。そこには「重トラック」にかいまみられたような、作者の経験とイメージの乖離は避けられている。

どうしてこんなにも不安で
心が勝手に生きのびるのか
ひとりで虫のように映画をみて
布の上に異国の女を追って汗ばむ昼下り
悪夢にも遠い夢のなか
水平線上に舟は浮かび・消える
あんなにもおびただしい量を男と女が

臭いいのちを分泌しあったというのに
意味もないしぐさひとつで全体を侮蔑した
煙草を吸って苦い情緒を飲むとき
ふたりはまた意味もないしぐさの記憶を
たくさん分けもっている　おれとおまえの
太陽に温められた液と高い叫声とは
さわれぬどんな暗い処へ流れ流れていくのか
おれは三日間音を殺してみた
おれは三日間色を剝ぎとってみた
おれは三日間形を毀してみた
傷ついて次の日おれは
意味ない言葉ひとつさえ吃って言えぬまま
おまえの猫を崖ぶち迄追いつめたというのだ

（「おびただしい量」部分）

この「おびただしい量」などの作品について、吉増剛造は、《田舎者で、イメージ第一、馬力第一主義の当時のぼくなどには彼の詩句の硬質な悲調、純度のきわめて高い抒情がほとんど理解できていなかったのではないかとさえおもわれる。》（「アイヘイチューで終らない岡田隆彦[*6]」）と賛辞を書いている。吉増が〈田舎者〉なら、わたしなどさしずめ裏の納屋に住む豚というところだが、この頃、豚はあちこちで大はやりらしく、東大爆弾事件の物騒な〈仕掛人〉も、〈世界革命戦線・大地の豚〉と名乗っていた。わたしなどはソクラテスよりも豚に親しんで生きてきた方だから、あの豚の眼は可愛い。その豚の眼でみると、岡田の作品言語は、吉増の言うように、そんなに純度の高い抒情には見えない。たとえば《男と女が／臭いいのちを分泌しあった》とか、《煙草を吸って苦い情緒を飲む》とか、《おれとおまえの／太陽に温められた液と高い叫声》とか、むしろ、卑小なもの、猥雑なものを、その直接性においてではなく、官能的なふくらみにおいて表現しているところに特質があるように思われる。《硬質な悲調》とか、《純度のきわめて高い抒情》とか言うのは、おそらく吉増自身に用意されていることはである。

その吉増が、第二詩集『史乃命』[*7]への道を開いた注目すべき作品としてあげている「円をさぐる」は、わたしにはそれまで〈おびただしい量〉として無自覚に放出されていた官能的なるものに、自律的な形が見出された詩篇のように思われる。

視よ　真紅の楕円が
真紅の楕円の光をのせ
光り　かがやいて
羊腸を照らし
きみの栄光・きみの明晰を骨太く予言し
まさにぼくの苦しみに神かけて
夜の港の猫たちは
エロチックに　エロチックに　エロチックに
お山の上で交尾し
きみの吐きたいグリグリを解きはなち

まさにぼくの苦しみに神かけて
東京タワーの虚像は燃え狂い
ちりぢりのおもい　ちりぢりの屹り
よろこびの　みどりの平野
さぐりえた円

（「円をさぐる」後半）

まさに《ぼくの苦しみに神かけて》高調したよろこびに輝いている。この《真紅の楕円》や《夜の港の猫》や《グリグリ》や《みどりの平野》とは、倫理性の自己制約を無化して、それ自体、肯定性として立てられている官能なるものにほかならないではないか。むろん、官能性とは、考えてみれば、それをどんなに拡張しても、それだけでは現実意識にも、倫理意識にも、社会意識にも、あるいはそれらに対する批判的意識にも行き着くことのない円環の感覚であろう。岡田隆彦は、その〈円〉を、みずからの想像意識の基底にあるものとして、ここでさぐりあててしまった。

その若々しい特権の上を、彼は『史乃命』の詩篇へとのぼりつめていくが、それが知らず知らずのうちに絶対化されるとき、彼（の詩）において、社会意識や倫理意識の成熟（あるいは反成熟としての緊張）は訪れない。飯島耕一は、岡田隆彦をさして《少年でありつづける苦しい特権》とうまいことを言ったが、《さぐりえた円》は、また〈円〉の呪縛ともならざるをえないのである。

＊

わたしにとって、岡田隆彦は最初から気になる存在であった。気になるきっかけはたわいのないことで、彼の長篇エッセイ「天真爛漫体の創設と円」[*8]が、かつての現代詩の会の機関誌「現代詩」に載ったことによる。

なぜそれが気になったかと言うと、岡田のエッセイが発表された「現代詩」が一九六四年四月号であり（岡田の詩論集『言葉を生きる』の巻末「初出誌一覧」に記載されている年月日はまちがい）、その翌月号には、わたしの「列島」批判の文章である「詩の不可能性」がそこに載せられたからである。こういうつまらないことはよく覚えているのだが、当時「現代詩」は、二十代の若い書き手に五十枚以上の長篇（？）評論を書かせる方針だったらしく、その第一弾が岡田隆彦であり、第二弾がわたしということだった。

「天真爛漫体の創設と円」は推測で言えば、岡田が同人誌以外に書いた、まとまったものでは最初か、それに近い時期の評論ではないかと思う。わたしにしてもその事情はよく似ていた。締切りの関係で、わたしが原稿を送ってからこの第一弾が載っている「現代詩」を読むことになったのだが、その時の驚きと感嘆した気持ちはちょっと伝えがたい。いまからそれに説明を加えれば、岡田の文体は、感覚的な喚起力によって盛りあがった、美しい裸身が舞踏するような律動感にあふれていた。それに比べて、当時、送ったばかりの、論理の骨格だけを、荒野に突ったてたような自分の文章の貧しさは、なんともあわれであった。

それにしても、あのような文章を最初に書いてしまった詩人の幸福と、その悲惨を思わないわけにはいかない。彼の詩論集『言葉を生きる』は、一九六三年頃から七三年までの、ほぼ十年間のエッセイを収めているが、良寛についての文章を幾らか別にして、あの「天真爛漫体の創設と円」を越えるようなものはないのではないだろうか。こうした言い方は失礼になるが、すべてがその最初の全体からの派生であり、部分的な拡張のような気がしてならない。ともあれ、その最初の部分を引用してみよう。

《ああ、東京でいろんなものを見る。そのとき、わたしは自分の身体のどこかしらをも見ているだろう。

一日の半ば、わたしたちの城としてそびえるべき一ヶの家に向かうなつかしい複層した、また一ヶの感情、それが歩いている腹わたにひろがっていく。「あなたのおうちはどこ？　きれいな湖水のほとりなのよ。」そしてあるときは、――細い眼に家路の水があふれてくるのだ。同じ一日の頂にある頭のうちに、諸事の形がヒラヒラの様態となってかすめていく。そうだ、勤めの最中で吃ったことの対象は、いったい何だったか？　精神の統合のまえにむらがっている人々のアトモスフェア、しめっている声、ほんとうに視てきたのか、また、聴いてきたのか疑わしくなってくる感情がどこまでも続く流れそのものとして、わたしの小川を遡ってくる。》（「天真爛漫体の創設と円」）

〈天真爛漫体〉とはよく言ったものだと思う。《ああ、東京でいろんなものを見る》の冒頭の一行が、彼の欲望や感情の原質を期せずして表現していて象徴的だが、その東京が自分の身体となっていることの独白から、〈天真爛漫体〉ははじまっているのである。文体に注意するなら、ことばは内部から湧出する感覚が喚起する混沌とした意識と無意識の相乗りにゆだねられて、舞うようにうねっていく。悪く言えば（批評の文体としてみれば）支離滅裂に近いが、しかし、これは詩人の自己主張であり、マニフェストである。支離ではあっても滅裂ではないだろう。しかも、その支離を何か輝いているものが統覚している。それを若々しい官能の厚さと言ってもよいし、また、絶対的な肯定の感情と言ってよい。自己感情の絶対的肯定に依拠（統覚）されているから、ことばは感覚が喚起するままに、自在に放出され、とどまるところがない。それが作品の言語と、どこかで区別されているとすれば、自己放出の感覚の在り様自体が、同時に岡田の眼差しの対象となって文体に繰りこまれているからである。つまり、彼は《視るということを理性によって全てまかなってしま》うことを忌避し、《肉体とタマシイで「みた」ものと、「視たこと」を区別》すまいと考えている。しかし、そのような観念と肉体との〈天真爛漫〉な同致が、愛する女性との瞬間的な結合のなかにしかないこともたしかだろう。彼の官能のユートピアである〈円〉感覚は、こうしてその〈円〉の中心に愛する女性である〈史乃〉の影像を喚びこんでいかざるをえない、そして、それを喚びこんでいくことが、彼の〈円〉感覚を、《開放した状態に際限なくして》いくことになるのである。

　彼に関係のないことを言えば、当時、安保闘争の敗北がもたらした解体情況は、いっそうひどい停滞に向かうかにみえていた。わたしなど、次々と聳立する壁の意識のなかで、この世に信ずるもののかけらももたないで、あてどない彷徨を続けていた時期だ。その時、彼によって次のような信念が語られていたのである。何とも奇異の念を打ち消しがたかったが、それをわかろうとする意欲よりも、敬して遠ざけることになったのは、それはそれで仕方のないことだろう。

《どの一点、どの一ヶをもくっきりした形で認めあおうと傾むく、ひとりの女との合一によって、そこからほとばしってくる自由な勇気に掩護放射をうけながら、わたしたちふたりはまったき透視状態のもとに参じていくのだ。わたしは、そう信じたいとおもう。生活と愛とはこのようにして不可分の合体となり透徹した球体に成っていくものだ。わたしたちの自由な容器の単様さ、つましさは、豊かな感情にいたったときはじめてそなわる智恵の故だろう。その透視球の下で、わたしたち人間の領域の回路は遠く深く見わたすことが可能となり、そこから根づよい郷愁がわきおこってくる。》（「天真爛漫体の創設と円」）

　自由とか愛ということばはここにでてくる。しかし、それらのことばの発生は、倫理の無化を強いられた〈円〉感覚の内部においてこそ可能になっている。彼が倫理の既有性をあとかたもなく無化させているからこそ、まさにあきれるほど〈天真爛漫〉に、《自由な勇気に掩護放射》された〈透視状態〉を語り、また、《生活と愛》との《不可分の合体》をうたうことができるという逆説は、いくら注意してもしすぎるということがない。〈史乃〉はまぎれもない実体であるが、少なくとも表現過程の内部では、彼の〈円〉感覚――官能なるものの自己運動を、際限もなく解き放っていく想像意識の別名でもあるのだ。

《かの女は、この羽々がまるで、わたしの花嫁・史乃が、とほい生の国から、みずからを運びきてははた　あらゆる方位にふるわしている、自由この上ない羽々のようであるという意義において、始祖鳥だ。》（「天真爛漫体の創設と円」・傍点は原文のまま）

彼は、こんな風に叫ばざるをえない。ここには、詩集『史乃命』の頂点をなす同名の作品の特質も、すでにおのずから語られているだろう。わたしもすでに何度も引用したことのある、あの凄い最初の部分をもういちど次に引こう。

喚びかける　よびいれる　入りこむ。
しの。
吃るおれ　人間がひとりの女に
こころの地平線を旋回して追っていくとき、
ふくよかな、まとまらぬももいろの運動は
祖霊となって　とうに
おれの囲繞からとほくにはみでていた。
あの集中した、いのちがあふれるとき、
官能の歪みをこえて、
おまえの血はおれを視た。世界をみた。しびれて
すこしくふるえる右、左の掌は、

おれの天霧るうちでひらかれてある。
おれは今おそろしい　と思う。
飛びちらん　この集中した弾みのちから！
愛を痛めるものを峻別するだろう。

（「史乃命」はじめの部分）

いくらこん畜生！　と思っても、おれとは関係のない世界の住人だと思っても、よい作品はよい。この作品は、そういう有無を言わせぬよい作品である。倫理の無化を強いられた愛は、意味体系としてはとことんまで解体されながら、しかし、官能なるものの《ももいろの運動》として、力強い表現を獲得している。始祖鳥としての〈史乃〉をめぐって、彼の〈天真爛漫体〉は、ここにみごとな広がりと結実をもった、と言えるだろう。

詩集『史乃命』には「鼠小僧次郎ッ吉」とか、「夏を　はかる唇」とか、すぐれた作品が多く、それらは官能なるものの〈円〉感覚の、自律的・永続的な美しさに輝いてはいるが、しかし、それ自体は決して、現実にも世界にも行き着くことがない、という点に眼を向けるべきだろう。いや、行き着いたとしても、それは《ももいろの運動》に一元的に同致された世界であり、みずからとは異次元の他者としての世界ではない。

わたしには、彼の〈天真爛漫体〉の創設は、いわば酷薄な他者との相面接を猶予された、別に言ってみれば祝福された人生の一時期の可能な限りの生の努力、自己表明といったものにみえる。そして、その特権を彼は最大限に生きた。もともと、官能なるものの〈円〉感覚は、倫理の無化に強いられた不可避性として彼に訪れたが、しかし、その運動の展開とともに、そこに異質なものの契機が導き入れられなければ、それはやがて先を細くした自己目的と化すほかないだろう。どんな運動でも、同質なものの内部から出られない時、衰弱に見舞われるほかない。かつてさぐりあてられた〈円〉環は、どのようにして破られるか、そこに詩集『史乃命』以後の苦しい模索の意味があろう。

＊

一九七二年に刊行された『わが瞳』[*9]は、ある意味で悲惨な詩集である。ひとつの側面で〈天真爛漫体〉は、一層過激に自己主張されているが、しかし、それはぶくぶくと肥った〈円〉に過ぎない。かつての〈史乃〉をめぐる官能性の昂揚は、幾度も自己模倣されるが、そこに浮き出てくるのは、祝福されたみずみずしい裸体ではない。その輝きを失った〈天真爛漫体〉は、〈ヌケガラ〉としての自問をもたざるをえない。《いったいわたしは誰なのか？　いったいぜんたい中身のないこのわたしは……》（「あなたもヌケガラ」）と言うように。

それは、いわゆる〈六〇年代の詩〉総体が、次第に失速していく時期とも呼応しているだろう。こうして、彼の〈円〉感覚は、さまざまな試行を繰り返してほぼ十年、《大股びらきに堪えてさまよ》っていたと言ってよい。彼の自己省察は正確であって、同名の作品があるのである。

道を急ぐことはない。
あやまちを怖れる者はつねにほろびる。
明日をおびやかすその価値は幻影だ。
風を影に凍てつかせるなら　俗悪さにひるみ
道を急ぐことはない。
けれども垂直に現実とまじわるがいい。

厳粛な大股びらきに堪えて
非在の荒野をさまよいつづけろ。
せっかちに薔薇を求めて安くあがるな。

（「大股びらきに堪えてさまよえ」前半）

一目瞭然、彼の官能なるものは、すべての行間でほとんどが風化している。それに応じて、直線的なことばの指示（意味）機能は回復され、かつては彼の嫌ったアフォリズム風の断言口調がひびきわたっている。そこに彼の無化した倫理の既有性が、いわば反倫理として逆転される姿勢が感じられる。それを予感させる意味でも、これは詩集『わが瞳』では数少ないすぐれた作品の一つであろう。しかし、結局は、《垂直に現実とまじわる》この道を、彼は進まなかった。いや、いまのところ進んでいないように見える。わたしは、この春に買い求めた、もっとも新しい詩集『生きる歓び』[*10]をいま手にしている。『生きる歓び』は、ともかくよい詩集であろう。〈あとがき〉で、彼は〈生きる歓び〉の意味に触れて、《それをイロニーであるかどうかなどと詮索する必要はない》と自註しているが、たしかにこの世界が生きる〈歓び〉であるのか、〈哀しみ〉であるのか、〈怒り〉であるのか、そんなことはどうでもよいように読める。わたしは何度もこれを読み、そのたびに引きこまれ、そして、ひとりの孤独な男の、歓びも哀しみも怒りもそれらすべてが、幻影のように透き通っている生命の旋律に触れた、という感動があった。それにもかかわらず、わたしの業病となっている問いへの偏執は、それがなお〈生きる〉〈歓び〉であるのは何故かと、救いようもなくたずねている。

群生した儘に
茫茫と

枯れた薄野だ。
――ここに足を踏み入れるのは、これで何度めになるのか。いつも、昔どこかで見たことがあると思わせる。草草がほとんど光を透過させていることに、まちがいなく惹かれているこのわたしははたして誰か。
しばらく茫然としてから
むせるような焚火の煙に誘われて歩き出し
民家のかたわらをやりすごそうとすると
梅もどきの赤い実が
あたりを目醒めさせている。
続いて急な勾配の斜面を、
枯れた雑草が覆っているのに出くわす。
そしてやはり戻るのだ、なつかしい原っぱへ。

（「枯れた薄野で物も言えずに」冒頭部分）

倫理はなお無化されたままである。しかも、〈円〉感覚は、かつてのようなイメージの自己増殖性――エネルギーを失ってはいるが、放棄されてはいない。《垂直に現実とまじわる》方途をついにさぐりえなかった彼は、結局、〈円〉感覚そのものを成熟させる道に向かったのであろうか。そして、おそらく《垂直に》まじわっているのは、〈天真爛漫体〉の創設が、はじめから予感のように抱いていた〈郷愁〉としての自然である。
わたしたちは《うごいている感覚、うごきやまぬ感覚は、早晩、その持主のふるさとへ帰るいきおいをしめすものだ。》（「天真爛漫体の創設と円」）ということばを思い起こしてもよい。さらに、あの「円をさぐる」で《よろこびの　みどりの平野／さぐりえた円》とうたわれていたのを思い出すべきだろう。《郷愁の念》《ふるさと》《みどりの平野》は、ここに至って《枯れた薄野》に転移している。この転移によって、自然はいっそう明瞭な影像を浮き立たせ、彼の〈円〉感覚に滲透していると言うべきだろう。しかも、それはなお、官能なるものの円環であるが故に、ことばは〈歓び〉として生きられるほかない。
その成熟の形は、なにはともあれ、〈六〇年代の詩〉の現在を象徴しているだろう。しかし、なお、彼において倫理の無化は継続されている（宙吊りにされている）が故に、そこからのもうひとつの反転を、わたしはあきらめないようにしよう。

（「現代詩手帖」一九七七年八月号）

＊1　現代詩文庫『岡田隆彦詩集』（思潮社）の解説。
＊2　岡田隆彦評論集『言葉を生きる』（思潮社）に収録。
＊3　清岡卓行「飯島耕一の詩」『抒情の前線』（新潮選書）に収録。
＊4　『飯島耕一詩集』1（小沢書店）に収録。
＊5　現代詩文庫『岡田隆彦詩集』に全篇収録。
＊6　吉増剛造エッセイ集『朝の手紙』（小沢書店）に収録。
＊7　これも現代詩文庫版に全篇収録。
＊8　前記『言葉を生きる』に収録。
＊9　岡田隆彦詩集『わが瞳』（思潮社）。
＊10　岡田隆彦詩集『生きる歓び』（青土社）。

清水昶論　迷彩の位置

汚れた都の全域にも
開花宣言が発せられた　その日
ひっそりと散る山間の桜のように
だれにも知られずあなたはひとり
暗緑の春の水へと舞い落ちた
暖かな刀身を渡った虚無のひかり
無言でのけぞる細長いあなたの影
潔癖な死には重量がない……

（「開花宣言」第一連）

《村上一郎の自死に》と副題の付いたこの作品を、「海」（一九七五年七月号）の誌上で読んだのは、昨年のうっとうしい梅雨の頃だっただろうか。文芸雑誌を買う習慣のないわたしは、いつものように豊橋駅前の本屋で立ち読みしていたのだが、この時はこの作品のページだけが清澄な明るみのなかに浮き上がり、周囲の喧噪は闇に沈んでいったような気がした。この作品のためにのみ、わたしは雑誌を買い求め、そして満たされた気分であった。あれは東京では開花宣言が発せられた日だったのか……そんな単純な事実にもわたしはうとく、村上一郎の自死を、たちまち開花宣言と照応させる清水の発想にひどく感嘆したのを覚えている。

いまわたしは、清水昶の新詩集『新しい記憶の果実』[*1]で、また、この作品を読んでいる。この詩集には、死者をうたった作品が多いが、「開花宣言」はいかにも巻頭を飾るにふさわしいはなやかな雰囲気をそなえている。本来、挽歌とはそうあるべきなのだろう。まもなく、村上さんの一周忌がくる。今年の桜は早いと言う。そんなニュースを村上さんと結びつけて聞いているのも、やはり、この作品のためだろう。

それにしても、そこにあるのは単に花のたよりに鋭敏だったかどうかという問題ではない。わたしがたとえ開花宣言について知っていたとしても、清水のように繚乱たる桜の花の幻影と暗緑の春の水のなかに、村上一郎の自死の情景を思い描くことなどまったくできなかったであろう。わたしのなかで、そのような風景自体が潰滅してしまっているのだ。あるいは《ひっそりと散る山間の桜のように》とか、《暗緑の春の水へと舞い落ちた》というようなことば自体が死語となっているのだ。瓦礫の風景のなかで、踏み迷うことを余儀なくされているからこそ、それらの死語を磨きあげて、美的な世界を創り出してしまう清水の手付きに、思わず感嘆したのかも知れない。

それだけではない。わたしは村上一郎の死という事実に畏れをいだき、その意味について想いめぐらすことはあったけれども、どうしても死にゆく情景を思い浮かべることができなかった。いや、それはしようとすれば可能だったが、わたしには直視できないような陰惨な情景になってしまうのだ。ほんとうは美でもなければ、陰惨でもない、いわば冷厳な死そのものの姿だっただろう、といまでは思うが、その時には、それ故にわたしは情景を遠ざけて、死の事実と意味だけを考えようとしたのである。そんなわたしの眼に、死にゆく情景そのものを描くことのできる清水の力量がどう映ったかは言うまでもない。

　しかし、それは単に力量というものでもないだろう。桜の花や春の水や日本刀による自決という、どうしようもなく類型化してしまう構図のなかに、あえて彼を踏み込ませていく感受性の基盤——日本的美意識というものがあって、それが彼に力を発揮させるのだ。とはいっても、彼の日本的美意識を成り立たせているもののなかには、どうも酔いはないような気がする。いや、ほのかな酔いも感じられはするが、どこかで酔いきれないで、そういうところへ吸引されていく自分にも醒めているといった風なのだ。それは最初に引用したところで言えば、潔癖であり過ぎる死を、ひそかにはかってみる距離の意識としてあらわれているだろう。それは、この作品の後半に行けば、明瞭な作者の位置として浮きでている。

卓上にまっさおな平野をひろげてつね日頃
ぼくは真昼から不安な水をのんでいる
でもあなたのように透きとおれないのは
この世の迷彩に染まりすぎたためらしい
明け方の野戦に発(た)った父のようには
爽やかな断念にも酔えないし
故郷の水も甘すぎる
だからぼくはときとして
全身を振りほどくようにして待ってみる

（「開花宣言」部分）

この世の迷彩に染まりすぎた——そこに〈純〉戦後派としての清水昶の位置があるだろう。かつて黒田喜夫が、清水昶詩集『少年』[*2]の書評に際して、《階級的な戦後派》なるものが、アプリオリに成立しなくなったところに、この詩人の登場を位置づけていたことをよく覚えている[*3]。言うまでもなく階級的な戦後派が不成立なところでは、芸術至上主義的（日本美的）戦後派も不可能でなくてはならない。しかし、いつでも本質的に不可能となったところでこそ、現象としての階級的な戦後派も、日本美的戦後派も、また、戦後派モダニストも出そろってくるのである。現象としての、あるいは風俗としての、そのような在り方を拒絶しようとすれば、わたしたちはその不可能性に偏執するいがいない。

この世の迷彩に染まりすぎた——清水昶の位置とは、わたしにはこの不可能性を強いられた場所にほかならないと思う。それがどのくらいの深度で自覚されているかは別として、彼がなお、いくらかは動揺しながらも、そこに立っていることは確認できる。それは比喩としての村上一郎への距離の意識であり、それはそのまいわゆる日本的美意識にも同化しきれない感受を隠しているだろう。村上一郎の自刃直後に、「日本読書新聞」に発表された彼の追悼文にも、それは明瞭に見てとれる。そこにはこんなことばがある。

《わたしにとって村上さんは遠くて近い人であった。というのも村上さんとわたしとは、きっちり二十歳違う年齢であったし、村上さんが戦中から戦後にかけての、みずからの軍人体験や党員体験を通じて営々と築きあげてきた、その志士風の文体と、いつもどこかですれ違っているような感覚が終始、憑きまとっていたからである。》《しかし個人的にいわせてもらえば村上さんは卑怯だ。わたしのような男から何も「卑怯者」呼ばわりされるすじあいは無いと憤慨されるかも知れないが、みじめに生き残るほか才のない者を裏切るようにして村上さんは先立たれたからだ。》《どうして村上さんは浪曼的な『死のかたち」にこだわって自死していった……。この虚妄の時代の、なにもかもがあやふやに揺れうごいている時、村上さんの孤独でさみしい自刃の死は、わたしにはひどく美しくみえすぎるのだ。》(「村上一郎の死」[*4])

清水は感情に溺れずに自分の屈折する気持ちを率直に語っていると思う。《遠くて近い》とは言い得て妙だが、ほんとうは近くて遠いのかも知れないと思う。ともあれ、彼は村上一郎を遠いと感じている。遠いと感じるからこそ、彼はこだわりなく、その《浪曼的な「死のかたち」》を《ひどく美しく》描くことができる、とさえ言えるのだ。しかし、ここで逆転が起っていることに注意しなければならない。つまり、遠いと意識しているものに、逆に親近した表現の形があたえられてしまっていることだ。ほんとうに遠いものに、そんなことが可能なのだろうか。わたしが、彼において遠いと感じられているものは、実際には近いのかも知れぬ、と言うのはそのことを指している。いずれにしても、遠さを近さとして、あるいは近さを遠さとして感受する、その両義的な態度が、彼の作品言語を屈折させ、一元的な酔いからこの詩人を救っているのはたしかだと思う。

この彼の抒情を成り立たせている感受のすぐれた特質は、同時にこの詩人を根底において危うくさせているものかも知れぬ、ということは疑ってみなければならない。なぜなら、その《浪曼的な「死のかたち」》を、遠いからこそ《ひどく美しく》描くことのできる資質は、先にも書いたように、ほんとうは遠いのではなく、近いからこそ可能となっているのかも知れないからである。少くともそのような自己認識をうら打ちとしてもたないなら、両義性とみえるものも、単に一義的な感受になってしまうだろう。実際にも、彼の「開花宣言」が収められている『新しい記憶の果実』は、いままでの彼のどの詩集よりも、はるかに伝統的な心性への一義的な傾きが強いし、また、これまでの彼の多義的な詩空間を読みなれた眼で見れば、驚くほど、彼の心情が単純に透けてみえるような平明な語法になっているものが多い。たとえば、次のような詩行……。

晩秋の紅葉のなかに
わたしは立った
その美しさに
途方に暮れて……

（「紅葉」はじめの部分）

むろん、この晩秋の紅葉の美景でさえ、それから遠い《不安のまんなかで朽ちかけ／よどみきっているばかり》という、日常の意識によって、成り立たせられていることは注意されてよい。しかし、ここでは何よりも、ことばに抵抗力がなくなっている。それと言うのも、彼の場合、その感受性の特質である両義性が、形ばかりのものにゆるんで、実際には一義的になってしまっているからであろう。心情がただ透けて見えるだけの、平明な語法の例もあげておこう。

くるしむ
夜が洗う塔のように
燃えあがる槍のように
くるしむ
日毎に水にながしても
解きえぬつめたい迷路をくるしむ
夜明けの呼吸のわかれめで

ひたすらに光っているだけの河
たちつくしている病気の馬
（「峠にて」はじめの部分）

ここでは塔とか槍とか河とか馬とかいう像的な比喩が、いささかも《くるしむ》という、一義的な意味や概念からの転換としてあらわれない。《くるしむ》という概念を、いささか安易な比喩によって、同義反復的に並列していっているだけなので、イメージの転換による、多義的な不安の世界は生まれるべくもないのだ。ここに彼の最近の詩の、わかりやすさがたどっている危機の意味が、おそらく象徴されているだろう。

しかし、もともと清水の言語は、両義的な感受性においてこそ成立してきたはずだ。たとえば、彼の詩の主題である父性の問題にしても、土俗や幼少年期の農村体験の問題にしても、それが遠さとして意識されているからこそ、逆に近さとして対象化されようとしたのであり、その近さのうちにも遠さは手放されないからこそ、みかけの上での韜晦性、晦渋性、多義性というような言語の特質が生まれたのである。そうであれば、彼の代名詞のように言われる短歌的な感性ということも、それが一義的に成立していると、アプリオリに決めてしまわずに、少し厳密に考えてみた方がよいと思う。

かつて村上一郎はその「清水昶論[*5]」のなかで、清水の一見過多とさえ思われる形容詞句や副詞句に注目して、《ひとをもわれをも呪い罩めてしまうようにつむぎ出してゆく沈冥な、しかし少しもみじめでない喩的リズムを、わたしは好もしく見るものである。どちらかというと、現今の詩人たちがいみきらう短歌的な発想がいやおうなくそこに伴なうけれども、わたしはそのようにして成立する多分に物語風の幻想・幻夢の世界を、棄てがたく思うし、また清水昶が性急にこれを切棄ててはならないと信じる根拠がある。》と書いた。最近の清水昶の詩業からは、この形容詞句や副詞句をたたみかけるような、そのリズムで《ひとをもわれをも呪い罩める》執拗な語法が稀薄になってきている、と言えるかも知れない。しかし、初期詩篇から、『少年』、『朝の道』[*6]へと展開する過程には、この粘着力のある転換や抑揚をもった語法が、すぐれた詩的現実をつくりだしていたはずだ。それが単に短歌的な発想からきているのだろうか、という疑問が、わたしには前々からあったのである。

　岡庭昇も、清水昶の作品言語に日本的な抒情や短歌的な抒情をみている。彼に言わせれば、それは日本的な抒情であるから価値として負（マイナス）なのではなく、心的な連続性としてある内部の自然への、抵抗感抜きのもたれかかりとして、つまり《軛にむかってうしろむきにつながれた歌》として、商品生産のコツいがいのなにものでもないからだめだ、ということになる。彼はこんな風にも書いている。

《短歌的抒情は、ひきうけることにおいてでなければのりこえることはできない。なぜなら、それを必然性としてことばにおわせた現実の全体は、同じ構造の軛として、なお私たちの表現をしばりつけているからである。むろん、私のいうひきうけることと、こういう韻律や歌のすがたにのめりこむこととは、正反対のことがらにほかならないであろう。後者は、即自態としての世界のなかで、それを疑うことなく、「成熟」へなだれこんでいく意識の産物なのであり、どのような意味にせよそこでは、表現の本質性は放棄されているのだから。》（「〈芸〉としての詩」）

　ここに表現されているかぎりでは、何も間違ったことは言われていないような気がする。日本的抒情だからといって、それがただちに負（マイナス）価値になるわけのものでもないし、強いられた構造は、それを引き受けるいがいに自由になる方法はない、という点でわたしのかねてからの主張とも重なっている。しかし、岡庭は、短歌的抒情が引き受けられているのか、それともそれにのめりこんでいるだけなのかを、作品の具体に即してどうやって区別するのだろうか。あるいは強いられた宿命が、そんな単純な二分法でカタがつくとでも思っているのだろうか。引き受けようとすればのめりこまないわけにはいかず、また、のめりこんではじめて引き受けるということはどういうことかがわかるという、なにやらどろどろとした感受性の自己格闘の領域にまで、ことばをとどかせようとする意志を、彼の批評ははじめから放棄している。そして、おのれの詩的現実には少しも反響してこないたてまえ主義を振りかざして、困難で微妙な作品生成の過程を、ただ浅くぶった切っていくような批評言語に満たされてしまっている。

　実際、彼の清水昶論でもある「〈芸〉と規範」には、清水の作品について、時代感情の上すべりな好みが出そろっているとか、基本的に〈モード〉であるとか、現実らしさや情念らしさの仮構に過ぎぬとか、〈詠嘆〉につきるとか、表現から〈芸〉への転倒だとか……まことにうんざりするほど《上すべりな》裁断の論理が、次から次へと繰り出されているだろう。しかし、清水の短歌的な抒情とは、具体的にどのような構造をもち、実相をあらわしているのかという、この一点についてさえ納得のいく分析はどこにもみられない。そうした論の前提自体を先験的な規定にゆだねておいて、たとえば、清水の秀作「夏のほとりで」については次のような評価の仕方をする。

《ここには時代感情の上すべりな好みは何でもそろっている。……母胎、……村落、その「祭」、……辺境、……荒涼とした狂気、……飢え、……サガンふうな（五木寛之ふうな）都会、……男の暗い生涯。そして、それらのがらくたを意味づける、保証するところの「感性の時代」という暗黙の大義！——うんざりするようなこれらのアンデパンダンは、それぞれがけっして生（体験）とむすびつかず、ことばにおわることばとして徹底させられていることによって、ある成功を獲得しているのである。》
（「〈芸〉と規範」）

　全体の文脈のなかから、語彙だけを孤立的に取り出してきて、作品の傾向や特質を示すというやり方は、その方法自体に限定の自覚や配慮さえあれば有効な場合もあるだろう。そして、清水の場合にもある程度は有効であり、特に彼が時代の蔓延させている類型的な感情を、しばしば浅く反映してしまう側面があることに注意を向けることは、わたしも必要だと思う。しかし、どういうわけか、岡庭にとって清水は先験的に憎悪の対象になっているから、この文脈を断ち切って語彙だけを取り出すやり方は、その全的な否定評価に一元的に奉仕させられてしまう。

はじめから裁断の目的をもった、こういうやり方に耐えうる作品もまずない……にちがいない。岡庭自身の最高力作である「叫び声」[*7]という作品にしても、これと同じやり方で否定しようとすれば造作はないはずだ。それはいやみになるからわたしはしないが、たとえば彼が『抒情の宿命』[*8]のなかで高く評価している黒田喜夫の「空想のゲリラ」[*9]を例にしてみよう。《…銃…見知らぬ村……親族一統……白壁……野垂れ死……始源の遺恨……復讐……唖の家》と、こんな風に抜き出してみれば清水の場合とたいして変りがないことになるではないか。むろん、作品の実質は、こんな《上すべりな》裁断――それこそわたしたちの時代の類型的な批評意識だ――とは無縁なところにある。

ところで非定型詩内部における短歌的抒情とは何なのであろうか。かつて小野十三郎は短歌的な抒情の否定を言うに際して、三十一音字シラブルによってのみ成り立つ、封建的な感情や前近代的な意識があると想定した。そして、この前近代的な抒情は、感情吐露や自然諷詠という短歌的な発想のなかを貫いて、《むしろ短歌や俳句という各々の定型の中にあるときよりも、そういう制限からはみだして解放されて、他の文学ジャンルの中に浸透し拡散してゆくことにより強大な作用を発揮する》（「精神の中の短歌」[*10]）と考えたのである。こうして、諸悪の根源は短歌的抒情なりということになった。むろん、現象の上澄みだけみれば、こうした立論で説明できることはいくらでもあるだろう。しかし、原理的に間違っていることは今日的問題たりえない。短歌史上、短歌的な抒情が単に制度としての前近代や封建的な感情に還元されて終ったことは、一度もないにちがいない。逆に言えば、短歌固有の音数律が封建的な感情と結びついた程度のことは、短歌とは直接には関係なく、どの表現形式にもあったはずである。

わたしは、岡庭にもそれを感じるが、こういう風に、無限定に短歌的な抒情の概念を拡大することは、問題の本質をますます不明にするだけだと思う。短歌的なものとは、特定のイデオロギーでもなければ、封建遺制の詩意識への反映の問題でもない。あくまで、わが国語の等時拍音形式という特殊に規定されて、ひとつのリズム規範でもあり美的規範にまで高められた詩形式が、随伴する表現の問題に過ぎない。むろん、それは歴史的に累積されてきた伝統的な情緒や発想をともなっているために、わたしたちの詩に対しても、規範としての支配力をもっているのである。そのことを抜かして、この問題を議論してもほとんど何の意味もない。

菅谷規矩雄は、『詩的リズム』[*11]の〈序〉で、かつてできるだけ短歌的リズムに引き寄せて詩を書こうとした経験について触れ、その例として次の二行をあげている。

たちつくすおまえのかげも地上にはない
記録係を抹消するおわりからのはじめ[*12]

彼は同じようなもう一例をあげて、音数から言っても、四十音を越えるこれを短歌的と称することは歌人の側からすればまったく問題にならないだろうが、ここには自分なりに短歌的リズムを定着させたという実感があり、いままで抑圧しつづけたものにひとつの通路を開いたという充実感もあった、と書いている。短歌的なものを、厳密に音数律の問題と見るかぎり、たしかにこれは四十音を越えているわけだが、これを五句の構成に区切ってみれば、菅谷のことばに根拠があることは明らかであろう。《たちつくす―おまえのかげも―地上にはない―記録係を抹消する―おわりからのはじめ》というように。しかもこれはほんのわずかなことばを整備するだけで完全な定型律になる。《たちつくす―おまえのかげも―地の上になし＝記録ボを消す―おわりのはじめ》というように。菅谷が短歌的リズムを定着させたという実感があった、とするのも当然であろう。しかも、短歌的な表現とはリズムだけに帰せられない。五句三十一文字という限られた表現空間に、対象と主体との複雑な関係を表現する。そのために、基本的には上句と下句との間に切断と転換を設けざるをえない。そうしなければ、ただ、だらだらと対象を客観的にうたうか、あるいは主観の述意を一本調子にうたうことで終ってしまう。五句のうちのどこかでの句切れと主客の転換は、表現空間に緊張感と多義的な奥行を与えるのである。先の菅谷の例にしても、短歌的なリズムのほかに、この場合は実際の短歌作品のように決して鋭くはないが、一行目と二行目の間にこの切断と転換があり、それがやはり短歌的な抒情を感じさせるのである。短歌的なものを、小野十三郎のように詠嘆や自然詠のみでみるのは、あまりに古典的であって、それでは菅谷の例から、わたしたちが短歌的なものを受けとるのはなぜか、という問題に何も応えられないことになるだろう。

清水昶における短歌的なものも、基本的にはこうした視点で解くことができるはずだ。たとえば、それを詩集『少年』の巻頭に収められている印象的な作品「死顔（デスマスク）」でみてみよう。

火照る土地に生えそろうハガネの林で
傷ひらく正午ふかくわたしは
失楽にひえた薄い口をしめ
熟れきった泥土にもぐる白蛇ににる
どこまでもくねる軟体に熱は残らず
初冬の河口から唾液のように吐きだされてわたしは
棘だらけの幼年の性たちとどろどろあふれ

まっ白な河面に虚のつるべを投げ労働に集中する青年の単眼
（「死顔（デスマスク）」はじめの部分）

これがどれだけ濃密に短歌的なリズムを隠しているかは、次のように書き直してみればはっきりする。

火照る土地ハガネの林傷ひらく正午ふかくわたしは
傷ひらく正午ふかくわたしは失楽にひえ薄い口しめ
失楽にひえた口しめ熟れきった泥土にもぐる白蛇ににる
泥土にもぐる白蛇どこまでもくねる軟体熱は残らず
どこまでもくねる軟体熱残らず唾液のように吐きだされてわたしは

こういう風に助詞や助動詞や説明的な部分を、適当に切り捨てることであらわれてくる短歌的なリズムは、しかし、短歌作品としてみれば、何のおもしろみのない駄作となることは明らかだ。つまり、前後を合わせた一行が短歌としての完結性に耐え得ないのである。逆に短歌的なリズムの側から言えば、それをこわしている助詞や助動詞や字余りの部分によってこそ、詩の言語としての流動性や未完結性が生まれていると言えるだろう。その意味では、清水における短歌的なものは、非短歌的なものとの二重性においてこそ、詩の言語としての生き生きしたリズムを獲得している、と言える。

もうひとつは一行目と二行目（あるいは二行目と三行目）は、たしかに短歌の上句と下句のように切断と転換をもっている。しかし、短歌のようにひとつながりの完結したリズムとして独立させる必要がないために、その転換はほとんど論理的脈絡がつけられないほどの飛躍となっている。つまり、それぞれの前後の関係をなす行は、イメージとしての照応関係はもっているけれども、意味的な連関はほとんど絶ち切られているのである。彼の詩が繰り広げる風景が多義的であり、また、そのことばの表出の仕方に韜晦性を感じるのはそのためでもあろう。そして、この動きの速い像的な比喩の転換による各行の独立性を、それにもかかわらず、内的に連関させ、流動させる働きをしているのは、先にみた短歌的リズムの連続性である。つまり、そのことをもう少しくわしく言えば、この作品で、自己の存在にまつわりつく痛み、ぬめぬめとした卑小感、自虐的なナルシシズム、あるいは閉塞した危機意識が、十分につややかな感性の厚みをもって対象化されたのは、思い切った像的な比喩の重畳によるだろう。そして、その像の連環を保証しているのは、短歌的リズムとしての統一感である、ということだ。

岡庭昇は、「〈芸〉と規範」のなかで、《清水昶の詩における最大の特徴は、ことばとしてのことばの空転の巧みさである。》と書いているが、むろん、そのことの実体を考えれば、それは一面的に否定されるべき問題ではないことがはっきりしよう。清水がその資質に強いられている、短歌的な感性を引き受けることにおいて、しかも、それを詩の言語として展開しようとすれば、おそらく意味としての流れを切断して、像的な連環体とでも言うべき方向に血路を求めねばならなかったのだ。もっとも、それは清水自身の自覚の有無とはかかわりがない。この像的な比喩の転換とそれにもかかわらず、それがリズムとして内的に統一感を与えられていることが、いつも仮構のレベルを踏まえることをしない岡庭には、単に《ことばの空転の巧みさ》として映ったというわけだ。ただ、像的な比喩は、表現されれば体験への還元を拒むから、それの自己増殖性に無自覚に表出意識を委ねれば、ことばの空転も起るだろう。そこには、どうしようもなく、わたしたちの詩が累積してきている、ことばの価値と意味の裂け目の問題があるはずだ。しかし、わたしたちの経験の欠損に呼びこまれた像は、むしろ、反意味の構造として、根源的な意味を暗示しているのである。

清水昶にとっての問題は、単にことばの空転などというところにあるのではない。それは、たとえば村上一郎の《浪曼的な「死のかたち」》を遠いと感ずるが故に、逆にそれを美化してしまう彼の心的な性向、言いかえれば、両義性が一瞬固定することによって、一義性に転換してしまう感受の構造に彼が無自覚になるところにあるだろう。それは彼の内部の短歌的なものが、おそらく、非短歌的なものとの葛藤を失うときでもある。彼の模倣者によくみられる、その非短歌的なものとの葛藤を失った、情念的なものの直叙としての短歌的な作品が詩として弱いのは、それが単に短歌的なもののゆるんだ形式に過ぎないからだ。しかし、それは清水にとっても無縁な地歩ではないだろう。

このこと、すなわち彼の詩の根幹がその両義的な感受性において成立していることは、言うまでもなく、彼の持続しているすべてのテーマを貫いている問題だ。先にも触れたように、辺境の概念にしろ、父性や土俗のテーマにしろ、記憶や体験の問題としては、遠くなっているが故に、彼は近さとしてたぐり寄せる。遠さを近さとして、あるいは近さを遠さとして感受する、その両義性がそれぞれを対象化しあう運動域としての葛藤をもっている間は、それらはすぐれた詩的現実を生み出す。しかし、何度も繰り返すように、それが形ばかりのものに固着するとき、たちまち、一義的な美の形式になってしまう。

その危うさは、エッセイのなかでいっそう際立った図式性を見せているだろう。たとえば彼の石原吉郎論[*13]である「サンチョ・パンサの帰郷」は、《わたしは戦争の残忍さを知らない》という象徴的なことばではじまっている。《手の触れるすべもないこの老詩人の体験をまえにして、しばし、わたしは途方に暮れたこともあった。》《決定的な体験の落差がある！》——この石原吉郎のラーゲリ体験の遠さの感覚は、しかし、いったん引き寄せられると、一義的な近さとして現象してしまう。それ故に、その引き寄せのなかで、清水昶の位置は消え失せてしまわないわけにはいかない。むろん、わたしはそのことを半面すぐれた特質として言うのだが、そのために彼の石原吉郎論は、何やら現代の受難者についての言行録というような趣きさえ呈している。少なくとも清水の戦後体験は、あの鋭い黒田喜夫の石原批判のことばのひとつ、《堕落は人間的である》という核心ぐらいはもっているはずであり、そのことにおいて、石原の体験の思想化（体験それ自体ではない）にあるものを、相対化しうるはずである。一冊の書物になった『石原吉郎』の後半ぐらいからは、清水の位置もようやくせり出してくるけれども、そこには彼の両義性がいかに一義的に固着しやすいもろさを秘めているかを示しているだろう。その例をもうひとつあげておけば、あの「幻覚の地方」[*14]の冒頭部分である。

《いま〈地方〉は荒涼として眠っている。雪に閉ざされた村では、村人たちが鶏のように首をすくませ、自分の心を見すえながら無言で藁をたたいているかもしれない。にわか造りの安っぽい商店街がひっそりとたちつくす地方都市では、吹き荒さぶ寒風のなかでひとびとは肩をよせあいむつみあいながらドラマからはるかな生を歩いている。》（「幻覚の地方」）

これに対する異和の意識を、わたしは自分の萩原朔太郎論を《〈地方〉はいま荒寥としているか。》と書きだすことで、確認しておいたのである。――それはたしかに《深夜も夥しいネオンの光りで白夜ににた明るさで輝》いている、流れ者の街である新宿から遠望するようにすれば、地方は死んだように眠ってみえるのかも知れない。しかし、その認識は、流れ動いているところこそが仮死しているのであり、荒涼として眠っているようにみえるところに、激しいドラマが隠されているのかも知れぬ、という裏の認識をともなわないなら、地方も首都も一義的な美の形式に固着してしまうだろう。地方は遠いからこそ、近さとして招き寄せられるのだが、しかし、その近さは遠さとして対象化されないから、何やらテレビのドラマに写し出されてくるような地方が描かれてしまう。

いや、このように言ってしまっては、このエッセイの甘い認識力につきすぎて、彼の詩が地方性や土俗性をどのようにかかえこんでいるかを見失うことになるだろう。郷原宏のよく眼の行き届いた詩人論である「風景の失語――清水昶論」は、次のように書いている。

《清水の土俗はたんなる土地の風俗といったものではなく、家であり少年時代の記憶であり共生感のことであり、したがって清水の風景そのものである。とくにこのなかで、それが父なるものの変貌と瓦解――すなわち流離の帰結するところとしてとらえられ、そこに新たな心の流離のはじまりが予感されていることは重要である。すでに父であることを選んだ清水は、流離のはてに繰り返しそこに立ちもどり、そこから再び流離の旅に立つのだという。そうであれば、清水にとって土俗こそは父なるものが母なる自然に帰一する大地であり、詩のオリジンにほかならない。》(「風景の失語」[*15])

引用文中の《このなかで》とは、ある座談会における清水の発言を指しているのだが、それにもとづいて、郷原はその詩のオリジンとなるところをよく見すえていると言えるだろう。こうして、彼はそのことを例証する作品として「赤ちゃんたちの夜」をあげている。

父二十六歳
母二〇歳
若い両親は
新鮮な恐怖を生んだ
そのとき
夕ぐれの戦場から帰ってきた男たちの
軍刀がいっせいにひき抜かれ
闇を指して林立する精神が
揺らめくいのちをかこんで車座をつくり
祝いの宴を張った

そのとき
潮のような男たちの
陽にやけた声につつまれ
赤ちゃんは狂暴に昏れていく世界を吸い
すでに
荒らあらしい小さな意志は
だれの所有にも属さないかのように
肉色にもがいていた

（「赤ちゃんたちの夜」はじめの一連[*16]）

郷原には、清水の表現された風景の特質を、《主格のない風景》として、あるいは非人称性としてとらえる的確な理解があるが、わたしには、そこで主格が消えているのは、そのいわば父性と土俗の溶解した風景が、清水の現在においては欠如している、あるいは遠いものであるが故に仮構されるものだからだと思う。しかし、この作品において、その仮構された風景に作者の感受が一元化しないのは、父性にも土俗性にも母胎にも、つまり、それらから生まれながら、《だれの所有にも属さない》ところの、荒々しい赤ちゃんの位置に、彼の感受がすぐれて両義化しているからだ。ここに繰り広げられている風景は、単なる父性願望や土俗願望に一義化されないで、それらは現出すると同時に、赤ちゃんの狂暴なイメージによって相対化され、相対化されると同時に、赤ちゃんの恐怖によって染めあげられ、老残なイメージを広げるという、活力に満ちた運動性をもっている。

わたしは清水の私生活についてまったく知るところがないので、あてずっぽうに言うのだが、この作品のある切迫したひびきは、彼自身が父親になる（あるいはなった）経験をひとつの基底感情としているところからくるのではないだろうか。もし、根拠がなければ、それを推定させるほど、この作品が力をもっていることの例証になるし、また、それに根拠があるとすれば、赤ちゃんは彼（の詩）の位置でもあり、同時に、彼自身が父性となることでそれからの疎外の位置ともなるわけである。

いずれにしても、赤ちゃんの恐怖のエネルギーは、彼（の詩）の位置でもあり、また、彼が比喩的な意味で、自然過程としても父性をたぐり寄せないわけにはいかないという点では、自己疎外の位置でもある、と考えればわたしには彼がいまむかえている困難は理解しやすい。この遠さがいつのまにか近さとなり、近さが遠さとなる乖離を、いわば両義性の運動域として方法的につきつめていくには、あの迷彩の位置に立ちつづけるいがいないと思う。新詩集『新しい記憶の果実』には、一方では自壊する肉体がうたわれ、他方では無葛藤な辺境や土俗の世界が美として夢みられている。そして、それらが相互に依存しあっていても、否定しあうことのない、あまりに淡彩の位置が露出してきていること、この小論の冒頭に書いたが、それこそをわたしは危機の徴候と見ざるをえない。

＊1　この詩に書かれている、関東地方に開花宣言が発せられた日、一九七五年三月二十九日に村上一郎は日本刀で自刃した。「開花宣言」は、清水昶詩集『新しい記憶の果実』（青土社）に収録。

＊2　清水昶詩集『少年』（永井出版企画）。

＊3　「清水昶詩集『少年』へ」（「日本読書新聞」一九六九年十一月十七日）。この書評は、黒田喜夫評論集『負性と奪回』（三一書房）に収録。

＊4　「村上一郎の死」は清水昶評論集『抒情の遠景』（アディン書房）に収録。

＊5　この「清水昶論」は、「日本読書新聞」一九七〇年九月十四日、二十一日、二十八日、十月五日と四回にわたって連載され、《現在の日本語で表現されるかぎりでの文学の水準をゆくもの》という積極的な評価が、若い詩人たちに大きな影響を与えた。なおこれは、村上一郎評論集『日本のロゴス（増補改訂版）』（国文社）に収録。

＊6　清水昶詩集『朝の道』（永井出版企画）。
＊7　岡庭昇詩集『魂の行為』（マニフェスト）に収録。
＊8　岡庭昇評論集『抒情の宿命』（田畑書店）。
＊9　黒田喜夫詩集『不安と遊撃』（飯塚書店）に収録。
＊10　小野十三郎著『短歌的抒情』（創元新書）に収録。
＊11　菅谷規矩雄著『詩的リズム』（大和書房）。
＊12　この詩行は『菅谷規矩雄詩集』（あんかるわ叢書）に収録されている作品「音無川」の中にある。
＊13　清水昶著『石原吉郎』（国文社）。
＊14　清水昶評論集『詩の根拠』（冬樹社）に収録。
＊15　郷原宏評論集『反コロンブスの卵』（檸檬屋）に収録。
＊16　「文藝」一九七一年二月号発表。清水昶詩集『朝の道』（永井出版企画）に収録。

（「現代詩手帖」一九七六年五月号）

佐々木幹郎論

一　〈死者〉を敵として

きょうもわたしの前の紙は、いつまでたっても余白を埋められないのに、すでにわたしの身体は夜の方に落ちかかっている。佐々木幹郎には一九六九年も押し詰った師走の或る日にいちどだけ会ったが、彼が徐々に身辺を領有してくる夜を弾いて、いつまでも語り続けるのに対して、わたしの方は、時とともに自分の身体が夜の淵に傾いていってしまうのをいかんともしがたく、いまさらながら彼の肉体の若さについて思い知ったのだった。その時にもかいま見た、おのれの意志を持続するに強い彼のしたたかな表情を思い起すことを支えにして、性懲りもなくいったい何故書くのかという問いを繰り返すことから始めることにしよう。いま、わたしの身辺へひたひたと押し寄せてくる夜とは、まぎれもなく人々の寝静まっている夜だが、しかし、わたしが書くという行為において逆らっているのは、時代が野獣の声で満たしている決して明けることのない夜でもある。その夜に逆らってわたしは何故書くのか、という問いへの答えがまた書きついでいくことの内にしか見出されようもないというのは、あまりに自明な前提である。

しかし、この変哲もない問いを、世界からの拒絶を招き寄せていくように問いきっていくのは必ずしも容易なことではない。巷にあふれる怠惰な拒絶病患者のように、世界を単に拒絶してみせることはむしろたやすいことであろう。困難なのは、わたしたちの書く行為が世界の側からの拒絶を招き寄せることができるかどうかにある。こういえば、気の早い人がすぐに権力からの弾圧がどうのこうのという風に、短絡してしまいかねないわたしたちの風土なので、常に言い直してみなければならぬのだが、世界の側からの拒絶とは、目前の権力の網に、ひっかかったとかひっかからないという次元の問題と関係なく、わたしたちの言語の思想が、もたねばならぬ抵抗感の質の問題である。世界からの拒絶をわたしたちの言語の内質まで招き寄せずして、わたしたちの書く行為が、いかなる根拠をもつことができよう。あるいは、逆に、わたしたちが書くに足る根拠をもったとき、わたしたちの言語は必然的に世界からの拒絶を孕みこんでしまう。そのようなものとしての書く行為に向けられる中傷や誹謗や無理解は、単に眼に見えるものとしてだけでなく、わたしたちの生活意識のなかにすでに濃密に潜んでいる。世界からの拒絶は、むしろわたしたちの内部からすらやってくるといえよう。それをわたしたちの書く行為が単に困難とするのではなく、むしろ、当然のことのようにまわりに直立せしめることにおいて、書けば書くほど解放されることのない、ある意識の深みへわたしたちは故意に足をすべらして行く必要がある。その深みにこそ、わたしたちが何故書くかではなく、何故書かざるをえないかという、表現の根拠が重たく沈んでいるからだ。

佐々木幹郎、この拒まれれば拒まれるほどしなやかに執念く打ちかえしてくる強靱な意志は、わたしたちの世界からの拒絶を一身に集めるようにしてでてきた。そして、また、佐々木幹郎について書くことの何たる苦痛！　いまわたしが書こうとする紙の上を血のように走る苦痛とは、佐々木が何としても書かざるをえないものとして受けとめている、この世界からの拒絶を、書くという行為においてわたし自身が受けとめていかざるをえないということにもとづくのであろう。「死者の鞭」[*1]を初めて同人雑誌「同志社詩人」で読んだときの驚きは忘れられない。そこにおいて、佐々木幹郎なる名前をわたしははじめて知ったのだが、すでにそこで彼は生涯的に世界からの拒絶を招き寄せざるをえない、みずからの書くことの位相をいみじくも浮きあがらせていた。

ふとぼくは耳元の声を聞いたようだ
——なにをしている?　いま
ぼくの記憶を突然おそった死者のはにかみのくせ
鋭く裂ける柘榴の匂いたつ鈍陽（にびひ）のなかで

永遠に走れ
たえざる行為の重みを走れ

（「死者の鞭〈1橋上の声〉」第三連↓四連部分）

このむしろナイーブでやわらかい感性の肉に支えられた詩句のなかの、さりげなく問いかけてくる〈死者〉の声。それが、彼の生のなかを直進して走る、意志の力としての〈たえざる行為の重み〉に反響していくさまが感じとれる。そのいわば〈死者〉の声を、みずからの〈行為の重み〉に重ねようとする持続的な意志そのものが、世界からの拒絶を生涯的に招き寄せざるをえないのだともいえる。わたしは一九六七年十月の〈羽田闘争〉において、虐殺された山崎博昭君が、佐々木幹郎とどのような親密な間柄にあったのかどうかを知らない。しかし、この「死者の鞭」がその羽田でのたたかいと山崎君の死を、作品の成立過程に深く刻みこんでいることは確かであろう。その〈事実〉を調べあげる〈時〉の余裕を今のわたしはもてないまま書いているのだが、作品を読む上でそれを知ることは、必ずしも必要なことではない。ともかくそこには、〈死者〉のまなざしに鞭うたれるようにして、〈たえざる行為の重み〉を走ろうとする、彼の〈凍えきった決意の澱み〉があり、それのもつ詩的現実感こそが、わたしたちを刺し貫いているものだからだ。わたしは佐々木幹郎がどのような変貌の過程を経て、この「死者の鞭」にたどりついたのかということも知らない。その時、わたしはある詩誌の「詩誌評」を、なかば自分の頽廃を噛みしめるような想いで書いていたのだが、この作品は、その書き手へのいかなる予備知識もなく、突発的に出現してきたといえる。彼がこの作品を書いた当時は、おそらくまだ二十才になったかならないかであろうから、むしろ、本当の意味での変貌というような過程はなかったと考える方が自然であろう。いずれにしろ、この作品はその当時の佐々木幹郎の力量というようなものを、信じられないような力で越えさせるものが働いて、一挙に書かれたものであるにちがいない。詩人よりも作品の圧倒的先行！　そのことがわたしを驚かせたのである。むろん、どんな場合も、詩人よりは作品の方が先行するというのはあたりまえだが、しかし、「死者の鞭」においては、詩人としての佐々木幹郎の固有の面貌は砕け散っている。いや、砕け散っていることこそが、固有の面貌であるといえるかも知れない。それは詩篇と呼ぶにはあまりに情況そのものであり、情況と言うにはあまりに凍えきった決意を詩的に輝かせている。わたしは彼がこの作品を書かざるをえなかった、そこに働いた情況の力を信じたいのである。しかし、そのことのうちに、単に情況の模写やたたかいへの呼号を読みとろうとするわけではない。むろん、作品そのものがそれへ流れる危うさをとどめているとしても、作品の実質はもう少し違うところにある。

フラッシュに映え　たぎり落ちる

充血の目差しを下に向けた行為の
切断面のおおきな青！

（「死者の鞭〈1橋上の声〉」第二連部分）

その橋の上で
朝の光がうず高く黒衣をつみ上げる頃
時代の鼓膜が耳一杯張りつめられて
刈りこまれた耳朶の後ろから
鞭の音が迫る

（「死者の鞭〈Ⅲ鞭〉」第一連部分）

このような詩句には、〈行為〉というものが、ただ棒のように前に突き出されていくものではなく、一瞬の啓示のごとくおのれの内面をあらわにしていくものであることが示されている。《行為の／切断面のおおきな青！》を慄えるように覗き見、たたかいの橋上において迫りくる《鞭の音》を確実に聴いてしまったとき、彼はまったき言語の不在としてある〈行為〉の尖端において、むしろ、詩の側、ことばの側に投げだされているといえる。そのように〈行為〉を実現するものは、その〈行為〉が〈行為〉として貫徹されていくために、剝ぎ落していった《行為の／切断面》にあるものを、決して見捨てることができない。彼はそれこそをみずからの詩の根拠として、かかえこまざるをえなかったのである。あくまで比喩的に言うのだが、世の多くの詩においては、まずことばがあり、それが内面的な行為としての詩を呼ぶことで成り立っているのに対して、「死者の鞭」の著しい特色は、まず《行為の／切断面》への急迫した想いがあり、それこそがことばを喚びこんで詩の行為を成り立たせていると言えようか。そして、彼の《行為の／切断面》とは、情況そのものが固く閉じこめ、押し隠している血の叫びでもあるとすれば、彼の書く行為そのものは、むしろ情況そのものの意に反するようなデモーニッシュな激しさでもって、それを噴出させないわけにはいかなかったといえるだろう。彼の固有な面貌は、砕け散るほかないのであり、そして、そこにこそ彼の固有な出発点は見定められたのである。作品としての完成度というようなものを持ち出して推し計るとすれば、その後の彼の書きついでいる作品と見比べてわかるように、未熟で生硬なことばを過失のようにとどめ、時に模写的に平板に流れる部分さえもっているこの作品が、それにもかかわらず、六〇年代の終りに書かれた幾つかの作品のうちでも、記憶さるべき重要な位置を占めているのは、そこに確実に六〇年代を越えてある、新しい詩的主体の形成が予感されているからであろう。

しかし、六〇年代がどうの、七〇年代がどうのということは、詩にとっては本当はどうでもいいことなのだ。ただ、わたしたちの詩の恐るべき頽落の速さを、その方法の根底において彼が撃とうとしていること、そこに形成されていくべき新しい詩的現実への、わたしの信頼を語ればこの場合は足りる。それへの視野を得るために、わたしは彼の書いた二つのエッセイから次の部分を引いてくることとしよう。

《黙秘の独房におりてくる敵は他でもない、その空間にある粒子であり確かにそれを吸い生き残っているわたしである。かって魯迅は「暴君治下の人民は、多く暴君より更に暴である」と言い切った。わたしもまた生き残る根源から発し、握りしめる言葉の重みをわたし自身にたたきつけることを、「民の暴」そのものの的へ憎しみをこめて挑発する姿勢を課すべきであろう。その影を追え！》（「翳る舌」[*2]）

《わたしの内にある敵としての死者の沈黙へおのれを溯らせ、これと拮抗する位置にあるわたしの領土とは、わたしの生の沈黙のくらさである。生存の背後に、すでにある言語不在の混沌とした領域、それを情念という名称で呼ぼうが生の無名性と呼ぼうが、いままさに溢れ出んとしたときにのみ輪郭が定かとなる暴力としての領土。》（「黙秘の受肉」[*3]）

彼のエッセイは、それ自体厚い肉としてのモティーフの底を、這いずりまわるような辛いレアリティを感じさせるが、いまだ、それが焦点をなかなかに結んでいかないことに、わずかばかりの恨みを述べねばならないであろう。従って、問題の所在を明らかにするためには、わたしなりの輪郭をつけてみなければならない。――ここで魯迅より引かれた暴君より更に暴としての〈民の暴〉とは、それは国家にほかならないものであろう。そのようにして〈民〉はみずからを国家のなかへ逆流させ、そこへみずからを閉じこめれば閉じこめるほど、〈民の暴〉としてまたみずからを現わすいがいない。それ故に独房を取り囲む壁は、逆立した〈民の暴〉でもあるわけだが、その時、詩の自由は、まず〈民の暴〉に強いられる〈黙秘〉として出発するいがいないのである。そうであるとすれば、その〈黙秘〉とは〈民の暴〉のなかの〈暴〉であり、〈民〉がみずからを国家のなかへ逆流させる〈暴〉ではなく、国家からみずからを解き放つ〈暴〉として形成するまでは、決して解かれないものとしてあるのである。わたしが初めに述べた書く行為が決して解放してはならない意識の深みとは、この詩の自由の核としての〈黙秘〉のことにほかならない。

佐々木幹郎は山崎博昭の葬儀の広場では、荒れるにまかせた幻の連帯歌をむしろ凍りつかせた。そして、みずからの詩に〈民の暴〉へ憎しみをこめて挑発する姿勢を課したとき、それはたしかにある根源ともいえる位相につくことになったのだ。つまり、別にいえば、「死者の鞭」は、〈死者〉への鞭ともなる苛酷さにおいて転位を孕もうとしたのだといえる。あとに引いたエッセイでは、彼は明確に《内にある敵としての死者の沈黙》と書いている。わたしはこのエッセイをはじめて読んだとき、《内にある敵としての死者》ということばを見出して、ひそかな感嘆が口から洩れてくるのをおしとどめることができなかった。《敵としての死者》……このことばにわたしは眼を疑ったのである。わたしたちの詩の頽落の恐るべき速さとは、そこにかかえられた〈死者〉が、どうしようもなく記憶としての構造をもってしまうことにあった。戦場での死者も、戦後社会で飢えて死んだ者も、そして六〇年の死者も、どのような死者も、初めは激しい受苦の形相においてかかえられながらも、しかし、それは記憶の構造のなかで、次第に《不思議なほど巨大な寛容性》に変化してゆき、その度合に応じて詩の頽落もきめられていった。佐々木幹郎の詩における〈死者〉の位相もそれを避けることはできないはずである。しかし、すでに彼は〈死者〉を〈内部の敵〉として、その死者と拮抗する《言語不在の混沌とした領域》——それこそが〈民の暴〉のなかの〈暴〉としての黙秘である——に、暴力としての言語が発生する領土を見ようとするのである。ここにおいてこそ、〈死者〉は《巨大な寛容性》に変質していく記憶の構造を断ち切られることになったのだ。〈死者〉すら鞭打とうとする決意の澱みにおいて、《死者の沈黙》は《言語の不在の混沌とした領域》における仮構性そのものとしてしか成立しえなくなったといえよう。このような位相にある言語に世界からの拒絶が降りかからないでいることはありえない。

さて、そのように考えるとして、更に彼の詩篇を読みついでいくなら、「死者の鞭」以後の作品のほとんどすべてが、彼がいみじくもエッセイの表題とした、《黙秘の受肉》としてあることを見出すことができるだろう。「死者の鞭」においてみられたところの砕け散った彼の固有の面貌は、この《黙秘の受肉》としてこそ統覚されていったのだと思える。たとえばそれは次のように取り出すことが可能だろう。

あかくグミのように黙して熟れている詰問の日々のなか
盲目の口笛を吹きテロルに死んでいく
白昼
大通りの真中で頭蓋裂けて血を噴き

アスファルトの熱板へたおれていく幻影がゆきかい

（「黙狂」部分）

酢えた瞳でくらく前へ
前へ　のめり
首をねじ切る祈りが続く力で
乾いた両手をひろげて闇へ落ちる
わたしに締めあげる米粒が細く
田園でひろがる嘔吐の円
あおい炎にもえたつ樹によりかかり
こみあげてくる世界の真下
たてつづけに夢がわたしを襲う悲鳴
父の早朝の吐血
にじりよる家の影をかぶり全身
瞳だけを残して息を止めている

（「赤銅」部分）

ぼっと口あけたくらい輪郭の
ふいにその独房には誰もいなくなる！
熱い熱すぎる唇はまっかに腫れて
わたしは……とくりだす唾は身を閉じようとする
鎌のかたちに反りはじめてしまう伝達は

みずからの首を振る　重みにたえていけない

（「変身」第二連）

〈民の暴〉のなかの〈暴〉は、まったき無言のなかにあり、その無言のなかに降りつもってくるようなイメージの集積こそが、〈黙秘の受肉〉として見られるものであろう。そして、その受肉のなかで血を噴いている裂けた頭蓋や恐怖の悪夢のイメージが、沈黙の皮膜をまっかに腫らして狂い立つような現実であることが示されている。むろん、それらの詩篇のなかで「赤銅」や「変身」などは、濃密で重層化しているイメージによって、いかにも受肉の厚いことを感じることができるが、その他の詩篇、特に長篇詩「神無月」の後半にみられることばを薄く走らせている感じからは、この詩人が時に稀薄さに耐えるようにして書かざるをえない一面もあらわされているといえよう。そしてまた時とすると、驚くほど静止的な想念に、この詩人が酔うような視線を向けていることにも気づかざるをえない。

首をのばして
わたしは　はっしと手を打った
――第七房　便水願います！
こびりつく雨後の桜花が額にかかり
追いすがる男のさま
歩く姿のままで
閉じられた天窓のうすあおい早朝を飾った

（「水声」部分）

イメージそのものに乱れや屈折がまったくなく、それが額縁に収められた古い日本画のような安定した構図を持っていることに、わたしは不安を覚えるのである。この二つの内部の敵が、さしあたって彼の〈黙秘〉の受肉を挟撃しているものといえなくはないか。しかし、むろんそのような敵を内部にもつからこそ、それに逆らうようにして働く力が厳しい緊張感を、彼の詩にみなぎらせることにもなるのであろう。作品「踏みしだく意志」や「熱い口」にみられる硬質な意志と、感覚の美に輝こうとする一瞬の酔いとのあらがいの先に切り開けていく地点に、わたしは期待を置きたいと思う。

さて、言わずもがなのことをわたしはあげつらってきたのだが、それらすべてを含めて、佐々木幹郎の始まりこそがここにある。わたしは、あえて世間でこの詩人について言われる、〈達成〉やら〈完成された詩法〉やらを見ないのである。もう少し踏みこむようにして言うなら、この詩集は彼の詩の真の始まりとなるべき起点こそを築いたのであり、まだ若い佐々木がこの上にそびえたたしめる詩の全貌、その幻の全貌をここから予見することこそが可能になったのである。されば、わたしもまた作品の個々にかかずりあうことにより、佐々木幹郎がどのような根底をかかえこんだかが見たかったのである。

（一九七〇年四月二十六日）

＊1　佐々木幹郎詩集『死者の鞭』（構造社→国文社）に収録。
＊2　「翳る舌」は「現代詩手帖」一九六九年二月号に発表。
＊3　「黙秘の受肉」は佐々木幹郎評論集『熱と理由』に収録。

（佐々木幹郎詩集『死者の鞭』解説、一九七〇年五月）

二　壊滅しつつある根拠

われわれの内部は分裂している、というのが五〇年代末期の谷川雁の基本的認識であった。彼のそれは、また、《前衛と大衆の分裂》(「現代詩の歴史的自覚」[*1])という基底をもっていた。その基底を承認するにせよ、しないにせよ、ここには六〇年へ向けて、めりめりと割れていった存在に対する、熱い自己認識があることをみとめないわけにはいかないだろう。

それから二十年、幾度も巨大なローラーがわたしたちの頭上を通り過ぎていった。内部は分裂しているどころか、粉々に砕け散っているというのが、ここ久しい間のわたしたちの実感ではないだろうか。生きづらい、そんな甘えたことばを発する余裕がないほど、追いまくられている。散乱している内部の破片から、人は前衛のそれと大衆のそれを、どのようにして区別しうるだろう。わが破片たちは、無性格な砂粒のようだと言ってもよい。それを強いている圧力との緊張を欠いた表現は、おのずから、泡のように砂粒のなかに溶けていくほかかない。むろん、わたし自身、その泡のようにの規定力から、自由でないのは当然だ。

《斜めに滑り落ちていくという感覚》について、佐々木幹郎が書いたのは「水の楽器——わが法廷」[*2]においてである。滑り落ちていく先は、その砂粒のような場所だったのではないか。彼の全身が、いや、彼ばかりではない情況のすべてが地滑りをはじめていたのだ。一九七〇年の暮れという象徴的な時期に書かれたと思われるこのエッセイは、後に二番目の詩集『水中火災』の冒頭に収録された。

その頃彼は、京都方面から流れてくる淀川が、大阪湾の方へ向かって彎曲する、毛馬という地方のある水門で、工業用水の取水などを管理する仕事に就いて、一時的な生活の糧を得ていたらしい。おそらく、この時期は、彼がかつての政治闘争によって、裁判所から受けていた法的な執行猶予の期間と重なっていたはずであるが、それは、また、ちょうど淀川の彎曲点のように、彼の表現史、生活史のそれぞれが微妙な曲がり角にさしかかっていたという意味での、ある猶予期間でもあったであろう。しかも、淀川の流れは、彼の内に、毛馬で生まれた天明の俳人与謝蕪村の夢想をふくらませていった。すでに『死者の鞭』で詩的な出発を遂げていた彼は、ここであらためてみずからの詩の成立する条件を、たずねてみなければならなくなっていたにちがいない。彼は〈途方もない通過者〉として詩を捨てることもできたし、休学中の大学へもどることもできたし、生活の領域に姿を隠すこともできただろう。しかし、彼はそのいずれへも歩まなかった。この不思議な猶予期間において、彼を決定的に詩へ転回させていったのは、おそらく、その《滑り落ちていく》という危機の感覚であろう。

《おそらくこの国のどのような〈空間〉で生きていようとも、わたしが現在滑り落ちていくという感覚から自由ではないように、時代精神の拡散情況を目の前にみながら、おのれの〈表現〉を求めてわたしは〝懐かしい記憶〟のように訪れてくる生活〈時間〉を見定めようとしているであろう。日常生活のなかへ滑り落ち、言葉を風化させていく過程との抗いは、生活〈時間〉のなかから時間そのものを内部に捉え、そのことに堪えるという感覚によって生み出されてくる。わたしがこの感覚を喪失してしまったときは、わたしがそのときに居る風景のなかへ、〈空間〉のなかへ同化し逃走しているときである。おそらくそのときは、わたしの言葉は拡散しつつある死語の渦中へ滑り落ちてしまっているであろう。》

(「水の楽器——わが法廷」)

わたしたちは、ここでいわゆる生活時間が、表現の時間と対抗してとらえられていることを見ることになるだろう。危機はなによりも、表現あるいは言葉の危機として認識されようとしている。彼は、存在自体が滑り落ちていくという感覚、その危機の直覚に対する確証行為として、表現という時間を救出しようとしているようだ。むろん、その表現の時間が救出されるためには、滑り落ちていく自己存在の危機を対象化する課題に耐えねばならぬ。さしあたって《〝懐かしい記憶〟のように訪れて》きた生活時間、そのなかへずかずかと踏みこんでいく以外、生きられない。そして、人はそうしなければ生きられないところで、追いまくられ、自壊するほかないのだ。その〈現在〉を離れて、詩のモティーフは持続しない。一九七〇年から七三年までの作品を集めた詩集『水中火災』の世界を主要に貫いているものは、おそらくこのあたりにあるはずだが、わたしが前に書いたこの詩集に対する書評では、そこがよくおさえこめていなかったと思う。ここにそれを全文、再録しておこう。

佐々木幹郎の新しい詩集『水中火災』を読んだ。この詩人は、なんという豪勢なことばの魔術師に変貌を遂げたことだろう。こういう通俗的な言い方が、どうもこの場合の驚きを表現するのにぴったりしているようだ。わたしは彼の処女詩集である『死者の鞭』を思い出さないわけにはいかなかった。『死者の鞭』というような詩集はいわば宿命的に彼の〈生涯〉につきまとう。彼はそれから逃れることができても『死者の鞭』の方は逃しはしない。もっと精確に言えば〈死者の鞭〉を聞いてしまった読者の方は、いつまでも佐々木幹郎の詩から〈死者の鞭〉を聞こうとするだろう。これはどうも仕方のないことだ。

『死者の鞭』の中では、その鞭によってこそ詩人の固有の面貌は砕けている。その砕けた貌を貼り合わせて読者は身勝手な像を作りあげてしまう。しかし、それを身勝手と言えるかどうか。たとえば、血の噴いた唇をなめまわしている無口な〈棒〉――というようなイメージは、詩人の固有な像に近づくよりも、むしろ、共有された〈経験〉の在り処を語っている。詩人の固有な面貌が砕けているゆえんだ。このことを言いかえれば、『死者の鞭』においては、それだけことばが依拠している〈経験〉の構造が明快であり、また、それは砕け散った同時代の青春に共有されている、あるいは共有が容易なことを示している。こういう宿命的な詩集というものもあり、また宿命的な詩人というものも存在するのだ。幸か不幸かは別として、佐々木幹郎の詩はそのような出自を避けられなかった。牽引されるにせよ、反撥するにせよ、それとの緊張を失うことはできないだろう。

『水中火災』の世界には、もはや刃金のように薄いが、強靭な意志力による荒々しいことばの連打はない。何重にも屈折するイメージの底に、〈経験〉の単純な構造は隠されている。どの頁を捲っても、時代の〈鞭〉の音は、直接にはひびいてこない。彼は急速に「びろうどのように病みはじめ」、王のように酔う。豪勢なことばの魔術師……などと気恥ずかしくなるようなことばを、いっぺん使ってみたかったのは、この彼の内部の瞬間の王の、びろうどのような病みが繰り広げるイメージの変幻が、あまりにみごとだからだ。それにしても〈鞭〉の音は隠されたにしても消えたわけではない。〈死者の鞭〉における〈の〉は、〈からの〉と〈に対する〉という二重性において、この若い詩人を追いつめていたのだった。もし彼が〈死者からの鞭〉だけを聞こうとしていたのだったら、すでに〈死者〉の寛容性にみずからを許していただろう。そこにおいては、このようなことばの凝縮を維持することは困難だったにちがいない。

「苦悩は刃物のように錆びていく」のだ。それが夭折という幸運か欺瞞に恵まれないかぎり、生者の避けられない論理というものだ。としたら、その一行を直立させることによって、錆びていく苦悩に向きあわねばならない。〈死者〉を撃つ音に耐えているまさしく詩人の固有な面貌は、そこに深く彫りこまれている。こうして、びろうどのように病んだイメージは、覚醒と酔い、知性と熱性、少年と老年、王の身振りと奴婢の卑屈、うたいたい欲望と唖の位置で凍えたい衝動、藁と遊星、水と火災……というような両極から錯綜し、重層し、異しい火花を散らす。もはや、その世界へは共有された〈経験〉の入口から入りこむことはできない。それでもなお、彼と関係をもちたければ、彼の異極の弁証法を掻い潜って、その仮構された〈経験〉の肉質を簒奪してくるほかないだろう。

わたしはかつて、彼のイメージが美学的な構図に静止することがあることに、一抹の危惧を抱いたことがあった。それは逆に運動性の激しいことばが、単純な構造しか持てないことに対する不安にもつながっていた。そのいずれもがここでは払拭されている。彼のことばは結晶しない。硬度に結晶するには、あまりに肉感的であり、流れ動いている。建築物のような堅固な構造性とも、知的な構成力とも遠い。彼はその意味ではうたう詩人である。また、《沈む／沈む　ほとんど涙ぐんで》というような語り口をみると、蕪村でも谷川雁でもなく、中原中也の再来ではないかと一瞬疑ってみたくなるほどだ。しかし、そのうたはよい耳を持っているとともに、やはり、やわらかく肉感的な視覚性を病んでいる。病みとは、この場合、輝きと同義だが、そこに蕪村の〈眼〉を、よく視ることのできる彼の内部の資性があろう。その〈眼〉の資性が内部に晦冥な〈沽廷〉をかかえて、苛酷に打ちこまれてくる《釘の理由》をひたすら問うているのだと言ってもよい。（佐々木幹郎詩集『水中火災』書評[*3]）

わたしは、ここで表現が〈経験〉に対して、ある距離をとらされることによって可能にしているイメージの変幻に、いくらか眼を奪われ過ぎていて、それにもかかわらず、そのイメージの変幻が、内的な危機の感覚を、微細に縫うように組織している側面に鈍くなっていたようだ。それはともかく、この書評については、藤井貞和から批判を受けた。彼は《佐々木は〝ことばの魔術師になった〟といったたぐいの衛生無害な悪評（北川透の日本読書新聞の書評）で、かるくかたずけられてしま》ってはいけない〈有害〉さや《悪の表情》を、この詩集はもっている（「水のすみか・水の祈り」[*4]）と言う。なるほど《衛生無害な悪評》と言えば、その通りかも知れない、とその時はごくりとつばを飲みこんでおいた。ただ、わたしにもともと《ことばの魔術師》などという語彙はない。だから、《通俗的な言い方》とか、《……などと恥ずかしくなるようなことばを》という含みというか、あるいは限定というか、そういうものを附しておいたのである。そのわたしの含羞がわからなかったらしい日本読書新聞の編集部は、「ことばの魔術師への変貌」という堂々たる題をつけてしまった（読書新聞にかぎらず、新聞の編集者は筆者のつけた題を勝手に代えることを自分の見識のように振舞っているが、あれは著作権の侵害（？）にはならないのか）。それが藤井の反撥を一層さそったのかも知れない。なぜなら、この書評の内容を読めばわかる通り、わたしには『水中火災』を軽くあしらう気持ちはまったくなかったし、いまもそう思う。ただ、藤井貞和が、この詩集に見ている〈有害〉とか、《悪の表情》というものに、わたしの批評がほとんどことばを届かすことができていないこともたしかであろう。そして、そこにやはり虚を衝かれる想いもあったのだ。

　とはいえ、藤井の文章を読んでみても、その《悪の表情》が『水中火災』のどういう側面を、具体的に指しているのかは、必ずしも十分に明らかであるとは言えない。ともあれ、藤井はこんな風に書いている。

《有罪とは、べつに観念壮大なことを意味しない。たとえば、政治闘争で火焰ビンを投げること、をひとつとりあげても根源的な悪によって有罪だという、そういうことを有罪だと私は言っている。根源的な悪は佐々木幹郎についてはなれぬ、持ってうまれたかげのようなものなのであろう。》（「水のすみか・水の祈り」）

　ここでわたしは、藤井が出口弘志という、佐々木とほぼ同年輩の自殺した友人（の作品）との比較において、〈有罪〉の観念を使っていることに、触れないでもよいであろう。そこで、わたしが藤井に少しばかり不満なのは、有罪と無罪があまりに劃然と、佐々木と出口弘志の間に振り分けられてしまっているからだ。ただ、彼が佐々木の内部に、野生の本能のようなもの、動物的とも言える生の拡充への欲望をみていることには、どこか手応えがある。彼が《火焔ビン》などという比喩を持ちだしたのも、そんな荒々しい生の欲望が、加害の形をとることへの直観からであろう。そこに、〈水辺〉をうたう作品が、《浄罪の場所》とならざるをえない秘密も嗅ぎとられている。

詩を書くような羽目に陥らなければ、そんな自滅するような生き方（死に方）をしなくてもすんだのにと思わせる人間がいる。いや、詩に限らず、なにものかに精神の急所をつかまれてしまった人間の生は危うい。佐々木幹郎も、なにかに精神の急所をつかまれてしまった人間にちがいないが、しかし、彼がおのれの感覚や観念のために自滅するタイプの人間だとは思えない。彼の現実的な生活形態、あるいは生活能力というようなことは、わたしの知らないことだが、そういうことを別にして、彼は表現によって生を拡充していく人間であろう。むろん、これは、ほんとうはタイプというようなものではない。多くはその両極を揺れ動いているに過ぎないのだから、こんな語り方をしてはいけないのだ。

藤井の《根源的な悪》を、もう少し勝手にわたしのモティーフのなかに引き込ませてもらうなら、詩や批評を書くというような行為は、死肉を食べて生きるようなことかも知れぬ。どんな物質的な価値の生産からも見放されて、ただ、ひたすら死肉を漁って幻想の野を彷徨する動物に似ている。それでいて、生きることとは、物質的な価値の享受にもあずかるわけだから、これはやはり〈悪〉である。しかし、いったん、生きていることの果てのように表現をつかまされたら、むしろ、《根源的な悪》をどれほど深くしうるかだけが、問われてくるのではないか。

毛馬で、執行猶予の期間、〈水守り〉をしていた佐々木は、むろん、すでに一冊の詩集をもった人間として、表現の側から〈悪〉をつかまされていたが、しかし、そこでみずから〈悪〉をつかみなおさないかぎり、《〃懐しい記憶〃のように訪れてくる生活〈時間〉》に滑り落ちていくことになったであろう。むしろ、無罪な場所へ転落することのうちに、危機は感じられていたはずだ。ここで、この小論の最初にもどれば、その無罪なところとは、内部が粉々に砕け散っている場所だ。それへの非同化が、佐々木のことばを、《根源的な悪》へ突き出しているなら、逆説的にその無性格な破片たちが、佐々木の表現の根だと言えるだろう。前衛と大衆に分裂するほどの凝集力を欠いた社会が、そこに横たわっている。いわば詩人が詩を書こうとするときに、内的な衝迫となる疑いようもない根拠は壊滅しつつあった。いや、詩は壊滅しつつある根拠自体を根拠としなければならなくなっていた。ますます、詩を書く行為が死肉を食うことに似てきたのだ。ここに救いはない。彼はこの説明のつかない、やりきれない〈悪〉の位相自体をメタフォァに組織する。既成の意味体系に還元を許さないメタフォァの直接性、多義性に思想を賭けざるをえなかったのだ。

壊れるようにして門を出た
首を垂れて水稲が揺れた
婦がまたぐ十月の床板から
屍体が匂う
頬が灼けた
野菜畑で全身全霊
炎天の作物は細い毛根を尻に生やし
腐蝕する芽キャベツ
腐蝕する土

腐蝕する体温
腐蝕する人形師O（オー）の家の水道管は破裂している
忍従のための書物は黄変し
妊婦とともに抱擁する青畳に
うつむいて吸う煙草の下で
世界中の泥がはねる
怒鳴りながら空中で耐え
逆まいて消える無数の銀輪に
朝日がたちこめるまで
膝をつぶし
しずまるガラス窓に囲まれて
徐々に壊れていくものを待つ
部屋中に血液が流れた

（「炎天図」）

ひとつとして、肯定された、あるいは救済を求めるイメージがないことに注意すべきだ。すべてが壊れ、腐蝕し、破裂する世界図である。ここに、現在の想像力が、世界の上に散乱する死肉、おのれの内部の破片たちを、喰って生きざるをえない苦しい様相をみることもできる。

彼自身は、短いがすぐれたエッセイ「壊れる「もの」すべて」で、このあたりの問題を、次のように表現している。

《わたしは一人の人間が、たった一人で壊れた現実のかけらを拾い集める、そういう場所を好む。現実を再構成しようというのではない。現実は不可触であり、われわれがそれを摑むというよりは、摑まされることに賭けることの方が多大の勇気を必要としている。拡散の為の重力だけが結集しているような、この世界にとっての破片。それを「虚の形式」と呼ぼうか。なんと呼んでもよいが、わたしのとりつかれている物事の解体する過程のイメイジには、この世界にとっての無意味な、体系とも呼べぬ体系の、そういう抽象の糸になり終えたい欲望が陽炎のようにゆらめいている。》（「壊れる「もの」すべて」[*5]）

拡散の為の重力だけが結集している、とはうまいことばだ。その世界の破片を摑まされることが、無意味な抽象の糸になりたい欲望に重なる、というのもその通りかも知れぬ。しかし、摑まされることが、欲望に重なる時、そこに〈悪〉の自覚が欲しい。この〈悪〉が藤井貞和の《悪の表情》と同じかどうかはわからぬが、〈悪〉の自覚を失った無意味な抽象は、もはや肯定された破片に過ぎないだろう。

*

しばらく前に、吉本隆明の『戦後詩史論』[*6]を読んだ。ここはそれを論じる場所ではないが、たとえばそのなかの三番目の論文「修辞的な現在」の、次のような冒頭部分は強い印象で眼のなかに飛びこんできた。

《戦後詩は現在詩についても詩人についても正統的な関心を惹きつけるところから遠く隔たってしまった。しかも誰からも等しい距離で隔たったといってよい。感性の土壌や思想の独在によって、詩人たちの個性を択りわけるのは無意味になっている。詩人と詩人とを区別する差異は言葉であり、修辞的なこだわりである。》

《戦後詩の修辞的な現在は傾向とか流派としてあるのではなく、いわば全体の存在としてあるといってよい。強いて傾向を特定しようとすれば〈流派〉的な傾向というよりも〈世代〉的な傾向とでもいえばややその真相にちかい。だがほんとうは大規模だけれど厳密な意味では〈世代〉的ですらない。詩的な修辞がすべての切実さから等距離に遠ざかっているからだ》（「修辞的な現在」）

　これを読んで、わたしは一年程前に書いた桶谷秀昭論[*7]のなかで、奈落の不可能性ということばを使ったことを思い出した。いかに戦慄すべき〈奈落〉でも、そのなかで人は死なぬ、あるいは詩や思想は死なぬ。人が生の困難に逢着するのは、〈奈落〉の不可能性においてだ、というような文脈でこのことばを用いたように思う。いまもモティーフとしては、その周囲を散策している。この奈落の不可能性に、ここでの無性格な破片と化した内部や、佐々木幹郎の《壊れる「もの」すべて》を重ねてもよい。そして、それはさらに吉本隆明が「修辞的な現在」で述べている、感性の土壌や思想の独在という個性の崩壊とも、どこかでひびきあっているはずだ。

　たしかに、いま《詩人と詩人とを区別する差異は言葉であり、修辞的なこだわり》なのかも知れない。そして、それは流派でもなく、世代でもなく、全体の存在を包みこんでしまうような強力なものであろう。しかし、それにもかかわらず、言葉の区別や修辞的なこだわりは、詩人の感性の土壌や思想の独在が不可能な場所、それの倒壊しつつある場所への矢印としてのみ存在している。いや、矢印としてしか存在していない、と言ってもよい。つまり、どんな微少なことばの差異や、修辞的な特質にしろ、それを可能にするためには、詩人が個別にかかえこまされている奈落の不可能性を、自覚的か無自覚的かは別にして、媒介しないわけにはいかないのだ。そこで課題になるのは、おそらく、《詩的な修辞がすべての切実さから等距離に遠ざかっている》それ自体ではなく、遠ざかることを強いられるその力を、逆にいかに切実さの方へ向き変えるか、というところにあるだろう。

　それにしても、百年と言わなくても、十年も経てば、たとえばわたしなどの言語は言うに及ばず、天沢退二郎と佐々木幹郎と荒川洋治の言語をへだてている程度の差異は、それ自体の区別立てがまったく意味をもたないような共同性の表象としてしか、眼に映らなくなっているかも知れない。吉本隆明の眼の恐いところは、あたかも百年後の評価のように、それが現在を射抜くところだ。しかし、いま、詩を書き続けることを、なお求めているわたしは、百年後の眼にさらされながらも、現在の微少な差異を拡大していく方向に、みずからのモティーフを賭けざるをえない。その微少な差異は、現象していることばから、詩人がかかえている壊れている根拠の根拠へと探っていくときにのみ拡大される。昨年の「現代詩年鑑」(「現代詩手帖」一九七七年十二月号)から、次の二篇を例にして考えてみよう。

壁という壁を塗りまくる
騒音のなかで
陰気に
熱っぽい催眠的なパンが
ちぎられる
夢の売人も
それを買う男も
考えたり案じたりする
恐怖の儀式も
小さな孤立した状態の心も
ちぎられる
ちぎられる緩慢な速度の
エロチシズムのなかで

(「狂った果実」全四連のうちの二連のみ)

女子のからだが移ってくる
噛んでいたものをはなしに来たのだ
自分の背丈をのこして
休む気になれない
もうずっとむこう
マッチ・ケースのむこうの
アルミサッシのうえで
青いカバンのからだが浮いている
ほんとうに浮いているみたいだ
うごかないものよ足場が去っても
糸のように
流れるんじゃないよ
雨
雨が降っても
周五郎の一行を出すんじゃないよ
それよりも傘を
ひらくなら
いいかたちに
かたちに

（「傘を持つのはどうだろう」第一連）

大方の推測は可能だと思うが、前者が佐々木幹郎の作品であり、後者は荒川洋治のそれである。二つの作品とも、現象していることばからは、表出の根拠は視えない、あるいはそれはこわれている。どこかことばの浮游の仕方に共通性があるとも言える。しかし、そのことばが、壊れている根拠へ志向する仕方には大きな相違がある、と視なければならぬ。荒川洋治の表出意識は、現実とか、生活とか、観念・思想とか、ともかくそれをめぐって熱くなるような肉体・欲望に、ほんのわずかでも触れないように細心の注意をもって持続する。荒川が採用している語法は、メタフォアでもなければ、相反する価値を衝突させる反意味の志向でもない。それは徹底した意味（規範）のずらしであり、当然、そこに支配的に流れている感情は、知的な、冷えきった、細い気分のようなものである。それは倒壊した内部の破片を、いわばできるだけ《いいかたち》に並べようとする意識だと言ってもよい。壊滅しつつある根拠は、ここに感受性の幸福論を生み出している。

それに比べるなら、佐々木のことばの特質は、同じような破片でも、熱や欲望をもった肉体性を感じさせる。それは彼の破片が現実や観念や思想を排除してはいないからだ。現実や思想が意味（体系）として登場しないのは、それが倒壊させられているのが現実だからだ。それにもかかわらず、そのあいまいな現実性を引き受けようとすれば、《壁という壁を塗りまくる騒音》や、《熱っぽい催眠的なパンがちぎられる》というようなメタフォアを多用せざるをえない。夢も思考も心もちぎられる、壊滅した根拠を根拠とする場所から、辛うじてことばは打ち上げられている。ここに幸福論が発生する余地はない。藤井貞和が前の詩集『水中火災』に寄せたことばで言えば、ここに視えるのも、《悪の表情》である。

「狂った果実」は、もっとも新しい詩集『百年戦争』[*8]に収録されているが、この作品のこういう特質は、詩集全体の印象としても言えるだろう。この詩集を代表する作品一篇をあげるとすれば、わたしは「流れるうてなに」を引いてみたい。ここでも彼がモティーフにしているものは、〈壊れる「もの」すべて〉である。

すでに壊れているもの
あるいは壊れつつあるものが放つこの香りはなんだ
流れてゆくものに浮き沈む理由なんか
苦しむものに苦しむ理由なんか
あるはずがない　あるわけがない
遠のいてゆくものの幻に
無い意味にこめる乱暴な色彩に
じんわりと唇から焼けて
溺れる生命を胸から上に吊るして接吻するとき
（おまえのびろうどの帽子の下で恐らく目をあけて）
完璧に反りかえる
無い言葉　無い炎　無いものの流れるうてなに
意味もなく魅入られて
それがすべてだ
とびたたぬことの　気の遠くなる死の部屋のなかでしびれる乾草の逆さに吊るされて　眠りつく冷え
た光の……

（「流れるうてなに」〈し〉部分）

佐々木幹郎が、谷川雁や松下昇から学んだ最大なものは、ひょっとしたらまったき荒蕪なもの、不毛な荒野を光彩たらしめるマジックのようなものかも知れない。彼はこんな風にも書いていた。《物事の解体する過程が魅力的なのは、どうやらそこに創造のための罠が仕掛けられてあるかららしい。人間の精神の動きが最も輝きに満ちてくるのは、何かを作ろうとする意識よりも全てを壊そうとする意識の裾野においてである。》（「壊れる「もの」すべて」）しかし、佐々木において、壊れているものは、ユートピアの夢想に向かうのでもなく、思想の原形質性へ凝集するのでもなく、むろん、行為の直接性を成り立たせるものではなく、それはやはり感覚の余剰としての言語に向かっていると言えるだろう。壊れつつあるものは、不思議な〈香り〉を放散し、無い意味は、《乱暴な色彩》を溢れさせる。むろん、この感覚の余剰が、隙間のないことばの模様を刺繍していることは、『百年戦争』の著しい特質だろう。

・湿ったベランダの風に／瑠璃色の蛾が飛んでくる　（「百年戦争」）
・木屑が花模様におちてくる　（「百年戦争」）
・戸棚をあけると／いまも流星が斜めにつまったままだ　（「百年戦争」）
・薔薇は薔薇の花片のままひきしまり　（「流れるうてなに」）

こういう風に全体の文脈から、詩句だけを切り離して例示していけば、きりがないが、むろん、このことば模様の修辞が、内部の壊滅しつつある根拠へ屈折する志向性を失ったとき、佐々木の言語を、もはや時代の修辞の共同性から、ことさら区別する意味もなくなるだろう。そして、『百年戦争』は、その危うさへ微妙に傾いている詩集だ。かつて、鈴村和成は、明晰と韜晦という両極が引き合う力関係を楯の両面として、そのなかに佐々木幹郎を位置づけた（「古典的地方論私考」[*9]）けれども、現在優勢になりつつあるのは、やはり、韜晦語法ということになろうか。

巨大な釜たっぷりに
塗り絵の中の男が
火事場めがけて走る
なんという歌劇の小舟？
なんという移動速度？
危機の燐火箱が
淫蕩な朱のふちどりに
火をつけたばかり
阿鼻！

（「窯変」はじめの部分）

明晰なものは難解であるというテーゼから言えば、ここにあるものは難解さではなく、何かの絵解きを下敷にした軽妙なイメージの脱臼作業である。ここでわたしたちに与えられているのは、いわばイメージの縁（へり）だけだと考えれば、彼の韜晦がすでに行き着くところまで行っていることがわかろう。そして、そこからは《悪の表情》は消える。ことばが欠如を強いられている根拠への、内的な屈折を通じて、もっと荒々しく自己存在に衝突してもよいのではないだろうか。その時、彼が現在維持していることばの抽象のレベルが、醜く破れることはあっても、その破れ目から彼の危機は露出するだろう。存在が壊れなくては認識の肉眼性を獲得できないという谷川雁の論理に、かつて賛意を表したのは佐々木幹郎自身であった（「認識の肉眼性」[*10]）。いま、彼が回復しなければならないのは、想像力の肉眼性かも知れない。

考えてみれば、『死者の鞭』によって出発した詩人が、経験を思想化する、その独在性によって、個性を表象する方向へ展開しえないで、修辞が内部の砕けた現実に屈折する志向性によってしか、存在を際立たせることができないのは不幸だと言える。しかし、佐々木幹郎が、荒川洋治たちのいわゆる〈星菫〉派の詩人たちと、ほとんど同世代であることの奇異を考えるなら、そこに彼の苦しい位置というものも視えてくるはずだ。こんな風な図式を引いてはいけないのかも知れないが、『死者の鞭』の詩人にわかりにくいところはない。また、『百年戦争』の詩人もわかりにくくはない。わかりにくいのは、『死者の鞭』の詩人が、同時に『百年戦争』の詩人であることだ。

この佐々木幹郎の不幸は、しかし、吉本隆明のことばにならえば、傾向とか、流派とか、世代とか、むろん、個人に強いられているのではなく、〈全体〉としてあるのであれば、こいつは引き受けていくほかないだろう。それに、現在を空白にして、過去の〈体験〉を喚びこんでも、それはこの〈不幸〉からの逃避に過ぎまい。すでに詩集『水中火災』の巻末につけられたエッセイ「目を閉ざし口を閉ざして」で、彼は次のように書いていた。

《〈体験〉をふりかえることは難しい。虚飾の首をふって、他人からもそれとわかるほどに血を流すことは易いが、そのときふりかえればふりかえるほど〈体験〉は自己にとって甘味なものに変容してゆく過程をのがれられず、生涯のうちで幾度もふりかえる〈体験〉の現実局面はなめらかに手がかりをかくしている。……〈体験〉をふりかえることのできる無限の自由のなかで、記憶のなかでたやすく血は流れだす。》(「目を閉ざし口を閉ざして」)

虚飾の首を振って、体験あるいは記憶のなかで血を流すことの拒否——、ここに彼の韜晦が発生せざるをえない理由もあるだろう。体験のなかで流された血を、現在、ことばのなかでもう一度流してみせることによって、直接的にはその血と関係を失っている、いまの生の位相を許してしまうことの虚偽の意識が、おそらく、佐々木幹郎にとって我慢のならないことなのだ。それに、体験へのもたれかかりは、みずからの詩のレベルを、限局された〈地方〉へ押し返していくことになる。地方語はいつも、公共の言語を補償してしまう。

しかし、どのような詩の現在であろうと、それは必ず、みずからの経験を選んでいる。精神が肉体をいかに忘れようとしても、あるいは隠そうとしても、その肉体を失ったら、みずからも死ななければならぬ関係に、それは似ている。修辞が経験から遠ざかろうとするとき、あるいはそれを隠そうとして韜晦するとき、実はそのようなかたちで経験は選ばれているのだ。なぜ、経験は隠されるのか。そこにあの無性格な内部の破片たちの顔を、やはり、想い出さなければならぬだろう。

そうだとしたら、むしろ、思い切った経験の経験ともいうべき領域に乗り出してみるべきかも知れない。それは彼が「現代詩手帖」（一九七八年九月号）の特集「現代詩入門」に合わせて編んだ「巡礼」の方法に暗示があるだろう。ここには大学闘争などの幾つかの公判記録その他が、コラージュ風に並べられているが、それは経験の経験を想像力で〈巡礼〉しながら、詩の発生する根源の場所に、自分を立ち合わせることである。それがどんな場所かについて彼の証言を聞いてみよう。

《公判の現場というのはパロディなんですよ。このわれわれが生きている世界に対するパロディみたいなものが進行している舞台そのものが詩の器にならないか。職業的にその公判に来ている人たち――裁判長、判事、弁護人でなく、被告人、傍聴人、証人の三者が、〝法〟という言葉に対して言いたいのは、最終的には詩の言葉なのだという思いがぼくにはある。それが法の言葉にぶつかると、その場が爆発的に面白くなってくる。ぼくはその舞台をどうにか詩の器に盛りこみたかったんだけど、これけ何回も失敗してるんです。自分の中の詩の見えない一行というような感じで、ひとつの星が爆発したあと、全ての重量がそこに吸いよせられるブラックホールみたいに、ずーっとあるんです。》（座談会「内面をふみ

しだく言葉」の中の発言）
ただ、この法の言語に対決する一行の詩の背後には、惨澹たる〈悪〉の現場としての生活領域が広がっている。そこへの〈巡礼〉はみずからの経験を、たえず、異次の経験へ対象化することにほかならない。しかも、実際に詩を書くときには、そのすべての〈巡礼〉は《自分の中の詩の見えない一行》として、ひっそり息づくに過ぎないだろう。その困難をつかんで離さないことだけが、大切だ。
佐々木幹郎について書きながら、いつの間にか自分の課題の方に引き寄せられ、すっかり気が滅入ってしまった。それは観点をかえて言えば、彼が象徴している問題は、他人事で論じてすませることのできない切実さをもっているということでもあろう。

＊1　谷川雁評論集『原点が存在する』（弘文堂）に収録。
＊2　佐々木幹郎詩集『水中火災』（国文社）に収録。
＊3　「日本読書新聞」一九七三年九月三日号に掲載。
＊4　「白鯨」3号（一九七三年十二月）に掲載。
＊5　佐々木幹郎評論集『溶ける破片』（国文社）に収録。
＊6　吉本隆明『戦後詩史論』（大和書房）。
＊7　「存在・奈落・運命……桶谷秀昭覚書」（「現代詩手帖」一九七七年十月号）。
＊8　佐々木幹郎詩集『百年戦争』（河出書房新社）。
＊9　鈴村和成評論集『異文』（思潮社）に収録。
＊10　『溶ける破片』に収録。

（「現代詩手帖」一九七九年一月号）

*

ことばが語る時代

「あとがき」に代えて

一　根拠としての批評や詩論

〈六〇年代の詩〉について、ことばが語る時代だった、という強い印象がある。『現代詩論集成』第3巻は主として、一九五〇年代末から一九六〇年代、七〇年代にかけての、詩人たちの詩の歩みを論じた詩論を収めたものだが、それはまた、ことばが語る時代の詩の多様な展開を、批評的にあとづけた軌跡となっているだろう。しかし、この時代はまた、ことばが語ることに、批評や詩論が強力に根拠を与えようとした時代ではなかっただろうか。この時代的傾向、あるいは特色は必ずしも詩の領域に限らず、文学全体をも、ある程度被うものだった、と思う。それはまた、わたしにとっては、詩や文学が戦後という基盤から離陸するイメージと重なっている。個人的なところに引きつけて言えば、ことばが語るとは、何よりも、わたし自身が五〇年代から六〇年代、そして、七〇年代の初めにかけて書かれた詩と批評を読み、それに刺激され、誘われるようにして、みずからも書くという行為に、全身を引き込まれていった経験に負うている。そのほとんど盲者の手探りに似た行為は、同時に、盲、蛇に怖じずで、無謀な論争に撃って出ることを可能にした。そんな俄か仕立ての危ない橋を渡りながら、わたしは詩と批評の在り処を嗅ぎつけ、やみくもに引き寄せていったような気がする。ことばが語る時代とは、まず、論理以前の実感である。

ことばが語る時代、というわたしの印象や実感に根拠を与えている、批評や論考が、六〇年代から七〇年代の初めにどれほど書かれているか。それを今の時点で、完全に復元することは難しいが、なお、わたしの記憶に残っているものについて、まず、最初に列挙しておきたい。その厚みや広がりを測るために、必ずしも文芸批評や詩論の形態にとらわれない論考まで含めることにした。

江藤淳『作家は行動する』（一九五九年）、清岡卓行『廃墟で拾った鏡』（一九六〇年）、飯島耕一『シュルレアリスム詩論』（一九六一年）、吉本隆明『言語にとって美とはなにか』（「試行」連載一九六一年、単行本化一九六五年）、M・ブランショ（粟津則雄・出口裕弘訳）『文学空間』（一九六二年）、埴谷雄高『垂鉛と弾機』（一九六二年）、岡井隆・金子兜太『短詩型文学論』（一九六三年）、粟田勇「彼岸のリアリズム」（一九六三年）、サルトル（白井浩司訳）『言葉（全集第二十九巻）』（一九六四年）、丸山静「言語についての考察」（一九六五年）、『西脇順三郎詩論集』（一九六五年）、ロラン・バルト（森本和夫訳）『零度の文学』（一九六五年）、小林秀雄『本居宣長』（一九六五年、「新潮」に連載開始）、『現代詩論体系』全六巻（一九六五年）、ハヤカワ（大久保忠利訳）『思考と行動における言語』（一九六五年）、『瀧口修造の詩的実験1927～1937』（一九六七年）、大岡信『現代芸術の言葉』（一九六七年）、九鬼周造『「いき」の構造（改版）』（一九六七年）、レヴィ・ストロース『悲しき熱帯』（『世界の名著』59、一九六七年）、三浦つとむ『認識と言語の理論（第一～第三部）』（一九六七年～一九七二年）、天沢退二郎『宮沢賢治の彼方へ』（一九六八年）、入沢康夫『詩の構造についての覚え書』（一九六八年）、篠田一士『詩的言語』（一九六八年）、大岡信「言葉の出現」（一九六八年）、天沢退二郎『紙の鏡』（一九六八年）、吉本隆明『共同幻想論』（一九六八年）、大岡信「現代詩と『言語空間』」（一九六九年）、岡井隆『現代短歌入門』（一九六九年）、大岡信『蕩児の家系』（一九六九年）、寺山修司『暴力としての言語』（一九七〇年）、菅谷規矩雄『無言の現在――詩の原理あるいは埴谷雄高論』（一九七〇年）、天沢退二郎『作品行為論を求めて』（一九七〇年）、ジャック・デリダ（高橋允昭訳）『声と現象』（一九七〇年）、ミシェル・フーコー『知の考古学』（一九七〇年）、柄谷行人「発語と沈黙――吉本隆明における言語」（一九七一年）、吉本隆明『心的現象論序説』（一九七一年）、丸山圭三郎「ソシュールにおけるパロールの概念」（一九七一年）、ソシュール（小林英夫訳）『一般言語学講義（改版）』（一九七二年）、天沢退二郎『夢魔の構造――作品行為論の展開』（一九七二年）、平出隆「宙吊りの詩と行為」（一九七二年）、北川透『〈像〉の不安――仮構詩論序説』（一九七二年）、時枝誠記『言語本質論』（一九七三年）、ヤーコブソン（田村すゞ子訳）『一般言語学』（一九七三年）、入沢康夫『詩の逆説』（一九七三年）、岩成達也『擬場とその周辺』（一九七三年）、岡田隆彦『言葉を生きる』（一九七三年）、ミシェル・フーコー（渡辺一民・佐々木明訳）『言葉と物』（一九七四年）、菅谷規矩雄『詩的60年代』（一九七四年）、矢野武貞『吃音の本質』（一九七五年）、宮川淳『引用の織物』（一九七五年）、菅谷規矩雄『詩的リズム』（一九七五年）……。

刊行年が以前なのでここには記載してないが、当時、わたしが参加していた複数の読書会の一つで、時枝誠記『国語学原論』を取り上げた。それをソシュールの言語学と比較・検証しながら、読んでいったという記憶がある。このうちの多くは、読書会で取り上げたものとか、批評（書評）、論争の対象や、自分の書くものに関わって、必要に迫られ読んだものなので（一方で大事な論考を落としている可能性もあるが）、かなりの偏向があるだろう。また、言うまでもなく、これらを順番に読んだわけではない。刊行時より、四、五年後、あるいはもっと後に読んだものもあるはずだ。でも、だいたい同時（代）的に読んでいる。その経験のなかから、ことばが語る時代が始まったという印象が、いつの頃からか、わたしのなかに胚胎したのだ、と思う。ことばが語るとは、それまでは理念や政治政策、物語、感情・感受性、心理、抒情の襞の陰に隠されていたことばが、その被膜を破って露出してきた、ということでもあろう。あるいは、革命、階級、精神、実存、反権力（反体制）、体験……など戦後的な理念に関わるものではなく、いや、それらは関係があるにしても、何より、ことば自体が主題として語られるようになってきたこと、ことばが詩人や批評家を媒介して自ら語りだしてきた、ということでもある。むろん、先にあげた評論集や論考の性格は一様ではない。こうした事態の出現に、直接には関係ないものもあれば、肯定・否定の態度に分かれるものもある。中心に位置しているものもあれば、ジャンルの差や学術研究等スタイルの差等で、距離的に離れているものもある。しかし、共通の印象として、ことばが自らを語りだす事態に、同調的であれ、対抗的であれ、無関心であれ、これらは何らかの力を与えてきたものではないか、とわたしは思っている。

ことばが語る、とは何か。この主題をめぐる厚みや、広がりを展望しながら、わたしはいま手をつかねている。ここではとりあえず、そのことの問題性のいくつかを覚書風に、書き留めておくことができるだけだ。これが孕んでいる、一時代を用意し、その枠を超えた本質的な問題に接近するためには、「あとがき」という場所はあまりに不似合いだ。もとより、このデッサンを、そうした課題に繋がるような試みにするためには、集中的に論じるに相応しい場所が設定されねばならぬが、わたし自身がいつかどこかで、それを担えるかどうかは、まったくわからない。

二　行動する文体

さて、ことばが語る、と書いてわたしが、まず、思い起こすのは、江藤淳の『作家は行動する』（一九五九年）の冒頭の文章だ。

《文学作品はことばで書かれる。文体論というものは、文学作品を意識的にことばの面から批評することである。これは犬が西むきゃ尾は東というのと同じ程度にわかりきった話であるが、それからさきはいっこうにわかりきっていない。つまり、文体批評の出発点は言語の批評にある。これは家を建てようと思ったら、土台からかためてかからなければならないというのと同じことであって、ものごとを本質的に論じるとはもともとこのような態度のことをいう。》(『作家は行動する』「一　言語と文体」)

文芸批評(文体批評)の視点から、《文学作品はことばで書かれる》という当たり前のことが、当たり前に言われている。これは五〇年代の末の発言だが、わたしはこれを六〇年代のことばとして読んだからだ。よくわからないままに、文体批評というスタイルがあるらしいという程度の、漠然とした印象しか残らなかった、と思う。それを読み返したのは、吉本隆明が「試行」に連載を始めた『言語にとって美とはなにか』によっている。とはいえ、次に引用する、「序」の冒頭部分は、連載時には書かれていない。これは単行本化に際して、大幅に改稿されたときに、付け加えられたものだからだ。

……と言いたいが、実は少し違っている。なぜなら、最初に読んだときは、たいして気に留めなかった

《少壮の才能ある批評家江藤淳が『作家は行動する』という優れた文体論を公刊した。この著書は、すくなくともわが国の文芸批評史のうえで劃期的なものであることを、批評家たちは看ぬいてはいなかった。おそらく、もっともこの著書に関心をいだいて読んだのは、同じ問題を別様に展開しようとかんがえていたわたしではないかと思う。》(『言語にとって美とはなにか』「序」)

吉本の《同じ問題》というのは、言うまでもなく《文学作品はことばで書かれる》という当たり前のことを批評、あるいは文学の理論の出発点にする、という態度である。吉本の言い方では、文学について誰もが認めることができるただ一つの前提は、《文学は言語でつくった芸術》というところにしかない、ということになるだろう。それ以外は単なる政治・政策論か、文学者の個人的な経験や欲求に根ざ

した個体の理論であって、普遍的な文学、批評の問題になりえない。この当たり前が、必ずしも当たり前でなかったからこそ、吉本は先行する江藤の〈文体論〉に目を見張り、《わが国の文芸批評史のうえで劃期的なもの》と評したのだった。ここにことばが語る時代が、まさしく始まっていた。

もっとも、これとよく似たことは小林秀雄が、既に一九二九年に「様々なる意匠」で述べている。小林はそこで、《遠い昔、人間が意識と共に与へられた言葉といふ吾々の思索の唯一の武器》を文芸批評の前提として取り出している。もとより、その先駆性は評価されねばならない。小林はことばの《人心眩惑の魔術》が、マルクス主義文学というイデオロギー的意匠、《「芸術のための芸術」といふ古風な意匠》、象徴主義や写実主義、新感覚派や大衆文芸など、そのさまざまな意匠のなかに潜んでいて、人々を支配している、と言う。ここですべての文学の理念は、横並びのデザインの地平で相対化されたが、では、ことばからその意匠を分離できるのかが問われたわけではなかった。ましてや意匠という制度を解体された、零度のことばの理論が展開されたのでもなかった。だから、小林にとって、《批評の普遍性》という観念は存在しない。古来、芸術家が狙ったものは、《例外なく個体》でしかない。となれば、読むとは、そこから《作者の宿命の主調低音》を聞くほかはないのだった。

『作家は行動する』における江藤淳の小林秀雄批判は、『様々なる意匠』に対してではなく、『Xへの手紙』に向けられているが、いずれを対象にしても同じことだろう。「Xへの手紙」における、小林のいっさいの思想には〈文体〉の問題があるに過ぎないという論理は、それ以前に書かれた「様々なる意匠」においては、〈文体〉が〈意匠〉の概念で扱われていた、と見ることができるからだ。すべてが〈文体（＝意匠）〉でしかないとすれば、文学の場所は宿命論的（スタティック）な閉鎖空間になってしまう。むろん、ここには当時の江藤のせっかちな短絡があるだろう。さまざまな文学史観が、（マルクス主義文学はその典型例だが）絶対的な理念としてあった昭和初年代において、それを単にデザインの差異に過ぎない、と相対化する小林の論理のもつもう一面の、自由なダイナミズムを見ないことになるからだ。江藤にとって、ことばの〈魔術〉が作りだした、〈意匠〉という制度に囲まれた世界は、〈ありじごく〉の擂鉢に見える。彼はそれを《逆に凸型の、開放された世界に転換させる》ために、《主体的な行動》を起こさなくてはならない、と言う。擂鉢の底で、ただ、《沈黙がちに思想を喰い殺している》小林の批評に、江藤は《非行動派ニヒリストの論理》を嗅ぎ取っているのだった。

江藤にとって、作家の《主体的な行動》とは何なのか。それはさまざまに言い換えられているが、制度として固定（停滞・完了）した《負の文体》と、対極の〈文体〉をつくりだすこと。作家が《自己否定の契機をふくんだ、動的な、矛盾した、突然おびただしい行動のエネルギーに転化しうる「現在」》という時間をつくりだす、そのダイナミックな過程のことだ、とも言う。それを彼は〈行動〉と呼んでいる。もとより、江藤（あるいは作家）にとって、〈文体〉は不可避だという前提がある。それはさまざまな効能や伝達性に奉仕する、日常的な言語の連続性を切断し、そこには存在しない時間を仮構しなければ出現しない。《主体的に、動的に現実をとらえるということは、このようなレディ・メイドではないフィクションを通じて現実をとらえるということ》になる。なぜ、主体的ということが、強調されるかと言えば、おそらく作家の〈文体〉は《自己否定をくりかえしていく運動としてとらえるべきだ》と考えられているからだろう。《主体的な時間をとらえないかぎり、あらゆる芸術は成立しない》とも。小林の〈文体（意匠）〉概念が、制度として固定（停滞）しているところに、主体的な〈行動〉の概念を投げ入れることで、抑圧としてしか働かない《負の文体》に揺さぶりをかけ、それを解体しようとする。その〈行動〉自体が、〈文体〉の運動であり、それは仮構された時間が媒介されることによって可能となる。

江藤のこの〈文体〉概念は、一旦はことばの次元にまで還元されなければ、詩と小説（散文）の差異と同一性は扱えない。しかし、江藤はことばから出発しながら、〈文体〉をことばとの往復運動として扱わない。基本的に江籐の文体論が、散文（小説）の理論としての枠組みから外れないからだ。こうして当時もっとも若い作家たちの文体を発見（批判）していったのだった。大江健三郎の内に欧文脈の律動性を獲得した想像力の文体を、石原慎太郎の内に〈文学か実行か〉の非美学的なアクチュアリティーの文体を、三島由紀夫の内に古典的な美的対象としての文体を、また、それ以前の第一次戦後派の作家たちに、混沌とした現実に対峙するリアリスティックな文体を、それぞれ発見（批判）していったのだった。

江藤においては、詩の文体論も、詩的言語論も成り立たない。詩については、サルトルの「想像力の問題」を援用しながら、恣意的な見方を繰り返しているに過ぎない。日本の批評家はおおむね現代詩を読まないが、その点では小林も江藤も同じだった。ここでは一瞥に留めるが、たとえば、《散文の文体は基本的には「行動」の文体であり、サルトルのいう意味での詩の文体は「停滞」の文体だ》、《「詩的な言語は散文の廃墟の上にあらわれる」これを翻訳すれば、「詩」は人間的な行為への絶望の上に生れる》ということになる。江籐の論理を注意深くたどれば、必ずしも、詩に対する否定的な言説が述べられているわけではないが、散文と比べて詩への具体的なイメージは凝集すべくもない。ただ、絶えざる自己否定によって、〈文体〉を更新する運動の内に、作家の《主体的な行動》が見られている。そこにことばが語る時代に対して、批評が根拠を与えた、第一歩があった。

三　原理という場所

吉本隆明の『言語にとって美とはなにか』は、たしかに彼自身が言うように、ことばが語る、という

《おなじ問題を別様に展開》したものだった。ただ、彼の別様とは、小説とか詩とかいうジャンルのなかだけで有効な、文体論や詩の言語論ではなく、文学総体の原理論という場所に転回したのだった。別様な展開を一九六〇年代の詩の領域で他に見れば、例えば大岡信は自動記述の実践的方法、入沢康夫は構造概念の導入、天沢退二郎は作品行為論、そして、菅谷規矩雄は詩的リズム論の構築のなかに、それを見ることができるだろう。むろん、それらはどれも、江籐の文体論のモティーフを受け継いだものではない。それぞれはモティーフの出自を異にしている。ただ、わたしはここで、ことばが語る時代、という俯瞰的な立場をとっている。そこからは共通性の別様な展開というようにも見られる、というだけのことだ。

吉本隆明の『言語にとって美とはなにか』について、すでにその性格のいくらかには言及しているが、ことばが語る時代の唯一の原理論の構築である以上、ここで、それに触れずに済ますことはできない。まず、やはり、彼が単行本で付け加えた、「序」の部分で語っていることに注意したい。それは一九五〇年代の後半頃から進められていた、たとえば「社会主義リアリズム論批判」(一九五九年)の類の、プロレタリア文学の遺産の再検討のような仕事が、対象的に不毛であることに気づき始めた、というようなことだ。つまり、《もうじぶんの手で文学の理論、とりわけ表現の理論をつくりだすほかに道はない》というのが、彼の原理論へ行くいちばん強いモティーフである。それを別な視角で言えば、マルクス主義(とそれに意味づけられた戦後民主主義)が大きな力をふるっていた、戦後社会の思想・文学・文化の基盤が大きく移動したことを示しているだろう。だから、先にも触れた、戦後的な理念の指標になっていたようなことばや概念が、次第にリアリティを失っていったのである。そして、そういうものを外していくと、そこには、もうことばしか残らない、という事態になった。

この時期に翻訳されたロラン・バルトの『零度の文学』には、これを批評したモーリス・ブランショの「零地点の探究」という小論が付けられている。そのなかでブランショが《「文章」なしに書くこと、文学が消滅し、虚偽である文学の秘密をわれわれがもはや恐れる必要のない不在の点へと文学をもたらすこと、これこそが「文章の零度」であり、決然としてにせよ、われ知らずにせよ、あらゆる著作家が探究しているところの、そして、あらゆる著作家たちを沈黙に導くところの中性の地帯なのである》と述べていることが、吉本の原理の場所と遠く響き合っていることを、以前にどこかで書いた記憶がある。吉本がイデオロギー的な、慣習的な、個人的な〈文章〉の隷属状態から、文学を復興させようとすれば、ことばを〈零度〉の、《中性地帯》に、とりあえず、置いてみるほかなかった、ということだろう。彼にとって、〈零度〉というものを想定すれば、それが発生した原始の時代から、今日までの日常生活の流通言語まで、また、古代歌謡から現在の最先端の詩的喩までを貫く本質において、ことばが捉えられた状態である。そこで問題になるのが、『言語にとって美とはなにか』のキーワードとなる〈自己表出〉と〈指示表出〉の関係の説明だ。これが公刊された当時から、もっとも評判の悪かった箇所を引くことにする。

《たとえば狩猟人が、ある日はじめて海岸に迷いでて、ひろびろと青い海をみたとする。人間の意識が現実的反射の段階にあったとしたら、海が視覚に反映したときある叫びを〈う〉なら〈う〉と発するはずだ。また、さわりの段階にあるとすれば、海が視覚に映ったとき意識はあるさわりをおぼえ〈う〉なら〈う〉という有節音を発するだろう。このとき〈う〉という有節音は海を器官が視覚的に反映したことにたいする反映的な指示音声だが、この指示音声のなかに意識のさわりがこめられることになる。また狩猟人が自己表出のできる意識を獲取しているとすれば〈海〉という有節音は自己表出として発せられて、眼前の海を直接的にではなく象徴的（記号的）に指示することとなる。このとき、〈海〉という有節音は言語としての条件を完全にそなえることになる。》（『言語にとって美とはなにか』「第Ⅰ章　言語の本質」）

詩人の文章らしく、きわめて抽象的な比喩のレベルのことを、具体的な場面のイメージして、しかも、非学術用語の〈さわり〉を使っているので誤解を受ける。しかし、この場面こそまさにことばが語る、ということだろう。原始時代に、ことばがどのようにして発生したか。確かなことは、誰にもわからない。しかし、わたしたちの現在は、必ずその始原を反復しているはずだから、いくらでも想像することは可能だ。確かに、外界を指示する叫びが、人間の意識の現実的反射の段階では、単なる音声であってもことばではない。それが他者と共有される有節音となるためには、何度も繰り返されて、他の有節音との差異が他者、あるいは共同体内部で承認される規範性が獲得されねばならない。そのことは意識の〈さわり〉という説明だけではよくわからない。ただ、この叫び（音声）が、有節音のことばになるまでの時間の累積・仮構の意識が、〈自己表出〉という概念なのだ。眼の前に対象があるなしにかかわらず、ことばに対象を表現（指示）しうる象徴性が獲得されるのは何故なのか。そこに時間という抽象度に関係づけられた、意識の〈自己表出〉という機能があるからだ、と吉本は考えた。

《言語は、本質的には、このような対象指示の動因と、幻想的人間（人間の幻想性）の自己意識における現在性、いいかえれば人間の共同的な性格の表出としての動因とによって挟まれている。だから言語のもうひとつの決定因は、歴史的に累積された幻想性の共同意識の現存性である。》（「第Ⅶ章　立場」）

もとより、ここは『言語にとって美とはなにか』を論ずる場所ではない。ことばが語る時代に、原理的な場所がどのような根拠を与えているかを見たかったのだ。吉本の〈自己表出〉とは、ことばが単に対象指示のためでも、伝達のためでもなく、自由に、あるいは自発的な力として表出されるためには、そこに累積された時間が媒介されなければならぬということを語っている。ここでわたしが見ているのは表出のレベルであって、吉本が意味とか価値、像の問題を取り扱う表現のレベル、文学や詩のレベルではない。しかし、この限定された領域を見るだけでも、『言語にとって美とはなにか』が、ことばが語る時代に大きな力を与えていることが実感できる。

四　構造という概念

江藤が《文体を実体としてではなく行動の過程としてとらえる》と言うとき、そこに《主体的な時間》というものが想定されていた。〈意匠〉や〈文体〉が固定し、停滞すれば、それは制度になる。浪漫主義も、象徴主義も、シュルレアリスムさえ制度となった。〈意匠〉や〈文体〉が流動する生き物であるためには、自己否定を契機にした《主体的な時間》が媒介されねばならない。まったく違う概念であるけれども、この《主体的な時間》と、吉本の表現のレベルでの価値を更新する時間の概念《自己表出》は、ことばが語る時代に向けてこそ交差したのである。それにしても、ことばが語るのだとすれば、〈主体〉とか〈自己〉の概念が問われることになるのかも知れない。なぜ、〈主体〉の替わりに〈仮構〉、〈自己〉の替わりに〈自動〉や〈能動〉では不都合なのか。そうしたらいい、ということでなく、そうした論議のなかから、ことばが語る時代において何が始まったのかが、見えてくる気がする。大岡信は一九六七年にこんな風に語っていた。

《自分が言葉を所有している、と考えるから、われわれは言葉から締め出されてしまうのだ。そうではなくて、人間は言葉に所有されているのだと考えた方が、事態に忠実な、現実的な考え方なのである。人間は、常住言葉によって所有されているからこそ、事物を見てただちに何ごとかを感じることができるのだ。自分が持っていると思う言葉で事物に対することの方が、より深い真の自己発見に導くという、ふだんわれわれがしばしば見出す事実を考えてみればよい。これは、いわば、意識的行為と無意識的行為の差異に似ているが、要するに、われわれは自分自身のうちに、われわれを所有しているところの絶対者（ことば）を、所有しているのだ。いいかえれば、われわれの中に言葉があるが、そのわれわれは、言葉の中に包まれているのである。》(『現代芸術の言葉』「あとがき」)

自分がことばを所有しているのであれば、〈自己表出〉は単に〈自己〉を表出することになり、〈自己〉とは何かを問う契機を失ってしまう。大岡はむしろ、〈自己〉は《言葉に所有されている》のだと考えてみたらどうか、と言う。たしかに、始原以来の時間が無尽蔵に累積していることばに、〈自己〉は所有されているのであれば、そのような不可思議な〈自己〉とは何者か、という問いが生まれる。いままで既知として見えていた〈自己〉、つまり、〈私〉がとつぜん未知となり、複数となり、変幻極まりない時間の属性としての性質を帯びる。しかし、その〈私〉が現実においては、肉体をもち、絶えず、〈現在〉という怪物的な外界と交渉し、働きかけたり、働きかけられたりして、何の変哲もないありふれた姿で日常を生きている。そのことにわたしたちは、もっと驚いていいはずではないか。

〈私〉が《言葉に所有されている》という時間的な在り方が、詩や芸術表現の創造的〈価値〉に通じる。その一方で、〈私〉が《言葉を所有して》いる空間的な在り方が、現実的な環界と交渉する〈意味〉に通じる。むろん、その二つは縫いこみ、縫いこまれている二重の関係であり、分離できないし、相互に浸透し合う関係でいるほかない。それはやはり、大岡信が用いている、六〇年代後半に流行した言い方では、《言語記号の二要素、「表示するもの（シニフィアン）・表示されるもの（シニフィエ）」の重層・統一構造》(「言葉の出現」)ということになる。背景には急激な実存主義の没落と構造主義のせっかちな隆盛があった。しかし、イデオロギーとしての構造主義はともかく、〈構造〉の概念には普遍性がある。吉本の〈自己表出〉と〈指示表出〉の《ふしぎな縫目》を、スタティックな客体としてとらえれば、〈構造〉という概念になるのではないか、と思う。

ここで出現する〈構造〉の概念が、詩人のあいだで一般化したのは、一九六八年の入沢康夫『詩の構造についての覚え書』だった。これについて、わたしは「〈発話者〉とは誰か――『詩の構造についての覚え書』批判」(一九七一年)を書いた。それと前後して天沢退二郎の〈作品行為論〉を批判したために、そこに論争的な場所が生まれた。この論争(特に菅谷規矩雄を巻き込んだ天沢との論争)については、本シリーズ第6巻『仮構詩論の展開』に総括的なものを書く予定なので、ここでは触れない。最初に留意したいのは、入沢のこの『覚え書』は、理論的な態度で書かれたものではなく、実践的、方法的に書かれているということだ。まず、〈構造〉として詩をめぐるどんな在りようが考えられているか。核心的なところを引くと、《内容と形式、あらわすものとあらわされるもの、かくすものとかくされるもの、作者と作品、作品と読者、部分と全体、持続と断絶、私と非私、主体と客体、そういった一見対立的なものを要素としてとりこみながら、それらを対立させ、または揚棄統一させつつ流動し持続するものの座》が〈構造〉の概念を成している。それは詩という〈つくりもの〉の秩序の総体ではあるが、いわゆる抒情、感情、意識、思想、主体、自己、体験、現実……というような主観性に帰属するような概念が、注意深く退けられていることが特色である。《詩は表現ではない》というテーゼと、詩は〈つくりもの〉としての構造であるという考えが対になっている、と言ってもよいだろう。ここでのモティーフに引きつけて言えば、《詩は〈私の〉表現ではない》ということが、ことばがことばを語る世界だ、ということになるのかも知れない。

しかし、ここでわたしがしようとしていることは、批判ではない。入沢の〈構造〉の概念が、スタティックであろうとなかろうと、ことばが語る時代に威力を発揮した、ということがここでは大事である。特に《一篇の詩作品の構造を考えるにあたっては、詩人(作者)と、発話者と、発話内容の中心人物(主人公)との三者》は区別されねばならない、という主張は鮮烈であった。今の時点から俯瞰すれば、ここにはことばが語る時代を象徴する〈華〉があったのだ、と思う。しかし、ことばが語る時代以降においても、このような発想そのものが、すでに古典的になってしまった。わたしたちは〈詩人〉の死を語りだしてから久しいし、〈発話者〉がどこから来るのか、という際限のない問いの繰り返しに摩耗している。そして、《発話内容の中心（人物）》が拡散した〈無〉の時代に立ち尽くしたままだ。その上、〈構造〉という客体、システムを侵犯しているものが、〈私〉とか、〈主体〉ではなく、途方もなく複雑に錯綜する、見えない時間という怪物であることを、よく知っている。

収録書誌一覧

Ⅰ　詩的断層十二、プラス一　「詩論へ」4号、二〇一二年二月→単行本未収録

Ⅱ　戦後詩からの離陸

飯島耕一論

一　バルセロナ出身の鳩　「現代詩手帖」一九七七年七月号→『詩的火線』所収

二　〈女性〉性の行方　「現代詩手帖」二〇〇一年八月号→単行本未収録

三　「アメリカ」まで　「現代詩手帖」二〇〇四年十月号→単行本未収録

大岡信論

一　夢の過剰　「国文学」一九七三年九月号→『熱ある方位』所収

二　「合わす」原理について　「現代詩手帖」一九八一年三月号→『侵犯する演戯』所収

三　感受性という規範　『侵犯する演戯』に書き下ろし、一九八七年五月

入沢康夫論　「現代詩手帖」一九七八年八月号→『詩的弾道』所収

中江俊夫論

一　反美学的変貌志向の世界　「あんかるわ」16号、一九六七年九月→『詩の自由の論理』所収

二　中江俊夫『語彙集』の根拠　『中江俊夫詩集Ⅲ』（サンリオ版）の「解説」として、一九七五年十二月執筆→評論集『熱ある方位』所収

岩成達也論　「現代詩手帖」一九七六年九月号→『詩的火線』所収

III　六〇年代詩とその行方

鈴木志郎康論

一　不幸の仮構
「愛知大学学生論叢」15号、一九六七年十一月→『詩の自由の論理』所収

二　〈極私〉の現在
「現代詩手帖」一九七七年一月号→『詩的火線』所収

菅谷規矩雄論

一　無言　I
『新版菅谷規矩雄詩集』（解説）あんかるわ叢書刊行会、一九七二年一月刊→『詩的火線』所収

II
「現代詩手帖」一九七六年六月号→『詩的火線』所収

二　〔ケリ〕に至るまで
菅谷規矩雄評論集『死をめぐるトリロジイ』（解説）思潮社、一九九〇年十月刊→単行本未収録

三　〈詩的メーロス〉の発見
菅谷規矩雄評論集『詩とメーロス』（解説）思潮社、一九九〇年十月刊→単行本未収録

天沢退二郎論

一　ことばの自由の彼方へ
現代詩文庫『天沢退二郎詩集』（解説）一九六八年七月刊→『詩の自由の論理』所収

二　エテロトピー構造の変容
「現代詩手帖」一九七八年七月号→『詩的弾道』所収

松下昇の方へ

「日本読書新聞」一九七四年一月二十八日、二月十八日、三月十八日、四月十五日、五月二十日、六月十七日→単行本未収録

吉増剛造論

一　幻の透谷・非人称の憑人
「現代詩手帖」一九六九年十一月号→『幻野の渇き』所収

二　異貌の旅　I
現代詩文庫『吉増剛造詩集』（解説）思潮社、一九七一年六月刊→『詩的弾道』所収

II

岡田隆彦論
「すばる」一九七七年十月号→『詩的弾道』所収

清水昶論
「現代詩手帖」一九七七年八月号→『詩的火線』所収

佐々木幹郎論
「現代詩手帖」一九七六年五月号→『詩的火線』所収

一 〈死者〉を敵として
佐々木幹郎詩集『死者の鞭』（解説）構造社、一九七〇年五月刊→『詩的弾道』所収

二 壊滅しつつある根拠
「現代詩手帖」一九七九年一月号→『詩的弾道』所収

★

『詩の自由の論理』思潮社、一九六八年八月一日刊
『幻野の渇き』思潮社、一九七〇年九月二十五日刊
『熱ある方位』思潮社、一九七六年八月　日刊
『詩的火線——同時代覚書・上』思潮社、一九七九年六月一日刊
『詩的弾道——同時代覚書・下』思潮社、一九七九年八月一日刊
『侵犯する演戯——'80年代詩論』思潮社、一九八七年十一月一日刊

北川 透　きたがわ・とおる

一九三五年、愛知県碧南市に生まれる。五八年、愛知学芸大学卒業。六二年、「あんかるわ」を創刊し、九〇年に終刊するまで、同誌を基盤に精力的な詩と批評の活動を展開する。九一年、下関市に移住し、九六年から二〇〇〇年まで、「九」を山本哲也氏と共同編集で刊行。二〇一三年から、ひとり雑誌「KYO（峡）」刊行。

『詩論の現在』（全三巻）で第三回小野十三郎賞、詩集『溶ける、目覚まし時計』で第三十八回高見順賞、『中原中也論集成』で第四十六回藤村記念歴程賞、これまでの詩の実践と現代詩論への寄与で第七十回中日文化賞を受賞。

主な詩集に『眼の韻律』『反河のはじまり』『魔女的機械』『ポーはどこまで変れるか』『戦場ヶ原まで』『黄果論』『窯変論』『わがブーメラン乱帰線』『海の古文書』『なぜ詩を書き続けるのか、と問われて』など。主な評論集に『詩と思想の自立』『〈像〉の不安』『北村透谷■試論』（全三巻）『詩的火線』『詩神と宿命——小林秀雄論』『荒地論』『詩的レトリック入門』『萩原朔太郎〈詩の原理〉論』『谷川俊太郎の世界』などがある。

北川透 現代詩論集成3――六〇年代詩論 危機と転生

著者
北川透
発行者
小田久郎
発行所
株式会社 思潮社
〒一六二―〇八四二 東京都新宿区市谷砂土原町三―十五
電話〇三(三二六七)八一五三(営業)・八一四一(編集)
FAX〇三(三二六七)八一四二
印刷所
創栄図書印刷株式会社
製本所
小高製本工業株式会社
発行日
二〇一八年二月二十五日